Unter den drei Monden

Ewa A. erblickte 1970 als fünftes Kind eines Verlagsprokuristen und einer Modistin das Licht der Welt. Im Jahr 2014 erfüllte sie sich den Traum, das Schreiben von Geschichten zu ihrem Beruf zu machen, und wurde selbstständig freiberufliche Autorin. Nach wie vor lebt sie mit ihrem Ehemann und den zwei gemeinsamen Kindern in der Nähe ihres Geburtsortes, im Südwesten Deutschlands.

Ewa A.

Unter den DREI MONDEN

Von Ewa A. außerdem bei Dark Diamonds erschienen:

Im Schatten der drei Monde (Die Monde-Saga, Band 2)
Im Licht der drei Monde (Die Monde-Saga, Band 3)
Die Zeitenliebe-Reihe
Seasons of Magic: Blütenrausch

Ein *Dark Diamonds*-Titel im Carlsen Verlag
März 2019
Copyright © 2016, 2019 Carlsen Verlag GmbH, Hamburg
Text © Johanna Danninger 2017
Umschlagbild: shutterstock.com © Irina Alexandrovna/
Sergiy Artsaba/Ellerslie/Northy Sona Sladeckova/Lev Kropotov
Umschlaggestaltung: formlabor
Corporate Design Taschenbuch: bell étage
ISBN: 978-3-551-31762-9

CARLSEN-Newsletter: Tolle Lesetipps kostenlos per E-Mail!
Unsere Bücher gibt es überall im Buchhandel und auf carlsen.de.

Fremde Welten und Sterne

Das Funkeln der Abertausenden von Sternen war nahezu farblos im Vergleich zu den drei imposanten Monden, die den schwarzen Nachthimmel über Aret erleuchteten. Der naheliegendste und größte von ihnen, Firus, schillerte in einem marmorierten Türkis. Hinter diesem thronte der zweite Mond, Sari, der mit seinem tiefen Blau und den silbernen Ringen noch schöner anzuschauen war. Yaschi war der dritte in der Reihe und der Kleinste von ihnen, sein grelles Grün blendete jeden Betrachter. In prachtvoller Schönheit schwebten die farbigen Trabanten über den pinken Grashalmen, die sanft im Takt wogten. Die warmen Winde des Ostens trugen den schweren Vanilleduft der violetten Orchideenbäume mit sich, die nur des Nachts ihre Blüten öffneten.

Während die Grillen ihren Nachtgesang zirpten, schleppte sich eine Horde Männer fast lautlos durch die Steppe. Nur das leise Stöhnen der Verletzten und das Schleifen der Bahren waren zu vernehmen. Es waren die Krieger des Stammes der Smar, die von einer Schlacht heimkehrten. Einer Schlacht, die seit Generationen andauerte, in der es auf keiner Seite Gewinner gab, sondern nur Verlierer.

Die Männer schleppten sich müde in ihr Dorf und einige

Frauen, die ihre Ankunft sehnlich erwarteten, traten aus ihren Schneckenhäusern. Eine von ihnen, mit roten Haaren, die ihr bis an die Knie reichten, lief zögernd zu einer der Tragen. Im bläulichen Mondlicht erkannte sie die Züge ihres toten Ehemannes. Das blasse Gesicht der Frau verzog sich voller Leid und ein lauter Schrei, der ihre ganze Verzweiflung und Trauer in sich barg, entfloh ihrer Kehle.

* * *

Kadlin schrak aus dem Schlaf hoch. In ihrem Bett sitzend, lauschte das achtjährige Mädchen mit großen Augen den dumpfen Stimmen, die von außen zu ihr in das Schneckenhaus drangen und ihr Angst machten. Das beklemmende Gefühl, das sie schon seit dem Morgen hatte, als ihr Vater und ihr Bruder sich schwer bewaffnet auf den Weg zum Schlachtfeld gemacht hatten, wuchs zu einer Panik an. Obwohl Kadlin nicht wusste, was die Männer in der Schlacht taten, war ihr klar, dass es etwas Schreckliches sein musste, denn keiner der Erwachsenen wollte es ihr erklären. Sie sprachen nur davon, die Unaru zu bekämpfen.

Die Unaru waren das Sinnbild des Bösen. Von klein an lehrte man die Kinder der Smar, dass die Unaru ihre Feinde waren. Es waren die Unaru, die ihre Hychna von den Weidegründen stahlen, die den Rindenwein von ihren Plantagen abzapften, die ihnen die Fische aus dem See wegangelten, die Fallen in ihren Wäldern aufstellten und die Kinder raubten, die nicht auf ihre Eltern hörten.

Ein kleiner Funzelstein warf sein grünliches Licht an die Perlmuttwände. Eilig strampelte Kadlin die Decke von ihren Beinen. Ihr Bruder, der fünf Jahre älter als sie war, schlief nach wie vor. Um ihn nicht zu wecken, tapste das Mädchen vorsichtig auf den Zehenspitzen die innere Windung ihres Hauses entlang, passierte den Essbereich und gelangte an den Eingang. Behutsam schob Kadlin das große Stück Leder beiseite, das ihre Behausung vor Regen und fremden Blicken schützte.

Im flackernden Schein des Lagerfeuers sah das junge Mädchen ihre Tante an einer Bahre knien und weinen, auf der ihr Onkel bewegungslos ruhte. Geronnenes Blut klebte an seinem Mundwinkel und sein Arm, der beinahe vollständig abgetrennt war, hing über den Rand der Trage.

Kadlins Atmung wurde immer schneller und trotz ihrer unbändigen Furcht ging sie auf die tuschelnde und klagende Menschenansammlung zu. Plötzlich öffnete sich vor dem kleinen Mädchen eine Lücke in der Menge und gab ihr den Blick auf eine weitere Bahre frei. Ein heiseres Gicksen erklang und das Kind fiel ohnmächtig zu Boden. Das Letzte, was Kadlin sah, waren die leblosen Augen ihres toten Bruders, in denen sich die Monde von Aret spiegelten.

Kapitel 1

Väter und Söhne

Elf Jahre später

Die Sonne brannte unbarmherzig auf die nackten Arme des jungen Mannes nieder. Es war nicht allein die Hitze, die dem Smar den Schweiß auf die Stirn trieb, sondern auch die Arbeit, die er verrichtete. Die dunklen Flecken auf seiner Tunika wuchsen mit jedem weiteren Salzstein, den er auf die hüfthohe Mauer setzte. Das Salz der Steinmauer, das nach und nach vom Regen hinausgewaschen werden und in den Boden sickern würde, hielt die gefräßigen Riesenschnecken von ihren Weiden, Plantagen und dem Dorf fern. Zwar waren die Schnecken reine Pflanzenfresser und ungefährlich, aber durch ihre Größe reichte ein bloßes Passieren aus, um alles zu zerstören, was sich ihnen in den Weg stellte. Nebenher fraßen sie dann noch jedes Blatt auf, das ihnen vor die Fühler kam. Deswegen war die Instandhaltung der Mauer eine der wichtigsten Arbeiten und unerlässlich für den Stamm.

»Ragnar?«

Der quengelnde Tonfall der Mädchenstimme brachte den gutaussehenden Mann dazu, skeptisch seine Stirn zu runzeln. Diesen Ruf und das Mädchen, das ihn ausstieß, kannte er zur Genüge, um zu erahnen, was auf ihn zukam. Es hieß, dass sie entweder etwas von ihm haben wollte oder dass sie etwas angestellt hatte, was er auslöffeln sollte. Wie immer. Natürlich würde er ihr helfen, wie jedes vergangene und jedes weitere Mal, das noch folgen würde. Schließlich war sie seine einzige Schwester und er liebte sie viel zu sehr, als dass er ihr eine Bitte hätte abschlagen können.

Ragnar legte den Salzstein in die Lücke der Mauer, die die Weidegründe, die Plantagen und das Dorf weitläufig umgab. Stöhnend richtete er sich auf und rieb sich dabei mit dem Handrücken seine langen Haare aus dem verschwitzten Gesicht, die sich aus den dünnen Zöpfen gelöst hatten. Mürrisch musterte er das Mädchen, das nun vor ihm stand und das er um einen guten Kopf überragte. Ungern gestand sich Ragnar ein, dass seine kleine Schwester zu einer schönen Frau herangereift war. Das glatte Haar, das ihre Hüften umspielte, glänzte blauschwarz wie der Omoc-See bei Nacht, der unweit ihres Dorfes lag. Was umso außergewöhnlicher war, da er selbst, wie sein verstorbener Bruder, braune Haare hatte und sie niemand auf den ersten Blick für Geschwister halten würde. Ihre kleine, gerade Nase lag zwischen ihren dunkelbraunen Augen, die von rußschwarzen Wimpern umsäumt waren. All dies, mit den fast zu voll geratenen Lippen, zog mehr Blicke der Männer auf sie, als gut für sie war. Gut für seinen Vater war.

»Kadlin, wenn du dein Haar schon offen trägst, dann verstecke es wenigstens unter dem Skal«, befahl er barsch und nahm ihr den Lederbeutel ab, den sie ihm entgegenhielt.

Während Ragnar gierig das kühle Wasser trank, beschwerte sich die junge Frau.

»Och, es ist so warm. Wir sind hier doch ganz allein, muss das sein?«

Ragnar wischte sich die letzten Wassertropfen vom Mund, gab seiner Schwester den Trinkbeutel zurück und begann erneut, die Mauer mit den Gesteinsbrocken auszubessern.

»Wir wissen nicht, ob Fremde in der Nähe sind. Wenn du schon das Zeichen deiner Weiblichkeit nicht ordentlich trägst, so wie es sich für eine Frau der Smar gehört, dann verhülle es wenigstens mit deinem Umhang.«

Ruckartig raffte Kadlin ihre Haarpracht zusammen, flocht eilig einen dicken Zopf und äffte dabei ihren Bruder lautlos nach, aber selbstverständlich so, dass er es nicht bemerkte. Erneut fing sie an, in dem bettelnden Tonfall zu sprechen, denn nicht umsonst hatte sie den ganzen Weg auf die Weiden zurückgelegt.

»Ragnar? Was weißt du über den Stamm der Ikol?«

Ein kurzes Lachen entfuhr ihrem Bruder. »Aha, hat man es dir also gesagt?«

»Du wusstest es?«

Ohne von seinem Werk aufzuschauen, antwortete Ragnar: »Ja. Es wurde lange genug darüber gestritten. Vater trägt seit geraumer Zeit den Gedanken mit sich herum, allerdings war Mutter stets dagegen. Aber als er hörte, dass die Unaru eine Verbindung mit den Otulp eingehen, schlug er dem Ältestenrat seine Idee vor.«

Atemlos warf Kadlin ihre Überlegungen ein. »Und der war

gleich Feuer und Flamme. Klar, die alten Knilche müssen ja auch keinen Wildfremden heiraten, den sie noch nie zuvor gesehen haben.« Schmollend fuhr sie fort: »Alle anderen Mädchen können sich mit siebzehn Jahren bei der Brautschau einen Mann aussuchen und ihn näher kennenlernen, nur ich nicht. Bloß weil Vater mich an einen Clan seiner Wahl verheiraten will. Ich hasse es, eine Häuptlingstochter zu sein.«

Kadlin seufzte. Da war doch eindeutig etwas faul an der Sache, wenn ihre Mutter dagegen war. Ihr Vater, Eyvind, und die Alten des Rates hatten davon gesprochen, was für eine Ehre es für sie wäre, den Häuptlingssohn der Ikol zu ehelichen, dessen Ruhm und Ansehen im ganzen Land bekannt sei. Am liebsten hätte sie den zahnlosen Männern gesagt, dass sie ihn doch selbst heiraten sollten, wenn er so ein guter Fang wäre. Was sie aber natürlich nicht tat, denn es war ihr unumstößliches Schicksal als Tochter des Anführers, nicht aus Liebe zu heiraten, sondern zum Wohle des Clans. Das war ihre Pflicht und die allein zählte. Früh genug hatte man ihr das eingeschärft und trotzdem konnte sie sich mit ihrem vorherbestimmten Los nur schwer abfinden. Das Dasein einer Smar-Frau hatte drei Zwecke: durch Heirat eine Verbindung mit einem anderen Clan herzustellen, Nachfahren zu gebären und diese großzuziehen. Dennoch beunruhigten sie dieser Lobgesang der alten Männer auf den Häuptlingssohn der Ikol und Ragnars Aussage, dass ihre Mutter, Sibbe, die Heirat ablehnte. Sie konnte förmlich riechen, dass die Sache einen Haken hatte.

»Du warst doch gestern anwesend, als die fremden Krieger

kamen. War da mein Bräutigam auch dabei? Was macht ihr überhaupt bei diesem Lömsk?«

Ragnar schüttelte grinsend den Kopf, so dass seine langen Zöpfe und Haarsträhnen schlackerten. »Dafür, dass du im Haus bleiben sollst, wenn Fremde im Ort sind, weißt du ganz schön viel. Zu viel. Als Frau brauchst du nicht zu wissen, wie ein Lömsk abgehalten wird. Deine Neugierde bringt dich noch mal um Kopf und Kragen.«

Kadlin zog eine Schnute und setzte sich beleidigt auf die Mauer. Es stimmte, was Ragnar sagte, sie war schrecklich neugierig, aber daran ließ sich nichts ändern. Oft hatte sie versucht, vernünftig zu sein, aber es war wie ein Zwang, der ihr keine Ruhe ließ. Sie wusste nicht, woher er kam oder warum es so war. Aber irgendetwas trieb sie an, als müsste sie etwas Bestimmtes finden, von dem sie nicht einmal wusste, was es war, das sie da suchte. Deswegen würde sie irgendwann schon herausfinden, was es mit diesem Lömsk auf sich hatte, das nur den Männern vorbehalten war, ebenso wie das Berusat, das war auch so eine geheime Männersache. Ja, eines Tages würde sie das alles in Erfahrung bringen.

Das Lömsk-Zelt, das am Seeufer lag, hatte Kadlin mit Lijufe, ihrer Freundin, schon heimlich inspiziert. Es war ganz anders als ihre Häuser, die sich spiralförmig wanden und deren Raum schmäler wurde, je weiter man ins Innere gelangte. Dagegen hatte das Zelt eine überschaubare Fläche, in deren Mitte eine kleine Grube eingelassen war, in der ein Haufen Steine ruhte.

Während das Zelt aus Ästen und Lederlappen gebaut war,

stammten ihre Häuser von den toten Riesenschnecken, die sie auf deren Friedhof vorfanden. Sobald die Schnecken spürten, dass sie starben, suchten sie nämlich ein und denselben Ort auf, wo sie verendeten. Die leerstehenden Schneckenschalen wurden dann von den Smar auf den dafür vorgesehenen Platz, ins Dorf, gebracht. Bevor die jeweilige Familie ihr Haus bezog, wurde dieses mit Salzwasser von innen und außen gewaschen. Gewöhnlich wurde im breiten Eingangsbereich der Behausung auf Strohkissen gegessen, der mittlere Abschnitt diente den Kindern als Schlafplatz und der innerste Bereich blieb den Eltern vorbehalten. Durch die Krümmung des Raums war sowohl den Alten als auch den Jungen ein wenig Privatsphäre gegönnt. Meist suchten sich die Smar helle Schneckenhäuser aus, da tagsüber nur wenige Funzelsteine ausreichten, um sie im Inneren auszuleuchten. Das Lömsk-Zelt war allerdings dermaßen dicht mit dickem Leder abgedichtet, dass keinerlei Licht eindringen konnte.

Was trieben die Männer da im Finsteren, mit einem Berg Steine und einer Grube? Sie sollte sich jedoch lieber auf ihre Fragen zu den Ikol konzentrieren, sagte sich Kadlin. Auf gar keinen Fall würde sie Ragnar ihr Wissen über das Lömsk-Zelt auf die Nase binden, indem sie ihn danach fragte, und sich einen weiteren Rüffel einfangen, denn sonst würde er ihr nichts mehr verraten.

»Kennst du diesen Häuptlingssohn nun oder nicht?«

»Ja, ich kenne Hadd.«

»Und? Wie ist er? So rede doch, Ragnar, und lass dir nicht jede Kleinigkeit aus der Nase ziehen!«

Der Blick von Kadlins Bruder wurde nahezu tödlich, weswegen sie ein kleinlautes »Bitte!« hinterherschob.

Ragnar schnaufte. »Er ist ein stattlicher Mann, mutig und tapfer. Er hat alles, was einen Krieger ausmacht.«

»Aber?«, fragte Kadlin drängend.

»Was ›aber‹? Da gibt es kein ›aber‹«, entgegnete der junge Smar zu eilig und zu ungehalten, als dass Kadlin ihm glauben konnte, dass da tatsächlich nichts wäre, was sie interessieren könnte.

Bekümmert beobachtete Kadlin die gebräunten und kräftigen Hände ihres Bruders, die weiter ihre Arbeit verrichteten. Sie ahnte, dass er etwas vor ihr verheimlichen wollte.

»Ragnar, ich kenne dich. Was ist es, was du an ihm nicht magst und mir nicht sagen willst?«

Mit einem Mal wirkte ihr sonst so selbstsicherer Bruder unschlüssig. Ächzend gab er schließlich auf und setzte sich neben sie. Eindringlich blickte er sie an und suchte nach den richtigen Worten.

»Die Riten und Sitten der Stämme unterscheiden sich und die Ikol sind darin keine Ausnahme. Bei uns haben Frauen einen geringeren Wert als ein Mann, das weißt du. Aber bei den Ikol ... zählt eine Frau weniger als ein Hychna.«

Verstört sah Kadlin ihren Bruder an. Ein Hychna war ein Nutztier und bei den Smar hatten die Hychna einen sehr hohen Stellenwert, denn sie gaben den trüben Tau ab, der vielseitig verwendbar war. Man konnte den Tau trinken; wenn man ihn jedoch stehen ließ, wurde er dick und sauer. So gereift, wurde er dann gerne mit Gemüse oder Früchten gegessen.

Oder man schöpfte davon das Geronnene ab, wickelte dieses in die Blätter des Mykos-Strauches und lagerte es einen Monat lang in einem Erdloch, was ihm ein besonderes Aroma verlieh und ihn zu einer gefragten Delikatesse machte. Außerdem galten die Eier der weiblichen Hychna als die besten. Selbst die Mistkugeln, welche die Hychna ausschieden, wurden nach dem Trocknen als Brennstoff verwendet. Gut, wenn man die Hychna-Eier nicht regelmäßig einsammelte, konnten sie sich ziemlich schnell zu einer regelrechten Plage entwickeln, der man nicht mehr Herr werden konnte, denn eine einzige Hychna legte innerhalb einer Woche an die hundert Eier.

Allerdings käme nie ein Smar auf den Gedanken, dass eine Frau weniger wert wäre als ein Tier, selbst wenn es ein Hychna war. Was hatte das zu bedeuten?

»Wie meinst du das?«, fragte Kadlin deshalb.

»Sobald eine Frau einen Ikol heiratet, kann dieser mit ihr tun, was er will. Er kann sie sogar töten, ohne dass er dafür von seinem Stamm bestraft wird. Mit der Hochzeit geht sie in seinen Besitz über und wird dadurch mit jedem anderen Gegenstand, der ihm gehört, gleichgesetzt. Es ist bei den Ikol ebenso üblich, dass die Männer mehrere Frauen haben.«

Alles Blut sackte in Kadlins Magen und ihre Kehle wurde staubtrocken. Ihr Mann konnte sie töten und hatte sogleich einen Ersatz für sie? Was erzählte Ragnar da? Nie und nimmer ... Warum sollte ihr Vater ihr so was antun? Aber ... war das der Grund, warum ihre Mutter dagegen war? Bei den drei heiligen Monden, genau so musste es sein.

»Weshalb gibt mich Vater solch einem Stamm? Es ist mir

klar, dass es ihm um das Verbindungenknüpfen geht, aber warum ausgerechnet mit diesem?«

Ragnar schlug die Augen nieder. »Du weißt, bei unserem Rudam müssen die Jünglinge für ein halbes Jahr den Clan verlassen und alleine in der Wildnis überleben, um als vollwertige Krieger zu gelten. Bei den Ikol besteht der Rudam aus einem Tag. Ein Jüngling wird bei ihnen zum Mann, wenn er den Mondtanz durchsteht.«

»Was ist der Mondtanz?«

»Sie treiben sich Holzspieße durch ihre Haut, am gesamten Oberkörper, die an Seilen hängen, welche an einem Pfahl befestigt sind. Einen Tag und eine Nacht müssen sie um diesen Pfahl tanzen. Je mehr Narben sie bei diesem Ritus davontragen, desto angesehener sind die Männer bei ihnen.«

Mit tränenden Augen schüttelte Kadlin angewidert den Kopf. »Das kann nicht stimmen, was du da sagst, es ist zu grausam.«

»Ich habe beim Lömsk Hadds Körper und den seines Vaters gesehen, Kadlin. Sie sind vollkommen von Narben entstellt.«

Kadlin schüttelte es vor Entsetzen, doch Ragnar sprach weiter.

»Sie werden wegen ihrer Körperbeherrschung gefürchtet und gelten als erbarmungslose Krieger. Ihre Waffenkunst ist unserer weit überlegen. Außerdem ist ihr Clan beinahe so zahlreich wie der der Nutas. Das sind die Gründe, warum Vater und die Ältesten unbedingt eine Verbindung mit ihnen wollen.«

»Nur damit wir die Unaru eines Tages besiegen können?«, krächzte Kadlin. »Über kurz oder lang wird es wieder auf eine Schlacht hinauslaufen, nicht wahr?«

Ragnars vielsagendes Schweigen ließ die Bilder von jener unglückseligen Nacht vor elf Jahren in Kadlins Erinnerung aufsteigen. Nie würde sie Skard, ihren Bruder, vergessen. Er war ein junger, kräftiger Krieger gewesen, der mit seinen achtzehn Jahren gerade vom Rudam heimgekehrt war. Er war ein Mann, dessen freundliches Lachen jeden ansteckte, dem sich keiner entziehen konnte, dessen Augen vor Tatendrang sprühten und stets lustig funkelten, der seine kleine Schwester vor den älteren Knaben beschützte, die sie ärgerten, weil sie die Häuptlingstochter war. Und dann kam die Stunde, in der Skards Lebenslicht erlosch, in der seine Augen ihr Leuchten für immer verloren. Nie würde ihr Bruder erfahren, wie es war, eine Frau zu lieben, Vater zu werden und seine Söhne aufwachsen zu sehen. Ein ganzes Menschenleben hatte man Skard geraubt und er war zu Asche zerfallen. Kalte Asche, die nun über die pinke Steppe von Aret wehte.

Kadlin holte zitternd Luft und Tränen liefen über ihre Wangen. Noch immer schmerzte sie der Verlust ihres Bruders – und noch mehr die Ungerechtigkeit der Götter. Sie verstand die Monde nicht. Denn womit hatte Skard es verdient, so jung zu sterben? Warum musste ausgerechnet er in dieser Schlacht niedergemetzelt werden?

Immer wieder gab es diese Gefechte zwischen den Smar und den Unaru, immer wieder starben Menschen. Auf beiden

Seiten. War die Erde denn nicht genug vom Blut der Gefallenen getränkt? Reichte es immer noch nicht? Wie viele Menschen mussten noch sterben, damit es endete?

Sie schluchzte auf. »Es wird nie aufhören, Ragnar. Du und Vater ... Ich werde auch euch verlieren. Man wird dich, wie Skard, blutüberströmt auf einer Bahre heimtragen.«

Kadlins Schultern bebten und Ragnar zog sie tröstend in die Arme.

»Nein, mein kleiner Spatz, das wird nicht passieren.«

»Doch, das wird es, wenn ich diesen Ikol heirate.«

Ragnar trocknete Kadlins Wangen, und seine gütigen Augen, deren Grün dem der Funzelsteine glich, spendeten ihr Trost. »Ich verspreche es dir. Nichts dergleichen wird geschehen.«

Kummervoll schniefte Kadlin: »Das kannst du nicht versprechen. Die Unaru sind gute Kämpfer, meist verloren wir bei den Schlachten mehr Krieger als sie.«

Ragnar schmunzelte traurig. »Deswegen ist die Verbindung mit den Ikol umso wichtiger, da auch die Unaru neue Verbündete haben.«

»Könnt ihr nicht beim gegenseitigen Plündern und Rauben der Weidegründe und Plantagen bleiben? Ich meine ... man hat ja auch davon abgelassen, die Dörfer zu überfallen und zu brandschatzen. Warum muss man trotzdem immer wieder von neuem die Fehde mit Blut entfachen? Könnte man nicht mit den Unaru Frieden schließen?«

Ragnar schüttelte voller Groll den Kopf. »Dazu ist viel zu viel Blut geflossen. Außerdem kann man den Unaru nicht trauen, oder hast du die Geschichte unseres Vaters vergessen, wie alles begann?«

Kadlins Mund verzog sich abwertend. »Wie könnte ich? Oft genug musste ich mich über die Hinterhältigkeit der Unaru belehren lassen.«

O ja, sie kannte die Geschichte auswendig. Einer ihrer Ahnen verliebte sich in eine Frau, die einem Unaru versprochen war. Die Frau musste den Unaru auf Druck ihres Clans jedoch heiraten, obwohl sie den Smar liebte. Schließlich ließ sie dem Smar ausrichten, dass sie ihn noch immer liebe und nie vergessen werde. Dieser forderte daraufhin den Unaru heraus, den er in einem fairen Kampf tötete. Doch die Unaru gaben die Frau nicht heraus, obwohl es ihre Pflicht gewesen wäre. Die Smar zogen sich unwillig, aber friedlich zurück. Auf dem Nachhauseweg starb der Smar allerdings an einer leichten Verletzung, die vom Messer des Unaru herrührte, das offensichtlich vergiftet gewesen war, da sich seine Wunde schwarz verfärbt hatte. Die Smar hatten daraus eine Redewendung gemacht: Lieber würde man sich die Hand abhacken, als sie einem Unaru zu reichen.

Ein Friedensvertrag, der nur auf Worten beruhte, würde nie zustande kommen. Nein, dem Pakt musste etwas Stärkeres zugrunde liegen ... So etwas wie eine Verbindung. Doch das war undenkbar ... Obwohl ... So seltsam und verrückt es auch klingen mochte: Sie konnte doch nicht die Einzige sein, der dieses Blutvergießen zuwider war? Sicherlich gab es Mütter und Ehefrauen unter den Unaru, die das ebenso sahen. Bei den Männern war es jedoch eine andere Sache. Männer liebten den Krieg und den Kampf.

»Kleiner Spatz, was heckst du aus? Deine Miene lässt mich das Schlimmste vermuten«, unterbrach Ragnar die Gedanken seiner Schwester.

Kadlin atmete auf. »Ich hecke nichts aus. Ich dachte lediglich, dass ihr Männer euren Hang zum Kämpfen nie aufgeben werdet.«

Ragnars Gelächter hallte über die Weide, doch dann wurde er nachdenklich. »Ich weiß nicht, mag sein. Aber ... Ich glaube, um das Leben meiner Kinder zu schützen, wäre ich bereit dazu.«

Kadlins Brauen zogen sich zusammen. »Warum denkt Vater nicht so wie du?«

»Jeder Krieger hat seine eigenen Prinzipien, für die er sterben würde. Und jeder Häuptling hat seine eigene Art, den Clan zu führen und zu schützen.«

Lange sah Kadlin ihren Bruder an. Ragnar schien ihr mit seinen vierundzwanzig Jahren manchmal weiser als ihr Vater zu sein. Und in diesem Moment begriff die junge Smar den Plan der drei heiligen Monde: Skard hatte stets seinem Vater nachgeeifert, der für ihn das Maß aller Dinge war. Vielleicht hatte Skards Tod doch einen Sinn?

Kapitel 2

Farben und Muster

»Weißt du, dein Bruder ist ein richtiges Honigstückchen. Mit herrlichen Muskeln und einem Gesicht, das ...«

»Lijufe, hör auf! Er ist mein Bruder. Ich will das wirklich nicht hören«, unterbrach Kadlin angewidert ihre beste Freundin.

Sie saßen auf einem flachen Felsen im Flussdelta des Omoc-Sees, das nahe bei ihrem Dorf lag. Ihre Beine baumelten ins schwach strömende Wasser. Kadlin schüttelte den Kopf und betrachtete das Mädchen mit den braunen Locken, das verschmitzt lächelte und sich eine verirrte Strähne hinters Ohr strich.

Ihre Skals hatten die beiden Mädchen ausgezogen und in Reichweite liegen, damit sie diese schnell überziehen konnten, falls ein Stammesmitglied vorbeikam. Frauen und Männer aller Stämme trugen außerhalb des Hauses ihren Umhang, aus ganz bestimmten Gründen. Die Skals schützten nicht nur vor Sonne, Kälte oder Regen, sondern dienten als Decke oder Kissen, wenn man in der Wildnis unterwegs war. Aber vor allen Dingen nutzte man sie als Erkennungszeichen der Zugehörigkeit und des familiären Standes.

Die Umhänge der Smar waren außen blau und schwarz gestreift auf weißem Grund und hatten innen die weiße Grundfarbe. Jeder Clan hatte seine eigenen Farben und sein eigenes Muster, woran er sofort zu erkennen war. Wenn eine Frau zu Besuch in ein fremdes Dorf ging, musste ihr Umhang mit der Musterung nach innen zeigen, die Grundfarbe nach außen. Wie der Skal getragen wurde, deutete den Familienstand an, was sowohl für Männer als auch für Frauen galt. War man verheiratet, wurden die Öffnung und die Brosche, die das Kleidungsstück zusammenhielt, mittig nach vorne getragen. War man ledig, musste die rechte Schulter unbedeckt bleiben und die Brosche auch auf dieser Seite befestigt werden. War man jedoch verwitwet, ließ der Skal die linke Schulter frei und das Schmuckstück musste dort angebracht sein. Das alles sagte dieses Stück Webstoff aus und war deswegen so wichtig.

Aber nichtsdestotrotz legte Kadlin den Skal ab, sobald es möglich war. Obwohl sie mit diesem Kleidungsstück aufgewachsen war, es ihr in Fleisch und Blut hätte übergehen müssen, fühlte sie sich an manchen Tagen eingeengt. Einerseits behütete der Skal die Trägerin vor äußeren Einflüssen, wie dem Wetter oder den frechen Blicken von Männern, und machte jedem Fremden klar, welcher Stamm hinter ihr stand. Doch andererseits war er wie eine Fessel: Alles wurde offengelegt und man unterwarf sich den Regeln der Clangemeinschaft.

Und heute war so ein Tag, an dem Kadlin ihn am liebsten im Fluss versenkt hätte, denn er erinnerte sie an ihre Pflicht als Häuptlingstochter. Umso mehr genoss sie es zu fühlen, wie die Sonne ihre Arme wärmte und wie ihr Haar, das sie eigentlich zu einem Zopf zusammenbinden sollte, ungehindert sanft im Wind tanzte. Sie schloss die Lider und wandte ihr Gesicht dem blauen Himmel zu.

»Ich erzähle dir, dass ich in einen fürchterlichen Stamm einheiraten muss, und du schwärmst mir von meinem Bruder vor. Eine schöne Freundin bist du.«

Lijufe kicherte. »Du erzählst mir nichts Neues. Ich weiß, dass ich schön bin.«

»Du bist unmöglich«, grinste Kadlin amüsiert und schubste ihre Freundin mit der Schulter.

Das war Lijufe, wie sie leibte und lebte. Bewundernswerterweise verlor sie nie ihren Humor. Obgleich sie mit ihren achtzehn Jahren den Haushalt ihrer fünfköpfigen Familie führte, seit ihre Mutter vor vier Jahren gestorben war, war ihr das Lachen nicht abhandengekommen. Vielleicht waren aber genau diese Umstände der Grund dafür, dass sie den wenigen unbeschwerten Momenten des Lebens voller Freude entgegentrat.

»Ha, ich bin unmöglich? Dass ich nicht lache. Wer sprach gerade von der verrücktesten Idee, die eine Smar je hatte: Einen Unaru zu heiraten?«, erwiderte Lijufe lauthals.

»Psst, nicht so laut. Es ist ja nur ein Gedanke. Aber wie gesagt, wenn Ragnar so denkt, dass er für seine Kinder den Krieg beenden würde, wäre es doch möglich, dass der Häuptling der Unaru oder sein Sohn die Ansicht teilen.«

Zweifelnd hoben sich Lijufes Brauen. »Und wie willst du das rausfinden? Willst du an sein Zelt klopfen und fragen:

›Hallihallo, ich bin die Tochter von Eyvind, eurem Erzfeind, aber vielleicht hast du ja nichts Besseres zu tun, als mich zu heiraten?‹«

Leicht beleidigt versuchte Kadlin sich zu verteidigen. »Wohl kaum, aber ...«

Lijufes strahlend blaue Augen verengten sich. »Oh, nein! Nein, nein – schau mich nicht so an!« Nach einem resignierten Seufzer fragte sie jedoch: »Was brütest du aus in deinem Spatzenhirn?«

»Demnächst ist das Sonnenfest, mit dem Fastmö.«

Lijufe erstarrte. »Moment mal! DU wirst bei der Brautschau gar nicht mitmachen, weil DU nämlich schon einen Bräutigam hast. Hadd, schon vergessen? Ich dagegen schon. Endlich. Mit einem ganzen verdammten Jahr Verspätung. Aber jetzt, wo Vater die Witwe heiratet, kann ich auf Männersuche gehen.«

Kadlin schmunzelte zufrieden. »Das braucht ja keiner zu erfahren, dass ich auf dem Fastmö bin. Oder hast du vergessen, dass dabei keine Skals getragen werden und man die obere Gesichtshälfte unter einer Augenbinde verbirgt?«

Lijufe schnappte nach Luft. »Du bist wirklich unglaublich und treibst den Sinn dieses Brauchs auf die Spitze dessen, wozu er ursprünglich gedacht war.«

»Genau. Es sollte den Jungen die Möglichkeit gegeben werden, einen Partner zu finden, ohne sich von dem Zwang der Stämme leiten zu lassen. Nicht umsonst heißt der Pfahl, wo sich die Partner am Schluss wählen und ihren Stamm preisgeben müssen, Baum der Verbindung.«

Lijufe neigte ihr Haupt zur Seite. »Woher willst du aber wissen, welcher der maskierten Männer der Sohn des Unaru-Häuptlings ist? Selbst wenn du es herausfinden solltest, ist nicht gesagt, dass er dich wählt. Und außerdem gibt es da noch immer das kleine Problem: Du hast schon einen Bräutigam!«

Genervt schnaubte Kadlin aus. »Ich gebe ja zu, der Plan hat einige Lücken, die wir jedoch überwinden könnten. Stell dir vor: Nie wieder Krieg! Der Vorteil dieser Ehe würde meinen Vater bestimmt überzeugen. Hadd könnte dann getrost einpacken. Wenn wir es allerdings nicht ausprobieren, kann der Plan gar nicht glücken, oder?«

Erschrocken weiteten sich Lijufes Augen. »Wir?! Was heißt hier *wir*?«

»Willst du mich das Abenteuer etwa alleine bestehen lassen?«

Lijufe grummelte. »Ich weiß, dass ich das später bereuen werde ... Also, wie genau hast du dir das vorgestellt?«

* * *

Schon während des Flugs sah Kadlin, dass sich zahlreiche Stämme zum Sonnenfest am anderen Ende des Omoc-Sees eingefunden hatten. Unzählige Zelte bedeckten bereits das Tal, das von oben wie ein bunter Flickenteppich aussah.

Kadlin flog mit Lijufe auf einer kleinen Optera, die ihr gehörte. Die Optera gab es in verschiedenen Größen und Farben. Je größer sie waren, desto mehr konnten sie tragen. Die

Smar besaßen zwei Dutzend Maxi-Optera, die ein Vielfaches ihres Eigengewichts transportieren konnten und mit deren Hilfe sie auch die leeren Schneckenhäuser ins Dorf brachten. Alle Optera hatten den gleichen Körperbau. Vier Beine trugen einen langen Flachkörper, der auf jeder Seite zwei übereinanderliegende, nahezu durchsichtige Flügel hatte. Ihr Kopf war im Verhältnis zum schmalen Körper riesig und die Facettenaugen machten den größten Teil von ihnen aus. Die kleinen Optera zeichneten sich, im Gegensatz zu ihren großen Artgenossen, durch ihre Schnelligkeit und ihre Wendigkeit im Flug aus, weswegen sie gern fürs Reisen oder Jagen verwendet wurden. Was Kadlin jedoch am meisten an den Tieren liebte, waren ihre schillernden Farben. Von giftgrün getigert über helles Lila bis quietschorange gestreift war jede Färbung denkbar. Kadlins Optera hatte einen schwarzen Körper und metallisch blau schimmernde Flügel mit schwarzen Tupfen.

Vorsichtig zog sie am Zügel und das Tier landete neben dem ihres Vaters. Jeder Clan hatte von jeher seinen angestammten Platz bei dem dreitägigen Fest, an dem er sein Lager aufschlug.

Nachdem die Mädchen beim Auspacken geholfen hatten, wollten sie den ersten Teil ihres Vorhabens in die Tat umsetzen. Aber Eyvind hielt sie auf, als sie im Begriff waren, den Zeltplatz zu verlassen.

»Kadlin, wo wollt ihr hin?«

Lijufe, deren Gesichtsausdruck eindeutig ein ›Verdammt! Erwischt!‹ verriet, versteinerte augenblicklich. Kadlin versuchte mit ihrer einstudierten Unschuldsmiene Eyvind vom ungewohnten Verhalten ihrer Freundin abzulenken. »Ach, wir wollten uns bloß ein wenig umschauen.«

Streng musterte der grauhaarige Anführer seine Tochter. »Du wirst den Skal wie eine verheiratete Frau tragen, verbirg auch deinen Zopf, Kadlin. Halte dich von den Männern fern, denn du gehörst nun nicht mehr zu den Freien. Und vor allem –«

»... meide ich das Lager der Unaru. Ja, Vater, genauso wie jedes Jahr.« Sie grinste und drückte dem Häuptling einen Kuss auf die Wange, woraufhin sich diesem ein kleines, fast unmerkliches Lächeln ins Gesicht stahl.

Kadlin hakte sich bei Lijufe unter und Eyvind sah, wie die Mädchen kichernd zwischen den Zelten verschwanden.

»Eyvind, du brauchst dir keine Sorgen zu machen. Weshalb bist du beunruhigt?« Sibbe betrachtete das gebräunte Profil ihres Mannes, dessen Sorgenfalten sich mit den Jahren immer tiefer ins Gesicht gegraben hatten.

»Ihr Wissensdurst war von jeher groß, doch nun ist sie eine neugierige junge Frau, was gepaart mit ihrer Schönheit eine gefährliche Kombination ist. Beim letzten Berusat hatte ich Visionen von ihr, Sibbe.«

Erschrocken nahm die Smar die Ratlosigkeit in den Augen ihres Ehemannes wahr. »Du hast mir nie davon erzählt?«

»Sie schienen so abwegig, dass ich sie beiseiteschob. Aber mit jedem Tag, der neu anbricht, drängen sie sich in mein Bewusstsein zurück. Ich sah Kadlin voller Furcht vor etwas fliehen. Ich sah sie kämpfen wie ein Mann. Ich sah sie im Moor der Flammen.«

Die ältere Frau schluckte und ihr Blick trübte sich vor Kummer. »Sahst du ihren Tod?«

»Ich fühlte den Tod, aber ich weiß nicht, ob es ihrer war.«

Besorgt schüttelte Sibbe den Kopf. »Diese Heirat mit Hadd wird uns Unglück bringen, ich spüre es.«

Eyvind schloss die Lider, um sie gleich wieder zu öffnen. »Es ist zu spät, wir können nichts mehr daran ändern. Kadlin ist dem Ikol versprochen. Die Monde haben längst über ihr Schicksal bestimmt, schon lange bevor sie uns geschenkt wurde.«

* * *

Lijufe lief neben Kadlin entlang der engen Gassen der Zeltstadt, die sich in Ringen um einen gigantischen Festplatz zog. Auf diesem leerstehenden Platz fand unter anderem am letzten Tag das Fastmö statt.

Es war faszinierend, das unterschiedliche Leben der Clans zu beobachten. Da waren die Stämme aus dem Süden, die breite, flache Zelte hatten, die mit vielen kunstvoll verzierten Decken und Kissen ausgelegt waren. Stämme aus dem Norden hatten lediglich Lederstücke gespannt, hinter denen ihre Schlafplätze aus Pelz lagerten.

Überall rannten Kinder herum, deren Skals im Wind flatterten. Während die Frauen beisammensaßen und tratschten, tranken die Männer gemeinsam Rindenwein und fachsimpelten über ihre Waffen. Familien aßen vor ihren Zelten,

Wäsche wurde aufgehängt, es wurde gesungen und gelacht. Es war ein lebhaftes Treiben und an jeder Ecke gab es etwas Neues zu bestaunen. Hinter jeder Biegung roch es anders, mal süß nach dem Honig der Waldbienen, in dem Mandeln gebrannt wurden, mal deftig, nach gegrilltem Kaninchen. Es war ein Fest für Augen, Nase und Ohren.

Bei dieser Gelegenheit der Zusammenkunft wurde auch reger Handel betrieben. Jeder Stamm besaß ein besonderes Talent oder Wissen zur Herstellung eines Gutes, für das er bekannt geworden war. Und diese Waren verkauften sie an ihren Ständen. So waren die Smar berühmt für den Hychnakäse. Die Ikol schmiedeten die besten Klingen. Wo man die grünen Funzelsteine und große Salzbrocken fand und wie man diese aus der Erde barg, wussten die Otulp. Die Nutas, deren Gefilde an der Küste lagen, boten das kostbare rote Salz und seltene Fische feil. Die Knarz kamen aus den nördlichen Wäldern, aus denen auch ihr schmackhafter Speck und das Leder stammte, das so zart wie Blütenblätter war. Und die Unaru, so hörte Kadlin es von ihren Stammesmitgliedern, lobte man für den Rindenwein, den sie von den Plantagen der Smar stahlen.

Es war ein Ort, an dem das Leben in allen Facetten pulsierte – und das friedlich. Beim Fest der Sonne und einen Monat danach herrschte nämlich striktes Kriegsverbot. Jeder Clan, der sich nicht daran hielt, galt fortan als ehrlos und wurde ausgestoßen. Es wurde ihm für zehn Jahre verwehrt, am Sonnenfest teilzunehmen, was meist zum Ruin des Stammes führte, denn keiner wollte mehr mit ihm handeln, geschweige denn eine Verbindung mit ihm eingehen. Die Stämme, die das Kriegsverbot missachtet hatten, waren über Generationen hin gebrandmarkt und mussten ihren angestammten Lagerplatz am Fest abgeben. Nach Ablauf der Strafjahre durften sie wieder am Fest teilnehmen, mussten aber im äußersten Ring des Zeltplatzes lagern.

Je näher das Stammeslager am Zentrum war, desto angesehener war ein Stamm. Das Lager der Smar und das der Unaru waren im gleichen Ring, allerdings lagen sie sich gegenüber, durch den Festplatz voneinander getrennt. In dessen Richtung ließen sich nun Lijufe und Kadlin mit der Menge treiben.

»Also, willst du als Erstes deinen Bräutigam suchen oder den Unaru?«, fragte Lijufe leise im Gedränge und klammerte sich an Kadlins Oberarm, um sie nicht im Strom der Menschen zu verlieren.

»Zuallererst müssen wir uns andere Skals besorgen. Ich will schließlich nicht, dass Vater erfährt, dass ich im Lager der Ikol war oder – noch schlimmer – bei den Unaru.«

»Gut, und wo bekommen wir die her?«

Kadlin grinste breit. »Heute ist der erste Festtag und was ist da?«

Lijufes Augen wurden groß. »Natürlich. Wie konnte ich das vergessen? Das Turnier der drei Spiele beginnt heute.« Ein Strahlen trat auf das hübsche Gesicht des Mädchens. »Lauter halbnackte Männer, die sich mit ihren verschwitzten Leibern ins Getümmel stürzen.«

Das Jauchzen ihrer Freundin veranlasste Kadlin mit den

Augen zu rollen. »Ja, das auch. Aber am Rande des Platzes liegen ihre Skals, auf die kein Mensch achten wird.«

»Warum sollte man auch auf die doofen Stofffetzen achten, wenn es doch auf dem Spielfeld viel Ansehnlicheres gibt?« Lijufe grinste, als hätte sie gerade einen ganzen Berg ihrer Lieblingsspeise entdeckt.

»Könntest du dich vielleicht einmal auf das Wesentliche konzentrieren? Heilige Hychna, reiß dich wenigstens für *einen* Moment zusammen!«, schimpfte Kadlin sie neckisch.

Je näher sie dem Turnier kamen, umso dichter drängten sich die Menschen und desto lauter wurden die Stimmen.

An diesem ersten Tag wurde, wie immer, das erste der drei Spiele abgehalten, das Egnirierd. Drei fünfköpfige Mannschaften spielten gleichzeitig gegeneinander. Jedes Team hatte ein Tor in Form eines Ringes, das auf einem langen Stab angebracht war, durch das die Gegner einen runden Lederbeutel werfen mussten. Traf ein Spieler außerhalb einer Linie, die in einiger Entfernung um das Tor aufgemalt war, bekam seine Mannschaft drei Punkte. Wurde innerhalb der Linie ein Tor geworfen, gab es einen Punkt. Sobald die Mannschaften eine Gesamtpunktanzahl von dreißig erspielt hatten, endete das Spiel. Man wusste also nie genau, wie lange ein Egnirierd ging, und manchmal gewann der vermeintliche Verlierer mit dem letzten Wurf. Die Männer maßen auf diese Weise Schnelligkeit, Taktikvermögen und Kraft, was grundsätzlich nicht ohne Blessuren vor sich ging.

Als Kadlin und Lijufe beim Spielfeld ankamen, keilten sich fünfzehn kräftige Krieger um einen hässlichen Ledersack, während die Zuschauer völlig aus dem Häuschen gerieten. Wie Lijufe vorhergesagt hatte, spielten sie lediglich in ihren Hosen, da Gesicht und Oberkörper mit der Farbe ihrer Mannschaft bemalt waren. Die Skals und Tuniken der Männer lagen, wie Kadlin gehofft hatte, auf einem Haufen am Rande des Felds. Und der war ihr Ziel. Die Mädchen platzierten sich zwischen den Leuten, die neben den Kleidungsstücken das Egnirierd verfolgten.

Aufgeregt zischte Lijufe im Stillen: »Bei Sari, siehst du die Farben der Skals?«

Verwundert über den Ausruf ihrer Freundin, sah Kadlin die Umhänge genauer an.

»Verdammter Mist! Blaue und grüne Streifen auf schwarzem Grund? Unaru-Krieger spielen da gerade!«, platzte es aus der Smar heraus.

Sofort wanderte ihr Blick zu den Spielern. Welche von ihnen waren die Feinde der Smar? Die eine Gruppe war rot bemalt, die andere gelb und die dritte blau. Kadlin vermutete, dass die blauen Spieler die Unaru sein mussten. Die einzelnen Spieler waren im Grunde kaum voneinander zu unterscheiden, sie waren alle groß und breitschultrig, außer einem. Dieser überragte alle Männer. Er hatte braune Haare und einen Vollbart. Sein Körperbau war beängstigend, denn er war nicht nur groß, sondern bestand aus Muskelbergen, die ihresgleichen suchten.

Wie nicht anders zu erwarten, stellte sich der Riese dem Spieler des gegnerischen Teams in den Weg, der im Ballbesitz war. Mit einer Leichtigkeit, als würde er einem Kleinkind das Spielzeug wegnehmen, griff er sich den Ledersack und lief damit in Richtung eines der Ringe. Jeder, der ihm in die Quere kam, wurde ohne Rücksicht auf Verluste umgerannt. Die Männer flogen im Bogen nach rechts und links durch die Luft. Doch dann passte der Riese überraschenderweise den Ball an einen blondmähnigen Mitspieler, der noch im Sprung, außerhalb der Linie, gekonnt einen Treffer im gegnerischen Tor landete.

Die Zuschauer klatschten begeistert. Als die Spieler der Punkte erringenden Mannschaft sich johlend umarmten, sah Kadlin die weißen Zähne des Torwerfers in dessen blau gefärbtem Gesicht aufblitzen. Einen kurzen Moment war sie verwirrt. Dieser Krieger war beinahe so stattlich wie der Riese, der sich mit ihm freute und jubelte.

»Halloo, hast du jetzt genug geglotzt oder sollen wir noch ein paar Minuten hierbleiben, bis du dich sattgesehen hast? Ich hab die Skals. Bevor es jemand merkt, sollten wir uns schleunigst verdrücken. Sag mal ...? Du stehst da und gaffst so, wie nur ich es tun sollte.« Lijufe schmunzelte über den beschämten Gesichtsausdruck ihrer Freundin und ging davon.

Kadlin stolperte ihr perplex hinterher. »Ich habe doch nur ... Ich wollte doch bloß wissen, welche von ihnen die Unaru sind«, entschuldigte sich Kadlin bedröppelt.

Hinter einem Zelt, wo es ruhiger war und sich weniger Leute aufhielten, grunzte Lijufe abfällig: »Sicher. Während du den Jungs hinterhergeschmachtet hast, habe ich die Gunst des Moments genutzt, als das Tor fiel.« Stolz zeigte sie Kadlin ihre Beute.

»Und wessen Skals haben wir?«, fragte diese.

Ratlos schaute Lijufe das grün-gelbe Streifenmuster auf dem schwarzen Umhang an. »Keine Ahnung, aber sie gehören weder den Smar noch den Ikol oder den Unaru. Und das ist das Wichtigste.«

Kapitel 3
Schicksalssuppe und Schneckeneier

Das fliederfarbene Mammutgras der Steppe, welches bei Weitem die Höhe eines Mannes überragte, wurde vom blauen Schilfrohr abgelöst, das sich im Sumpfgebiet am See ausbreitete. Dieses stille Meer der Halme war ein herrliches Versteck und erinnerte mit seinen Trampelpfaden an ein geheimnisvolles Labyrinth. Tagsüber war es der Spielplatz der Kinder und des Nachts der Treffpunkt für verliebte Paare.

Die erbeuteten Skals unter ihren eigenen verbergend, schlichen die Mädchen durch das hohe Gras in Richtung Seeufer. In diesem Irrgarten fand man immer ein verschwiegenes Örtchen, wo man allein war, und genau dies suchten die jungen Smar-Frauen.

»Was tust du denn jetzt schon wieder?«, fragte Lijufe ungeduldig und beobachtete ihre Freundin, die stehen geblieben war und auf Zehenspitzen balancierte.

»Ich verknote an jeder Abzweigung, die wir wählen, zwei Halme miteinander, damit wir das Versteck wiederfinden.«

»Kadlin, du bist ein gewitztes Luder«, staunte Lijufe frech und wartete, bis ihre Freundin die Markierung gesetzt hatte.

In einer leerstehenden Sackgasse rollten sie ihre Smar-Umhänge zusammen und verbargen sie im Dickicht des Grases.

Mürrisch beäugte Lijufe, wie Kadlin die Öffnung des fremden Skals mittig über der Brust platzierte. »Können wir nicht als Freie gehen? Warum als Verheiratete? So lerne ich nie irgendeinen Krieger kennen.«

Kadlin schloss ihre Brosche. »Wir wollen keine aufdringlichen Blicke der Männer auf uns ziehen. Die wären im Moment nur hinderlich.«

»Doch, verdammt, unbedingt wollen wir das! Ich zumindest, deswegen bin ich schließlich hier«, widersprach Lijufe unglücklich.

»Du bekommst deine Gelegenheit noch. Sieh es als ... verdeckte Überprüfung der Kandidaten. Genau, so kannst du in Ruhe das Angebot des Heiratsmarktes überblicken, ohne selbst unter Beobachtung zu geraten.«

Kadlins Ausführung überzeugte Lijufe nicht ganz, aber genug, um nachzugeben. Zögernd legte das brünette Mädchen den Umhang an, auf die gleiche Art wie ihre Freundin. »Also gut. Vielleicht bekommen wir als verheiratete Frauen mehr vom Tratsch mit.«

»Ja, das hoffe ich, aber wir müssen vorsichtig sein. Lass deinen Zopf besser unter dem Skal! Bist du fertig?«

Lijufe nickte und Kadlin grinste glücklich. »Na dann, auf zum Lager der Ikol. Es wird höchste Zeit, dass ich meinen Zukünftigen kennenlerne.«

In den geklauten Skals machten sich die Frauen auf den Weg zu Hadds Stamm. Nach einem kurzen Marsch erreichten sie den Platz des befreundeten Clans. Die Atmosphäre zwischen den Zelten der Ikol war ... anders. Es war ruhiger, man hörte zwar Kinderlachen und laute Männerstimmen, aber irgendetwas fehlte. Und dann begriff Kadlin, was es war. Das heitere Geschnatter und Lachen der Frauen war es, das sie vermisste. Man sah mehr Männer und Kinder als Frauen außerhalb der Zelte. Alle waren mit den Skals der Ikol gekleidet, die durch die rote Grundfarbe besonders auffielen. Die Stammesmitglieder hatten noch eine weitere Gemeinsamkeit: Jeder von ihnen, ob Männlein oder Weiblein, alt oder jung, hatte beide Seiten über den Ohren kahl rasiert. Nur das Haar an Ober- und Hinterkopf war noch vorhanden. Manche flochten ihre Haare zu Zöpfen, so dass die Kahlstellen sofort sichtbar waren. Einige Frauen dagegen ließen ihre Haarpracht offen über die Schultern fallen, weshalb man die Rasur erst auf den zweiten Blick bemerkte.

Eine kleine Gruppe Frauen stand in der Nähe eines Lagerfeuers, um das herum eine Horde zechender Männer saß. Die Ikol-Frauen tuschelten leise miteinander und Kadlin versuchte, etwas aufzuschnappen, das ihr half, Hadd ausfindig zu machen.

Enttäuschung machte sich auf ihrem Gesicht breit und sie flüsterte ihrer Freundin zu: »Die plappern bloß von irgendwelchen Teppichen, die sie knüpfen wollen. So bekommen wir nie etwas heraus, höchstens das neuste Ikol-Muster.«

Lijufe sah sich um und wisperte: »Alter Falter, diese Frisuren sind ja Grund genug, den Kerl nicht zu heiraten.«

»Ja, so 'ne kahle Stelle fehlt mir gerade noch«, ächzte Kadlin frustriert. »Aber wie bekommen wir heraus, wer Hadd ist?«

»Lass mich das machen. Halte dich abseits, damit sie dich

später bei der Hochzeit nicht wiedererkennen.« Lijufe straffte ihre Schultern und setzte ihr schönstes listiges Grinsen auf.

Kadlin wandte ihrer Freundin, wie geheißen, den Rücken zu und schaute unauffällig zu den trinkenden Männern, die laut grölten. Kurz darauf hörte sie Lijufe munter die fremden Frauen fragen: »Entschuldigt, aber ... stimmt es, dass euer Häuptlingssohn Hadd nicht am Turnier teilnehmen kann, weil er verletzt ist?«

Das Tuscheln der Ikol-Frauen erstarb und eine Stimme erklang, aus der einem das Misstrauen, das beinahe schon feindselig war, entgegenschlug. »Warum willst du das wissen? Bist du hier, um für deinen Stamm zu spionieren?«

»Na ja, nicht ganz. Meine kleine Schwester schwärmt für Hadd und ...« Weibliches Kichern und leises Gegackere folgte darauf, so dass Lijufe ebenfalls ein Lächeln anzuhören war. »Sie hatte Angst, sie würde ihn beim Eginirierd nicht spielen sehen.«

Die gleiche Stimme antwortete, doch freundlicher als zuvor. »Wie du selbst siehst, geht es Hadd ja ganz gut. Warum sollte er das Spiel versäumen?«

Die Rednerin deutete wohl auf Hadd, denn Lijufe erwiderte stockend: »Ach, da ist er ja! Ich habe ihn in dem Getümmel am Lagerfeuer gar nicht gesehen. Ich weiß ehrlich nicht, was meine Schwester so toll an ihm findet. Ich meine, schau ihn dir doch an!«

Augenblicklich inspizierte Kadlin die Krieger am Feuer nun genauer. Sie rätselte, welchen dieser Trunkenbolde sie als ihren Bräutigam betiteln durfte.

Die andere Frau wurde zutraulicher. »Nun, als hässlich kann man ihn nicht bezeichnen. Er ist groß und stark. Sein dunkler Bart verdeckt zwar das meiste von seinem Gesicht, aber man sieht dennoch, dass er ganz ansprechende Züge hat. Nur seine Augen ...«

Fieberhaft suchte Kadlin in der Menge nach einem bärtigen jüngeren Gesicht und fand tatsächlich eines, das ihrem Zukünftigen gehören könnte. Es war ein dunkelhaariger Krieger, der mit stolzgeschwellter Brust und gelangweilter Miene inmitten der trinkenden Männer saß. Seine arrogante Haltung und sein Gebaren machten jedem klar, welche Stellung er im Stamm innehatte. Das musste Hadd sein. Es stimmte, was die Frau sagte. Hadd war ein stämmiger Krieger mit Vollbart, kräftigen Augenbrauen und einer markanten Nase.

Lijufe drängte die Ikol zum Weiterreden. »Was ist mit seinen Augen?«

Tonlos meinte diese daraufhin: »In ihnen lauert die Grausamkeit, die in Hadds Seele wohnt. Deine Schwester sollte sich nicht von seinem schönen Aussehen blenden lassen. Tu ihr einen Gefallen und rede ihr Hadd aus. Ich kenne seine Ehefrauen und keine von den beiden will momentan das Zelt verlassen.«

Kadlins Magen zog sich zusammen und nur mit Anstrengung konnte sie ein Stöhnen unterdrücken. Schnell schaute sie von Hadd fort, weil sie befürchtete, er könnte aufmerksam auf sie werden. Sie zog sich hinter Lijufe zurück, um bedächtig an ihr vorbei auf Hadds Treiben zu linsen. Dieser pfiff einem Mädchen zu, das sofort mit einem Krug herbeieilte, um seinen Becher aufzufüllen, während er sie herablassend und zugleich anzüglich musterte.

Bei Sari, dem gütigsten der Monde, konnte das die Absicht ihres Vaters sein? Diesen Ikol, dessen grausame Ader alle kannten und dessen Lüsternheit schon aus dieser Entfernung nicht zu übersehen war, sollte sie ehelichen?

Lijufe wollte den Verdacht, den Kadlin ebenso hegte, bestätigt bekommen und forschte weiter. »Warum wollen die Frauen das Zelt nicht verlassen, sind sie krank?«

Die Ikol lachte freudlos auf. »Das wäre das kleinere Übel. Die eine will ihr geschundenes Gesicht nicht zur Schau stellen, um dem Hohn der Männer über ihren Ungehorsam zu entgehen. Und die andere mag Hadd keinen neuen Anlass liefern, um gezüchtigt zu werden.«

Lijufe rang um Fassung, was ihr Gestammel preisgab. »Ist ... ist das ... üblich bei euch?«

»Nicht immer in diesem Ausmaß. Wir Ikol-Frauen kennen es nicht anders. Ich kann mich über meinen Ehemann jedoch nicht beklagen. Wenn ich tue, was er verlangt, gibt es keinerlei Probleme. Bei Hadd allerdings reicht das kleinste Vergehen, um ihn rasend zu machen. Das Schlimme daran ist, dass er kein Mitgefühl kennt. Seine Erbarmungslosigkeit prasselt auf alles und jeden nieder, sogar auf ihn selbst. Seine tiefen Narben, die sein ganzer Stolz sind, bezeugen dir meine Worte.«

Der Hychna-Tau, den Kadlin morgens zum Frühstück gegessen hatte, war kurz davor, den Weg ein weiteres Mal anzutreten – in entgegengesetzter Richtung. Ihr Brustkorb hob und senkte sich immer schneller.

Hätte sie doch bloß nie Lijufe zu diesem Unsinn angestiftet! Wie sollte sie mit diesem Wissen darüber, was sie nach der Hochzeit erwarten würde, Hadd heiraten? Sie sollte davonlaufen und nie wieder zurückkommen. Aber das würde sie nicht fertigbringen, denn das hieße, alle Menschen, die sie liebte, zu verlassen. Lijufe, Ragnar und ihre Mutter, sogar ihren Vater, der von ihr erwartete, sich solch einem Krieger auszuliefern, würde sie dann nie wiedersehen. Sie hatte gewusst, dass sie als Tochter eines Clan-Anführers nie aus Liebe heiraten würde, allerdings ... Naiv, wie sie war, hatte sie gehofft, sie würde ihren Ehemann lieben lernen oder er würde sich vielleicht in sie verlieben und um ihr Herz werben. Bei Hadd schien das alles jedoch undenkbar. Oder?

Verstohlen suchte Kadlin wieder in der Menschenmenge nach dem Krieger, der vermutlich ihr Bräutigam war. Hadd war eine imposante Erscheinung, daran gab es keinen Zweifel, aber letztendlich war es nicht das, was zählte, sondern sein Wesen. Sie musste an ihren einfältigen Hoffnungen festhalten, denn wenn ihr Plan mit dem Unaru-Häuptlingssohn fehlschlug und sie Hadd heiraten musste, bräuchte sie jeden Strohhalm, an den sie sich klammern konnte, um das zu überstehen. Andererseits ... Was für ein Mensch war der Unaru?

Noch während Kadlin ihren Gedanken nachhing, bemerkte sie, wie Hadd den Kopf neigte und in ihre Richtung starrte. Seine Augen wurden schmaler, als würde er etwas ins Visier nehmen, was ihm ganz und gar nicht passte. Der jungen

Smar wurde immer mulmiger zumute und als Hadd plötzlich aufstand, packte sie die Panik. Schnell zerrte sie Lijufe von den Frauen fort, die sich noch im Laufen verabschiedete und bedankte.

»Zugegeben, es ist wirklich erschreckend, was du über deinen Bräutigam gehört hast. Aber kann ich mich nicht ordentlich von den Frauen verabschieden?«, zeterte Lijufe im Gedränge, doch Kadlin schleppte sie weiter und blickte nebenher immer wieder zurück.

»Nein, Hadd ist tatsächlich zu diesen Frauen gegangen und jetzt quetscht er sie gerade aus! O heilige Monde, behüte, dass er nun Nachforschungen anstellt.« Kadlins Puls trommelte wild und ihre Schritte wurden schneller und schneller.

Erst als sie um mehrere Zeltecken gebogen waren, das dichte Getümmel der Besucher einen eiligen Schritt nicht mehr zuließ und von Hadd nichts zu sehen war, konnte Kadlin sich wieder entspannen.

»Er weiß wegen der Skals ja nicht, dass wir zu den Smar gehören«, versuchte Lijufe ihre Freundin zu beruhigen.

»Aber möglicherweise hat er mein Gesicht gesehen und das wird er wiedererkennen, wenn wir uns vorgestellt werden.« Kadlin konnte die Furcht nicht aus ihrer Stimme verbannen.

»Hat er dich gesehen? Habt ihr euch in die Augen geschaut?« Lijufe hielt abrupt an und die nachkommenden Menschen rempelten murrend gegen sie.

Verstört schüttelte Kadlin ihren Schopf. »Nein, ich glaube nicht.«

»Gut, das ist gut. Alles bestens. Abgesehen davon, dass dein

Bräutigam ein gutaussehender Ekelpfropfen zu sein scheint.« Nachdem Lijufe die bekümmerte Miene ihrer Freundin auffiel, bereute sie sogleich ihre Worte. Vom schlechten Gewissen geplagt, legte sie den Arm um Kadlins Schulter. »Ich bin ein Trampel, entschuldige. Ich hätte das nicht sagen dürfen. Vielleicht hätten wir uns dieses Abenteuer verkneifen sollen.«

»Nein, das dachte ich auch zuerst, aber nun ... So weiß ich zumindest, was auf mich zukommt, und kann mich darauf einstellen. Ich werde das Beste aus meinem Schicksal machen. Egal, wie es kommt.«

Mit einem zerknirschten Lächeln munterte Lijufe sie auf. »Ja, wenn uns das Schicksal schon die Suppe einbrockt, können wir wenigstens dafür sorgen, dass sie gut schmeckt. Also komm, lass uns nachsehen, was der Unaru zu bieten hat.«

Sie wanderten weiter durch die Gassen der Zeltstadt, fragten ab und zu nach dem Weg zum Lager der Unaru. Nach einer Weile kamen ihnen endlich Menschen mit den Stammesfarben der Unaru entgegen. Das Lagerleben der Unaru glich dem der Smar, was Kadlin ermutigte, obwohl sie sich eigentlich auf Feindesgebiet befand. Im Grunde hätte sie verängstigt sein sollen, aber die Gesichter der Stammesmitglieder waren freundlich und offen. Viele von ihnen begrüßten sie sogar mit einem Lächeln, was Lijufe mit Verwunderung kommentierte.

»Hast du das gesehen, wie der mich angelächelt hat? Pff, ich bin eine verheiratete Frau, was bildet der sich ein?«

»Ja, so blutrünstig, wie mein Vater immer erzählt, wirken sie gar nicht.« Kadlin beobachtete, wie eine Horde Kinder verschiedener Stämme an ihnen mit heiserem Gebrüll vorbeistürmte, eine Frau ihrem Mann den Säugling in die Arme drückte und ein paar ältere Männer bei einem Spiel wetteiferten. »Schwer vorstellbar, dass diese Menschen meinen Onkel und meinen Bruder in einer Schlacht getötet haben.«

Bei einem Stand, an dem Käse feilgeboten wurde, blieben die jungen Smar-Frauen stehen, um den Mittelpunkt des Lagers im Auge zu behalten. Die Verkäuferin, die mit einem Skal der Unaru bekleidet war, grinste freundlich und reichte ihnen ein Brett dar, auf dem in kleinen Häppchen ihre Ware lag. »Seid gegrüßt. Hier, probiert von meinem Käse. Ich verspreche euch, er ist der beste weit und breit.«

Die Mädchen nahmen das Angebot dankend an.

Noch mit vollem Mund schmatzte Lijufe: »Mmh, der ist lecker.«

»Besser als der von den Smar«, pflichtete Kadlin ihr bei, woraufhin Lijufe laut auflachte.

Die Unaru war offensichtlich geschmeichelt, denn sie verfiel in ein sympathisches Gekicher. »Na, wenn ihr das sagt. Ich selbst habe deren Käse noch nie probiert.«

»Sollen wir dir welchen besorgen, damit du ihn mit deinem vergleichen kannst?«, fragte Kadlin schmunzelnd.

Die ältere Frau überlegte, schüttelte jedoch den Kopf. »Nein, nein. Ich will euch armen Mädchen nicht zumuten, in ihr Lager gehen zu müssen.«

Die Mädchen starrten sich an, bis Lijufe ernst erwiderte: »Ja, es fällt uns immer wieder schwer, es zu betreten. Die Smar sind einfach zu schrecklich.«

»Ja, ganz fürchterlich«, bezeugte Kadlin mit zuckenden Mundwinkeln und Lijufe bestätigte euphorisch: »Total widerlich.«

Kadlin fand Gefallen daran, sich mit Lijufe zu messen, und band der armen Verkäuferin einen noch größeren Bären auf. »Und sie sind alle so hässlich.«

Lijufe grunzte kaum vernehmbar und nahm den Fehdehandschuh ihrer Freundin auf. »Außerdem muffeln sie, besonders die Frauen.«

Die Augen der Verkäuferin wurden runder und runder. »Wirklich?«

Vielsagend nickte Kadlin. »Aber so was von! Ich sage dir, bevor von denen eine um die Ecke kommt, kannst du sie schon lange riechen.«

Lijufe biss sich auf die Lippen, um nicht laut loszugrölen.

»Nein?!«, staunte die Unaru ungläubig.

»O doch!«, prustete Lijufe, die nicht mehr konnte.

Kadlin kämpfte tapfer gegen ihren Lachanfall. »Ich schwöre es dir, du würdest eine Smar sofort erkennen, wenn sie vor dir stehen würde.«

»Ihr Körpergeruch kommt bestimmt von dem ganzen Hychna-Käse, den sie herstellen und selbst essen«, vermutete die Händlerin. »Genau so wird es sein.«

»Ja, ganz sicher«, stimmten die Smar-Mädchen im Chor zu.

»Demnach ist das kein Hychna-Käse?«, stellte Lijufe interessiert fest und schob sich nochmals ein Probierstückchen in den Mund, das sie genüsslich vertilgte.

»Dieser Käse ist aus gepressten Schneckeneiern«, verkündete die Unaru auskunftsfreudig.

Lijufe, die gerade das letzte Stück hinuntergeschlungen hatte, hielt erschrocken inne und ein säuerlicher Gesichtsausdruck strafte ihre Worte Lügen. »Köstlich, ganz köstlich.« Leise heulte sie jedoch vor sich hin: »Igittigitt, ich habe Schneckeneier gegessen.«

Kadlin unterdrückte nach der Enthüllung der Unaru ein Würgen und versuchte währenddessen ihre Miene unter Kontrolle zu halten.

»Hier, möchtet ihr noch von dem mit den Kräutern?«, sprach die Verkäuferin und hielt ihnen ein Brett unter die Nase, auf dem grün-schleimiger Schneckenkäse lag.

»Nein!«, kreischten die Mädchen einstimmig, worauf die Frau den Käse enttäuscht sinken ließ.

Lautlos jammerte Lijufe hinter Kadlins Rücken. »Uäh, in Grün? Ich reihere gleich in meinen Skal.«

Kadlin bekam jedoch Mitleid mit der Frau und versuchte diese aufzumuntern. »Wir haben bereits gegessen und sind noch satt.«

Abermals hörte Kadlin Lijufe hinter sich im Stillen schelten. »Eher sterbe ich vor Hunger, als dass ich das noch mal esse!«

»Schade. Aber vielleicht wollt ihr für eure Ehemänner welchen kaufen? Unsere Krieger schwören auf den Schneckenkäse. Dagur zum Beispiel liebt den hier, mit den scharfen Samen. Jeden Morgen isst er davon. Seine Mutter kauft seit jeher bei mir ihren Käse.«

Aufgrund des gewichtigen Gehabes der Händlerin um diesen Dagur schloss Kadlin, dass er ein angesehener Krieger der Unaru war, den jeder kennen musste.

Lijufe fragte sogleich. »Wer ist Dagur?«

Die Verkäuferin zog verwundert die Augenbrauen zusammen. »Ihr wisst nicht, wer Dagur ist?« Sie lachte und ihr Gesicht sah um Jahre jünger aus. »Das ist mir noch nie passiert. Normalerweise kennen ihn die Frauen und fragen nach ihm. Ah, seht nur, da kommt er.«

Mit dem Kopf deutete die ältere Unaru auf die gegenüberliegende Gasse, in der eine Männermeute angetrollt kam. Laut lachend waren die tiefen Stimmen nicht zu überhören. Alle Krieger hatten nasse Haare und machten im Ganzen einen recht feuchten Eindruck. Es schien, als wären sie im See baden gewesen. Bei einigen entdeckte Kadlin blaue Farbreste im Gesicht und sofort fiel ihr der bärtige Riese auf, der den Ball so leicht errungen hatte.

Lijufe, die ebenfalls die Krieger sah, hatte wohl denselben Gedanken wie Kadlin. »Ihr redet von dem großen Kerl, oder?«

»Ja, das ist Dagur. Einer unserer besten Krieger. Wo Dagur hinschlägt, wächst kein Gras mehr.«

Lijufe seufzte kaum hörbar. Alarmiert von dem Geräusch beobachtete Kadlin, wie ihre Freundin einen verklärten Blick bekam. »Hör auf, ihn anzuhimmeln, du bist verheiratet«, zischte Kadlin mahnend.

»Leider nicht mit ihm«, stöhnte Lijufe bekümmert.

Kadlin wandte sich der Händlerin zu und griff nach dem

Ellbogen ihrer Freundin, um sie zur Räson zu bringen. »Du sagtest ›einer eurer besten Krieger‹, warum ist er nicht der Beste? Bei seiner Körpergröße und Stärke sollte man meinen, dass ...«

Die Verkäuferin unterbrach sie grinsend. »Ihr kennt Dagur wirklich nicht, sonst würdest du mich das nicht fragen. Bram ist unser bester Krieger.«

»Bram?«, echote Kadlin.

»Ja, der Sohn unseres Häuptlings. Seht ihr den Blonden neben Dagur? Das ist er.«

Kadlins Augen schnellten zu Dagur zurück, der leicht auszumachen war. Wie sie vermutet hatte, stand an dessen Seite der Torwerfer, der, diesmal ohne die Farbe im Gesicht, erneut beim Grinsen seine weißen Zähne aufblitzen ließ. Die langen Haare fielen um die ebenmäßigen Züge des Häuptlingssohns. Aus der Ferne sah dieser Bram ganz attraktiv aus – was natürlich rein gar nichts über seinen Charakter aussagte. Aber nach der Häufigkeit von Brams Lachen zu urteilen, hatte er anscheinend Humor, oder zumindest ein sonniges Gemüt, was ein gutes Zeichen war. Um Bram auf dem Fastmö trotz der Augenbinden erkennen zu können, müsste sie näher an ihn heran, um ihn genauer zu betrachten.

»Sicherlich kauft nun Dagurs Eheweib den Käse für ihn und nicht mehr seine Mutter«, meinte Lijufe im Plauderton und tat so, als schaue sie sich die Käsesorten an. Zu Kadlin flüsterte sie unterdessen: »Für den Prachtkerl tät ich sogar diesen Schneckenkäse essen.«

Das brachte Kadlin zum Grunzen.

Die Verkäuferin schüttelte vehement den Kopf. »Nein, weder Dagur noch Bram ist gebunden. Sie meiden das Fastmö wie einen Haufen Hychna-Mist.«

Kadlin entschlüpfte ein »Verdammt!« und Lijufes Schultern sackten eindeutig nach unten.

»Warum gehen sie nicht zur Brautschau?«, fragte Kadlin, dachte aber, dass es sicher der gleiche Grund war, warum auch ihr Bruder Ragnar das Fastmö mied – wie auch die meisten anderen jungen Krieger.

Sobald man das siebzehnte Lebensjahr erreicht hatte, durfte man so lange am Fastmö teilnehmen, bis man versprochen war. Während die jungfräulichen Mädchen diesem Brauch entgegenfieberten und es kaum abwarten konnten, hatten es die Jünglinge damit überhaupt nicht eilig. Das Kämpfen, Jagen und ungebundene Flirten war viel interessanter, als sich fest an eine Frau zu binden und eine Familie zu gründen. Die Männer genossen oft bis Mitte zwanzig ihre Freiheit, oder bis ihre Eltern sie zur Teilnahme am Fastmö drängten. Das war auch einer der Gründe, weshalb am Fastmö mehr Frauen als Männer teilnahmen. Witwen war die Teilnahme nicht mehr gestattet, Witwern dagegen schon, was aber eher selten vorkam, da sich bei ihnen eine Teilnahme oft erübrigte und eine erneute Ehe auf anderem Wege ausgehandelt wurde. Die Witwen hatten es schwer im Gefüge des Clans. Zwar wurden sie von den männlichen Stammesmitgliedern umschwärmt, da sie ihre Gunst, im Gegensatz zu den Jungfrauen, frei schenken konnten, wem sie wollten. Allerdings war das auch der Grund, warum sie kein

Krieger heiraten wollte. Gerade die jungen Männer kosteten dieses Vergnügen aus.

Warum sollten also ausgerechnet diese zwei jungen, blendend aussehenden Krieger auf Brautsuche gehen, wenn sie etwaige Bedürfnisse anderswo stillen konnten?

»Mmmh, Dagur folgt Bram in jeder Entscheidung, er ist sein engster Freund. Bram ... Entweder ist er bereits einer Frau versprochen oder, und darauf tippe ich, er mag sich keine Blöße geben.«

»Wie ›keine Blöße geben‹? Das ... Ich verstehe nicht?« Kadlins Stirn runzelte sich.

»Bram hat Narben. Sie verlaufen vom Kinn über den Hals bis zum Brustbein. Dagurs Mutter erzählte mir, dass er von einem Mädchen deswegen ziemlich übel zurückgewiesen wurde, weil sie sich vor ihm ekelte. Ich glaube, seitdem schämt er sich für diese Verletzungen.«

Kadlin blickte zu dem blonden Krieger. Es war auf die Entfernung nichts von den Narben zu sehen. Wie unterschiedlich die beiden Häuptlingssöhne waren! Auf der einen Seite Hadd: dunkel, ernst, mit einem Hang zur Grausamkeit und einem nicht zu übersehenden Stolz auf seine Narben. Auf der anderen Seite Bram: hell, fröhlich und angeblich voller Zweifel wegen seiner vermeintlichen Makel. Da fiel einem die Wahl nicht wirklich schwer. Wenn Bram das Fastmö besuchte, würde sie ebenso dort sein. Einen Versuch wäre es wert.

Lijufe, die augenscheinlich einen Narren an Dagur gefressen hatte, schnaufte laut aus: »Wie schade um die beiden!«

Die Verkäuferin horchte verdutzt auf, was das Mädchen

eilig stammeln ließ: »Und für meine Schwester, die dringend einen Mann braucht.«

Die ältere Unaru grinste schelmisch. »Wartet! Wir finden jetzt auf der Stelle heraus, ob die zwei nicht doch zum Fastmö gehen.« Sie richtete sich auf, holte Luft und winkte mit einem lauten Rufen quer über den Platz zu den Kriegern, die mittlerweile am Lagerfeuer eine Mahlzeit einnahmen. »Hey, Dagur, wie sieht es aus? Lässt du dich dieses Jahr auf dem Fastmö blicken?«

Kadlin glaubte zu spüren, wie alle weibliche Herzen aufhörten zu schlagen und gebannt auf Dagurs Antwort warteten. Auf alle Fälle sank in diesem Moment der Lärmpegel auf dem Zeltplatz.

Dagur, der die Frage gehört hatte, machte ein unschlüssiges Gesicht und nickte erwartungsvoll zu Bram, der lediglich leicht mit den Achseln zuckte. Darauf verkündete Dagur lauthals: »Sieht so aus, Heda.«

Vereinzelt war auf dem Lagerplatz ein weibliches Kichern zu vernehmen und Lijufe strahlte zufrieden.

Die Händlerin machte ein überlegenes Gesicht. »Na, was sagt ihr jetzt?«

Kadlin räusperte sich und Lijufe rief: »Los, her mit eurem scharfen Käse, den brauche ich für meinen Mann.«

Kapitel 4

Reiter und Taucher

Der nächste Tag des Sonnenfestes brach an und mit ihm begann das zweite Spiel des Turniers, der Sjöhastrid. Bei diesem Spiel ging es um die Geschicklichkeit und das Können eines einzelnen Mannes. Jeder Stamm wählte aus den Reihen seiner Krieger einen Spieler, der für ihn antrat.

Der Sjöhastrid wurde im See abgehalten. Denn die Aufgabe der Teilnehmer bestand darin, im Gewässer ein Sjöhast zu fangen und mit dessen Hilfe in den Besitz eines goldenen Diskus zu gelangen, der auf einem hohen Pfahl im See platziert war.

Der gewöhnliche Lebensraum der Sjöhast waren die Unterwasserwälder am Grunde des Sees und obwohl sie im Wasser lebten, hatten sie keinerlei Ähnlichkeiten mit einem Fisch. Vom Körperbau her sahen sie fast aus wie die Pferde, die in den kühleren Gefilden Arets heimisch waren. Nur hatten die Sjöhast keine Beine, sondern drei Flossen, zwei an den Seiten und eine kurze am Rücken. Ihr Hinterleib verjüngte sich zu einem dünnen Schwanz, mit dem sie sich an den Unterwassergräsern festhielten, was den Spielern zum Verhängnis werden konnte, wenn ihr Bein dazwischengeriet. Ringelte der Schwanz des Sjöhastes sich zum Bauch hin ein, war es ausgewachsen. Zeigte der Kringel zum Rücken hin, handelte es sich um ein Jungtier. Diese waren zwar kleiner und ermüdeten schneller, waren dafür aber flinker und ungestümer in ihren Bewegungen als die älteren Tiere – was diese allerdings durch ihre Ausdauer wettmachten. Die Spieler wussten anhand des eingekringelten Schwanzes, auf was für einen Ritt sie sich einstellen mussten.

Was das Spiel hinzukommend erschwerte, war, dass zeitgleich drei Teilnehmer antraten und es nur einen Diskus gab, um den sie ohne jeglichen Waffeneinsatz kämpfen mussten. Zuerst hieß es jedoch für die Spieler, ein Sjöhast einzufangen und zu bezwingen, was heikel genug war. Denn die Tiere versuchten durch mehr oder weniger lange und turbulente Tauchgänge an den Seeboden, ihre Reiter abzuschütteln. Oft hatte dies zu Todesfällen beim Turnier geführt, da den Spielern die Luft ausgegangen war, bevor sie zurück an die Wasseroberfläche kehren konnten. Es war das gefährlichste Spiel des Turniers und deswegen wohl auch das beliebteste. Die Menschen strömten in Massen zum Seeufer, wohin auch viele Händler an diesem Tag ihre Stände verlagert hatten. Säfte, getrocknete Früchte, gegrilltes Fleisch, gefüllte Fladenbrote – für jeden Durst und Hunger wurde etwas angeboten. Aber auch Muschelketten, Haarspangen und Gürtel konnte man kaufen.

Kadlin ging mit ihren Eltern zum See. Ragnar, der den Stamm der Smar beim Sjöhastrid vertreten sollte, war geraume Zeit früher aufgebrochen. Man gewährte Kadlin dem Spiel beizuwohnen, unter der Bedingung, dass sie als verheiratete Frau gehen und ihren langen Zopf unter dem Umhang verbergen sollte. So trug sie an diesem Morgen ihren eigenen Skal, der ebenso wie Lijufes nach ihrem Abenteuer seinen Platz mit dem fremden wieder getauscht hatte. Die Mädchen hatten nämlich beschlossen, die gestohlenen Umhänge noch im Schilf versteckt zu halten, für den Fall, dass sie noch ein weiteres Mal das Lager der Unaru besuchen wollten. Wobei für Lijufe ein neuerlicher Besuch weniger eine Überlegung war als ein unumstößlicher Plan. Die brünette Smar spekulierte darauf, dass Dagur beim Sjöhastrid für die Unaru teilnehmen würde. Mit roten Wangen wartete sie, wie mit Kadlin besprochen, auf dem ersten Steg und winkte ihrer Freundin zu. Es gab zwei Holzstege, die weit in den See hineinreichten, damit die Zuschauer dem Wettstreit besser folgen konnten. Einige der Stammesmitglieder waren in ihren schmalen Booten hinausgefahren, um den Sjöhastrid hautnah mitzuerleben oder bei Bedarf Hilfe leisten zu können.

Eyvind und Sibbe waren mit Lijufes Platz einverstanden und so suchten die drei sich einen Weg zu ihr durch die Menschenmenge.

»Hey, hast du Du-weißt-schon-wen gesehen?«, war prompt die Begrüßung von Lijufe, was Kadlin mürrisch den Mund verziehen ließ.

»Ja, danke, dir auch einen wunderschönen guten Morgen. Seit wann stehst du hier?«

Schelmisch grinste Lijufe mit einem Schulterzucken. »Eine Weile.« Und leise, so dass Kadlins Eltern nichts hörten, sagte sie: »Hast du es dir noch mal überlegt? Kann ich Dagur nicht heute schon auf mich aufmerksam machen?«

»Nein!«, meckerte Kadlin genervt und murmelte eindringlich: »Mit unseren echten Skals dürfen wir ihnen auf keinen Fall unter die Nase kommen. Sonst wissen sie morgen am Fastmö sofort, wen sie vor sich haben, und werden sich nie mit uns abgeben. Also gedulde dich, nur diesen einen Tag lang. Bitte, Lijufe, es ist echt wichtig, dass wir uns daran halten.«

Nachdem Lijufe ernst nickte, sprach Kadlin an, was sie bei ihrem Vorhaben beunruhigte und ihr seit ihrem Ausflug durch den Kopf gegangen war: »Wenn Dagur wirklich um deine Hand anhielte, würde dein Vater dir die Hochzeit mit einem Unaru erlauben?«

»Ich weiß es nicht. Aber selbst wenn Vater mir die Zustimmung vorenthielte und Dagur der Mann wäre, den ich liebe, würde ich ihn ohne den Segen meines Vaters heiraten.«

Kadlin sog scharf die Luft ein. »Man würde dich verstoßen, der Stamm würde dich ausschließen! Du würdest deine Familie nie wieder zu Gesicht bekommen – das ist dir bewusst?«

Traurigkeit schlich in Lijufes Augen. »Wie könnte ich bei meinem Clan bleiben, wenn ich jeden Tag todunglücklich wäre? Nein, Kadlin, wenn ich die Liebe finde, folge ich ihr und nichts wird mich davon abhalten.«

Kadlin beneidete ihre Freundin um ihren Mut und ihre Entschlossenheit. Denn nachdem Eyvind sie mit jeder Stunde mehr wie eine Verheiratete behandelte und bei jedem Anlass von Hadd als ihrem Ehemann sprach, hatte sie starke Zweifel, dass sie ihren Vater von einer Hochzeit mit Bram überzeugen könnte. Und Bram trotz eines Verbots von Eyvind zu heiraten, würde die Stammesfehde vermutlich erst recht neu aufleben lassen. Womöglich blutiger als zuvor. Eyvinds Zustimmung war das letzte einer ganzen Reihe von Hindernissen, die sie überwinden musste. Als Erstes musste sie Bram dazu bringen, dass er sie als Braut in Erwägung zog, was an sich verrückt genug war. Wieso setzte sie sich überhaupt solche Flausen in den Kopf?

Kadlin schloss mitten in dem Trubel die Augen, atmete tief durch und sah in den blauen Himmel über sich, wie sie auch der Wahrheit ins Gesicht blickte. Die ganze Nacht hatte sie über die beiden Häuptlingssöhne nachgedacht, das Für und Wider des Clans abgewogen. Selbst wenn sie die logischen Argumente nicht beachtete, endete sie bei Bram. Ihr Verstand und ihr Herz sagten ihr, dass er die bessere Wahl für sie wäre. Sie kannte ihn nicht, doch irgendetwas in ihrem Inneren fühlte sich von ihm angezogen und sie konnte nicht mal erklären, weshalb dies so war. Deshalb musste sie das Fastmö besuchen und Bram in ihren Bann ziehen. Sie hatte zwar keine Ahnung, wie sie das anstellen sollte, aber irgendwas würde sich ergeben. Bestimmt.

Der Ruf eines Hornes unterbrach sie in ihren Gedanken. Es läutete die erste Runde des Spiels ein. Drei Krieger traten ans Ufer und Kadlins Puls geriet ins Stolpern.

Lijufe, die links von ihr stand, hechelte überrascht: »Das ... das ist nicht Dagur. Ist das etwa ...?«

»Bram!«, beendete Kadlin unglücklich den Satz und hörte ihre Mutter stolz von rechts verkünden: »Da ist Ragnar! Sieht dein Bruder nicht gut aus, Kadlin?«

Fassungslos sah die junge Smar den dritten Teilnehmer und stammelte zynisch: »Ja, Mutter, fantastisch.«

Lijufe krallte sich an Kadlins Unterarm fest und sah genauso schockiert drein wie ihre Freundin. Tonlos wisperte sie: »Das ist ein Witz, oder? Das da vorne ist Hadd.«

»Dein Bräutigam wird gegen deinen Bruder kämpfen, Kadlin. Mal schauen, wie sich Hadd schlägt«, dröhnte Eyvind über Sibbe hinweg.

Kadlin hatte es die Sprache verschlagen, denn sie konnte nicht glauben, was sie sah. Die Teilnehmer wurden vor jeder Runde ausgelost und das war der absurdeste Zufall, der hätte eintreten können. Die heiligen Monde machten sich eindeutig lustig über sie, lachten sich wahrscheinlich schlapp über das dämliche Gesicht, das sie gerade machte.

Unter lärmendem Johlen des Publikums stellten sich die Krieger in Position und man konnte erkennen, dass ihre Körperlänge annähernd gleich war. Ragnar schien ein wenig größer zu sein als seine Mitstreiter, indessen war Hadds Statur massiger. Während Bram und Ragnar in ihren Tuniken gut durchtrainiert wirkten, sah Hadd mit seinem nackten, breiten Brustkasten wie ein Bulle aus. Seine Muskeln, die er anscheinend eingeölt hatte, glänzten in der Sonne und selbst aus der Ferne konnte Kadlin die Unregelmäßigkeiten auf der Haut seines Oberkörpers ausmachen, die von seinen unzähligen Narben herrührten.

Erneut dröhnte der Klang des Horns über den See und die Männer rannten ins Wasser, bis es tiefer wurde und sie anfangen mussten zu schwimmen. Mit dem antreibenden Klatschen der Zuschauer entfernten sich die Wettkämpfer Zug um Zug vom Ufer und tauchten schließlich unter. Die Menge verstummte und ersehnte angespannt das Auftauchen des ersten Spielers.

Es war Ragnar, der eine beachtliche Strecke zurückgelegt hatte, aber ohne ein Sjöhast an die Wasseroberfläche kam. Zügig hielt er nach seinen Gegnern Ausschau. Doch als er keinen entdeckte, tauchte er wieder unter.

Kaum war Ragnar verschwunden, erschien Brams Kopf in der Nähe des Pfahls, wo der goldene Diskus auf seinen Gewinner wartete. Auch er ging sofort wieder unter Wasser. Einen Wimpernschlag später, jedoch weiter weg von dem Diskus, schoss plötzlich Hadd mit einem Sjöhast aus dem Wasser. Die Zuschauer jubelten laut über seinen schnellen Fang.

Das Tier warf seinen Kopf nach hinten, doch Hadd wich ihm gekonnt aus. Obwohl das Sjöhast sich wie von Sinnen unter seinem Reiter wand, saß dieser mit gespreizten Beinen wie festgenagelt auf dessen Rücken und klammerte sich mit seinen Oberschenkeln an den knöchernen Hautplatten fest. Es war ein grün-braun geflecktes Tier und wie es für seine Art typisch war, hatte seine knubbelige Haut Ähnlichkeit mit einer Koralle. Unruhig tänzelte das Sjöhast im See umher und auf einmal wurde es feuerrot. Wie wild fing es an, ein- und aufzutauchen, drehte sich um die Achse und kämpfte verbissen um seine Freiheit. Doch Hadd hielt sich gut am Hals des Tieres fest.

Währenddessen kamen Ragnar und Bram mit ihren Sjöhast an die Oberfläche und hatten ebenfalls Mühe, sich auf den wilden Geschöpfen zu halten, die sich gebärdeten, als ginge es um Leben und Tod. Auch diese Tiere änderten unter dem Kampf mehrfach ihre Färbung.

Sibbe jubelte bei Ragnars Auftauchen und schrie ihm ununterbrochen zu, was er machen sollte. Kadlin fragte sich im Stillen, woher ihre Mutter das wissen wollte, denn sie war sich sicher, dass diese, genauso wie sie selbst, noch nie ein Sjöhast geritten hatte.

Die Zuschauer klatschten begeistert und jeder rief seinem Favoriten aufmunternde Worte und Ratschläge zu. So überraschend, wie die Spieler aus den Fluten aufgestiegen waren, so unerwartet versanken sie auch wieder.

Die Rufe des Publikums verebbten und eine bedrückende Stille legte sich über die Menschen, denn jeder wusste, dass dies der kritischste Zeitpunkt beim Einreiten eines wilden Sjöhastes war. Hatte der Spieler jedoch dieses letzte Aufbäumen des Tieres überstanden, war es gezähmt und ließ sich von ihm gefügig reiten. Nur auf dem Rücken des Sjöhastes stehend, konnte der Wettkämpfer an den Diskus auf dem Pfahl gelangen und damit den Sieg erringen.

Die Minuten verstrichen und ein leises Raunen ging durch die Zuschauerreihen. Kadlin fühlte eine warme Brise über ihr Gesicht wehen und hörte das leise Platschen der Wellen, die gegen die hölzernen Träger des Steges schwappten. Gebannt starrte sie auf den glitzernden See, in dem sich die Sonnenstrahlen reflektierten.

Die Angst um Ragnar nahm mit jedem Atemzug zu, sie hörte ihr Herz in den Ohren pochen und ihr Magen verknotete sich zu einem harten Klumpen.

Sibbe griff unbewusst nach der Hand ihrer Tochter und drückte sie fest. Kadlin hörte ihre Mutter vor sich hin beten. »Er wird es schaffen, ich weiß es. Er taucht wieder auf. Ich weiß es.«

Bram und Hadd kamen gleichzeitig an die Oberfläche hoch und ohrenbetäubender Jubel brach los. Zielstrebig lenkte Hadd sein Sjöhast zum Pfahl und Bram, der ein ganzes Stück hinter ihm aufgetaucht war, steuerte ebenso konzentriert den Diskus an.

Hadds Gewicht schien sich jedoch nachteilig auf das kleine Sjöhast auszuwirken, er war langsamer als der Unaru. Bram, der schlanker und dessen Tier größer und noch voller Energie war, holte Hadd ein. Im letzten Augenblick, als Bram an dem Ikol vorbeiziehen wollte, bemerkte dieser seinen Gegner und holte mit der Faust aus. Der kräftige Hieb riss Bram fast vom Rücken des Tieres.

Die beiden Krieger rangen verbissen miteinander und versuchten sich gegenseitig von ihren Sjöhast zu stoßen, ohne selbst das Gleichgewicht zu verlieren. Da wurde Kadlin klar, warum Hadd sich eingeölt hatte. Während der Ikol an Brams Tunika zerrte, die lediglich noch von ein paar Fäden zusammengehalten wurde, bot er eine glitschige Angriffsfläche. Sein Wettstreiter rutschte immer wieder an Hadds öliger Haut ab. In der Zwischenzeit war von Kadlins Bruder immer noch nichts zu sehen.

»Wo verdammt steckt Ragnar?«, grummelte Lijufe besorgt.

Kadlin war kurz davor, in Tränen auszubrechen, und das nicht, weil Sibbe ihre Hand zerquetschte, denn kein Mensch konnte so lange unter Wasser bleiben, ohne einmal Luft zu schöpfen.

Mit brüchiger Stimme wisperte Kadlins Mutter: »Er ... er wird sich doch nicht im Seegras verfangen haben. Eyvind?«

Kadlin vernahm das ruhige Brummen ihres Vaters, der neben seiner Frau das Spiel mit stoischer Miene beobachtete. »Mach dir keine Sorgen, Sibbe.«

Die Häuptlingstochter schluckte den Kloß in ihrem Hals hinunter und wünschte sich, die Ruhe ihres Vaters habe einen guten Grund. Sie wollte endlich Ragnars Haarschopf auftauchen sehen, nichts sonst war ihr mehr wichtig.

Mit Bram stand Hadd ein ebenbürtiger Kämpfer gegenüber, der nach vergeblichen Versuchen von der Technik des Ringens und Stoßens abgekommen war und nun mit gezielten Boxhieben versuchte den Ikol von seinem Tier zu heben. Hadd zog sich nach einem heftigen Treffer zurück, um mit erhöhtem Tempo direkt auf Bram zuzusteuern. Das Gebrüll der Zuschauer stieg an, denn man erwartete einen wuchtigen Schlag von Hadd gegen seinen Kontrahenten. Doch der trat voller Wucht dem gegnerischen Sjöhast in den Unterleib, worauf dieses schrill kreischte, denn es war die einzige weiche und verletzliche Stelle des Tieres. Die Sjöhast-Männchen trugen dort in einer Tasche die befruchteten Eier aus. Und Brams Tier, dessen Bauch gebläht war, hatte wohl Eier bei sich, die es zu beschützen suchte. Blitzschnell und überraschend warf es sich nach hinten auf den Rücken und damit auf seinen Reiter, und tauchte auf Nimmerwiedersehen in den Wogen unter.

In Pfahlnähe begann derweil das Wasser unstet umherzuwirbeln und Ragnar kam mit einem gelben Sjöhast ganz langsam an die Oberfläche.

Kadlin klatschte wild vor Freude in die Hände und schrie laut Ragnars Namen. Sie freute sich für ihren Bruder, dass er eine gute Chance hatte zu gewinnen, aber es machte sie vor allem glücklich, ihn munter und fidel am Leben zu sehen.

Das Publikum tobte über Ragnas unerwartetes Auftauchen. Hadd, der damit beschäftigt gewesen war, den Verbleib von Bram auszumachen, blickte verwirrt auf. Als er dann Ragnar auf den Rücken des Sjöhast klettern sah, verzog sich sein Gesicht im Zorn zu einer hässlichen Fratze. Eilig trieb er sein Tier zu Ragnar und bemerkte unterdessen nicht, dass Bram wieder an die Luft gekommen war und sich am Rücken seines Sjöhastes festhielt. Erst nachdem Hadd die Zurufe und Zeichen seiner Stammesmitglieder verstanden hatte, entdeckte er Bram, doch da war es bereits zu spät.

Kadlin schaute zu, wie Bram listig grinste und nach Hadds Hosenbund griff. Mit einem kräftigen Ruck riss er den Ikol von seinem Sjöhast ins Wasser und nahm gleich darauf dessen Platz ein. Hadd tauchte prustend auf und sah Bram mit seinem Tier auf den Pfahl zuschießen. Doch Ragnar hatte den Diskus schon längst in den Händen und schrie sich vor Freude die Kehle wund.

Die Smar brüllten, dass die Erde bebte, klatschten und pfiffen. Kadlin wischte sich mit zitternden Fingern die Tränen von den Wangen und wurde von Sibbe und Lijufe in eine hüpfende Umarmung gezogen. Die Frauen lachten und kreischten fröhlich mit ihrem Clan.

»Eyvind, wieso warst du dir sicher, dass Ragnar nichts geschieht?«, schrie Sibbe, um den Lärm der Zuschauer zu übertönen.

Der Smar-Häuptling grinste zufrieden und Kadlin hörte ihren Vater laut erwidern: »Ragnar übt seit zwei Jahren heimlich das Tauchen mit Flaki und dieser schwor mir, dass Ragnar länger als er zu seinen besten Zeiten tauchen kann.«

Überglücklich blickte die Häuptlingstochter zu ihrem Bruder, der voller Stolz strahlte. Bram zog mit ernstem Gesicht an Ragnar vorbei und nickte ihm anerkennend zu. Seine blonden Haare hingen dabei in nassen, wirren Strähnen hinab. Der Rest der zerfledderten Tunika entblößte die mächtige Brust des Unaru und Kadlin konnte deutlich seine Narben sehen. Vier breite, gewölbte Streifen zogen sich hell über Brams gebräunte Haut.

Was war diesem Krieger widerfahren? Und warum, in drei Mondes Namen, wurde ihr auf einmal so heiß?

Kapitel 5

Freund und Feind

Bis tief in die Nacht feierten die Smar ausgelassen Ragnars Sieg. Der Rindenweinvorrat litt stark unter den trinkfreudigen Kriegern und entsprechend gedämpft war die Stimmung am darauffolgenden Morgen. Hatte man wenige Stunden zuvor aus vollem Halse gesungen und gelacht, so wurde nun geflüstert. Angesichts des dritten und letzten Turnierspiels, des Tugwar, welches den Smar bevorstand, war das Saufgelage eine ganz, ganz schlechte Idee gewesen.

Die Krieger krochen mehr oder weniger auf allen vieren aus ihren Zelten, blickten völig zerknittert in den Himmel und wunderten sich, warum die Sonne ausgerechnet an diesem Tage so grell strahlte, dass sie fast nichts sehen konnten. Manch einer hatte einen faden Geschmack im Mund, andere beschwerten sich grummelnd über Kopfschmerzen, aber alle hatten eins gemein: Mit Grausen dachten sie ans Tugwar und spätestens von diesem Moment an standen ihnen die verstrubbelten Haare zu Berge – wenn sie es nicht bereits taten. Denn sie wussten, dass beim Tugwar fünfzehn Krieger ihres Stammes aus Leibeskräften an einem Seil ziehen mussten. Unglücklicherweise hingen am anderen Ende des Taus ebenfalls fünfzehn Krieger – die eines gegnerischen Clans –, die mindestens genauso zerren würden. Die Mannschaft, dessen Frontmann als Erstes die vorgegebene Linie überschritt, würde den Wettkampf verlieren. An sich war das Tauziehen eine einfache Aufgabe, doch wenn einem der Kopf zu platzen drohte, zugleich eine qualvolle. Die tapferen Krieger der Smar guckten deswegen leicht bedröppelt aus ihren Skals und schleppten sich angeschlagen, mit wenig Begeisterung, zum Festplatz.

Die Frauen, die beim Feiern nicht über die Strenge gezecht hatten, beobachteten am Rande des Spielfeldes, wie sich die Männer ihres Stammes abmühten. Auch Kadlin und Lijufe fanden sich dort ein und teilten mit dem Rest der weiblichen Smar die Schadenfreude.

»Wenn man sie so am Seil dahinvegetieren sieht, bekommt man direkt Mitleid mit ihnen, nicht wahr?«, seufzte Lijufe und genoss nebenbei den Anblick der nackten Männerarme, deren Muskelspiel unter der Kraftanstrengung gut zu beobachten war.

»Nein, nicht wenn sie einem die ganze Nacht etwas vorschnarchen oder einem ins Zelt pinkeln wollen, weil sie im Suff nicht mehr wissen, wo sie sind«, verkündete Kadlin bitter.

Lijufes Lachen ließ Eyvind grimmig zu ihnen hinüberschauen, weswegen sie sich verschämt räusperte. »Wer wollte denn in euer Zelt ...?«

Kadlin unterbrach sie und blickte voller Verachtung zu Ragnar, der sich gerade beim Tauziehen verausgabte. »Mein Bruder, strunzvoll, sag ich nur. Kein Wunder, dass er heute Morgen ganz grau im Gesicht ist.« Die Häuptlingstochter grübelte einen Augenblick. »Ich sollte ihm deinen Schneckeneierkäse unter die Nase halten. Das würde seinem Elend ein Ende setzen.«

»Zu spät!«, grinste Lijufe zufrieden. »Ich habe ihn schon an meinen Bruder verfüttert, nachdem er mich genervt hat.«

Kadlin kicherte. »Und? Hat er ihm geschmeckt?«

Noch immer amüsiert über ihre Tat schmunzelte die braunhaarige Smar. »Bis ich ihm sagte, was er isst. Ich schwöre dir, so schnell habe ich ihn noch nie laufen sehen.« Eine ihrer Brauen erhob sich zu einer kecken Geste. »Der wird sich das nächste Mal nicht mehr weigern, mir beim Wasserholen zu helfen.«

Kadlin lachte und konzentrierte sich wieder auf das Tugwar. »Oh, nein, sie haben schon wieder verloren. Haben sie überhaupt einmal gewonnen?«

Abfällig brummte Lijufe: »Nicht dass ich wüsste. Aber dein Bräutigam hat heute einen guten Tag: Die Ikol haben kein Spiel verloren.«

Stumm nickte Kadlin, denn Hadds Auftreten bereitete ihr Übelkeit und sie hatte am Vorabend nicht mal Rindenwein zu sich genommen. Hadd war, nach Kadlins Empfinden, die personifizierte undurchschaubare Gefahr. Ihre Nerven witterten förmlich, dass von ihm eine Bedrohung ausging.

Lijufes Flüstern unterbrach Kadlins Gedankengänge. »Also ... er sieht verdammt heiß aus, dein Hadd, das muss man ihm lassen. Fast so heiß wie mein Dagur.«

Verstohlen schielte Kadlin zu der Gruppe der Unaru-Krieger, die auf der gegenüberliegenden Seite des Festplatzes im Gras saß. Bram und Dagur waren natürlich Teil des Unaru-Teams. Sie hatten einige Male gewonnen, aber auch verloren. Die Männer schienen trotz ihrer Niederlagen einen Riesenspaß am Tugwar zu haben, denn ihr Gelächter schallte weit über den Platz und ihre Gesichter zeigten unverhohlene Freude. Langsam erhob sich einer nach dem anderen von ihnen und kam auf das Spielfeld.

Im Gegensatz zu den Unaru blickte die Truppe der Ikol, die sich ebenso für ihren nächsten Kampf vorbereitete, streng und verdrießlich. Seit Hadd den Sjöhastrid verloren hatte, sah er noch verdrossener aus, jegliche Fröhlichkeit schien ihm fremd. Ein Blick auf seine finsteren Züge hatte den bisherigen Gegnern genügt, um ihnen das Lachen auszutreiben. Selbst auf die üblichen Sticheleien, mit denen sie sich vor dem Wettkampf gegenseitig anfeuerten, hatten die Krieger verzichtet.

Nur Bram und Dagur traten nun Hadd fröhlich grinsend vor die Nase. Voller Interesse verfolgte Kadlin mit Lijufe das Spektakel, das ihnen geboten wurde.

Als die zwei Gruppen sich aufstellten, fragte Dagur laut, dass es jeder hören konnte: »Warum schaut denn der Ikol so traurig? Is' jemand gestorben?«

Worauf Bram feixend antwortete und Hadd dabei fixierte: »Ja, Bruder. Gestern wurde der Sieg der Ikol zu Grabe getragen, deswegen trauert Hadd.«

Dieser Spruch führte zur Belustigung der Unaru, die sich lachend die Bäuche hielten. Auch Kadlin verbiss sich ein Lachen.

Hadds Mundwinkel zuckten abfällig und sein ganzer Körper verspannte sich. Die Wut schien durch seine Poren zu dampfen.

Dagur hatte dem Anschein nach kein Erbarmen, und glaubwürdig, in betrübtem Tonfall, meinte er zu dem Ikol: »Hey, Mann, das tut mir echt leid. War dieser Sieg ein guter Freund von dir?«

Während die Ikol-Krieger fast vor Zorn platzten, barsten die Unaru beinahe vor Lachen. Kadlin und Lijufe grunzten im Stillen.

Entweder, vermutete Kadlin, war der Unaru äußerst mutig und verhöhnte Hadd, oder er war nicht besonders helle.

Bram, der sich die Lachtränen fortwischte, japste: »Nein, war er nicht. Ich befürchte, dass der große Sieg überhaupt nur selten zu ihm kam.«

Sogar die Smar-Frauen johlten über den Witz des Unaru, dessen Freunde sich mittlerweile vor Lachen im Staub rollten.

Hadds Gesicht wurde knallrot und wie bei einem Vulkan brach aus ihm ein Brüllen heraus: »Ich werde den Sieg erringen und Schande wird über dich und deinen Clan kommen. Deine Niederlage wird heute für immer besiegelt werden. Verlass dich darauf, Unaru, denn ich werde dafür sorgen.«

Eiskalt peitschte Hadds Stimme auf den blonden Häuptlingssohn ein und seine Augen spien den Hass hinaus, der in ihm tobte. Hadds Worte machten Kadlin Angst, denn sie hörten sich nach einem Versprechen an, als würde er von viel mehr als dem Wettkampf reden.

Brams Grinsen erlosch schlagartig und er baute sich dicht

vor dem Ikol auf, ohne eine Miene zu verziehen. Bedrohlich und herausfordernd war seine Stimme zu vernehmen: »Versuch es und du wirst sehen, was du erntest, Ikol!«

Sekunden vergingen und jeder der Anwesenden fühlte, wie die Luft sich mit Blutdurst füllte. An den geballten Fäusten Hadds, die er krampfhaft zu Boden streckte, war zu lesen, dass er diese am liebsten in Brams Gesicht versenken würde. Der blonde Unaru blieb bewegungslos und sah Hadd fest in die Augen. Nach einem letzten, tiefen Atemzug drehte dieser sich um und nahm seinen Platz am Tau ein. Bram wartete einen Moment und tat es ihm schließlich gleich.

Langsam ließ Kadlin die Luft aus ihren Lungen, die sie unbemerkt angehalten hatte. Kein Wunder, dass ihr Vater Hadd über den rosa Klee lobte, denn dieser teilte anscheinend mit ihm den Hass auf die Unaru. Oder hasste Hadd nur Bram?

Die Männer legten sich ins Zeug und begannen mit dem Tugwar.

»Bei des Himmels Sonne, sieh dir Dagur an! Ist er nicht einzigartig?«, hauchte Lijufe, einer Ohnmacht nahe.

Kadlin nickte. »Leider ja. Die Unaru bräuchten mehr von seiner Sorte.«

Dagur war mit seinen gigantischen Körpermaßen tatsächlich einzigartig, und das nicht nur unter den Unaru. Aber Hadds bullige Statur war bei schier jedem Ikol-Krieger auszumachen und das war der Grund, warum sie letztendlich auch das Tugwar gewannen.

Und dann wurde Kadlin klar, dass ihr Vater dies schon längst bemerkt hatte und es ein weiteres Argument für eine

Verbindung mit den Ikol war. Bei einer Schlacht würden die bärenhaften Krieger auf der Seite der Smar stehen und sie würde dann zu Gunsten der Smar entschieden werden. Mit Hilfe der Ikol rückte ein Sieg für Eyvind in greifbare Nähe. Somit war die Wahrscheinlichkeit einer Schlacht nicht mehr gering, sondern diese eine bereits beschlossene Sache.

Kadlin schluckte und ihr Blick trübte sich in Kummer.

Es wurde Zeit, sie sollte sofort ins Zelt gehen und mit den Vorbereitungen für das Fastmö beginnen.

* * *

Bram stemmte sich mit seinem ganzen Gewicht gegen den Zug des Seils, er zerrte mit voller Kraft, doch seine Füße pflügten langsam, aber stetig durch die trockene Erde und würden jeden Augenblick die Linie überqueren. Ein letztes Mal biss er die Zähne zusammen und mit aufkeimendem Trotz raffte er all seine Stärke im Körper zusammen. Seine Muskeln zitterten, seine Handinnenflächen brannten und hinter sich hörte er Dagur laut ächzen. Seine Füße verharrten auf der Stelle und Bram glaubte einen Atemzug lang, die Ikol besiegen zu können, was allerdings ein Trugschluss war. Ein unerwarteter Ruck ging durch das Tau und zügig wurden die Unaru über die Siegeslinie geschleift. Die Unaru-Krieger landeten im Staub, während die Ikol jubelten.

Gewöhnlich half der Frontmann des siegreichen Teams dem der Verlierer auf die Beine, indem sie sich die Hände reichten, was gleichzeitig gegenseitigen Respekt und Freundschaft ausdrückte.

Bram hielt Hadd seine Hand entgegen. »Gut gekämpft, Hadd. Dein Clan ist stark und hat den Sieg verdient, wie sein Häuptlingssohn.«

Der Ikol bückte sich schnaufend über seinen Gegner und angewidert hagelten seine Sätze auf Bram hinab. »Ich werde dich zertreten wie eine Made, Unaru.«

Ohne Brams ausgestreckter Hand Beachtung zu schenken, wandte sich Hadd ab und ließ den blonden Krieger im Sand sitzen. Der blonde Häuptlingssohn stand auf und sah, wie der schwarzhaarige Ikol zu seinem Clan zurückkehrte.

Was war los? Sie hatten sich zwar noch nie richtig leiden können, aber diese offene Feindseligkeit, die Hadd an den Tag legte, war neu. Hatte sein Vater, Cnut, womöglich Recht mit der Annahme, dass es zu einem Bündnis zwischen den Ikol und den verhassten Smar kommen sollte? Früher waren die Ikol ihre engsten Freunde gewesen, aber mit den Jahren hatten diese Freunde sich zurückgezogen. Während der Clan der Unaru schrumpfte, wuchs der Stamm der Ikol, denn sie hatten sich aus der Fehde, die zwischen den Smar und den Unaru herrschte, stets herausgehalten und lediglich zugesehen. Weshalb also jetzt diese eindeutige Kampfansage? Mit Sicherheit lag es nicht an den Sprüchen, die die Unaru über Hadd gerissen hatten. Der Häuptlingssohn der Ikol hatte oft an diesem Turnier teilgenommen und wusste, dass diese Späße dazugehörten.

Musste er doch dem Anliegen seines Vaters Cnut Folge

leisten und eine Ehe mit der Häuptlingstochter der Nutas eingehen? Cnut hatte es ihm nicht befohlen, doch durchaus klar zum Ausdruck gebracht, dass es von großem Vorteil für den Stamm wäre. Aber alles in ihm wehrte sich, denn wie er gehört hatte, war die Häuptlingstochter gerade erst fünfzehn Jahre alt geworden. Zu jung und vor allem zu ängstlich, um vor einem gezeichneten Krieger wie ihm nicht zurückzuschrecken. Sie würde höchstwahrscheinlich schreiend davonrennen, wenn sie sein Gesicht und damit seine Narben sehen würde. Nein, das hatte er mehr als einmal erlebt, er brauchte es kein weiteres Mal. Die Töchter der Nutas waren sehr schöne und stolze Frauen. Sie wurden von allen Männern unter Arets Monden begehrt, weil jeder Häuptling eine Verbindung mit dem größten Clan als erstrebenswert ansah. Und ausgerechnet die vielumschwärmte Nutas-Häuptlingstochter sollte sich einen vernarbten Ehemann aussuchen? Sicher nicht. Mädchen in ihrem Alter hatten noch Wünsche und Träume von einem strahlend schönen Krieger, der sie auf Anhieb lieben sollte, doch weder war er das eine noch konnte er das andere. Er wollte sich, verdammt noch mal, keiner Frau aufzwängen und sich zur Liebe genötigt fühlen. Vielleicht sollte er doch auf dem Fastmö nach einer geeigneten Braut suchen, die sich nicht vor seinem entstellten Gesicht fürchtete? Eine Braut, die außerdem zu einem genauso zahlreichen Stamm gehörte, wie dem der Nutas, würde alle seine Probleme auf einmal lösen. Aber warum sollte gerade solch eine Frau ihn wollen, wenn sie unversehrte Krieger zur Auswahl hatte?

Cnut hatte ihm Thorir, den Clanführer der Nutas, vorgestellt, bei dem er, laut seinem Vater, einen guten Eindruck hinterlassen hatte. Thorir sei angeblich von der Idee, ihn als Schwiegersohn zu bekommen, angetan und habe seine Zustimmung angedeutet. Aber was Thorir wollte, war noch lange nicht das, was dessen Tochter wollte.

Ja, an sich war der Häuptling der Nutas ein Mann, vor dem man Respekt hatte. Trotz seiner sechzig Jahre war er ein kräftiger, imponierender Krieger. Alles, was Thorir tat oder sagte, geschah mit Bedacht, er war ein weiser Mann. Cnut erzählte ihm, dass Thorir nicht schnell zum Messer griff und nur gewalttätig wurde, wenn ihm kein anderer Weg sinnvoll erschien. Vermutlich waren die Nutas deswegen so zahlreich, weil sie fast nie in den Krieg zogen. Und falls doch, so munkelte man, würden sie mit ihren ganzen Verbündeten aufkreuzen, deren Anzahl niemand genau kannte, denn einige behaupteten, Verbündete der Nutas zu sein – was aber wohl in vielen Fällen einfach gelogen war und dazu diente, sich Feinde vom Leib zu halten.

Nein, die Kleine würde bestimmt einen Rückzieher machen, sobald sie die vier weißen, dicken Streifen sah, die quer über seinen Kiefer, den Hals und das Brustbein verliefen. Und selbst wenn sie dies nicht tat, würden ihm immer Zweifel bleiben, ob sie ihn nur auf Geheiß ihres Vaters zum Ehemann nahm. Aus demselben Grund, weshalb auch er sie nur zur Frau nehmen würde, und das behagte ihm ganz und gar nicht. Er wollte sich sein Eheweib aussuchen, wie sein Vater seine Mutter auf dem Fastmö auserwählt hatte.

Vielleicht würde er sich dort eine Ikol wählen, die fanden

Narben ja wohl ganz anziehend, denn Hadd, mit seinem verhunzten Oberköper, hatte ja gleich zwei Frauen in seinem Zelt sitzen. Bewundernswerterweise war Hadd von seinem Aussehen vollkommen überzeugt, was aber an den seltsamen Gebräuchen der Ikol lag. Und wenn er wirklich ehrlich zu sich war, wollte er keine Ikol, denn diese waren durch ihre Erziehung schreckhafte und ängstliche Duckmäuser. Und nach Hadds Gebaren zu urteilen, würde dieser eine Verbindung sowieso nicht gestatten. Verdammt, dann würde er am Nachmittag wirklich in diese elende Mördergrube springen, die man Fastmö nannte.

Kapitel 6

Mädchen und Frauen

»Du meinst, das ist wirklich nötig?«, fragte Lijufe und zwirbelte eine angefeuchtete Strähne von Kadlins Haaren so lange, bis sie sich zu einer kleinen, festen Schnecke an die Kopfhaut drehte.

»Ja. Meine Eltern gehen jedes Jahr auf den Festplatz zum Fastmö. Sie würden mich an meinen glatten schwarzen Haaren sofort erkennen, und was dann los wäre ... Das will ich mir gar nicht vorstellen. Auf ein Mädchen mit Locken werden sie nicht achten. Zur Sicherheit male ich mir noch einen Leberfleck mit Kohle auf. Und deine Haare müssen wir auch verändern.« Kadlin streckte Lijufe einen kurzen Holzspieß hin, damit diese die Haarschnecke damit befestigen konnte.

»Warum? Was stimmt mit meinen Haaren nicht?«, maulte die junge Smar.

»Wenn meine Eltern dich sehen, wissen sie sofort, dass ich das andere Mädchen bin. Ich ziehe deine Haare über eine warme Klinge, dann werden sie glatt und glänzend. Deinen verräterischen Leberfleck am Mund verdecken wir mit einer Tonerden-Paste.«

»Meinen Leberfleck?! Och, nee, Kadlin. Ich weiß, dass den die Jungs mögen«, quengelte Lijufe beleidigt.

»Ach, Quatsch! Jungs mögen keine Leberflecke. Warum auch? Sind nur Flecken.«

Die braunhaarige Smar schnaubte unzufrieden und Kadlin bekam ein schlechtes Gewissen, denn nur wegen ihr konnte Lijufe nicht so zum Fastmö gehen, wie sie wollte.

»Dagur wird sich so oder so in dich verlieben, daran ändert dieser Leberfleck gar nichts.«

»Meinst du?«, fragte Lijufe hoffnungsvoll, so dass Kadlin ihre Hände nahm und drückte.

»Ganz sicher. Du bist wunderhübsch, witzig und einmalig. Natürlich wird er sich in dich verlieben.«

Mit neu gewecktem Mut strahlte das Mädchen ihre Freundin an. »Danke, dass du das sagst. Und wie willst du auf das Fastmö gelangen, ohne von deinen Eltern gesehen zu werden?«

Kadlin grinste durchtrieben. »Ich habe meiner Mutter heute Morgen vorgejammert, dass ich sie nicht begleiten könne, weil ich es nicht ertragen würde, dich auf dem Fastmö zu sehen, ohne selbst daran teilnehmen zu dürfen. Sie hatte vollstes Verständnis für mich.«

Lijufe lachte. »Du bist ein böses Mädchen.«

»Jep, das bin ich. Also, sobald sie gegangen sind, hole ich dich ab. Vergiss deinen Skal nicht. Mit unseren Umhängen schleichen wir uns ins Schilf und ziehen dort die anderen an, nehmen unsere aber ebenso mit. Am Festplatz legen wir dann alle Skals ab und wenn wir zum Schluss gehen, nehmen wir bloß unsere eigenen mit. Die fremden lassen wir einfach dort liegen.«

»Okay und du glaubst, es merkt niemand, dass wir in anderen Skals kommen, als wir gehen?«

Kadlin verneinte kopfschüttelnd. »Nein, das wird in dem Trubel keiner mitbekommen.«

Sari stehe ihnen bei, denn das war das kleinste Problem, das sich ihnen in den Weg stellen könnte.

* * *

Am Nachmittag ging Bram, mit seiner besten Tunika und einer feinen Lederhose bekleidet, zum Zelt seines langjährigen Freundes. Im Eingang stehend betrachtete Bram zwei Säcke, die mit Dagurs Habseligkeiten vollgestopft an der Zeltwand lagerten.

»Du hast schon alles gepackt für den Flug?«

»Klar, da wir gleich nach dem Fastmö aufbrechen wollen, sobald die Otulp da sind«, erwiderte Dagur mit einem kurzen Blick auf Bram und bestaunte erneut das schwarze Stück Stoff in seinen Fingern. »Müssen wir den Mist wirklich anlegen oder verarscht mich mein Bruder mal wieder?«

Der blonde Häuptlingssohn verzog den Mund. »Nein, wir müssen die bescheuerten Augenbinden tatsächlich anziehen, das gehört zum Fastmö und ist Tradition. Eigentlich könnten wir zwei die Dinger genauso gut weglassen. Dich erkennt man an deiner Größe und mich an meinen Narben. Völlig unnötig, Mann!«

»Ja, völlig unnötig, Bruder«, nickte Dagur dumpf und Bram schmunzelte.

Dagur mochte vielleicht nicht der Klügste sein, aber er war der Stärkste und vor allen Dingen der beste Kumpel, den man sich wünschen konnte.

»Komm, binden wir uns das blöde Teil um!«, seufzte der blonde Unaru genervt.

Gesagt, getan. Von Dagurs Gesicht waren bloß Stirn, Mund und Kinn zu sehen. Die Augenbrauen und die Nase blieben vollständig bedeckt. Durch zwei Löcher, die in der Augenbinde eingelassen waren, konnte man zwar die Augen erkennen, aber außer Pupille und Iris weder deren Form, Lage noch Größe bestimmen.

Bram lachte. »Du siehst beschissen aus!«

Dagurs Grinsen entblößte seine weißen Zähne. »Das Gleiche wollte ich gerade zu dir sagen. Aber ich sehe viel besser beschissener aus.«

Der blonde Unaru schüttelte den Kopf. »Nein, Mann, es heißt nur: Ich sehe besser aus als du. Sonst hört es sich an, als sähest du beschissener aus als ich.

Dagurs Stirn runzelte sich. »Echt? Du siehst besser aus als ich?«

Manchmal war Dagur anstrengend. Der Häuptlingssohn klopfte seinem Freund auf die Schulter und seufzte ein zweites Mal. »Vergiss es. Der Idiot, der auf die Idee mit den Augenbinden kam, sah wahrscheinlich beschissener aus als wir beide zusammen.«

Dagur war baff und ließ sich von seinem Kumpel zum Zelt hinausbugsieren. »Ey, wer war das? Kenn' ich den?«

»Nein, den kennst du nicht, der ist seit Ewigkeiten tot.«

Abrupt blieb der riesenhafte Unaru stehen. »Und woher weißt du dann, dass er beschissen ausgesehen hat?«

Brams Brauen hoben sich, denn Dagurs einfältige Frage war im Grunde gar nicht dumm. »Nun, ich weiß es nicht, ich vermute es bloß.«

Dagur schüttelte mahnend den Kopf und schimpfte in gutmütigem Ton: »Bruder, das ist nicht richtig. Du behauptest Sachen von jemandem und kennst ihn nicht mal. So was macht man nicht. Das ist eines Unaru-Kriegers nicht würdig.«

Bram nickte ein wenig zerknirscht. »Du hast Recht, obwohl es nur ein Witz war. Man sollte sich nicht zu schnell ein Urteil bilden.«

Verflucht, wie schaffte es Dagur immer wieder, ihn zum Nachdenken zu bringen? Er bezichtigte andere, dass sie ihn wegen seiner Narben vorverurteilten, dabei machte er es selbst genauso. Wie seine Abneigung gegen die Ikol-Frauen, das Nutas-Mädchen oder den durchgeknallten Erfinder des Fastmö bewiesen. Aber wenn er das tat, taten das die anderen auch, und das war sein Problem. Wie sollte er eine Frau finden, die sich nicht von seinem Aussehen abschrecken und sich nicht bloß wegen seines Ranges zu einer Ehe mit ihm überreden ließ? Sie sollte ihn wollen, als Person, so wie er war.

Die beiden jungen Unaru zwängten sich durch die Menge und gelangten schließlich zum Festplatz. Das Fastmö war schon in vollem Gange. Alle, die an der Brautschau teilnehmen wollten, mussten sich in einen Bereich begeben, der durch Bänder abgegrenzt war. Innerhalb und außerhalb dieses Zirkels war eigentlich alles gleich. Es gab Stände mit Essen und Trinken, Sitzgelegenheiten, Musik und eine Tanzfläche. Der einzige Unterschied bestand darin, dass innerhalb des Bereiches alle Anwesenden Augenbinden trugen, aber dafür keine Skals, und bei den Leuten außerhalb war es umgekehrt: Skals, aber keine Augenbinden.

Die jungen Zöglinge, die im inneren Zirkel waren, wurden von ihren Eltern mit Argusaugen beobachtet. Meist erkannten diese ihre Kinder, versuchten mit Gesten und Gebärden Einfluss auf deren Treiben zu nehmen, was die Jungen jedoch gekonnt ignorierten. Am schlimmsten waren die Väter mit ihren Töchtern und die Mütter mit ihren Söhnen.

Bram hatte seinen Eltern gesagt, dass er dieses Jahr das Fastmö besuchen würde, sie sich aber keine Hoffnungen machen sollten. Wo sich diese gerade aufhielten, war ihm nicht bekannt und er wollte es auch gar nicht wissen.

Die Musiker spielten ihre Trommeln, Flöten und Zupfinstrumente, während einige Besucher bereits tanzten. Viele von Dagurs Bewunderinnen hatten vor ihren Zelten auf der Lauer gelegen. Denn seit die Käseverkäuferin sie wegen des Fastmös gefragt hatte und der ganze Clan wusste, dass er und Bram mit dem Gedanken spielten, an der Brautschau teilzunehmen, waren die Mädchen – so erzählte es zumindest seine Mutter Tofa – außer Rand und Band. Kaum hatten sie sich auf den Weg zum Festplatz gemacht, war ihnen ein Pulk von kichernden Weibern gefolgt und jedes Mal, wenn Dagur sich umschaute, hatte das Gekicher von Neuem begonnen. Wie er befürchtet hatte, folgten sie ihnen aufs Fastmö. Mit

Augenbinden maskiert, standen die jungen Hühner nun ein paar Schritte von ihnen entfernt und überwachten jede von Dagurs Bewegungen.

Dieser drehte ihnen den Rücken zu und Bram las an der Mundstellung seines Freundes ab, dass er verärgert war.

»Ich mag diese Mädchen nicht. Sie sind mir unheimlich. Sie kichern ständig und sprechen kein Wort. Glotzen und kichern, das ist alles, was sie können«, wetterte der Riese prompt.

Bram schmunzelte leicht, denn sein Mitleid hielt sich in Grenzen. Der bärtige Unaru schüttelte verständnislos den Kopf. »Pass auf! Selbst wenn ich das mache ...«

Damit wandte er sich zu den Mädchen, machte einen Ausfallschritt auf sie zu und rief laut »Buuh!«, woraufhin erst ein lautes Gekreische und dann abermals ein albernes Kichern bei den Mädchen einsetzte.

Dagur kam zu Bram zurück und seine Augenbrauen bildeten eine bedenkliche Linie. »Kichern! Hörst du es?«

Der blonde Unaru bestellte für sie zwei Rindenwein, bezahlte den Händler und reichte einen Becher seinem Kumpanen. »Die Weiber sind verrückt nach dir. Was willst du mehr?«

»Eine, die nicht verrückt ist, die nicht kichert, sondern sprechen kann«, grunzte Dagur mürrisch.

Lachend hob Bram seinen Becher, um mit dem Riesen anzustoßen. »Auf die Eine, Bruder, die für uns bestimmt ist.«

»Was, nur eine für uns beide zusammen?« Dagur war sichtlich empört.

»Nein, eine für dich und eine für mich«, beruhigte Bram seinen Kumpel.

»Oh, den Monden sei Dank. Ich hatte schon Angst, dass wir sie uns teilen müssen«, sagte der Riese erleichtert und fuhr in vertraulichem Ton fort. »Versteh mich nicht falsch, Bruder, ich teile gerne mit dir, das Essen und Trinken, und wenn es sein muss, auch eine Decke. Aber eine Frau?! Nein, das geht zu weit.«

Die jungen Männer prosteten sich zu und tranken einen großen Schluck, als plötzlich ein braunhaariges Mädchen gegen Dagur fiel. Mit der geübten Schnelligkeit eines Kriegers reagierte dieser und fing das Mädchen auf. Dabei entglitt ihm sein Becher und dessen gesamter Inhalt landete auf seiner Tunika.

»Bei Sari, das tut mir so leid. Ich bin ein schrecklicher Tollpatsch. Entschuldige.« Das Mädchen hielt sich noch immer an Dagurs Oberarmen fest und dieser umfasste mit seinen großen Händen ihre Hüften.

Sie hatte lange, glatte Haare, in denen sich die späte Nachmittagssonne spiegelte. Ihre Maske war mit Muscheln verziert und klare blaue Augen schimmerten darunter hervor. Die weiblichen Rundungen des Mädchens waren unter dem schmal geschnittenen Kleid gut zu erkennen und augenscheinlich fand Dagur Gefallen an ihnen.

»Das kann jedem mal passieren. Ist doch nicht schlimm. Aber hast du dir auch nicht wehgetan?«, wollte der große Krieger wissen.

Und dann passierte etwas, womit Bram nicht gerechnet

hatte, der kleine Braunschopf lächelte süffisant. Das war ungewöhnlich, denn normalerweise verklärte sich der Blick der Mädchen unweigerlich zu einem leeren Schmachten, bei der Kombination von Dagurs Charme und Statur. Unverkennbar hatte sein Freund zwar ein weiteres Herz erobert, was der darauf folgende flötende Tonfall bestätigte, aber dieses Mädchen schien ganz genau zu wissen, was es wollte.

»Nein, nein, es ist alles in Ordnung, mir geht es blendend. Aber dein Hemd ist ganz nass. Lass mich es trocken reiben.«

Überrascht musste Bram mit anschauen, wie das Mädchen ein Tuch aus dem Ausschnitt ihres Kleides hervorzauberte und Dagurs Oberkörper mit zärtlichen Streicheleinheiten bedachte. Von wegen trocken reiben!

Ein weibliches ungehaltenes Knurren machte den Häuptlingssohn schließlich auf die Begleiterin der Braunhaarigen aufmerksam. Es war eine zierliche junge Frau mit wohlgeformter Figur, deren blauschwarze Ringellocken weit über den Rücken rieselten. In dem kleinen Gesicht fielen einem unweigerlich die vollen Lippen auf, die mit ihrer Weichheit jeden Mann zum Träumen einluden. Das zarte Kinn zierte ein dunkler Leberfleck. Bram vermutete, dass sie unter ihrer Maske, die mit bunten Perlen kunstvoll verziert war, wunderschön sein müsse. Peinlich berührt von dem Gebaren ihrer Freundin, strich sie sich ihre herrlichen Locken unnötigerweise nach hinten, da sie von der Augenbinde brav an Ort und Stelle gehalten wurden.

Gespannt neigte Bram den Kopf in ihre Richtung, um sie besser betrachten zu können. Die Wangen des schwarzhaarigen Mädchens färbten sich daraufhin unverkennbar rosa. Hin und wieder warf sie ihm, in einer schüchternen Geste, einen interessierten Blick aus den Augenwinkeln zu. Zuerst glaubte der Unaru, es wäre wieder dieses neugierige Heischen und Starren wegen seiner Narben, das oft mit fasziniertem Ekel einherging. Manchmal folgte dann ein mitleidiges Leuchten in den Augen der Betrachterinnen, das ihm noch verhasster war als der Ekel, den er zu erkennen glaubte. Entweder sahen die Frauen in ihm ein Monster oder einen Krüppel. Niemals einen Mann. Doch bei diesem Mädchen konnte er nichts davon ausmachen. Sie suchte bewusst den Augenkontakt zu ihm. In der Art, wie sie das tat und sich dabei auf ihre rote Unterlippe biss, waren eindeutige Flirtsignale zu erkennen, die ihm den Schweiß auf die Stirn trieben, da sie normalerweise immer für Dagur bestimmt waren. Konnte es sein, dass sie seine Narben noch nicht gesehen hatte?

Bram räusperte sich und ohne die schwarzhaarige Frau aus den Augen zu lassen, drehte er seinen Kopf ein wenig weiter zur Seite, damit sie seine Narben nicht übersehen konnte.

Sie zuckte nicht einmal, sondern schmunzelte auf ganz entzückende Weise, was ihn verwirrte.

Indessen hauchte das braunhaarige Mädchen in Dagurs Armen: »Vielleicht solltest du lieber dein Hemd ausziehen, nicht dass du dich erkältest.«

Der Riese brachte kein Wort mehr hervor, sondern nickte lediglich mit einem dümmlichen Grinsen. Fassungslos und zugleich amüsiert sah Bram, wie sein Freund, mitten auf dem Fest, das Hemd auszog und sich die Hände des Mädchens auf dessen nackte Brust legten. Ihre schwarzhaarige Freundin dagegen betete wahrscheinlich im Stillen um ein Loch, in dem sie vor Scham versinken konnte, denn ihre Augen fielen fast aus dem Kopf und ihr Mund stand offen vor Entsetzen.

* * *

»Ja, das ist gut!«, säuselte Lijufe und Kadlin hoffte zu träumen oder sich wenigstens verhört zu haben.

Innerlich starb die Häuptlingstochter tausend Tode, denn das war viel, viel zu peinlich. Wie konnte Lijufe sich so benehmen? Was sollte bloß Bram von ihnen denken? Niemals könnte das gut ausgehen.

Kapitel 7

Jung und Alt

Kadlin fühlte ihr Herz in einem Strudel aus Scham, Anspannung und Euphorie umherwirbeln. Mit Lijufe hatte sie voller Ungeduld auf die zwei Unaru gewartet, doch als diese erschienen und der Moment gekommen war, in dem sie die Aufmerksamkeit des Häuptlingssohns auf sich ziehen sollte, hatte sie der Mut verlassen. Zwar war sie auf ihn zugegangen, aber je näher sie dem blonden Krieger kam, desto kleiner und zögerlicher wurden ihre Schritte. Letztendlich hatte sie abrupt auf den Hacken kehrtgemacht und Lijufe gebeichtet, dass sie es nicht fertigbrachte, Bram anzusprechen. Diese hatte ihrer Freundin tröstend zugegrinst und ihr versprochen, sich der Dinge anzunehmen. Niemals wäre sie darauf gekommen, dass Lijufe sich Dagur wortwörtlich an den Hals werfen könnte, denn genau das hatte ihre Freundin getan. Und was noch viel unglaublicher war: Es hatte funktioniert und der gewünschte Erfolg war eingetreten. Der riesige Unaru hielt Lijufe in den Armen und stierte sie seitdem an wie einer der liebestollen Affen aus den Orchideenwäldern. Mittlerweile stand der muskelbepackte Dagur halb nackt vor Lijufe und ließ sich von ihr die Brust kraulen, anders konnte man es beim besten Willen nicht nennen. Und dann war da noch Bram …

Nichts, aber auch rein gar nichts hätte sie auf diese Augen vorbereiten können. Augen, die in solch einem intensiven Grün leuchteten, dass sogar Yaschi, der kleinste heilige Mond, vor Neid über diese Farbe erblassen würde, wenn er es könnte. Die vernarbten Streifen, die über Brams herrlich kantiges Kinn verliefen, gerieten dadurch vollkommen ins Hintertreffen. Zwar verliehen sie seinem Gesicht eine ausgesprochen interessante Note, aber es waren seine Augen, die sie so fesselten. Na ja, zugegeben, seine Lippen hatte sie auch länger betrachtet, als es schicklich gewesen wäre, aber sie waren so ... männlich. So ... perfekt. Wie hätte sie da wegschauen sollen?

Und als Bram sie schließlich bemerkt hatte, fand sie offene Bewunderung in seinem Blick, die jedoch bald von Skepsis abgelöst wurde. Unablässig neugierig beobachtend hatte er den Kopf zur Seite gewendet, aber sie konnte sich nicht von dem Anblick seiner ungewöhnlichen Augen befreien, was er mit einem dreisten Schmunzeln wahrgenommen hatte, das sie wiederum fast zum Kichern verleitete. Von Nahem war der Unaru noch viel größer, kräftiger und wesentlich attraktiver, als sie es aus der Ferne für möglich gehalten hatte. Aus irgendwelchen Gründen, die sie nicht verstand, brachte er ihre Wangen zum Glühen.

Mit gerunzelter Stirn sprach Bram Kadlin an. »Ich weiß nicht, wie es dir geht, aber ... wenn dich die gleiche Angst gepackt hat wie mich, nämlich, dass die zwei hier gleich übereinander herfallen wie ein Rudel paarungsbereiter Hychna, könnten wir vielleicht tanzen gehen?«

Verwirrt fragte sich Bram, wie er auf diese Frage gekommen war, denn Tanzen zählte nicht gerade zu seinen bevorzugten Beschäftigungen. Andererseits war ihm bisher keine Frau untergekommen, deren Blicke ausreichten, um sein Inneres in Brand zu setzen. Etwas wuchs in ihm, drängte und trieb ihn. Dieses Gefühl kannte der Häuptlingssohn von der Jagd, doch dieses Mal war seine Beute kein Wild, sondern dieses bezaubernde Mädchen.

Brams tiefe Stimme erweckte einen Schwarm Optera in Kadlins Magen, sie würde schwören, dass es dort wie verrückt flatterte. Sie konnte nicht fassen, dass der Häuptlingssohn wirklich mit ihr tanzen wollte. Mit ihr!

Hastig, bevor er es sich anders überlegen konnte, stammelte Kadlin: »Ja, ja, sehr gerne.«

Mit einem verwegenen Grinsen griff Bram nach ihren Fingern, was Kadlin atemlos geschehen ließ. Auf sie niederblickend, führte der Häuptlingssohn sie zur Tanzfläche. Die Musiker spielten gerade zu einem neuen, munteren Lied auf und Bram zog Kadlin mit sich auf den Platz, den sie als ein Paar von vielen einnehmen mussten.

Seitlich nebeneinanderstehend, fing Kadlins Puls an zu galoppieren, denn Bram kam ihr äußerst nahe, als er seinen rechten Arm um sie legte, damit sie ihn mit ihrer rechten Hand halten konnte, während sie sich die linken vor ihren Körpern reichten. Obwohl Kadlin das gegenüberliegende Paar anlächelte, nahm sie dieses gar nicht richtig wahr, alles außer Bram schrumpfte zu unwichtigen Nebensächlichkeiten zusammen. Selbst die Musik, zu der sie sich im Takt um die eigene Achse drehten, kam ihr wie eine weit entfernte Melodie vor. Es gab bloß Brams Wärme, die sie auf ihrer Haut spürte, nur seinen beunruhigenden Duft nach Leder, der ihr in die Nase stieg, nur seinen Atem, der sie an ihrer Schläfe kitzelte. Wie von selbst vollführten ihre Füße die Tanzschritte, denn ihr Kopf war leer und zu keinem Denken mehr fähig.

Kadlin löste sich von Bram, um sich mit der Tanzpartnerin ihres Gegenübers in der Mitte des Weges die Hand zu geben, und sofort vermisste sie diese Hitze, die der Unaru verströmte. Sie wechselte weiter zu dem männlichen Partner, der sie genauso wie Bram hielt, sich mit ihr drehte, und doch war es ganz anders. Hier konnte sie frei atmen, bis zu dem Zeitpunkt, als Bram wieder in ihr Sichtfeld geriet. Seine braune Tunika spannte sich um seine breiten Schultern, während die gebundene Lederhose seine schmale Hüfte und die kräftigen Beine betonte. Flammende Blitze schickte Bram ihr aus seinen ernsten Augen zu, die unter der schwarzen Maske grün hervorstachen. Und als Kadlin dieselben Schritte zu ihm zurücktanzte, wurden ihre Knie immer wackliger. Mit jedem Mal, mit dem sie sich von Bram entfernte, um mit den anderen Partnern zu tanzen, und wieder zu ihm zurückwechselte, loderte das hungrige Feuer in seinen Augen heftiger.

Bram sog die Luft tief durch die Nase ein. Wie gut dieses Mädchen roch, nach den rosa Blüten der Steppe. Wie weich ihre Haut war, die sanft im Sonnenlicht schimmerte. Wie seidig ihre Locken glänzten, die seine Wange umschmeichelten. Liebend gerne würde er die Konturen ihres Gesichts nachfahren, von ihren roten Lippen kosten und sie ganz dicht an sich drücken, um jede Rundung ihres Körpers zu fühlen. Sein Blick verriet ihr sicherlich, wie es um ihn stand, aber das war gut, denn sie sollte die Gefahr spüren, die von ihm ausging, weil er nicht zögern würde, das zu nehmen, was sie ihm gewährte. Vielleicht nicht heute, auch nicht morgen, aber irgendwann würde er versuchen, sich an dem süßen Nektar dieser wunderschönen Blume zu laben.

Ein letztes Mal tanzte Kadlin zu Bram zurück und sie glaubte, die Luft würde ihr ausgehen, denn ihre Brust hob und senkte sich, als wäre sie gerannt. Brams ebenmäßiger Mund wirkte mit jedem zittrigen Atemzug betörender. Noch nie hatte sie einen Mann geküsst, wusste nicht, wie es sich anfühlte, ob es angenehm war, doch sein Mund zog sie magisch an. Sie wollte wissen, wie es wäre, wenn sich ihre Lippen treffen würden, wenn sie ihre Wange an seinen Bartstoppeln rieb. Nur einmal wollte sie in diese blonde Mähne greifen, sein Gesicht dicht heranziehen, sich – verdammt nochmal, genauso wie eine Lijufe es getan hätte – ihm an den Hals werfen. Aber ... sie war Kadlin, eine Häuptlingstochter, und die tat so etwas nicht.

Der Tanz ging zu Ende und Bram drehte Kadlin zu sich, um in ihr Antlitz zu versinken. Ruhelos wanderten seine stechend grünen Augen über ihr Gesicht und rauer als zuvor klang seine Stimme. »Sag mir, wie du heißt, kleine Blume, damit ich dir in meinen Träumen einen Namen geben kann.«

Auch Bram fiel das Atmen schwer, was nicht zu Kadlins Beruhigung beitrug.

»Ich ... ich ...«, stotterte Kadlin und biss sich unschlüssig auf die Lippen, was Bram laut schnaufen ließ, als er es beobachtete.

Heiliger Hychna-Mist, sollte sie ihren Namen preisgeben? Was, wenn er den Namen der Smar-Häuptlingstochter kannte? Bei ihren schwarzen Haaren und ihrem Namen würde ihm womöglich sofort dämmern, wer sie war. Nein, erst wenn ihm ihre Clanzugehörigkeit bekannt war, wenn sie seine Reaktion gesehen hatte, die hoffentlich nicht zu heftig ausfiel, würde sie ihm ihren Namen nennen. Kadlin, Tochter Eyvinds.

»Ich möchte ihn dir nicht verraten«, flüsterte sie schüchtern. Brams Stirn schob sich bei ihren Worten voller Unmut zusammen, was Kadlin schließlich dazu brachte, ein entschuldigendes »Noch nicht« hinterherzuschieben.

Tatsächlich leicht ungehalten, hakte der blonde Krieger prompt nach. »Warum?«

Diese Frage brachte Kadlin erneut in die Bredouille.

Brams Sinnestaumel zerstob zu tausend Feuerfliegen, denn er konnte sich denken, was sie dazu veranlasste, ihren Namen zu verheimlichen. Natürlich wollte sie sich noch andere unversehrte Krieger anschauen, die für sie in Frage kämen. Es war ihm nicht entgangen, wie sehr sich die übrigen Tanzpartner für sie interessierten, und ihr war das bestimmt ebenso aufgefallen. Als Mann kannte er das Imponiergehabe und die Blicke seiner Artgenossen zu gut, die er ihr selbst ebenso zugeworfen hatte.

Indessen hatte sich Kadlin eine Antwort zurechtgelegt. »Nun, warum sollte ich dir meinen Namen nennen, wenn du mich später vielleicht nicht erwählst. Ich würde mich auf ewig schämen, wenn ich dir diesen Nachmittag schenke und du mich zum Schluss des Fastmös einfach stehen lässt.«

Sie wollte mit ihm den Nachmittag verbringen? Überrascht blinzelte Bram, denn damit hatte er nicht gerechnet. Langsam erschien ein Strahlen auf seinem Gesicht und Kadlins Herz wuchsen Flügel, mit denen es auf und davon flog. Die weißen Zähne des Häuptlingssohns kamen mal wieder zum Vorschein und brachten die Smar ebenfalls zum Grinsen.

»Ich verspreche dir, wenn du mich für diesen Nachmittag als deinen Begleiter erwählst, wähle ich dich am Abend, damit du mich zum Baum der Verbindung begleitest.«

Kadlin war nur zu einem Nicken fähig. Denn hätte sie ihren Mund bloß einen Spalt geöffnet, hätte der Glückschrei, der ihr in der Kehle steckte, ihrem Krieger bestimmt Zweifel an ihrem Verstand eingejagt. Ihre Beine wollten auf und ab springen, was sie ihnen aber strengstens verbot. Zwei der schwierigsten Hindernisse hatte sie überwunden. Jetzt gab es nur noch zwei weitere: Bram die Wahrheit über sich zu gestehen und die damit verbundene Frage, ob er seine Werbung um sie fortsetzen wollte, selbst wenn er ihren Stamm kannte, und Eyvind, der Brams Werbung gestatten musste.

* * *

Letzteres personifizierte Hindernis stand im äußeren Zirkel des Fastmö neben seiner Frau und sah den tanzenden Paaren zu. Sibbe beobachtete aufmerksam ein Paar, das von der Tanzfläche zu einem Getränkestand schlenderte. Den blonden Krieger kannte sie nicht, aber dieses Mädchen ... Ihr Gang, diese schwarzen Haare mit dem bläulichen Schimmer ... Plötzlich plumpste ein Stein in ihren Magen.

»Sari steh uns bei!«, platzte es aus Sibbe heraus.

»Was ist?«, fragte Eyvind verwundert, denn der Ton, den seine Frau angeschlagen hatte, war eindeutig der Wir-haben-ein-mächtiges-Problem-Ton. Er folgte Sibbes Starren, die im Gesicht immer blasser wurde. Es gab jedoch nichts Ungewöhnliches zu sehen, lediglich einen Haufen junger Leute, die mehr oder weniger züchtig herumtändelten, wie jedes Jahr.

»Das ist Kadlin«, wisperte Sibbe ungläubig.

Eyvinds Augenbrauen bildeten fast eine Linie. »Kadlin? Aber ... sie blieb doch im Lager?«

»Eyvind, ich bitte dich. Ich erkenne doch meine Tochter, wenn sie vor mir steht, daran können ein paar Locken und eine lächerliche Augenbinde nichts ändern.«

Erneut suchte der Smar die Menge ab und fand eine gelockte schwarze Mähne. Die Haarfarbe der Frau kam der seiner Tochter gleich, das stimmte. Einen Moment später drehte sich das Mädchen in seine Richtung. Von dem Gesicht war viel verhüllt, aber er entdeckte dennoch einen Leberfleck. Seine Tochter hatte jedoch am Kinn kein Mal.

»Bist du sicher? Das Mädchen hat einen Leberfleck.«

Sibbe schüttelte widerspenstig den Kopf. »Wer sagt, dass dieser Leberfleck echt ist?«

Der ältere Smar brachte nur ein wütendes Brummen zustande. Langsam veränderte sich seine Gesichtsfarbe. Rot, röter, Eyvind. Um Beherrschung ringend, winkte der Häuptling seinen Sohn zu sich und flüsterte in sein Ohr, damit kein anderer seinen Befehl hörte: »Ragnar, beobachte diesen schwarzhaarigen Lockenschopf dort drüben. Ich befürchte, es ist deine Schwester. Greife erst ein, wenn ich dir ein Zeichen gebe. Sobald sie das Fastmö verlässt, bringst du sie in mein Zelt. Aber sie darf unter keinen Umständen ihre Augenbinde abnehmen.«

Während Sibbe grübelte, wer der blonde Krieger sein könnte, der offensichtlich Gefallen an ihrer Tochter fand, wusste Ragnar sofort, dass dieser Lockenschopf tatsächlich seiner Schwester gehörte, und vor allem, wem sie da gehörig den Kopf verdrehte. Die Narben und die blonden Haare sagten ihm alles. Es war Bram, der Häuptlingssohn der Unaru. Dreimal verfluchter Firus, was hatte Kadlin jetzt schon wieder vor? Heilige ...! Sie wollte, dass Bram um sie warb, dass er sie heiratete, damit es zu keiner Schlacht kommen sollte. Sie hatte keinen Schimmer, was sie damit anrichtete oder auf was sie sich da einließ.

Ragnar stöhnte. Der junge Smar beschloss, nichts von alldem seinem Vater zu erzählen. Nicht, dass dieses Mädchen mit Sicherheit seine Schwester war, und erst recht nicht, dass der blonde Krieger Bram war, der Sohn ihres Feindes Cnut. Denn eines war Ragnar klar: Würde sein Vater auch nur das Geringste davon ahnen, würden die Smar die nächsten zehn Jahre nicht mehr am Sonnenfest teilnehmen dürfen. Und das war ebenso gewiss wie die Identität des schwarzgelockten Mädchens.

Kapitel 8

Wünsche und Träume

»Wie kommt es, dass du so riesig und so stark bist?«, staunte Lijufe und verfolgte fasziniert, wie ihre Fingerspitzen über Dagurs gebräunte Haut, durch den Flaum auf seiner Brust dahinglitten. Das tiefe Lachen des gigantischen Kriegers ließ die junge Smar unmerklich seufzen.

»Vielleicht, weil ich mit Bram täglich das Kämpfen übe und immer die schweren Sachen tragen muss. Keine Ahnung, wieso ich so bin. Wieso bist du so winzig und so weich?«

Erfreut spürte Lijufe, wie sich der Druck von Dagurs Händen verstärkte und er sie mit einem spitzbübischen Grinsen näher an sich heranzog, bis sich ihre Köper berührten. Es kam ihr vor, als würde sie in Dagurs Armen schweben. Glücklich legte sie den Kopf in den Nacken und Dagurs braune Augen wurden eine Spur dunkler.

»Damit mich ein kräftiger Krieger wie du beschützen muss und er es gemütlich hat, wenn er bei mir liegt?«, flötete Lijufe lockend.

»Ja, so wird es sein«, murmelte Dagur und beugte sich zu Lijufe hinunter, denn er konnte ihren zarten Lippen nicht länger widerstehen. Doch sein Mund wurde von Lijufes ausgestrecktem Zeigefinger kurz vor seinem Ziel abgefangen.

»Na-na-na, mein Großer. So leicht bekommst du keinen Kuss.«

Enttäuscht verzogen sich Dagurs Lippen zu einem drolligen Schmollmund. »Warum denn nicht? Du bist nicht verrückt, du kicherst nicht, du kannst reden und du fühlst dich wundervoll an. Warum darf ich dich nicht küssen?«

Lijufe stöhnte. Sie wusste genau, wo das hinführen würde, wenn sie nachgab: nicht vor den Stammesältesten, der sie für immer miteinander verbinden würde. Es fiel ihr verdammt schwer, sich dem sanften Bären zu verweigern. Mit seinen kugelrunden, ehrlichen Augen war er genau das, was sie sich schon immer gewünscht hatte. Ein Krieger, der aufrichtig war, auf den sie sich verlassen konnte, der für sie da war. Sie würde die Hand dafür ins Feuer legen, dass Dagur dieser Mann war.

»Weil das nicht der richtige Ort dafür ist und wir nicht mehr aufhören können, sobald wir mal damit anfangen.«

»Wo ist denn der richtige Ort? Lass uns dort hingehen«, brummelte Dagur, den Lijufes Worte noch kribbeliger machten.

Lijufe starrte auf seinen Mund, dessen Konturen sie sanft mit dem Daumen nachfuhr. »Dieser Ort wäre unser gemeinsames Zuhause, wenn du mich zur Frau nimmst.«

Ohne Zögern sagte Dagur: »Gut.«

Überrascht zuckte die Smar zurück. »Gut? Wirklich?«

Sie hatte alles Mögliche erwartet, Gezeter und Geschimpfe, das Übliche, was die Krieger von sich gaben, wenn man ihnen die Bedingungen erklärte, die doch eigentlich allen bekannt waren. Ein jungfräuliches Mädchen gab sich nicht ohne Bindung einfach einem Mann hin.

»Ich nehme dich zur Frau. Ich werde dich heute wählen und um dich werben«, formulierte Dagur klar und deutlich seine Absichten, als wären diese schon immer vorhanden gewesen.

»Aber ... aber ... du kennst mich doch gar nicht!«, rief Lijufe stotternd aus. Sie war von seiner Zuversicht dermaßen überrumpelt, dass es ihr unheimlich wurde. Abgesehen davon sprach er nicht von Liebe, und das vermisste sie.

Dagurs Haaransatz rutschte in einer zweifelnden Geste in seine Stirn. »Natürlich kenne ich dich. Du stehst doch vor mir.«

Lijufe drückte sich von dem Krieger weg, was er ihr bis zu einem gewissen Abstand gestattete. »Nein, ich meine, richtig. Woher weißt du, ob wir uns verstehen werden, ob du mich lieben wirst?«

Dagur schüttelte den Kopf. »Warum sollte ich dich nicht lieben? Du bist wunderhübsch, du gefällst mir, du bist alles, was ich gesucht habe. Wenn du mir sagst, was du willst, und ich dir sage, was ich will, dann werden wir bestimmt einen Weg finden, den wir gemeinsam gehen können.«

Lijufes Mund öffnete und schloss sich. Das alles klang bei dem Unaru vollkommen einleuchtend und einfach. Warum hörte sich das bei anderen Kriegern immer so kompliziert an?

Grinsend zog Dagur eine in sich gekehrte Lijufe wieder an seine Brust, die es willig und gerne geschehen ließ. Zärtlich legte er eine Hand an ihr Gesicht. »Die Monde haben dich zu mir geführt. Glaubst du etwa, ich will dich nicht? Wie könnte ich dieses einmalige Geschenk von ihnen zurückweisen?«

Mit ungläubigen Augen betrachtete die junge Smar ihn und brachte keinen Ton mehr heraus. Der Riese hatte ihr nicht nur die Worte geraubt, sondern auch ihr Herz.

* * *

»Magst du etwas trinken?«, fragte Bram und konnte seinen Blick nicht von dem Mädchen lösen, das ihm seinen Namen nicht nennen wollte.

Fröhlich nickte Kadlin, denn ihr Plan lief wie am Schnürchen und der Abend konnte nur noch besser werden.

Bram nahm lächelnd ihre Hand und spazierte mit ihr zu einem Getränkestand. Nachdem er bezahlt hatte, reichte er ihr einen Rindenwein, an dem Kadlin schamhaft nippte. Hingerissen bewunderte sie Brams Mähne, die mit den sonnengebleichten Strähnen ganz anders als ihre aussah. Kräftige Hände hatte der Unaru, die sauber und gepflegt waren. Seine Nägel waren weder lang noch schmutzig wie bei anderen Kriegern, was sie hasste. Sein glatt rasiertes, markantes Kinn machte sie ganz nervös. Ohne Frage war er ein junger, vor Kraft strotzender Krieger und damit ein guter Fang. Wie viele Jahre lag der Rudam wohl schon hinter ihm? Woher hatte er diese Narben? Sie hatte zahlreiche Fragen. Ob sie von ihm einiges erfahren könnte, ohne von sich selbst zu viel preiszugeben?

Mit einem verführerischen Augenaufschlag versuchte Kadlin ihr Glück. »Verrätst du mir, wie alt du bist?«

Bram grinste wie ein Schelm. »Ja, das sollten wir wirklich vorsorglich klären, nicht dass du zu alt für mich bist.«

Kadlins Lippen formten ein empörtes ›O‹ angesichts dieser Behauptung, mit der Bram sie neckte. »Ich glaube eher, du bist zu alt für mich, mein lieber Krieger.«

Leichte Unsicherheit war im Blick des blonden Unaru auszumachen. »Sind zweiundzwanzig Jahre zu alt?«

Kadlin lächelte. »Nein, das ist noch im Bereich des Erträglichen. Ich bin neunzehn.«

Übertrieben schreckhaft weitete sich das bisschen, was Kadlin von Brams Augen sehen konnte. »Gütige Sari, das sind nun doch einige Jahre mehr, als ich befürchtete«, rief er gespielt erschrocken aus.

Das war eindeutig frech gelogen, denn erst mit siebzehn durfte man das Fastmö besuchen, was sie damit sicherlich nicht zu der ältesten Teilnehmerin machte.

»Oh, du!« Kadlin verpasste dem Unaru einen Schubs und erwartete, dass er zurückstolperte, aber sie stieß auf einen Felsen in der Brandung, der sich nicht vom Fleck rührte.

Bram amüsierte sich. »Kannst du in deinem gebrechlichen Alter überhaupt noch ein Stück Fleisch essen oder sind dir schon alle Zähne ausgefallen?«

»Haha, kannst du alter Mann überhaupt noch laufen mit deinen alten Knochen oder muss ich dich nachher zum Baum der Verbindung tragen?«

Überrascht hoben sich Brams Augenbrauen. »Oh, nein!«,

meinte er plötzlich ernst. »Wenn hier jemand jemanden trägt, dann bin ich das. Ich schleppe dich dorthin, selbst wenn du dich mit Händen und Füßen dagegen wehren solltest.«

Kadlin verschluckte sich, denn nach dieser süßen Drohung schien ihr der Rindenwein unerträglich sauer.

* * *

Ragnar pirschte um das Fastmö, dicht auf den Fersen seiner Schwester, und prüfte immer wieder, ob Eyvind ihm ein Zeichen gab. Aus tiefster Seele hoffte er, dass es ihm erspart blieb, Kadlin vor den Augen aller Stämme vom Fest zu zerren. Galt dieses Kriegsverbot eigentlich auch innerhalb eines Clans? Denn er konnte sich erinnern, dass Kadlin ihm schon manches Mal eins übergebraten hatte, wenn ihr etwas nicht in den Kram passte. Aber was, wenn sich ihm Bram in den Weg stellte, um zu verhindern, dass er Kadlin von ihm fortschleppte?

* * *

Der Nachmittag wurde zum Abend und schließlich erklang das Horn. Es war das Signal, dass die Krieger nun eine Braut wählen und sie zum Baum der Verbindung führen konnten, der in der Mitte des Fastmös platziert war. Es war ein Pfahl, der mehrere Streben hatte, an denen Stoffstücke hingen, die die Farben der Stämme trugen. Es gab über fünfzig Clans und alle, die am Fest der Sonne teilnahmen, waren dort mit ihrem Muster vertreten. Der Krieger wählte als Erster, zunächst seinen Clan und dann die Frau. Waren beide mit der Zugehörigkeit des anderen einverstanden, entfernten sie die Augenbinden und verließen gemeinsam das Fastmö, um ihren Eltern ihren erwählten Partner vorzustellen. Ab da begann die offizielle Werbung des Kriegers, wurde diese erhört, kam es zur Verlobung und letztendlich zur Verbindung. Während der Werbung und sogar noch in der Verlobungszeit konnten beide Seiten von der Wahl Abstand nehmen, ohne das Gesicht zu verlieren.

Bram grinste, denn die Wangen des Mädchens färbten sich bei dem Signal rot. Mit unübersehbarer Aufregung erwartete sie seine Frage. Er gedachte sein Versprechen einzuhalten, und das nicht aus bloßem Ehrgefühl, sondern weil er um die Kleine werben wollte. Die vergangenen Stunden mit ihr hatten ihm einiges offenbart: Sie teilten den gleichen Sinn für Humor, sie war neugierig, aber auch klug, was er schätzte, und sie gefiel ihm ebenso wie er ihr. Und all das waren die besten Voraussetzungen für eine gelungene Verbindung. Was könnte er sich sonst noch wünschen?

»Mädchen ohne Namen, willst du mir die Ehre erweisen und mich zum Baum der Verbindung begleiten?«

Kadlins Herz hopste, um einen Purzelbaum nach dem anderen zu schlagen. Röter konnte ihr Kopf gar nicht mehr anlaufen. Auch wenn sie in den letzten Stunden die Augenbinden mehr als einmal verflucht hatte, weil sie Brams Gesicht nicht zur Gänze sehen konnte, war sie nun froh darum.

»Ja, denn deine Wahl ehrt mich, Krieger.«

Während Kadlin mit Bram unter Beobachtung aller den Baum ansteuerte, raunte Sibbe ihrem Mann ratlos zu: »Eyvind, was bei Firus tut sie da? Sie geht mit dem Krieger mit. Wir müssen was unternehmen!«

Die Lippen des Smar-Häuptlings wurden immer schmäler. Mit eisiger Miene verfolgte der stolze Smar das Tun seiner Tochter, um gleich darauf Ragnar mit einem Blick zu warnen, dass der Zeitpunkt des Eingreifens bald kommen würde. Auf keinen Fall durfte Kadlin die Augenbinde entfernen.

»Sei still, Weib, bis jetzt weiß niemand, dass das da unsere Tochter ist, und das soll auch so bleiben. Sari sorge dafür, dass Hadd nicht zu Ohren kommt, was seine Braut dort treibt.«

Sibbes Gesicht wurde aschfahl und nackte Angst um ihre Tochter ließ sie zittern. Was hatte sich das Mädchen bloß dabei gedacht? Der Ikol würde im besten Fall nur sie halb totschlagen für diese Schande, die sie ihm und seinem Clan bereitete. Diese Verlobung war von den Ältesten beider Stämme entschieden worden und damit unlösbar. Kadlins Leichtsinn könnte dem ganzen Clan teuer zu stehen kommen, was mit Blut bezahlt werden müsste, in rauen Mengen.

* * *

Ragnar wartete. Auf was wartete sein Vater? Wäre es nicht besser gewesen, Kadlin gleich zu Beginn des Fastmös zu entfernen? Hatte Eyvind gedacht, Kadlin würde mit keinem Krieger mitgehen? Oder kein Krieger würde sie fragen? Oder wollte er die Clanzugehörigkeit des Kriegers abwarten? Was hatte er vor?

Und dann lief es Ragnar eiskalt den Rücken hinunter. Seine Augen schnellten zu Eyvind zurück. Das Gesicht seines Vaters zeigte, wie er vermutete, Abscheu. Wollte Eyvind Kadlin bestrafen? Sollte ihr, für den Ungehorsam, eine Lehre erteilt werden?

Alle Muskeln in Ragnar spannten sich an, denn wenn Bram sein Muster wählte, würde sein Vater womöglich sein Messer zücken. Der junge Smar musste sich entscheiden: Sollte er seinen Vater vor einer unbedachten Tat schützen und damit Kadlin den Rücken freihalten oder den Befehl seines Vaters abwarten und Kadlin zwar vor einer Dummheit bewahren, aber sie damit bloßstellen?

* * *

Kadlin und Bram standen unter dem Baum der Verbindung. Alles um Kadlin schien sich zu drehen, nur Bram war ein fixer Punkt. Er war das Zentrum des Momentes, der für immer in ihrem Gedächtnis bleiben würde: Auf sie niederblickend stand er vor ihr, mit einem selbstbewussten Schmunzeln und glühend grünen Augen unter einer schwarzen Maske. Sein gebräuntes Gesicht war von blonden Haaren umrahmt, in denen geflochtene Strähnen ruhten.

Wie sie gemutmaßt hatte, griff er zum Muster der Unaru und schaute sie erwartungsvoll an. »Ich bin Bram, Cnuts Sohn, ein Krieger der Unaru.«

Bram war wie in Trance, als er dem schönen Mädchen eröffnete, wer er war, denn sie war alles, was er sich je erhofft hatte. Sie musste seinen geheimsten Träumen entstiegen sein.

Kadlin holte tief Atem, streckte sich und griff zum Stoffstück der Smar. Bedacht scheute sie den Augenkontakt mit Bram und hielt ihm, stur auf seine Brust starrend, den Beweis ihrer Zugehörigkeit hin. Sie hörte ihn laut nach Luft schnappen, die er nicht wieder aus seinen Lungen entließ. Auch das Publikum des Fastmös schien geschockt von der Wahl des Mädchens zu sein, denn Stille war eingekehrt. Jedem Anwesenden war die Fehde bekannt, die zwischen den beiden Clans herrschte.

Bram konnte nicht glauben, was er sah. Bei Sari, sie war eine Smar? Wie hatte sie ohne jegliche Emotionen seine Clanzugehörigkeit hinnehmen können? Weil sie sie kannte! Sie wusste ganz genau, wer er war. Natürlich, wie er zu Dagur gesagt hatte, seine Narben verrieten ihn. Es war ein ausgemachtes, grausames Spiel. Der vernarbte Häuptlingssohn der Unaru sollte verhöhnt und öffentlich bloßgestellt werden, auf dem Fest der Sonne, wo das Kämpfen nicht erlaubt war. Ein Schlag der Smar gegen ihren Erzfeind. Eine widerwärtige Falle, die so typisch war für diesen Stamm. Was könnte man auch anderes erwarten von einer Smar?! Diese elende ...

Kadlins Stimme kam leise und zaghaft. »Ich bin ...«

»... eine tückische Smar-Schlange, die sich lustig über andere macht. Spar dir deine Worte, hinterhältiges Weib!«, fuhr Bram sie schneidend an.

Geschockt sah Kadlin zu ihrem Krieger auf, der nicht länger ihrer war. Hass und Ekel sprühten ihr aus den herrlichen Augen entgegen, die ihr vorher Zuneigung gespendet hatten. Brams Mund verzog sich angewidert. Kadlins Herz starb langsam ab. Stück für Stück. Tränen traten ihr in die Augen und sie versuchte, den Schmerz herunterzuschlucken, der sich in ihrem Hals fest verankerte und quälend anschwoll.

»Nein, ich wollte doch nur ...«, wimmerte sie.

»Glaubst du, ich erkenne dein niederträchtiges Spiel nicht? Eins sag ich dir: Nie im Leben würde ich eine Smar heiraten. Nicht mal, wenn sie die letzte Frau auf Aret wäre.«

Ohne Kadlin eine weitere Chance auf eine Erklärung zu geben, drehte Bram sich um und verließ mit hastigen Schritten das Fastmö. Die Menschen starrten sie kopfschüttelnd an. Anklagendes Gemurmel erhob sich und wurde drohend lauter.

* * *

Eyvind schwankte, als er mit ansehen musste, wie seine Tochter dem Krieger folgte. Er hatte bis dahin geglaubt, dass Kadlin nur am Fastmö teilnehmen wollte, wie die anderen Mädchen in ihrem Alter, wie ihre Freundin Lijufe. Dafür hätte er noch Verständnis aufbringen können, aber dafür, dass sie mit einem Krieger den Baum aufsuchte, reichte es bei Weitem nicht aus.

Seine Realität schien sich vollends aufzulösen, als er das

Muster erkannte, das der Mann wählte. Ein Unaru? Nie und nimmer würde seine Tochter einem Unaru die Werbung gestatten.

Voller Entsetzen sah der alte Häuptling, dass Kadlin dies sehr wohl tat und dabei nicht mal zuckte, was ihn vor Schreck versteinern ließ. Völlig geschockt war er zu keiner Regung fähig. Enttäuschung, Wut und Hass waren zu heftig. Erst nachdem der Unaru das Stück Stoff zuordnete, das Kadlin aussuchte, dieser ihre Zugehörigkeit erkannte und sie daraufhin stehen ließ, konnte Eyvind sich wieder bewegen.

Nie im Leben hätte er geglaubt, einem Unaru einmal für seine Tat dankbar sein zu müssen.

* * *

Sibbe und Ragnar litten mit Kadlin, die Bram traurig nachblickte, obgleich sie einerseits froh waren, wie Eyvind, dass der Unaru sich zurückzog. Mutter und Sohn wussten, eine Verbindung der verfeindeten Clans würde nie zustande kommen, denn auf beiden Seiten waren zu viele Menschen gestorben. Auch die Ikol hätten diese Verbindung mit allen Mitteln verhindert, was noch mehr Opfer gefordert hätte.

* * *

Lijufe war kurz vor einem Herzstillstand, als sie Bram davoneilen sah, denn eigentlich hatte doch alles wunderbar geklappt bis zu diesem Augenblick. Wieso klammerten sich die

Männer an ihrem Hass fest? Wieso konnten sie nicht über ihren Becherrand schauen?

Plötzlich hörte sie Dagur neben sich erschüttert murmeln: »Eine verfluchte Smar? Kein Wunder, dass er sie stehen lässt. Ich hätte das Gleiche getan.«

»Was sagst du da?«, pfiff Lijufe ihn ungehalten zusammen.

Dagur begriff nicht, warum das Mädchen böse war, und versuchte sich zu erklären. »Na, hör mal, die Smar waren schon immer verlogene Diebe und Giftmörder. Wie sollte man da eine Frau von ihnen heiraten wollen? Womöglich hat einer ihrer Verwandten einen von meinen getötet.«

»Oder umgekehrt. Du ... du ... trotteliger Unaru!« Zutiefst bestürzt befreite sich Lijufe aus seiner Umarmung und rannte zu Kadlin hinüber, die ebenfalls das Fastmö verließ.

Sie holte sie am Holzgatter ein, an dem sie ihre vier Skals abgelegt hatten. Kadlin zog ihren Smar-Umhang unter dem geklauten hervor und Lijufe versuchte sie zu trösten.

»Es tut mir leid. Es lief am Anfang so gut, ich war mir wirklich sicher, dass alles klappen würde.«

Kadlin schloss ihren Skal über der Schulter und wischte sich verstohlen über die feuchten Wangen. »Nein. Ich bin selbst schuld, ich hätte es besser wissen müssen. Mein Bruder ist nicht wie andere Krieger.«

Lijufe, die ihren Smar-Skal umlegte, flüsterte ängstlich: »Wenn man von Firus spricht. Dein Bruder wartet auf uns.«

Unglücklich schaute Kadlin in die Richtung, in die Lijufes Kopfbewegung deutete. Ragnar stand im äußeren Bereich, seine Miene spiegelte den Ernst der Lage wider, in die Kadlin sich hineinmanövriert hatte. Unwillig und ganz langsam schlich sie auf ihren Bruder zu. Lijufe folgte ihrer Freundin auf leisen Sohlen.

»Vater will, dass ihr eure Augenbinden aufbehaltet, bis wir im Lager sind. Niemand soll euch erkennen, wegen der Ikol. Er möchte euch sprechen, sofort.«

Betroffen schauten sich die zwei Mädchen an und krochen dem braunhaarigen Krieger schweigend hinterher, in dem Wissen, dass ihnen nun größeres Unheil drohte.

Kapitel 9

Pflicht und Wahrheit

Verängstigt blickte Kadlin zu Boden, denn noch nie hatte sie Eyvind so wütend gesehen. Er schrie nicht – noch nicht, und gerade das war das Üble. Nachdem Ragnar sie zum Zelt gebracht hatte, entfernte er sich sofort, denn er ahnte wohl, was kommen würde. Eyvinds bisher einzige Äußerung war der einsilbige Befehl gewesen, dass sie ihre Augenbinden abnehmen sollten, dem sie gehorsam Folge leisteten. Sein unheilvolles Schweigen erfüllte den Raum wie eine bedrohliche Wolke. Einer Gewitterfront gleich, die allmählich näher zog, hörten sie Eyvind grollen.

»Was hast du dir dabei gedacht, als du dich auf das Fastmö geschlichen hast?«

Kadlin war klug genug, nicht auf die Frage zu antworten, die keine war, sondern ein Vorwurf. Der Sturm, den Eyvind über sie hereinbrechen ließ, wurde stetig vernichtender.

»Sicher nicht an deine Eltern, an den Clan, an dein Versprechen oder an deine Ehre. Du bist nicht nur eine Schande für den Stamm der Smar, sondern auch eine Enttäuschung, vor allem für mich.«

Heiße Perlen der Scham flossen über Kadlins Gesicht.

»Nur zum Wohle des Clans, Vater, alleine des Friedens wegen, wollte ich den Unaru zur Werbung und Ehe überreden«, haspelte Kadlin dazwischen, weil sie glaubte, ihr Vater würde milder urteilen, wenn er ihre Beweggründe kannte. Doch das war ein fataler Fehler, denn Eyvind holte Luft und sein donnerndes Brüllen ließ die Zeltwände beben.

»Überreden?! Einen Unaru? Meine Tochter?! Niemals wird eine Smar im Staub vor einem Unaru kriechen und um etwas bitten. Ich schäme mich, dich meine Tochter zu nennen.« Eyvinds Kopf war tiefrot und die Adern an seinem Hals schienen demnächst zu bersten.

»Vater ...«, jammerte Kadlin, die nicht wusste, was sie sagen sollte, um den harten Worten ihres Vaters Einhalt zu gebieten.

Der Smar-Häuptling war außer sich vor Zorn. Wie konnte Kadlin vergessen, dass die Unaru ihren Bruder Skard getötet hatten? All die Jahre des Hasses, des Schmerzes, die die Smar unter den Unaru gelitten hatten, konnte er nicht aus seinem Gedächtnis streichen. Sein erstgeborener Sohn, sein Vater, sein eigener Bruder und auch sein Onkel, alle waren auf dem Schlachtfeld gestorben. Unzählige seiner Lieben hatte er durch die Hand der Unaru verloren. Kadlin war ein Teil der Familie, des Clans, wie konnte sie sich gegen sie stellen? Hatte er ihr denn nicht all seine Liebe gegeben? Warum verriet sie ihn? Wie konnte sie ihm so in den Rücken fallen?

Die Enttäuschung des alten Häuptlings über seine Tochter war grenzenlos, was ihn zu einer folgenschweren Aussage verleitete.

»Nein! Du wirst Hadd heiraten. Du wirst seine Frau werden und nichts, nichts auf dieser Welt wird das verhindern, eher sterbe ich. Nur die Einhaltung dieses Eheversprechens wird dich davor bewahren, dass ich dich verstoße, ansonsten werde ich keine Tochter mehr haben.«

Kadlins Unterlippe zitterte, doch Eyvind blieb davon unberührt. Mit grimmiger Miene wandte er sich Lijufe zu. »Und dir, Lijufe, Arnbjorns Tochter, sei gesagt, dass auch du meinen Argwohn erregt hast, weil du Kadlins Ungehorsam unterstützt. Arnbjorn muss sich für deine Fehler verantworten, vergiss das nicht.« Als wäre jegliche Kraft aus ihm gesogen, flüsterte der alte Krieger gebrochen: »Geht mir aus den Augen, ihr zwei. Ich ertrage euren Anblick nicht länger.«

Aufschluchzend verließ Kadlin mit Lijufe das Zelt. Weinend flehte sie ihre braunhaarige Freundin an: »Es tut mir so, so unendlich leid. Ich wollte nicht, dass du und dein Vater wegen mir Ärger bekommt.« Verzweifelt schüttelte Kadlin den Kopf.

Lijufe wollte ihre Freundin in die Arme nehmen, die schlimmer als ein Häufchen Elend aussah, doch diese rannte heulend davon.

»Nein, Kadlin ... Kadlin?! Warte doch!« Lijufe sprintete ihrer Freundin ins Getümmel hinterher. »Kadlin, warte!«

Das Fastmö war beendet, aber da es der letzte Abend des Sonnenfestes war, wurde noch einmal ordentlich gefeiert. Die Menschen kamen oder gingen zum Festplatz. Die Gassen zwischen den Zelten waren so voll wie an keinem Tag zuvor. Kadlin eilte weinend durch den Trubel, suchte einen Weg durch die namenlosen, fremden Gesichter, die ihr entgegenströmten und ihr vor den Augen verschwammen. Sie lief und lief, wusste nicht wohin. Allein die Scham und die Schande hinter sich zu lassen, zählte für die junge Frau. Das Lachen der Menschen und die Musik klangen höhnisch in Kadlins Ohren, denn in ihrer Welt würde es von nun an keine Freude, kein Glück mehr geben. Sie würde Hadd heiraten und enden wie seine anderen beiden Ehefrauen: gedemütigt, geschlagen, sich vor der Welt versteckend in einem Zelt, darauf hoffend, weniger Prügel als am Vortag einstecken zu müssen.

Kadlin rannte ohne Ziel los, gefolgt von Lijufe, die immer wieder ihren Namen rief. Die letzten Zelte des äußeren Lagerrings lagen hinter der Häuptlingstochter, doch sie rannte weiter, in den angrenzenden Wald hinein. Die Sonne schien an diesem Abend noch hell, denn keine Wolke verdunkelte den Himmel und Kadlin setzte ihre Flucht im Dickicht fort. Weiter und weiter rannte sie in den Forst. Äste peitschten ihr ins Gesicht und blieben in ihren Locken hängen. Dornen verfingen sich in Kadlins Kleid und zerkratzten ihre Haut, doch sie zerrte sich los und floh vorwärts. Lijufes Rufen war nicht mehr zu hören und urplötzlich stand Kadlin auf einer kleinen Lichtung. Was sie dort jedoch sah, ließ sie augenblicklich zur Salzsäule erstarren.

Da waren zwei grobschlächtige Männer, die eine dunkelhaarige Frau zu Boden drückten und in der Mangel hatten. Die drei waren jedoch voll und ganz mit ihrem Tun beschäftigt, so dass keiner von ihnen die Anwesenheit der Smar bemerkte. Einer der Krieger kniete oberhalb des Kopfes der Frau und hielt ihre Arme fest. Zuerst war Kadlin peinlich berührt, als sie erkannte, dass der andere Mann unbekleidet war und sich ächzend zwischen den blanken Schenkeln der Frau bewegte. Aber dann erweckten die Hände des nackten Mannes, mit denen er der Frau die Kehle zu drückte, ein Grauen in ihr. Auch die zerrissenen Kleider der Frau, die unter ihm lag, sagten ihr, dass hier etwas nicht stimmte. Zwei Atemzüge benötigte Kadlin, um zu begreifen, dass sie Zeugin einer Vergewaltigung war. Ihre Lungen fielen in sich zusammen und der aufkeimende Schrei blieb ihr im Halse stecken, um lediglich in ihrem Kopf zu verhallen.

Ihr Schock wuchs ins Unermessliche, als sie erkannte, wer der Vergewaltiger war. Es war niemand anders als ihr Bräutigam Hadd. Im selben Moment, als Kadlin die Situation richtig gedeutet hatte, rollte der Kopf des Mädchens seltsam leblos zur Seite und ihre braunen Augen starrten ausdruckslos in ihre Richtung. Sie lebte nicht mehr. Das Mädchen war tot, was Hadd zu einem Mörder machte. Der andere Ikol bestätigte dies mit einem ungehaltenen Ausruf.

»Verflucht, du hast sie zu lange gewürgt. Du hast die kleine Schlampe umgebracht!«, herrschte der braunhaarige Lockenkopf Hadd böse an.

Zeitgleich stürmte Lijufe auf die Lichtung, kam nicht mehr rechtzeitig zum Stehen und prallte gegen Kadlins Rücken. Sie erfasste ebenso mit einem Blick die Gräueltat, die sich vor ihnen abspielte. Und just in diesem Augenblick nahmen die beiden Ikol die Bewegung wahr.

Hadd brüllte: »Gyrd, du Dummkopf, halt die zwei auf. Los! Sie dürfen nicht entkommen.«

Erst Hadds Befehl brachte wieder Leben in Kadlins Körper und sie rannte gleichzeitig mit Lijufe unkoordiniert los, was sie Zeit kostete, die Gyrd zugutekam. Nach einem kurzen Wegstück bekam er Kadlins Haare mit seinem eisernen Griff zu packen, wodurch sie rückwärts gegen ihn taumelte. Die schmerzende Kopfhaut ließ Kadlin das Wasser in die Augen schießen.

Lijufes Flucht hatte der Ikol zuvor schon mit einem kräftigen Stoß, der sie zu Fall brachte, beendet. Sie lag wimmernd auf dem Boden und hielt sich den Fußknöchel, der in einem geschnürten Stiefel steckte.

»Aua, mein Fuß«, jaulte Lijufe.

Gyrd übertönte ihre Schmerzensschreie gehässig.

»Halt's Maul und steh endlich auf, du Schlampe.«

Seine Hand im Haarschopf der Smar festgekrallt, zerrte er sie zurück auf die Beine. Schwer schnaufend schleppte Gyrd seine Beute zu Hadd.

Kadlin stolperte weinend über ihre eigenen Beine und in panischer Angst sah sie ihren Bräutigam auf sich zukommen. Nach wie vor nackt, bot der bärtige Ikol ein Bild des Schreckens für die jungfräuliche Smar. Seine dunklen Haare hingen wirr um sein Gesicht, in dem eine wahnsinnige Besessenheit glimmte. Die kolossale Brust war über und über von schwülstig roten Narben entstellt. Ein riesiges Muttermal, das die Form eines Sjöhast hatte, prangte auf dem Beckenknochen seiner Hüfte. Unweigerlich geriet Hadds Geschlecht in Kadlins Blickfeld. Von fasziniertem Abscheu erfüllt, stellte die Häuptlingstochter fest, dass seine schlaffe Männlichkeit wuchs und sich aufrichtete. Hastig wandte Kadlin ihren Blick ab.

Der Häuptlingssohn der Ikol hatte zwar die Abneigung der Smar bemerkt, aber auch ihre Neugierde. Dreckig grinsend blieb er vor Kadlin stehen, umklammerte ihr Kinn und musterte ihr Antlitz.

»Wen haben wir denn da?«

Herablassend schallte Hadds Stimme auf sie hinunter. Kadlin hielt die Luft an, denn sie fragte sich ängstlich, ob er wusste, wer sie war, dass er seine Smar-Braut vor sich hatte. Während Hadd schwieg, wähnte sich Kadlin in den dämonischen Abgründen des Firus.

Argwöhnisch nahm der Häuptlingssohn Kadlins Umhang in die Finger, untersuchte die Farben des Stoffes und unterzog ihr Gesicht einer erneuten Musterung.

»Zwei Smar-Weiber.«

Obwohl Kadlin erleichtert darüber war, dass Hadd keine Ahnung hatte, wer vor ihm stand, bereitete ihr das finstere Feuer in seinen Augen Übelkeit.

»Was für ein Jammer ...«, meinte der bärtige Ikol trügerisch ruhig und legte den Kopf schief, »... dass ich dich töten muss.«

Gyrd fauchte und entblößte dabei seine krumm hervorstehenden Zähne: »Bist du verrückt? Die Kleine zu beseitigen bedeutet schon Ärger genug. Was sollen wir mit zwei weiteren Leichen anfangen?«

Kadlin schluckte, ihr Puls raste in ihren Ohren. Gütige Sari, sie würde enden wie das arme Mädchen, das tot vor ihr im Gras lag. Unkontrolliert zitternd hörte sie Hadd wettern.

»Überlass das Denken mir und tu, was ich dir sage. Das tote Weibsstück ist Teil meines Planes. Ihr Tod war notwendig und wird mir noch von Nutzen sein, aber die zwei Smar hier ...« Grob packte er wieder Kadlins Kinn und schüttelte ihren Kopf, was sie qualvoll aufstöhnen ließ, da Gyrd noch immer ihre Haare festhielt. »... töte ich aus purem Vergnügen. Aber erst werden wir miteinander ein wenig Spaß haben, nicht wahr, meine Kleine?« Schließlich ließ er von Kadlin ab und richtete seine Aufmerksamkeit auf Lijufe. »Und danach verscharren wir sie, irgendwo im Wald, wo sie keiner findet.«

Ohne eine Gefühlsregung zu zeigen, drehte Hadd sich von ihnen weg und ging zu dem toten Mädchen. Kadlin betrachtete die Tote aufmerksam, denn irgendwie kam sie ihr bekannt vor.

Der Häuptlingssohn wollte gerade seine Kleider anziehen, als Lijufe die Gelegenheit nutzte und plötzlich flink mit einem kleinen Messer mehrmals auf Gyrd einstach. Dieser ließ die jungen Frauen vor Schreck los und versuchte sich vor der Klinge zu schützen, die ihn immer wieder traf. Indessen der hässliche Ikol wie am Spieß schrie, kämpften sich die Smar-Mädchen endgültig von ihm frei und versuchten abermals zu flüchten.

Hinter sich hörten die Smar Hadds Schreie. »Gyrd, du verdammter Schwachkopf, halt sie auf und bring sie wieder zurück.«

Gyrd war allerdings ganz und gar nicht begeistert davon,

der tollwütigen Smar-Furie hinterherzujagen, sondern inspizierte lieber seine Stichverletzungen. Hadd schlüpfte so schnell er konnte in seine Hose und noch während er diese verschnürte, lief er den Frauen nach.

Die Panik, von Gyrd oder Hadd wieder eingefangen zu werden, ließ Kadlin und Lijufe um ihr Leben rennen. Kadlin glaubte, ständig Schritte hinter sich zu hören, den Atem eines Ikol im Nacken zu spüren und jeden Augenblick zu Boden geschmettert zu werden. Die Todesangst ließ das Blut durch ihren Körper rasen, beschleunigte ihren Herzschlag und ihre Atmung um ein Vielfaches.

Sie preschten durch das Gebüsch, schlugen Blätter und Zweige zur Seite, sprangen über Baumwurzeln und vermoderte Stümpfe. Der Rückweg zum Fest schien endlos zu dauern. Erst als sie die Zelte des Lagerplatzes erreichten, wagte Kadlin zu hoffen, dass sie ihren Verfolgern entkommen waren. Außer Atem fühlte sie, wie Lijufes Hand nach ihr griff, und gemeinsam schlängelten sie sich durch den Menschenstrom, der stetig die Gassen entlangfloss. Allmählich verlangsamten sie ihre Schritte, passten sich ihrer Umgebung an, und ohne ein bestimmtes Ziel im Sinn zu haben, gingen sie mit der Menge weiter.

Ratlos heulte Lijufe hinter Kadlin, die sich ständig umschaute. »Gütiger Sari, was machen wir bloß? Wo sollen wir denn nur hin?«

Eiskalte Furcht umschloss Kadlins Inneres, denn sie beobachtete, wie Hadd mit Gyrd aus dem Wald kam und suchend in die Menschenmenge starrte. Zu Kadlins Entsetzen deutete der Häuptlingssohn in ihre Richtung und redete gestikulierend auf den anderen Ikol ein.

»Los schnell, wir müssen weiter! Sie kommen!«, drängte Kadlin und zerrte wild an Lijufes Arm, die im Gehen ihr kleines Messer wieder im Schaft ihres Stiefels verstaute.

»Aber wohin, Kadlin? Wo können wir uns verstecken, denn in unserem Lager werden sie als Erstes nach uns suchen«, weinte Lijufe. »Außerdem hat dein Vater gesagt, egal was passiert, du wirst Hadd heiraten. Wir können nicht mehr zurück, Hadd würde dich sofort töten.«

Mit einem unwohlen Prickeln im Rücken bogen die Mädchen mehrmals hektisch ab, liefen und liefen, bis sie plötzlich am Festplatz landeten. Fieberhaft überlegte Kadlin, welche Möglichkeiten sie hatten. Egal, wie sie es drehte und wendete: Wenn sie ins Lager der Smar zurückkehrte, würde Hadd sie töten. Entweder vor oder nach ihrer Hochzeit. Lijufe hatte Recht. Eyvind würde ihr nach diesem Streit niemals glauben, dass Hadd ein Mörder war, sondern es für eine Lüge von ihr halten, einen Versuch, der Heirat mit ihm zu entkommen. Wahrscheinlich wäre sie sogar in der Wildnis sicherer aufgehoben als in der Obhut ihres Clans, der sie Hadd zur Hochzeit ausliefern würde. Lijufe blieb leider nichts anderes übrig, als sie zu begleiten, denn auch sie war eine Zeugin, die Hadd auf irgendeine Weise unschädlich machen müsste. Wenn sie davonliefen, würde Arnbjorn vielleicht nicht ihre Fehler ausbaden müssen, denn wenn man ihm deswegen einen Vorwurf machte, so müsste man Eyvind ebenfalls einen machen. Vielleicht, wenn genügend Gras über die Sache gewachsen war, könnte Lijufe wieder zu ihrer Familie zurück? Für sie jedoch würde es, nach Eyvinds Aussage, wohl nie eine Rückkehr geben. Lieber starb sie in der Wildnis oder lebte bei einem anderen Clan, als dass sie Hadd heiraten und unter ihm dahinsiechen müsste. Möglicherweise, wenn sie Glück hatten, fanden sie Unterschlupf bei einem der Stämme tief im Süden.

Kadlin atmete durch – obwohl ihr Herz sich voller Qual krümmte bei dem Gedanken, Ragnar und Sibbe nie wiederzusehen, fasste sie, mit diesem Ziel vor Augen, neuen Mut. »Wir holen unsere Optera und fliegen irgendwohin, wo uns keiner kennt.«

»Gut, aber erst müssen wir unentdeckt zu den Optera gelangen«, nickte Lijufe, um gleich darauf panisch zu fluchen. »Verdammt – da ist dieser Gyrd schon wieder und jetzt hat er drei weitere Ikol dabei.«

Panisch schaute Kadlin sich um und tatsächlich waren es mittlerweile vier stellenweise kahlrasierte Krieger, die nach ihnen Ausschau hielten. Hadd war jedoch nicht bei ihnen.

Ohne Zögern flüchtete sie weiter, Lijufe hinter sich herziehend, quer über den Festplatz und kam an dem Gatter vorbei, an dem glücklicherweise noch immer ihre geklauten Skals hingen. Einer Eingebung folgend, schnappte Kadlin sich die Umhänge und dabei fiel ihr die Lösung ihres Problems ein.

»Sie suchen zwei Smar-Frauen!«, haspelte Kadlin im Rennen.

»Ja, das weiß ich auch, du Superfunzelstein!«, blaffte Lijufe zurück.

»Also werden wir das Gegenteil«, eröffnete Kadlin stolz ihrer Freundin ihren spontanen Geistesblitz und steuerte zielstrebig das Schilf an.

Verdutzt glotzte Lijufe sie an. »Wie ›das Gegenteil‹?«

»Na, ganz einfach: Wir werden zu Männern eines anderen Stammes«, erwiderte Kadlin und hastete weiter.

Kapitel 10

Grunzen und Wanken

»Bist du irre? Wie ...?« Überrumpelt von dem Gedanken, zum Mann zu werden, blieb Lijufe jäh stehen.

Doch Kadlin unterbachte sie und zog sie rabiat weiter, immer die Ikol beobachtend. »Wir besorgen uns Hosen und Tuniken. Andere Skals haben wir bereits und dann brauchen wir uns nur noch die Haare zu schneiden.«

Lijufe wurde blass, folgte ihrer Freundin widerwillig und keifte im Flüsterton: »Nur?« Erneut blieb sie stehen. »Das kannst du gleich vergessen! Niemals trenne ich mich von meinen Haaren.«

Wütend zerrte Kadlin sie mit sich fort. »Willst du lieber sterben, als deine Haare zu schneiden?«

»Nein, natürlich nicht!«, stammelte Lijufe wie ein trotziges Kleinkind und folgte Kadlin unglücklich.

Unterwegs zum Schilf fanden die Mädchen vor einem Zelt eine Wäscheleine, auf der Männerkleider trockneten. Die Zeltbesitzer waren anscheinend auf dem Fest, und während Lijufe Schmiere stand, konnte Kadlin heimlich die Kleidungsstücke entwenden, die sie benötigten. Die Smar schafften es, unbemerkt von den Ikol im hohen Schilfmeer unterzutauchen, und suchten im Labyrinth nach einem Versteck.

Im Eiltempo wechselte Kadlin ihr Kleid gegen die Lederhose und die grobe Tunika. »Woher hattest du eigentlich das Messer?«

Lijufe, die sich ebenfalls umzog, grinste breit. »Von meinem Vater. Er gab es mir vor dem Fastmö und meinte ›Liju, du musst ihn nicht töten, bloß verletzen, damit du abhauen kannst.‹«

»Dein Vater hat uns das Leben gerettet«, schlussfolgerte Kadlin und blickte unzufrieden auf ihre Brüste hinunter.

»Ja, das hat er«, entgegnete Lijufe und zog mit einem Seufzen das Messer aus ihrem Stiefel. »Es ist ein Rindenmesser. Zwar hat es eine kurze Klinge, aber sie war spitz und scharf genug für den doofen Gyrd.«

Kadlin schnaubte. »Es wird auch scharf genug sein für unsere Haare. Aber was machen wir mit unserem Busen?«

Lijufes Mund verzog sich unschlüssig. »Ich vermute, ein Krieger mit Vorbau würde bei den Ikol noch mehr Aufsehen erregen als zwei Smar-Frauen. Wir müssen sie platt binden. Am besten reißen wir dafür unsere Kleider in Streifen, die brauchen wir eh nicht mehr.«

Eine Woge der Traurigkeit überrollte Kadlin und sie blinzelte gegen die Tränen an. »Es ist alles meine Schuld. Wäre ich nicht davongerannt …«

Die braunhaarige Smar herzte ihre Freundin innig und rüttelte sie sachte an ihren Schultern. »Ganz sicher nicht. Hadd ist schuld. Wäre er kein Mörder, wären wir nicht auf der Flucht.«

Trotz ihrer anfänglichen Weigerung griff Lijufe entschlossen in Kadlins Locken. »Also, wie kurz willst du deine Haare?«

Nun, wo es ernst wurde, fiel es Kadlin schwer, sich von dem Zeichen ihrer Weiblichkeit zu trennen. Ihre Haare reichten im glatten Zustand weit über ihre Hüften und ringelten sich nun, nach dem Lockendrehen, auf Brusthöhe. Sie beschloss, ihren Wuschelkopf nass zu machen, damit die Locken verschwanden und Lijufe besser schneiden konnte.

»Wir sollten unsere Haare und Gesichter waschen, damit wir die Locken und falschen Leberflecken verlieren oder in deinem Fall wiederbekommen. Hadd und Gyrd wissen nicht, wie wir normal aussehen.«

Lijufes Braue hob sich in einer zweifelnden Geste. »Du als Mann? Was ist daran normal?«

»Ach, komm, wir dürfen keine Zeit verlieren. Bestimmt werden die Ikol bald das Schilf durchsuchen. Ich glaube nicht, dass Hadd so schnell aufgibt.«

Kurze Zeit später hatten sie tief im Schilf eine Stelle gefunden, wo genügend Wasser war, damit sie ihre Haare anfeuchten konnten. Schweren Herzens schnitten die Mädchen sich gegenseitig die Haare, rissen ihre Frauenkleider in lange Streifen, die sie sich unter den Tuniken um den Oberkörper wickelten, rollten die alten Skals mit den abgeschnittenen Haaren zusammen und versenkten, so gut es eben ging, die Überbleibsel ihrer Smar-Identität im Sumpf. In weiten Hosen, flatternden Tuniken und mit kurzen, triefenden Haaren standen sich die Mädchen in ihrer Verkleidung gegenüber.

»Das klappt nie und nimmer!«, stöhnte Lijufe bei Kadlins Anblick hoffnungslos.

Kadlin widersprach ihrer Freundin vehement: »Es muss. Wir sehen zwar nicht wie Krieger aus, aber wie junge Burschen. Wir verbergen unsere Gesichter hinter ein paar Haarsträhnen und sprechen mit tiefer Stimme.«

»Oder wir grunzen, wie mein Bruder.«

Lijufe hatte mit ihrem fünfzehnjährigen Bruder hautnah Erfahrungen gesammelt, auf die sie zwar in bestimmten Momenten lieber verzichtet hätte, aber nun zurückgreifen konnte.

»Was meinst du mit Grunzen?«, fragte Kadlin irritiert. Ihr Bruder hatte nie gegrunzt. Oder? Na ja, als Ragnar fünfzehn war, hatten sie die meiste Zeit gezankt. Sie konnte sich nicht mehr daran erinnern, wie er sich benommen hatte. Er hatte sie ständig genervt und sie sah ihn damals am liebsten von hinten, das war das Einzige, was ihr von der Zeit hängengeblieben war.

Mit einem unverständlichen Kehllaut führte Lijufe ein Grunzen vor, in ihrer tiefsten Tonlage.

»Ah, mehr ein Brummen als ein Grunzen, ich verstehe«, nickte Kadlin. »Was für elegante Angewohnheiten hat dein Bruder sonst noch?«

»Also, beim Laufen musst du mit den Schultern hin und her wanken.« Lijufe machte ihr auf der Stelle vor, was sie meinte, und entlockte Kadlin damit ein Kichern. »Wenn du keine Antwort auf eine Frage weißt, zuckst du mit einer Schulter und machst einen EKG oder ziehst die Nase hoch, spuckst auf den Boden und grunzt.«

»Igitt. Und was ist ein EKG?«, forschte Kadlin angewidert nach.

»Na, der Eier-Kontrollgriff.«

Kadlins Augen wurden immer größer und Lijufe musste noch deutlicher werden. »Du weißt schon, wenn sie sich zwischen die Beine fassen, um nachzuzählen, ob noch alles da ist.«

Unglücklich verzerrte sich Kadlins Gesicht. »Muss das sein?« Kadlin misstraute der Aussage ihrer Freundin.

»Anscheinend schon. Ach, und wenn du lachst, dann richtig dreckig und immer, wirklich immer, über deine eigenen Verdauungsgeräusche«, erklärte Lijufe mit einem bitteren Zug um den Mund.

Verständnislos sah Kadlin sie an. »Ich soll über meine Fürze lachen? Warum das denn?«

Empört hob Lijufe die Achseln. »Woher soll ich denn das wissen? Ich erzähle dir nur, was mein Bruder den lieben langen Tag treibt.«

Konzentriert kräuselte sich Kadlins Stirn. »Also, schwanken, grunzen, dreckig lachen, spucken und ... EKG. Kann ja nicht so schwierig sein!«, resümierte Kadlin die Verhaltensvorgaben. »Na dann, auf zu den Optera!«

Die Mädchen suchten den Hauptpfad im Schilf, der sie zurück zum Lagerplatz brachte. Kaum hatten sie ihn gefunden, kamen ihnen zwei der Ikol entgegen, die Gyrd begleitet hatten. Kadlin fühlte, wie sich kleine Schweißperlen auf ihrem Rücken bildeten. Sie zwang sich, nicht davonzurennen. Den Kopf gen Boden geneigt, versuchte sie an Lijufes Worte zu denken.

Wanken und grunzen, wanken und grunzen.

Mit pochendem Herzen versuchte Kadlin während des Gehens mit dem Oberkörper zu wanken, was aber schwieriger war als gedacht. Da Lijufe ebenfalls versuchte, den Gang ihres Bruders nachzuahmen, kollidierten die Mädchen andauernd miteinander und stolperten wie zwei Betrunkene durch die Gegend.

Die Ikol beobachteten sie mit abschätzenden Mienen, traten beiseite und ließen sie vorüberziehen. Kadlin schnaufte erleichtert auf, doch dann rief einer der Krieger hinter ihnen her: »Hey, stehen bleiben, ihr zwei!«

Die Mädchen verharrten bewegungslos und wechselten einen kurzen, unschlüssigen Blick. Sollten sie gleich losrennen oder auf ihre Verkleidung vertrauen und es darauf ankommen lassen?

Die dumpfen Schritte des Ikol wurden lauter und Kadlin dachte panisch darüber nach, welche Entscheidung die richtige wäre. Der Krieger trat neben sie und die Häuptlingstochter spürte förmlich, wie seine Augen sie abtasteten. Sekunden langen Wartens verstrichen.

»Habt ihr zwei Smar-Weiber gesehen? Eine davon mit schwarzen Locken?«

Lijufe und Kadlin schüttelten energisch die Köpfe und brummten dabei unverständliche Laute.

Der Ikol interpretierte diese tatsächlich als ›Nein‹ und meinte zögernd: »Na gut, dann ... trollt euch.«

Da die Mädchen auf dieses Kommando sehnsüchtig gewartet hatten, setzten sie ihr Schwanken augenblicklich fort und hörten die Krieger schimpfen.

»Ich sag dir, die Bengel sind dermaßen voll, die würden nicht mal ihre eigene Mutter erkennen.«

»Mist! Dann müssen wir das ganze Schilf nach den Weibsbildern durchkämmen.«

Befreit raunte Lijufe ihrer Freundin zu: »Die sind schon mal beschäftigt.«

»Bleiben noch zwei und Hadd, die uns suchen. Wenn er nicht noch mehr Verstärkung geholt hat.«

Kummer legte sich auf Lijufes Züge angesichts Kadlins Pessimismus, und schwankenden Ganges folgte sie ihr zum Fest.

Sie quälten sich durch die feiernden Menschen, stets darauf bedacht, den Ikol auszuweichen, sobald sie welche sichteten. Schließlich erreichten sie unerkannt die Weidegründe der Optera, die nahe dem letzten Zeltring lagen. Da einige Stämme sich für den Heimflug vorbereiteten oder schon am Aufbrechen waren, herrschte dort absolutes Chaos.

Mitten im Getümmel stehend, wurde Kadlin klar, dass sie keine Ahnung hatte, in welchem der unzähligen Gatter ihre Optera untergebracht waren und wie sie ihre Tiere in dem Tohuwabohu finden sollten. Denn während sie mit den Frauen das Auspacken am Ankunftstag übernommen hatten, waren die Männer mit den Optera zu den Weideplätzen geflogen.

Zwischen den Holzzäunen standen Massen an Kriegern, Frauen und Kindern. Manche beluden ihre Tiere, andere verabschiedeten sich von ihren Freunden, planten den gemeinsamen Heimflug oder suchten nach ihren Tieren. Dazwischen spielten einige Jungen Fangen, die Optera begleiteten den Lärm mit dem unruhigen Surren ihrer Flügel und die rot untergehende Sonne tauchte das Schauspiel in gedämpftes Licht.

Es war ein Drunter und Drüber, in einer freudig erregten Atmosphäre. Und urplötzlich packten zwei riesige Hände die Mädchen grob im Nacken.

»Aha! Da seid ihr zwei ja. Ich hab euch schon überall gesucht.«

* * *

Bram war sauer. Nein, mehr als das, er war stinksauer. Und niemandem konnte er die Schuld daran geben. Doch, der Smar, aber noch mehr haderte er mit sich selbst. Wie hatte er glauben können, dass die Frau ihn als Mann anziehend fand? Wie hatte er nicht durschauen können, dass die blöde Hychna-Kuh sich über ihn lustig machen und ihn verspotten wollte. Noch immer hätte er am liebsten auf irgendetwas eingeschlagen. Wenigstens konnte er seine Wut morgen im Training rauslassen. Allerdings durfte er bloß mit Dagur üben, einen Jüngling würde er wahrscheinlich ungespitzt in den Boden rammen.

Wo war Dagur überhaupt? Als wäre es nicht anstrengend genug, dass schon zwei Otulps fehlten. Verdammt, auf was hatte er sich da wieder eingelassen? Seit drei Jahren übernahm er mit Dagur eine der Trainingsgruppen für Knaben, die kurz vor ihrem Rudam standen. Ungefähr vier Wochen brachten sie mit den Jungs in der Wildnis zu, bereiteten sie so gut wie möglich auf das halbe Jahr ihrer Mannesprüfung vor, in dem sie ohne Hilfe eines Stammes auf sich allein gestellt überleben mussten. Hatten die Burschen den Rudam überstanden, galten sie bei den Unaru als vollwertige Krieger und konnten eine Familie gründen. Denn nur ein Mann, der für sich selbst sorgen konnte, war in der Lage, eine Familie zu versorgen.

Die Otulp verlangten von ihren Männern zwar auch einen Rudam, aber bei ihnen ging es ausschließlich ums Überleben, denn sie waren ein Bergvolk. Ihre Talente lagen im Bergbau, in der Gewinnung von Salz und Funzelsteinen, nicht im Kämpfen. Dies sollte sich nun, durch eine Zusammenarbeit mit den Unaru, ändern. Seit neustem sollten die Unaru-Krieger den Jungen der Otulp ihr Wissen beibringen. Dafür hatte man einen gegenseitigen Beistand im Falle eines Angriffs von einem feindlichen Stamm vereinbart. Da Cnut davon überzeugt war, dass eine Schlacht mit den Smar bloß eine Frage der Zeit sei, war dieser von der Absprache begeistert und Bram, als sein Sohn, musste seinen Beitrag dazu leisten.

Vier Wochen auf engstem Raum mit sieben pubertierenden Knaben und einem geknickten Dagur standen ihm bevor. Ja, Dagur war deprimiert, was nicht alle Tage vorkam, und das nur wegen dieser anderen Smar. Bei Sari, der naive Riese war über beide abstehenden Ohren in die Kleine verknallt und zugleich völlig niedergeschlagen, weil sie ihn auf dem Fastmö stehen gelassen hatte. Dagur hatte seine Entscheidung, seinen Anspruch auf die schwarzhaarige Smar unter dem Baum zurückzuziehen, vollkommen unterstützt, aber nicht verstanden, dass seine Kleine ihn genau deswegen verlassen hatte. Bram hatte Dagur erst erklären müssen, dass diese zwei Mädchen, die zusammen auf dem Fastmö aufgetaucht waren, Freundinnen waren und sie beide dem Smar-Clan angehörten. Eine ganze Weile hatte Dagur dagesessen und geschwiegen. Seine ersten Worte nach diesem minutenlangen Schweigen waren eine ungläubige Frage gewesen: »Eine Smar?«

Dagur war geschockt und konnte es nicht fassen. Und wenn er verflucht nochmal ehrlich zu sich war, er selbst war es auch. Die Smar-Schlange hatte zugebissen und sein Blut vergiftet, denn immerzu geisterte sie in seinem Kopf umher. Überall sah er ihre Haare vor sich, dachte an ihre Augenfarbe und roch ihren Duft. Verflixter Firus, er musste sie vergessen!

»Schau mal, wen ich endlich gefunden habe«, dröhnte Dagurs Stimme hinter Bram. Der Häuptlingssohn drehte sich verwundert um.

»He, Bruder, dein Skal ist ja zerrissen. Bist du irgendwo hängengeblieben?«, sprach Dagur und zeigte auf Brams Umhang, dem eine Ecke fehlte.

Der blonde Unaru nickte abwesend, denn er glaubte seinen Augen nicht zu trauen. Zwei Otulp-Knaben, so mager und winzig wie zwei Mädchen, standen vor Dagur. Heilige Sari, wie sollten diese Knirpse jemals einen Rudam überstehen?

Ihre langen feuchten Strähnen hingen ihnen in die blassen Gesichter, von denen fast nichts zu erkennen war. Eigentlich wollte er die Jungs kräftig zusammenstauchen, weil sie zu spät am vereinbarten Treffpunkt ankamen, aber die Kerlchen würden wahrscheinlich anfangen zu heulen, wenn er losbrüllte, denn sie zitterten bereits wie Espenlaub.

* * *

Kadlin hatte sich ihrem letzten Atemzug nahe geglaubt, denn dem harten Griff nach zu urteilen, konnte es nur Hadd sein, der sie soeben erwischt hatte. Sie wollte schon anfangen zu schreien und um sich zu schlagen, bis sie sah, dass der bärtige Krieger kein Ikol war, sondern ein Unaru. Es war Dagur.

Ein Blick auf Lijufe verriet ihr, dass diese genauso perplex war wie sie. Der Riese schleppte sie wenige Meter durch die Menge und brachte sie direkt zu Bram. Kadlin konnte nicht glauben, wie ihr geschah, und erneut wallte Verzweiflung in ihr auf. Bram beäugte sie erst zornig und schien dann von Mitleid erfasst zu werden, was sicher an ihrem heruntergekommenen Aussehen lag.

Unter ihren Haaren hindurchspickend, musste sich Kadlin eingestehen, dass Bram ohne seine Augenbinde eine noch viel beunruhigendere Wirkung auf sie hatte, und das, obwohl er ziemlich schlecht gelaunt aussah. Unzählige Gedanken schossen ihr durch den Kopf, in dem ein heilloses Chaos herrschte. Ja, sie konnte sich denken, weswegen der blonde Krieger so grimmig aus dem Skal glotzte. Aber warum hatte sie nach all dem, was der Kerl ihr angetan und an den Kopf geworfen hatte, noch immer das Bedürfnis, ihn anzulächeln? Warum machten ihn seine Narben nicht hässlich, sondern interessanter?

Im gleichen Moment sah Kadlin, genau hinter Brams Rücken, Hadd bei ihrem Vater stehen, neben ihrer getupften Optera. Ein leises Wimmern rutschte ihr heraus und zeitgleich hörte sie Lijufe erschrocken nach Luft ringen.

»Na los, trödelt nicht länger. Du fliegst mit Dagur und du kommst mit mir. Die anderen Jungs warten bereits«, wies Bram sie unfreundlich an, griff Kadlin an der Schulter und bugsierte sie grob zu einer Maxi-Optera.

Kadlin war der Verzweiflung nahe. Wenn sie dem Unaru jetzt davonlief, gäbe es ein Spektakel, das vermutlich auch Hadds Aufmerksamkeit auf sich ziehen würde. Nein, da der Ikol neben ihrer Optera mit ihrem Vater tratschte, wäre sie dumm, die Fluchtmöglichkeit, die Bram ihr bot, nicht anzunehmen.

Unmerklich nickte Kadlin zu Lijufe hinüber, die sich mit offenstehendem Mund von Dagur zu einer Optera schieben ließ, und bedeutete ihr damit, dass sie dem Unaru Folge leisten solle. Lijufe verstand und kletterte hinter dem Riesen auf das Tier.

Überrascht sah Kadlin, wie Lijufe sich gleich an Dagur schmiegte und ihn mit beiden Armen umklammerte. Dieser schaute mit Verwunderung auf deren Hände an seinem Oberkörper, um dann einen irritierten Blick über seine Schulter zu werfen.

Als Lijufe begann, verträumt an ihm zu schnüffeln, und dabei strahlte wie ein satter Rindenkäfer, wurde es Kadlin zu viel. Mit grimmiger Miene gebot sie ihr Einhalt, indem sie den Kopf schüttelte und mit ihrer Hand eine Geste am Hals andeutete, die strikt befahl: Schluss jetzt!

Bram, der ebenfalls auf seiner Optera saß, schaute ungeduldig nach Kadlin. Dabei fiel ihm Lijufes glückliches Grinsen auf, das ihm einen zweiten, verdutzten Blick wert war.

Lijufe bemerkte dies und hatte gerade noch so viel Verstand beisammen, dass sie ihrem Gesicht schlagartig eine Maske des Trübsinns verlieh. Bram schien über ihr Gebaren einen Moment verblüfft zu sein, fing sich aber schnell und knurrte Kadlin ein weiteres Mal an: »Komm, Junge! Steig auf! Ich will den Riesenwald erreichen, bevor es dunkel wird.«

»Riesenwald?«, entfuhr es Kadlin spitz und höher, als es gut war, für ihre Rolle als Knabe. Sie räusperte sich erschrocken, krabbelte auf die Optera und nuschelte tiefer: »Riesenwald, hä?«

Der blonde Unaru drehte sich zu ihr. »Ja, und jetzt halt dich fest, Kleiner. Schließlich will ich es merken, wenn ich dich während des Fluges verliere, damit ich was zum Lachen hab.«

Kadlins Blut blubberte in ihren Adern und zögerlich legte sie ihre Hände auf Brams Hüften. Sie entschied sich jedoch um und hielt sich dann an seiner Kleidung fest. Brams großer Rücken lud sie ein sich anzulehnen und außerdem roch er einfach herrlich. Bei Sari, sie konnte Lijufe so verdammt gut verstehen.

Bram machte sich Sorgen, denn die Minihände des Jungen waren ohne Kraft. Wie sollte der Knirps einen Angriff mit dem Schwert abwehren können? Da lag ein hartes Stück Arbeit vor ihnen. Und warum, zum Firus, hatte er sich des schwarzhaarigen Jungen angenommen? Nee, nee, nee. Es wäre klüger, nicht weiter darüber nachzugrübeln.

Kapitel 11

Riesen und Zwerge

Die Maxi-Optera erhoben sich langsam in die Höhe. Die Menschen und Zelte unter Kadlin wurden stetig kleiner. Der Lärm des Festes nahm ab, wurde leiser und leiser. Eine kühle Brise und die stille Weite des Himmels ließen die junge Smar zur Ruhe kommen. Langsam glimmte ein schmerzhaftes Sehnen in ihrem Herzen auf, denn ihr wurde bewusst, dass sie ihren Vater soeben wahrscheinlich das letzte Mal gesehen hatte. Aber sie durfte dem stechenden Schmerz keinen Raum geben. Wenn sie sich vorstellte, welche Sorgen sie Sibbe und Ragnar durch ihr Verschwinden bereitete, wäre sie am liebsten umgekehrt. Aber das durfte sie nicht. Sie musste diese Gewissensbisse beiseiteschieben, wenn sie am Leben bleiben wollte. Ja, sie sollte froh sein, Hadd entkommen zu sein und ein Abenteuer bestehen zu dürfen, das sie nie vergessen würde, denn im Riesenwald war sie noch nie gewesen. Bevor Bram Verdacht schöpfte, würde sie mit Lijufe das Weite suchen. Der blonde Unaru würde nie erfahren, dass sie die Smar war, die er am Fastmö mit seinem Hass überschüttet hatte.

Die Optera des Häuptlingssohns flog voran, gefolgt von zwei weiteren Tieren, auf denen insgesamt fünf Jungs saßen. Dagur bildete mit Lijufe die Nachhut.

Aufatmend, erfüllt von einem Hoffnungsschimmer, sah Kadlin die tiefrote Sonne im Westen hinter dem felsigen Gebirge untergehen. Die schneebedeckten Berg-Kappen hoben sich von dem leuchtenden Abendhimmel ab, der in violettrosa Flammen stand. Die drei schillernden Monde schwebten erhaben über dem Omoc-See, der durch das Sonnenlicht einem Ozean aus glühender Lava glich.

Sie flogen eine ganze Weile Richtung Nordosten, bis die gigantischen Wipfel des dunklen Riesenwaldes am Horizont auftauchten. Als die Optera zum Landeflug am Waldrand ansetzten, war von der Sonne fast nichts mehr zu sehen. Bram sprang herunter, nahm die Zügel seiner und der ankommenden Optera in die Hand.

Kadlin glitt vom Rücken des Tieres und unterdrückte ein Ächzen, denn ihre Glieder waren vom stundenlangen Sitzen und der kalten Abendluft steif geworden. Die vom Tag gespeicherte Wärme, die die Steppe abgab, hieß Kadlin willkommen. Auf dem Flug war sie, wie schon lange nicht mehr, froh um ihren Skal gewesen. Trotz des wollenen Umhangs hatte sie vor Kälte gebibbert. Dem Gebaren der übrigen Reisegefährten nach, die ebenfalls von den Optera abgestiegen waren, sich in die Hände hauchten und von einem Bein aufs andere traten, waren sie genauso durchgefroren.

»Na los, jeder nimmt sich einen Packen aus der Transporttasche. Hier geht es zu unserem Nachtlager entlang«, befahl Bram und deutete auf einen Trampelpfad, der im Dickicht verschwand.

Alle folgten seinen Anweisungen und auch die Mädchen

griffen sich ein geschnürtes Bündel, das aus Decken und Funzelsteinen bestand. Der blonde Krieger betrat den Wald und die Gruppe folgte ihm. Zum ersten Mal bekam Kadlin einen Riesenbaum zu sehen. Mit runden Augen staunte sie über die monströsen Stämme dieser Bäume, deren Ausmaße überwältigend waren. Ihre immense Breite kam an die der Riesenschneckenhäuser heran und ihre Höhe war von unten nicht abzuschätzen. Selbst wenn man den Kopf in den Nacken legte, war ihre Spitze nicht auszumachen. Die braungraue Rinde schien hart und rau zu sein, im Gegensatz zu ihren Blättern, die feinen Spinnweben ähnelten und vollkommen schwarz waren. Mit dem dunklen, herabhängenden Blattwerk schien es, als trügen die Bäume einen Trauerflor.

Die Wurzeln der Riesenbäume, die den weichen Waldboden stellenweise durchbrachen, waren mächtige Stränge, über die die kleine Gruppe hinüberklettern musste. Ihre Funzelsteine erleuchteten mit ihrem grünen Licht den gespenstischen Weg, der vor ihnen lag. Endlich kamen sie zu einer kreisrunden Lichtung, um die herum mehrere Bäume wuchsen. Die Stämme dieser Bäume hatten gewaltige Hohlräume, in denen man aufrecht stehen konnte. Bram nahm den Optera, die geduldig ausharrten und warteten, die Taschen und das Geschirr ab.

»Ab mit euch!«, rief Bram und gab seinem Tier einen Klaps auf den Hinterleib, worauf dieses sich mit den anderen sogleich erhob und sie in die Tiefen des Waldes entschwanden.

Kadlin war überrascht, denn normalerweise band man die

Optera fest. Es mussten wohl ungewöhnlich gut erzogene Tiere sein.

Dagur schritt als Letzter auf die Lichtung, blickte auf die Felsen vor ihm und meinte: »Hey, das sind ja ...«

»... genügend Sitzplätze für alle«, beendete Bram den Satz seines Kumpels und fuhr fort. »Setzt euch, Jungs. Während wir essen, lernen wir uns näher kennen.«

Dagur schien einen Moment nachzudenken, grinste dann aber zufrieden.

Kadlin setzte sich mit Lijufe auf einen der schwarzen Steine, die alle die gleiche runde Form hatten und dicht aneinanderstanden. Ihr Gepäck ließen die Mädchen auf dem Boden liegen. Da die Steine eine gemusterte Oberfläche hatten und wenige Schritte neben ihnen eine alte Feuerstelle im fahlen Licht zu erkennen war, vermutete Kadlin, dass die Lichtung mit den hohlen Baumstämmen ein Lager war, das die Unaru regelmäßig aufsuchten.

Dagur verteilte an jeden ein Stück Fladenbrot und, zum Entsetzen der Smar, grünen Schneckenkäse, der ihren Appetit ziemlich dämpfte. Die beiden Krieger lehnten sich an einen Baum und inspizierten die Runde.

»Ich bin Bram und das ist Dagur, wir sind eure Klingenbrüder. Die nächsten vier Wochen werden wir euch so gut wie möglich auf den Rudam vorbereiten«, erklärte Bram und sprach dann einen rothaarigen Jungen an, der einen Unaru-Skal trug. »Atla, ich würde sagen, du fängst mit der Vorstellung an. Sag, wie du heißt und wie alt du bist.«

Atla stellte sich vor und mit wichtigtuerischer Miene

nannte er den Namen seines Vaters. Neben ihm saß Sloden, ein großer und feister Jüngling, der bei seiner Vorstellung mehr Worte benutzte, als nötig waren. Nach ihm kam Mar, der das genaue Gegenteil von Sloden war. Schlaksig und verschlossen, wie er sich gab, musste Bram ihm jede Information aus der Nase ziehen.

Danach kamen zwei Jungs, die die gleichen Skals wie Kadlin und Lijufe auf ihren Schultern liegen hatten. Nervös knabberte Kadlin an ihrem Brot, denn ihr wurde klar, dass ihre gefälschte Identität jeden Moment auffliegen konnte. Gewöhnlich kannten sich die Jungen eines Stammes untereinander, doch sie hatten nicht mal eine Ahnung, welchem Clan sie mit ihren Umhängen angehörten. Sie mussten also die Ohren gespitzt halten und jeden Satz abwägen, den sie von sich gaben. Mittlerweile war die Reihe an einem ihrer Clankollegen. Er war kleiner als die Unaru, wie auch sein Freund, allerdings war er pummeliger als dieser, weswegen er jünger wirkte.

»Ich bin Kori, Erps Sohn, und ein Otulp.«

Ein Murmeln von Atla war zu hören. »War ja unschwer zu erraten, bei der Zwergengröße.«

»Hey, die Statur eines Kriegers sagt nichts über sein Können aus. Merkt euch das. Alle!«, ermahnte Bram den rothaarigen Unaru, der daraufhin betreten nickte.

Nun leuchtete Kadlin ein, warum die Ikol-Frauen und Hadd sie mit Skepsis begutachtet hatten, während Brams Leute sie mit freundlichen Gesichtern empfingen: Sie trugen die Skals der Otulp, die Verbündete der Unaru waren. Die

Häuptlingstochter versuchte sich zu erinnern, was sie über die Otulps wusste. Der Clan wohnte in den Bergen, in Höhlen, war bekannt für seine Funzelsteine und für die kleine Körpergröße, was Atla zu der Aussage veranlasst hatte. Man munkelte, dass die Otulps, die weitab der anderen Clans lebten, stets innerhalb ihres Stammes geheiratet hatten, weswegen sie als verschroben und nicht besonders klug galten. Ihre geringe Körpergröße wie auch die kräftige Figur waren bei ihnen geschätzte Eigenschaften, wegen der Arbeit in den niedrigen Stollen unter Tage. Die Gewinnung der Funzelsteine war äußerst kraftraubend. Angeblich waren die Otulp keine guten Bogenschützen, aber für den Nahkampf mit der Axt sei ihre Statur von Vorteil, so hieß es. Eyvind hatte also Recht gehabt mit der Verbindung der zwei Stämme, was zwar ein weiteres Argument für Kadlins Tun war, aber sie nicht tröstete, geschweige denn ihr in dieser misslichen Lage half.

Ivar, der andere Otulp, machte trotz seines Schnauzers, der lediglich aus Flaum bestand, einen schüchternen Eindruck bei seiner Rede.

Lijufe flüsterte indessen tonlos: »Sari, stehe uns bei. Was erzählen wir nur?«

Von Angstschweiß bedeckt, rutschte Kadlin auf ihrem Felsen hin und her, denn alle erwarteten ihre Vorstellung. Die Smar beschloss eine Abkürzung ihres Namens zu verwenden, da sie Angst hatte, einen erfundenen Namen zu vergessen oder nicht auf ihn zu hören, wenn man nach ihr rufen würde. Sie gab sich Mühe, ihre Stimme tiefer klingen zu lassen, als sie mit ihrer Rede begann.

»Ich bin Kat, ein Otulp. Wie ihr seht ... an meinem Skal.«

Schweigend starrten die Männer sie an, bis Kori, der pummlige Otulp, fragte: »Wer ist denn dein Vater? Ich kenn' euch beide gar nicht. Kennst du die zwei, Ivar?«

Ivar, der Schnauzer, schüttelte den Kopf und Kadlins Herz sprang in ihrer Tunika umher wie ein wildgewordener Hase. Lijufe schien vor Nervosität schier vom Stein zu kippen.

»Kein Vater«, brummte Kadlin mürrisch, zog die Nase hoch und spuckte auf den Boden, traf aber ihre zusammengerollte Decke. Sie glaubte, dass dies zum Glück, im Halbdunkeln, keiner bemerkt habe. Womit sie jedoch falschlag, denn Bram hatte es beobachtet und grinste leicht angewidert.

»Natürlich hast du einen Vater. Jeder hat einen Vater«, mischte Dagur sich ein, wofür Kadlin ihm am liebsten ihren Funzelstein an den Kopf geworfen hätte.

Einfach einen Namen zu nennen, hätte Lijufe und ihr zum Verhängnis werden können. Was, wenn ausgerechnet ein Verwandter der beiden Otulp so hieß? Das würde sicherlich weitere, gefährliche Fragen nach sich ziehen. Nein, es wäre klüger, nur einen weiblichen Namen anzugeben. Denn eine Frau konnte aus einem anderen Clan stammen, die Jungs mussten sie nicht zwangsläufig kennen.

»Nein, Vater tot. Meine Mutter ist Halla«, gab Kadlin deswegen mit einem lapidaren Schulterzucken von sich.

Ivar überlegte und kam prompt zu einem Ergebnis. »Ach, jetzt weiß ich. Ihr wohnt in den Höhlen ganz weit oben?«

Kadlin und Lijufe nickten wie besessen und grummelten dumpf: »Ja, ganz weit oben.«

»Total weit oben.«

»Und wer bist du?«, fragte Dagur und starrte zu Lijufe, die zu stottern anfing.

»Ich? Ich bin ... Lu und meine Mutter ist Dalla.«

Kadlin wäre am liebsten im Boden versunken, denn die Gesichter der anderen waren mehr als ungläubig. Sloden, der rundliche Unaru, kicherte. »Halla und Dalla? Wie bekloppt ist das denn?«

Zur Rettung warf Kadlin ein: »Sind Schwestern. Bloß Spitznamen.«

»Und wie heißen sie richtig?«, hakte Kori, der Otulp-Pummel, nach. Nach Kadlins Ansicht wollte der anscheinend auch einen Funzelstein abbekommen für seine Frage. Ehe sie antworten konnte, reagierte jedoch Lijufe und meinte, ohne lange nachzudenken: »Halldera und Dalldera.«

Das machte die Sache natürlich nicht besser, weswegen Kadlin ihr einen Blick à la Hast-du-sie-noch-alle schenkte.

»Du hast ebenfalls keinen Vater?«, bohrte Dagur nach und brachte Lijufe erneut damit in Bedrängnis.

»Nein?«, stammelte die braunhaarige Smar unsicher. »Er, er ist ...« Sie schluckte panisch und brabbelte schließlich: »Verschwunden.«

»Aber...?«, setzte Dagur an, wurde jedoch von Bram abgehalten, der bisher schweigend zugehört hatte.

»Lass gut sein, Bruder.« Mit mahnendem Blick schüttelte der Häuptlingssohn den Kopf. Die stumme Zwiesprache schien Dagur zu verstehen, denn er nickte.

Bram leuchtete nach dem Gespräch vieles ein. Die Mutter

Kats war Witwe und die Mutter Lus eine Verstoßene. Beide Frauen waren wohl von ihrem Stamm geächtet. In einigen Clans war es üblich, dass ein männlicher Verwandter die Witwe mitversorgte. Vielleicht war das Lus Vater zu viel gewesen, weshalb er seine Frau, sein Kind und die Verwandten zurückgelassen hatte. Es könnte allerdings noch an einem anderen Grund liegen, der ihn noch wütender machte. Es gab Stämme, bei denen es die Tradition gab, Säuglinge, die zu schmächtig oder missgebildet waren, den Naturgewalten zu übergeben. Die Hesturen im Norden zum Beispiel setzten diese Säuglinge für eine Nacht in der Steppe aus. Überlebte das Kind die Nacht, so galt es als stark und von den Monden behütet. Starb es jedoch, wurde es nicht betrauert, denn man glaubte, es sei sein unausweichliches Schicksal gewesen. Die Clans rechtfertigten ihre Sitte damit, dass man kein Kind länger am Leben halten und Nahrung für es verschwenden müsste, wenn es sowieso sterben würde.

Für Bram war dieses Vorgehen unvorstellbar, aber möglicherweise hatte Lus Vater den Jungen nicht als Sohn angenommen und die Mutter verlassen, weil diese sich weigerte ihr Kind zu töten. Er hatte keine Ahnung, ob die Otulp solch eine Tradition hatten, aber es war nicht auszuschließen. Egal aus welchen Gründen der Vater die Frau verlassen hatte, in Brams Augen war es keines Kriegers würdig. Niemals würde er sein eigen Fleisch und Blut verschmähen und dem sicheren Tod ausliefern. Er würde dafür sorgen, dass diese beiden zierlichen Otulp-Knaben eine Erziehung bekämen, die ihnen ein Vater hätte beibringen müssen. Vielleicht wurde der kleine

Kat aus denselben Gründen von seiner Mutter versteckt und vor dem Stamm verborgen gehalten, indem sie in den Höhlen weit oben im Gebirge wohnten, wo sie keiner fand.

Sloden, der gut beleibte Unaru, hüpfte von seinem Felsen hinunter und landete dabei auf einer Baumwurzel. Urplötzlich erklang ein schrilles, lautes Zirpen und die Felsen gerieten in Bewegung. Kreischend purzelten Kadlin und Lijufe von ihrem Stein, der sich unter ihnen schlagartig erhoben hatte. Unzählige behaarte Beine und ein kleiner Kopf mit zwei Fühlern kamen zum Vorschein. Während alle schreiend wild durcheinanderstoben, krabbelte zwischen ihnen die Herde hysterisch zirpender Steine umher. Die vermeintlichen Gesteinsbrocken entpuppten sich als eine Art Käfer, die Kadlin bis zum Hals reichten.

Nach zehn Sekunden panischen Tumults waren Kadlin, Kori und Ivar in eine Baumhöhle geflüchtet, Atla und Mar auf einen Ast geklettert. Dieser bog sich unter ihrem Gewicht verdächtig und gab letztendlich krachend nach, worauf die zwei mit einem Rums zu Boden fielen. Lijufe versteckte sich hinter Dagur, was Sloden hinter Bram versuchte, allerdings ohne Erfolg, da er doppelt so breit wie der blonde Unaru war.

Alle Jungen waren vor Schrecken bleich und stumm, außer Bram und Dagur, die fast an ihrem Lachanfall erstickten. Die zwei Krieger bekamen sich schier nicht mehr ein.

Dagur prustete unter Tränen: »Hast du gehört, wie sie geschrien haben? Wie ein Haufen kleiner Mädchen.«

Bram stöhnte vor Lachen. »Ja, Mann. So hoch, das hatten wir noch nie.«

Kadlin hielt erschrocken die Luft an, denn Bram und Dagur hatten ein gutes Gehör. Lijufe und sie hatten tatsächlich ein typisches Mädchenkieksen losgelassen.

»Kommt her, Mädels.« Amüsiert rieb sich Bram den Mund. »Das war eure erste Lektion: Ihr müsst immer wachsam sein, hier draußen ist nichts, wie es auf den ersten Blick scheint. Die Steine waren Felsenasseln. Sie sind ungefährlich. Wenn man ihnen wehtut, ergreifen sie die Flucht. Die vermeintliche Baumwurzel, auf die du getreten bist, Sloden, war eins von vierzehn Beinen. Sie ernähren sich von den morschen Rinden der Stämme und daran wird sich heute Nacht nichts ändern. Legt euch mit euren Decken in die hohlen Baumstämme und schlaft. Dagur und ich wechseln uns mit der Wache ab.«

Lijufe und Kadlin holten sich ihre Bündel und suchten sich mucksmäuschenstill einen der Baumstämme aus. Erst als sie den Hohlraum mit ihren Funzelsteinen auf Felsenasseln und sonstiges Ungeziefer überprüft hatten, trauten sie sich, ihre Decken auf dem weichen Boden auszurollen.

Flüsternd fragte Kadlin ihre Freundin, die sich vollständig angezogen auf ihrem Nachtlager ausstreckte: »Hat dir dein Vater jemals etwas von Felsenasseln erzählt?«

»Nein. Kanntest du sie?«

Kadlin verneinte kopfschüttelnd. »Was gibt es noch alles, was wir nicht kennen? Sollten wir eine Zeit lang hier bei den Unaru bleiben?«

»Ja«, wisperte Lijufe mit schweren Augen, die sie fast nicht mehr offen halten konnte. »Gute Idee. Hier sind wir vorerst in Sicherheit.«

Kadlin gähnte. »Ja. Später können wir immer noch gehen.«

Leise vernahm die Häuptlingstochter Brams und Dagurs Stimmen. Der Geruch nach brennendem Holz erfüllte die Nachtluft. Und obwohl die Smar meilenweit von ihren Familien entfernt waren, neben ihnen ihre Feinde Wache hielten, schliefen sie auf der Stelle friedlich ein.

Kapitel 12

Grün und haarig

Vereinzelt blinzelten die Sterne durch das Blätterdach der Riesenbäume. Dagur saß seinem Gefährten gegenüber und schaute zu, wie dieser einen trockenen Ast ins Feuer legte. Nachdenklich runzelte sich Dagurs Stirn.

»Wieso hat der Mann seine Frau mit dem Kind alleine gelassen? Das ist keines Kriegers würdig.«

Bram schnaufte schwer. »Weil die Otulp keine Krieger wie wir sind. Vielleicht hat der Otulp seine Frau verstoßen, weil er glaubte, ihre Nachkommen seien zu schwach. Das Leben in den Bergen ist härter als das in der Steppe. Die Winter der Otulp sind länger und kälter als bei uns. Sie haben weder Plantagen noch Felder, die sie bestellen, höchstens kleine Herden von Bergziegen.«

Dagur schüttelte trotzig den Kopf. »Mag sein, dass ihr Leben ein Kampf ist, aber ich könnte nicht handeln wie dieser Mann. Die Jungs tun mir leid. Ich meine ... Sie sind so klein, dass ich Angst habe, mich aus Versehen auf sie draufzusetzen.«

Bram lachte bei der Vorstellung und wegen Dagurs trübseligem Gesicht. »Ja, du hast Recht. Sie würden keinen Tag im Orchideenwald überleben.«

»Die Winzlinge würden es nicht mal bis dorthin schaffen«, brummte Dagur.

Die Brauen des blonden Unaru zogen sich zusammen. »Wir müssen die zwei alles lehren, was unsere Väter uns lehrten. Ansonsten werden sie ihren Rudam nicht überleben.«

»Ja«, pflichtete Dagur ihm bei. »Wir sollten ihnen sagen, dass es anstrengender für sie werden wird als für die anderen.«

Bram nickte. »Gut, das machen wir morgen früh. Ich übernehme die erste Wache, penn du dich aus.«

* * *

»Los, aufstehen! Ihr müsst euer Frühstück auftreiben. Es kommt nicht von selbst angelaufen. Heute zumindest nicht.«

Kadlin schreckte auf und fragte sich verwundert, was damit gemeint war, denn im ersten Moment wusste sie nicht, wo sie war. Ein Blick auf Bram, der breitbeinig vor ihr stand, und Lijufe, die neben ihr leise schnarchte, brachten ihr die Erinnerung zurück.

Ein Räuspern ließ sie erneut zu dem Unaru schauen, dessen Ausdruck genauso griesgrämig war wie am Abend zuvor.

»Weck deinen Kumpel, wir machen uns gleich auf den Weg.«

Bram war mit einem Mal ganz unwohl, denn nun, bei Tageslicht, konnte er die Gesichter der zwei Otulp-Buben besser sehen. Diese weichen Züge der Jünglinge sagten ihm, dass es verdammt schwer werden würde, aus ihnen Männer zu machen.

Kadlin brauchte nicht ihre Stimme zu verstellen, denn ein Krächzen war das Einzige, was ihr gelang. »Ja, klar.«

Kaum hatte sich Bram umgedreht, rüttelte sie Lijufe unsanft an den Schultern. »Wach auf, wir müssen aufstehen.«

»Och, nee. Nur noch ein bisschen«, nuschelte diese völlig verschlafen.

»Wenn du nicht willst, dass Bram dich persönlich weckt, dann komm jetzt.«

Stöhnend rieb sich Lijufe den Schlaf aus den Augen, blinzelnd schaute sie Kadlin an. »Kann es sein, dass du aufgeregt bist?«

Leicht muffig gab Kadlin zu: »Natürlich bin ich aufgeregt. Was, wenn sie merken, dass sie sich zwei Mädchen ins Lager geholt haben, und dann ausgerechnet die zwei Smar vom Fastmö. Bram schießt mich zum Mond, aber vorher reißt er mir den Kopf ab.«

Lijufe schmunzelte. »Und es ist nicht, weil er dir gefällt?«

Die schwarzhaarige Smar schnaubte unwillig. »Nein, sicher nicht. Nachdem er mich abgewiesen hat, hat er so ziemlich alles an Attraktivität eingebüßt.«

Ein zynisches Prusten war Lijufes Antwort. »Sicher, Herzchen.«

»Wo bleibt ihr denn? Müsst ihr euch erst noch hübsch machen oder was ist?«, rief Sloden vor dem Eingang ihrer Baumhöhle, was die Mädchen hastig aufstehen ließ.

»Kommen schon!«, brummte Lijufe, prüfte den Sitz ihrer

Brustbinden und richtete ihre Verkleidung. Kadlin verstrubbelte sich die Haare so, dass ihr Gesicht schwerer zu erkennen war. In stillem Einverständnis nickten sich die Smar aufmunternd zu und betraten die Lichtung.

Es war ein sonniger Morgen und der Riesenwald wirkte nicht mehr unheimlich, sondern mystisch. Das elegante Laub der Bäume wehte sanft in einer Brise wie schwarzer Tüll.

»So, sind alle da? Dann fangen wir an. Am schnellsten kann man sich Eier und Früchte besorgen. Das wird eure Morgenmahlzeit sein«, empfing Bram die Gruppe.

»Was für Eier?«, wollte Atla, der rothaarige Unaru, wissen.

Grinsend zeigte Bram nach oben in die Bäume, er hatte bereits auf die Frage gewartet. »Optera-Eier natürlich.«

Verwundert blickte Kadlin wie alle anderen hinauf zu den Baumkronen und es stahl ihr den Atem. Fast auf jedem Baum schlief eine Optera. An den Stämmen oder auf den Ästen, überall war bei genauer Betrachtung eines der Tiere auszumachen. Grün, Orange, Blau, alle Farben funkelten in den höhergelegenen Zweigen.

»Das sind wilde Optera. Haarig!«, murmelte Kori, der Otulp.

»Absolut haarig, Mann«, nuschelte sein Freund Ivar, ebenso fasziniert.

Verwirrt schaute Lijufe die Jungs an und Dagur sprach das aus, was die Smar dachte. »He, was ist daran haarig? Die sind überhaupt nicht haarig.«

Mit großen Augen erklärte Kori es ihm. »Das haben Ivar

und ich erfunden. Haarig bedeutet so viel wie ... gut. Verstehst du?«

Brams Mundwinkel zuckte. »Ah, wir sagten knorke, weißt du noch, Dagur?«

Der bärtige Unaru lachte. »Ja, stimmt. Knorke.«

Atla meinte dazu trocken: »Jetzt heißt es grün.«

Sloden und Mar bestätigten dies mit einem Nicken. Kadlin warf Lijufe einen amüsierten Blick zu, die sich wiederum energisch in das Gespräch einmischte.

»Ob haarig, grün oder knorke, das ist mir egal, ich hab verdammt noch mal Hunger.« Knurrend setzte die braunhaarige Smar der Debatte ein Ende.

»Ja, es wird Zeit, dass wir ihre Ei-Ablagestätte finden. Also, was wisst ihr über Optera?«, nahm Bram den Faden wieder auf.

Sloden meldete sich sogleich zu Wort. »Sie legen ihre Eier im Wasser ab, demnach muss hier irgendwo ein Gewässer sein.«

»Gut, Sloden«, lobte Bram den runden Unaru. »Und wo findet man ein Gewässer?«, forschte er weiter, worauf er jedoch keine Antwort bekam und selbst fortfahren musste. »Am Fuße eines Berges oder in einem Tal. Lasst uns Richtung Gebirge laufen. Am Stand der Sonne erkennt ihr in etwa, wo ihr langgehen müsst.«

»Wir müssen Richtung Norden. Der Riesenwald liegt vor dem Sokkolf-Gebirge«, sagte Mar überzeugt.

»Genauso ist es«, meinte Bram. »Auf geht's nach Norden.«

Atla ging mit Mar vor, denen der Rest folgte. Bram war der

Letzte, hinter Kadlin, vor der Lijufe lief. Nach wenigen Schritten hörten sie Dagur in der Stille des Waldes sprechen: »Bruder, du hast deine Hose verkehrt herum angezogen.«

Die Jungs stockten im Gehen und ihr Gelächter hallte durch den Wald, gegen das Kori anrief: »Nein, Mann. Das ist Absicht, das trägt man so, das ist haarig.«

»Oder grün«, grunzte Lijufe kichernd über die Schulter zu Kadlin, die sich ein Lachen verkniff.

Bram kratzte sich über den Bart. Er wollte es nicht denken, aber bei Firus: Der Otulp-Junge hatte den Hintern eines Weibes. Verflucht, er fühlte sich mies bei dem Gedanken, denn es war gemein, so was zu behaupten.

Aber immer wieder flogen Brams Augen unbewusst zum unteren Ende des Rückens, das unter der weiten Tunika hervorblitzte. Im Stillen versicherte er sich, dass das nur geschah, weil der Knabe so zierlich wie ein Mädchen war und er sich das einbildete.

Endlich erreichten sie den Weiher und Bram begab sich schnurstracks an Dagurs Seite. Am Ende des Gewässers regnete ein Wasserfall herunter. Die Äste der Riesenbäume, die zum Teil ins Wasser hingen, verliehen der Umgebung einen verträumten Anblick. Eine schwache Dunstwolke ruhte über der Wasseroberfläche, die sich unmerklich auflöste.

Der blonde Häuptlingssohn deutete nach rechts. »Seht, dort drüben, am östlichen Ufer!«

Kadlin beugte sich vor, um herauszufinden, was Bram ihnen zeigte. Ihr Rücken hatte die letzten Schritte des Weges über furchtbar geprickelt. Vielleicht bildete sie sich das nur ein, aber ... sie hatte sich von Bram beobachtet gefühlt. Erst als er zu Dagur weitergegangen war, hatte sich das Gefühl verloren. Gut, Lijufe lag mit ihrer Vermutung nicht völlig daneben. Ja, sie fand Bram anziehend, leider. Möglicherweise war das der Grund für ihre Empfindungen.

Wie zu erwarten war, konnte man am östlichen Ufer zuschauen, wie eine Optera gerade ihre Eier ablegte. Das war für Kadlin nichts Ungewöhnliches, denn auch die Tiere der Smar legten im Omoc-See ihre Eier ab, allerdings schlüpften dort nie Jungtiere aus, da sie den Fischen, Krebsen und Sjöhast als Nahrung dienten. Wollte man Optera züchten, musste man die Eier in extra dafür angelegte Teiche umlagern, in denen keine anderen Tiere waren. Umso erstaunlicher war es, zu sehen, wie aus dem Weiher am anderen Ende eine kleine Optera krabbelte, die ihre verklebten, nassen Flügel ausbreitete und sie in der Sonne trocknete.

»Hier gibt es keine Fische?«, fragte Ivar, der Otulp mit dem Flaum-Schnauzer, der das schlüpfende Jungtier ebenso gesichtet hatte.

»Doch, aber die fressen zu unserem Glück keine Optera-Eier«, erwiderte Dagur grinsend.

Bram stapfte am Weiherufer entlang. »Holen wir unser Frühstück.«

Lijufe jammerte in Kadlins Ohr. »Mir bleibt auch gar nichts erspart. Erst Schneckenkäse und jetzt Optera-Eier. Was gibt's morgen? Froschschenkel?«

»Uäh, beschwöre Firus nicht«, entgegnete Kadlin.

Jeder musste sich zwei trübe Eier aus dem seichten Gewässer angeln, denn laut Bram waren diese frisch und besser im Geschmack. Je klarer ein Ei war, sagte er, umso älter sei es. Und tatsächlich konnte Kadlin in den klaren Eiern die sich bewegenden Larven erkennen. Waren diese Larven groß genug, erklärte der Häuptlingssohn, schlüpften sie aus dem Ei und schwammen wie Kaulquappen im Weiher umher, bis sie groß genug waren, um ihre Hüllen abzustreifen und an Land gehen zu können.

Zurück an ihrem Lagerplatz entfachten die Krieger das Feuer erneut und legten flache Steine in die Flammen. Während sich diese aufheizten, sammelten sie mit der Gruppe süße Tjör-Birnen, die sie an nahegelegenen Sträuchern fanden. Zu Lijufes Überraschung schmeckten die auf dem Stein gebratenen Optera-Eier ausgesprochen gut und Bram nutzte die Gelegenheit, um ihnen eine Einweisung in die nächste Aufgabe zu geben.

»Die meisten von euch besitzen eine eigene Optera. Aber das sind Zuchttiere und diese unterscheiden sich von den wilden. Kennt jemand den Unterschied?«

»Mein Vater sagt, dass sie besser sind, weil sie immer auf ihren Reiter hören«, ließ Atla verlauten.

Kori beäugte den Unaru misstrauisch. »Warum züchtet man sie dann, wenn die wilden besser sind?«

»Gute Frage, Kori«, erwiderte Bram und sah zu Dagur, der schmatzend seinen Part übernahm.

»Nun, das Problem ist, die richtige zu finden. Nicht der Krieger sucht sich die Optera aus, sondern die Optera sucht sich den Krieger.«

»Hä?«, röhrte Ivar, so dass Bram einschritt.

»Die gezüchteten Optera lassen jeden auf ihren Rücken klettern, die wilden nicht. Wenn eine wilde Optera dich nicht als ihren Reiter akzeptiert, wird sie dich immer wieder abwerfen, bei der ersten Möglichkeit flüchten oder dich ständig beißen, bis du sie freiwillig ziehen lässt. Aber nimmt die Optera dich als ihren Reiter an, wird sie dir bis an ihr Lebensende treu bleiben und dich überall finden, egal wo du bist. Erscheinst du dem Tier gar als ein vertrauensvoller Gefährte, begibt sie sich sogar in Lebensgefahr für dich.«

Ivars Augen wurden immer runder. »Deswegen konntest du die Maxi-Optera nach unserer Ankunft frei fliegen lassen, weil sie immer wieder zu dir zurückfindet?«

Bram lächelte vielsagend. »Zeig es ihnen, Dagur!«

Dagur stand auf, kramte in einer Tasche, holte grünen Schneckenkäse hervor und ließ einen schrillen Pfiff los. Bald darauf war das bekannte Surren der Maxi-Optera zu vernehmen, die neben Dagur landeten. Die Tiere schienen sich zu freuen und ließen sich von dem riesigen Unaru den Nacken kraulen, der sie nebenher mit dem Käse fütterte. Nachdem sie ihre Belohnung vertilgt hatten, sagte Dagur mit einer Kopfbewegung bloß: »Ab!« Und die Tiere flogen wieder davon.

Verdutzt wechselten Kadlin und Lijufe Blicke. Keine der beiden hatte etwas von den Vorzügen der wilden Optera geahnt.

Bram war fertig mit Essen und erhob sich. »Heute könnt ihr versuchen, eine wilde Optera zu finden, die euch als ihren

Reiter erwählt. Wenn ihr bei eurem Rudam das Dorf verlasst, wird sie euch vielleicht ausfindig machen und als Weggefährte folgen.«

Die Jungs gerieten über die Aussicht, ein solch treues Tier zu finden, in helle Begeisterung und machten sich daran, Pläne zu schmieden, wie sie es anstellen sollten.

Der blonde Unaru setzte sich neben Kadlin und Dagur zu Lijufe. Mit wachsender Angst sah Kadlin zu dem Krieger hinüber.

Bram stützte seine Ellbogen auf die Knie und rieb sich die Hände. »Hört zu, wir müssen mit euch reden«, fing der Häuptlingssohn an und schenkte der schwarzhaarigen Smar einen kurzen Blick aus den Augenwinkeln, um dann wieder vor sich auf den Boden zu starren.

Kadlin schluckte, denn das konnte nur bedeuten, dass ihre Tarnung aufgeflogen war.

»Ich meine das nicht böse, aber ... Euch ist sicherlich selbst aufgefallen, dass ihr wesentlich kleiner als die anderen Jungs seid.«

Die Häuptlingstochter holte laut Luft, was Bram nicht für erleichtertes Aufatmen – was es nämlich war –, sondern für ein wütendes Schnauben eines gekränkten Burschen hielt. Erneut huschten seine stechend grünen Augen unsicher über ihr Gesicht.

»Beruhige dich, Mann. Ich will nur sagen, dass wir euch härter rannehmen müssen als den Rest. Außerdem haben alle von ihren Vätern etwas gelernt, was euch durch die Umstände vorenthalten blieb. Das müssen wir nachholen. Es ist zu eurem Besten. Das halbe Jahr in der Wildnis ist kein Vergnügen.«

»Ja, wir werden euch richtig hart rannehmen«, betonte Dagur nochmals.

Während Kadlin lediglich stumm Bram zunicken konnte, nuschelte Lijufe immerzu und völlig weggetreten: »Ja, hart rannehmen, so richtig hart.«

Woraufhin Dagur ebenfalls nickte. »Aber so richtig, voll hart.«

Irgendwie hatte Kadlin das Gefühl, dass Lijufe und Dagur von ganz unterschiedlichen Dingen sprachen oder dass sie irgendetwas nicht verstand. Einen Tick später bemerkte sie, wie ihre Freundin Dagur von oben bis unten gierig musterte. Sie musste Lijufes Treiben sofort beenden, bevor es auch Bram auffiel.

Sie sprang hustend auf und brabbelte in tiefer Tonlage: »Kein Problem, Bruder. Alles haarig!« Zu Lijufe gewandt, der anzusehen war, dass sie Dagur am liebsten auf den Schoß krabbeln würde, keifte sie: »Schlag keine Wurzeln, Mann, suchen wir uns eine wilde Optera.«

Da Lijufe ihr nach wie vor keine Aufmerksamkeit widmete, verpasste Kadlin ihren Füßen einen Tritt.

Prompt empörte sich diese. »Jaja, ist ja gut.«

Eilig schlugen sich die Smar schließlich ins Gebüsch, wo Kadlin ihre Freundin zur Rede stellte.

»Mensch, Lijufe, könntest du dich bitte, bitte beherrschen? Wenn Dagur es nicht blickt, dass du ihn gleich bespringen willst, dann aber Bram mit Sicherheit.«

Sich keiner Schuld bewusst, erklärte die braunhaarige Smar: »Ich will ihn nicht bespringen, bloß ein wenig abknutschen.«

Kadlins Augen verengten sich zu einer unausgesprochenen Warnung, die Lijufe eingestehen ließ: »Mmmh, ja. Ich versuche, meine Gefühle im Zaum zu halten. Aber er ist so ...«

Wütend tippte Kadlin auf das Brustbein ihrer Freundin. »Nein! Schluss! Er ist gar nichts. Du bist ein Junge, benimm dich gefälligst auch so.«

Lijufe heulte verärgert auf: »Ich bin aber kein Junge, das ist ...«

»... unser einziger Ausweg. Was meinst du, was die mit uns machen, wenn sie begreifen, wer wir sind? Die laden uns sofort vor unserem Dorf ab und mich reichen sie gleich an Hadd weiter, der mich auf der Stelle abmurksen wird.«

»Ich weiß, Kadlin. Ich bemühe mich ab jetzt, versprochen.«

Dies konnte die Häuptlingstochter zwar nicht wirklich glauben, denn Lijufe war eben Lijufe, daran ließ sich nichts ändern, aber es war auch einer der Gründe, warum sie sie liebte wie eine Schwester.

»Meinst du, wir könnten uns irgendwo am Weiher eine Ecke suchen und diese blöden Stoffbinden ablegen? Die bringen mich um«, bettelte die braunhaarige Smar, was Kadlin restlos versöhnte.

»Ja, vielleicht können wir sogar ein Bad nehmen.«

Voller Vorfreude darauf, ihrer Verkleidung für einen Augenblick zu entkommen, arbeiteten sich die Smar durch das Dickicht zum Weiher zurück. Sie fanden eine flach abfallende

Böschung, an der sie bequem in das Wasser steigen konnten. Fröhlich zogen sie sich ihre Stiefel aus und wollten gerade anfangen ihre Hosen aufzuschnüren, als über sie eine orange Optera hinwegbrauste, die einen schreienden Ivar auf dem Rücken hatte.

Das Tier legte einen spiralartigen Sturzflug hin, bei dem es einem vom Zuschauen schon schlecht wurde. Ivar kreischte inzwischen in den höchsten Tönen. Während die Optera sich in Rückenflug begab und in engen Kreisen über den Weiher sauste, klammerte sich der Otulp kopfüber an dem Tier fest. Schließlich beschloss der Junge, dass dies der günstigste Zeitpunkt wäre, um loszulassen. Platschend fiel er ins Wasser und prompt hörte man die restlichen Jungs am anderen Ufer grölen: »Hey, Ivar, das war eindeutig die falsche für dich.«

Ivar kraulte ans Ufer zu seinen Freunden. »Ach, halt die Schnauze, Atla. Finde du erst mal eine, die bei deinem Anblick nicht davonfliegt.«

Kadlin blickte enttäuscht zu Lijufe. »Wenn die hier ständig rumfliegen, können wir unser Bad vergessen.«

Kaum hatte sie den Satz ausgesprochen, brach Kori auf einer Optera durch das Gebüsch. Sein Lockenkopf war voller Blätter. Kratzer und Dreck verzierten sein rundes Mondgesicht, das vor Schreck totenblass war. Das Tier flog gekonnt im ruckartigen Zickzack umher. Dabei ließ es keinen Baum und Strauch aus, gegen den es Kori aufgrund der abrupten Wendungen voller Wucht prallen lassen konnte. Es dauerte nur Sekunden, bis die Optera mit dem Jungen wieder im

Wald verschwand und sie ihn jammernd rufen hörten: »Mamaaa!«

Kurz nach dem ungleichen Gespann erschien ein stoßweise atmender Dagur. »Wo verdammt ist Kori mit dem Tier hin?«

Kadlin und Lijufe zeigten bedröppelt schweigend in die Richtung, in der Kori sich verflüchtigt hatte. Der bärtige Riese setzte brüllend seine Verfolgung im Gebüsch fort. »Kori! In Firus Namen, lass das Tier los, bevor es noch höher fliegt. Lass los!«

Die Mädchen verharrten noch eine Weile und glaubten endlich alleine zu sein, als Bram auftauchte, der einen Spieß und ein Netz dabeihatte. Er bemerkte die verdatterten Gesichter der beiden. »Was ist los? Wollt ihr keine Optera fangen?«

»Nö!«, meinte Lijufe. »Ich bin doch nicht lebensmüde.«

Bram lachte. »Ich verrate euch etwas. Im Grunde ist es ganz einfach. Optera lieben Käse. Nur die, die euch mag, wird ihn direkt aus eurer Hand fressen. So, ich muss jetzt das Mittagessen besorgen. Wenn ihr eine Optera habt, könnt ihr mir ja dann Gesellschaft leisten.« Damit ließ er sie stehen und watete weiter durch den Weiher.

»Dieser verflixte Käse verfolgt mich auf Schritt und Tritt«, fluchte Lijufe. »Na gut! Ich hole uns welchen aus dem Lager. Bin gleich wieder da.« Wütend stapfte die braunhaarige Smar davon.

Kadlin, die mit sich nichts anzufangen wusste, setzte sich auf einen Stein und wartete auf die Rückkehr ihrer Freundin. Plötzlich plätscherte es ein ganzes Stück weit von ihr entfernt am Ufer und eine kleine Optera schleppte sich taumelnd an Land. Ihr langer Körper glänzte violett im Sonnenlicht. Die Flügel waren von der Hülle noch verklebt und verzweifelt bemühte sie sich, sich zu befreien. Dabei fiel sie mehrmals zu Boden.

Die junge Smar glitt von ihrem Felsen und ging langsam auf das Tier zu. Sanft redete sie auf die Optera ein: »Ganz ruhig, Kleines. Ich will dir nur helfen.«

Vorsichtig näherte sie sich der Optera. Das Jungtier zitterte am ganzen Leib, blieb jedoch stehen und ließ sich von Kadlin die Flügel säubern. Stück für Stück konnte die Smar die Hülle abziehen.

»Gleich haben wir es. Du brauchst keine Angst zu haben. Ich tu dir nichts.«

Das Tier drehte den Kopf mit den riesigen, facettenreichen Augen zu ihr und betrachtete sie interessiert.

Als Kadlin alle klebenden Reste entfernt hatte, schmunzelte sie zufrieden. »So, erledigt. Jetzt kannst du los, Kleines.«

Doch die Optera blieb bei ihr, legte den Kopf schief und schnupperte an ihrer Hand. Zaghaft hob die Smar den Arm und begann den Kopf des Tieres zu streicheln. Die Optera neigte ihn ihr zu und kam immer näher, so dass Kadlin laut lachen musste.

»Na, das gefällt dir, was?«

Ein hohes Gurren war die Antwort. Das Tier breitete seine Flügel aus, die grünlich schimmerten, und stellte sich mit der Seite auffordernd vor Kadlin hin. Diese konnte nicht glauben, was sie sah. »Du willst, dass ich aufsteige?«

Wieder ein leises Gurren.

Kadlin zögerte. Die Optera war gerade frisch geschlüpft und wollte sie auf ihrem ersten Flug gleich mitnehmen? Sie war noch klein, zwar groß genug für einen Reiter, aber winzig im Vergleich zu ihren ausgewachsenen Artgenossen.

Abermals gurrte das Tier, was einer Aufforderung gleichkam, der Kadlin nicht widerstehen konnte.

»Also gut. Wie du meinst«, wisperte Kadlin und kletterte auf den Rücken der lila Optera.

Flirrend fingen ihrer Flügel zu flattern an und nach ein paar Fehlversuchen hoben sie ab. Glücklich lachend flog Kadlin mit ihrer Optera über den Weiher, die auf jeden Druck ihrer Schenkel reagierte und sich gehorsam lenken ließ.

Die Häuptlingstochter winkte Bram zu, der im Wasser nach Fischen Ausschau hielt und strahlend ihren Flug verfolgte. Lijufe kam aus dem Wald und erstarrte, als sie ihre Freundin auf einer violetten Optera übers Ufer kreisen sah.

»Nicht mal einen Augenblick kann man dich alleine lassen«, rief die gelockte Smar ihrer Freundin fröhlich kopfschüttelnd zu.

Behutsam setzte die Optera zu ihrem ersten Landeanflug an, der ihr auf Anhieb gelang. Stolz tätschelte Kadlin ihr den Kopf. »Brav, meine Kleine. Dafür bekommst du ein großes Stück Käse.«

Kapitel 13

Können und Wollen

Die Smar-Mädchen liefen mit der Gruppe zum See und ihre wilden Optera folgten ihnen.

Lijufe hatte sich Brams Rat zu Herzen genommen und sich mit dem Schneckenkäse mitten in den Riesenwald gestellt. Zuerst hatten die Jungs das Mädchen ausgelacht, aber als sie wahrnahmen, dass unzählige Optera von den Bäumen herunterkrabbelten und schnuppernd um Lijufe Stellung bezogen, blieb ihnen das Lachen im Halse stecken. Und dann hatte sich eine Optera zielstrebig einen Weg zu dem Mädchen gebahnt. Dieses Tier, mit einem leuchtend türkisen Körper und blauen Streifen, passte zu Lijufe wie die Faust aufs Auge. Auf ihrem Weg zur Smar hatte sie alle anderen Optera rigoros zur Seite geschubst. Schmatzend hatte sie Lijufe den Leckerbissen aus der Hand gefressen und sie danach von oben bis unten abgeschleckt, was diese kichernd über sich ergehen ließ. Ja, Tuffi – so hatte die braunhaarige Smar ihre Optera getauft – zeigte ohne Scheu, wen sie mochte, genau wie ihre erwählte Reiterin.

Nachdem die Sache mit dem Käse kein Geheimnis mehr war, hatten bald alle Jungs eine eigene wilde Optera. Selbst Kori, der bei seinem ersten Versuch viele blaue Flecken geerntet hatte, auf einem Ameisenhaufen abgeworfen worden war und zu guter Letzt einen langen Fußmarsch ins Lager zurücklegen musste, traute sich nochmals, auf eine Optera aufzusteigen. Da diese den Käse aus seiner Hand angenommen hatte, gewährte sie dem Jungen bereitwillig auf ihren Rücken zu klettern, was Kori wie ein Honigkuchenpferd strahlen ließ.

In dieser Zeit hatte Bram genügend Fische gefangen und sie über dem Feuer gegrillt. Gemeinsam verspeisten sie mit gehörigem Appetit ihre Mahlzeit und lachten über die unterschiedlichsten verunglückten Bemühungen der Jungs, eine geeignete Optera zu finden. Langsam wuchs die Truppe zusammen und die Smar-Mädchen fühlten sich ausgesprochen wohl in diesem Gefüge, trotz ihrer misslichen Lage.

Ja, das Schicksal hatte es ausnahmsweise gut mit ihnen gemeint, denn wären sie alleine unterwegs gewesen, hätten sie weder ein Lager noch Feuer oder Essen gehabt.

Die Jungs und die beiden Krieger beschlossen nach dem Mittagsmahl, im Weiher baden zu gehen. Die Mädchen stimmten diesem Vorhaben allerdings mit gemischten Gefühlen zu. Einerseits hoffte die Häuptlingstochter, sich in einem unbeobachteten Moment mit ihrer Freundin davonstehlen zu können, um sich dann unter den belaubten Ästen, verborgen vor den Blicken der anderen, ein schnelles Bad zu gönnen. Andererseits hatte sie jedoch auch Bedenken, dass ihnen dieses Bad auf irgendeine Weise zum Verhängnis werden könnte.

So gelangten sie schließlich mit den anderen zu einem feinsandigen Ufer, wo Bram und Dagur sogleich ihre Tuniken auszogen. Kadlin und Lijufe versteinerten augenblicklich, obwohl sie sich doch in dem Getümmel heimlich, still und leise verkrümeln wollten, weil dies der passende Zeitpunkt war. Die schwarzhaarige Smar konnte ihre Augen nicht von Bram abwenden, dessen Erscheinung ihr ein drohendes Herzversagen nach dem andern bescherte.

Sari sei Dank, dass der blonde Unaru nicht bemerkte, was er mit ihr anstellte, dass es sie in den Fingern juckte, seine goldene Haut zu berühren. Ihre Füße horchten auf ihre Augen, die mehr sehen wollten von dem blendend aussehenden Krieger, dessen Lachen so herrlich war mit seinen strahlend weißen Zähnen.

Kadlin sah, wie Bram damit begann, seine Hose aufzuschnüren, und wie seine Brust- und Armmuskeln sich dabei wölbten. Ebenso bemerkte sie die Spur feiner Härchen, die sich über seinen harten Bauch dahinzog und geheimnisvoll in seiner Hose verschwand, was sie irgendwie ganz kribblig machte.

Lijufe stand wie ihre Freundin mit offenem Mund da und stierte Dagur an, der ein Koloss von dunkler Schönheit war.

Ohne Bram aus den Augen zu lassen, zupfte die Häuptlingstochter am Hemd ihrer Freundin. »Das ist nicht gut. Wir sollten jetzt gehen. Die machen sich nackig.«

Diese raunte, ebenso von Dagurs Anblick gebannt, zurück: »Ich weiß, aber ich kann mich nicht bewegen. Ich fühle meine Beine nicht mehr.«

Doch plötzlich ließ Bram von seiner Hose ab und löste erst die Riemen seiner Stiefel. Kadlin wimmerte über die gewährte Schonfrist. »Ich will ihn nicht nackt sehen, Lijufe. Sonst werde ich ihn nie vergessen.«

Kurz bevor Bram seine Lederhose abstreifte, schloss Kadlin ihre Lider und schaffte es unter äußerster Willensanstrengung, ihm den Rücken zuzukehren. Erleichtert und ein klein wenig stolz darüber, Brams Anziehungskraft widerstanden zu haben, öffnete sie ihre Augen und stellte fest, dass Lijufe genau dasselbe getan hatte wie sie. Der See lag hinter ihnen und vor ihnen der Wald.

»Du hast Recht. Würde ich Dagur, diesen Prachtkerl, nackt sehen, würde mir nie wieder ein anderer Mann gefallen. Also – keine nackten Männer.«

Just in diesem Augenblick brach im Dickicht vor ihnen ein Gebrüll los und die Meute der Jungs rannte an ihnen vorbei in den Weiher. Sloden, links an Kadlin vorüber – nackt. Atla rechts an Lijufe vorbei – nackt. Kori – zwischen ihnen hindurch – nackt. Ivar – nackt. Mar – nackt. Alle Mann waren splitterfasernackt.

Die Mädchen standen entgeistert da, als wäre eine Herde tollwütiger Hychna über sie hinweggetrampelt.

»So viel zu: keine nackten Männer«, stammelte Lijufe tonlos.

»Ich kann darüber jetzt nicht reden!«, murmelte Kadlin geschockt.

»Hey, Lu, Kat? Kommt ins Wasser!«

Unglücklich grinsend schaute Kadlin vorsichtig über ihre

Schulter. Bram stand bis zur Hüfte im Wasser und seine blonde Mähne triefte bereits von einem vorherigen Tauchgang. Dagur stand ebenfalls bis zum Bauchnabel im Weiher, hielt zwei Jungs im Schwitzkasten und hatte sichtlich Spaß daran, mit ihnen herumzutoben.

»Ääh, wir …«, stotterte Kadlin ohne Sinn und Verstand.

»Na los, wir beißen nicht!«, rief Dagur und schleuderte Ivar in hohem Bogen in die Mitte des Weihers, der prustend wieder an die Oberfläche kam.

»Das war voll haarig, Dagur. Noch mal, Bruder.«

»Entweder ihr zwei kommt rein oder wir müssen euch holen, ich will schließlich keine Stinker im Lager«, rief Bram lauernd und watete Richtung Ufer, was Kadlin hastig ihre Stiefel ins Gras werfen ließ.

»Nein, nicht nötig. Wir kommen freiwillig«, tönte Kadlin tief und rannte eilig ans Ufer.

Lijufe trottete ihrer Freundin ebenfalls barfuß hinterher und beäugte Dagurs Treiben.

Brams Augenbrauen hoben sich kritisch, als er sie beobachtete. »Mit Kleidern?«

»Ja, die müssen sowieso gewaschen werden«, haspelte Kadlin und stieg, so wie sie war, ins Wasser. Das Nass war angenehm warm und es war wahrlich eine Wohltat, den Kopf unterzutauchen. Sie kam nach einem Moment wieder an die Luft zurück und fand sich plötzlich Brams kräftigem Brustkorb gegenüber.

»Ihr braucht euch nicht zu schämen. Keiner wird euch ärgern«, brummte der blonde Unaru leise.

Weggetreten beobachtete Kadlin die einzelnen Wassertropfen, die sich glitzernd auf Brams Oberkörper tummelten. Ihre Atmung ruckelte und nie hätte sie gedacht, dass man gleichzeitig frieren und schwitzen konnte. Verunsichert schaute sie in das ernste Gesicht des Kriegers. Grüne Iriden ruhten fragend auf ihrem Antlitz. Brams ebenmäßiger Mund war umgeben von hellen Bartstoppeln, in denen Perlen von Wasser einen Weg suchten.

»Ist gut, Junge. Lass die Klamotten an.«

Mit einem letzten seltsamen Blick tauchte Bram unter und schwamm davon.

Das war ... heftig, dachte der Häuptlingssohn. Der arme Junge hatte nicht nur den Arsch einer Frau, sondern auch das Gesicht eines Mädchens. Als er gerade vor ihm aufgetaucht war, glaubte er seinen Augen nicht zu trauen. Lange schwarze Wimpern und volle Lippen in einem kleinen Gesicht. Würde man den armen Tropf in ein Kleid stecken, würde jeder Krieger um seine Hand anhalten wollen. Ja, ein verdammt hübsches Mädchen würde der Knabe abgeben. Er hatte doch jetzt nicht wirklich einen Kerl als hübsch bezeichnet, oder? Scheiße, was dachte er denn da? Es wäre klüger, die zwei alleine zu lassen und das Maul zu halten. Wenn die schmächtigen Otulp-Buben lieber in ihren Kleidern schwimmen wollten, sollten sie das tun, er konnte ihre Scham verstehen.

Nach einer geraumen Weile lagen Kadlin und Lijufe mit ihren nassen Kleidern in der Sonne und ließen sich trocknen. Die Jungs spielten irgendwo Egnirierd, während Dagur auf der Jagd war und für das Abendessen sorgte. Bram rasierte sich mit Seife und Klinge am Wasser.

Zu Kadlins Seelenheil waren die Männer mittlerweile wieder angezogen. Sie hatte sich mit Lijufe so lange im Wasser herumgedrückt, bis kein nackter männlicher Hintern mehr zu sehen war. Ihre Freundin hatte dennoch ab und zu verstohlen zum Ufer gelinst, um Dagur heimlich zu bewundern.

»Glaubst du, sie schöpfen Verdacht?«, flüsterte Lijufe.

»Keine Ahnung. Ich hoffe nicht. Bram hat mich vorhin im Wasser so komisch angesehen. Vermutlich hält er uns für total unterentwickelte Weicheier«, erwiderte Kadlin.

Lijufe schmunzelte. »Kann man ihm nicht verdenken. So einen Bubi wie mich würde ich nicht mal beachten.«

Die Mädchen lachten und Bram unterbrach jäh seine Rasur, um verstört zu ihnen hinüberzuschauen, weswegen sie sofort verstummten.

Der Tag neigte sich dem Ende zu. Als sich wieder alle zum Abendessen um das Lagerfeuer eingefunden hatten, informierte Bram die Gruppe, dass sie am kommenden Morgen den Riesenwald verlassen und zu einem Sammelplatz fliegen würden, wo andere Jungsgruppen schon trainierten. Zur Schlafenszeit schlichen sich die Smar, nach dieser Neuigkeit geknickt, in ihre Baumhöhle.

»Verflucht!«, murrte Kadlin. »Jetzt lief gerade alles so gut. Wer weiß, ob da nicht noch andere Otulp sind, die uns auffliegen lassen mit ihren dämlichen Fragen?«

Lijufe gähnte. »Das wird schon schiefgehen. Wir behaupten, wie Ivar sagte, hoch oben in den Bergen zu hausen.«

»Wenigstens brauch ich nicht mehr mit Bram auf einer Optera zu fliegen.«

Bedauernd verfiel Lijufe in ein Schmollen. »Och, schade. Dagur fühlt sich so gut an. Meinst du, es gibt andere Gelegenheiten, wo ich ...«

Kadlins Gesichtsausdruck sprach Bände, die allesamt den Titel trugen: ›Wage es nicht mal, daran zu denken.‹ Eingeschüchtert vergrub sich Lijufe unter ihrer Decke und leise hörte Kadlin den Vorwurf ihrer Freundin.

»Aber träumen darf ich ja wohl noch davon.«

* * *

Die Sonne war noch jung an diesem Morgen, als Dagur sie weckte. Mit seiner dröhnenden Stimme setzte der Riese dem Schlaf der Smar-Mädchen ein abruptes Ende.

»Aufstehen, ihr faulen Säcke! Kommt in die Gänge. Es gibt viel zu tun heute.«

Taumelnd stützte sich Kadlin auf die Ellbogen, während Lijufe sich die Decke noch weiter über den Kopf zog, die Dagur resolut am anderen Ende packte und von ihr herunterzerrte. Es interessierte den Riesen kein bisschen, dass Lijufe sich daran festklammerte und über den Boden geschleift wurde.

»Hast du Dreck in den Ohren, Lu? Die Nacht ist vorbei, du hast genug geschlafen.«

»Nein! Hab ich nicht!«, jaulte Lijufe.

Dagur hielt inne und sein Haaransatz rutschte in die Höhe.

Ein teuflisches Grinsen nahm seine Züge ein. »Ich glaube, da hilft nur ein eiskaltes Morgenbad. Bleib ruhig liegen, ich bringe es dir.«

Schlagartig setzte sich Lijufe auf, denn die Worte ›eiskalt‹ und ›Morgenbad‹ hatten sie alarmiert. Ihre Haare standen in alle Richtungen ab.

»Nein, ich bin hellwach. Dank dir habe ich ja schon mein Nachtlager verlassen«, widersprach sie mit schweren Augenlidern.

Dagur warf der braunhaarigen Smar lächelnd den Deckenzipfel über den Kopf. »Wusste ich doch, dass du munter bist, Bruder.«

Als der bärtige Krieger gegangen war, flüsterte Lijufe drohend: »Wenn ich mit ihm verheiratet bin, bringe ich ihn um.«

»Dafür brauchst du ihn nicht erst zu heiraten«, erinnerte Kadlin sie trocken und rollte ihre Decke ein.

»Doch, denn dann macht es mehr Spaß. Vor allem kann ich das dann jeden Morgen erneut probieren, falls es mir missglückt.«

Kadlin grinste, denn Lijufe war ein Morgenmuffel und nichts verdarb ihr die Laune mehr, als nicht ausschlafen zu dürfen.

Nach dem Frühstück machte sich die Gruppe auf den Weg. Sie flogen Richtung Südosten. Nach zwei Stunden bemerkte Bram, dass die Jungtiere dem langen Flug am Stück nicht gewachsen waren, und gab ein Zeichen zur Landung. Am Südufer des Omoc-Sees legten sie eine Pause ein. Während die Optera Kräfte sammelten und ihren Durst löschen konnten, vertraten die Reiter sich die Beine. Anschließend überquerten sie den Omoc-See und nach zwei weiteren Stunden erreichten sie das Zeltlager, das an einem breiten Fluss lag.

Beim Überfliegen des Camps bestaunten die Mädchen mit ansteigendem Magendrücken, was ihnen bevorstand.

Es gab einen Schießstand, der mit großen Heuscheiben ausgestattet war, um das Bogenschießen zu trainieren, einen Übungsplatz, wo gerade Schwert- und Speerkampf geprobt wurde, einen Sandplatz, auf dem sich mehrere Faustkämpfer austobten, und einen Parcours. Dieser ließ Kadlin regelrecht den Angstschweiß ausbrechen. Diverse Schlammgruben musste man an Seilen schwingend oder an einem Gerüst entlanghangelnd überwinden, was noch das Angenehmere war.

Dem Anschein nach ging es in diesem Lager recht lebhaft zu und alle Anwesenden hatten ein bestimmtes Programm zu absolvieren. Kadlin sah nicht einen der Jungen faul in einer Ecke herumlungern. Das beruhigte sie, denn so würde vielleicht keiner der anderen Otulp dazu kommen, sie mit Fragen zu belästigen. Aber es schüchterte sie ebenso ein.

Wie sollten sie, zwei junge Mädchen, dieses Trainingslager für Krieger überstehen? Was, zum Firus, hatte sie denn erwartet von einem Rudamlager? Dass die Krieger mit den Jungen im Kreis sitzen und Teppiche weben würden? Kein Wunder, dass die Otulp ihren Nachwuchs zu den gut organisierten und disziplinierten Unaru schickten. Es erklärte auch, warum die Smar den Unaru oft in der Schlacht unterlegen waren. Von so einem Trainingslager hatte sie bei ihrem Stamm weder etwas gehört noch gesehen. Der einzige Trost war, dass die Jungs nicht viel älter als sie waren. Und wenn sie mit Lijufe in den Süden weiterreisen wollte, würde es nicht schaden, zu lernen, wie sie sich verteidigen könnten. Also wo sollten sie das besser lernen als in einem Lager der Unaru?

Kapitel 14

Blut und Respekt

Während Lijufe sich von ihrer Tuffi verabschiedete, kraulte Kadlin ihrer kleinen Optera den Kopf.

»Das hast du gut gemacht, Kleines. Du hast dich mehr als tapfer geschlagen.«

Gurrend drückte das violette Jungtier seine Nase in Kadlins Hand. »So, nun kannst du gehen. Wenn ich dich brauche, rufe ich.«

Mit einem letzten zärtlichen Stups verabschiedete sich Kleines und flog Tuffi hinterher, die schon den nahegelegenen Wald erreicht hatte.

»Jungs, dort drüben liegen Holzlatten und Öltücher für den Zeltaufbau bereit. Bis zu drei Schnarcher können in einem Zelt pennen. Also, marsch an die Arbeit!«, rief Dagur der Truppe zu.

Lijufe und Kadlin folgten den Jungs, von denen jeder einen Sack mit seinen Habseligkeiten trug. Die Smar nahmen jedoch nur die Decken und die Funzelsteine an sich, die sie von Bram bekommen hatten. Die Zelte für die beiden Krieger waren schon aufgebaut, weswegen sie gelassen dem Treiben ihrer Schützlinge zuschauen konnten. Besonders das der Smar fesselte sie.

»Bruder, glaubst du, die kleinen Otulp packen das? Die gucken die Latten an, als hätten sie so was noch nie gesehen.« Zweifelnd kratzte Dagur sich am Nacken und beobachtete die Sorgenkinder der Truppe.

Die Unaru wohnten seit jeher in Zelten, weswegen Atla, Sloden und Mar von Kindesbeinen an gelernt hatten ein Zelt aufzubauen. Ihr Gerüst stand bereits.

Ivar, der recht klug war, schaute den Unaru zu und gab Kori Anweisungen, wie sie vorgehen mussten. Doch Lijufe und Kadlin bestaunten lediglich die Öl-Tücher.

Irgendwann fingen die Mädchen an mit den Latten zu hantieren. Nur knapp entging Kadlin zweimal dem Holzstück, welches Lijufe ohne Rücksicht auf Verluste wild um sich schwang. Beim ersten Mal konnte die schwarzhaarige Smar der Latte gerade noch rechtzeitig ausweichen, beim zweiten Mal bückte sie sich genau in dem Augenblick, als das Holz über ihrem Schopf dahinschoss. Die Häuptlingstochter bekam gar nicht mit, dass ihre Freundin sie haarscharf verfehlt hatte. Doch beim dritten Mal hatte Kadlin Pech und Lijufe donnerte ihr das Holzstück mitten auf die Stirn.

Das Mädchen konnte von Glück reden, dass die braunhaarige Smar nicht ihre Nase oder ein Auge getroffen hatte. Kadlin rieb sich laut schimpfend den Vorderkopf, während Lijufe sich endlich umdrehte und begriff, was sie angerichtet hatte. Daraufhin entschuldigte sie sich bei ihrer Freundin, musste sich aber gleichzeitig krümmen vor schadenfreudigem Lachen. Auch Bram, der sie ohne Unterbrechung im Auge behalten hatte, rollte sich schier vor Lachen neben Dagur im Gras.

Der große Unaru war fassungslos über die Unzulänglichkeit der schmächtigen Jungs. »Bei Sari, das kann ich nicht mit angucken. Die verletzen sich noch ernsthaft.«

Bettelnd japste Bram: »Nein, Dagur, bitte, warte noch einen Moment – verdirb uns nicht den Spaß. Ich bin gespannt, was die zwei noch anstellen.«

Mittlerweile hatten die Smar-Mädchen es geschafft, die Holzlatten im Kreis aufzustellen und ihre Enden aneinanderzulehnen. Sie begannen die Öltücher über ihr Kunstwerk zu werfen und kümmerten sich nicht die Bohne darum, dass ihr Zelt vollkommen anders aussah als die der anderen.

»Oh, sieh doch, sie bauen ein Lömsk-Zelt«, prustete Bram.

Dagur hatte für seinen Kumpel nur ein grinsendes Kopfschütteln übrig. »Bruder, du weißt genau, dass das nicht gut gehen ...« Noch während er sprach, rumpelte es. Der Riese schnaubte seinen Freund vorwurfsvoll an: »Na bitte, was sag ich?«

Bram konnte ihm nicht antworten, da er vor Lachen heulte.

Kadlin und Lijufe waren nach der vermeintlichen Fertigstellung ihres Bauwerkes sogleich in dieses hineingekrabbelt. Allerdings krachte es einen Augenblick später mit einem lauten Poltern zusammen. Das darauf folgende hohe Gekreische der als Jungs getarnten Smar brachte Bram letztendlich in Atemnot vor Gelächter.

Sich mürrisch den Kopf haltend, kämpften sich die Mädchen aus den Zelttüchern heraus und mussten bedröppelt feststellen, dass Bram nicht der Einzige auf dem Lagerplatz war, der grölend lachte. Kadlin und Lijufe sahen sich an, und so weh ihnen die Köpfe und die Finger auch taten, überfiel sie ein Lachkrampf, der nicht aufzuhalten war. Mitten in ihrem verunglückten Zelt sitzend, liefen ihnen die Tränen vor Lachen herunter.

Dagur kam auf sie zu und Bram schlenderte ihm hinterher, sich immer noch amüsierend.

»Ihr habt noch nie ein Zelt aufgebaut, oder?«, fragte Dagur und stützte seine Hände auf die Hüften, was ihn auf Lijufe, die auf dem Boden saß, noch gigantischer wirken ließ.

Herausfordernd lächelte sie zu ihm auf. »Wie kommst du denn bloß darauf?«, fragte sie frech, was dem Riesen gar nicht gefiel.

»Weil du Genie deinem Kumpel die Latte an die Stirn geknallt hast«, bellte Dagur grimmig, weshalb Lijufe verschämt zu Kadlin linste.

Diese räusperte sich und versuchte die Wogen zu glätten. »Wir wohnen ja in Höhlen und deswegen ...« Mit einem Schulterzucken beendete die Smar ihre Erklärung, die Bram fortführte.

»... habt ihr gedacht, ihr baut mal irgendwas. Warum solltet ihr auch um Rat fragen?« Schmunzelnd griff der Häuptlingssohn die Zelttücher und zog sie zur Seite. Mit Dagur baute er das Gerüst ruckzuck auf und erklärte den Smar währenddessen, was sie wie tun mussten.

Als das Zelt schließlich stand, deutete Bram auf die Deckenbündel der Mädchen. »Ihr habt sonst nichts dabei? Wo sind eure Waffen? Eure Klamotten?«

Nervös tauschten Kadlin und Lijufe einen Blick.

»Wir haben nur ein Rindenmesser«, maulte Lijufe kleinlaut.

Bram fehlten sichtlich die Worte, was Kadlin noch fahriger machte und hilflos brabbeln ließ.

»Wir ... haben ... also, wir konnten ...«

»Kein Problem, Jungs!«, meinte Dagur, der sich zwischen den Smar aufgestellt hatte. Er legte jeder von ihnen eine seiner Pranken in den Nacken und schüttelte sie freundschaftlich. »Wir besorgen euch Waffen und ein paar Kleider zum Wechseln.«

Bram nickte und nachdem der bärtige Unaru jedem der Mädchen einen kräftigen Klaps auf die Schulterblätter verpasst hatte, woraufhin diese zwei Schritte nach vorne taumelten, ging er mit seinem Freund davon.

»Hmmm«, brummte Lijufe Kadlin wohlig ins Ohr. »Ist Dagur nicht süß?«

Die schwarzhaarige Smar sah ihre Freundin zweifelnd an. »Heute Morgen wolltest du ihn umbringen und vorhin, als er dich Genie nannte, mit Sicherheit auch.«

Lijufe kicherte. »Genau das liebe ich ja an ihm so sehr. Der Typ macht mich ganz verrückt.« Und mit einem kecken Grinsen flüsterte sie: »Ebenso wie Bram dir das Hirn weichkocht.«

Empört riss Kadlin die Augen auf. »Nein, tut er nicht.«

»Oh doch, tut er sehr wohl!«, widersprach Lijufe mit hin und her wippendem Kopf.

»Nein!«, beharrte Kadlin halsstarrig und nahm wütend ihren Packen mit dem Funzelstein, um ihn ins Zelt zu bringen.

Lijufe brachte ebenfalls ihre Decke ins Zelt und feixte dabei vergnügt: »Du brauchst es gar nicht abzustreiten, Süße. Du solltest dich mal sehen, wie benebelt dein Gesichtsausdruck wird, wenn du ihn anschaust.«

»Das stimmt überhaupt nicht!«, polterte Kadlin stinkig dagegen.

»Hey, Mädels?«, rief Kori, der plötzlich vor ihrem Zelt auftauchte.

»Was?!«, schrien die beiden Smar gereizt im Chor.

Verschreckt sah Kori die zwei an. »Bram ruft uns.« Eilig machte er sich davon.

Indessen streckte Mar seinen Kopf zu ihnen ins Zelt. »Ähm, ein kleiner Tipp: Wenn euch jemand als Mädels betitelt, solltet ihr nicht darauf reagieren.« Schüchtern grinsend kehrte der sonst so stille Unaru-Junge ihnen den Rücken zu und trottete den anderen Jungs nach.

Verdattert blickte Lijufe zu Kadlin. »Weiß er es?«

Kadlin schluckte. »Sieht so aus.«

»Sollen wir ihn fragen?« Lijufe wurde bleich.

»Nein!«, beschloss Kadlin sofort. »Wenn er es weiß, hat er den anderen anscheinend nichts davon erzählt. Denke ich«, murmelte sie, trat an den Zelteingang und beobachtete Mar.

Bram winkte sie tatsächlich zu sich herüber, weshalb die Häuptlingstochter ihre Freundin aufforderte: »Komm, Bram wartet wirklich auf uns.«

Der blonde Unaru führte die Gruppe durch das Camp, zeigte ihnen die Trainingsplätze und erklärte, wie die nächsten Wochen von nun an für sie ablaufen würden. Man würde ihnen beibringen, auf welche Nahrung sie in der Wildnis zurückgreifen und damit abwechselnd für die Mahlzeiten ihrer Gruppe sorgen konnten. Ebenso würden sie lernen, einfache Waffen herzustellen und mit diesen zu jagen. Doch vor allem würden die Krieger sie das Kämpfen lehren, ihre Geschicklichkeit fördern, ihre Stärke und Ausdauer bis an ihre Grenzen testen.

Und während Bram auf die Jungs einredete, ertappte sich Kadlin selbst dabei, wie sie seine Lippen bewunderte, sein markantes Kinn, seine breiten Schultern und seine durchtrainierten Beine.

Verflixt, Lijufe hatte bloß die Wahrheit gesagt. Sie spürte, wie ihre Gesichtszüge in ein verträumtes Anschmachten dahindämmerten, während sie Bram zuhörte. Nur mit mühevoller Beherrschung konnte sie verhindern, dass sie sich vollends in einen grinsenden Idioten verwandelte. Der Kerl war gefährlich für ihren Verstand, ihre Gefühle, ihre Verkleidung, ihren ganzen Plan. Seine Ausstrahlung zog sie in einen Bann, dem sie nichts entgegensetzen konnte. Jedes Mal, wenn seine grünen Augen auf ihre trafen, stockte ihr der Atem. Wenn er an ihr vorbeiging, schien es, als griffen seine Hände nach ihr. Bei Sari, sie erwartete es – nein, sie wünschte es sich sogar. O ja, sie verstand Lijufe zu gut, das war zum Verrücktwerden!

»So, heute sammeln wir Ähren, um Fladen zu backen«, fuhr Bram fort und marschierte an Kadlin vorüber.

»Na, du Luder, streite es nicht ab. Ich habe genau gesehen, dass du ihm im Geiste schon wieder die Kleider ausgezogen hast«, wisperte Lijufe ihrer Freundin zu, was diese zum Schmunzeln brachte.

»Ach, halt die Klappe, du alte Hychna-Kuh!«

»Selber!«, flachste Lijufe zurück und grinste zufrieden.

Den Nachmittag verbrachten sie damit, im Wald und rund um das Lager geeignete Ähren zu sammeln. Zurück auf ihrem Zeltplatz klopften und mahlten sie die Körner mit Hilfe von Steinen zu grobem Mehl, woraus sie mit ein wenig Wasser einen festen Teig zubereiteten, aus dem sie Fladen formten, welche sie auf erhitzten Steinen garten.

Die Mehlherstellung und die Fladenzubereitung waren traditionell Frauenarbeit. Da sie diese schon oft verrichtet hatten, ging sie Kadlin und Lijufe leicht von der Hand, was Bram sogleich ins Auge stach.

»Das macht ihr zwei gut, besser als alle anderen Jungs.«

Prompt grölte der runde Kori: »Ist ja auch kein Wunder, die sehen ja auch aus wie zwei Mädchen.«

Lijufes Augen wurden schmal. »Wenigstens brauche ich meinen Schwanz nicht unter einem dicken Ranzen zu suchen.«

Erschrocken hatte die schwarzhaarige Häuptlingstochter Koris Worte vernommen, musste aber nach Lijufes derbem Spruch laut prusten, denn wie sie beide sehr wohl wussten, würde es da nie etwas zum Suchen geben.

Brams Mundwinkel zuckten. »Tja, Kori, wer austeilt, muss auch einstecken können.«

Die restlichen Jungs lachten über Lijufes Witz, während Kori seine Ehre wiederherzustellen versuchte. »Hey, nur damit ihr es wisst, ich brauch meinen Schwanz nicht zu suchen, der ist nämlich riesig.«

»Ha, woher willst du das denn wissen? Du hast ihn doch seit Ewigkeiten nicht mehr gesehen«, schoss Lijufe garstig zurück, was Bram schließlich zum Einschreiten zwang.

»Schluss jetzt, Jungs! Über Schwanzlängen wird nicht diskutiert, das machen Krieger nicht.«

»Uuh, der Hauptschwanz hat gesprochen«, säuselte Lijufe leise zu Kadlin, die fast erstickte vor unterdrücktem Gelächter.

Dagur, der unterwegs gewesen war, kam mit einem Bündel Kleider und zwei Schwertern zurück. »Hey, Jungs, schaut mal, was ich auftreiben konnte.«

Lijufe und Kadlin gingen zu dem bärtigen Unaru, der ihnen stolz seine Geschenke präsentierte.

Kori konnte die Gelegenheit, Lijufe erneut zu ärgern, nicht sausen lassen und trötete gehässig zu ihnen hinüber: »Oh, haben die Mamas euch keine Waffe kaufen können?«

»Schnauze, Stummelschwänzchen! Ich hab von meiner zumindest ein Gehirn bekommen«, schrie Lijufe über den Platz.

Kori wurde hochrot und stürmte schnaufend mit erhobenen Fäusten auf Lijufe zu. Er hatte allerdings nicht mit Dagur gerechnet, der ihn nicht zu seinem Ziel kommen ließ, sondern ihn am Kragen packte und Lijufe ebenfalls von ihrem Gegner wegdrückte, die genauso kampfbereit mit ihren kleinen Fäusten fuchtelte.

»Was, zum Firus, ist denn hier los? Spinnt ihr?«, fragte Dagur perplex.

Bram trat neben ihn, verschränkte die Arme und meinte lässig: »Das geht schon den ganzen Nachmittag so zwischen den zwei Streithähnen.«

Kori schrie wild: »Ja, weil Lu seine Tage hat.«

»Ich gebe dir gleich deine Tage, du Vollpfosten. Hör auf, mich als Mädchen zu beschimpfen«, brüllte Lijufe mit roten Wangen dagegen.

Beide wurden von Dagur unsanft gerüttelt, bis sie ihn anschauten.

»Verdammt, ihr seid Klingenbrüder. Ihr müsst euch in der Schlacht gegenseitig beschützen. Ein Krieger hänselt den anderen nicht wegen seines Körperbaus, ob dick oder dünn. Habt ihr verstanden? Und bei den Unaru werden die Frauen verehrt, also hört auf, sie zu verunglimpfen.«

»Was?«, fragten Kori und Lijufe gleichzeitig völlig überrascht und vergaßen darüber ihren Streit.

Auch Kadlin glaubte sich verhört zu haben. Die Unaru verehrten Frauen? Das war ... völlig unverständlich. Ein Stamm von Kriegern sollte Frauen Achtung entgegenbringen? Unglaublich.

Bram sah in die allseits verwunderten Gesichter. »Aha, anscheinend sollten wir beim Abendessen mal über Stammesgepflogenheiten reden.«

Dagur nickte und grollte dann auf die Streitenden hinab: »Ich lasse euch jetzt los und hoffe, dass ihr euch vertragt.«

Kori zerrte seine Tunika zurecht und nuschelte: »Von mir aus.«

Lijufe nickte lediglich mit großen Augen, die Dagur einen

Moment zu verwirren schienen. Nachdem beide zugestimmt hatten, ließ der riesenhafte Unaru von ihnen ab.

Bram forderte sie alle auf, sich um das Lagerfeuer zu setzen, und begann zu erzählen: »Es ist richtig, was Dagur sagt, die Unaru verehren die Frauen aus zweierlei Gründen. Jeder Krieger weiß, dass eine blutende Wunde, so klein sie auch sein mag, lebensgefährlich werden kann und wie kostbar der Lebenssaft ist. Frauen aber bluten jeden Monat, ohne daran zu sterben. Sie bringen Krieger zur Welt. Sie gebären neues Leben unter qualvollen Schmerzen und riskieren dabei zu sterben. Dennoch tun sie dies für ihren Ehemann, um die Sippe zu erhalten, und das verdient Respekt.«

Die Unaru-Jungs und Dagur nickten bestätigend, während die Otulp und die Smar mit offenen Mündern staunten.

»Bei uns Unaru gilt Sari, der mit seinen Ringen eindeutig der schönste Mond ist, als Frau. Firus und Yaschi sind ihre Söhne und Aret ist ihr Mann. Was glauben die Otulp, Kori?«

Kori richtete sich trotzig auf. »Bei uns Otulp sind alle drei Monde Männer, Krieger. Und Frauen werden nicht so geachtet wie bei euch. Wir schätzen Stärke und Körperkraft über alles. Und weil ein Mann stärker als eine Frau ist, ist er mehr wert.« Verunsichert, weil er befürchtete, dafür getadelt zu werden, blickte der Otulp die Unaru-Krieger an.

Doch Bram nickte bestätigend. »Ja, so ist die Erziehung der Otulp, die der Ikol ist noch mal eine andere, auch die der Smar und die der Nutas. Und dennoch müssen wir miteinander auskommen und können uns nicht ständig die Köpfe einschlagen.«

»Nur ab und zu mit den Smar«, warf Dagur trocken ein, was Bram abwiegelte.

»Aber aus anderen Gründen. Was ich sagen will, ist, dass wir trotz unterschiedlicher Ansichten oder Aussehens Freunde sind und das ist es, was zählt.«

Es brannte Kadlin auf der Zunge und sie wollte es wissen, hören aus seinem Mund und verstehen. »Warum bekämpft ihr dann die Smar?«

Brams Gesicht verfinsterte sich. »Weil sie hinterhältige Lügner und Giftmörder sind.«

»Nein, sind sie nicht!«, schrie Kadlin erhitzt und Brams Augenbrauen bildeten wieder diese typischen kritischen Bögen, die sie bereits von ihm kannte.

»So, was sind sie dann?«

Kadlin stotterte mit zittriger Stimme: »Sie ... sie sind ... feige Idioten?«

Sloden, Atla und Mar lachten darüber, doch der blonde Häuptlingssohn blieb ernst. »Die Smar sind einiges, aber sie sind nicht feige und sicherlich keine Idioten. Merkt euch eins: Unterschätzt niemals einen Gegner, das kann tödlich enden.«

Ivar, der andere Otulp, hakte neugierig nach. »Bram, wie hat die Fehde zwischen den Unaru und den Smar begonnen? Wir kennen die Smar bloß als gute und zuverlässige Käufer unserer Funzel- und Salzsteine.«

Bram atmete tief durch und starrte mit leerem Blick ins Feuer. »Es war lange vor unserer Zeit, da warben ein Smar und ein Unaru um eine der Töchter der Nutas. Die Frau entschied sich für den Unaru und folgte ihm, als seine Ehefrau, heim zu seinem Stamm. Sie liebten sich und waren glücklich, bis eines Tages der verschmähte Smar mit einer Gruppe Krieger und einem Vrede-Händler auftauchte. Der Vrede-Händler sollte als Unparteiischer Frieden stiften und dafür sorgen, dass die Regeln der Stämme eingehalten werden würden. Er und der Smar behaupteten, dass die Nutas-Frau in Wirklichkeit den Smar liebe und nicht den Unaru. Der Smar forderte sein Recht ein, um sie zu kämpfen. Die Nutas stritt ab, den Mann zu lieben, aber der Vrede-Händler und der Smar beharrten auf ihrem Anrecht eines Kampfes, dem der Unaru schließlich zustimmen musste, um des Friedens willen und der Tradition. So kämpften die beiden Krieger gegeneinander. Aber was die Unaru nicht wussten, war, dass die Klinge des Smar vergiftet war, die den Unaru beim ersten blutigen Treffer bewegungsunfähig machte. Für den Smar war es dann ein Leichtes, den gelähmten Unaru zu töten. Die Nutas-Frau weigerte sich jedoch mit dem Smar zu gehen und bat, bei der Familie ihres toten Ehemannes bleiben zu dürfen. Erbost zogen sich der Vrede-Händler und der Smar zurück. Erst als man den toten Unaru-Krieger für die Bestattung herrichtete, entdeckte man an ihm die Wunde mit dem grünlichen Gift der kleinen Sumpfspinne. Nach der Trauerfeier wollten sie die Smar angreifen. Aber dazu kam es nicht mehr, da jene noch während der Bestattungsfeier das Unaru-Dorf überfielen und alles niedermetzelten, was sich ihnen in den Weg stellte. Ob Frauen, Alte oder Kinder, sie kannten keine Gnade.«

Kadlins Augen füllten sich mit heißen Tränen der Scham und der Reue. Jeder ihrer Atemzüge schmerzte. Schnell schaute sie zu Boden, um ihr Gesicht hinter den Haaren zu verbergen.

Die Sonne hatte ihre Kraft verloren und war fast untergegangen. Kadlin ergriff ein Frösteln, was auch am bedrückenden Schweigen der anderen lag, die nach Brams Geschichte ebenso geschockt waren wie sie.

Eyvinds Geschichte hatte fast den gleichen Inhalt, doch vieles schien auch anders. Beide Krieger waren aufgrund eines Giftes gestorben, was keinen Sinn ergab. Irgendjemand hatte gelogen, aber wer? Oder steckte viel mehr dahinter?

Kapitel 15

Köche und Krieger

Ein lauer Wind wehte über den Trainingsplatz und kündigte bereits in der frühen Stunde die Hitze an, die der Tag mit sich bringen würde.

Bram ging an Atla vorbei, weiter zu Mar. Den beiden jungen Unaru waren die Grundkenntnisse und einige Angriffs- und Kontertechniken bekannt. Bei den Otulp jedoch war es genau so, wie er erwartet hatte: Während Kori und Ivar zumindest wussten, wie sie stehen und ein Schwert halten sollten, ahmten Kat und Lu dies bloß aufs Geratewohl nach.

Aus mittlerer Entfernung verfolgte Bram aufmerksam, wie die zwei kleinen Otulp unkontrolliert mit ihren Schwertern ruderten.

Nach Dagurs unzufriedenem Gesicht zu urteilen, dachte dieser das Gleiche wie er: Sie mussten sofort mit dem Einzel-Training der beiden beginnen. Für angeknackstes Ehrgefühl gab es keinen Platz, denn das würde sie im Kampf nicht am Leben halten.

Bram wanderte weiter und blieb direkt bei Kadlin stehen, die aus den Augenwinkeln sein Herannahen bemerkte. Sie wurde noch zappliger, als sie eh schon war, und prompt fiel ihr das Schwert aus den Händen. Brams ungläubiger Blick gab ihr den Rest und mit flammenden Wangen bückte sie sich nach ihrer Waffe.

»Junge, wie musst du stehen?«, fragte Bram frostig.

»Auf zwei Beinen?«, rutschte es Kadlin heraus, wofür sie sich am liebsten selbst geohrfeigt hätte.

Wenn sie so weitermachte, würde der Unaru das übernehmen, denn im Moment sah es verdächtig danach aus, als juckte es ihn heftig in den Fingern.

»Hör auf mit den Mätzchen, dazu hast du keine Zeit.« Bram umrundete die Smar mit ernstem Gesicht, stellte sich hinter sie und tippte mit seinem Fuß kräftig gegen ihren. »Die rechte Fußspitze zeigt nach vorn, wenn du von links schlägst, und diese ...«, sprach er und gab ihrer linken Stiefelspitze einen leichten Tritt, »... kommt einen Schritt nach hinten, zeigt aber zur Seite. So wie mein Fuß. Sieh her!«

Kadlin gehorchte, schaute unter ihrem Ellbogen hindurch und platzierte ihren Fuß neben Brams großen Stiefel.

»Sehr gut, auf diese Weise bietest du deinem Gegner eine kleinere Angriffsfläche«, kommentierte der blonde Unaru leise.

Plötzlich legte er seine langen Arme um Kadlin, ergriff ihre Hände und arrangierte diese neu um den Schwertknauf. Ihr Herz schien auf der Flucht zu sein, denn es raste in ihrer Brust umher. Der Krieger stand ganz dicht bei ihr, zu dicht. Von seinen Fingern ging eine Hitze aus, die ihre Haut erfasste, ihre Arme entlangtänzelte und sich unterwegs in Gänsehaut verwandelte.

»Bist du Rechtshänder?«, fragte Bram an ihrer Seite.

Aus unerfindlichen Gründen kam bei ihr wieder einmal nur ein krächzendes »Ja« heraus.

»Fein, dann greift diese Hand als führende unter die Parierstange und die linke unterstützt die Führung. Am Anfang ist es besser, sie liegt direkt hinter der anderen. Genau so.«

Großer Sari! Sie hörte ihr Blut in den Ohren rauschen und ihr wurde schlecht. Luft bekam sie auch keine. Nein, auch wenn sie es sich einzureden versuchte, sie war nicht krank, sie wusste, dass es Brams Schuld war.

* * *

Der Häuptlingssohn räusperte sich. Irgendwie fühlte es sich seltsam an … Irgendwie stimmte etwas nicht, es war komisch. Vielleicht lag es an dem blumigen Geruch des Otulp oder an seiner zarten Haut? Möglicherweise an seinem seidigen Haar? Was war das jetzt für ein Kribbeln, das da in ihm rumorte? Wahrscheinlich würde er jeden Moment niesen müssen.

* * *

Heiß fühlte Kadlin Brams Atem an ihrem linken Ohr und wie sich ihre Nackenhärchen aufstellten. Verstohlen blickte sie zu Lijufe, die ebenso von Dagur die Grundstellung beigebracht bekam. Der Riese wirkte hoch konzentriert im Gegensatz zu ihrer Freundin, die sich vor Wonne regelrecht in dessen Armen aalte.

Brams rauchige Stimme holte sie wieder in ihre eigene verzwickte Lage zurück.

»Hier spielt die Musik! Richte deine Aufmerksamkeit auf deinen Körper. Ein fester Stand ist das Wichtigste.«

Der Kerl hatte leicht reden, als hätte sie eine andere Wahl. Ihr Körper war in heller Aufregung und teilte ihr überdeutlich mit, dass der Krieger ihr gefiel.

Der Unaru führte mit der Smar zusammen die Klinge zur linken Schulter. »Das ist eine typische Schwertbewegung in einem Gefecht zwischen den Angreifern.«

* * *

Schön, es war kein Niesen, dachte Bram. Dieses verfluchte Kitzeln in seiner Magengegend war beunruhigend. Verursachte der zierliche Kat dieses Unwohlsein? Er konnte den Jungen eigentlich gut leiden, er hasste den Kleinen nicht, also was, zum Firus, war los mit ihm? Bestimmt hatte er etwas Verdorbenes gegessen, was seinen Magen sich dauernd zusammenziehen ließ.

Bram entfernte sich von dem schwarzhaarigen Jungen, dessen Nähe ihn verwirrte. Zu seiner Bestürzung entdeckte er, dass er mit Abstand zu Kat wieder freier atmen konnte, doch jedes Mal, wenn er ihn ansah, war dieses seltsame Kitzeln in seiner Körpermitte wieder da. Der Krieger wurde wütend über sich, über die Gefühle, über Kat, über alles, was seiner Miene mehr und mehr anzusehen war.

* * *

Obwohl die Häuptlingstochter sich geschickt anstellte, wurde der Unaru zunehmend ungehaltener. Kleinste Fehler, die er gewöhnlich den Jungs durchgehen ließ, kreidete er der Smar in grobem Ton an. Je pingeliger Bram wurde, desto zorniger wurde Kadlin auf ihn.

Die junge Smar musste an sich halten, damit sie ihren Lehrmeister nicht nachäffte, wie sie es bei ihrem Bruder getan hätte. Bram wies sie andauernd zurecht.

»Kat, was soll das? Achte auf die Grundlinie, deine beiden Fersen müssen auf einer Linie stehen.«

Die blöde Grundlinie sollte sich der Klotz in die Haare schmieren.

»In die Knie, zum Firus nochmal. Geh runter in die Knie!«

Noch ein Wort und sie verpasste ihm das Knie dahin, wo es ihn wie ein Vögelchen singen lassen würde.

»Bring dich hinter die Klinge, Kat. Schütze mit ihr deinen Kopf und die Schulter.«

Sollte er sich lieber vor ihr schützen, denn sie würde ihm gleich den Kopf von den Schultern reißen.

Kadlin kochte vor sich hin und ihre Züge wurden immer verbissener.

* * *

Es war nicht so, dass der Häuptlingssohn nicht sah, dass der kleine Otulp kurz vorm Platzen stand, aber seine eigenen Empfindungen, die einfach nicht abzustellen waren, brachten ihn an den Rand des Wahnsinns. Der Krieger wusste sich nicht anders zu helfen, als Kadlin an Ort und Stelle stehen zu lassen.

Er befahl Kori und Ivar, mit ihm zum Fluss zu gehen, wo er jedem der beiden einen Holzspieß gab, mit dem sie Fische erbeuten sollten. Zwar war er nach wie vor in Rage, aber je weiter er von Kat wegkam, je mehr Zeit verging und je länger er sich mit anderen Dingen beschäftigte, umso ruhiger wurde er wieder.

Gegen Mittag sammelte sich die Gruppe am Lagerfeuer, wo sie die zubereiteten Fische von Kori und Ivar verspeisten. Wohlweislich hielt Bram eine gewisse Entfernung zu dem Otulp ein, riskierte hin und wieder einen kurzen Blick auf ihn, wenn er sich von dem Jungen unbeobachtet wähnte.

Sicher hatte Kat etwas von seinem komischen Benehmen bemerkt, denn öfters erdolchten ihn dessen Augen. Wahrscheinlich war der Otulp enttäuscht, weil er gegangen war, obwohl er ihm zugesagt hatte, dass er ihn beim Training besonders unterstützen wollte. Dass es hart für den Jungen werden würde, hatte er ihm prophezeit, daran lag es nicht, dass dieser ihn nun so verärgert anstarrte. Nein, er durfte den Jungen nicht hängenlassen, er könnte sich nie verzeihen, wenn dieser seinetwegen den Rudam nicht überstand.

Lijufe schielte zwischen Kadlin und Bram hin und her. »Was ist mit dir los, du bist so still?«

Kadlin stocherte lustlos in ihrem verkohlten Fisch herum, der auf ihrem Holzbrett lag. »Nichts. Ich bin bloß ... Ach, vergiss es!«, murrte das Mädchen frustriert, stopfte sich ein Stück von ihrem Essen in den Mund und verzog angewidert das Gesicht. »Bäh, also ehrlich, wenn es nicht verbrannt ist, ist es versalzen. Wir könnten genauso gut an einem Stück Holzkohle lutschen, dann hätte ich zumindest nicht das Bedürfnis, den Fluss leer zu saufen.«

Mit Überwindung würgte sie den Inhalt ihres Mundes hinunter. Lijufe verschlang ebenfalls mit einer bitteren Grimasse ihre Mahlzeit.

»Der Hunger treibt es rein. Komm, wir suchen uns Früchte. Ich weiß nicht, wie die Jungs von so etwas satt werden können.« Lijufe erhob sich.

Als Bram auffiel, dass die Smar davonlaufen wollten, rief er: »Hey, wo geht ihr zwei hin?«

»Wir suchen uns Obst. Was dagegen?«, gab Kadlin patzig zurück.

»Nein, seid aber vorsichtig. Danach sehen wir uns wieder auf dem Übungsplatz.«

Kadlin stöhnte vor sich hin. »Och, nee, muss das sein?«

Lijufe nickte Bram artig zu und antwortete mit einem tiefen »Klar, Bruder«.

Im Wald suchten die Mädchen nach Beeren, die sie kannten. Die saftigen Früchte stillten ihren Hunger und Durst, die der verkohlte Fisch verursacht hatte. Danach war für Kadlin die Welt wieder ein wenig freundlicher, aber bei dem bloßen Gedanken an das Nachmittags-Training schmerzten ihre Arme.

Auf dem Übungsplatz vollbrachte Bram es erneut, ihr Inneres in Schwingung zu versetzen. Seine Stimme zu hören, ihn zu sehen, seine Berührungen zu ertragen, allein seine Gegenwart zu erahnen reichte aus, dass sich all ihre Sinne verschärften und auf ihn konzentrierten – ob sie das wollte oder nicht.

Wieder erteilte Bram ihr Unterricht und abermals kam er ihr nah, stiftete ein heilloses Durcheinander in ihrem Kopf, obwohl sie doch auf seine Worte achten sollte. Aber wenn der blonde Krieger sie anfasste, sie seine großen Hände auf ihren spürte und sie an ihrem Rücken den Druck seiner Brust wahrnahm, wurde sie zu einer willenlosen Hülle ihrer selbst. Sogar als Bram sie alleine die Übungen machen ließ und er schweigend neben ihr stand, brauste das Blut noch immer durch ihre Adern.

Doch sosehr sie sich bemühte und anstrengte seinen Ausführungen zu folgen, Bram wurde von Stunde zu Stunde unzufriedener mit ihr.

Das Schwert in Kadlins Händen schien mit jedem Hieb schwerer zu werden und ihre Arme wurden zunehmend schwächer. Sie hatte Durst, Hunger und schwitzte ohne Ende in der prallen Sonne, aber Bram kannte keine Gnade.

Sie musste Bram angreifen und jeder ihrer Schläge war ihm zu schwach. Ihre Schwerter trafen klirrend aufeinander, doch Brams Klinge bewegte sich kein Stückchen.

»Ist das alles? Mehr hast du nicht zu bieten?«, schrie der Unaru herablassend.

Mit bebenden Nasenflügeln versuchte Kadlin abermals Bram in voller Stärke zu attackieren, doch wieder war es ihm zu kraftlos.

»Bei Sari, du bist ein Mann, also streng dich gefälligst an!«, zeterte er giftig.

Am liebsten hätte Kadlin ihm die Wahrheit ins Gesicht geschrien, dass sie kein Mann war, doch sie begnügte sich damit, wutschnaubend mit dem Schwert auf ihn einzuschlagen. Der Häuptlingssohn entwaffnete sie allerdings mit einer eleganten Parade.

»Genug! Du bist zu kraftlos. Es hat keinen Wert, du könntest nicht mal einem leichten Angriff eines Kriegers standhalten, geschweige denn ihn abwehren. Bis deine Kräfte gewachsen sind, übst du an der Strohpuppe.«

Der Unaru deutete zu einem Holzkreuz, das, mit Stroh und Kleidern ausgestattet, einen Krieger darstellen sollte. Äußerst schlecht gelaunt, weil Bram ihr nicht ein einziges Lob gönnte, sondern nur herumnörgelte, trottete Kadlin ihm hinterher.

»Führe an ihm die Hiebe aus, die ich dich lehrte. Lege deine ganze Kraft hinein, die du hast.«

Bram stellte sich hinter die Attrappe und wartete. Seine Miene offenbarte Anspannung und vollkommen ernst beobachtete er, mit hart funkelnden Augen, jede ihrer Bewegungen. Kadlin hieb auf den Strohkrieger ein, immer und immer wieder, aber alles, was Bram dazu sagte, war: »Was soll das werden? Willst du ihn kitzeln?«

»Nein«, schnaubte Kadlin böse dagegen.

»Soll sich der Feind auf dem Schlachtfeld totlachen über dich?«

»Nein!«

Der Unaru triezte sie jedoch weiter. »Ach, du streichelst ihn? Willst du, dass der Smar dich auslacht?«

»Nein«, presste Kadlin zornig hervor.

»Ha, ich höre sein Lachen bis hierher.«

»Nein!« Pure Wut brodelte in Kadlins Brust und ihr Hals färbte sich fleckig rot.

»Das Lachen wird lauter und lauter. Alle lachen über dich.«

»Nein!«, schrie Kadlin außer sich und schwang wie von Sinnen ihr Schwert gegen den Hals des Holzkriegers, dessen Kopf daraufhin durch die Luft davonsegelte.

»Jawohl, so ist es gut!«, rief Bram stolz und sein strahlendes Grinsen vermochte Kadlins Zorn innerhalb eines Wimpernschlags in Sternenstaub aufgehen zu lassen.

Überrascht sah Kadlin, dass der Holzkopf neben Dagur gelandet war, der gerade lauthals auf Lijufe einbrüllte, die ihren Lieblingsriesen mit zitternder Unterlippe und feuchten Kulleraugen fassungslos anblickte.

»Das ist alles, was du draufhast? Willst du mich verarschen? Das ist nichts. Gar nichts, hast du gehört?«, schrie Dagur mit finsterer Miene.

An Lijufes Schulterbeben erkannte Kadlin, dass diese einen tiefen Atemzug nahm, und gerade als sie dachte: ›Sie wird doch jetzt nicht etwa …‹, ertönte ein langgezogenes Heulen.

Lijufe ließ ihr Schwert fallen, schlug sich die Hände vors Gesicht, warf sich auf den Boden und weinte Rotz und Wasser.

Dagur, der nicht begriff, wie ihm geschah, versteinerte augenblicklich, warf hilflos seine Arme in die Luft und suchte fragend Brams Blick. Dieser hatte für ihn lediglich ein mitleidiges Nicken der Marke So-ist-es-nun-mal übrig.

Ein leichtes Schmunzeln zuckte um den Mund des Häuptlingssohns, bevor er sich wieder an Kadlin wandte. »Du übst hier weiter, und wehe, deine Schläge werden schwächer als der letzte, dann komme ich wieder und treibe dich zur Weißglut.«

Kadlin nickte stumm und beobachtete, wie er mit langen Schritten zu Lijufe schlenderte. Vor ihrer Freundin ging er in die Hocke und legte eine Hand auf ihre Schulter. Nach einer Weile standen beide auf und Lijufe begann wieder mit Dagur zu üben, der nun nicht mehr allzu heftig schrie.

So ging der Nachmittag zur Neige und gegen Abend schleppten sich die Smar an ihr Lagerfeuer. Atla und Mar hatten versucht einen Eintopf zu kochen. Jedoch hatten sie nur ein wässriges Desaster zustande gebracht.

Man hatte den Mädchen eine kleine Schale mit einer braunen Brühe und einem Holzlöffel in die Hände gedrückt. Kadlin freute sich schon auf die warme Mahlzeit und wollte den ersten Löffel genießen. Allerdings waren ihre Arme von dem kräftezehrenden Training so zittrig, dass sie die Suppe aus ihrem Löffel auf die Beine verschüttete. Nicht das kleinste bisschen gelangte in ihren Mund, denn ihr Zittern wurde mit jedem Löffel heftiger.

»Ich kann den Löffel nicht stillhalten«, heulte Kadlin aufgelöst und schaute total bekümmert neben sich, zu ihrer Freundin. Obwohl auch ihr nun zum Heulen war, musste sie unter Tränen lachen, denn Lijufe erging es gleich.

Mit offenem Mund beugte sich die braunhaarige Smar ihrem Löffel entgegen, den sie mit beiden Händen festhielt. Trotzdem war das Ergebnis ein leerer Löffel in ihrem Mund, denn ihre Arme zitterten ebenfalls dermaßen unkontrolliert. Die Suppenschale hatte Lijufe in ihrem Schoß platziert, worin die Brühe mehr oder weniger wieder landete.

Elendig schluchzte sie: »Ich hab mehr Suppe auf der Hose als in meinem Mund.«

»Scheiß auf den Löffel!«, fluchte Kadlin wimmernd und warf das Besteckteil zu Boden. Mit einem unterdrückten Stöhnen hob sie mit zwei Händen die Schüssel an und schaffte es, diese ohne großen Verlust an ihre Lippen zu bugsieren. Sie nahm einen kräftigen Schluck von dem trüben Wasser und zerkaute selig das rohe, muffige Gemüse.

»Und?«, fragte Lijufe erwartungsvoll.

Leicht angeekelt meinte Kadlin: »Schrecklich, aber wenn wir den versalzenen Fisch von heute Mittag hineintun, dann schmeckt sie vielleicht nach irgendwas.«

Lijufe, die sich von ihrem Löffel auf die gleiche Weise verabschiedet hatte, prustete in ihre Schale. »Ja, nach verbranntem Fisch in versalzenem Wasser.«

Kadlin verschluckte sich prompt vor Lachen an der ekelhaften Suppe. Sie hatte die anstrengendsten Stunden und die miesesten Mahlzeiten hinter sich, die ihr je untergekommen waren, aber dennoch war dieser Tag rätselhafterweise einer der besten ihres Lebens gewesen.

Kapitel 16

Küsse und Speere

Das Feuer brannte gleichmäßig knisternd zu ihren Füßen. Winzige Funken stoben in den tiefschwarzen Nachthimmel. Ein fernes Zirpen erfüllte die Luft, die von dem würzigen Piniengeruch des Waldes geschwängert war. Das Lagerleben kam zur Ruhe, denn alle Krieger saßen mit ihren anvertrauten Schützlingen um die Lagerfeuer. Es wurden Geschichten erzählt, Lieder gesungen und viel gelacht.

Bram hockte neben Dagur und unterhielt sich mit Atla, der ihn mittlerweile vergötterte. Der bärtige Unaru starrte weggetreten in die Glut und war ungewöhnlich still an diesem Abend, was nicht nur Kadlin auffiel, die den Kriegern gegenüber mit Lijufe ihren Platz hatte.

Ivar musterte Dagur unverhohlen. »Bruder, du bist anders als sonst. Was beschäftigt dich?«

Dagur schaute auf und ein mitleidiges Schmunzeln erschien auf seinen Zügen. »Mein Herz, Ivar, das meinen Kopf nicht verstehen will.«

Dem Otulp mit dem Schnauzer war anzusehen, dass er ebenso wie Kadlin nicht begriff, was Dagur damit sagen wollte. Lijufe verharrte mit dem Gesicht gen Boden und beobachtete unter ihren Haaren hindurch den dunklen Krieger.

»Ich verstehe nicht ganz«, sprach Ivar schließlich, doch Dagur stierte wieder in die Flammen, weshalb Bram ihm antwortete.

»Eine Frau. Nur ein Weib vermag einen Krieger dermaßen zu verwirren. In Dagurs Fall eine Smar vom Fastmö.«

Als hätte der blonde Häuptlingssohn plötzlich eine erschreckende Eingebung, huschten seine Augen zu Kat hinüber.

Drei Menschen hielten in jenem Moment den Atem an und ein weiterer ächzte.

Dagur war zermürbt, denn seine Gedanken kreisten wieder einmal um die braunhaarige Smar und sein Freund kannte ihn zu gut, als dass er es vor ihm verheimlichen konnte.

Diese Smar, die Dagur zu vergessen suchte, hatte aufgehört Luft zu holen. Sie wusste nicht: Sollte sie strahlen oder heulen? Ihr Riese dachte an sie, aber erkannte sie nicht, wenn sie unter seiner gewaltigen Nase stand oder in seinen muskelbepackten Armen lag. Sari sei gnädig, ihr Herz quoll über vor Liebe für diesen blinden Holzkopf, dass es schon wehtat.

Kummervoll sah Lijufe, wie Dagur sich ächzend erhob und in Richtung Fluss davonschritt.

Kadlin hatte es ebenfalls den Atem verschlagen, denn bei Brams Wort ›Smar‹ schien dieser erkannt zu haben, was ihm bisher verborgen geblieben war: dass sie die andere Smar vom Fastmö war. Jeden Augenblick würde ihre Maskerade auffliegen, denn Brams Blick ruhte auf ihr und in seinen Augen glühte auf einmal etwas, das vorher nicht da gewesen war. Es war ein unheimlicher Glanz, als giere er nach etwas Bestimmtem. Einerseits starb sie fast vor Angst vor dem, was im nächsten Moment auf sie zukommen würde. Andererseits wollte sie wissen, ob Bram sie noch immer für eine falsche Schlange hielt oder ob er seine Meinung geändert hatte, nachdem er sie nun besser kannte.

Von den Augen des blonden Kriegers festgenagelt, konnte Kadlin sich nicht mehr rühren. Eine Hitzewelle nach der anderen überrollte sie. Selbst wenn Mar ihre Verkleidung durchschaute und Stillschweigen darüber bewahrte, so war sie nun dennoch fällig, sie konnte es an Brams Gesicht ablesen.

* * *

Der Dritte, dem die Luft ausging, war der Häuptlingssohn der Unaru, denn in dem Moment, als er Ivar erklärte, dass Dagur der Smar vom Fastmö nachschmachtete, fiel es ihm wie Schuppen aus den langen Haaren. Natürlich, wieso hatte er es nicht auf Anhieb erkannt? Diese schwarze Haarpracht, diese vollen Lippen – Kat erinnerte ihn an die Smar! Bei Sari, das war eine Erleichterung. Hätte der Junge Locken, ein Kleid an und die Augenbinde um, wäre er ein Abbild des Mädchens, das nach wie vor in seinem Gehirn umhergeisterte. Ja, dieser betörende Mund hatte ihn bis in seine Träume verfolgt und er hatte es falsch gedeutet. Es waren nicht Kats Lippen, sondern die der Smar. Über seinen Freund hatte er sich lustig gemacht wegen dessen Sehnsucht, dabei war er der Trottel, der nicht mal gemerkt hatte, dass er sich nach der schwarzhaarigen Smar verzehrte. Verflucht und zugenäht, er hatte befürchtet, dass er in den Jungen ... Nein, das war geradezu lächerlich! Ja, Kat hatte verdammt viel Ähnlichkeit mit der Kleinen vom Fastmö. Aber jetzt, wo er wusste, dass es lediglich diese Ähnlichkeit zu dem Mädchen war, die seinen Sinnen einen Streich gespielt hatte, konnte er ohne Bedenken dem Jungen gegenübertreten.

Mit einem zufriedenen Grinsen wandte Bram sich wieder Atla zu, der ihn mit einem Gespräch über Schwertkampf ablenkte.

* * *

Lijufes Herz wummerte aufgeregt. Es war, als würde der Riese sie magisch anziehen, sie konnte nicht widerstehen. Sie wollte es von Dagur selbst hören, nicht von Bram oder irgendjemandem, sondern von ihm. Sicher würde Kadlin es nicht gutheißen, aber sie musste ihn fragen, sie musste wissen, ob sie diese Smar war, an die er dachte. Wenn sie ihm schon nicht sagen durfte, dass sie diese Frau war, wollte sie ihn wenigstens über sich reden hören.

Lijufe stand auf, und wie sie es schon erwartet hatte, legten sich prompt Kadlins Finger um ihr Handgelenk.

»Lu, was hast du vor?« Ihre Freundin schüttelte unmerklich, mit unglücklicher Miene, den Kopf.

»Ich muss es von ihm hören, Kat, aber ich werde nichts verraten, versprochen.«

Kadlins Brauen zogen sich skeptisch zusammen. »Gerade jetzt darf er es nicht mal ahnen«, flüsterte die schwarzhaarige Smar.

Lijufe nickte und mit einem vertrauensvollen Lächeln entzog sie Kadlin ihren Arm, die sie ziehen ließ.

* * *

Unschlüssig darüber, ob es eine weise Entscheidung war, ihre Freundin gehen zu lassen, sah Kadlin sie in der Dunkelheit verschwinden. Erneut fühlte sie sich von Bram beobachtet. Ein kurzer Blick zu ihm offenbarte, dass sie sich diesmal nicht getäuscht hatte, im Gegensatz zu der Annahme, dass er hinter ihre Tarnung gekommen war und sie als Mädchen entlarven würde. Nichts dergleichen hatte Bram getan. Nichts war passiert. Und sie war heilfroh darüber. Doch, das war sie. Ihr Schädel war sowieso vollgestopft mit den anderen Problemen. Hadds Mord, ihre Zukunft, das Leben in der wilden Steppe Arets, das nach dem Lager auf sie warten würde. War sie dem gewachsen? Die Geschichte der Unaru über die Clan-Fehde, die sich von der der Smar unterschied. Mar, der möglicherweise aufdecken könnte, dass sie Mädchen waren. Ach, sie war einfach zu müde, um über all dies nachzudenken.

Langsam erhob sich Kadlin, wünschte den Verbliebenen am Lagerfeuer eine gute Nacht und schlüpfte in ihr Zelt. Unweigerlich fanden Brams funkelnde Augen wieder einen Weg in ihre letzten Gedanken, bevor sie einschlummerte.

* * *

Lijufe folgte dem Trampelpfad, der im Licht der drei Mondsicheln auszumachen war. Der Pfad führte an ein steiniges Flussufer, in dessen Umgebung vereinzelt große Bäume wuchsen. Von weitem entdeckte sie Dagurs Silhouette, die an einem Stamm lehnte. Sie näherte sich dem bärtigen Riesen, der die Arme vor seiner mächtigen Brust verschränkt hatte und zu den Monden aufsah.

»Sie sind wunderschön, nicht wahr?«, brummte Dagur, der ihr Kommen offensichtlich schon wahrgenommen hatte.

Lijufe trat neben ihn und folgte seinem Blick zu den farbigen Trabanten, die herrlich am Nachthimmel leuchteten.

»Ist sie ... ist das Mädchen schön, an das du denken musst?«

Dagurs weiße Zähne blitzten bei einem Lächeln im Halbdunkeln auf. »Ja. Das, was ich von ihr sah, hat mich verzaubert. Ich kann sie nicht vergessen und das ist schlimm.«

Lijufes Herz pochte wild und sie konnte ein Seufzen nur knapp zurückhalten. Sie räusperte sich, um wieder in ihre Rolle des Otulp-Jungen zu finden. »Wieso ist das schlimm, Bruder?«

Schwermütig betrachtete Dagur ihr Antlitz. »Sie ist eine Smar, Lu. Sie gehört unserem Feind an. Wie sollte eine Ehe zwischen uns möglich sein? Soll ich in der nächsten Schlacht gegen ihre Familie kämpfen? Ihren Bruder oder ihren Vater töten? Oder meinen Stamm verraten, indem ich den Kampf verweigere und meine Kriegerehre aufgebe?« Am Boden zerstört fuhr der Unaru fort. »Nichts davon ist eine Möglichkeit. Ich muss sie vergessen, auch wenn mein Herz immerfort nach ihr schreit.«

Seine Worte waren schrecklich bezaubernd, heilend und doch Wunden aufreißend, sie marterten Lijufes Herz mit süßer Qual. Zitternd hob sich ihre Brust und sie drehte sich von dem Krieger weg, damit er nicht bemerkte, wie sie sich ihre Augenwinkel trocknete.

»Gibt es keinerlei Aussicht auf Frieden zwischen den beiden Clans?«, fragte Lijufe leise, um das Brechen ihrer Stimme zu verbergen.

Sie war nicht bereit Dagur ohne weiteres aufzugeben. Für Dagur würde sie alles hinter sich lassen, was aber umsonst wäre, wenn er sie nicht wollte. Ungern gestand sie sich ein, dass Dagur Recht hatte. Könnte sie ihm jemals verzeihen in eine Schlacht gegen die Smar zu ziehen? Ihn lieben mit der Gewissheit, dass er einen Stammesgenossen getötet hatte, den sie von klein auf kannte? Erst musste Frieden herrschen, damit ihre Verbindung auf Dauer bestehen konnte.

Ein schwaches Kopfschütteln begleitete Dagurs traurige Erwiderung. »Ich bin bloß ein kleiner Stammeskrieger, der keinen Einfluss auf die Entscheidung des Häuptlings oder des Ältestenrats hat. Selbst wenn Cnut damit einverstanden wäre, dass ich sie heirate, müssten es ebenso der Häuptling der Smar, deren Rat und der Vater des Mädchens sein.«

»Und das Mädchen«, entschlüpfte es Lijufe, die leicht gekränkt war, dass Dagur sie überging und ihre Einwilligung einfach so voraussetzte. Doch sein tiefes Lachen, das auf ihren Einwurf hin erklang, fegte alles hinfort, außer ihrem Verlangen, ihn zu küssen.

»Ja, auch sie müsste mich wollen. Aber ich glaube, ich gefiel ihr ganz gut«, strahlte der bärtige Krieger voller Stolz.

»Pah!«, rief Lijufe. »Sei dir da mal nicht so sicher, Bruder.«

Im schwachen Mondlicht konnte die Smar ausmachen, wie sich Dagurs Brauen hoben. »Du kennst dich wohl aus mit Frauen, was?«

Baff schluckte Lijufe. »Äh ... na ja ... irgendwie schon. Meine Mutter, weißt du, sie sagt oft Nein und meint aber Ja.«

Die Smar konnte nicht fassen, was sie da erzählte. Nämlich genau das hatte sie selbst oft genug auf den Rindenbaum gebracht, wenn einige Männer ihres Stammes das von sich gaben. Eine unverschämte Behauptung dieser Krieger, um sich über ein weibliches Nein hinwegsetzen zu können.

Erneut hörte sie Dagurs sinnliches Lachen. »Na, nach deinen zahlreichen Erfahrungen muss ich mich ja auf deinen Rat verlassen können.«

Das machte Lijufe zwar nicht wirklich glücklich, aber die Tatsache, dass Dagur sich nach ihr verzehrte, umso mehr.

* * *

So vergingen die Stunden. Aus Stunden wurden Tage und aus Tagen wurden Wochen. Wochen, in denen die Mädchen bis zu ihrer Erschöpfung trainierten. Wochen voller Blut, blauer Flecken, Schweiß und abgebrochener Fingernägel.

Bram und Dagur lehrten sie, aus hartem Holz Speere und Pfeile zu schnitzen. Ebenso wurde ihnen gezeigt, welche biegsamen Äste sich für die Herstellung eines Bogens eigneten. Auch erfuhren sie, welche Teile von einem erlegten Tier oder einer Pflanze als Sehne dienen konnten. Darüber hinaus lernten die Smar den Umgang mit dem Speer, was sie dann beim Jagen unter Beweis stellen mussten. Das Bogenschießen fiel den Mädchen im Verhältnis zum Schwertkampf leichter. Lijufe war darin sogar besser als alle anderen aus der Gruppe. Dagur, der ihr Lehrer war, verleitete dies vor seinen Kriegerkollegen zum Prahlen. Selbstverständlich verzichtete er dabei nicht auf den Hinweis, dass bloß ein Meister einen Meister ausbilden könne.

Kadlins Stärke lag in ihrer Geschicklichkeit und zeigte sich im Parcours, den sie zu Beginn so gefürchtet hatte. Durch das Schwerttraining stieg ihre Kraft, ganz wie Bram es vorausgesagt hatte. Und durch den morgendlichen Dauerlauf, den sie jeden zweiten Tag absolvieren mussten, erhöhte sich nach und nach ihre Ausdauer. Mit ihrem zierlichen Körper war es ein Kinderspiel für sie, sich über die Schlammgruben, Sprosse für Sprosse, hinwegzuhangeln, den schwingenden Sandsäcken auszuweichen, denen die Jungs, wie Kori oder Sloden, nicht entkommen konnten. Ihre Königsdisziplin war jedoch das Laufen über die entrindeten Baumstämme, die in einem Staubecken im Fluss schwammen, was eine überaus gefährliche Angelegenheit war. Wenn man abrutschte, flog man unweigerlich in das Becken und musste sich zügig in Sicherheit bringen, um von den hin- und herwogenden Stämmen nicht zerquetscht oder ertränkt zu werden. Selbst Lijufe stürzte bei ihren ersten Versuchen wie die übrigen Jungs ins Wasser. Aber Kadlin tänzelte flink und anmutig über die rutschigen Holzpfähle zur anderen Seite, als hätte sie dies schon Hunderte Male getan.

Bram sagte nicht viel zu Kadlins Talent, doch sein Gesicht verriet Bewunderung. Die auch Dagurs überraschtes Ausrufen bestätigte.

»Kat hat es beim ersten Mal geschafft? Unglaublich, er ist sogar besser als du, Bram. Dir gelang es damals erst beim zweiten Versuch.«

Bram bewunderte die zwei kleinen Otulp allerdings noch mehr für ihren unbeugsamen Willen. Er sah, wie die Jungs kämpften und an die Grenzen ihrer Belastbarkeit gingen und darüber hinaus. Nach zwei Wochen waren ihre Gesichter, wie bei den anderen Jungs, noch schmäler geworden. Doch während jene muskulöse Oberarme und Schenkel bekamen, schienen die Figuren der schmächtigen Otulp ... nun ja – andere Formen anzunehmen. Ihre schlanken, wohlgeformten Beine und die kleinen Knackärsche wirkten weiblicher als je zuvor. Es war zum Verrücktwerden, verdammt nochmal! Die zwei sahen immer noch nicht wie Krieger aus.

Zwar geriet er nicht mehr in Panik, wenn das Blut in seinen Unterleib schoss, sobald Kat ihm sein Hinterteil ins Gesicht streckte, wie an einem denkwürdigen Abend vorm Lagerfeuer, als der Kleine sich nach etwas bückte, aber dennoch war ihm nicht wohl dabei. Kat war immer noch ein Junge, auch wenn dieser ihn noch so sehr an die Smar vom Fastmö erinnerte.

Gut, einmal hätte er ihn fast geküsst, als er ihm beim Speerwerfen zu dicht auf die Pelle rückte, denn diese vollen

Lippen waren so verflucht weiblich, dass er glatt vergaß, wen er da vor sich hatte. Es war ein Schock gewesen, als er wieder zu Sinnen kam. Nur ein winziger Hauch heiße Luft hatte ihre Lippen voneinander getrennt.

Zwei volle Tage hatte er benötigt, um sich von diesem Zwischenfall zu erholen, in denen er Kat aus dem Weg gegangen war. Bei Sari, in jenem Moment hätte er geschworen, dass der Junge ihn auch küssen wollte, was totaler Unfug war. Wahrscheinlich wünschte er sich, dass Kat ebenso diese Gefühle hatte, damit er sich selbst nicht so mies vorkam.

Es war zu verstörend, denn bei keinem anderen Jungen oder Krieger hatte er jemals so gefühlt. Wie oft hatte er sich mit Dagur ein Zelt oder eine Optera geteilt? Unzählige Male, aber noch nie, gar nie, hatte ihn das Verlangen gepackt, seinen alten Freund zu küssen. Eher wollte er ihm einen Tritt oder einen Fausthieb verpassen, doch auf keinen Fall einen Kuss.

Es lag an dieser giftigen Smar-Schlange, die mit jeder Nacht präsenter in seinem Kopf wurde. Ein Trost war, dass dieses Lager bald der Vergangenheit angehören würde und Kat damit aus seinem Leben verschwand. Hoffentlich würde dann auch die Smar aus seinem Kopf verschwinden.

* * *

Genauso wie Bram in seinem eigenen Gedanken-Saft schmorte, erging es Kadlin. Die Wirkung des blonden Kriegers auf sie wurde von Tag zu Tag verheerender. Das Problem war, dass sie seiner Gegenwart nicht entfliehen wollte, sondern sie suchte. Sie genoss es, von ihm angestarrt und angefasst zu werden. Es war ein Wunder, dass niemand bemerkte, dass die Luft zwischen ihnen schier zu brennen begann, wenn sie sich bloß ansahen. Sie kämpfte nicht nur gegen die Schwäche ihres Körpers im Training, sondern auch gegen die ihres Geistes, der ihm erlag.

Ihr Herz hatte sie längst an Bram verloren, darüber war sie sich völlig im Klaren. Aber dennoch musste sie einen kühlen Kopf bewahren. Während des Speertrainings hätte sie ihn sogar fast geküsst, so sehr hatte sie dieses Verlangen überfallen. Sein Mund, der einen immerwährenden Sog auf sie ausübte, versprach Wonnen, denen sie sich hingeben wollte, musste. Diese grünen Augen, deren hungriger Glanz ihre Wangen zum Glühen brachte, verfolgten sie bis in ihre Träume. Warum musste Bram ausgerechnet ein Unaru sein? Warum musste sie ausgerechnet eine Smar sein?

Das Wissen darum, dass ihnen eine gemeinsame Zukunft verwehrt war, schmerzte Kadlin zutiefst, umso mehr genoss sie die Zeit, die ihr mit Bram verblieb.

Lijufe dagegen schwelgte in der Genugtuung, Dagurs Herz zu besitzen, und wünschte sich ebenso, dass die Tage im Lager nie endeten. Obwohl dies bedeutete, dass ihr Riese nie erfahren würde, wer sie war. Dennoch war ihr dies lieber, als ihn zu verlassen und nie wiederzusehen.

Dagur war der Einzige, der dem Herzschmerz ausgeliefert war. Immerhin war Lu ihm ein teurer Freund geworden, der immer ein offenes Ohr für ihn hatte. Aber helfen, die Smar aus seinem Blut zu verbannen, konnte dieser ihm nicht. Manchmal überkam ihn das komische Gefühl, Lu schon länger zu kennen. Doch er war sich absolut sicher, solch ein selten hübsches Knabengesicht hätte er im Leben nicht vergessen.

Kapitel 17
Höhlen und Gruben

Zwei Wochen waren vergangen, seit Kadlin und Lijufe vom Fastmö geflüchtet waren, als Bram sich eines Morgens vor die Gruppe stellte. Er betrachtete seine Schützlinge, einen nach dem anderen.

»Ihr seid in eurer Ausbildung zum Krieger ein gutes Stück vorangekommen und heute werden wir sehen, wie ihr euch schlagt, wenn Gefahr droht. Ruft eure Optera, packt eure Speere, die Schwerter und Funzelsteine.«

Ein aufgeregtes Tuscheln erhob sich unter den Jungs und Kadlin schaute fragend zu Lijufe, die nur mit den Schultern zuckte.

Also hatte Dagur ihr gegenüber nichts erwähnt. Nach Brams Ansprache zu urteilen, würde es einen Test geben, und so wie es sich anhörte, war er nicht harmlos.

Eine unheilvolle Beklemmung erfasste die schwarzhaarige Häuptlingstochter, denn das Lager hatte ihr ein Gefühl der Sicherheit und Geborgenheit vermittelt. Wie Lijufe und die Jungs holte sich auch Kadlin die Dinge aus dem Zelt, die Bram aufgezählt hatte. Langsam trudelten alle aus der Gruppe am Rand des Zeltplatzes ein und jeder rief seine Optera. Nach und nach surrten die Tiere aus dem nahegelegenen Wald heraus, landeten bei ihren Reitern und begrüßten diese. Die Waffen wurden in die Transporttaschen der Maxi-Optera der Krieger gelegt, da jene mehr tragen konnten.

Kleines und Tuffi gurrten fidel vor Freude.

»Hey, du bist gewachsen und wenn du so weitermachst, kann ich dich bald nicht mehr Kleines nennen«, staunte Kadlin über ihre violette Optera, die um einiges an Größe zugelegt hatte.

Bram stand mit einem Mal neben ihr und sofort führte Kadlins Herz einen wilden Tanz auf. »Ich glaube, es ist eine Maxi-Optera, Kat. Schau sie an, sie ist die Jüngste und dennoch so groß wie die anderen, die alle älter sind.«

Der blonde Krieger streichelte der Optera den Kopf, berührte dabei Kadlins Hand, die zusammenzuckte und verschüchtert seinen Blick erwiderte. Sekundenlang verlor sie sich in seinen grünen Tiefen.

»Bram, los jetzt!«, rief Dagur ungeduldig und riss die beiden aus ihrer Trance.

Bram hüstelte und machte sich mit steifem Gang davon. Lijufe schmierte Kadlin in einem eindeutigen Blick aufs Fladenbrot, was sie dachte: Ich weiß, was gespielt wird, und wage nicht, mir etwas anderes zu erzählen.

Ein Grinsen stahl sich auf Kadlins Lippen, welches sie nicht unterdrücken konnte. Herablassend schüttelte Lijufe den Kopf und kletterte auf Tuffis Rücken.

Wie immer übernahm Bram die Spitze des Optera-Geschwaders und Dagur bildete die Nachhut. Sie flogen eine ganze Weile Richtung Osten, bis sie zu einem weitläufigen Tal kamen und Bram das Zeichen zum Landen gab. Das Gebirge war steinig und karg. Bäume und Sträucher waren eine Seltenheit in diesem Landstrich. Das Steppengras war schwach rosa, als hätte die Sonne es ausgebleicht und der Boden nicht genug Nährstoffe.

»Gut«, sagte Bram, der wartete, bis alle von ihren Tieren abgestiegen waren. »Wer von euch weiß, was ein Varp ist?«

Auf den Gesichtern der Otulp, Kori und Ivar, spiegelte sich der Schrecken wider. Die Unaru, Atla und Sloden, wiederholten nachdenklich das Wort ›Varp‹, mit dem sie offenbar nichts anfangen konnten.

Mar allerdings wurde bleich und sagte als Einziger: »Es sind Fleischfresser, die unter der Erde wohnen.«

Bram nickte, während Dagur jedem eine Waffe überließ und einen Funzelstein gab. Mit feuchten Händen nahm Kadlin ihre Waffen entgegen und rang nach Atem, denn das hörte sich gefährlich an.

Kori, der sich vor Angst schier in die verkehrt herum angezogene Lederhose machte, sprach leise, als befürchte er, der Varp läge bereits auf der Lauer: »Sie wohnen in Erdhöhlen. Ihre Gänge sind ewig lang, mit unzähligen Abzweigungen, Kammern und Ausgängen.«

Abermals nickte Bram Ivar zu, ob er etwas beizutragen habe. Dieser klammerte sich mit beiden Händen an seinem Speer fest und meinte: »Ich habe noch nie einen Varp gesehen, aber von Kriegern gehört, dass die Viecher vorwärts und rückwärts gleich schnell sind. Sie sollen keine Augen und Ohren haben, aber gut riechen können.«

Beide Unaru-Krieger nickten und Bram führte Ivars Kenntnisse näher aus. »Ja, sie besitzen weder Augen, noch haben sie Ohrmuscheln, aber dennoch bekommen sie alles um sich herum mit. Riechen können sie ausgesprochen gut und sie spüren Erschütterungen. In den engen Gängen können sie sich nicht umdrehen, deswegen sind sie in der Lage, ihre Beute vorwärts sowie rückwärts zu verfolgen. Außerdem können sie sogar springen. Das heißt, obwohl sie nichts sehen, sind sie sehr gefährliche Jäger. Ihr Körper kann so lang sein wie eine Maxi-Optera und so breit wie eine Hychna. Ihre Vorderzähne sind scharf und beweglich. Sie haben Schaufelhände mit langen, spitzen Krallen. Also kommt ihnen nicht zu nahe.«

Der blonde Unaru zeigte an den Rand des Tals. »Dort ist ein Eingang zu einem Höhlengarten von einem Varp. Er ist schon recht alt und demnach nicht mehr der Schnellste. Der alte Knabe hört und riecht nicht mehr so gut, umso mehr freut er sich über Beute, die ihm in die Fänge gerät. Wir betreten die Höhle und teilen uns später auf.«

Schockiert murrten die Jungs und Lijufe ächzte beklommen: »Sari steh uns bei.«

Bram hob die Hände zu einer beschwichtigenden Geste. »Beruhigt euch! Ihr müsst nur leise sein, dann geschieht euch nichts. Eure Aufgabe ist es, einen Ausgang zu finden und unbeschadet aus dem Bau zu gelangen. Pirscht durch die Gänge, hört auf all eure Sinne, besiegt eure Angst und behaltet die Nerven. Wenn der Varp euch entdecken sollte, habt ihr zwei Möglichkeiten: Entweder ihr kämpft oder ihr rennt so schnell ihr könnt zum nächsten Ausgang. Und noch etwas: Sobald wir in der Höhle sind, herrscht Sprechverbot.«

Sloden platzte angesichts der Gefahr der Kragen und ungehalten fuhr er den älteren Unaru an: »Warum zum Firus sollten wir jemals freiwillig in eine Varp-Höhle gehen? Jetzt hier als Aufgabe ist es mir schon klar, um Mut und Stärke zu beweisen, aber warum sollte ich das bei meinem Rudam tun? Wer ist schon so blöd und geht da rein, wenn er weiß, dass er aufgefressen werden könnte?«

Bram sah zu Kori. »Kannst du deinem Klingenbruder erklären, warum man das tun könnte?«

Unsicher sah Kori zu Sloden. »Die Varps graben bis ins Gestein, sie legen Funzelsteinadern frei, suchen mit Vorliebe Salzgestein. Abgesehen davon gibt es in ihren unterirdischen Behausungen ganze Seen mit dem besten Trinkwasser. Ihre Höhlen bieten Schutz vor Unwetter und Hitze. Viele Otulp-Völker hausen in leeren Varphöhlen, weil sie wie Dörfer angelegt sind.«

Sloden schwieg staunend und Dagur drückte seine Schulter. »Wenn du bei deinem Rudam also Wasser benötigst, Schutz vor einem Sturm oder einen Funzelstein suchst, wirst du dies dort finden, Bruder.«

»Noch Fragen?« Bram forschte in den ängstlichen Gesichtern der Jungen.

»Hat er eine Schwachstelle? Also, wo muss ich zustechen, damit er schnell stirbt?«, fragte Kadlin. Obgleich ihre Furcht sie beinahe keinen klaren Gedanken mehr fassen ließ, wollte sie gerüstet sein für den Fall eines Angriffs. Sie versuchte alle

Informationen zu einem Bild zusammenzubasteln, um einen Plan zu erstellen, wie sie die Aufgabe überleben konnte. Doch ihr Verstand kam zu keiner Lösung.

»Sehr gute Frage, Kat. Die Kehle ist die beste Stelle, den Varp zu töten. Ein Stoß in den Bauch würde ihn nicht töten, da er eine dicke Fettschicht unter der Haut hat. Wenn du ihn dort verletzt, würdest du ihn nur wütend machen. An das Herz kommst du wegen des Brustbeines nicht heran. Augen hat er keine. So bleibt nur der Hals.«

Kadlin nickte benommen und Lijufe starrte mit hochrot gefleckten Wangen ängstlich zu Dagur, der sich lediglich gelassen den Bart kratzte.

»Nun, dann gehen wir zum Höhleneingang, dort werden wir uns mit Erde einreiben, damit er uns nicht auf Anhieb riecht. Denkt daran, er spürt jede Erschütterung, also tretet vorsichtig auf.«

Keiner der Jungs sprach. Jeder spürte die Anspannung des anderen, was ihre eigene wiederum weiter erhöhte. Sie kamen an ein riesiges Loch, das stetig, aber sachte tief ins Erdreich hinabführte. Kühle Luft, die modrig roch, wehte ihnen aus der Höhle entgegen.

»Wartet! Ich muss noch mal!«, rief Atla leise und schlug sich hinter einen der wenigen Büsche, worauf alle genervt aufstöhnten.

»Noch jemand, der für kleine Krieger muss?«, fragte Dagur schmunzelnd, der sichtlich seinen Spaß an dem Ausflug hatte.

In der Zwischenzeit nahm Bram Erde in die Hand und verteilte diese auf seinen Kleidern, Stirn und Wangen. Alle folgten artig seinem Beispiel. Lijufe rieb sich hoch konzentriert mit Dreck ein und merkte nicht, dass Dagur damit bereits fertig war und sich heimlich an sie heranschlich.

Schlagartig packte der Riese ihre Schultern und schrie: »Der Varp, der Varp! Er kommt!«

Daraufhin kreischte Lijufe laut auf und preschte mit Sloden und Mar im Schlepptau davon. Dagurs Lachen ließ die Flucht der drei beenden und während Bram nur lächelnd den Kopf schüttelte, wurde Lijufe stinksauer.

Die Smar trampelte zu dem bärtigen Krieger zurück und baute sich drohend vor ihm auf. Mit aufgestützten Händen an den Hüften keifte sie ihn an: »Hast du eigentlich noch alle Funzelsteine beisammen, Unaru? Wie kannst du mich so erschrecken?«

»Och, das war ganz einfach«, lachte Dagur ihr frech ins Gesicht.

»Ganz einfach? Das ist alles, was du dazu sagst? Ich bin fast gestorben vor Schreck!«, schrie Lijufe und hopste vor Rage in die Luft.

Brams Brauen hoben sich überrascht, als er den braunhaarigen Otulp dabei beobachtete, wie dieser seinem Freund verbal das Fell über die Ohren zog.

Kadlin, die Brams Reaktion bemerkte, versuchte die Aufmerksamkeit ihrer Freundin auf sich zu ziehen. Um das Schlimmste zu verhindern, legte sie Lijufe ihren Arm auf die Schultern.

»Ja, es war ein mieser Scherz, krieg dich wieder ein, Bruder.« Zu Bram meinte sie dann: »Können wir diese Varp-Höhle jetzt bitte hinter uns bringen?«

Schnaubend warf Lijufe Dagur einen bösen Blick zu und strafte ihn fortan mit Nichtachtung, was diesen jedoch ganz und gar nicht juckte.

Bram nickte Kadlin zu und ging voran in die Höhle. Mit den Waffen in den Händen schritt der Rest von ihnen zögernd im Gänsemarsch in das Erdloch. Die Funzelsteine hatten sie sich um die Hüften gebunden, welche ihr grünes Licht gegen die dunklen Erdwände warfen. Die Finsternis verschluckte jedoch das meiste davon und so war die Sicht vor ihnen auf wenige Schritte beschränkt. Der Boden war uneben und wurde zunehmend feuchter, je tiefer sie ins Erdreich kamen. Ständig tropfte Wasser von der Decke herab. Der Grund unter ihren Füßen war stellenweise schlammig. Stetig wurde die Luft kühler. Wurzeln und Spinnweben hingen von oben herunter und verfingen sich in ihren Haaren. Der Gang war dunkel, mannshoch und mindestens genauso breit, dennoch war es für die schwarzhaarige Smar fürchterlich einengend. Je weiter sie in die Höhle vordrangen und der Ausgang sich entfernte, desto bedrückender wurde die Atmosphäre und umso stärker spürte die Häuptlingstochter eine Panikattacke in sich aufkeimen.

Bei den Jungs verhielt sich die Sache jedoch anders. Anscheinend hatten sie ihre Angst überwunden, da der Varp weit und breit nicht in Sicht war. Leise hörte Kadlin Atla hinter sich klagen: »Verdammt, ich hab mir in die Hosen gepisst.«

Sloden kicherte. »Ich hab dir gesagt, wenn du die Hose verkehrt herum anziehst, brauchst du länger mit dem Aufmachen.«

»Wenn du musst, solltest du halt gleich gehen und nicht rumtrödeln«, wisperte Kori, vorn in der Reihe.

»Mann, hast du etwa gerade einen stehen lassen?«, flüsterte Ivar, der hinter Kori lief.

Der muckte dagegen. »Nein, Mann, das war Mar.«

»Jedes Böhnchen gibt nun mal ein Tönchen«, verteidigte sich Mar trocken.

Bram hielt plötzlich inne, drehte sich mit wütender Miene um und zischte böse: »Was versteht ihr an ›Sprechverbot‹ oder ›leise sein‹ nicht? Hört endlich auf zu tratschen. Der Nächste, der quatscht, geht als Erster voran, haben wir uns verstanden?«

Die Jungs nickten stumm und mit einem letzten vernichtenden Blick auf sie setzte Bram sich wieder in Bewegung. Nach einer Weile hob der blonde Krieger auf einmal seine Hand und stoppte jäh. Die Gruppe blieb stehen, der Unaru tapste alleine einige Schritte vor und linste vorsichtig in eine Abzweigung hinein. Mit ernstem Gesicht drehte er sich den Jungs zu, tippte mit einem Finger gegen seinen Mund und deutete mit einer Gebärde voraus in den Gang, der vor ihnen lag. Langsam ging Bram weiter bis zu einer weiteren Gabelung und Stück für Stück kamen sie ihm nach.

An der erschütterten Mimik ihrer Vorgänger erkannte Kadlin, dass in der Abzweigung der Varp liegen musste. Bedacht setzte sie ihre Sohle auf den schlammigen Boden auf, spürte das Knirschen der Steine und das Schmatzen des Morastes unter ihren Füßen, was sich in ihren Ohren betäubend laut anhörte. Angsterfüllt hielt die Smar den Atem an und obwohl sie das Ungetüm eigentlich gar nicht sehen wollte, versuchte sie in der Dunkelheit etwas zu entdecken.

Tatsächlich lag in der angrenzenden Höhle ein gigantischer, fleischfarbener Koloss. Er wirkte wie ein monströs fetter Wurm mit zwei kleinen Hinterfüßen und zwei riesigen Vorderschaufeln, die mit messerscharfen Spitzen gespickt waren. Wie Bram erklärt hatte, waren weder Augen noch Ohren vorhanden, dafür aber zwei riesige dunkel verfärbte Zähne, die unterhalb einer Schnauze mit langen Barthaaren hervorragten. Ansonsten war der Varp allerdings vollkommen haarlos. Seine schuppige Haut, die von Flecken, Falten und Blessuren übersät war, bereitete Kadlin Übelkeit.

Lijufe, die ihr hinterherschlich, schnappte nach Luft, als sie der Kreatur ansichtig wurde. Mit trockenem Mund spürte Kadlin, wie ihre Freundin nach ihrer Hand tastete und, als sie diese fand, fest drückte und nicht mehr losließ. An die Wand gepresst, schoben sich die zwei Smar an dem Varp vorbei und atmeten erst wieder frei, als sie bei Bram ankamen. Kadlin bemerkte gar nicht, wie dicht sie sich an den Krieger schmiegte. Die unsägliche Furcht stand den jungen Frauen noch immer in die Gesichter geschrieben.

Kaum waren Sloden und Atla bei ihnen angekommen, fingen diese aufgeregt zu flüstern an.

»Boah, so was Hässliches hab ich ja noch nie gesehen.«

»Voll grün, Mann!«

Und dann war ein fremdartiges Schnaufen zu hören, das alle erstarren ließ, selbst Dagur. Brams Augen schienen vor Wut aus dem Kopf zu quellen und als sein Blick wieder auf den Weg zurück fiel, hob sich seine mächtige Brust. Aus vollem Halse schrie der Krieger, dass Kadlin das Blut in den Adern gefror: »Laaauuuft! Laaauuuft!«

Zeitgleich schnappte Bram Kadlins Hand und zog sie mit sich, die dadurch von ihrer Freundin losgerissen wurde. Dagur zerrte Lijufe hastig in eine andere Richtung.

»Wir trennen uns. Jede Gruppe nimmt einen anderen Gang!«, brüllte Bram und so stoben die übrigen Jungs den dritten Weg entlang.

Gemeinsam mit Bram stürmte Kadlin in den zweiten der abgehenden Gänge. Panisch schaute sie zurück und konnte sehen, wie der fette Varp nach vorne sprang und sein ganzer Leib dabei wackelte. Auf diese Weise ließ das Ungetüm ein ganzes Wegstück hinter sich. Das Aufschlagen seines gigantischen Köpers ließ die Erde unter ihren Füßen beben und Gesteinsbrocken von der Decke regnen. Mit ihrem Schwertarm versuchte Kadlin ihren Kopf vor den herunterstürzenden Steinen zu schützen.

»Schneller, Kat!«, verlangte Bram und hechtete mit ihr in die nie endende Finsternis der Höhle.

Ein erneutes Zittern des Bodens, das viel stärker war als das vorige, sagte Kadlin, dass der Varp ihnen dichter auf den Fersen war als zuvor und somit ihren Weg gewählt haben musste.

Trotz ihres Seitenstechens sprintete die Smar um ihr Leben und rang hechelnd nach Atem. Sie bemerkte, wie Bram sich erneut umsah. Für einen Augenblick huschte Unsicherheit über seine schönen Gesichtszüge, was Hysterie in Kadlin auslöste. Das grunzende Schnauben des Varps kam näher und näher.

Und auf einmal traten sie in ein Nichts. Der Boden war für einen Wimpernschlag weg. Es ging so schnell, dass Kadlin nicht mal kreischen konnte. Unsanft landeten sie in einer Grube, die zu ihrem Glück nicht besonders tief war. Dennoch presste der Sturz ihnen die Luft aus den Lungen. Ehe Kadlin begriff, was passierte, rollte Bram sich über sie. Im selben Moment gab es einen markerschütternden Rums, alles um Kadlin herum vibrierte und eine Druckwelle überrollte sie, die sie in den Ohren schmerzte. Die Funzelsteine schafften es fast nicht, die vollkommene Schwärze zu durchdringen, die nun herrschte. Dumpf hörte Kadlin Bram an ihrem pochenden Ohr flüstern: »Still! Über uns.«

Da kapierte Kadlin, dass der Varp wieder gesprungen und mit seinem massigen Körper direkt auf der Grube gelandet war. Er hatte ihre Spur verloren und konnte sie hier weder riechen noch hören. Die Grube war nicht ihr Untergang, sondern ihre Rettung.

Regungslos verharrten die beiden aufeinanderliegend. Brams Atem wärmte ihre Wange und sie sog lautlos seinen betörenden Duft nach herben Kräutern ein. Entzückt spürte sie die Schwere seines Körpers, seine Brust auf ihrer, seinen Bauch an ihrem und seine strammen Schenkel zwischen ihren Beinen. Verwirrt nahm die Smar wahr, dass sich da etwas immer stärker gegen ihren Oberschenkel drückte. Lijufe und sie hatten schon manches Gespräch von frisch vermählten Ehefrauen belauscht und wussten, dass mit dem Geschlecht eines Mannes etwas passierte, wenn er mit einer Frau zusammen sein wollte. Während Kadlin rätselte, ob gerade dies bei Bram geschah und ob das Etwas womöglich sein Glied sein konnte, durchflutete ihren Schoß eine flammende Hitze. Ihre Atmung wurde bei den erotischen Gedanken noch flacher, als sie sowieso schon war. Die Bewegungslosigkeit wurde zur süßen Pein und unbewusst entfloh ihr ein tonloses Seufzen.

Irgendwann erhob sich der Varp von der Grube und setzte die Suche nach seiner Beute fort.

Bram löste sich jedoch nicht gleich von Kadlin. Erst als er sicher war, dass das Tier weit genug entfernt war, stützte er sich auf die Hände und musterte im schwachen Licht der Funzelsteine ihr Gesicht, das ganz dicht vor seinem war. Ihre Nasenspitzen berührten sich beinahe.

»Bist du verletzt?«, raunte der blonde Krieger und nahm zögernd den Blick von ihren Lippen.

Die Häuptlingstochter brauchte eine kleine Ewigkeit, bis sie verstand, was Bram sagte. Ihre Sinne hatten sich total darauf versteift, endlich von seinen Lippen kosten zu dürfen, so dass sie gar nicht in der Lage waren zu verstehen, dass es nicht zu einem Kuss kommen würde.

»Was?«, hauchte Kadlin völlig durch den Wind.

Brams Mundwinkel zuckten, als er seine Frage wiederholte. »Hast du eine Verletzung?«

»Nein«, wisperte Kadlin.

Mit einem tiefen Atemzug schob sich Bram von ihr herunter und streifte mit seinem Mund dabei ihre Wange.

Kadlin schloss unter Herzrasen ihre Augen. Bei Firus, sie waren gerade dem Tod entkommen und sie malte sich aus, wie sie über den Unaru kroch und ihn um den Verstand küsste. Nein, sie würde sich jetzt nicht vorstellen, wie sie ihm die Kleider von seinem muskelbepackten Leib schälen würde ... Stopp! Wo kam dieser Gedanke her?

Bram erhob sich. In einer verzweifelnden Geste fuhr er über sein Gesicht, bückte sich nach seinem Schwert, das am Boden lag, und kletterte anschließend behände aus der Grube. Er reichte Kadlin die Hand, die sie schweigend ergriff. Die Smar mied jeglichen Augenkontakt mit dem Krieger, denn sie befürchtete, er würde ihr das Begehren ansehen, das in ihr toste.

* * *

Was Kadlin nicht ahnte, war, dass Bram ebenso um seine Beherrschung kämpfte. Nur mit größter Mühe hatte er sich davon abhalten können, die Lippen zu küssen, die ihn jeden Tag weiter in den Wahnsinn trieben. Sein eigener Körper hatte ihn schmählich verraten, als er auf Kat gelegen hatte. Der miese Sack hatte aufs Geratewohl beschlossen Kat erregend zu finden, ihn einfach hart werden zu lassen, zum Firus nochmal! Auch diese unscheinbare, kaum wahrnehmbare Berührung der Wange war eine hinterhältige Tat seines Fleisches gewesen, was er gar nicht tun wollte. Nein! Er wollte Kat nicht auf die Wange küssen, er hatte sich doch nur schützend über ihn geworfen, um ihn vor dem Varp zu bewahren. Niemals war dies, was da passiert war, seine Absicht gewesen.

Bram schämte sich, so willenlos zu sein, und schwor, alles daranzusetzen, um dies nicht noch einmal geschehen zu lassen, selbst wenn es Kat gefallen hatte. Dieses verträumte Blinzeln und Stammeln, als er ihn nach einer Verletzung gefragt hatte, kannte er zur Genüge von Dagurs willigen Bewunderinnen.

Jeder von ihnen versank in seinen Gedanken und Vorsätzen. Schweigend pirschten die zwei durch die dunklen Gänge und erreichten nach gefühlten Stunden einen Ausgang, der ihnen wie eine Erlösung erschien.

Kapitel 18
Früchte und Visionen

»Er lag auf dir drauf? Hab ich das gerade richtig verstanden?«, fragte Lijufe mit ungläubiger Miene. Die braunhaarige Smar lag auf ihren Decken und lauschte den abenteuerlichen Erzählungen ihrer Freundin.

»Psst!«, zischte Kadlin warnend. »Nicht so laut.«

Lijufes Lippen verzogen sich zu einem schmalen Strich. »Wir sind allein, die anderen Zelte sind ein gutes Stück weg. Niemand kann uns belauschen, außer unsere Jungs sind mit dem Lömsk schon fertig.«

Kadlin schmunzelte, denn sie konnte sich denken, was in ihrer Freundin vorging: Zu gerne wäre sie bei Dagur.

Nachdem mittags alle Mann heil dem unterirdischen Varp-Garten entkommen waren und sich wieder bei den Optera getroffen hatten, wollte Bram den Jungs eine Freude machen und versprach ihnen, ein Lömsk abzuhalten.

Die Smar-Mädchen wussten nicht, was an einer Steingrube in einem Zelt eine Belohnung sein sollte, weswegen sich ihre Begeisterung in Grenzen gehalten hatte. Sie konnten sich gut an das dunkle Lömsk-Zelt der Smar am See erinnern, das mit der luftdichten Abdeckung nicht gerade einladend gewirkt hatte.

Bram erklärte ihnen, was es mit alldem auf sich hatte. Ein Lömsk-Zelt stehe immer an einem Gewässer und die Krieger würden zu Beginn vor der Hütte einen Stapel errichten, der aus Brennholz und Steinen bestünde. Man setze das Holz in Brand, was zum Erhitzen der Steine führe, was allerdings mehrere Stunden brauche. Erst wenn die Steine glühten, bringe man sie zur Grube in das Zelt, wo sich dann auch die Krieger zu einem Ritus versammeln würden. Unbekleidet würden sie um die heißen Steine Platz nehmen, diese mit Kräutern bestreuen und danach mit Wasser begießen. Der heiße Dampf würde alle Mann zum Schwitzen bringen. Bei diesem ersten Aufguss würden sie den heiligen Monden danken, für alles, was diese ihnen bescherten. Darauf folge ein zweiter Aufguss, bei dem die Krieger um etwas bitten durften. Beim dritten und letzten Aufguss leiste man den Monden ein Versprechen, etwas zu geben. Danach ginge man ins Wasser, um sich abzukühlen, und bei Bedarf könne man das Ritual nochmals wiederholen. Diese Sitte sei seit jeher Tradition bei den Clans, sie diene zur Reinigung des Körpers, des Geistes und der Seele. Lediglich den Männern sei das Lömsk vorbehalten, dem eine besondere Stellung bei Stammesverhandlungen zukäme, denn die Krieger entblößten sich nicht nur körperlich, sondern auch seelisch. Auf diesem Wege geben sie Schwächen und Wünsche preis, die eine vertrauensvolle Verbindung stärken sollen.

Alle Jungs hatten schon ein Lömsk mit ihren Vätern abgehalten und stimmten Brams Vorschlag enthusiastisch zu.

Nur Kadlin wiegelte gleich ab, dass sie sich nie und nimmer nackt in ein Zelt setzen würde und sie dies sofort vergessen könnten.

Kori und Atla wollten die beiden Smar überreden, an dem Lömsk teilzunehmen. Mar war der Einzige, der die Abneigung der Mädchen gegen das Ritual verteidigte.

Dagur wollte ebenfalls wissen, wo das Problem liege, woraufhin Bram jedoch meinte, dass sie keinen zu einem Lömsk zwängen und sie mit ihnen am nächsten Tag dafür ein Berusat abhalten könnten, bei dem man die Kleider anbehalte.

Leider hatten weder Lijufe noch Kadlin eine Ahnung, wie ein Berusat vonstattenging. Aber um nicht noch unmännlicher zu wirken, hielten sie sich mit neugierigen Fragen zurück und sagten Bram blindlings zu.

So kam es, dass die Krieger nach ihrer Rückkehr ins Lager mit den Jungs an den Fluss, zum Lömsk-Zelt, tigerten und die zwei Mädchen am Lagerplatz zurückblieben. Die Gelegenheit beim Schopfe packend, hatten die Smar am Fluss nach einem verschwiegenen Eckchen gesucht, wo sie sich in Ruhe den Dreck von ihrem nervenaufreibenden Abenteuer abwaschen konnten.

Wesentlich sauberer als zuvor, hatten sie auf dem Heimweg noch ein paar Tjör-Birnen gepflückt und es sich mit der Verpflegung in ihrem Zelt gemütlich gemacht, wo sie nun ganz in Ruhe miteinander reden konnten.

»Ich weiß, dass du am liebsten mit Dagur gegangen wärst. Allerdings hätte es etwas seltsam ausgesehen, wenn du, als

Einzige, vollständig angezogen, den nackten Krieger vor lauter Wollust von oben bis unten vollgesabbert hättest«, sprach Kadlin und biss herzhaft in eine Birne, deren süßer Saft ihr übers Kinn lief. Hastig wischte sie sich mit dem Handrücken über den Mund.

»Entschuldige mal, ja, nicht jede hat das Glück, dass sich ihr Traummann auf sie wirft, um sie vor einem Ungeheuer zu retten«, motzte Lijufe und rieb eine Frucht an ihrer Decke sauber. »Gönn mir wenigstens ein bisschen Wollust und erzähl mir, wie es war, als Bram dich mit seinem anbetungswürdigen Körper bedrängt hat.«

Kadlin verschluckte sich und hüstelte: »Erdrückend?«

»Mmmh«, schnurrte Lijufe angetan. »Und weiter?«

Die Häuptlingstochter überlegte. »Der Kerl ist ganz schön schwer und hart wie Stein.«

Die braunhaarige Smar stöhnte absichtlich laut und lüstern. »Oooooh! Weiter!«

Kadlin lächelte verschämt. »Na ja, also meinst du, es könnte sein, dass er mich anziehend findet? Weil ich an meinem Bein fühlte, wie da etwas größer wurde ...«

Erschrocken setzte sich Lijufe auf und langsam begann sie zu strahlen. »Du meinst, sein Dingeling ...?«

Stumm und rosawangig nickte Kadlin.

»Hat er dich etwa geküsst?« Lijufes Augen weiteten sich.

»Nein, aber ich glaube beinahe, er wollte es. Als er sich von mir löste, streifte sein Mund mein Gesicht. Ich vermute allerdings, dass das unabsichtlich passiert ist.«

Lijufe schüttelte allmählich den Kopf. »Nein, auf keinen

Fall, wenn sich da vorher schon was bei ihm in Stellung gebracht hat, war das mit Sicherheit kein Versehen.«

Wie konnte das sein? Fand Bram sie wirklich anziehend oder hatte sie sich das nur eingebildet? Selbst jetzt, wenn sie nur mit Lijufe über die Möglichkeit redete, pochte ihr Herz wie verrückt. Himmel, wie sollte sie reagieren, wenn es zu einem Kuss kommen sollte? Nein, sie durfte es niemals so weit kommen lassen, auch wenn sie über beide Ohren in ihn verliebt war. Es würde gewiss nicht einfach werden, ihm zu widerstehen. Ob sie es könnte? Nein, sie musste jegliche Gedanken, die bloß im Entferntesten mit Bram, Lippen oder Dingeling zusammenhingen, verdrängen.

Sofort begann Kadlin, ihren Vorsatz in die Tat umzusetzen. »Was ist mit euch passiert, als der Varp kam?«

»Dagur schleifte mich stundenlang durch die Gänge«, murrte Lijufe sichtlich enttäuscht. »Ohne einen einzigen Kuss. Irgendwann sagte er dann ›Bruder, du kannst meine Hand jetzt loslassen, der Varp kommt nicht mehr‹.«

Kadlin tat es weh, ihre Freundin betrübt zu sehen. »Es tut mir leid. Vielleicht kannst du, wenn das alles ausgestanden und Gras über die Sache mit Hadd gewachsen ist, mit Dagur reden?«

Lijufes Augen wurden feucht und deprimiert legte sie sich auf die Decke zurück. »Nein. Er glaubt, eine Ehe zwischen der Smar vom Fastmö und ihm wäre letztendlich zum Scheitern verurteilt. Er hat Recht, Kadlin, solange unsere Familien sich gegenseitig töten, werde ich nie Dagurs Frau sein können.

Jeder Tropfen Blut, den er von einer Schlacht auf seinen Kleidern mit heimbringen würde, egal ob von ihm oder einem Smar, würde unsere Ehe belasten.«

Müde und traurig begab sich auch Kadlin zur Ruhe. Lijufes und ihr Wunsch nach Frieden und einer Zukunft mit den Unaru-Kriegern schien der Häuptlingstochter unerreichbar, unerfüllbar. Trostlosigkeit umfing sie, die sie nicht abschütteln konnte, und zum ersten Mal verspürte sie Heimweh. Ihre Angst vor Hadd, die ständige Furcht vor einer Entdeckung, all die neuen Anforderungen und Gefahren, die Tag für Tag auf sie einstürmten, und auch ihre unerwartet heftigen Gefühle für Bram hatten ihr keine Zeit gelassen, an ihre Familie zu denken. Doch nun, wo sie in sich gehen konnte und Zeit fand, über alles nachzudenken, bahnten sich die längst fälligen Tränen unaufhörlich einen Weg.

Sie vermisste ihre Mutter, aber vor allem Ragnar, ihren Bruder. Selbst ihr Vater, den sie im Geiste immer noch mit Zornesröte im Gesicht vor sich stehen sah, fehlte ihr. Ob sie sie wohl suchten? Was würde ihr Vater über sie denken? War die Flucht die richtige Entscheidung gewesen oder hätte sie nochmals versuchen sollen, mit ihm zu reden?

Zaghaft zog Kadlin sich die Decke über den Kopf und schluchzte lautlos.

* * *

Der Morgen kam und mit ihm ein kräfteraubender Tag im Trainings-Parcours. Als die Mädchen sich gegen Abend wieder am Lagerfeuer eingefunden und gegessen hatten, traten Dagur und Bram zu ihnen.

Der blonde Krieger lächelte sie stolz an. »Ihr werdet immer besser, Jungs. Macht weiter so!«

Lijufe grinste schelmisch zu Kadlin hinüber, die sich unschlüssig auf die Lippen biss, was Bram sogleich bemerkte. Seine Brauen schoben sich grübelnd zusammen.

Die Geste erinnerte ihn an jemanden, aber an wen?

Während Bram überlegte, weshalb ihm dieser Anblick, der in ihm ein seltsames Gefühl auslöste, so bekannt vorkam, fragte Dagur die Otulps: »Was sagt ihr, wollt ihr heute das Berusat abhalten?«

»Keine Ahnung, wollen wir?« Fragend blickte Lijufe zu Kadlin, die bloß mit den Schultern zuckte.

An den ahnungslosen Gesichtern konnte der Häuptlingssohn erkennen, dass die Jungs keinen Schimmer hatten, was ein Berusat war, was ihn wiederum nicht überraschte. Denn wenn ihnen das Lömsk unbekannt war, so war es nur logisch, dass sie auch das Berusat nicht kannten. Wie sollten sie es auch kennen, wenn es keinen Vater gab, der es ihnen zeigte? Genau darum wollte Bram mit ihnen ein Berusat abhalten.

Warum er sie gerne beim Lömsk dabeigehabt hätte, lag jedoch noch in einer anderen Überlegung Brams begründet, die vollkommen eigennützig war. Bram hatte nämlich gehofft, dass er seinen Drang, Kat zu küssen, den er bisher nur bei Frauen hatte, in den Griff bekommen könnte, wenn er den Jungen beim Lömsk als das sah, was er war: als unbekleideten Mann.

Bram grinste. »So, wie ihr aus euren Tuniken schaut, wart ihr noch nie bei einem Berusat dabei, oder?«

»Nein, noch nie«, gab Kadlin nervös zu, denn sie hatte Bedenken, ob das, was sie nun tun sollten, vielleicht ihre Verkleidung auffliegen lassen würde.

»Kat, schau nicht so ängstlich, es ist nichts Schlimmes. Ein Berusat wird abends abgehalten, in einem Zelt. Jeder Krieger isst von den Traumfrüchten und dazu gibt es Rindenwein. Die Früchte öffnen den Geist und befreien die Sinne. Wenn die Monde es gut mit dir meinen, siehst du in dieser Nacht Visionen der Zukunft.«

Mit offenem Mund starrte Kadlin ihn an und konnte nicht glauben, was er da erzählte.

Lijufe prustete: »Ha, Freunde, wo wir herkommen, nennt man das ›sich besinnungslos volllaufen lassen‹.«

Dagurs tiefes Lachen hallte durch das Lager und Bram lachte ebenfalls herzlich über Lijufes Bemerkung.

»Nein, Bruder. Das ist kein Gelage … Schon irgendwie, aber … anders, verstehst du?«, versuchte Dagur, den Berusat zu verteidigen.

Kadlin grunzte herablassend: »Sicher.«

Die Krieger gaben sich die Kante und nannten das Ganze geheimnisvoll Berusat, damit ihre Frauen nicht ahnten, was da vor sich ging. Jetzt wurde ihr so einiges klar, auch warum Ragnar und Eyvind so begeistert davon waren.

Bram wunderte sich über die Reaktion der zwei Otulps. Gewöhnlich waren die jungen Männer immer vollauf begeistert von der Gelegenheit, Rindenwein zu trinken und von den

Rauschfrüchten essen zu dürfen. Denn der Ritus war bloß Erwachsenen gestattet. Das Gebaren der kleinen Otulps passte eher zu Frauen als zu heranwachsenden Kriegern, was wieder mal bestätigte, dass sie nur weiblichen Einfluss zu spüren bekommen hatten.

»Nein, es ist ein Ritual zu Ehren der heiligen Monde, das die Brüderlichkeit unter den Kriegern fördert.«

Lijufe warf Kadlin einen vieldeutigen Blick zu und betonte jedes einzelne ihrer Worte: »Also, wenn das so ist, müssen wir das natürlich machen, gar keine Frage. Das wird voll haarig.«

»Ja, voll grün, Bruder«, zog die Häuptlingstochter ihrer Freundin nach, weil sie deren Wink verstanden hatte, denn sicher würden Jungs mit ihren Kumpels gerne eine Nacht durchzechen wollen.

»Gut, dann schnappt eure Decken. Wir treffen uns beim Lömsk-Zelt flussaufwärts. Dagur und ich holen die Traumfrüchte und besorgen den Rindenwein«, nickte Bram.

Der bärtige Unaru grinste mit gerunzelter Stirn. »Das wird euch gefallen, Jungs, da gehe ich jede Wette ein.«

»Ja, das glaub ich auch«, pflichtete Kadlin bei, was von vorne bis hinten glatt gelogen war.

Die braunhaarige Smar lächelte gezwungen. »Bestimmt.«

Kaum waren die Krieger weg, blickten sich die Mädchen entgeistert an.

»Heiliger Hychnamist, was wird das werden?«, flüsterte Lijufe.

Besorgt erhob sich Kadlin und wisperte: »Lass uns diese Nacht überstehen und hoffen, dass es gut ausgehen wird.«

Mit einer ungaten Vorahnung holten die Mädchen ihre Decken aus dem Zelt und liefen, wie ihnen geheißen, am Fluss entlang zum Lömsk-Zelt.

Dagur und Bram tauchten kurz nach ihnen auf. Als Kadlin den blonden Unaru auf sich zukommen sah, setzte ihr Atem aus. Groß und breitschultrig schlenderte der bildschöne Krieger lässig neben seinem Freund daher. Mit seinem eindrucksvollen Lächeln blickte er der untergehenden Sonne entgegen, die sein helles Haar zum Leuchten brachte.

Bei Sari, wie sollte sie seiner Anziehung widerstehen? Genauso gut könnte sie versuchen, zu Firus zu fliegen. Ihr Instinkt warnte sie, aber ihre Neugier war stärker. Sie wollte wissen, was an diesem Berusat so besonders war, ob sie wirklich Visionen von der Zukunft hatte. Aber wenn sie ehrlich war, wollte sie bei Bram bleiben und seine Nähe auskosten, die ihr sowohl Schwindel als auch Magensurren bescherte – Symptome, die darauf hinwiesen, dass sie krank vor Liebe sein musste.

Mit einem fröhlichen Grinsen begrüßten die Männer die Mädchen. Dagur legte jeder der Smar eine Hand auf das Schulterblatt und führte sie ins Zelt. Lijufe nutzte sofort die Gunst des Augenblicks und brachte es fertig, ihren Körper ungewöhnlich dicht an den des Riesen heranzubringen.

»So, dann lasst uns mit dem Berusat beginnen und schauen, was uns die Monde für Träume schenken.«

* * *

Mmh, wie sehr sie diesen herben Geruch liebte. Wie gut Bram sich anfühlte, so richtig, so ...?

Mit einem Schlag riss Kadlin ihre Lider auf und war wach. Der Zelteingang war offen und der Wind blies sanft die frühen Morgenstrahlen der Sonne herein.

Die junge Smar blieb erstarrt liegen, denn das, was sie sah, war verdammt schön und erschreckend zugleich: goldfarbene Haut, auf der sich blonde Härchen ringelten. Den seltsam bitteren Geschmack in ihrem Mund nahm sie gar nicht wahr.

Himmel, was hatte sie getan? Sie schmiegte sich an Brams gewaltige Brust, die verboten gut roch und mit ihren stark ausgeprägten Muskeln nicht nur fantastisch aussah, sondern sich auch so anfühlte. Ihre rechte Hand ruhte auf seinem gebräunten Oberkörper und sein rechter Arme umschlang sie, presste sie an seine Seite.

»O nein!«, heulte sie lautlos.

Ein heißes Kribbeln sprudelte überall an ihrer Haut auf, wo sie Bram spüren konnte. Von ihrem Gesicht, über die Brust, an ihrem Bauch entlang, hinunter an den Beinen, bis zu ihren Zehen klebte sie förmlich an dem herrlichen Krieger. Es war atemberaubend. Und dann durchfuhr Kadlin der Schock. Entsetzt spähte sie unter die Decke, die sie beide bedeckte, um sie sofort wieder sinken zu lassen. Das aufgeregte Quieken, das in ihrem Hals aufstieg, konnte sie im letzten Moment unterdrücken.

Sie war nackt! Und Bram auch!

»O Mist!«

Andächtig und doch voller Panik, dass der Häuptlingssohn

aufwachen könnte, betrachtete sie seine Züge, die ihr an diesem Morgen noch betörender erschienen als sonst.

Seine Lippen wirkten leicht geschwollen, was womöglich ... Ja genau, von einer wilden Knutschorgie stammen könnte. Wie oft hatte sie Ragnar geärgert, wenn er mit drallem Mund von einem Stelldichein nach Hause geschlichen kam? Apropos Orgie, wo waren eigentlich Lijufe und Dagur abgeblieben? Überhaupt, sie erinnerte sich an nichts mehr, außer an ...

»Mist!«

Brams weiche Lippen, sein Lachen, seine Hände, die unglaublich zärtlich streicheln konnten, und seine Augen, die vor Leidenschaft leuchteten. O Sari, hatte sie sich ihm wirklich hingegeben? Ihre Jungfräulichkeit im Suff verschenkt? Nein, nur das nicht.

»Mist!«, fluchte sie noch einmal. Sie musste sofort weg von hier.

Vorsichtig schälte sie sich aus Brams Umarmung. Sein leichtes Stöhnen ließ sie augenblicklich still verharren. Er zog sie an sich, legte ein Bein über ihre Hüfte und sog leicht knurrend ihren Duft ein.

»Nicht, bleib«, murmelte er an ihrer Stirn, was Kadlin in einen Strudel aus Verlangen und Hysterie stürzte.

Sie wartete angespannt, bis Brams Atmung wieder gleichmäßig war, und versuchte erneut, sich mit größter Umsicht aus seinen Armen zu befreien. Endlich gelang es ihr, das Lager zu verlassen, ohne Bram zu wecken, der sich auf den Bauch gedreht hatte. In aller Pracht präsentierte er Kadlin seine bloße Rückseite, was sie ganz wuschig machte.

»Mist!«, jammerte die Smar entzückt über die Aussichten.

Sich selbst zur Ordnung rufend, schüttelte sie den Kopf, um sich von den lüsternen Gedanken zu befreien. Schnell suchte sie ihre Kleider in dem Zelt zusammen. Lijufe musste ebenfalls nackt sein, denn auch ihre Brustbinde und Tunika lagen, samt Hose, auf dem Boden.

»Mist!«

Hektisch schlüpfte Kadlin in ihre Kleidung. Sie beschloss, die Brustbinden nicht anzulegen, denn es würde zu viel Zeit kosten, weswegen sie sie einfach in die Hand nahm. Später, in ihrem Zelt, könnte sie diese immer noch umbinden, sagte sie sich.

Mit Lijufes Klamotten und den beiden Brustbinden schlich die Häuptlingstochter aus dem Zelt und fand Dagur mit ihrer Freundin am Flussufer vor.

Auch Lijufe lag lediglich mit der Decke bekleidet in den Armen des Unaru. Sanft tippte Kadlin gegen die Hand ihrer Freundin, worauf diese verärgert nuschelte: »Och, nee. Nur noch paar Minuten.«

Entweder hatte Dagur einen überaus gesegneten Schlaf und bekam von Lijufes Gemurmel nichts mit, oder er hatte so viel von dem Rindenwein und den Rauschfrüchten verzehrt, dass er schier bewusstlos war.

Eindringlich wisperte Kadlin in das Ohr ihrer Freundin: »Lijufe, sei bitte ganz leise und beweg dich nicht!«

Diese Worte alarmierten die Smar und die gewünschte Wirkung trat prompt ein: Erschrocken öffnete sie ihre Augen.

»Was?!«, flüsterte sie ängstlich.

Lijufe lag mit ihrem Rücken zu Dagur, der sie an seine Brust gedrückt und seine Arme um sie geschlossen hatte, die direkt unter ihrer Nase lagen. Vielsagend wanderte Kadlins Blick auf Dagurs behaarte Unterarme. Und langsam öffnete sich Lijufes Mund zu einem erstaunten ›O‹. Die braunhaarige Smar schien zu begreifen, wie und mit wem sie da lag. Es war ein schwacher Trost für die Häuptlingstochter, dass es ihrer Freundin ebenso ergangen war wie ihr.

»Jetzt vorsichtig und schnell! Zieh dich an, bevor einer von den Kriegern aufwacht!«, befahl Kadlin, die am liebsten Dagur zur Seite geschubst hätte, damit sie mit Lijufe gleich verschwinden konnte.

* * *

›O doch, meine Liebe!‹, dachte Bram, als er spürte, wie die kleine Kat aufwachte und er sie »O nein!« flüstern hörte.

Ja, diese kleine miese Betrügerin würde noch ihr blaues Wunder erleben für all das, was sie ihm angetan hatte. Wochenlang hatte er die Hölle durchlebt, geglaubt, den Verstand zu verlieren. Und das nur, weil er sich zu einem Jungen hingezogen gefühlt hatte – bis er heute im Morgengrauen erwacht war und ihre Brüste an seinem Körper gefühlt hatte. Seine Verwirrung darüber war grenzenlos gewesen, genau wie seine Erleichterung, dass er eben nicht am Durchdrehen war. Sein Körper hatte die ganze Zeit über geahnt, eher als sein Verstand, dass Kat kein Er, sondern eine Sie war. Bei

Sari, er war so dämlich gewesen! Wie hatte er all die Anzeichen, die doch offensichtlich waren, übersehen können? Dieser bezaubernde Mund, diese langen schwarzen Wimpern und – oh – erst dieser entzückende Hintern, den sie ihm so oft vor die Nase gehalten hatte, waren alles weibliche Attribute gewesen, die ihn jedoch nur verwirrt hatten. Aber hatte er nicht selbst zu Ivar gesagt, dass bloß ein Weib einen Krieger verwirren konnte? Er sollte besser auf seine eigenen Weisheiten hören. Zu allem Übel war er sich außerdem fast sicher, dass Kat nicht nur Ähnlichkeit mit der Smar vom Fastmö hatte, sondern dass sie ebendiese Smar *war*. Und wenn das stimmte, war Lu die Smar, die Dagur die nackte Brust getrocknet hatte. Sie war die Smar, nach der sich sein Freund sehnte. Je mehr er über Lus Verhalten nachdachte, desto sicherer war er sich. Allein schon, wie diese sich beim Abflug vom Sonnenfest an Dagur geschmiegt hatte, war Beweis genug.

Bram stellte sich weiter schlafend und lauschte vergnügt, wie Kat leise vor sich hin fluchte, als sie unter die Decke schaute.

Ja, gut erkannt: Sie waren beide nackt. Und er für seinen Teil fand es herrlich, es fühlte sich unglaublich an. Die Kleine schien dermaßen außer sich zu sein, dass sie nicht mal mitbekam, dass sie vor sich hin murmelte.

Als die Smar sich von dem Unaru lösen wollte, zog er sie ein letztes Mal an sich, denn ihr verführerischer Körper war eine Quelle der Wonne, die er am liebsten weiter betrachtet und erkundet hätte.

»Nicht, bleib«, raunte er gespielt schlaftrunken und legte frech sein Bein über ihre Hüfte, um sie an Ort und Stelle zu halten.

Da der Krieger es dem Mädchen mit gleicher Münze heimzahlen wollte, musste er sie aber nach einer Weile unverrichteter Dinge ziehen lassen. Absichtlich rollte sich der Unaru auf den Bauch, um die Smar aus den halbgeschlossenen Augen unbemerkt beobachten zu können. Dass die Decke dabei verrutscht war und nicht viel seines Körpers verbarg, war mehr oder weniger ein Versehen. Eher weniger, wenn er ehrlich war.

Im Sonnenlicht sah er die Schönheit des hüllenlosen Mädchens, dessen berauschender Anblick ihn für einen Moment das Hier und Jetzt vergessen ließ. Der volle Mund, von dem er nie genug bekommen würde, war prall und gerötet. Das hatte er in der vergangenen Nacht mit seinen Küssen angerichtet, was ihn innerlich grinsen ließ. Ihre kleinen, festen Brüste mit den rosa Knospen waren ein vollkommenes Geschenk der Monde. Die schmale Taille, die zierliche Hüfte, der schwarzgelockte Schoß und die wundervoll geformten Beine ließen ihn schwer schlucken. Still dazuliegen war schwieriger, als er gedacht hatte. Das Wissen, dass Kat eine wunderschöne Frau war, half ihm überhaupt nicht.

Mit tiefer Befriedigung bemerkte Bram, wie Kadlin sekundenlang seine Kehrseite fasziniert betrachtete, kurz den Kopf schüttelte und weiter ihre Kleider suchte. Bedauernd sah er ihr heimlich beim Ankleiden zu.

Nein, er hatte kein schlechtes Gewissen, denn sie hatte

auch keins gehabt, ihn in den Wahnsinn zu treiben. Aber nun würde er den Spieß umdrehen. Mal schauen, wie die Smar es fand, wenn man vor lauter Verlangen nicht mehr aus noch ein wusste.

Kapitel 19

Wollschweine und Drachen

Lijufe und Kadlin hetzten in ihr Zelt. Kadlins Puls wollte sich gar nicht beruhigen, denn sie konnte nicht glauben, was sie letzte Nacht getan haben mussten – und dass sie das Glück gehabt hatten, vor den Kriegern aufzuwachen.

Während sie die Brustbinden anlegte, spürte sie, wie ihre Wangen anfingen zu glühen, als sie sich die wundervoll unschicklichen Bruchteile ihrer Erinnerung von letzter Nacht ins Gedächtnis rief. Verstohlen äugte die Häuptlingstochter zu ihrer Freundin, die stumm neben ihr mit den Stoffstücken hantierte.

»Weißt du, was gestern Nacht geschehen ist?«, fragte Kadlin.

Lijufe sah an diesem Morgen bezaubernd aus, denn ihre Augen funkelten wie blanke Sterne und ihre Lippen leuchteten in einem tiefen Rot.

»Nur, dass wir von diesen Traum-Früchten gegessen haben, die wir mit Wein runterspülen mussten, weil sie einen eklig bitteren Geschmack hatten. Dann verliert sich meine Erinnerung in ... einem Nebel ...« Ein heiteres Grinsen machte sich auf Lijufes Gesicht breit. »... mit einem nackten Dagur. Himmel, dieser Mann ist göttlich«, seufzte die Smar selig.

Kadlin war es peinlich, aber vielleicht würde die Last des schlechten Gewissens leichter zu tragen sein, wenn sie wüsste, dass sie nicht alleine einen dummen Fehler begangen hatte.

»Hast du mit ihm...? Also, habt ihr miteinander ... geschlafen?«

Lijufes Augenbrauen näherten sich ihrem Haaransatz. Ihre Antwort war aber nicht jene, die Kadlin sich wünschte.

»Verdammt, das hoffe ich doch – auch wenn ich mich nicht mehr daran erinnern kann«, gab die Smar zerknirscht zu.

»Was?! Bist du irre? Kein Mann wird uns in beflecktem Zustand wollen.«

Damit war das laut ausgesprochen, wovor sich die Häuptlingstochter fürchtete, denn die Jungfräulichkeit war neben ihrer Stammeszugehörigkeit das höchste Gut, das ein Mädchen zu bieten hatte. Da sie jedoch ihren Clan verlassen hatten, war ihnen nun anscheinend weder das eine noch das Andere davon geblieben, was ihre Zukunftsaussichten ziemlich mies aussehen ließen.

Lijufe hatte ihre Verkleidung wieder vollständig hergestellt und stützte kämpferisch die Hände auf ihre Hüften. »Doch, die zwei, die uns befleckt haben, werden uns nehmen müssen, ganz einfach.«

Kadlin schüttelte mit bebenden Nasenflügeln den Kopf. »Genau das ist das Problem. Wer sagt, dass sie uns wollen? Ich will nicht von Bram geheiratet werden, weil er muss, sondern weil er mich will.«

Lijufe blinzelte verdutzt. Kadlins Worte hatten die Fröhlichkeit aus ihrem Gesicht vertrieben, was diese ihre Aussage sofort bereuen ließ.

Geknickt hauchte Kadlin ihrer Freundin zu: »Tut mir leid, ich wollte dir diese Nacht nicht madig machen.«

»Nein. Es ist, wie du sagst.« Lijufe schloss kurz die Lider, atmete tief durch und lächelte gequält.

Gerührt zog Kadlin ihre Freundin in eine tröstende Umarmung und wiegte sie mit einem Flüstern. »Nein, bei euch ist es anders: Dagur hatte sich bereits auf dem Fastmö in dich verliebt. Er will dich, daran zweifle nicht einen Augenblick, hörst du?«

Schniefend nickte Lijufe und ihr Grinsen schien wieder eine Spur glücklicher, was auch Kadlin fröhlicher machte.

* * *

Bram war aufgestanden und war völlig in Gedanken, als er seine Hose vom Boden auflas. Was hatte die Mädchen zu dem blödsinnigen Einfall bewegt, sich als Jungs zu verkleiden? Und dann noch als Otulp, die kurz vor ihrem Rudam standen ... Verdammter Firus, waren sie womöglich Spitzel? Aber was sollten sie herausfinden? Es war kein Geheimnis, dass die Unaru ihre Knaben in einem Lager außerhalb des Dorfes auf den Rudam vorbereiteten, ihnen dort das Kämpfen beibrachten. Nein, angesichts ihres Versuches, Dagur und ihn auf dem Fastmö zu einer Werbung zu überreden, steckte da etwas anderes dahinter. Aber was? Ihm fiel nur eins ein: Die Smar wollten seinen Clan und ihn bloßstellen. Da es ihnen auf dem Fastmö nicht gelungen war, probierten sie es auf diese Weise. Zwei zierliche Mädchen, die das Trainingslager der Unaru-Krieger mit links absolvierten, gaben seinen Clan tatsächlich der Schande preis, denn sicher würden sie damit nicht hinter dem Berg halten. Die Unaru wären das Gespött der Stämme.

Nun gut, sie wollten wie Krieger behandelt werden? Bitte schön, das konnten sie haben! Bis auf eine Ausnahme: Die schwarzhaarige Smar würde zudem die gleichen Qualen des Verlangens durchstehen wie er. Ja, er gefiel ihr, was zwar ein Wunder war wegen seiner Narben, aber nichtsdestotrotz war es unübersehbar und das würde er genießen, worauf er sich jetzt schon freute.

Nachdem Bram seine Kleider angelegt hatte, verließ er mit festen Absichten das Lömsk-Zelt. Einige Schritte entfernt fand er Dagur schlafend auf einer Decke vor. Er weckte seinen Freund mit einem lauten »Guten Morgen, Bruder«.

Der Riese fuhr sich darauf mit beiden Händen durch die Haare und stöhnte jammernd auf: »Oh, Mann, mein Kopf. Ich glaube, ich habe zu viel von den verfluchten Früchten gegessen. Oder hast du auch so ein Schädelbrummen?«

Der Häuptlingssohn amüsierte sich: »Nein. Mir geht es blendend, besser als die Tage zuvor.«

Um ehrlich zu sein, ging es ihm so gut wie schon lange nicht mehr. Was an der reizenden Person lag, die nachts seinen Körper gewärmt und ihm diesen unvergesslichen Morgen geschenkt hatte. Eine unvergessliche Nacht allerdings, an die er sich beim besten Willen nicht entsinnen konnte. Hmm, sie war nackt, er war nackt – wie er sich kannte, war es mit Sicherheit eine fantastische Nacht gewesen, von der nur leider nicht das Geringste in seinem Kopf haften geblieben war. Was aber nicht hieß, dass man es nicht noch mal wiederholen könnte. Verdammt, wenn Kat nackt war, brachte sie ihn um den Verstand und es war ihm dermaßen egal, dass sie eine Smar war. Sollte er deswegen ein mieses Gefühl haben? Nein, er wollte sie ja nicht heiraten und sie hatte offenbar schon ihre Jungfräulichkeit verloren. Denn welche Jungfrau würde sich in ein Lager voller Krieger reinschmuggeln? Das erklärte möglicherweise ebenfalls, warum sie ihm auf dem Fastmö nicht ihren Namen nennen wollte. Vermutlich befürchtete sie, dass er schon von ihr oder ihrem gefallenen Ruf gehört hatte und sie vom Fastmö fliegen würde, an dem sie unerlaubt teilgenommen hatte. Für ihn spielte es keine Rolle, dass sie keine Jungfrau mehr war. Nein, nach vergangener Nacht war er sogar dankbar dafür.

Mit einem recht verknitterten Gesicht sah Dagur sich um. »Hey, wo sind Lu und Kat? Sind die zwei schon weg?«

Die Stirn des blonden Kriegers kräuselte sich, denn Dagurs Frage nach hatte dieser absolut keinen Schimmer von dem, was in den letzten Stunden passiert war. Bram schätzte sich glücklich, dass er zumindest im Morgengrauen seine Sinne wieder beisammengehabt hatte, um den schmächtigen Otulps auf die Schliche zu kommen.

»Sieht ganz danach aus. Fiel dir irgendwas ... auf ... an Lu?«, fragte Bram unschuldig.

Dagur stützte sich schlaftrunken auf die Ellbogen und

kratzte sich an der Schläfe. »Sollte mir etwas auffallen? Hab ich etwas übersehen?«

Unbekümmert schüttelte Bram den Kopf und klang ehrlich entrüstet. »Nein, nein, nein.«

Ha, er war doch nicht behämmert und würde sich den Spaß entgehen lassen. Es würde ausgesprochen interessant werden zu beobachten, wie lange sein Freund brauchte, um zu erkennen, wer oder was Lu wirklich war. Der Firus sollte ihn holen, wenn er die ganze Angelegenheit nicht bis zur Neige auskosten würde. Es versprach äußerst lustig zu werden.

»Komm, gehen wir zuerst baden und danach zu den Jungs«, forderte der Häuptlingssohn seinen Freund auf, der seinen Vorschlag mit einem schwachen Nicken guthieß.

Lijufe und Kadlin waren gerade dabei, ihr karges Frühstück zu verspeisen, als die Krieger mit nassen Haaren und über die Schulter geworfenen Tuniken im Lager eintrudelten. Bram steuerte sofort auf die zwei Mädchen zu und achtete genau auf Kadlins Gesichtsausdruck.

Ihr Blick fiel gleich auf Brams entblößte Brust und ein rosiger Hauch erschien auf ihren Wangen, was dem Unaru ein Schmunzeln entlockte.

»Na, ihr wart ja schon früh auf. Wir wollten eigentlich noch mit euch im Fluss schwimmen«, setzte der blonde Krieger die Smar gleich unter Druck.

Im Duett waren die Mädchen um keine Ausrede verlegen.

»Och, nee. Das war mir einfach zu kalt.«

»Nein, ich bade morgens nie.«

»Kein Problem!«, meinte Dagur, was Bram jedoch nicht davon abhielt, noch weiter zu bohren.

Scheinbar völlig arglos schaute der Häuptlingssohn auf die jungen Frauen, die vor ihm am Boden saßen. »Sagt, habt ihr gestern Nacht irgendwelche Visionen gehabt?«

Zeitgleich erstarrten die beiden Smar und fingen wild an drauflosenzustottern, während das Rot ihrer Wangen noch dunkler wurde. »Nein ... da ... da ist mal gar nix. Totale Leere.«

»Visionen? Also ... Pfff, nö ... nicht eine.«

»Hattest du welche, Bruder?«, wollte Dagur von seinem Freund wissen und Bram schien es, als vergrößerten sich Kats Augen vor Schreck.

Der Krieger ergötzte sich im Stillen daran, wie die schwarzhaarige Smar an seinen Lippen hing. »Ja, jetzt, wo du mich fragst, fällt mir ein, ich hatte tatsächlich eine Vision.«

Der riesige Unaru war erstaunt. »Echt? Und ...?«

Bram spielte den Grübelnden und strich sich über das Kinn. »Da war eine Frau ... sie hatte ... rote Haare ...« Aus den Augenwinkeln bemerkte der Unaru, wie Kadlins Schultern sich entspannten, doch er war nicht gewillt, sie so leicht davonkommen zu lassen.

»Nein, warte, sie war ... schwarzhaarig ... Ja, sie hatte schwarze, glatte Haare.« Heiter stellte der Häuptlingssohn fest, wie das Mädchen nervös wurde und sich an den Hals fasste. Seiner Meinung nach hatte sie jedoch noch nicht genug gelitten: »Und sie war ... vollkommen nackt.«

Kadlins Hustenanfall, der darauf folgte, verleitete Bram beinahe loszuprusten.

Dagur schoss jedoch den Vogel ab, weil er lachend rief: »Alter, deine Visionen will ich auch haben.«

Das fand Lijufe überhaupt nicht witzig und giftig fuhr sie ihn in viel zu hohem Ton an: »Nein, die willst du überhaupt nicht haben.«

Dies wiederum brachte Bram fast zum Implodieren.

Der bärtige Unaru jedoch stutzte ob Lus wütendem Befehl und schaute bedröppelt. »Wieso will ich die nicht haben? Visionen von nackten Frauen will jeder Krieger haben. Du etwa nicht?«

Ertappt schaute Lijufe in Dagurs braune Kulleraugen und kam allmählich zur Besinnung. »Öhm – doch, natürlich will ich. Hey, ich träume immerzu von nackten Frauen, Mann. Ich sehe sie sogar im Tageslicht vor mir.«

Zu Brams Vergnügen konnte Lu jedoch nicht widerstehen, Dagur streng ans Fastmö zu erinnern.

»Aber ... hattest du nicht gesagt, du stehst auf die Smar-Braut?« Mit schmalen Augen lauerte die braunhaarige Smar auf die Antwort seines Freundes.

Der arme Kerl ahnte nicht mal, dass er dabei war, sich sein eigenes Grab zu schaufeln. Brams Mundwinkel zuckten, als Dagur zum Besten gab: »Ja, natürlich hätte ich lieber Visionen von ihr, aber besser irgendeine als gar keine, oder?«

»Du hattest keine Träume oder Visionen von dem Mädchen?«, fragte Lijufe und die Enttäuschung, die sie an den Tag legte, blieb nur Dagur verborgen, denn Kat verpasste ihrer Freundin daraufhin einen heimlichen Stoß in die Seite, mit ihrem Ellbogen.

Fröhlich nahm Bram diese Geste ebenso wahr wie Lijufes unmerkliches Kopfschütteln und ihren vorwurfsvollen Blick, den sie Kat zuwarf, und der sagte: Lass mich, man wird ja wohl noch fragen dürfen.

Der Riese überlegte indessen mit zusammengezogenen Augenbrauen. Einen Moment später, nachdem er sein Gehirn durchforstet hatte, sprach er unsicher vor sich hin: »Doch ... da ... ist was ...«

»Was? Komm schon, was war es?« Ein aufgeregtes Leuchten fegte durch Lijufes Gesicht und Kadlin rollte darüber genervt die Augen, die ihre Freundin offensichtlich zum Sjöhastmelken fand.

Ein heiteres Grinsen erfüllte Dagurs Gesicht. »Jetzt weiß ich es wieder.« Gefangen in seinen Gedanken erhob er seine beiden Hände. »Da waren zwei Zwerge ... Smörre und Bröd ... hießen die ... glaube ich.«

Lijufes Augen weiteten sich erschrocken und ein Hauch Rot überzog ihre Wangen. Kleinlaut murmelte sie: »Smörre und Bröd?« Gebannt hörte sie zu, wie Dagur weitererzählte: »Ja. Aber das Beste war, ich ritt ... auf einem gigantischen Wollschwein ... Und es war – fantastisch!«, lächelte der Riese glücklich.

Während Lijufe zum ersten Mal seit langer Zeit einfach nur sprachlos dasaß und Dagur anstarrte, als wolle sie ihm so lange auf den Kopf hauen, bis ihm die Zähne herausfielen, kniff Kadlin die Lippen zusammen, um ihr Lachen zurückzuhalten. Aber Brams lautes Gelächter, das über den ganzen Platz hallte, war ansteckend. Kadlin konnte nicht anders und grölte drauflos, dass auch Dagur mit einstimmte, der seine Vision für ebenso witzig hielt wie die anderen.

Entgeistert sah Lijufe die drei an. Die Krieger stützten sich gegenseitig, da sie vor Lachen nicht mehr aufrecht stehen konnten, und selbst ihre Freundin rollte schon auf dem Boden. Schließlich prustete Lijufe ebenfalls kopfschüttelnd los.

»Hey, was gibt es da zu lachen?«, wollte Atla wissen und stellte sich neben Bram.

»Ach, nur über Wollschweine, die man reiten kann«, erwiderte der Häuptlingssohn und zog sich lächelnd die Tunika über.

Nach und nach traten die übrigen Jungs zu ihnen und Sloden warf Bram ein aufforderndes Nicken zu. »Wolltet ihr mit uns nicht heute ins Moor der Flammen?«

Kadlin blieb die Luft weg. Von was sprach der Unaru, sie hatte nichts davon gewusst, dass Bram diesen Ausflug plante. Vom Moor der Flammen hatte sie schon viel gehört, aber nichts davon war gut. Es hieß, dort gäbe es Kreaturen, die so schrecklich seien, dass sich nur die mutigsten Krieger dorthin wagen würden. In den Gruselgeschichten, die sich die jungen Smar beim Lagerfeuer erzählten, war die Rede von Drachen gewesen. Und Bram wollte mit einem Rudel junger, unerfahrener Krieger in diese gefährliche Gegend? Was sollte das werden, ein weiterer Test?

Fieberhafte Vorfreude war in den Gesichtern seiner Schützlinge zu finden, was ihn nicht überraschen sollte, denn der Besuch des Moors war ein fester Bestandteil in seinem

Training. Die Jungen berichteten ihren Familien zu Hause immer als Erstes von diesem Erlebnis, für das er berüchtigt zu sein schien. Da Dagur letzte Nacht von den Früchten stärker berauscht gewesen war als gewöhnlich, war heute vielleicht nicht ganz der geeignete Zeitpunkt für das Abenteuer.

»Bruder, sollen wir an einem anderen Tag gehen?«, fragte Bram seinen Freund, doch dieser schien keine Bedenken zu haben und schüttelte den Kopf.

»Nein. Ich fühl mich so frisch und munter wie lange nicht mehr, als hätte ich heute Nacht eine Wundermedizin bekommen«, brummte Dagur und bereitete damit Lijufe beste Laune, was Bram nicht entging.

* * *

Sie flogen auf ihren Optera weit in den Nordosten, bis sie in der Ferne den Fuß des langgezogenen Sokkulf-Gebirges sahen.

Sie landeten auf einer kleinen Anhöhe und der tiefblaue Himmel prangte in schmerzender Klarheit über ihnen. Von dem Moor, das vor ihnen lag, stieg ein rötlicher Dunst auf. Im dunklen Boden sah man stellenweise kleine Wasserpfützen aufblitzen. Nur wenige bizarr geformte Bäume fanden geeigneten Grund, um wachsen zu können. Ihre schwarzen Stämme und Äste wirkten wie in sich gedrehte Stränge. Sie schienen ohne sichtbares Laub zu gedeihen, doch Kadlin glaubte grüne Noppen zu erkennen, die an den Zweigen wuchsen. Die unheimlichen Bäume sahen aus, als wären sie von Warzen befallen. Ein seltsamer Geruch lag in der Luft, der eine Mischung aus Rauch und verfaultem Gemüse zu sein schien.

Sie waren von ihren Optera abgestiegen, die unruhig mit ihren Flügeln surrten, was Kadlin verwunderte, da sie Kleines noch nie so erlebt hatte.

Bram blickte sich wachsam um. »Die Optera wittern Gefahr.«

Auch Dagurs Augen suchten aufmerksam den Horizont ab. »Ja, wir sollten vorsichtig sein.«

Kadlin konnte nichts entdecken, bis sie plötzlich die winzigen Blitze in dem roten Dunst bemerkte, die vom Boden ausgingen. Im ersten Moment dachte sie, sie hätte sich getäuscht, doch dann hörte sie Kori fragen: »Was sind das, diese kleinen gelben Funken im Moor?«

Dagur ging langsam auf das Moor zu und nuschelte in seinen Bart: »Es ist das, was ihm seinen Namen verleiht. Hast du noch nie Geschichten über das Flammenmoor gehört?«

Der einst feiste Otulp schüttelte den Kopf. »Nein. Ich weiß bloß, dass ich es meiden soll.«

Dagur holte sich erst Brams Zustimmung, der ernst nickte, und fuhr dann an Kori gewandt fort. »Gut, hört zu: Das hier ist nicht ungefährlich. Diese Funken sind Flammen, die aus dem Boden herausschießen. Keiner weiß, warum das so ist. Einige behaupten jedoch einen feuerspuckenden Drachen in den Sümpfen gesehen zu haben, der unter dem Moor in einer Höhle lebe. Sie glauben, die Flammen seien dessen brennender Atem.«

Atla lachte nervös. »Du machst Witze. Das sind nur Märchen, die man uns abends am Lagerfeuer erzählt.«

Die Brauen des Riesen bildeten einen verärgerten Bogen. »Sehe ich so aus, als würde ich scherzen, Bruder?«

Der rothaarige Unaru schluckte und unsicher gab er zu: »Nein.« Betretenes Schweigen machte sich mal wieder breit, bis Brams Stimme es durchbrach.

»Selbst wenn wir dem Drachen nicht begegnen sollten, gibt es immer noch genügend andere Gefahren, vor denen wir uns in Acht nehmen müssen. Bleibt auf den Pfaden, lauft nicht weiter, wenn sich der Boden unter euren Füßen bewegt. Ruft sofort nach Dagur oder mir, wenn ihr einzusinken droht. Außerdem gibt es hier Sumpfspinnen, aber glaubt mir, die könnt ihr nicht übersehen, selbst wenn ihr wolltet.«

Lijufe drückte sich an ihre Freundin und flüsterte in einem Ton, der offenbarte, dass ihre Nerven blank lagen: »Was meint er damit? Verflucht, ich hab die Hosen voll bis zum Rand, ich hasse Spinnen. Oh, Kadlin, ich will sofort nach Hause.«

Mar meldete sich zu Wort, was eine Seltenheit war und allen einmal mehr bestätigte, wie beängstigend dieser Ausflug war. »Was werden wir im Moor tun? Werden wir es durchwandern?«

Dagur antwortete: »Nicht nur. Aber darüber sprechen wir, wenn wir sicher an unserem Ziel angekommen sind. Lasst uns gehen und haltet eure Waffen bereit. Und noch eins, wenn ich sage: *Springt!*, dann wird nicht getratscht, sondern gesprungen. Habt ihr verstanden?«

Überrascht sahen sich die Jungs an, noch nie war Dagur so

ernst gewesen, auch Kadlin und Lijufe packte die Furcht. Still nickten alle und der Riese übernahm diesmal die Führung, Bram bildete die Nachhut. Anscheinend kannte sich Dagur besser im Moorgebiet aus als Bram.

Im Gänsemarsch tapsten sie Dagur nach und die gelben Funken kamen näher und näher. Es ging auf einem schmalen Weg entlang, über sanft geschwungene Hügel. Schließlich gelangten sie an ein Feld, das sie alle in Staunen versetzte. Eine verkohlte Ebene lag vor ihnen, eingesunken und tiefer als der bisherige Weg. Doch das Unglaubliche waren die Flammen, die aus dem Boden aufstiegen. Sie währten nur Sekunden, erschienen in unregelmäßigem Rhythmus, mal hier, mal dort und auch in unterschiedlicher Stärke. Manche Flammen waren fußknöchelhoch, andere reichten bestimmt bis an die Knie und die höchsten sogar bis zur Hüfte. Es war ein Schauspiel sondergleichen, wie immer wieder die gleißenden Feuerblitze aus dem schwarzen Grund emporstoben.

Noch während sie in stiller Ehrfurcht das Spektakel beobachteten, hörten sie Dagur ängstlich wispern: »Große Sari, steh uns bei!« Und dann brüllte der Krieger voller Panik, so laut er konnte: »Schnell, Bram, bring die Jungs in Sicherheit, ich werde ihn aufhalten.«

Ehe noch irgendjemand etwas sagen konnte, preschte der Krieger mit gezogenem Schwert in das Flammenmoor. Alle schrien aufgeregt durcheinander, konnten nicht fassen, was geschah, doch Brams Schrei übertönte sie alle.

»Der Drache kommt! Folgt mir.«

Der blonde Unaru stürmte in die entgegengesetzte Richtung davon, in der sein Freund verschwunden war. Hinter einem Hügel, an einem Baum blieb er abrupt stehen. Atemlos winkte Bram seine Schützlinge zu sich und deutete auf das Moor neben ihm.

»Los, das ist unsere einzige Hoffnung. Beeilt euch! Steigt in die Moorgrube und versucht unterzutauchen, so tief es geht. Ich muss Dagur helfen. Kommt erst heraus, wenn es totenstill ist.«

Unruhig beäugten alle das Moor, keiner traute sich auch nur einen Fuß hineinzusetzen.

Ivar schrie verzweifelt auf: »Wir können da nicht rein, was, wenn wir einsinken?«

Bram wurde wütend, packte den Jungen an seiner Tunika und zerrte ihn zischend vor seine Nase. »Willst du von dem Drachen gefressen oder zu Asche verbrannt werden? Oder die kleinste Chance nutzen, die dir zum Überleben bleibt? Entscheide dich! Zum Weglaufen reicht dir die Zeit nicht mehr.«

Kadlin sah Ivars Kehlkopf hüpfen. Auf einmal hörten sie Dagur brüllen und mit einem Aufschrei riss sich Ivar von Bram los und sprang in den Morast. Alle anderen liefen dem Jungen hinterher. Auch Kadlin und Lijufe, deren Gesichter vor Sorge um Dagur verzerrt waren, zögerten nicht mehr länger.

Sie stiegen in den schleimigen Moder, der schrecklich stank und sich an ihren Kleidern festsaugte.

Bram wandte sich um und brüllte nochmal, bevor er letztendlich verschwand: »Taucht unter, zum Firus, wenn euch euer Leben lieb ist.«

Sofort legten sich alle flach in den Schlamm und hörten Bram bald darauf hinter dem Hügel schreien: »Neiiiin!«

Zitternd lag Kadlin neben Lijufe, nahm einen tiefen Atemzug und versenkte den Kopf im Morast. Der Rest von ihnen folgte ihrem Beispiel.

Die Häuptlingstochter versuchte so lange wie möglich die Luft anzuhalten und spürte, wie das Blut in ihrem Körper rauschte. Der Schlamm in ihren Ohren ließ keinen anderen Ton durchdringen. Sie konnte lediglich ihr eigenes wildes Herzklopfen hören.

Möge Sari sie beschützen, Bram und Dagur am Leben lassen. Wie konnte dieser Ausflug nur so enden? Warum hatte der Krieger sie nur hierhergebracht, wo sie wahrscheinlich alle den Tod finden würden?

Irgendwann ging Kadlin die Luft aus und schluchzend hob sie vorsichtig den Kopf an die Oberfläche. Im ersten Moment glaubte sie zu träumen, doch dann ... packte sie eine nie gekannte Wut.

Die beiden Unaru-Krieger standen unversehrt unter dem Baum und lachten sich schlapp. Jedes Mal, wenn ein weiterer ihrer Schützlinge sich völlig verdreckt aus dem Schlamm herausquälte, schüttelte sie eine neue Lachsalve durch. Mittlerweile heulten die Kerle schon vor Lachen und jeder von den Jungs, der nach oben kam und sah, was los war, guckte gleich blöd aus der Wäsche.

Kapitel 20

Scherze und Schreie

Heißer Zorn überfiel Kadlin, sie explodierte förmlich: »Sollte das witzig sein?«

Die Häuptlingstochter war völlig außer sich. In rasender Wut kämpfte sie sich aus dem Morast hoch, der sie nicht gehen lassen wollte. Sie stapfte aus dem Schlammloch heraus und schrie Bram an: »Wie könnt ihr uns in solch eine Todesangst versetzen? Seid ihr eigentlich noch ganz richtig im Kopf oder haben euch die verdammten Rauschfrüchte den Rest gegeben?«

Sie gelangte bei dem blonden Unaru an und tobte wie eine Wilde. Mit ausgestrecktem, schlammverklebtem Finger stocherte sie bei jedem Satz auf seine Brust ein und hinterließ matschige Flecken. »Weißt du, was für Sorgen ich mir um dich gemacht habe? Welche Ängste ich wegen dir ausgestanden habe? Wie kannst du mir nur so etwas antun, Krieger?«

Dem blonden Unaru verging das Lachen langsam. Verdattert und vorsichtig schmunzelnd, ließ er sich von Kat rundmachen, denn das, was sie ihm in ihrer Rage an den Kopf pfefferte, versetzte sein Inneres in einen Freudentaumel.

Vor lauter Zorn bemerkte die Kleine nicht, dass sie aus ihrer Rolle als Otulp-Knabe fiel und die typische Reaktion einer

Frau zeigte. Eine Frau, die sich um ihren Geliebten sorgte. Die Smar empfand etwas für ihn! Er war nicht bloß Mittel zum Zweck, sondern ... Sie mochte ihn. Und nach dem Aufstand, den sie gerade probte, wohl sehr. Das war ... Es machte ihn – glücklich.

Aus Kadlins Gesicht, in dem man unter dem braunen Schlamm weder Mund noch Nase genau ausmachen konnte, stach nur das Weiße ihrer Augen hervor. Ihre Iriden sprühten bedrohliche Funken. Das ehemals glänzende Haar klebte voller Schmodder an ihrem Kopf. Ihr ganzer Körper war von einer dicken Schicht schmierig grünbraunem Moor bedeckt.

»Und glaub ja nicht, dass du dir so was noch mal leisten kannst, Freundchen!«, wetterte Kadlin.

Mit fassungsloser Empörung nahm sie schließlich Brams zuckende Mundwinkel wahr. Als ein kleiner Schlammklumpen sich mit einem leisen Schmatzen von ihrer Nasenspitze gen Moorboden verabschiedete, verzog sich sein Mund vollends zu einem frechen Grinsen.

Kadlins Augen wurden zu raubtierartigen Schlitzen und ein hohes Fauchen entfuhr ihr: »Arrrggh! Du ...!«

Sie wollte mit ihren Fäusten auf Bram einschlagen, was dieser jedoch verhinderte, indem er sie abfing. Mit einem lüsternen Lächeln zwang er ihre Hände hinter ihren Rücken, wo er sie festhielt. In dieser Stellung drängte sich ihr Schoß automatisch an seine Schenkel. Weichheit traf auf Härte. Wut auf Verlangen.

Kadlin atmete heftig und blickte, zitternd vor Zorn, in die

glühend grünen Augen des Kriegers. Unzählige Gefühle tobten in ihr, die sie nicht zu benennen vermochte. Eines hatten sie jedoch alle gemein, sie brannten leidenschaftlich in ihrer Seele.

Zynisch hob sich eine von Brams Augenbrauen und dicht vor ihrem Mund flüsterte er heiser: »Tststs, ganz ruhig, Kat. Du bist noch immer so schwach wie ein Mädchen, nicht wahr?«

Nicht das, was der blonde Krieger sagte, ließ die Häuptlingstochter wanken, sondern die Art und Weise, wie er es sagte. Sein Ton lockte sie mit einer sinnlichen Verheißung und seine Stimme war eine zärtliche Liebkosung.

Lediglich Brams starke Arme und seine Umklammerung verhinderten, dass Kadlin zu Boden glitt. Bebend vor Verlangen, versanken ihre Blicke in seinen. Er neigte seinen Kopf und die Smar wähnte schon, seine männlichen Lippen auf ihren zu spüren, endlich den Geschmack seines Mundes zu erfahren. Die Sekunden verstrichen und sein heißer Atem war eine himmlische Qual.

Doch Bram meinte mit einem Mal nur: »Ein sehr dreckiges Mädchen im Übrigen.« Grinsend ließ er von ihr ab.

Um festen Stand, Atem und Verstand ringend, schlug Kadlin in der Wirklichkeit auf. Frustration holte sie ein und schlagartig war die Wut wieder da, aber klarer und intensiver als zuvor. Ihre Hände verkrampften sich zu Fäusten und zähneknirschend wollte sie erneut auf den Unaru losgehen.

»Ist gut Kat, es war bloß ein Scherz«, sprach Mar und packte sie an den Schultern, um sie von Bram wegzuführen.

Lijufe warf Dagur einen vernichtenden Blick zu und folgte Mar.

Atla, Sloden, Kori und Ivar schauten sich erst unsicher untereinander an. Doch dann fragte Sloden: »War das nicht total haarig, Leute?«, worauf der Rest begeistert zustimmte.

»Boah, ja, Mann.«

»Voll grün, Alter.«

»Ja, das war es.«

Dagur trat zu seinem Freund und schien etwas durcheinander. »Warst du nicht etwas zu hart mit dem kleinen Otulp?«

Bram lächelte verschmitzt. »Bruder, du hast keine Ahnung, wie hart ich wirklich war.« Mit einem letzten grimmigen Blick auf Kat und Lu ging er wieder zurück zum Flammenmoor. Er wusste, dass Dagur ihm mit den Jungs folgen würde.

Der bärtige Riese verstand überhaupt nichts mehr, was man ihm überdeutlich ansah. Sein Freund hatte bisher immer auf die Gefühle der Jungs Rücksicht genommen, mehr sogar als er. Was war denn plötzlich los, dass er Kat ein Mädchen nannte und den Jungen damit bewusst verärgerte?

Kopfschüttelnd ging Dagur zu Mar und den Otulps, die sich gegenseitig beruhigten. »Hey, dieser Scherz erfüllte einen ganz bestimmten Zweck und war nicht gedacht, um euch zu schikanieren. Kommt, Bram wird es euch erklären. Gehen wir mit den anderen zu ihm.«

Dagur winkte den übrigen Jungs zu, ihm zu folgen, und gemeinsam setzten sie dem Häuptlingssohn nach, der sie vor dem Flammenmoor erwartete.

Brams Gesicht war eine Miene der Unnahbarkeit und kühl erklärte er ihnen: »Ihr werdet auf dem Moor der Flammen eure Schwertkämpfe austragen.«

Seine Aussage versetzte den Jungen einen Schock, kein einziger Ton war von ihnen zu vernehmen. Jeder wusste, dass ein Gejammer nichts an Brams Anforderung ändern würde. Er war ein strenger, aber guter Lehrmeister und sie vertrauten ihm. Alles, was er von ihnen verlangte, hatte einen Grund.

Ernst lief der Häuptlingssohn vor ihnen auf und ab, sah jeden Einzelnen von ihnen an, während er fortfuhr: »Der Schlamm, der nun an euch klebt, beschützt euch einigermaßen vor dem Feuer. Eure Kleider und eure Haare werden nicht gleich in Flammen aufgehen, wenn ihr versagt. Hier lernt ihr auf eure Umgebung zu achten und dabei nicht den Gegner aus den Augen zu verlieren. Genauso ist es nämlich auf dem Schlachtfeld, wo mehrere Krieger gegeneinander kämpfen. Niemand nimmt dort Rücksicht auf euch. Höchste Konzentration ist angesagt. Bedenkt jedoch, ein gezielter Treffer eines gegnerischen Schwertes kann euren Tod bedeuten, eine Flamme hinterlässt lediglich eine Brandblase.«

Kadlin wurde schlecht. Die Unaru hatten richtig gehandelt, das Schlammbad war keine Schikane, es hatte einen Nutzen. Die Krieger hatten es auf schlaue und witzige Art fertiggebracht, dass sich eine ganze Horde Jungs ohne Widerrede in eine Schlammgrube stürzte. Hätten diese den Sinn der schützenden Moorschicht gekannt, hätten sie sich womöglich dagegen gewehrt, um sich gegenseitig ihre Stärke oder ihren

Mut zu beweisen. So waren alle gleich geschützt und keiner konnte den anderen als Angsthasen beschimpfen.

»Bei allen heiligen Monden, nach dieser verrückten Aufgabe werden wir wie gegrillte Steppenhühner aussehen«, jaulte Lijufe unter ihrem Schlammgesicht.

»Jungs, bevor ihr drauflosstürmt, nehmt euch einen Moment und betrachtet das Moor der Flammen genauer«, sprach Dagur. »Was seht ihr?«

Still beäugte die Gruppe das Feld, in dem immer wieder die Flammen auftauchten und verschwanden. Trotz des klaren Himmels schien der rote Dunst, der über dem Moor waberte, nicht abzunehmen.

Und dann entdeckte Kadlin, was Dagur meinte. »Der rote Nebel, er ... steigt aus dem Sumpf auf. Es dampft erst rot und dann kommt die Flamme«, rief sie erstaunt.

Bram und Dagur wechselten untereinander grinsend Blicke.

»Genauso ist es, Kat«, nickte der Häuptlingssohn mit einem tiefgründigen Lächeln. »Achtet auf den roten Dunst! Er ist wie eine Warnung.«

Tatsächlich, jedes Mal bevor eine Flamme aus dem Grund herausschoss, stoben an dieser Stelle zunächst kleine rote Dampfwolken hoch.

Ein wenig beruhigter betraten die Smar mit den Jungs das Feld und sahen bei jedem Schritt auf den Boden. Sie begannen mit dem Schwerkampftraining, das sie im Schneckentempo ausführten. Bram und Dagur schritten währenddessen bedacht durch die Reihen und erteilten Ratschläge. Nach und nach wurden die Smar, wie auch die Jungs, mutiger und schneller in ihren Bewegungen. Das ungewöhnliche Training fing an Spaß zu machen, bis die erste Flamme Lijufe an der Hüfte erwischte.

»Aua!«, rief die Smar und blieb erstarrt stehen.

Sofort stoppte Kadlin ihren Angriff und rief besorgt: »Hast du dir wehgetan?«

Überrascht lachte Lijufe auf. »Nein, nicht wirklich. Ein wenig vielleicht.«

»Sari sei Dank«, tröstete sich die Häuptlingstochter, ließ jedoch im selben Augenblick erschrocken ihr Schwert fallen, weil ein Feuerstoß ihr Handgelenk gestreift hatte. Sie zog automatisch zischend die Luft ein, obwohl sie bloß ein leichtes Brennen auf ihrer Haut wahrnahm. Der Dreck verhinderte das Schlimmste, wie Bram prophezeit hatte. Kichernd bückte sich Kadlin nach ihrem Schwert, sprang allerdings mit einem unmännlichen, vergnügten Kieksen beiseite, weil plötzlich vor ihrer Nase roter Dampf aufstieg.

Jedes Mal aufs Neue vermischte sich im Moor der Flammen das Klirren der Schwerter mit dem Gelächter der Kämpfenden, wenn sich einer von ihnen verbrannte. Der Schmerz der Verbrennungen trat in den Hintergrund und wurde zum erwarteten Lacher. Gegen Mittag riefen die Krieger ihre Schützlinge zur Pause.

Schweißgebadet, atemlos, mit kleinen Brandblasen und leichten Verbrennungen übersät, aber bester Laune, fanden sie sich bei ihren Lehrmeistern ein. Dagur und Bram lobten sie. Gemeinsam nahmen sie ihre karge Vesper ein und amüsierten sich lautstark über Atla. Dieser war nach einem Sturz nicht schnell genug auf die Beine gekommen, so dass ihm eine Flamme den Allerwertesten verschmort hatte. Beim Sitzen bereitete dem Jungen die leichte Verletzung nun ein wenig Probleme, was er stark übertrieben zur Schau stellte, ganz zur Freude seiner Klingenbrüder.

Auch Dagur hatte wieder zu seiner gewohnt lustigen Art zurückgefunden und ärgerte Lijufe, indem er sie mit einem buschigen Grashalm im Nacken kitzelte. Anscheinend wollte der Krieger nach seinem Scherz wieder gut Wetter machen, aber die Smar spielte noch immer den beleidigten Otulp. Kadlin vermutete allerdings, dass Lijufe Dagurs Zuwendung einfach nur genoss und sich so lange wie möglich darin aalen wollte.

Nach dem Essen erfreute Kadlin sich an der Aussicht auf die geheimnisumwobene Landschaft, sog die besondere Atmosphäre dieses Ortes in sich auf. Währenddessen veranstalteten die Jungen auf dem Flammenfeld eine verrückte Mutprobe nach der anderen.

»Bist du noch wütend auf mich?«, ertönte Brams tiefe Stimme hinter Kadlin.

Nach wie vor verfehlte diese bei ihr nicht ihre Wirkung. Mit gegen die Brust hämmerndem Herzen drehte die Häuptlingstochter sich zu dem Krieger um und konnte, unter seinem eindringlichen Blick, lediglich den Kopf schütteln.

Ein schwindelbereitendes Schmunzeln trat auf Brams markante Züge. »Sicher?«

Kadlin holte tief Luft und schaute in die Ferne: »Ja, ganz sicher.«

Sie versuchte, sich mit Lässigkeit seiner Anziehungskraft zu entziehen, versagte dabei aber kläglich. Ungewollt fand ihr Blick wieder in sein gutgeschnittenes Gesicht zurück. Warum jagten ihr diese grünen Augen einen Schauer über den Rücken? Vielleicht, weil sie sie schier verschlangen?

»Gut«, erwiderte Bram leise und musterte das Mädchen weiterhin unverhohlen gierig.

»Was, zum Firus, treiben die Jungs da schon wieder?«, sprach Lijufe, während sie sich zu ihnen gesellte und damit die spannungsgeladene Zweisamkeit unterbrach.

Kadlin nahm ihrer Freundin das ganz und gar nicht übel, denn mittlerweile traute sie sich selbst nicht mehr über den Weg, wenn sie mit Bram allein war.

Der Unaru und die schwarzhaarige Smar schauten hinter sich auf das Flammenmoor, wo sich die Jungs übermütig im Kreis auf den Boden gesetzt hatten. Dem Anschein nach wollten sie testen, wer es am längsten, trotz der möglichen Schmerzen, aushalten konnte.

Laut schallten Slodens Rufe zu ihnen hinüber: »Mar, komm, lass mal einen ziehen. Wetten, der fackelt dir den Sack ab?«

Grölend hielten sich daraufhin alle Mann den Bauch.

Kadlin wandte sich wieder zu Lijufe, fing an zu sprechen, doch der Rest des Satzes blieb ihr im Halse stecken.

»Ach, die ... die ...« Sie schluckte panisch.

Lautlos hörte sie Bram neben sich wispern: »Nicht – bewegen!«

Dieser Befehl war für sie völlig unnötig, denn um nichts in der Welt wäre sie in der Lage gewesen, auch nur einen Finger zu rühren. Für Lijufe jedoch war er in diesem Moment überlebenswichtig, denn direkt hinter ihr thronte eine gigantische Spinne. Über und über behaart mit rotbraunen Borsten, wabbelte der runde Spinnenleib bei jeder Bewegung. Die acht stämmigen, langen Beine hoben und senkten sich in schrecklicher Anmut. Das abscheuliche Tier schien Kadlins Albträumen entsprungen zu sein.

Die Häuptlingstochter schüttelte es regelrecht vor Ekel. Die schwarzen, seelenlosen Augen gierten auf Lijufe herab und ständig klappten die Greifzangen in der Nähe ihres Halses lautlos auf und zu. Kadlin keuchte und bemerkte aus den Augenwinkeln, wie Bram ganz langsam begann seine Hand in Richtung seines Gürtels zu bewegen. Er wollte offensichtlich nach seinem Schwert greifen, das dort hing.

Lijufe hatte immer noch keinen Schimmer, was sich hinter ihr abspielte, und plapperte munter über das Treiben der Jungs.

»Die sind doch nicht mehr ganz bei Trost! Jetzt ziehen sie sich auch noch die Hosen aus!«

Allmählich hob die Spinne eines ihrer haarigen Vorderbeine und tippte gegen die Schulter der Smar. Diese schlug jedoch ohne hinzuschauen das Bein grob zur Seite und schüttelte ungehalten den Kopf.

»Dagur, lass den Unfug. Kümmere dich lieber um die Trottel, die sich ihre nackten Ärsche ansengen wollen.«

Ein verschlucktes Gurgeln kam von Kadlin, wohingegen Bram keinen Mucks verlauten ließ. Abermals stupste die Spinne das Mädchen, worauf dieses noch saurer wurde und erneut das Bein von ihrer Schulter schubste. »Sag mal, hörst du schlecht? Hör jetzt auf damit!«

Lijufe studierte skeptisch Kadlins ungläubige Augen und Brams starres Gesicht. »Vergesst es, auf diesen Scherz fall ich nicht noch mal rein. Nicht schon wieder.«

Das kümmerliche Japsen ihrer Freundin und die bebenden Nasenflügel des blonden Unaru ließen Lijufe allmählich begreifen, dass es eben doch kein Scherz war, dass da etwas hinter ihr tatsächlich nicht stimmte. Am Rande ihres Blickfelds tauchte dann zu allem Übel auch noch Dagur auf. Aufgelöst von der Erkenntnis wimmerte Lijufe: »Das ist gar nicht Dagur, der mich da antippt.«

Schreckensbleich schüttelte Kadlin ganz sachte den Kopf. Währenddessen hatte Dagur die Lage erfasst, zog vorsichtig sein Schwert und pirschte sich in einem Bogen von hinten an die Spinne heran. Auch die Jungs hatten mitbekommen, dass eine riesige Sumpfspinne ihre Freunde bedrohte. Schweigend standen sie, mit heruntergelassenen Hosen, auf dem Flammenfeld und stierten zu ihnen hinüber. Ab und zu hörte man einen von ihnen »Au« murmeln, weil sie die Flammen um sich herum völlig vergessen hatten.

»Was ist es?«, piepste Lijufe in unterdrückter Hysterie.

»Spinne!«, raunte Bram, was zu einer Kettenreaktion führte.

Lijufe konnte nicht mehr an sich halten. Sie drehte sich um, starrte dem Monster mitten ins Gesicht und kreischte sich die Seele aus dem Leib. Kadlin stimmte als Freundin selbstverständlich sofort in das Kreischen mit ein, was die Spinne dazu veranlasste, ihre Beute endlich anzugreifen.

Bram zog hastig sein Schwert aus der Scheide, konnte jedoch nicht so zustechen, wie er wollte, da Lijufe im Weg stand. Dagur hatte sie zwischenzeitlich erreicht, aber bevor seine Klinge den Kopf der Spinne von ihrem Körper trennte, hatte diese Lijufe bereits gepackt und mit einem festen Biss zum Schweigen gebracht.

Kadlins Kreischen nahm kein Ende und wurde noch schriller, als sie ihre Freundin bewusstlos zu Boden sinken sah. Die Smar konnte nur noch schreien, schüttelte den Kopf und stolperte rückwärts von dem Geschehen weg, das sie nicht fassen wollte und konnte.

Voller Sorge beobachtete Bram das hysterisch kreischende Mädchen, wandte sich aber erst Lu zu, die dringender seine Hilfe benötigte.

Dagur kniete bereits bei Lijufe und riss mit einem Ruck die Tunika auf, um den Spinnenbiss unterhalb des Schlüsselbeins genauer untersuchen zu können. Ohne Zögern senkte er seinen Mund auf die Bisswunde und saugte das Gift heraus, das er gleich darauf wieder auf den Boden spuckte.

Der zuckende Spinnenleib lag auf dem Rücken, hinter ihnen, doch keiner schenkte ihm Beachtung. Auch Kadlin sauste, noch immer kopflos schreiend und unbeachtet, durch den Sumpf.

»Ist der Biss tödlich?«, fragte Bram seinen Freund, der noch immer die leicht blutende Wunde behandelte, die sich nach und nach grün verfärbte.

»Himmel und Aret sei Dank! Nein, es war noch eine junge Spinne, denn die Wunde wird grün und nicht schwarz. Lu wird sich eine Zeit lang nicht bewegen können, aber nicht sterben.«

Bram blickte auf die Brustbinde, unter der ein beachtliches Grübchen zutage trat, was ihn zwar nicht überraschte, aber Dagur dem Anschein nach genauso wenig. War diese unübersehbare Kleinigkeit seinem Freund etwa entgangen?

»Sag mal, siehst du, was ich sehe, Bruder?«, fragte Bram ihn deswegen herausfordernd.

Dagurs Mund verzog sich unwillig. »Ja. Er bindet sich Tücher um, damit er kräftiger aussieht. Vollkommen verrückt, dieser Otulp!«

Brams Augenbrauen hoben sich. Er konnte nicht fassen, dass Dagur noch immer nichts kapiert hatte. »Ist dir an Lu sonst nichts ... Seltsames aufgefallen?«

Mit gerunzelter Stirn schaute Dagur seinen Freund an. »Nun ja, er ist ziemlich anhänglich.«

Der blonde Unaru wollte gerade seinen Kumpel aufklären, als Mar zu ihnen trat. Hastig bedeckte er Lus Brust mit der zerrissenen Tunika, damit Mar nichts bemerkte. Er verknotete den Stoff so, dass alles Verräterische verborgen blieb.

Mar deutete mit einem Nicken auf Lu. »Es war hoffentlich eine kleine Sumpfspinne?«

»Ja, der Biss wird grün. Wir hatten Glück!«, gab Dagur zur Antwort.

»Was machen wir mit Kat?«, wollte Mar wissen.

Beide Krieger schauten auf und konnten sehen, wie Kadlin immer noch völlig von der Rolle durch die Landschaft peste. Sie schrie und heulte wie von Sinnen, da sie glaubte, ihre

Freundin sei durch einen Spinnenbiss ums Leben gekommen.

Bram holte tief Luft. »Ich kümmere mich um sie.«

»Sie?«, fragte Dagur verwundert.

»Äh, um ihn – natürlich«, verbesserte sich der blonde Krieger und sah wieder zu der hysterischen Smar, die vom Schreien schon völlig heiser war.

Zu ihrem Pech rannte Kadlin unter einem der wenigen Bäume hindurch, dessen Äste tief herabhingen. Zu tief. Mit vollem Karacho donnerte sie gegen einen Ast und wurde regelrecht von den Füßen gerissen. Das Kreischen endete abrupt, als das Mädchen auf dem Rücken landete.

»Ah, die Sache mit Kat hat sich gerade erledigt«, murmelte Mar trocken und zuckte mit den Achseln.

* * *

Die beiden Smar waren ein Bild des Elends und Bram hatte wahrlich Mitleid mit ihnen. Voller angetrocknetem Schlamm, mit Brandblasen verziert, in zerrissenen Kleidern und mit Haaren, die als solche nicht mehr zu erkennen waren, saßen die Mädchen nebeneinander.

Sie hatten sich ein Stück von dem Feld der Flammen entfernt, wo sie im Schatten unter dem Baum ausruhten, der Kat zu Fall gebracht hatte. Dagur und Bram saßen ihnen gegenüber und beobachteten sie perplex.

Die Mädchen waren wieder bei Bewusstsein. Sie hatten Lu an den Baumstamm gelehnt, weil sie nach wie vor gelähmt war und nicht selbständig zu sitzen vermochte. Kat hockte an ihrer Seite. Und immer wenn Lu umkippte, zerrte ihre Freundin sie wieder in die sitzende Position zurück, was bereits unzählige Male geschehen war.

Lu konnte weder Kiefer noch Zunge oder Mund bewegen und Kat brachte nur ein hohes, heiseres Krächzen heraus. Umso verwunderlicher war es, dass die Mädchen sich unterhielten. Allerdings verstanden weder Dagur noch Bram ein Wort. Die Sätze der beiden Smar waren ein einziges Kauderwelsch an irgendwelchen Tönen, aber irgendwie schienen sie sich zu verstehen. Während die eine unverständlich maulte, piepste die andere kratzend zurück. Ab und an schienen sie über einen Witz zu lachen, was an Kats vibrierenden Schultern und Lus Umkippen zu erkennen war.

»Verstehst du was, Bruder?«, fragte Dagur mit angestrengter Mimik, ohne seine Augen von den Smar zu nehmen.

»Nein. Kein bisschen«, gab Bram zu und stellte fest, dass er die Frauen bewunderte, da ihnen trotz allem nicht das Lachen vergangen war.

Ja, er hatte gehofft, Kat würde winselnd angekrochen kommen und ihm gestehen, dass sie ein Mädchen sei, dass sie den Anforderungen nicht gewachsen wäre und sie wie eine Frau behandelt werden wolle. Eigentlich hätte er sich denken können, dass die Smar das nicht tun würde, denn selbst das Trainingslager hatten die beiden, ohne zu klagen, überstanden. Besser als mancher Knabe, wenn er ehrlich war. Himmel, er wünschte sich, Kat würde endlich zugeben, dass sie ein Mädchen war, denn dann konnte er sie küssen. Als er sie nach dem

Schlammbad an sich gepresst hatte, wollte er sie verlegen machen. Aber die Sache war ihm vollkommen entglitten. Beinahe hätte er sich das geholt, wovon er im Grunde seit Wochen träumte. Seit heute Morgen, als er mit ihr zusammen nackt aufgewacht war, wusste er, dass diese Träume nicht annähernd so gut sein konnten, wie die Wirklichkeit sein würde, wenn er ihre Lippen mit seinen verschließen dürfte.

Ivar, der sich zu ihnen setzte, riss ihn aus seinen Gedanken. »Bruder, weißt du, was mich beunruhigt?«

»Nein, was, Ivar?«, entgegnete Bram und musste sich dazu zwingen, dem jungen Mann aufmerksam zuzuhören.

»Also, wenn das eine junge Spinne war ...«, fing der Otulp an und hörte auf zu sprechen.

»Es war ganz bestimmt eine kleine Sumpfspinne, Lu ist nur gelähmt und nicht tot. Du kennst dich doch besser aus mit Tieren als alle anderen. Wieso fragst du, Ivar?« Dagur legte den Kopf schief, denn der Junge war unverkennbar beunruhigt.

Die Smar-Mädchen verstummten ebenfalls, wie auch Bram. Gebannt hörten sie dem Jungen zu.

»Jungspinnen entfernen sich nie weit von ihrem Nest und ... wo ein Nest ist ... können Hunderte von diesen Dingern sein.«

Mit furchtsamem Zweifel weiteten sich die Augen der Anwesenden.

»Du glaubst, wir sind in der Nähe des Nestes?«, fragte Bram sofort.

Ivar nickte betroffen.

Plötzlich war aufgeregtes Brüllen zu hören und alle sahen sich um. Aber statt einer Armee von Spinnen kamen die restlichen Jungs schreiend von einem Hügel hinuntergespurtet. Einer bleicher als der andere, brüllten sie um die Wette: »Ein Drache, Leute!«

»Der Drache kommt. Los, ab in eine Schlammgrube!«

»Bram, Dagur, tut doch was!«

Bram stand kopfschüttelnd auf. »Jungs, der Scherz klappt nur beim ersten Mal.«

Schnaufend zeigte Sloden zum Hügel hinauf, den er gerade hinter sich gelassen hatte. »Nein, ich schwöre dir, Bram, es ist kein Scherz. Sieh doch selbst!«

Alle Mann starrten auf die Anhöhe und trauten ihren Augen nicht.

»Woohw!«, staunte Dagur laut.

Langsam, in einem watschelnden Gang, erklomm eine beängstigend große Kreatur die Spitze des Hügels. Sie hatte einen langgezogenen, schwerfälligen Körper, der mit vier krummen Beinen ausgestattet war. Auf dem Rücken und bis ans Ende des gewaltigen Schwanzes zog sich eine Reihe von mächtigen Zacken. Das Maul war flach zulaufend und wurde nach vorne hin schmäler. Eine dünne, gespaltene Zunge peitschte immer wieder aus dem sabbernden Maul heraus und tastete den Boden ab. Dabei konnte man gut die spitzen Zähne erkennen, die dicht an dicht standen. Dicke Hautplatten in der Farbe des Moores machten das Tier fast unsichtbar in der Landschaft. Lediglich aus einem bestimmten Blickwinkel konnte man den leuchtend roten Bauch erkennen. Langsam, aber stetig wankte es der Fährte der Jungs nach und die Zeit für eine Flucht wurde mit jedem seiner Schritte knapper.

Urplötzlich kam Bewegung in die Krieger. Während Dagur sich die jammernde Lu über die Schulter warf, die wie ein Sack Rüben herunterbaumelte, zerrte Bram eine bibbernde Kat auf die Beine und schleifte sie hinter sich her.

»Vergesst die Schlammgrube, das Vieh frisst uns, egal wie wir stinken oder aussehen!«, schrie Bram und lief über den nächstbesten Hügel.

Oben angekommen blieb er ruckartig stehen. »Das glaub ich jetzt nicht!«

Kadlin kreischte heiser und Lijufe wusste, ohne hinzuschauen, was das hieß: Spinne!

Aber nicht nur eine, sondern ein ganzer wimmelnder Pulk, bestehend aus haarigen Beinen, Leibern und Köpfen mit Greifzangen, wuselte mit einem Affenzahn auf sie zu.

Ohne zu überlegen, jagte Bram wieder zurück, direkt auf das Moor der Flammen zu. Ohne die Schutzschicht des Schlammes war er dem vernichtenden Feuer ausgesetzt. Doch der Krieger schrie seinen Brüdern zu: »Schnell, ins Flammenmoor!«

Von hundert Spinnen und einer Riesenechse verfolgt, floh die gesamte Gruppe in das Zentrum des gefährlichen Feldes, das ihre einzige Hoffnung war.

Kapitel 21

Feuer und Flamme

Spinnen! Überall. Spinnen! So weit das Auge reichte. Das Moor schien nur noch aus braunhaarigen Spinnen zu bestehen. Ein Meer aus aufgeblähten Spinnenköpern stürzte von den umliegenden Hügeln auf sie herunter. Das tausendfache Tippeln langer Spinnenbeine dröhnte dumpf in Kadlins Ohren und ließ den Sumpfboden unter ihren Füßen leicht vibrieren. Diese hoffnungslose Wirklichkeit war schrecklicher als ihre schlimmsten Träume. Nie gekannte Todesangst überwältigte Kadlin, nahm sie völlig gefangen. Keinen klaren Gedanken konnte sie mehr fassen. Unüberwindbare Furcht, gepaart mit unauslöschlichem Ekel, war alles, was in ihrem Kopf existierte. Wieder konnte Kadlin nur noch schreien – oder vielmehr versuchte sie es.

In größter Eile zog Bram Kadlin mit in die Mitte des Flammenmoors, ohne sich um die krächzenden Schreie zu kümmern, die sie ausstieß.

»Stellt euch alle in einem Kreis auf, mit dem Rücken zueinander. Egal was euch vor das Schwert kommt: Stecht zu!«, brüllte der Häuptlingssohn, zog sein Schwert aus der Scheide und beobachtete, wie die monströsen Spinnen in Scharen über die Hügel krabbelten.

Sorgenvoll betrachtete der Unaru die schwarzhaarige Smar, die neben ihm voller Furcht ununterbrochen schrie. Der verräterisch wirre Glanz ihrer Augen sagte ihm, dass sie kurz vor einem Nervenzusammenbruch stand. Schließlich packte er sie grob an den Schultern, um sie dicht vor sein Gesicht zu ziehen, und legte seine Linke zart auf ihre Wange.

»Du bist ein Krieger, Kat, hörst du? Ein verdammter Krieger. Und du wirst jetzt deine Klinge genau so schwingen, wie ich es dir gezeigt habe, verstanden? Ich bin bei dir und alles wird gut werden.«

Langsam fanden Brams energische Worte einen Weg durch den Nebel der Panik, der Kadlin umgab. Ihr Gekreische verebbte und der irre Ausdruck in ihren Augen verschwand allmählich.

Sie begann zu nicken. »Ja ... ich ... Krieger!«, piepste sie und griff mit zitternden Händen nach ihrem Schwert. Brams letzter tiefer Blick ließ sie Mut schöpfen. Sie wappnete sich für das, was nun kommen würde.

Ruhig, aber zügig nahm Bram seine Angriffsposition neben ihr ein.

Dagurs weiße Zähne leuchteten in seinem dunklen Bart auf. Die immense Freude des Riesen auf die kommende Schlacht stand ihm ins Gesicht geschrieben. Er hielt ebenfalls seine Waffe parat und stand zur Abwehr bereit. »Endlich mal wieder ein richtiger Kampf. Ich hatte schon Angst, mein Schwertarm würde einrosten.« An Lijufe gewandt, die über seiner linken Schulter hing, meinte er: »Tut mir ehrlich leid,

Kleiner, dass du nicht mitmachen kannst. Genieße einfach die Aussicht.«

Als Antwort bekam er ein schwaches Was-soll's-Nölen von ihr. Ergeben fügte sich die Smar ihrem Schicksal, das sie sowieso nicht ändern konnte. Allein der kräftige Klaps, mit dem Dagur ihren Oberschenkel versah, als er seine Hand dort platzierte, um sie festzuhalten, ließ das Mädchen kurz aufmucken. »Hääh!«

Mit einem grinsenden Kopfschütteln quittierte Bram die Begeisterung seines Freundes und den empörten Laut der noch immer bewegungsunfähigen Lu.

Mar, der neben Kat Stellung bezogen hatte und die Spinnen ständig im Auge behielt, flüsterte: »Ich habe auch die Hosen voll, Kat, aber gemeinsam werden wir das überleben.«

Vor Anspannung zuckten Slodens Gesichtsmuskeln unkontrolliert unter dem Rest des angetrockneten Schlamms. »Wir werden die verfluchten Viecher dahin schicken, wo sie hingehören: in die Abgründe zu Firus.«

»Wenn sie uns vorher nicht auffressen«, warf Atla furchtsam ein.

»Keine Angst«, versuchte Ivar seinen Kameraden zu trösten. »Sie fressen uns nicht. Sie saugen uns bloß aus. Aber vorher lähmen sie uns durch einen Biss, spinnen uns fein säuberlich ein und schleppen uns dann als Vorrat mit in ihr Nest.«

Entsetzt glotzte Atla zu Ivar, der vollkommen gelassen dastand. »Und das soll mich jetzt beruhigen?«

Koris Finger öffneten und schlossen sich unbewusst um

den Griff seines Schwertes, nervös stauchte er seine Freunde zusammen. »Könnt ihr jetzt endlich mal die Schnauze halten?«

Die Zeit des Redens war vorbei, denn die Spinnen trauten sich nach kurzem Zögern, das Flammenfeld zu betreten, der Hunger trieb sie ihrer Beute entgegen. Der Augenblick des ersten Kampfes für die jungen Krieger war gekommen und brüllend hielten sie den Spinnen stand, die sie von allen Seiten attackierten. Woge um Woge der gefährlichen Krabbeltiere rollte auf die Kämpfenden zu.

Kadlin rann der Schweiß in Strömen. Sie schlug angewidert behaarte Beine ab, die nach ihr griffen. Voller Ekel stach sie in schwarze Mäuler, die versuchten sie zu beißen, durchbohrte pralle Spinnenleiber und hackte wild auf Zangen ein, die nach ihr schnappten.

Dunkelrotes Blut floss in Strömen, tränkte den braungrünen Moorboden, aus dem immer wieder roter Dampf und Flammen aufstiegen. Doch keiner der Krieger nahm das Feuer wahr. Die Spinnen allerdings kreischten in hohen Tönen auf, da ihre Behaarung sofort zu brennen anfing. Der metallische Geruch des Blutes vermischte sich mit dem fauligen Gestank des Moores und den versengten Borsten der Spinnen.

Der Geschmack legte sich förmlich auf Kadlins Zunge, deren Kräfte mehr und mehr erlahmten. Die Zahl der Spinnen schien endlos. Stetig prasselte eine neue Welle der Monster auf die Kämpfer ein, drängte sie, ihren Kreis enger zu schließen.

»Schau mal, Lu, da kommt ja unser Drache. Der Gute hat uns gerade noch gefehlt«, schnaufte Dagur plötzlich und hievte nebenher seine Klinge aus einem Spinnentier.

Lu jaulte ein einigermaßen verständliches »Oh, gneing!«.

Die gigantische Moor-Echse hatte mittlerweile den letzten Hügel erreicht und steuerte in ihrem schwermütigen Gang direkt auf die Gruppe zu. Bei ihrem Anblick verloren die jungen Krieger den Mut und auch Dagurs Miene wirkte nicht gerade glücklich, denn nach wie vor stürmten die Spinnen in Massen auf sie ein. Ein Ende schien nicht in Sicht.

»Heute ist nicht der Tag unseres Versagens, Brüder, sondern ein Tag, an dem wir Aret unsere Stärke und unseren unbeugsamen Willen beweisen werden!«, schrie Bram voller Zorn.

Unablässig schwang der blonde Hüne sein Schwert in kraftvollen Bewegungen, zerteilte Leiber, trennte Köpfe und Glieder ab. Ein Haufen toter, verstümmelter Spinnen zeigte, wo der Krieger gewütet hatte.

Die schwarzhaarige Smar biss die Zähne zusammen, ignorierte die Schmerzen in ihren Armen und das Zittern ihrer Beine. Tränen der Wut und der Angst hinterließen eine helle Spur auf ihren dreckigen Wangen. Ihr ganzes Gesicht war mittlerweile von Blutsprenkeln bedeckt. Keuchend versuchte sie das eiserne Schwert für einen erneuten Schlag zu heben, doch ihre Muskeln versagten vollends den Dienst. Kadlin strauchelte und schlug mit der Kehrseite auf den Boden auf. Eine der angreifenden Spinnen war sofort über ihr. Sie öffnete das Maul, um ihre Giftzähne in Kadlins Fleisch zu versenken. Unerwartet warf sich Mar mutig dazwischen. Und obwohl Bram den Spinnenkopf noch rechtzeitig entzweispalten konnte, streifte der herunterfallende Teil mit dem Giftzahn Mars Hüfte. Ein Riss in dessen Lederhose verfärbte sich rasend schnell blutrot.

»Nein!«, kreischte Kadlin erschüttert, aber Mar schüttelte atemlos den Kopf.

»Es ist nur ein Kratzer«, meinte der junge Unaru leichthin. Einen Moment später jedoch weiteten sich seine Augen und das betroffene Bein knickte unter ihm weg. Der Junge konnte sich nur mit Müh und Not aufrecht halten.

Bram zerrte Kadlin wieder hoch und bevor er weiterkämpfte, mahnte er die beiden: »Ein Krieger gibt niemals auf. Nie!«

Die Spinnen hatten nun auch die Echse entdeckt und begruben sie unter einer Angriffswelle. Kadlin war nicht mal mehr in der Lage zu hoffen, dass ihnen der Kampf mit dem Moor-Drachen erspart blieb, denn sie war viel zu erschöpft und die Feinde viel zu zahlreich.

Mit einem Mal erschallte ein mehrfaches hohes Kreischen und die Spinnen, die eben noch die Echse unter sich begraben hatten, entfernten sich schnell von dieser. Teilweise qualmten den Spinnen die Beine, Leiber oder Köpfe.

»Seht euch das an, was ist mit den Spinnen auf einmal los?«, rief Kori.

Gebannt beobachteten die kämpfenden Krieger, wie andere Spinnen sich dem Moor-Drachen näherten, ihn kurz berührten und anfingen zu kreischen. Jeder Körperteil der Spinnen, mit dem die Echse in Berührung kam, begann sich unter Qualm aufzulösen, was ihnen unsägliche Schmerzen bereitete. Die verletzten Spinnen zogen sich zwar vor ihrem

Echsen-Feind zurück, aber ständig rückten neue nach, die ihren Angriff fortsetzten. Der Moor-Drache wirkte jedoch genauso munter wie zuvor, anscheinend durchdrang kein einziger Spinnenbiss seine dicken Hautplatten.

Ivar blickte über die Schulter, während er weitere Spinnen mit seinem Schwert abwehrte, und rief: »Die Haut des Drachen scheint ätzend zu sein, genauso wie bei den Sumpffröschen.«

Sloden lachte hysterisch. »Super, ein Drache, den du nur anzufassen brauchst, um zu verrecken.«

Dagur schüttelte fassungslos den Kopf und verfolgte den Kampf der Kreaturen weiter, der sich vor ihm abspielte. »Jungs, den braucht ihr nicht mal zu berühren. Das Teil rotzt euch einfach nur an.«

Das Unfassbare, was keiner der Krieger für möglich hielt, geschah, genau wie Dagur es gesagt hatte. Der Drache verspritzte aus seinen Nasenlöchern eine Flüssigkeit, die alles wegätzte, was sie traf. Er drehte und wendete dabei seinen Kopf, um möglichst viele seiner Angreifer zu erwischen.

Die getroffenen Spinnen torkelten kreischend zurück und bildeten mit Abstand einen Kreis um die Echse, die inzwischen im Flammenfeld angelangt war.

Eine winzige Flamme züngelte kurz aus dem Boden, doch die reichte aus und urplötzlich entstand ein Inferno. Alles, was der Drache zuvor mit seiner Flüssigkeit getroffen hatte, fing Feuer und brannte lichterloh. Jede Spinne, die ihn berührt hatte oder von seinem Sekret benetzt war, stand in Flammen.

Wild krabbelten die Tiere schreiend durcheinander und steckten dabei die unversehrten ebenso in Brand. Lodernd peitschte das Feuer durch den wuselnden Pulk der Spinnen und glimmende Funken flirrten in den Himmel. Eine glühende Hitze breitete sich wellenartig aus. Lautes Knistern mit dem unverkennbaren Geruch von verschmortem Fleisch und Haaren erfüllte die Luft. Das qualvolle Kreischen der Spinnen schrillte schmerzhaft hoch in den Ohren der Kämpfer.

Letztendlich verendeten fast alle Spinnen und jene, die mit dem Leben davonkamen, suchten eiligst das Weite.

Die Krieger starrten sprachlos den davonjagenden Spinnentieren nach, die von ihnen abgelassen hatten, bis Dagur brüllte: »Auf was wartet ihr? Lauft, verdammt! Bevor das Vieh uns noch grillt.«

Bram schnappte Mars Arm, den er sich auf die Schulter legte, und half dem Jungen beim Fliehen. Gemeinsam konnten sie dem Moor-Drachen entkommen, der, Sari sei Dank, zu den lahmsten Geschöpfen von Aret zählte.

Völlig ausgelaugt und am Ende ihrer Körperkräfte, gelangten sie wieder bei ihrem morgendlichen Landeplatz an. Dagurs schriller Pfiff ließ die Optera anfliegen und noch nie war Kadlin so glücklich gewesen, Kleines zu sehen.

Mar humpelte zu seiner Optera. Kori, der sich an der Hand eine leichte Verletzung eingefangen hatte, bezahlte dafür ebenfalls mit einem schlaffen Arm. Lijufe, die die ganze Zeit über Dagurs Schulter baumelte, meldete sich zurück.

»Mang, kangst gu mig jegz vong ger gulter laggeng? Geing Gaug gug geh.«

»Was?«, lachte Dagur.

Kadlin saß auf ihrer Optera und sah Dagur amüsiert zu, wie er Lijufe auf den Boden stellen wollte, diese jedoch umzufallen drohte, weswegen er sie wieder auf die Arme hob.

»Lu wollte von deiner Schulter runter, weil ihr ... ihm der Bauch wehtut.«

Ein schiefes Grinsen verzog Dagurs Lippen, er nickte und setzte sich mit ihr auf seine Maxi-Optera. Behutsam bettete er das Mädchen vor sich, griff um sie herum an die Zügel und meinte flapsig: »Übrigens, Bruder, beim nächsten Kampf lässt du dich hoffentlich nicht so hängen.«

»Agh, halg gi glagge«, seufzte Lijufe und schmiegte ihren Kopf an die gewaltige Brust des bärtigen Kriegers. Mit einem Finger hob Dagur Lus Kinn an, um ihr Gesicht besser sehen zu können. Gespielt entrüstet kräuselte er seine Stirn.

»Hast du etwa gerade zu mir ›Halt die Klappe‹ gesagt?«

Mit unschuldigen Augen versuchte Lijufe den Kopf zu schütteln, was ihr beinahe gelang und Kadlin leise lachen ließ.

Eine ganze Weile betrachtete Dagur Lu eingehend, die er in seinen Armen hielt. Ein verwirrter Ausdruck erschien auf den Zügen des Riesen und Bram glaubte, dass bei seinem Freund der Edelstein gefallen war.

»Lu, du hast wirklich wunderschöne Augen für einen Krieger«, brummte Dagur und trieb damit drei Leute an den Rand der Verzweiflung.

* * *

Lijufe konnte nach dem Heimflug wieder auf eigenen Füßen stehen und das Erste, was die Mädchen machten, war, sich abseits der Jungs im Fluss zu waschen. Zu ihrer Überraschung hatte das Moorbad sie nicht nur vor starken Verbrennungen geschützt, sondern ihrer Haut eine Weichheit und Ebenmäßigkeit verliehen wie selten zuvor. Und gerade das war in ihrer Situation überhaupt nicht wünschenswert. Kaum legten sie ihr Haupt auf das Nachtlager, fielen ihnen auch schon die Augen zu.

Der darauffolgende Tag brach mit einem strahlenden Morgen an und Bram kannte keine Gnade, wie üblich weckte er seine Schützlinge zum Training.

Als Bram ihr Zelt aufsuchte, konnte er der Versuchung einer schlafenden Kadlin nicht widerstehen und trat dicht vor ihr Lager. In stummer Ehrfurcht bewunderte er ihre Schönheit. Ihr Haar, das nach dem Bad wieder mit seiner blauschwarzen Farbe bestach, glich einem sternenklaren Nachthimmel voller wunderschöner Glanzlichter in einer unendlichen Tiefe. Die vollkommenen Bögen ihrer Brauen verliehen ihrem Gesicht eine ausgesuchte Feinheit. Ihre langen Wimpern ruhten mit einem bezaubernden Schwung auf ihren Wangen. Von stolzer Herkunft zeugte ihre schmale Nase, unter der der appetitlichste Mund zu finden war, den er je gesehen hatte. Es war kein Wunder, dass er jede Nacht davon träumte, sich an diesen vollen roten Lippen zu laben, die ihm süßer als jeder Honig erschienen.

Im letzten Augenblick ertappte sich Bram selbst dabei, wie er neben dem Mädchen kniete und mit seinem Mund direkt über ihren Lippen schwebte. Entsetzt über die Begierde, die ihn überrannt hatte, entfernte er sich von ihr.

Das Bewusstsein, dass Kat die Smar war, die er schon auf dem Fastmö begehrt hatte, machte alles noch schlimmer für ihn. Wie lange sollte er dieses Spiel noch aushalten? Er wollte sie besitzen, sie zur Seinen machen und doch durfte er dies nicht wollen. Denn er kannte den Grund nicht, der hinter dieser Maskerade steckte. Vielleicht sollte er die Farce hier und jetzt beenden, sie mit einem Kuss überraschen und ihr beweisen, dass sie ihm ebenso verfallen war. Er hatte, bei Sari, lange genug gelitten, aber sie? Was, wenn er ihr doch nicht gefiel, wenn seine Vermutungen falsch waren, wenn er sich irrte? Was, wenn es doch nur ein perfider Plan war? Sie ihn lediglich blamieren oder ausspionieren wollte? Nein, erst wenn er sich sicher war, dass sie die gleichen Gefühle für ihn hegte, wenn sie gelitten hatte wie er, würde er sich das holen, was er seit dem Fastmö begehrt hatte.

»Kat? Liebes?«, raunte Bram und lächelte, als er bemerkte, wie Kadlin im Schlaf zufrieden schmunzelte.

Sie wand sich wohlig, mit einem herrlich weiblichen Seufzen, das ihn seine Vorsätze beinahe vergessen ließ. Der Unaru beschloss, dass es für sein Vorhaben günstiger wäre, wenn Kat bei klarem Verstand war. Denn dann könnte er vielleicht sogar das Verlangen in ihren Augen glühen sehen.

Im Verlauf seiner Überlegungen nahm Bram eine Bewegung von Lu wahr, die ihre Decke neben Kats hatte. Zu seinem Schrecken schlief Lu nicht, sondern beobachtete ihn aufmerksam. Interessiert musterte sie ihn und der Unaru fragte sich, ob sie auch seinen Beinahe-Kuss gesehen oder nur sein Kosewort gehört hatte. Unschlüssig darüber, wie er darauf reagieren und die ganze Situation handhaben sollte, hielt er die Luft an.

Stückchenweise hoben sich Lus Mundwinkel zu einem stillen Lächeln und ihre Augen teilten Bram offen mit, was er allmählich begriff: Sie würde jetzt nichts sagen, wie auch später nicht, sie würde sein Geheimnis für sich behalten, wenn er ebenso für sich behielt, dass sie Bescheid wusste. Der Häuptlingssohn grinste und nickte unmerklich, dass er ihr stillschweigendes Abkommen einhalten würde.

Mit einem Räuspern ging er zum Fußende ihres Lagers. »Kat, Lu, kommt schon, Jungs. Wacht auf! Training ist angesagt«, tönte er schroff und tippte mit dem Fuß gegen ihre Sohlen, genauso wie er es bei seinen anderen Schützlingen machte.

Kat begann sich zu strecken und mit einem verschlafenen »Ja, ja wir traben gleich an« wurde Bram von ihr entlassen.

Das Training verlief fast wie unzählige zuvor, nur etwas langsamer als sonst. Der Tag im Flammenmoor forderte von jedem seinen Tribut, ohne Ausnahme, lediglich auf unterschiedliche Weise.

Die Mädchen und Jungs waren körperlich ausgelaugt.

Bram war von Kadlins Durchhaltevermögen fasziniert. Er zollte ihrem Mut und ihrem Willen Respekt.

Dagur dagegen war verstört, weil er spürte, dass mit Bram etwas nicht stimmte, bloß was es war, konnte er sich nicht erklären. Dass Lu ein ungewöhnlicher Junge war, war dem riesenhaften Unaru im Moor noch deutlicher geworden. Das war ihm jedoch völlig egal, denn bei keinem Menschen sonst fühlte er sich so gut, so verstanden und geachtet wie bei dem kleinen Kerl.

Sie übten gerade das Bogenschießen, als zwei Optera über das Lager hinwegflogen. Ein Reiter war auf Anhieb als Frau zu erkennen, denn ihr flammend roter Haarschopf wehte elegant im Wind. Betrübt stellte Kadlin fest, wie Dagur Bram vielsagend mit der Schulter anschubste und in Richtung der Reiterin nickte, die dieser mit wachem Blick verfolgte.

»Das ist doch Minea. Was will sie hier?«, fragte Dagur seinen Freund, was Kadlin beunruhigte, denn es schien zu bedeuten, dass Bram die Frau sehr gut kannte.

Tatsächlich ließ Bram seinen Bogen liegen und ging auf das Mädchen zu, das ihm mit einem freudigen Strahlen entgegeneilte. Mit einem glücklichen Aufschrei warf sie sich in seine Arme und er drückte sie innig, was Kadlin einen Stich mitten ins Herz versetzte.

Schnell schaute sie weg, denn sie wollte auf keinen Fall den Kuss sehen, den er ihr gab, der doch ihr gehören sollte. Überrascht stellte Kadlin fest, dass sie Bram als ihr Eigentum betrachtete – als Ehemann, der er nicht sein wollte. Sie schluckte und feuerte ihren Bogen ab. Natürlich flog das Geschoss neben das Ziel, was sie noch mehr verärgerte.

»Hey, Kat, komm doch mal, ich möchte dir jemanden vorstellen.« Brams tiefe Stimme klang laut genug zu ihr herüber, als dass sie sie ignorieren konnte.

Sicher würde er so lange nach ihr schreien, bis sie sich zu

ihm umdrehte. Mürrisch blickte Kadlin zu Lijufe, die, angesichts ihrer unglücklichen Miene, offensichtlich das Gleiche dachte wie sie. Zum Firus, sie wollte seine Geliebte nicht kennenlernen. Sie hatte keine Lust darauf, zu sehen, wie er sich der ollen Bergziege an den Hals warf und ihr womöglich das Halszäpfchen mit seiner Zunge kitzelte. Verflucht, sie wollte diese olle Bergziege sein.

»Kat, komm doch bitte«, schallte es abermals.

»Oh, er sagt sogar bitte«, nuschelte Kadlin spitz, worauf Lijufe den Mund zu einer Schnute verzog. Mit einem entnervten Schnauben ging die Häuptlingstochter zu Bram und seiner Freundin hinüber, die zu ihrem Leidwesen ein wunderhübsches Paar abgaben.

Die Bergziege war nämlich die personifizierte Traumfrau aller Männer. Ein Mädchen, das nicht nur mit ihren üppigen Kurven jeden Kerl in den Bann zog, sondern deren Gesicht von erlesener Schönheit war. Ihre wundervollen Wellen schimmerten wie das Abendrot über Aret und bildeten mit den blauen Augen, die silbern wie Saris Ringe funkelten, einen anbetungswürdigen Kontrast.

Wie sehr sie diese Frau hasste, die in ihrem Alter sein musste und ihren Arm wie selbstverständlich um Brams Hüfte gelegt hatte! Wie sehr sie den blonden Krieger hasste, weil er seinen um ihre Schulter gelegt hatte und das Weib immer wieder an sich drückte! Vielleicht würde er damit aufhören, wenn sie ihm ein paar mit dem Bogen über den Schädel braten würde? Irgendwie schien der da unbedingt hinzuwollen.

»Minea, das ist Kat, einer meiner Jungs«, machte Bram die Frauen miteinander bekannt und fuhr lächelnd fort. »Er ist vielleicht nicht der attraktivste Mann, aber ein zäher Bursche.«

Bram klopfte sich im Geiste für diese Aussage selbst auf die Schulter, denn sie war nicht mal gelogen, zumindest fast. Schließlich war Kat kein Mann, sie war zwar zäh, aber kein Bursche.

Kadlin schoss das Blut über diese Beleidigung in den Kopf. Krampfhaft würgte sie ihre Wut herunter und zerrte sich beinahe einen Gesichtsmuskel bei dem Versuch zu lächeln. Einen Ton brachte sie allerdings nicht heraus, was aber gar nicht nötig war, denn das Paar bestritt alleine die Unterhaltung, die zu ertragen ihr fortwährend schwerer fiel.

»Bram, du bist unmöglich«, sprach die junge Frau verlegen und nutzte die Gelegenheit, um eine ihrer gepflegten Hände auf Brams Brust abzulegen.

Kadlins Augen nahmen sofort deren Verfolgung auf und schleuderten giftige Pfeile auf Minea, die es wagte, ihren Bram zu begrapschen.

Galle stieg der Smar hoch und zu ihrem Grausen bohrte Bram fidel in der offenen Wunde ihres Herzens herum.

»Ist Minea nicht eine Augenweide, Kat? Jeder Krieger könnte sich glücklich schätzen sie sein Eigen zu nennen. Findest du nicht auch?«

Der Höhepunkt war für Kadin der, als er der Rothaarigen einen zärtlichen Kuss auf die Wange drückte, den diese mit einem Kichern quittierte.

»Bei Sari, was ist denn bloß mit dir los? Willst du mich unbedingt an den Mann bringen? Ich dachte, du würdest mich vermissen?«, flötete die attraktive Unaru.

Stetig kämpfte Kadlin mit dem cholerischen Anfall, der sie jeden Moment hinwegschwemmen würde. Verzweifelt knautschte sie den Bogen in ihren Händen und versuchte die Schüttelattacken ihres Körpers zu beherrschen.

Brams Brust hob sich in einem tiefen Atemzug. Haha, sie war unbestreitbar eifersüchtig und platzte bald. Kats Nase, deren entzückende Flügel wieder flatterten, verriet ihm, wie es um sie stand. Sie hatte sofort nach Dagurs Gebaren bemerkt, dass er Minea kannte. Letztendlich war es ihr böser Blick gewesen, der ihn dazu anspornte, ihre Eifersucht zu schüren. Wie sie sofort Mineas Hand angestarrt hatte, als diese ihn berührte! Und nach seinem Kuss schien Kat nicht nur Minea erdolchen zu wollen, sondern ihn gleich mit. Sollte er die kleine Smar wieder fröhlich machen?

Bram lächelte sinnlich und überwachte nebenher aus den Augenwinkeln Kats Mimik. »Natürlich vermisse ich dich, Liebling. Schließlich bist du meine Schwester. Wie könnte ich dich nicht vermissen?«

Kapitel 22

Brüder und Schwestern

Lijufe behielt Bram genau im Auge. Na, das war ja ein Ding – aber eindeutig ohne Dingeling! Hatte er eine Geliebte? Sollte sie sich in dem blonden Unaru getäuscht haben? Heute Morgen, als sie den Krieger dabei erwischte hatte, wie er Kadlin beinahe küsste, hätte sie schwören können, dass er über beide Segelohren in ihre Freundin verliebt war. Wie er sich in Kadlins Anblick verloren hatte und diese auch noch ›Liebes‹ genannt hatte! Himmel, sie hoffte wirklich, diesen innigen Ausdruck von Verliebtheit bald auf Dagurs Gesicht sehen zu dürfen. Vorausgesetzt dieser schwerfällige Bär würde überhaupt jemals begreifen, dass sie seine Smar war. Aber nun hielt genau jener verliebte Bram eine rassige Rothaarige im Arm, strahlte wie ein besoffener Rindenkäfer und zertrümmerte damit Kadlins Herz. War dieser Krieger einer dieser widerlichen Weiberhelden, die nichts anbrennen ließen? Hätte sie Kadlin sagen sollen, dass Bram über ihre Maskerade Bescheid wusste? Natürlich sollte sie das tun, aber ... Wenn der Unaru es eh wusste und sie beide nicht aus dem Lager warf, warum sollte sie dann Kadlin beunruhigen? Gut, sie wollte es ihr nicht sagen. Kadlin würde womöglich das Lager verlassen wollen aus irgendwelchen dummen Gründen wie

Stolz, Ehrgefühl oder verletzte Eitelkeit. Sie würde Dagur nie wiedersehen. Nein, ihr Herz rebellierte dagegen, den Riesen zu verlassen. Wenn dieser Trottel von Bram jedoch die andere Frau weiter so an sich drückte, würde Kadlin auf der Stelle ihre Siebensachen packen. Mist!

Unverhofft erhellte sich jedoch Kadlins Gesicht. Die verkrampfte Körperhaltung des schwarzhaarigen Mädchens wurde auf einmal locker. Sie wechselte sogar mit der anderen Frau ein paar Worte und schlenderte mit starrer Miene zu Lijufe zurück.

»Wer, zum Firus, ist das Weib?«, löcherte diese ihre Freundin sogleich.

Kadlin zuckte mit ihren Schultern. »Ach, bloß seine Schwester.«

»Sari sei Dank! Ich dachte schon ...«, schnaufte die braunhaarige Smar erleichtert auf.

»Wieso bist du so froh darüber?«, erwiderte die Häuptlingstochter und setzte ihre Übung mit dem Bogen fort.

Obwohl Lijufe wusste, wie ihre Freundin reagieren würde, sprach sie es aus: »Na, weil du in ihn verliebt bist.«

Prompt verfehlte der Pfeil, den Kadlin in diesem Augenblick abgeschossen hatte, die Strohscheibe und landete dahinter in einem Gebüsch. Wütend drehte sie sich zu ihrer Freundin. »Bin ich überhaupt nicht! Und vergiss es! Ich werde nicht mit dir darüber streiten.«

Lijufe rückte näher an sie heran und murmelte beschwichtigend auf sie ein: »Er dachte damals auf dem Fastmö, dass wir ihm was Böses wollen. Woher hätte Bram wissen sollen, dass wir es um des Friedens willen tun? Er bat dich damals zum Baum der Verbindung, weil er dich wollte, Kat. Wenn er heute, wo er dich besser kennt, noch mal vor dieser Entscheidung stünde, würde er bestimmt bei dir bleiben.«

Kadlins Augen glänzten feucht und sie schluckte. »Ich weiß es nicht, Lu. Und es spielt auch keine Rolle mehr. Wir sind Ausgestoßene, eine Verbindung zwischen Bram und mir würde die Lage zwischen den Unaru und den Smar nur verschlimmern. Abgesehen davon: Er ist der Nachfolger von Cnut, er muss eine Verbindung eingehen, die zum Wohle des Stammes ist. Warum sollte er mich, eine Ausgestoßene, wählen?«

Die Lippen des braunhaarigen Mädchens pressten sich bei dieser traurigen Antwort zusammen. »Hat dir schon mal jemand gesagt, dass es überhaupt keinen Spaß macht, dich zu trösten? Musst du immer so schwarzsehen und dann auch noch Recht haben? Ich hasse es!«

Ein schmerzliches Grinsen heftete sich auf Kadlins Züge. Wie sehr sie sich wünschte Unrecht zu haben! Wie sehr sie sich wünschte Bram sagen zu dürfen ... Ja, was eigentlich? Dass sie ihn für einen verantwortungsvollen Lehrmeister und einen mutigen Krieger hielt? Dass sie glaubte, dass ihr nichts geschehen könne, wenn er bei ihr war? Oder dass er der bestaussehende Mann war, den sie kannte? Dass sein Anblick ihr den Atem nahm, dass sie sich bei ihm lebendiger fühlte denn je? Dass sie ihm nicht nah genug kommen konnte, dass sie – verdammte Hühnerkacke – eine Frau war und von ihm als solche behandelt und geliebt werden wollte? Dass sie ihn liebte? Sari sei ihr gnädig! Sie liebte diesen Mann.

»Bram, verdammt, was heckst du schon wieder aus?«, zischte Minea ihren Bruder an und betrachtete ihn lauernd. »Du weißt sehr wohl, dass dieser Junge ein verflucht hübsches Mädchen ist. Tu nicht so überrascht! So, wie du dich hier gerade aufgeführt hast und wie du die Kleine anschaust, bist du dazu auch noch scharf auf sie.«

Hatte er wirklich gedacht, er könnte sie auf den Arm nehmen? Für wie blöd hielt er sie eigentlich?

»Pssst! Nicht so laut.« Mit einem beschwörenden Blick zog Bram seine Schwester abseits zu einem Baum, wo sie unbelauscht reden konnten. »Ja, ich weiß, dass Kat ein Mädchen ist, und ... finde sie ganz ... nett. Aber sie weiß nicht, dass ich das weiß.« Voller Stolz grinste der Unaru, bis sich seine Brauen grübelnd zusammenzogen. »Wieso weißt du das überhaupt?«

Minea verzog ihre Miene zu einem lautlosen ›Ist das dein Ernst?‹. »Ich bitte dich, sogar ein Varp mit Stock hätte gleich erkannt, dass Er eine Sie ist. Was wird hier gespielt? Spuck es aus, Bruder!«

Der blonde Krieger stöhnte genervt. »Ehrlich, Minea, ich hab keine Ahnung. Dagur schleppte sie an, wir hielten sie für zwei Otulp-Jungs oder vielmehr gaben sie sich als solche aus. Ich ... ich habe erst vor kurzem bemerkt, dass sie keine Knaben sind.«

Mit dem letzten Eingeständnis hatte Bram gezögert und das war ein Fehler, denn seine Schwester legte den Kopf schief und ihre Augen wurden zu gefährlichen Schlitzen.

Jetzt musste er ganz genau aufpassen, was er sagte, sie würde ihm sonst gehörig in den Arsch treten, wenn sie erfuhr, dass er mit diesem Mädchen die Nacht verbracht hatte, ohne mit ihr verheiratet zu sein. Eigentlich würde er so was auch nie einem unschuldigen Mädchen antun. Aber diese schwarzhaarige Smar war nicht unschuldig. Außerdem machte sie ihn so wild, dass er zugeben musste, dass er sie jederzeit verführen würde, ohne Rücksicht auf die Gebote der Clangemeinschaft. Sobald sie zugab ein Mädchen zu sein, sobald sie dieses Versteckspiel aufgab, wäre sie fällig. Das war das Einzige, was sie noch vor ihm beschützte. Ein Satz nur würde genügen. Bloß die vier Worte ›Ich bin ein Mädchen‹ würden ausreichen, um die Mauer zu Fall zu bringen, hinter der er seine animalische Begierde verbarg.

»Sie? Es sind zwei Mädchen hier im Lager?«, wisperte Minea schockiert. Ihr Blick wurde hart wie Stahl. »Wann hast du gemerkt, dass es Mädchen sind? – Oder sollte ich eher fragen, wie?«

Bram schwieg, verschränkte die Arme vor der Brust und versuchte, Minea mit einem herablassenden Blick zum Schweigen zu bringen. Der leider gar nicht zog. Kein bisschen.

Vorwurfsvoll hakte die rothaarige junge Frau nach. »Du hast sie doch nicht etwa nackt gesehen?«

Das war gar nicht gut, Minea war jetzt schon wütend. Verflucht, er war ein Mann, natürlich würde er eine nackte Frau anschauen. Er würde sich jetzt dafür sicher nicht schämen, geschweige denn dafür Abbitte leisten. Irgendwie musste er jedoch wohl schuldig aus der Wäsche glotzen, denn ihre Augen wurden so groß wie Tjör-Birnen.

»Reg dich ab! Ich hab bloß Kat unbekleidet gesehen«, schnaubte Bram ungehalten, was aber irgendwie nach einer Entschuldigung klang.

»Bloß Kat? Ich würde sagen, das ist mehr als genug, mein Lieber. – O nein, warte! Nein! Du wirst rot, Bram. Da war mehr.« Plötzlich schnappte die Minea ihren Bruder am Kragen. »Bram, hast du mit dem Mädchen etwa ...?«

»Verdammt, ich konnte nichts dafür. Es war keine Absicht«, verteidigte sich Bram und griff nach Mineas Handgelenken, um sie von seiner Tunika zu entfernen.

Die junge Frau ließ von ihrem Bruder ab und lachte ungläubig auf. »Keine Absicht? Willst du mich veräppeln? Wahrscheinlich erzählst du mir jetzt gleich, dass du aus Versehen auf sie draufgefallen bist?«

»Nein, wir ... Also, Dagur und ich machten mit ihnen ein Berusat ...«, begann Bram verschämt mit seiner Erklärung, wurde dann jedoch von seiner Schwester stürmisch unterbrochen.

»Brennt euch beiden eigentlich die Lederhose oder was stimmt mit euch beiden Kriegern nicht?«, schrie sie total entgeistert. »Du weißt doch genau, was das für die zwei Mädchen bedeutet! Kein Krieger wird sie nun jemals erwählen ...«

Bram zischte dagegen. »Mann, Minea, wir wussten doch nicht, dass es Frauen waren. Erst am Morgen haben wir es erfahren. Hätten wir es zuvor gewusst ...«, und nun war es so weit, bewusst log er seine Schwester an, »... hätten wir ihnen nie die Rauschfrüchte angeboten. Sie gaben sich als vaterlose Knaben aus, die geächtet außerhalb ihres Clans leben würden. Ich wollte doch nur ...«

Mit einem verächtlichen Blick schüttelte Minea den Kopf und in diesem Augenblick traf Bram eine Erinnerung, die ihn tief in seinem Herzen schmerzte.

Dieses ›Ich wollte doch nur...‹ hatte er selbst einmal als lapidare Ausrede abgetan, hinfort gefegt mit einer Beleidigung. Genau das Gleiche hatte Kat zu ihm auf dem Fastmö gesagt und er hatte ihr nicht zugehört, weil er glaubte die Antwort, die Wahrheit zu kennen, obwohl er überhaupt nichts gewusst hatte. Nun allerdings wusste er, wie sie sich gefühlt haben musste. Wobei ihre Situation noch viel schlimmer gewesen war, denn er hatte sie zudem noch blamiert, indem er sie unter dem Baum der Verbindungen einfach stehen gelassen hatte, vor den Augen aller Clans.

Enttäuscht und verärgert über sich selbst und seine Arroganz, schloss er kurz seine Lider. Die neue Frage seiner Schwester ließ ihn die Augen jedoch wieder befangen aufreißen.

»Hast du mit ihr geschlafen?«

Es war Bram zu peinlich, er brachte es nicht fertig, sie anzusehen. »Ich ... kann mich nicht erinnern.«

Verwirrt betrachtete Minea ihren Bruder, der jeden Augenkontakt mit ihr scheute. Sie wusste, dass die Krieger beim Berusat Rauschfrüchte aßen und zusammen in der Gruppe die Nacht verbrachten, denn ihr Vater und Bram kamen immer erst morgens wieder in ihr Zelt zurück.

»Wenn du erst morgens, nach dem Berusat, bemerkt hast, dass sie ein Mädchen ist, dann ... Bei Sari, ihr seid nackt aufgewacht, oder? Aber ... Wieso, weiß sie dann nicht, dass du es wei... Oh, du mieser Sack! Du hast dich schlafend gestellt?«

Minea atmete laut aus. Das war ja noch alles verdrehter als gedacht und dem Eindruck nach zu urteilen, den Bram machte, war er selbst durcheinander, was hieß: Er empfand etwas für das Mädchen.

Behutsam legte sie ihre Hand auf Brams Oberarm und wartete, bis er sie ansah. »Bruder, du weißt, was die Ehre von dir verlangt? Du musst eine Verbindung mit ihr eingehen.«

Bram schaute sie mit runden Augen an. »Das kann ich nicht. Sie ist eine Smar.«

Alle Farbe wich aus Mineas Gesicht. »Was? Eine Smar?«, wiederholte sie atemlos. Ruhelos wanderten Mineas Augen umher, als versuche sie, etwas zu verstehen. Und mit einem Mal war die junge Unaru völlig aufgelöst. »Um Saris willen, das steckt womöglich dahinter.«

»Was steckt wohinter?«, argwöhnte Bram.

Konfus schüttelte die rothaarige Frau den Kopf. »Ich kam her, um mich von dir zu verabschieden, weil Vater wollte, dass ich für unbestimmte Zeit den Clan verlasse und bei den Hesturen bleibe. Ebenso sollte ich dir ausrichten, dass du unter allen Umständen die verbleibende Zeit des Trainingslagers nutzen und die Jungs besonders gründlich im Schwertkampf unterrichten sollst.«

Entsetzt schlug sie sich die Hände vor den Mund und Wasser trat in ihre Augen. »Es – es wird zu einer Schlacht kommen. Vater bereitet alles darauf vor. Mich bringt er in Sicherheit und, und ...« Der jungen Frau versagte, angesichts der Aussicht, ihren Bruder in einer Schlacht zu verlieren, die Stimme.

Bram versteinerte und seine Gedanken überstürzten sich. Minea hatte Recht, die Anordnungen seines Vaters deuteten auf einen bevorstehenden Krieg hin. Hing Kats Anwesenheit damit zusammen, war es gar eine Falle? Sollten die beiden Mädchen, vielmehr ihre Anwesenheit, einen Angriff der Smar rechtfertigen? Das Kriegsverbot würde noch knapp zwei Wochen bestehen, genauso lange währte auch ihr Lager. Die Zeit drängte also.

Bram wäre am liebsten auf der Stelle zu seinem Vater geflogen, um alles in Erfahrung zu bringen. Doch das hieße Cnuts Befehl zu missachten, was er nicht tun wollte. Denn wenn sie sich wirklich in dieser gefährlichen Situation befanden, war die Ausbildung der Kämpfer tatsächlich das Wichtigste im Moment. Kat als Smar zu entlarven und zu versuchen deren Absichten herauszubekommen, traute er sich nicht. Denn damit würde er auch ihren einzigen Vorteil preisgeben, nämlich, dass sie einen Angriff vermuteten und dafür gewappnet waren. Womöglich standen Kat und Lu mit ihrem Clan in Verbindung und dieses Risiko konnte er nicht eingehen. Es gab bloß einen, der möglicherweise mehr wusste, der ihm eine Antwort geben konnte.

»Wo ist der Krieger, der dich begleitet?«

»Er wollte einen der Lehrmeister aufsuchen«, entgegnete Minea betrübt.

»Ich muss sofort mit ihm reden«, erwiderte Bram und marschierte mit eiligen Schritten ins Lager zurück, um Mineas Begleiter ausfindig zu machen. Seine Schwester rannte ihm hinterher, immer dicht auf den Fersen.

Bald hatten sie den Krieger gefunden. Doch zu Brams Pech wusste dieser nichts Genaues, nur, dass demnächst eine Menge Otulp- und Unaru-Krieger Brams Lager besuchen kämen. Sie alle sollten noch mal ein Schwertkampftraining absolvieren. Der Mann meinte, dass nichts Außergewöhnliches im Dorf vorgefallen wäre und ihm von einem bevorstehenden Angriff der Smar nichts bekannt sei. Er glaubte, Cnut treffe lediglich vorbeugende Maßnahmen, da das Kriegsverbot bald ablaufen würde. Diese Aussagen konnten Bram jedoch nicht richtig beruhigen.

Minea flog noch am gleichen Tag mit ihrem Begleiter weiter und wie dieser angekündigt hatte, trafen nach und nach sowohl Otulp- als Unaru-Krieger ein, um zu trainieren. Tage mit Schwert- und Speerübungen vergingen. Und einer davon blieb Kadlin ganz besonders im Gedächtnis haften.

* * *

Am Nachmittag unterrichtete Bram sie im Nahkampf. Dies war gewöhnlich, ungewöhnlich war allerdings die Tatsache, dass Bram die Rolle ihres Gegners übernehmen wollte. Normalerweise ließ er seine Schützlinge untereinander kämpfen, aber niemals gegen sich. Kadlin glaubte, sich verhört zu haben, als er Lijufe wegschickte und deren Platz einnahm.

»Kat«, meinte der Unaru mit gewichtiger Mimik. »Du solltest mit mir üben und Lu mit Dagur. Ihr werdet selten Krieger finden, die so klein sind, wie ihr es seid. Um euch auf den Ernstfall vorzubereiten, werdet ihr nun mit uns üben.«

Lijufe zuckte unschuldig mit den Achseln und trabte sogleich zu Dagur, dessen Hand sie schnappte. Der Riese sah seinen Freund an, als zweifle er an dessen Verstand, trottete Lu aber zahm hinterher. Kadlin konnte Dagurs Zweifel durchaus nachvollziehen.

Bram hob zynisch eine Augenbraue und das Zucken um seinen Mund war mehr als überheblich. »Ist das ein Problem?«

»Nein«, gab Kadlin eingeschüchtert zurück.

Nein, das war kein Problem, das war eine Katastrophe. Sie sollte ihn anfassen? Ihren Körper an seinen drängen? Das konnte doch nicht sein Ernst sein!

Mit leicht gegrätschten Beinen stellte Bram sich ihr gegenüber. »Ich greife dich an und du wehrst mich ab.«

Die Smar nickte ängstlich und schon kam der Unaru auf sie zu. Er packte ihre Tunika und Kadlin reagierte, wie er es sie gelehrt hatte. Sie brachte ihn zu Fall, was er willig geschehen ließ. Sie schaffte es sogar, breitbeinig auf seiner Brust zu landen und mit ihren Knien seine Oberarme am Boden festzunageln.

Während Kadlin von der Anstrengung schnaufte, fing der blonde Krieger unter ihr an, breit zu grinsen. Ein leidenschaftliches Glimmen erschien in seinen Augen und färbte diese langsam dunkelgrün. »Wärst du eine Frau, Kat, würde ich diese Stellung äußerst genießen und für ganz andere Dinge nutzen.«

Brams geraunte Worte lösten ein Kitzeln in Kadlins Unterleib aus. Ungewollt erzeugte ihr Gehirn die passenden Bilder dazu: Seine gebräunten Männerhände fuhren ihre feucht glänzenden Oberschenkel entlang bis zu ihren Pobacken und massierten diese Rundungen, während sein Mund ...

Heiße Flammen schossen in Kadlins Wangen, was dem Krieger nicht entging und ihn in lautes Gelächter ausbrechen ließ. »Junge, du bist so verklemmt wie eine Jungfrau. Hast du noch nie ein Weib unter dir gehabt?«

Ehe Kadlin wusste, was geschah, hatte Bram ihre Verwirrung ausgenutzt. Er warf sie von sich herunter und rollte sich mit ihr um die eigene Achse, bis sie unter seinem harten Körper begraben lag. Sein Gewicht drückte sie schwer in den Sand und jeder Atemzug wurde zu einer sinnlichen Pein. Jeden seiner mächtigen Muskeln schien sie zu spüren und jeden davon wollte sie mit ihren Fingern berühren. Viel zu nah waren seine hungrigen Augen und sogen sie in einen Wirbel aus Lust und Begierde. Viel zu nah ruhten seine perfekten Lippen über ihren und forderten diese zu einem erregenden Spiel heraus. Benommen bot Kadlin ihm ihren Mund dar, reckte ihm ihr Kinn entgegen und wand sich unbewusst unter ihm.

Brams Atmung wurde immer hastiger und seine Beherrschung baumelte an einem sehr dünnen Faden.

»Weißt du, wie wundervoll es sich anfühlt, wenn Mann und Frau beieinanderliegen? Wenn ihre nackten Körper beim

Liebemachen aneinanderreiben? Wie es ist, wenn sie eins werden?«, hauchte der blonde Krieger rau.

Voller Verzücken nahm er das verlangende Leuchten in Kats Augen wahr und das begehrliche Drängen ihres Körpers. Er brannte innerlich vor Verlangen nach ihr. Das Blut hämmerte wie verrückt in seinen Lenden. Verzweifelt schloss der blonde Häuptlingssohn die Lider und schluckte, um wieder Herr seiner Sinne zu werden, was ihm schwerer und schwerer fiel. Auch wenn er stets selbst bei seinen Fallen, die er für Kat auslegte, Gefahr lief, sich darin zu verfangen, so wollte er nicht einen Moment, nicht einen Atemzug davon missen. Immerzu wollte er dieses hemmungslose Begehren in ihrem Gesicht bestaunen. Das Gefühl, dass er derjenige war, der es in ihr wachrufen konnte, machte es für ihn noch faszinierender.

Der Krieger inhalierte ein letztes Mal den blumigen Duft des Mädchens, öffnete seine Augen und erhob sich. Die Verwunderung darüber, aus dem Strudel der Leidenschaft gerissen zu werden, war an ihrer Mimik deutlich abzulesen, auch die verhaltene Wut, die danach folgte.

Um Kat Zeit zu geben, ebenfalls wieder in die Realität zurückzufinden, blickte Bram zu Dagur. Lu hatte seine Absicht verstanden, die hinter dem Befehl verborgen war, den Trainingspartner zu tauschen. Mit einem kurzen Zwinkern hatte sie ihm ihre Zustimmung gegeben. Aber Dagur, der ein überdurchschnittlich starker Krieger war, war nicht leicht zu besiegen. Die braunhaarige Smar hatte mittlerweile all ihre erlernten Kniffe angewandt, um den Riesen zu Boden zu zwingen, doch keiner davon zeigte Wirkung. Der bärtige Unaru stand wie ein Berg und blickte unbeteiligt auf Lu hinunter, die an ihm herumturnte und sich abmühte. Sie hatte gerade ihre Beine um seine Kniegelenke gewickelt und versuchte vergebens, ihn nach hinten wegzudrücken, doch nichts passierte. Einer Eingebung folgend zog sie plötzlich seine Tunika hoch und fing an, ihn am Bauch zu kitzeln, was endlich ein Ergebnis zeigte. Der dunkelhaarige Krieger plumpste, von Lachkrämpfen geschüttelt, auf den Sand, was Lu dreist ausnutzte. Kichernd krabbelte sie auf den Krieger, der sich unter ihr wälzte und um Gnade japste.

In den folgenden Tagen zog Bram weiter seine rachsüchtigen Verführungspläne durch, und das, was er bezweckte, geschah: In Kadlin wuchs allmählich eine stetige Gereiztheit an. Aber genauso stieg ihr Bedürfnis, ihm nahe zu sein, und das mit jeder seiner Zurückweisungen, wenn er sie in seinen aufgestellten Fußangeln der Lust alleine hängen ließ. Beinahe jedes Mal brachte er sie dazu, dass sie völlig vergaß vorzugeben, ein Junge zu sein.

Kapitel 23

Bohnen und Farne

Die letzte Woche des Trainings brach an und Bram entschloss sich, seine Schützlinge dem Gefährlichsten auszusetzen, was er kannte: dem Orchideenwald. Nachdem er den Jungs all sein Wissen mitgeteilt, ihre Sinne geschärft, ihre Kraft und Ausdauer trainiert hatte, war dieser Wald der geeignete Ort, wo ihr Wissen und Können praktische Anwendung finden sollten.

Zwar bereitete es ihm Bauchschmerzen, dass er Kat und Lu dieser Bedrohung aussetzte, doch er wollte sie nicht alleine im Lager unter den fremden Männern lassen. Denn wenn seine Schwester erkannt hatte, dass Kat eine Frau war, könnte dies auch jemand anders erkennen. Abgesehen davon wollte er die Jungs bestmöglich auf ihren Rudam vorbereiten. Was die Mädchen nach dem Lager tun würden oder wie sie zurück zu ihrem Clan kamen, konnte er nur vermuten. Aber egal was oder wie sie es taten, der kommende Ausflug würde für sie alle von Nutzen sein.

Es war wieder einmal im Morgengrauen, als Bram und Dagur ihre Gruppe aufweckten und die Jungs über die bevorstehende Abreise in Kenntnis setzten.

»Packt euer gesamtes Hab und Gut ein, wir werden mehrere Tage unterwegs sein und nicht wieder zum Lager zurückkehren.« Entschlossen sah Bram in ihre Gesichter, aus denen langsam der Schlaf abtröpfelte.

Allmählich sickerte Brams Befehl durch Kadlins Gehirn und versetzte sie in Panik. Lijufe war anscheinend noch zu müde, um zu verstehen, was seine Aussage für sie bedeutete. Das Lager war ihnen ein neues Zuhause geworden, die Jungs waren für sie wie eine Familie, die sie nun verlassen sollten. War diese herrliche Zeit wirklich schon vorüber?

Die Verängstigung darüber war Kadlins Stimme deutlich anzuhören. »Was, wir kommen nicht wieder zurück? Ja, aber … wohin gehen wir dann?«

Zwei Mal blinzelte Bram und musste grinsen, denn das Bedauern der kleinen Smar, das Lager verlassen zu müssen, war unverkennbar echt. Da sie noch vor Müdigkeit taumelte und ihre Augen dieselbe Furcht zeigten wie ihre spontane Äußerung, war ihre Reaktion keine Heuchelei.

Dagur legte schwer seine Hand auf Kats Schulter. »Bruder, wir werden wieder dahin gehen, wo wir hergekommen sind. Zu unserem Stamm. Euer Rudam beginnt bald und sicher wollt ihr euch noch von euren Familien verabschieden.«

Den Jungs wurde klar, dass sie zum letzten Mal gemeinsam das Trainingslager der Unaru verlassen würden und dass alles, was nun folgte, das Ende ihrer Gemeinschaft einläuten würde. Betroffen sahen sie sich an. Die heitere Stimmung änderte sich schlagartig ins Gegenteil. Bram fluchte leise vor sich hin, bevor er tief Luft holte und die Truppe zusammenstauchte, um sie wieder in Schwung zu bringen.

»Hört auf, Trübsal zu blasen, ihr elenden Tranbeutel. Später bleibt euch genug Zeit dazu, die Äugelein zu reiben. Jetzt beeilt euch lieber, wir haben einen anstrengenden Flug vor uns.«

Auf ihren Optera flogen sie in südliche Richtung und landeten nach etlichen Stunden auf einer Wiese. Weit in der Ferne war schemenhaft eine Bergkette auszumachen. Eine kunterbunte Farbwolke verschlang den Hang des rechten Vorgebirges und schien sich mehr und mehr ausbreiten zu wollen.

»Das Bunte dort ist der Orchideenwald des Ostens, nicht wahr?«, fragte Mar und streichelte dabei gedankenverloren den Kopf seiner Optera.

Mit einem ernsten Nicken bestätigte Bram seine Frage.

Kori wirkte erstaunt. »Wieso des Ostens? Gibt es noch einen anderen?«

Dagur holte Öltücher aus den Transporttaschen seines Tieres und warf diese auf den Boden. »Ja, westlich vom Tal der Schnecken gelegen. Aber jetzt hört zu: Hier wird für die restlichen Tage unser Lager sein. Baut eure Zelte auf. Lasst eure Optera frei und beobachtet sie, sie zeigen euch, wo es zum Wasser geht.«

Kadlin schnallte ihr Gepäck von dem Rücken ihres Tieres und kraulte danach liebevoll den Nacken, was dieses mit einem leisen Gurren honorierte.

»Mach schon, Kleines, und amüsiere dich mit Tuffi!«, sprach das Mädchen sanft und verfolgte, wie ihre Optera abhob.

In der Nähe ließ sich das Tier mit den anderen wieder im Gras nieder. Dort verlief ein Bach, wie sie nun sah, was erklärte, warum Bram diese Stelle als Lagerplatz auserkoren hatte.

Nachdem sie die Zelte für die Nacht vorbereitet und etwas gegessen hatten, waren sie bereit für die Herausforderung, die nun kommen würde. Kadlin wusste, dass ihnen nach dem Moor der Flammen, das heftig genug gewesen war, etwas noch viel Schlimmeres bevorstehen musste, denn Brams typische muntere Unbekümmertheit war einer unterschwelligen Anspannung gewichen. Ebenso bemerkte sie, wie Dagur immer wieder zu seinem Freund schaute, und erkannte in dessen Blick eine leichte Unsicherheit. Was hatte das zu bedeuten?

»Bewaffnet euch und folgt mir«, war Brams einziger, wortkarger Befehl.

In der Gruppe marschierten sie durch das hohe Gras, auf den Orchideenwald zu. Steppenhühner schreckten hier und da mit einem schrillen Gackern auf und flatterten davon. Die Zahl der Bäume und Sträucher stieg stetig an. Je näher sie dem bunten Urwald kamen, desto dichter wurde das Unterholz. Schimmernde Schmetterlinge, so groß wie Handteller, schwirrten majestätisch durch die Luft. Grün-schwarz gestreifte Schlangen passierten lautlos ihren Weg, der immer beschwerlicher wurde. Das Durchdringen des Geästs trieb ihnen in der feuchten Schwüle den Schweiß auf die Stirn. Knorrige Baumwurzeln ragten kniehoch aus dem Boden und mussten überwunden werden. Ein ganzes Netz von Rinnsalen floss im Schatten der Bäume und setzte ihre Stiefel unter Wasser. Ein widerlich süßer Duft, der immer stärker wurde, ließ Lijufe das Gesicht verziehen. Das grelle Zirpen der Zikaden, das dumpfe Quaken der Sumpffrösche und andere, fremdartige Tierrufe schallten unheimlich in Kadlins Ohren. Mit jedem Schritt, den die Smar zurücklegte, wuchs in ihr der Impuls, umzukehren und diesen mysteriösen Ort so schleunigst wie möglich zu verlassen.

Schließlich hielt Bram an und winkte alle zu sich. »Wir werden nun gleich den Orchideenwald betreten. So schön, wie sein Name klingt, so gefährlich ist er auch. Merkt euch eins: Je bunter eine Pflanze aussieht, desto tödlicher ist sie. Hier drin, in diesem Dschungel, gelten andere Regeln. Je hässlicher etwas ist, desto ungefährlicher ist es. Das gilt allerdings nicht für die Tiere, die sind alle gefährlich, selbst die Schmetterlinge. Je kleiner das Krabbelzeug ist, desto giftiger. Bei den Raubtieren bedeutet es: Je größer es ist, umso größer ist sein Hunger und desto schneller ist es hinter euch her.«

Ivars Augen wurden immer runder. »Stimmt es, was die anderen Unaru-Jungs über dich sagen, Bram?«

Bram richtete sich zur vollen Größe auf und seine Miene erstarrte zu einer verschlossenen Maske. »Was sagen sie über mich?«

Dagur ächzte leise, denn er kannte das Gerede der Leute allzu gut, das nun zur Sprache kommen würde. Bram hasste es, denn es war immer wieder das gleiche Spiel. Sobald die Jungs vor dem Orchideenwald standen, kam die Frage. Jeder Unaru kannte die Geschichte, die jedoch nur in Brams Abwesenheit erzählt wurde. Manch ein Krieger würde damit angeben, aber nicht sein Freund, der schämte sich dafür.

Ivar hatte Brams Launenumschwung bemerkt und begann zu stottern: »Nun ja ... sie sagen, du hättest während deines Rudams ... den Orchideenwald durchquert, um ... um ein Hirvo zu erlegen.«

Kadlins Körper durchfuhr ein Zittern bei der Erwähnung des Untiers. Ein Hirvo war das blutdurstigste Ungeheuer, das es auf Aret gab. Nur dann, wenn eines dieser Monster es wagte, sich nahe einem Dorf auf die Lauer zu legen, und Menschen oder Hychna anfiel, nur dann, wenn es keinen anderen Ausweg gab, zogen alle Krieger gemeinsam los, um es zu töten.

Schwach konnte sie sich daran erinnern, dass die Smar-Krieger, als sie fünf Jahre alt gewesen war, einen toten Hirvo ins Dort geschleift hatten. Das schleimig schwarze Ungetüm war riesig gewesen, hatte nur aus Muskelsträngen, Krallen und einem gewaltigen Maul mit spitzen Zähnen bestanden. Alles an dem Monster hatte sie abgeschreckt. Ja, Arnbjorn, Lijufes Vater, der bei der Jagd mit dabei gewesen war, erzählte ihnen später, dass bei dem Kampf zwei Krieger ihr Leben gelassen hatten und viele mit schweren Verletzungen davongekommen waren. Natürlich ... Große Sari, daher hatte Bram seine Narben. Die vier Striemen stammten von einer Hirvo-Pranke.

Brams Augen wurden eisig. Er hasste es. Sofort war Kat anzusehen, dass sie die Verbindung zwischen seinen Narben und dem Hirvo hergestellt hatte. Und da war er, der Ausdruck, den er befürchtet hatte: Mitleid. Wie sehr er es verabscheute, auf diese Weise angesehen zu werden. Er war jung gewesen, und dumm. In seiner entsetzlichen Arroganz hatte er geglaubt, er sei als junger, fähiger Krieger unbesiegbar. Ein Prahlhans war er gewesen, der gemeint hatte, unbedingt mit der begehrtesten Trophäe in seinen Händen von dem Rudam heimkehren zu müssen. Doch was war das Ende vom Lied gewesen? Schande, Ekel und Mitleid, was ihn bis heute verfolgte.

Kurz streifte Brams Blick Kadlins Gesicht. Sie hörte ihm gebannt zu, wie der Rest der Truppe. Zornig schaute der Häuptlingssohn die Jungs an. »Ja, es stimmt. Ich wollte als strahlender Krieger mit den Zähnen des Hirvo stolz zu meinem Clan heimkehren. Aber das tat ich nicht.«

Atla, Sloden und Mar runzelten die Stirn und eiferten sich laut: »Doch, mein Vater sagt ...«

»Bist du sehr wohl.«

»Wieso sagst du so was, Bram?«

Der Häuptlingssohn unterbrach sie jedoch in barschem Ton: »Was wisst ihr schon? Ihr habt keine Vorstellung davon, wie es wirklich war. Soll ich es euch verraten? Ich war so einfältig und hob eine Grube aus, die ich mit Speeren zu einer tödlichen Falle ausbaute. Aber die Grube war nicht tief und die Speere nicht hart genug, sie knickten unter dem Tier weg wie Grashalme. Sie verletzten den Hirvo bloß leicht. Wisst ihr, was er mit mir anstellte, als er aus der mickrigen Grube heraussprang? Er lehrte mich eindrucksvoll, wer der bessere Kämpfer von uns war.«

Voller Wut zerriss Bram seine Tunika und entblößte die wulstigen Narben auf seiner Brust. Seine Stimme zerschnitt die Luft. »Seht es euch genau an! Nicht gerade schön, oder? Ich kann von Glück reden, dass er mir die Kehle nicht völlig zerfetzte.«

Eiskalt fuhr er fort: »Mit Müh und Not schaffte ich es, mich in einer Felsspalte zu verstecken, wo er nicht an mich herankam. Und glaubt ja nicht, ich hätte keine Angst gehabt. Ich hab mich fast eingeschissen vor Todesangst. Am ganzen Leib habe ich geschlottert. Es war das Schlimmste, was ich je in meinem Leben durchgemacht habe. Denkt ihr, ich hätte den Hirvo in einem glorreichen Kampf besiegt? Nein, so war es nicht. Ich tötete den Hirvo aus dem Hinterhalt, wie ein Feigling. Danach schleppte ich mich auf allen vieren kriechend in mein Dorf, mehr tot als lebendig. Nichts daran war mutig oder ehrenvoll, weder der Kampf noch die Heimkehr.«

Angewidert von sich selbst sprach der Häuptlingssohn weiter: »Es war dumm und arrogant. Ein Krieger tötet, um seine Familie zu ernähren oder um sie zu beschützen, aber niemals aus Selbstsucht. Niemals tötet er um des Tötens willen. Dieses Verhalten ist keines Kriegers würdig. Merkt euch das!« Steif drehte Bram sich um und ging weg.

»Aber er hat ihn getötet, oder?«, flüsterte Kori ehrfurchtsvoll.

Atla, Mar und Sloden nickten.

Ivar staunte leise. »Boah, voll haarig.«

Lijufe starrte betreten zu Kadlin hinüber, die Bram beobachtete.

Grundgütige Sari, was hatte er durchgemacht in jungen Jahren? Was machte er noch immer deswegen durch? Am liebsten würde sie ihn trösten, aber so starr, wie er dastand, würde er dies sicher nicht wollen. Es wäre vermutlich das Idiotischste, was sie tun könnte, und zugleich das Weiblichste.

Räuspernd trat Dagur vor die Jungs. »Hey, Ruhe jetzt, Brüder. Zieht eure Schwerter, denn ihr müsst jeden Augenblick wachsam sein. Nehmt euch vor den Springbohnen in Acht. Ihre gedrehten Ranken haben eine große Reichweite. Sie schnappen nach allem, was sich bewegt, und packen es in eine ihrer Schoten. Ohne Hilfe kommt ihr da nicht wieder heraus. Die Pflanze verdaut euch bei lebendigem Leib. Für alles Übrige gilt: Nicht anfassen! Egal ob Tier oder Pflanze. Sticht euch was, ruft sofort um Hilfe!«

»Aber wenn ein Hirvo kommt?«, fragte Sloden sogleich, was Dagur den Kopf schütteln ließ.

»Die leben tiefer im Wald und jagen meist nur nachts. Wir bleiben im Randgebiet, pflücken ein paar Rauschfrüchte und verziehen uns wieder. Bram will nur, dass ihr die Gefahren kennt, die der Dschungel in sich birgt, damit ihr wisst, was auf euch zukommt. Falls ihr in die Lage kommen solltet, ihn durchqueren zu müssen.«

Alle Mann schüttelten entgeistert den Kopf, als wäre dies der abwegigste Gedanke, den man fassen könnte.

Mit gezogenen Klingen und ungutem Gefühl schritten sie in den Wald, dessen Farbenpracht nicht mal von einem Regenbogen zu überbieten war.

Da waren Büsche, deren orangenes Laub glühte, als

ständen sie in Flammen. Es gab schwarze Sträucher voller Stacheln, mit gigantischen Kirschen, die in saftigem Rot appetitlich glänzten und einem das Wasser im Munde zusammenlaufen ließen. Stolze, gerade Bäume, die über und über mit klitzekleinen Blüten übersät waren, wuchsen hoch in den Himmel. Riesige Gräser mit großen Samenständen, die wie blaue Wolken aussahen, verbreiteten einen süßen Zimtduft. Blumen, deren Blütenblätter sich auf- und zurollten, machten den Eindruck, als würden sie ihre Betrachter zu sich winken. Alle möglichen Formen und Arten von Pflanzen waren in dem farbenfrohen Wald vertreten. Und doch vergaß Kadlin über dem Bewundern nicht, was Bram gesagt hatte: je schöner, desto gefährlicher.

»Haltet Ausschau nach einem braunen Kaktus. Daran wachsen die Rauschfrüchte«, rief Dagur ihnen von hinten zu.

Urplötzlich rollte eine armdicke Schlinge zwischen zwei Sträuchern hervor und wickelte sich um Lijufes Schwertarm. Schreiend versuchte diese, sich zu befreien. So flink, wie der Fangarm gekommen war, so schnell schnalzte er wieder zurück und zerrte die Smar ins Dickicht.

Dagur rannte ihr hinterher und brüllte ständig: »Lu?!«

Auch Kadlin und die anderen jagten dem Kreischen des Mädchens nach. Voller Panik um ihre Freundin preschte Kadlin durch den Orchideenwald, streifte Blätter und Blüten, schlug Fangarme mit dem Schwert zur Seite. Bis ihr auf einmal ein blauer Farn im Weg stand, der seine Sporen auf sie abfeuerte.

Mehrere kleine Kugeln, die rundum mit langen Stacheln bedeckt waren, hagelten auf das Mädchen ein. Kadlin gelang es, rechtzeitig die Arme hochzureißen, um ihr Gesicht zu schützen. Der Rest von ihr war jedoch den Geschossen ausgeliefert. Schmerzhaft durchdrangen diese mit ihren Dornen die Haut der Smar. Selbst die Kleidung konnte sie nicht vor den Spitzen bewahren. Überall blieben die Sporen an Kadlins Körper stecken. Hysterisch begann sie, die Kugeln abzustreifen, die kleine blutende Stichwunden hinterließen.

»Alles klar bei dir?«, fragte Mar, der bei Kadlin zum Stehen kam. Kori und der Rest, die an ihnen vorbeihechteten, stellten ähnliche Fragen.

»Ja, ja, es ist nichts«, erwiderte Kadlin leichthin, was Mar dann ebenfalls weitereilen ließ.

Einen Moment später spürte sie eine Hand auf der Schulter. Es war Bram, der erst sie besorgt musterte und dann die Pflanzen um sie herum.

»Der blaue Farn?«, war alles, was er wissen wollte.

Ob es an Brams Berührung lag oder an ihrer Angst, konnte Kadlin nicht sagen, aber sie brachte kein Wort heraus, sondern nickte nur. Benommen starrte sie in seine grünen Augen, die anfingen zu verschwimmen. Ihre Sicht trübte sich zunehmend, es war, als würden Wellen sie durchspülen.

Das Mädchen vernahm Brams Stimme, die sich ebenfalls verändert hatte, denn sie klang viel zu tief und seine Worte kamen viel zu langsam. »Dann ist es nicht tödlich. Ich versorge später deine Wunden.«

Der Häuptlingssohn umfasste Kadlins Gesicht und beobachtete, wie ihre Pupillen immer größer wurden, was ihm sagte, dass die Droge bereits wirkte.

»Es ist ganz normal, dass du jetzt alles anders wahrnimmst.«

Ein leichtes Schmunzeln huschte über seine Züge, wofür Kadlin ihm am liebsten einen Tritt versetzt hätte. Sie unterließ es jedoch, da ihr blöderweise auch noch schwindlig wurde.

Bram, der die Wirkung kannte, griff nach Kadlins Hand und zog sie zügig mit sich. »Komm, wir müssen weiter.«

Stolpernd folgte die Smar dem Unaru, der sie zu den Übrigen der Gruppe brachte. Suchend schaute Kadlin umher, sie hörte ein schwaches Brüllen, das vermutlich von Lijufe stammte, aber nirgendwo konnte sie deren Gestalt entdecken. Mit unscharfem Blick bemerkte sie, wie jemand, der Dagur sein könnte, auf den mächtigen Stamm einer Pflanze einhieb. An deren Zweigen baumelten riesenhafte, längliche Schoten. Und aus einer dieser Schoten schien das erstickte Brüllen ihrer Freundin zu dringen. Nur aus welcher?

»Beeil dich, Dagur, nicht dass Lu erstickt!«, feuerte Bram seinen Kumpel an. Mit dem Schwert hielt er währenddessen die greifenden Schlingen von sich und Kadlin fern. Auch die Jungs hieben auf die zähen und bösartigen Pflanzenranken ein. Mehrere der Übeltäter lagen bereits zerhackt am Boden, doch nach wie vor mussten Bram und die Jungs die Greifer der Springbohnen abwehren, die flink vor und zurück schnepperten.

Dabei trat Atla auf ein großes, kreisrundes Blatt, das am Boden lag. Eine gigantische Glockenblüte zwängte sich plötzlich von oben durch das bunte Laub. Ihre zartrosa Blütenblätter öffneten sich allmählich. Von der Grazie dieser Blume hingerissen verharrte Kadlin, wie die Jungs, in stummer Bewunderung.

Jäh schrie Bram auf: »Schnell, runter von dem Blatt, Atla.«

Im selben Augenblick fletschte die Glockenblüte ihre kleinen Zähne, die dort ihren Platz hatten, wo gewöhnlich der Fruchtknoten lag. Aber Brams Warnung kam zu spät, die Glocke stülpte sich flink über Atla, machte die Blütenblätter dicht und zog sich mitsamt dem Jungen sogleich ins Blätterdach zurück.

»Scheiße!«, nuschelte Bram und sah sich die Bohnenschoten genauer an. Er entdeckte den Zipfel eines Skals, der aus einer Frucht herausragte, was ihm verriet, in welcher Lijufe zu finden sein würde. Behände kletterte der Häuptlingssohn auf die Pflanze und schwang sein Schwert. Mit einem einzigen Schlag durchtrennte er den Zweig, an dem Lijufes Schote hing, sprang herunter und rannte sogleich weiter, um die Blume zu finden, die Atla verspeist hatte.

»So kann man es natürlich auch machen«, meinte Dagur außer Puste, ließ von dem beschädigten Stamm ab und wischte sich den Schweiß aus dem Gesicht.

Mittlerweile besaß die Springbohne bloß noch ihre Schoten, aber keine Tentakel mehr, mit denen sie ihre Opfer zu greifen vermochte.

Deswegen konnte Dagur in Ruhe mit einer kurzen Klinge die Frucht aufschlitzen. Sofort zwängte sich eine aufatmende Lijufe heraus und schlang ihre Arme um Dagurs Hals.

»Verdammt, Krieger, wieso hast du so lange gebraucht?«, jammerte sie vorwurfsvoll.

Verwirrt umarmte der Riese das Mädchen und begann zu stammeln: »Ich ... ich ... Keine Ahnung!« Besorgt drückte er sie von sich, um ihr tief in die Augen schauen zu können. »Ich hatte einfach nur Angst um dich, Lu. Solche Angst!«, brummelte der Krieger weggetreten.

Mit nassen Wangen schaute Lijufe zu ihm auf. Einem Sonnenaufgang gleich stahl sich ein helles Strahlen auf ihr Gesicht. Dagur schluckte, denn Gefühle stürmten auf ihn ein, die er nicht begreifen konnte.

Er liebte Lu. Er liebte auch Bram. Aber Lu liebte er anders. So wie ... eine Frau. Aber Lu war ein Kerl, oder? – Es war alles so verworren in seinem Kopf. Wie Bram sich benahm, wie dieser Kat behandelte. Es war, als stünde die Welt auf dem Kopf.

Vor einigen Tagen hatten Bram und er beobachtet, wie eine Gruppe von älteren Unaru den zwei Otulp den Weg versperrte. Der offensichtliche Anführer des Mini-Clans suchte wohl Krawall und hatte mit einem abfälligen Grinsen irgendetwas zu Lu und Kat gesagt. Die Otulp wollten an dem Unruhestifter einfach vorübergehen, doch dieser und seine Anhänger hatten ihnen erneut das Gehen verwehrt. Sie hatten die zwei regelrecht eingekesselt. Bram wollte schon einschreiten, wovon er ihn jedoch abgehalten hatte. Denn kein Knabe wollte von einem Krieger in solch einer Lage beschützt werden und wie ein Kind dastehen, das von seiner Mutter verhätschelt wurde. Das hätte alles nur noch schlimmer gemacht.

Bram wusste das eigentlich besser als er. Er hatte sich gefragt, warum sein Freund eingreifen wollte. In der Zwischenzeit war Mar, mit dem Rest ihrer Schützlinge, zu den kleinen Otulp und ihren Gegnern dazugestoßen. Kori, der sich am Anfang mit Lu gestritten hatte, baute sich zwischen diesem und dem Anführer auf. Aber Lu hatte die Sache selbst in die Hand genommen, oder vielmehr ins Bein. Denn Lu war um Kori herumgestiefelt und hatte dem Streitsuchenden kurzerhand sein Knie in den Unterleib gerammt, was Bram wiederum mit einem lauten Lachen gewürdigt hatte. Empört über Lus Verhalten, wollte er ihn zurechtweisen. Doch diesmal war Bram es gewesen, der ihn aufgehalten hatte. Bram beschwor ihn, die kleinen Otulp in Ruhe zu lassen. Er hatte aber seinem Freund klargemacht, dass Krieger auf diese unwürdige Art nicht miteinander kämpfen dürften, was er eigentlich gar nicht erwähnen müsste. Erneut war Bram daraufhin in Gelächter ausgebrochen. ›Genau, kein Krieger würde so etwas tun, aber eine Frau schon‹, hatte dieser johlend gerufen.

›… eine Frau schon …‹, echote es durch Dagurs Verstand, der in einer Dauerschleife gefangen war.

Die Jungs schauten sich seltsam betreten an, denn was sich da gerade zwischen Lu und Dagur abspielte, war eindeutig nicht üblich unter Kriegern. Freundschaft, Bruderschaft, ja, aber das war weit mehr.

»Jaha«, meinte Mar und entfernte zögerlich seinen Blick von dem Paar. Da Dagur augenscheinlich nicht in der Lage war, Anweisungen zu geben, würde er das übernehmen. »Lu hätten wir befreit, auf zu Atlas Rettung!«

Nach einer kurzen Suche fanden sie Bram, der gerade den mächtigen Stängel einer Glockenblume emporkletterte. Er schnitt die übergroße Blüte ab, die mit einem dumpfen Rumps und einem verhaltenen Schrei Atlas zu Boden krachte. Die Blütenblätter erschlafften und es war ein Leichtes, Atla zu befreien. Da er sich gegen die scharfen Zahnreihen der Blüte gewehrt hatte, trug er einige Bisswunden an den Händen und Unterarmen davon.

Irgendwann fand die Gruppe schließlich auch einen braunen Kaktus und sie ernteten einige Rauschfrüchte. Bevor sie den Orchideenwald endgültig fluchtartig verlassen konnten, wurde Sloden noch kurz und zackig von einer Pflanze eingeschleimt, was allerdings relativ harmlos war. Der süße Nektar klebte lediglich überall an ihm und wurde nach einer Weile hart. Sogar Slodens Haarsträhnen wurden so steif wie Bretter. Der Junge war heilfroh, als er sich schließlich in den Bach legen konnte und der Nektar sich auf Nimmerwiedersehen auflöste.

Bram kühlte zu diesem Zeitpunkt vorsichtig Kadlins Arm. Sie saßen, ein ganzes Stück von den anderen entfernt, allein an dem gurgelnden Bächlein. Während der Häuptlingssohn mit einer Hand das Handgelenk des Mädchens umfasste, strich er mit der anderen, in der er ein feuchtes Tuch hielt, sanft über ihre Wunden. Jeder direkte Kontakt seiner Finger mit Kadlins samtweicher Haut schickte ihm wonnige Schauer über den Rücken.

»Danach betupfe ich deine Verletzungen mit einer Kräuterpaste, damit sie sich nicht entzünden.« Brams Augen wechselten von ihrem Arm in ihr Gesicht, wo sie eine kleine Ewigkeit verweilten. »Sind deine Sinne wieder klar?«, wisperte er mit pochendem Herzen.

Kadlin schloss für einen Wimpernschlag ihre Lider und schüttelte den Kopf. Wie bisher drehte sich alles leicht vor ihren Augen, was Brams Berührungen noch verschlimmerte. Nach wie vor war seine Tonlage tiefer als normal und auch ihre Sicht war weiterhin undeutlich.

»Die Wirkung wird wohl noch eine Weile anhalten. Vor allem, da dich eine ganze Salve von dem Zeug getroffen hat. Weißt du eigentlich, welche besondere Nebenwirkung das Gift des blauen Farns hat?« Bedeutungsvoll schaute Bram in das tiefe Braun von Kadlins Iriden. Abermals verneinte diese schweigend.

Der Krieger griff zu einem Lederbeutelchen, das er mitgebracht hatte, welches die von ihm angekündigte Paste enthielt. Zärtlich bedeckte Bram damit die rot angeschwollenen Einstichlöcher der Farnsporen auf ihrem Unterarm. Derweil betrachtete Kadlin verträumt, wie sich die späte Nachmittagssonne in Brams blondem Haarschopf reflektierte.

Tief drang sein Murmeln an ihr Ohr. »Es wird als Wahrheitsdroge verwendet.«

Voller Schreck sog Kadlin scharf die Luft ein und zuckte instinktiv vor ihm zurück, doch Bram hielt ihren Arm eisern fest, wie auch ihren Blick.

»Ich könnte dich jetzt alles fragen, was ich wollte, und du würdest mir die Wahrheit sagen. Es würde dir nicht gelingen, mich zu belügen.« Ein gemeines Schmunzeln legte sich auf die Lippen des Häuptlingssohns.

Wankend lauschte Kadlin seinen Sätzen. Der Schwindel wurde stärker und ihr wurde ungemütlich heiß, denn sie sah es Bram an, dass er die Situation ausnutzen wollte.

»Was könnte ich dich fragen, Kat?«, lockte der blonde Krieger sie trügerisch freundlich. »Hmm, was könnte ich ... Ah, da fällt mir eine Frage ein.«

Kadlin glaubte, ihr Herz würde aus der Brust springen, so drosch es gegen ihre Rippen. Was würde er fragen? Ob sie ihn liebte oder ob sie ihn küssen wollte, oder ...?

»Stehst du auf Frauen?«

»Nein!«, rutschte es Kadlin empört heraus, was sie sofort bereute. Überrumpelt hielt sie die Luft an.

Mist, wie war denn das passiert? Es stimmte tatsächlich, was Bram behauptet hatte, es kam ihr nichts, rein gar nichts anderes in den Sinn als die Wahrheit, die sie nicht für sich behalten konnte. Ihr Mund hatte sich einfach geöffnet und drauflosgeschnattert. War ja klar, dass er jetzt grinste: Sie war ein Junge, der zugab auf Kerle zu stehen, denn was anderes blieb logischerweise nicht übrig. Das wurde ja immer besser! Das konnte nur in einer Katastrophe enden.

»Ja, das dachte ich mir schon«, entgegnete Bram und lächelte verschmitzt, so dass Kadlins Atmung aus dem Rhythmus geriet.

Er hätte sich am liebsten gekugelt vor Lachen, denn ihr Gesichtsausdruck war einfach zu göttlich. Dank des blauen Farns würde er einen unterhaltsamen Abend haben, den er nie vergessen würde. Aber vielleicht war das auch die Gelegenheit, ein paar Dinge anzusprechen, bei denen er sich ansonsten nie ganz sicher über den Wahrheitsgehalt ihrer Antwort sein würde. Er musste zwar ebenso mit einer Reaktion rechnen, die ihm nicht gefallen könnte, aber wenigstens wäre diese ehrlich.

※ ※ ※

Die Smar wischte sich die Schweißperlen von ihrer Stirn und fächerte sich verzweifelt frische Luft zu. Nein, nein, das war gar nicht gut. Dieser verflixte Farn würde sie dazu bringen, sich selbst zu verraten. Bald würde Bram herausgefunden haben, dass sie ein Mädchen war. Wahrscheinlich würde er wissen wollen, warum sie nicht auf Frauen stand, und dann, dann ... O Sari ...

»Sag, empfindest du Mitleid für mich, wegen meiner Narben?«

Pure Erleichterung ließ Kadlin vehement dagegenplappern: »Nein, ich empfinde vieles, aber kein Mitleid.«

Nicht nur ihre Augen weiteten sich vor Überraschung über diese Antwort, die ihr schon wieder über die Lippen gepurzelt war.

Brams Verwunderung wich und er dachte nach. Wenn sie kein Mitleid hatte, aber etwas anderes empfand, konnte es nur ...

»Du ekelst dich vor ihnen?«

Unmutig legte sich Kadlins Stirn in Falten. Nie wäre sie auf die Idee gekommen, dass Bram ihr dies unterstellen würde. Sie war gekränkt, er sollte sie inzwischen besser kennen, als dass er ihr solch eine Oberflächlichkeit zutraute.

Grob fuhr sie ihn an: »Nein, du Holzkopf, ich mag sie.«

Baff hoben sich die Brauen des blonden Häuptlingssohns. »Du ... du magst sie?«

Na, wenn sie jetzt nicht die Wahrheitsdroge intus hätte, würde er ihr das auf keinen Fall abnehmen. War sie womöglich wie eine Ikol? Aber die Smar hatten, wie die Unaru, einen gewöhnlichen Rudam, keinen Mondtanz, wo Narben das Ziel waren, um die Tapferkeit des Kriegers auszudrücken.

»Wieso?«

Genervt schnaufte Kadlin aus und sah zur Seite. »Weil sie ein Teil von dir sind. Sie gehören einfach zu dir. Gut, es war wahrscheinlich nicht gerade die klügste Idee, alleine einen Hirvo töten zu wollen, bloß um an dessen Zähne zu gelangen. Aber du warst ein junger Krieger und hast dafür bezahlt, mehr als genug, fast mit deinem Leben. Dein Mut und letztendlich auch dein Überlebenswille verdienen Achtung und Respekt.«

Verlegen begann Bram ihren anderen Arm abzuwaschen. Das, was sie sagte, war die Wahrheit und schmeichelte ihm, machte ihn stolz. Was allerdings meinte Kat mit ›Weil sie ein Teil von dir sind‹? Er versuchte, es zu verstehen, denn für ihn gehörten diese hässlichen Wülste nicht zu seinem Körper. Nach einer Weile hatte er alle Wunden an Kadlins Armen behandelt.

»Dreh dich um, damit ich deinen Rücken versorgen kann.«

»Nein, das will ich nicht!«, weigerte sich Kadlin.

Der Unaru schüttelte den Kopf. »Sei vernünftig, Kat, du kommst selbst gar nicht an deine Verletzungen heran. Egal wie dein Rücken aussieht, ich werde kein Wort darüber verlieren. Versprochen!«

Mit einem entmutigten Seufzen wandte sie Bram letztlich ihre Kehrseite zu und ließ ihn die Tunika hochschieben. Wie versprochen sagte er kein Wort zu ihren Brustbinden, die ihm unweigerlich in die Quere kommen mussten.

»Wenn du meine Narben magst und diese ein Teil von mir sind, heißt das auch: Du magst mich?«

Aha, da war sie, die Frage, die er einfach stellen musste. Zwar in abgeschwächter Form, aber wie erwartet. Was soll's! Sie mochte ihn, zwar war es weitaus mehr, was aber nichts Verwerfliches war. Dagur mochte sie auch. Genauso wie den Rest der Jungs.

»Ja«, gestand Kadlin ihm regungslos ein.

Grinsend hörte die Smar, wie sich der Krieger daraufhin verschluckte, aber seine nächste Frage wischte ihr die Schadenfreude aus dem Gesicht.

»Wie sehr magst du mich, Kat?«

Panisch zwang sich Kadlin den Mund zu halten, denn die Antwort wollte ihr ständig über die Lippen schlüpfen. Der Drang, es herauszubrüllen, war übermächtig. Die Worte schwirrten wie ein wildgewordener Bienenschwarm gegen ihre Kopfwände. Heiß fühlte sie Brams Atem in ihrem Nacken und hörte seine geflüsterten Befehle, denen sie gehorchen wollte, aber nicht konnte. »Wie sehr, Kat? Sag es mir! Wie sehr magst du mich?«

Vor ihren Augen drehte sich alles in einem schwindelerregenden Tempo im Kreis. Immer schneller und schneller.

»Wie sehr, Kat? Sag es! Verrate es mir! Bitte!«

Die Antwort summte und brummte wie verrückt in Kadlins Schädel, ohne Unterlass wollte sie unbedingt aus ihr herausbrechen. Und jäh übergab sich das Mädchen in einem Schwall in den Bach und fiel in eine traumlose Schwärze.

Kapitel 24

Sandkörner und Glückssterne

»Bram, was hast du mit ihr angestellt?« Lijufes Blick wechselte zwischen der ohnmächtigen Kadlin und dem zerknirscht dreinblickenden Krieger hin und her.

»Nichts! Ich ... ich hab lediglich gefragt, wie sehr sie mich mag«, murmelte Bram schuldbewusst und strich Kat fürsorglich die schwarzen Haare aus dem Gesicht, um es sorgfältig zu säubern.

Die Smar kniete neben ihrer Freundin und zog eine Schnute. »Nicht gerade schmeichelhaft für dich, wenn sie als Antwort in den Bach reihert.«

Brams Augen glitzerten feindselig. »Das kommt wohl eher von dem Gift des blauen Farns, dem sie ausgesetzt war. Die Aufregung und die Hitze haben ihr den Rest gegeben.«

»Und ein Krieger, der ihr nachstellt«, nuschelte Lijufe und besah sich Kats Verletzungen, die Bram zuvor behandelt hatte.

Dieser überging brummend die Bemerkung. »Du solltest kontrollieren, ob sie unter den Kleidern noch Wunden hat. Falls du welche findest, reinige sie und trage von der Paste auf. Ich beschäftige die Jungs, damit euch keiner stört.« Mit betretener Miene erhob sich der Krieger und wandte sich ab.

»Bram?!«, rief Lijufe ihm nach und wartete, bis er sich zu ihr umdrehte. »Kat mag dich sehr. Und – danke für alles.«

Sprachlos sah er die junge Frau an und nickte, bevor er seinen Weg fortsetzte. Kat mochte ihn? War das die Wahrheit?

Kurz vor dem Lager kam ihm Mar entgegen. Der junge, schlaksige Unaru wirkte besorgt. »Wie geht es Kat?«

Das Interesse, das der Jüngling an den Tag legte, ließ Bram aufhorchen, denn ihm war nicht entgangen, dass zwischen Mar und den Mädchen eine innige Freundschaft bestand. Der Häuptlingssohn versuchte in Mars Gesicht zu lesen, welche Art von Gefühlen den Jungen bewegten. Kannte er womöglich die Wahrheit über Kats und Lus Identität? Oder war es wirklich bloß Freundschaft unter Jungs?

»Den Umständen entsprechend. Morgen früh ist – er wieder ganz der Alte«, antwortete Bram stockend.

Lange blickte Mar ihn an. »Wirst du um ihre Hand anhalten, wenn das vorüber ist?«

Brams Herz setzte einen Schlag aus. »Du weißt es also?«, war alles, was der Krieger sagen konnte.

Mar schaute schnaufend in die Ferne und legte seinen Kopf schief, als er wieder Brams Augen aufsuchte. »Vom ersten Moment an. Ich dachte erst, es wüssten alle, bis ich bemerkte, dass sie versuchten, sich wie Jungs aufzuführen. Dann glaubte ich, sie hätten sich mit eurem Einverständnis als Knaben verkleidet, damit sie unbelästigt von uns Jungs am Trainingslager teilnehmen dürften. Es hat ein bisschen gedauert, bis ich schnallte, dass ihr keinen Schimmer hattet, dass da zwei Mädchen in eurer Gruppe waren. Aber nach dem Berusat wusstest du, was Sache ist, nicht wahr?«

Verlegen darüber, dass der Junge das Versteckspiel der beiden eher als er durchschaut hatte und sein eigenes gleich mit, rieb sich Bram übers Gesicht. Ein leises »Ja« musste Mar reichen.

Doch der schlaksige Unaru bohrte weiter und brachte das zur Sprache, was Bram nicht hören wollte. »Du und Dagur, ihr werdet doch die Mädchen heiraten? Ich meine ... ihr mögt sie doch, das sieht man euch an, und nach eurer gemeinsamen Nacht beim Berusat ...«

Der Krieger rückte näher an den Jungen heran. »Sie sind Smar-Mädchen, Mar. Wie könnte ich, Cnuts Sohn, eine verfeindete Smar heiraten?«

Mars Stirn runzelte sich, bedächtig schüttelte er den Kopf und hielt trotzig Brams Blick stand. »Vielleicht ist es aber genau das, was du tun solltest. Würde das nicht die Fehde ein für alle Mal beenden? Hast du nicht gemerkt, was für gute Menschen sie sind und dass es absolut keine Rolle spielt, welche Farben ihr Skal hat?«

In diesem Augenblick erkannte Bram, dass dem ruhigen Mar eine ungewöhnliche Weisheit für sein junges Alter innewohnte, die ihm bisher verborgen geblieben war. Zu sehr war er mit Kat und sich beschäftigt gewesen und zu wenig mit seinen restlichen Schützlingen, was ihm nun klar wurde. Mars unvoreingenommene, eigene Sicht der Dinge eröffnete ihm eine neue Betrachtungsweise.

Was, wenn er wirklich alle Bedenken, alle Rachegefühle,

die ganze blutige Vergangenheit außer Acht lassen würde? Es war schwer, die althergebrachte Denkweise abzuschütteln, zu vergessen und so zu tun, als gäbe es keine Fehde, die seit Jahrzehnten zwischen den beiden Clans wütete. Was würde Cnut sagen? Wären die Ältesten beider Stämme, der Häuptling der Smar und der Vater von Kat einverstanden? Aber war der Frieden und damit die Menschenleben, die sie dadurch bewahrten, nicht viel wichtiger als der Hass oder die Feindschaft, die nie enden würden? Ja, natürlich war er das. Der Frieden war sogar wichtiger als Kats Wünsche oder seine eigenen. Würde er letztendlich doch eine Frau zum Wohle des Clans heiraten, nur statt der Nutas-Häuptlingstochter eine Smar? Wollte er das? Wollte Kat das? Gewiss brachte Kat sein Blut in Wallung, aber reichte das aus für eine Ehe? War es das, was sein Herz wollte? Keine dieser Fragen konnte er beantworten.

»Möglicherweise hast du Recht, Mar. Aber bevor es dazu kommt, bedarf es der Klärung zahlreicher Dinge und der Zustimmung vieler Leute.«

»Sicher«, nickte Mar deprimiert. Bram legte eine Hand auf die Schulter des Jungen.

»Bruder, ich kann dir nicht versprechen, dass es mit einer Hochzeit ausgehen wird, aber dass ich mir darüber Gedanken mache und dass ich eine Verbindung nicht mehr rundweg ablehne.«

Dieses Zugeständnis schien Mar Hoffnung zu geben, was Bram wiederum zufriedener machte.

»Pass auf, dass die Mädchen nicht gestört werden. Ich

sorge in der Zwischenzeit mit Kori und Ivar für das Abendessen.« Damit überließ der Krieger dem Jungen den Schutz der Smar-Frauen.

* * *

Unter der sengenden Hitze setzte Kadlin einen Fuß vor den anderen, es war reiner Automatismus und kein Wille mehr, der sie die Bewegungen vollziehen ließ. Sie hatte soeben von ihrem Wasser getrunken und doch war ihr Durst nicht zu löschen. Die Einöde, in der sie sich befanden, hatte anscheinend auch ihren Geist eingenommen. Es gab bloß den roten Sand, den roten, heißen Sand und sonst nichts.

Die Stiefel schienen gar nicht mehr zu trocknen, obwohl sie im warmen Staub aufsetzten. Gestern waren ihre Füße im Orchideenwald nass geworden und heute schmorten ihre Zehen im eigenen Saft vor sich hin. Am frühen Morgen hatten sie das Gebirge zu Fuß überquert und erst als sie eine Ebene erreicht hatten, durften sie ihre Optera rufen, die ihnen mit Abstand gefolgt waren. Sie waren weiter in den Süden gewandert und hatten schließlich die Rote Wüste erreicht. Bram erklärte ihnen, wo und wie sie in dieser tristen Kargheit Wasser finden würden, worauf sie achten mussten, um zu überleben.

Die Wüste war eine eigenartige Landschaft, denn alles in ihr war rot. Grellrot waren die weichen Sanddünen, in denen der Wind leise sang. Dunkelrot waren die wenigen Grashalme, die tapfer der brennenden Sonne trotzten. Blutrot waren die einsamen Bäume und Sträucher, die ohne Blattwerk wie erstarrte Adern wirkten. Sogar die zerklüfteten Felsen leuchteten wie glühendes Eisen, das in bizarre Formen gegossen Halt fand. Es schien, als gäbe es keine andere Farbe außer Rot.

Nachdem sie stundenlang durch den roten Sand geschlurft waren, Kadlin immer wieder in den blauen Himmel oder auf ihren Skal schaut hatte, um sich zu versichern, dass ihre Augen noch andere Farben erkennen konnten, hielt Dagur plötzlich an.

»Leise, kein Ton jetzt mehr. Kommt!«, flüsterte der Riese und pirschte weiter voran.

Während Kadlin sich fragte, was so wichtig wäre, dass sie nicht mehr sprechen durften, versammelte sich die Truppe um etwas, das am Boden liegen musste.

Stumm blickten die Jungs auf etwas hinunter und waren offensichtlich völlig gefesselt davon. Fragend schauten sie ständig zu Bram und Dagur, die ihnen jedoch mit einer Geste befahlen, ruhig zu sein. Kadlin kam näher und trat in den Kreis.

Vor ihnen wuchs ein kleiner Baum, der ihr bis ans Knie reichte. Seltsamerweise war er jedoch nicht rot wie all die anderen Pflanzen der Wüste, sondern hatte einen pechschwarzen Stamm und Blätter, die eidottergelb strahlten. Erst jetzt bemerkte die Smar voller Verwunderung, wie sich das Laub sanft bewegte, obwohl keine Brise wehte. Die Blätter hatten lange Zipfel, wie Seesterne, mit denen sie synchron hin und her wankten. Alle zusammen in einem harmonischen Takt. Als stünde der Baum unter Wasser, wogte die kapriziöse Belaubung quallengleich vor sich hin. Um die winzigen Baumwurzeln waren kleine blaue Sprenkel auszumachen. Diese Mini-Farbexplosion war auf dem roten Sand wunderschön anzuschauen.

Wie in Trance stand die Gruppe da und verfolgte den anmutigen Tanz der gelben Blätter ... Bis Dagur neben dem Baum in die Hände klatschte. Was dann geschah, war schön und schrecklich zugleich. Wie ein Feuerwerk stob das Laub von dem Bäumchen davon und haftete sich auf die Haut der Umstehenden, verfolgte sie in unvorstellbarer Schnelligkeit.

Selbst Kadlin trafen zwei Blätter, eins an der Wange und das andere am Unterarm. Sie saugten sich fest und bissen schmerzhaft zu. Ein brennendes Stechen ließ Kadlin wild auf sie einschlagen, doch flach auf die Haut gepresst, machte den Parasiten dies nichts aus. Sie waren nicht zu lösen und voller Entsetzen merkte Kadlin, wie sich die gelbe Farbe der seesternförmigen Blätter in Rot verwandelte. Blutrot. Rot von ihrem Blut. Hysterisch fing sie an zu schreien, schaute sich um und sah, dass es den anderen ebenso erging. Alle brüllten und versuchten die blutsaugenden Blätter von sich herunterzureißen, was keinem von ihnen gelang. Nur Dagur und Bram standen mal wieder schmunzelnd da und beobachteten sie mit heimlicher Freude.

In Kadlin kochte die Wut hoch, die seit Tagen in ihr schwelte und die Bram ständig auf kleiner Flamme wachhielt. »Bram, du hinterhältiger Bastard! Was muss ich tun, damit ich diese Mistdinger loswerde?«

»Spuck drauf!«, sagte der Häuptlingssohn lapidar, aber

Kadlin war dermaßen zornig und ängstlich, dass sie nicht begriff.

Mit roten Wangen blaffte sie ihn an: »Komm mir nicht so! Mir ist jetzt wirklich nicht nach blöden Antworten zumute, Krieger.«

»Nein, ernsthaft: Spuck drauf. Das gilt für alle: Spuckt auf die Blätter!«, forderte Bram sie lautstark auf.

»Pissen funktioniert auch«, fügte Dagur gelangweilt hinzu, was Lijufe ein angeekeltes »Üäh, neeeh!« entlockte.

Die Häuptlingstochter spekulierte, dass dies doch bloß ein Witz sein konnte, wie die Sache mit der Schlammpfütze und dem Drachen. Aber dann sah sie, wie Kori auf seine Hand geiferte, das ehemals gelbe, nun rote Etwas sich daraufhin von ihm löste und gemächlich zurück auf das kahle Bäumchen schwebte. Sofort spuckte Kadlin auf den roten Parasiten, der auf ihrem Unterarm klebte. Einen Moment später segelte auch dieser wieder dorthin, wo er hergekommen war. Das Blatt an der Wange befeuchtete das Mädchen ebenfalls mit den Fingern. Nach und nach fand sich das Laubwerk wieder an dem Bäumchen ein und die roten Blätter gewannen, an den Spitzen beginnend, abermals ihre gelbe Farbe zurück.

Bram deutete mit dem Kopf an weiterzugehen und gehorsam folgte die angeschlagene Gruppe ihrem Lehrmeister, der sich in den Schatten eines Felsens setzte. Als die Runde vollzählig war, begann Bram mit seiner Erklärung.

»Das war ein kleiner Vorgeschmack auf das, was euch erwartet.«

Der Smar rollten sich vor Missmut die Zehennägel auf und

spitz fuhr sie den Krieger an, der sie mit seinen Aktionen, seinem Aussehen, seinem Charme, seiner blanken Anwesenheit bis aufs Blut reizte: »Kleiner Vorgeschmack? Schau uns doch mal an, Mann! Meine Wange sieht aus, als hätte mich eine Horde knutschsüchtiger Affen überfallen. Liju... Lu hat eine Beule so groß wie ein Hychna-Ei an der Stirn hängen und Mar ... Wohw! ... Mar hat Lippen, die jeden Moment platzen könnten.«

Bram schüttelte kühl dreinblickend den Kopf. »Das hier ist gar nichts im Vergleich zu dem, was euch erwartet, wenn ihr alleine in der Wildnis unterwegs seid. Wüsten wie diese sind überall in Aret. Und wo Wüsten sind, gibt es auch die Wälder der Stille. Schaut, dort hinten am Horizont. Seht ihr den gelben Streifen? Das ist ein ganzer Wald, der nur aus solchen Bäumen wie diesem kleinen da besteht.«

Wie konnte er so seelenruhig dasitzen und ihr so was erzählen? Ihr klapperten schon die Zähne aufeinander, wenn sie ihm zuhörte. Ein ganzer Wald, bevölkert von diesen Blutsaugern? Gab es Übleres? Gut, der Hirvo. Aber das ...

»Wie groß sind die Bäume?«, fragte Ivar interessiert.

»Verdammt groß, nicht so groß wie die Riesenbäume, aber groß genug, um ganze Heerscharen der saugenden Blätter zu beherbergen«, antwortete Bram.

Dagur wischte sich den Mund ab und korkte den Lederbeutel zu, aus dem er sich einen Schluck Wasser genehmigt hatte. »Vergiss die Glückspilze nicht, Bruder.«

Kadlin konnte nur den Kopf schütteln. Was zum Steppenhuhn waren das schon wieder für mörderische Pflanzen?

»Ach ja. Die Glückspilze sind, wie der Name sagt, Pilze. Sie sind blau und bedecken den Boden des gesamten Waldes. Berührt man sie, verströmen sie einen blauen Dunst, der ... euch glücklich macht, ganz gleich was mit euch passiert.«

»Oh!«, meinte Sloden. »Das sind ja ausnahmsweise mal gute Eigenschaften.«

Brams Haaransatz hob sich. »Nicht, wenn dein ganzer Körper von den Blättern bedeckt ist, die dir das letzte Tröpfchen Blut aussaugen. Du findest das nämlich toll, bleibst glücklich stehen und schaust selig grinsend dabei zu, wie sie dich töten. Die Blätter an dem Bäumchen waren kleine Exemplare, die in dem Wald von den ausgewachsenen Bäumen sind doppelt so groß wie meine Hände. Ihre Bisse sind weitaus qualvoller, manche sollen angeblich ganze Fleischstücke von einem abbeißen.«

»Wir werden dort nicht reingehen, richtig? Wir schauen uns das bloß aus der Ferne an und reden darüber«, quakte Atla kleinlaut.

Bram schmunzelte leicht. »Es ist der letzte und der gefährlichste Test, den ihr hinter euch bringen müsst. Aber nicht allein. Ihr fliegt mit eurer Optera durch diesen Wald, ohne einen einzigen Laut zu verursachen. Nur wenn das Tier euch wirklich vertraut, wird es diesen Flug mit euch machen und sich von euch lenken lassen.«

»Und wenn nicht?«, platzte Kori dazwischen.

»Dann wirst du die Optera nicht in den Wald bekommen, was aber auch bedeutet, dass sie dir nie folgen oder für dich da sein wird, wenn ihr Instinkt sie vor einer tödlichen Gefahr warnt. Sie würde dich nie in eine Schlacht begleiten, nicht mal mit dir über den Orchideenwald fliegen, sie würde nicht mal in die Nähe davon kommen, wenn du sie rufst. Hier erkennt ihr, wie tief das Vertrauen des Tieres in euch ist. Hast du diesen Wald mit ihm durchflogen, kannst du dir absolut sicher sein, dass es sein Leben für dich opfern würde.«

Mit großen Augen sah Ivar den blonden Krieger an. »Ich dachte, die Wilden folgen einem ein Leben lang? Ist deine Optera denn mit dir da durchgeflogen?«

»Ja, sie folgen dir ein Leben lang, aber nicht dahin, wo sie sterben könnten. Wie alle Tiere haben auch die wilden Optera einen Überlebensinstinkt, den sie allerdings überwinden, wenn sie ihrem Reiter voll und ganz vertrauen. Als meine Maxi-Optera jung war und kleiner, flog ich mit ihr hier durch«, bestätigte der Unaru ernst.

Atla rutschte unruhig auf den Knien herum. »Können wir nicht einfach über den Orchideenwald fliegen, wäre das nicht ... ungefährlicher für uns alle?«

An die Felswand gelehnt und dösend, brummte Dagur in seinen Bart. »Du vergisst die Springbohnen und die Peitschpalmen, die dich aus der Luft runterholen könnten. Nur mal so als Beispiel, Bruder. Ganz zu schweigen von den gefräßigen Lumods, die sich gerne im Orchideenwald auf die Lauer legen, um sich an allem satt zu fressen, was vorbeifliegt.«

Zu Kadlins Leidwesen stimmte das, was Dagur sagte, Lumods waren fleischfressende Tiere mit ledernen Flügeln, die gerne Jagd auf einzelne Lebewesen machten. Der Orchideenwald war wirklich keinen Deut besser. Beim Wald der Stille wussten sie wenigstens, was sie erwartete, was man vom Orchideenwald nicht behaupten konnte.

»Ich denke, Dagurs Antwort erklärt, warum wir uns für den Wald der Stille entschieden haben. Und da ihr sehr wahrscheinlich früher oder später eine Wüste durchqueren müsst, bot es sich an, diese Lektionen zu verbinden. Hier geht es darum, Ruhe zu bewahren und die eigene Angst zu besiegen. Gut, lasst uns beginnen. Dagur und seine Maxi-Optera erwarten euch auf der anderen Seite des Waldes, mit Wasser für den Notfall. Blut ist komischerweise die einzige Flüssigkeit, welche diese Blätter ertragen. Deswegen gedeihen diese Bäume nur in der Wüste, wo es nie regnet. Das Blut ihrer Opfer scheint das Elixier zu sein, das sie am Leben hält. Sollten euch Blätter anfallen, fliegt um jeden Preis weiter zu Dagur. Verliert nicht die Nerven. Das Schlimmste, was euch passieren kann, ist, abgeworfen zu werden und auf den Glückspilzen zu landen, weil ihr dann nicht mehr herauskommen wollt. Deswegen werde ich einen Pfeil mit einer weißen Fahne abfeuern, bevor einer von euch startet. Erst wenn ihr bei Dagur angekommen seid, wird dieser ebenfalls mit einem Pfeil ein Zeichen geben. Auf diese Weise wissen wir, dass ihr den Wald passiert habt.«

Mit schlackernden Beinen machte sich Kadlin mit den anderen auf den Weg. Eine lange Strecke zum Wald lag noch vor ihnen, als sie ihre Optera riefen, die sich bald darauf in ihrer Nähe niederließen. Dagur flog mit seiner Maxi-Optera, deren Transporttaschen bis zum Rand mit Wasserbeuteln gefüllt waren, weiter hinter den Wald. Wie immer hatte Bram alles gut geplant und vorbereitet, was Kadlin nicht völlig verzweifeln ließ. Lijufes Gesicht war bleich wie die Wände der Smar-Schneckenhäuser. Sie sprach kein Wort mehr, sie war nicht mal mehr in der Lage zu jammern.

Ivar meldete sich als Erster freiwillig, um den Flug zu wagen. Nur der konzentrierte Blick des Jungen verriet, dass er aufgeregt war. Bram schoss den Pfeil in die Höhe und Ivar flog auf seiner Optera davon. Schweigend überwachte die Gruppe ihren Freund, der im Wald verschwand. Die sorgenvollen Minuten des Wartens zogen sich dahin und wurden zur bangen Folter.

»Kat?« Brams sanfte Frage riss Kadlin aus ihrer Sorge.

»Ja?«, krächzte sie ängstlich, obwohl sie sich ihre Furcht nicht anmerken lassen wollte.

Hell strahlte Brams Blick aus grünen Augen auf sie nieder, vermittelte ihr Kraft und Ruhe, die sie dringend benötigte.

»Ich möchte, dass du als Nächstes fliegst, Lu wird dann nach dir an die Reihe kommen.«

Ihr stilles Nicken brach Bram das Herz. Sollte er sie wirklich alleine in den gefährlichen Wald schicken? Er hatte gewollt, dass sie zugab, eine Frau zu sein, dass sie angesichts der Lektionen aufgab, aber sicher nicht, dass ihr etwas Ernsthaftes zustieß.

Seinem Impuls erlegen, griff er nach ihren Schultern und neigte sich dicht über ihr Gesicht. Haltlos versank er in den samtbraunen Tiefen ihrer Augen, in denen die Angst schimmerte. »Du musst es nicht tun, Kat. Lass es einfach.«

Verwirrt zogen sich Kadlins Brauen zusammen und widerspenstig schüttelte sie ihr Haupt. »Nein! Nein, ich werde das tun. Ich habe dein doofes Training durchgestanden, die ekelhaften Spinnen überlebt, bin einem spuckenden Drachen entkommen und vergiftet aus dem Orchideenwald getorkelt. Ich werde auch das durchziehen. Ich will diesen Flug mit Kleines machen. Ich will wissen, ob sie mir vertraut.«

Diese tollkühne kleine Smar rang ihm gehörigen Respekt ab. Sie besaß nicht nur einen hübschen Hintern und süße Lippen, sondern zudem ungeheuerlichen Mut. Noch nie war ihm eine Frau untergekommen, die diese Vorzüge besaß und zugleich ein Sehnen in ihm weckte, das schon körperlich schmerzte.

»Wie du willst«, erwiderte Bram und nahm seine Hände von ihr. Die Jungs schrien auf, denn über dem Wald tauchte ein Pfeil auf, der ein weißes Band hinter sich herzog. Das Signal für Kats Flug war gekommen.

Mit einem scheuen Blick auf Lijufe entfernte sich Kadlin und suchte ihre Optera auf. Es war, als würde sie jedes Sandkorn einzeln sehen, die Strahlen der Sonne kräftiger als zuvor fühlen und Brams herben Duft noch immer riechen. Die Furcht schärfte ihre Sinne und beschleunigte ihre Atmung. Sie kraulte Kleines den Hals und stieg schließlich auf.

»Na, traust du mir zu, dich durch den Wald zu fliegen?«

Das vertraute Gurren gab Kadlin Hoffnung und so gab sie Kleines durch den Druck ihrer Beine das Kommando, ihre Reise beginnen zu lassen.

Bram schoss den Pfeil und Lijufe schaute voller Kummer ihrer Freundin nach. Langsam flog Kadlin auf den bedrohlichen Wald zu, der in seiner goldgelben Pracht aus den roten Dünen hervorstach. Näher und näher kamen die schwarzen Bäume und mit ihnen das beklemmende Gefühl, dass jedes Geräusch, das sie verursachte, zu laut war. Ihre eigene Atmung rauschte in ihren Ohren. Das Surren der Optera-Flügel erschütterte lärmend ihren Körper. Ihr Herzschlag war ein unüberhörbares Poltern. Bibbernd flog Kadlin in den Wald.

Die Abstände zwischen den Baumstämmen waren gewaltig und die Kronen ungewöhnlich ausladend. Ebenso wie bei der Miniaturausgabe, so wogte auch bei seinen großen Artgenossen das gesamte Laub des Waldes in monotonen Wellen. Ein Blatt mit dem anderen konform, wie ein Heer von Kriegern im Gleichschritt. Die glatte Rinde der Stämme glänzte tiefschwarz wie eine Reptilienhaut. Einem Teppich gleich bedeckten die blauen Pilze vollkommen den roten Wüstenboden.

Die gespenstische Stille des Waldes dröhnte drückend auf Kadlins Ohren. Unheimlich wankend drohten ihr die todbringenden Blätter in einem lautlosen Flüstern. Stumm riefen sie ihr trügerisch zu, sich in dem freundlichen Gelb zu verlieren. Die völlige Einsamkeit des Waldes legte sich schwer auf Kadlins Seele und presste jedes Glück aus ihr heraus, während eine tiefe Trauer unaufhaltsam in ihr gedieh. Der Wald schien kein Ende zu nehmen, weder einen Eingang noch einen Ausgang zu haben. Es war ein stilles Labyrinth des Todes, der überall auf sie lauerte, der alles verschlang: das War, das Sein und das Werden. Ein zeitloser Ort, an dem nichts außer ihm selbst existierte. Ein Ort, der jegliche Hoffnung, jeglichen Glauben aufsog und nur trostlose Leere wachsen ließ.

Bodenlose Traurigkeit erfasste Kadlin, kroch in ihren Geist, benebelte sie, ließ sie vollkommen verzweifeln und machte ihr das lautlose Atmen immer schwerer. Tränenüberströmt flog das Mädchen an den belaubten Ästen vorbei, deren Blätter sanft nach ihr zu greifen schienen. Sie duckte sich gekonnt unter den hängenden Zweigen hindurch und schluckte das Schluchzen, das in ihr aufkeimte, hinunter. Mit letzter Kraft bäumte sich ihr Verstand gegen die Depression auf, die sie überrollte.

Sie wollte hier nicht sterben. Sie wollte leben. Sie wollte wieder in Brams grüne Augen sehen, die liebevoll über ihr Gesicht glitten, seinen Mund berühren, der immer die richtigen Worte fand, der ihr mit einem Lächeln einen Glücksmoment schenkte. Ja, Bram war ihr Glücksstern. Bram ... Bram ...

Endlich sah Kadlin den roten Sand hinter den schwarzen Stämmen. Erleichtert seufzte sie auf – was ihr Verhängnis war. Aus den Augenwinkeln bemerkte sie, wie die großen Blätter neben ihr sofort zu zittern begannen und schlagartig auf sie zuschossen. Plötzlich lösten sich die gesamten Blätter des Baumes und stürzten zu Hunderten auf sie herab.

Kadlin biss sich auf die Unterlippe, um nicht laut loszuschreien, und drückte ihre Oberschenkel an Kleines' Seite, die bereits instinktiv ihr Tempo beschleunigt hatte. Die Optera ahnte, dass es um Leben und Tod ging. Wie ein geölter Blitz brausten sie davon, hinaus aus dem Wald. Eine gelbe Blätterfahne wehte hinter ihnen her, die nach und nach schmäler wurde. Kadlin dachte schon, alles überstanden zu haben, als sich ein gelbes Blatt auf ihren unbekleideten Arm legte. Ein brutaler Schmerz ließ sie zischend Luft holen und ein kurzer Blick sagte ihr, dass der gelbe Parasit zugebissen hatte, denn das Blut tropfte ihren Oberarm hinab auf den Skal.

Trotz der gewaltigen Pein, die sie marterte, verlor die Smar nicht ihr Ziel aus den Augen: Ivar und Dagur, der mit einem Wasserbeutel bereitstand. Die höllischen Qualen ließen sie mit den Zähnen knirschen. Kadlin wurde schwächer und schwächer. Kraftlos stellte sie fest, dass das riesige Blatt tiefrot und prall angeschwollen war. Bei Dagur angekommen, konnte sie sich nicht mehr festhalten und stürzte von der Optera herunter. Sofort schüttete der Unaru Wasser auf den drallen Blutsauger, der von Kadlin abließ. Krümmend zog dieser sich zusammen und verendete im roten Sand der Wüste, während er aus seinem dicken Dorn das ganze Blut ausspie, das er seinem Opfer zuvor abgezapft hatte.

Dagur hob Kadlins Kopf und flößte ihr das kühle Wasser ein. »Alles gut, Kat, du hast es überstanden. Keinen Laut hast du verloren, obwohl dich eins dieser Drecksdinger erwischt hat. Du kannst wahrlich stolz auf dich sein. Ich verbinde jetzt erst einmal deine Wunde.«

Indessen Ivar völlig geschockt dastand, holte Dagur das Verbandszeug und Kadlin inspizierte im Liegen ihren schmerzenden Arm. Das rohe Fleisch klaffte auseinander, wo eine tiefe Verletzung von dem saugenden Dorn zurückgeblieben war.

Dagur bestrich die Wunde mit der Kräuterpaste, die auch

Bram benutzt hatte. Danach presste er das Fleisch zusammen, um es dann mit einem Stück Stoff fest zu verbinden. Kadlin stöhnte gepeinigt auf.

»Tut mir leid, Bruder. Es muss sein«, sagte der Riese und setzte sein Werk fort.

Kadlin blieb im Sand liegen und ließ die Behandlung über sich ergehen. Letztlich beobachtete sie, wie Dagur nach getaner Arbeit seinen Bogen spannte und einen Pfeil abfeuerte.

Kapitel 25

Ankunft und Abschied

Ivar hatte, versteinert vor Entsetzen, Kadlins Ankunft beobachtet und sich zurückgehalten. Als der Junge jedoch sah, wie sich sein Gefährte aufsetzen wollte, kam wieder Leben in ihn und er half seinem Kumpanen.

»Mann, Kat, du hast uns einen ganz schönen Schrecken eingejagt. Aber deine Optera war klasse, wie sie die elenden Viecher abgehängt hat.«

Kadlin nickte matt. »Ja, sie zischte wie ein Pfeil davon. Apropos Pfeil, Dagur, hat Bram schon den nächsten abgefeuert? Lu startet nach mir.«

Dagurs Stirn legte sich in bedenkliche Falten. »Ja, das Seltsame ist ... er hat einen zweiten hinterhergeschickt.«

»Was?«, rief Kadlin und zog sich bestürzt auf die Beine. »Das kann nicht sein, da stimmt etwas nicht ...«

Ivar sah besorgt zu Dagur auf, der seinen nächsten Schritt überlegte. Nach einem kurzen Zögern befahl der bärtige Krieger: »Ivar, du bleibst hier mit Kat und schießt den Pfeil ab, wenn einer der Jungs aus dem Wald kommt. Ich pirsche mich näher an den Waldrand und schaue nach, was los ist.«

»Nein! Dagur, das ist viel zu gefährlich. Du kannst gar nicht so schnell rennen, wenn diese Blätter kommen.« Die erneute Aufregung ließ Kadlin Schmerzen und Müdigkeit vergessen, zu groß war ihre Sorge um die Gefährten. »Lass mich mit Kleines nochmal in den Wald fliegen.«

Der Unaru schnappte sich zwei Wasserbeutel. »Ausgeschlossen. Mir passiert nichts. Mach dir keine Gedanken, Bruder.«

Aber Dagurs überzeugend klingende Worte vermochten Kadlin dennoch nicht zu beruhigen. Außer Atem musste sie hilflos zusehen, wie Dagur sich dem mörderischen Blätterwald näherte.

Sie blickte zu Ivar, der genauso unschlüssig wie sie selbst wirkte. »Halt du die Wasserbeutel bereit! Ich setze mich auf Kleines, damit ich falls nötig sofort losfliegen kann.«

»Kat ... Dagur hat gesagt, dass du bei mir bleiben sollst. Wenn hier einer geht, dann bin ich das.« Unglücklich verzerrte sich Ivars Gesicht, was Kadlin aber nicht von ihrem Vorhaben abbringen ließ.

»Es ist mir egal, was Dagur sagt. Lu ist mein ... Freund. Ich lasse ihn ganz sicher nicht alleine da drin. Außerdem ist Kleines eine Maxi-Optera, sie kann viel mehr tragen als deine.«

Ohne Ivar weitere Beachtung zu schenken, setzte sich Kadlin wieder auf Kleines, tätschelte dieser liebevoll den Kopf und lobte sie leise. Langsam flog sie mit genügend Abstand vor dem Wald auf und ab. Ein gutes Stück rechts von ihr sah sie eine Optera aus dem Wald brechen. Was Kadlin jedoch das Blut in den Adern gefrieren ließ, war die Tatsache, dass sie ohne Reiter flog und von einem Schwarm gelber Blutsauger verfolgt wurde.

Sofort fing Kadlins Herz an zu flattern und sie trieb Kleines zu der Stelle, wo das andere Tier den Wald verlassen hatte. Aus der Ferne hörte sie noch das aufgeregte Quietschen der Optera, die vor Angst und Schmerzen schrie, denn einige der Blätter hatten sich an ihren Hinterleib geheftet.

Mit Verblüffung erkannte Kadlin, dass es sich nicht um die türkisfarbene Tuffi handelte, demnach also nicht Lijufe im Wald abgeworfen worden war, sondern einer der Jungs. Augenblicklich kam ihr Kori in den Sinn, der es von Anfang an schwer mit den wilden Optera gehabt hatte.

Die Smar dachte nicht daran, in welch gefährliche Lage sie sich begab, oder daran, dass jeder Laut ihr Leben beenden könnte, sondern nur daran, Kori zu finden. Eilig flog Kadlin in den Wald und fieberhaft schaute sie sich in dem wallenden Gelb nach ihrem Gefährten um, denn ihr war bewusst, dass sie keine Zeit vergeuden durfte.

Je mehr Blätter Kori befallen hatten, je länger diese sein Blut saugen konnten, desto schneller würde er sterben. Kleines schwirrte in halsbrecherischem Tempo zwischen den Stämmen hindurch, während Kadlin die Umgebung absuchte. Weit entfernt, hinter ein paar Baumreihen, erkannte sie einen Berg gelber Blätter am blauen Waldboden liegen, was sie in panische Hetze ausbrechen ließ. Der blaue Dunst der Glückspilze waberte um den kleinen gelben Hügel. Allerdings nahm Kadlin keine Rücksicht darauf und schoss mit Kleines durch den blauen Nebel. Sie fühlte sich nach und nach ein wenig munterer, gar hoffnungsvoller, regelrecht fröhlich, Kori endlich gefunden zu haben. Im schwebenden Flug verharrte Kleines über ihrem Freund und Kadlin beugte sich über ihn.

Ja, alles würde gut ausgehen. Was konnten die Blätter Kori schon anhaben? Oh, schau an, er war bewusstlos, der Glückliche, und von oben bis unten voll mit den lustigen gelben Dingern, die sich langsam rot färbten. Das sah ja komisch aus ... Boah, eins sogar mitten auf seinem Gesicht, was Mund und Nase zudeckte ... Wahrscheinlich würde der arme Kerl bald ersticken. Aber hey, wie sagte Bram: Spuck drauf ... Ja... Volltreffer und ab dafür ... da segelte das witzige Ding ... Wie wunderschön es fliegen konnte ... Spucken war so toll ... einfach noch ein paarmal auf die Blätter ... Ja, super ... Fantastisch, wie die knallgelben Dinger dahin wogten ... Und das Blut, das Kori übers Gesicht lief, war ein hübsches, dunkles Rot ...

Leicht benommen sah Kadlin grinsend zu, wie die bespuckten Blätter sich von Kori erhoben. Sie fand zwar, dass der Junge ein wenig bleich aussah, aber gewiss würde er in der Sonne wieder Farbe bekommen. Trotz des Glücksgefühls vergaß das Mädchen nicht, dass es den Knaben aus dem Wald bringen musste. Die Häuptlingstochter wusste auch, dass sie ihn dazu auf die Optera hieven musste, was aber nur ginge, wenn sie abstieg. Leise glitt die Smar von ihrem Tier. Ihre Stiefel lösten auf dem Pilz-Teppich eine blaue Wolke aus.

Kleines setzte ebenfalls sanft auf, ließ ihren Leib auf den weichen Boden sinken, um ihrer Reiterin die Arbeit zu erleichtern. Dadurch trat das Tier erneut eine blaue Lawine los, in der Kadlin unbeirrt ihr Werk verrichtete. Völlig zufrieden und fröhlich mit sich und ihrer Welt, zerrte Kadlin den Jungen auf die Optera und unterdrückte grinsend jedes Ächzen. Die Schmerzen in ihrem Arm, die Erschöpfung, alles war wie weggeblasen. Alles war einfach ... wunderbar.

Nur noch durch den bezaubernden Wald fliegen und schon wäre sie bei Dagur. Ja, dem riesenhaften Dagur, der ihre Freundin liebte. Sicher hielt er Lijufe in den Armen. Die zwei waren so ein süßes Paar. Sie konnte zwar nicht mehr genau verstehen, warum sie Kori hier eigentlich wegschaffen sollte, wo es doch so nett unter den gelben Blättern war. Aber irgendwas sagte ihr, dass es besser wäre, Bram zu suchen. Ja ... Bram war sooo toll, noch besser als das Spucken.

Mit diesen Gedanken schwirrte Kadlin fröhlich aus dem Wald hinaus und freute sich überirdisch, als sie die ganze Truppe versammelt bei Ivar stehen sah.

* * *

Bram hatte ein ungutes Gefühl. Lijufe war ängstlich, aber tapfer wie vereinbart in den Wald geflogen und Kori, der sich schon auf seine Optera gesetzt hatte, wollte als Nächster. Doch als dieser das Tier vorsichtig in Richtung des gelben Waldes lenkte, rastete es aus. Noch nie hatte Bram eine Optera vor Panik durchdrehen sehen. Sie wollte Kori unbedingt abwerfen, was ihr jedoch nicht gelang und sie in ihrer Verzweiflung dazu veranlasste, genau dahin zu rasen, wovor sie eigentlich Angst hatte: in den Wald der Stille, um den Jungen gegen die Baumstämme zu donnern, damit er von ihr herunterfiel.

Es war dem Otulp hoch anzurechnen, dass er währenddessen nicht schrie, sondern sich mit hochrotem Kopf eisern festhielt und versuchte die Optera zu beherrschen und zur Ruhe zu zwingen. Das arme Tier war allerdings so im Wahn, dass es nicht mehr zugänglich war. Es spielte vollkommen verrückt.

Als Kori ebenfalls im gelben Blattwerk verschwunden war, feuerte Bram den zweiten Pfeil sofort in den Himmel ab. Er fragte sich unschlüssig, ob er eingreifen oder Kori zutrauen sollte, die Sache alleine in den Griff zu kriegen. Der Häuptlingssohn wollte dem Jungen diese Gelegenheit, sich selbst zu beweisen, ungern nehmen. Schließlich war er nicht Koris Mutter, sondern ein Krieger, sein Lehrmeister, der ihm mit dieser Lektion etwas beibringen wollte.

Die Zeit schien unendlich zäh zu vergehen und mit jedem Atemzug, den der Unaru auf den Pfeil seines Freundes wartete, wurde ihm unwohler. Er entschloss sich, um den Wald herumzufliegen und die Angelegenheit aus nächster Nähe zu beobachten, um jederzeit eingreifen zu können. Resolut erteilte er Mar den Befehl, mit den anderen beiden Unaru zu warten, und begab sich zur rechten Seite des Waldes, wo Kori hineingeflogen war.

Zwischen den Stämmen hindurchlinsend konnte er jedoch lediglich Lijufes winzige Gestalt erkennen, die in großer Entfernung von ihm unter den Zweigen hindurchflog. Koris Optera hatte augenscheinlich die Richtung geändert, was hieß, dass er auf der anderen Seite des gelben Forstes sein musste. Er würde den Wald nicht überfliegen, sondern erst umrunden, um sicherzugehen, dass der Junge nicht doch auf dieser Seite irgendwo unter den Blättern begraben lag. Falls er Kori finden würde, müsste er ihn zu Fuß retten, denn seine Maxi-Optera war zu groß, um im Wald zu fliegen oder gar landen zu können, ohne die Todesblätter zu berühren. Er würde dabei eine gehörige Portion Glücksgift abbekommen, welche Folgen das für ihn haben würde, konnte er nur schätzen. Er hatte aus Erzählungen gehört, dass man alles, was um einen herum geschah, auf die leichte Schulter nehme, aber nicht vergesse, wer man sei. Es hieß, dass der, der ein Ziel vor Augen habe, eher einen klaren Verstand behalte als jemand, der planlos sei.

Nach einer Weile hatte Bram die Seite des Waldes umflogen und konnte nun die andere Seite inspizieren, wo seine Schützlinge herauskommen sollten. Sein Freund Dagur, der wohl mit Wasserbeuteln vor dem Dickicht auf und ab patrouilliert war, hielt bereits eine tonlos weinende Lu in den Armen. Die Wasserbeutel lagen vergessen neben ihnen im Sand.

Tuffi sauste munter um Ivar herum, der mit Dagurs und seiner eigenen Optera außerhalb der Gefahrenzone stand. Aber ... von Kat war keine Spur. Brams Puls beschleunigte sich.

Wo verflucht steckte Kat? Auch von Kleines war nichts zu sehen. Was tat das Mädchen jetzt schon wieder? Wieso ...?

Verzagt schloss Bram kurz seine Lider, denn heiß leuchtete ihm der Grund ein, warum die Smar nicht bei Ivar war: Sie suchte ihre Freundin. Wie Dagur nach dem zweiten Pfeil gewusst hatte, dass etwas nicht glattgelaufen war und er vor dem Wald Stellung beziehen sollte, so vermutete Kat ebenfalls, dass sie ihrer Freundin helfen musste. Sie hatte sich schon Sorgen um Ivar gemacht, als der durch den Wald flog, wie sehr würde sie sich erst um Lu sorgen, wenn diese nicht herauskam?

Bram schluckte das Stöhnen herunter und peste schnurstracks auf Ivar zu, den er sogleich mit Fragen bombardierte, ohne von seiner Optera abzusteigen.

»Wo ist Kat? Ist sie wieder in den Wald geflogen?«

Ivars Augen rollten beinahe aus ihren Höhlen. »Sie? Also, ja, ich meine, er ... Also ... sie ... wollte nicht auf mich hören.«

In heller Aufregung fuhr Bram den Jungen an: »An welcher Stelle ist sie reingeflogen?«

Schnell zeigte Ivar auf die andere Seite des Waldes, wo Bram gehofft hatte, auch Kori zu finden. »Dort drüben. Eine Optera kam jaulend herausgeschossen und zog eine Unmenge Blätter hinter sich her.«

Dass die Optera einen Laut von sich gab, würde Kat zum Vorteil gereichen, denn so waren die Blätter hinter dem Tier her und nicht hinter ihr. Die Blätter hatten mit Sicherheit die Verfolgung der Optera bereits aufgegeben. Entweder waren sie auf dem Weg zurück oder unterwegs abgestorben, denn sie konnten sich nicht allzu weit von ihrem Baum entfernen. Er hoffte, dass Kat leise genug war und sie dem Wald ein zweites Mal unverletzt entkommen konnte.

Kein weiteres Wort verlierend, wollte Bram gerade in die Richtung brausen, die Ivar ihm angedeutet hatte, als

Kat aus dem gelben Forst kam. Ein Fels fiel ihm von seinem Herzen.

Lu und Dagur waren mittlerweile zu ihnen getrottet. Auch Mar, Atla und Sloden, die seinen Befehl in den Wind geschlagen hatten, kamen mit ihren Optera angeflogen. Mehr amüsiert als verärgert fragte sich der Häuptlingssohn, ob überhaupt irgendjemand auf seine Befehle hörte.

Das Lachen fiel ihm jedoch aus dem Gesicht, als er hinter Kat, auf dem Rücken der Optera liegend, einen gelb-roten Blätterberg entdeckte.

Im ersten Moment verwirrte ihn Kats glücklich dreinblickende Miene, aber ihre blauen Lippen und ihr erster Satz machten ihm deutlich, was los war.

»Hallo, meine Lieben. Ist das nicht wieder ein herrlich sonniger Tag heute? So blau, wie der Himmel über uns leuchtet, und dieser wundervoll rote Sand. Ist das nicht einmalig hier?«

Sie flötete über alle Maßen entzückt, was Bram, trotz des Ernstes der Lage, beinahe ein Grinsen entlockte, denn noch nie zuvor hatte er seine Kat so süßlich sprechen hören.

Dagur und die Jungs, die weniger anfällig für Kats Charme waren, hatten Kori bereits von der Optera auf den Boden verlagert und entleerten flink mehrere Wasserbeutel über ihm.

Das ganze Laub fiel von dem Jungen ab und sogleich breitete sich eine Blutlache um ihn und die absterbenden Blätter aus, die den roten Sand noch dunkler färbte. Bram blickte entsetzt auf Kori hinunter, denn auch dessen Kleider waren voller Blut, sein gesamter Körper schien von den Dornen der Sauger perforiert worden zu sein. Überall, wo man hinsah, waren tiefe, blutende Fleischwunden zu erkennen. Selbst im Gesicht hatte er Wunden, die von geronnenem Blut umgeben waren. Seitlich an der Stirn war eine große Beule, was mit dem hohen Blutverlust auch seine Ohnmacht erklärte, anscheinend hatte er sich den Kopf gestoßen. Ob die Einstiche unter den Kleidern genauso schlimm waren wie die auf der unbedeckten Haut, konnte Bram nur erahnen.

Dagur kniete auf dem Boden, hörte an Koris Brust nach einem Herzschlag und über dem Mund nach Atmung. Der Unaru blickte seinen Freund fest an.

»Noch lebt er, aber er braucht den Gwaed-Trunk, so schnell wie möglich. Du weißt, Bruder, der ist das Einzige, was ihm helfen könnte zu überleben. Die Wunden kann ich hier noch dürftig versorgen, aber dann muss er sofort ins Dorf geflogen werden.«

Entschieden verkündete Bram seine Anordnungen: »Lu, hol sofort das Verbandszeug. Mar und Sloden, ihr bastelt aus den Transporttaschen eine Trage, die ihr an Dagurs Optera befestigt. Sobald Koris Wunden verbunden sind, bringt ihr ihn in unser Dorf. Ivar, du fliegst mit Atla zu Koris Eltern. Bringt sie ebenfalls ins Unaru-Dorf, erzählt ihnen, was passiert ist!« Bram sah eindringlich in die bestürzten Gesichter seiner Schützlinge. »Jungs, ihr müsst das alleine durchziehen. Ihr seid leichter als Dagur und ich, und somit fliegen die Optera viel schneller. Beeilt euch!«

Während noch alle unter Schock standen und schweigend Brams Anweisungen horchten, frohlockte Kadlin glücklich: »Ein Ausflug ins Dorf? Ach, wie schön!«

Bram schaute verstört zu ihr hinüber. »Kat, verdammt! Halt den Schnabel und bestaune den Himmel! Für euch andere gilt: Los jetzt! Wir treffen uns alle wieder im Dorf der Unaru.«

Alle stoben auseinander und jeder tat, was er tun sollte. Lu rannte mit dem Verbandszeug zu Dagur und half ihm, Kori zu verarzten. Ivar und Atla nahmen sich Wasserbeutel aus dem Vorrat und nachdem Bram ihnen die Route beschrieben hatte, die sie bewältigen mussten, verabschiedeten sich die zwei mit bangen Gesichtern. Schon allein ihre Anreise ins Gebirge zu den Otulp würde um einiges länger dauern als die ins Dorf zu den Unaru. Bram hoffte, dass Kori den Blutverlust überlebte. Falls nicht ... konnten seine Eltern ihn wenigstens zurück ins Dorf der Otulp bringen.

Mar bereitete mit Sloden die Trage vor, in die sie schließlich Kori hineinlegten. Dagurs Maxi-Optera hielt brav still und sie konnten die Vorrichtung zügig anbringen.

Bevor Koris Transport so weit war, winkte Mar Bram zu sich, um mit ihm unter vier Augen zu sprechen.

»Was ist mit euch? Wann kommt ihr nach?«

Brams Gesicht wurde ernst, er schaute zu Kat hinüber, die im Sand saß, ihm verschämt zulächelte und mit den Wimpern klimperte. Wäre sie nicht totenbleich, hätte sie nicht tiefblaue Lippen und Ringe unter den Augen, würde er sich über ihr Gebaren schlapplachen, aber danach war ihm ganz und gar nicht zumute.

»Wir brechen auf, sobald sicher ist, dass Kat die Glückspilz-Vergiftung ohne Probleme überstanden hat. Nachdem sie gestern einer riesigen Ladung Gift von dem Farn ausgeliefert war und ohnmächtig wurde, will ich nicht riskieren, dass ihr das jetzt im Flug passiert. Wir gönnen ihrem Körper Ruhe, in der Hoffnung, dass die ganzen Vergiftungen keine schlimmeren Folgen haben.«

Mar nickte. »Gut. Also fliegt Dagur dann mit meiner Optera. Ansonsten habt ihr ja noch deine Maxi, falls die euch ausbüxen sollte.«

Bram klopfte ihm auf die Schulter. »Ja. Passt auf euch auf. Fliegt nicht über den Orchideenwald, sondern immer das Gebirge entlang Richtung Westen. Erst wenn ihr die Plantagen der Smar seht, fliegt ihr weiter Richtung –«

»Norden. Ja, ich weiß, Bram«, unterbrach Mar den Krieger und sah ihn lange an, als wolle er ihm noch etwas sagen.

»Ihr drei werdet das schaffen. Spätestens in drei Tagen trinken wir am Lagerfeuer alle zusammen mit Kori auf sein Wohl.«

Bram begleitete Mar zu Dagurs Optera. Sie überprüften nochmals den Halt der Trage und dann machten sich die drei auf den Weg.

Kapitel 26

Immer und ewig

Im glühend roten Sonnenuntergang trotteten Kadlin und Lijufe entkräftet durch den Staub. Sie hatten noch eine Weile in der Wüste, im Schatten eines Felsens, geruht – bis Bram ihnen mitgeteilt hatte, dass Dagur und er es für klüger hielten, wenn Kadlin sich bewegen würde, um das Gift ausschwitzen zu können. Das Hochgefühl der Häuptlingstochter ließ langsam nach, wie auch die blaue Färbung ihrer Lippen und der Augenringe.

Tief in sich gekehrt schleppte sich die Truppe, die auf vier Gefährten zusammengeschrumpft war, über die pinke Ebene, immerzu dem Vorgebirge entgegen. Ein langer, anstrengender Tag mit ungeheuerlichen Ereignissen lag hinter ihnen.

Die Stimmung Kadlins wurde immer düsterer, denn jetzt, da das Gift nicht mehr ihren Verstand einlullte, begriff sie, wie ernst es um Kori stand. Ihr Ärger auf Bram nahm ungeahnte Höhen an, weil er die Jungs und sie solch einer Gefahr ausgesetzt hatte, die völlig unnötig gewesen war. Das war jedoch nicht alles, was so entsetzlich in ihr tobte, da gab es noch etwas anderes, was sie versuchte zu ignorieren: Angst.

Sie hatte eine Riesenangst, denn ihre Zeit mit Bram war

abgelaufen. Im Grunde müsste sie ihn jetzt verlassen, aber sie konnte es nicht. Sie müsste dem blonden Unaru hier und jetzt sagen, dass sich ihre Wege nun trennten, aber sie brachte es nicht fertig. Der Kloß in ihrem Hals wurde immer dicker, denn wie könnte sie ihn in sein Dorf begleiten …? Ausgeschlossen. Und dann gab es da noch diesen klitzekleinen Funken Bedauern, der in ihrer Brust glimmte. Bedauern darüber, dass er nicht bemerkt hatte, dass sie ein Mädchen war, dass sie die Smar vom Fastmö war, dass sie ihn liebte. Nie könnte sie ihm gestehen, dass sie kein Otulp-Junge war, und erst recht nicht, dass sie die Smar-Schlange war, die ihm nun schon wieder etwas vorgespielt hatte, denn gewiss würde er das so sehen. Ihr Herz blutete, wenn sie daran dachte, wie Bram sie wohl anschauen würde, wenn er davon Wind bekäme. Die ganze Bewunderung, die … ja, die fast schon liebevollen Blicke, die er ihr, die er seinem Schützling Kat entgegenbrachte, würden sich wieder in Ekel und Hass verwandeln, wie bereits unter dem Baum der Verbindung. Jener Tag lag gerade mal ein paar Wochen zurück und doch kam es ihr vor, als wären es Jahre gewesen. Als wäre dieser Tag aus einem anderen Leben und nicht aus ihrem.

* * *

Lijufe schluckte. Die Traurigkeit schnürte ihr fast die Luft ab. Der schreckliche Flug durch den mörderischen Wald der Stille und Koris Verletzungen setzten ihr stark zu. Noch mehr jedoch, dass Kadlin ihr bald sagen würde, dass sie die beiden

Krieger verlassen müssten, dass sie Dagur nie wiedersehen würde.

Dagur, dieser blinde Riesen-Varp, der mit seinen sanften Augen ihren Verstand und ihr Herz zum Stillstand brachte, wollte nicht begreifen, dass sie ein Mädchen war. Verdammt, sie hatte dieses Versteckspiel so satt. Sie wollte dem doofen Krieger sagen, dass sie seine Herzens-Räuberin war, dass er sie, verdammt nochmal, jetzt endlich küssen und, ja ... ganz andere Dinge mit ihr anstellen sollte, damit er und sie sich wenigstens daran erinnern konnten. Von ihrer gemeinsamen Nacht vom Berusat hatte sie keine Erinnerung, die sie in ihrem Herzen bewahren konnte. Ihre Unschuld war eh schon den Bach runter, was spielte es da noch für eine Rolle? Sie würde sich diese eine Nacht noch holen. Egal was Kadlin wollte, diese eine Nacht mit Dagur würde sie sich nicht nehmen lassen. Von niemandem!

* * *

Hoch konzentriert betrachtete Dagur Lus Statur. Lu war ein Junge. Ein recht ... kurvenreicher Junge. Ein Junge, der aussah wie ... ein Mädchen. Oder ein Mädchen, das aussah wie ein Junge? Nein, sie sah nicht aus wie ein Junge. Sie? Wieso benutzte er das Wort ›sie‹? Ach, das war zum Verrücktwerden ... Er liebte Lu auf verquere Weise, wie er das Smar-Mädchen liebte, der er sein Herz geschenkt hatte. Obwohl diese eine verfeindete Smar war, hatte er ihr gegenüber ein schlechtes Gewissen, weil er sein Herz auch an Lu verschenken wollte, einen Jungen. Unfassbar, er, ein Krieger, wollte ... Nein ... Er musste sich von dem kleinen Otulp fernhalten, der ihm wie ein Gift die Gedanken durcheinanderwirbelte.

* * *

Bram seufzte leise in sich hinein, denn der Tag war ganz und gar nicht so verlaufen, wie er gehofft hatte. Kat hatte immer noch nicht zugegeben, dass sie eine Frau war. Und nach dem, was sie heute geleistet hatte, musste er einsehen, dass sie das nie tun würde. Sie war dem Wald der Stille knapp entkommen, mit einer Verletzung, und hatte sich danach noch mal hineingestürzt, um einen Gefährten zu retten. Was doch eigentlich seine Aufgabe gewesen wäre, denn er hatte Kori und alle anderen schließlich zu dem gefährlichen Ort gebracht. Verflucht, noch nie war so etwas dabei passiert. Als Dagur und Ivar ihm die Geschichte erzählt hatten, wäre er am liebsten zu Kat gelaufen, hätte sie durchgeschüttelt und angeschrien, was für Risiken sie eingegangen war und welche Angst sie ihm gemacht hatte ... Was er aber nicht tat, weil sie genug durchgemacht und nach dem ganzen Desaster so was nicht verdient hatte. Sie hatte Kori gerettet, damit Lob und Respekt verdient, was er ihr auch zukommen ließ. Von dem Glücksgift benebelt hatte sie lediglich bescheiden gelächelt. Sari, die Frau war ... unglaublich, unmöglich, mutig, dickköpfig, wunderschön und zum Erwürgen halsstarrig. Warum machte sie ihm das Leben schwer und süß zugleich? Natürlich könnte er sie jetzt, mir nichts, dir nichts, vor die

Tatsache stellen, dass er ihre Maskerade durchschaut hatte, aber das würde sicher nicht das Ergebnis bringen, das er wollte. Bald wäre die gemeinsame Zeit vorbei, und gerade weil er sie nie wiedersehen würde, wollte er sie noch einmal küssen. Sie berühren. Sie besitzen. Nur einmal ein ehrliches Verlangen in ihren Augen sehen, ohne die ganzen Lügen und Verkleidungen. Ohne Hintergedanken. Sie würde sich bald von ihm lossagen, das wusste er, denn sicher würde sie als Smar nicht sein Dorf betreten wollen. Die Zeit rannte ihm davon, er spürte es. Er musste die Sache in die Hand nehmen, beschleunigen, sie dazu zwingen, es endlich einzugestehen. Einmal mit ihr eins sein, nur einmal noch, um es nie wieder zu vergessen, das war alles, was er wollte.

* * *

Allmählich kamen sie ins Gebirge. Eine leichte Anhöhe, neben der ein Bach vorbeiplätscherte und die rundum von Sträuchern geschützt war, bot einen hervorragenden Platz zum Rasten, der sich auch für Brams Vorhaben vorzüglich eignete.

»Lasst uns hier ein Lager aufschlagen und zu Kräften kommen. Wenn es Kat bessergeht, können wir den Rest mit den Optera fliegen.«

Er trat an Kadlin heran, drehte sie an den Schultern zu sich herum und hob sanft ihr Kinn, um ihre Lippen zärtlich mit dem Daumen zu betasten.

»Das Gift scheint deinen Körper fast vollständig verlassen zu haben. Das Blau ist so gut wie verschwunden.«

Mit glühenden Augen betrachtete er ihren Mund, der sich unter seinen Fingern leicht öffnete. Der Drang, sich einen Kuss zu stehlen, war dem blonden Krieger überdeutlich anzusehen. Lijufe räusperte sich überlaut und blickte wehmütig zu Dagur, der vollkommen fassungslos seinen Freund beobachtete.

Brams Zärtlichkeit schmerzte Kadlin tief in ihrem Inneren, da sie ein Sehnen in ihr entzündete, das lichterloh zu brennen begann und nie gelöscht werden würde. Ihre Trauer darüber sprach aus ihren braunen Augen.

»Ja«, murmelte die Häuptlingstochter kummervoll und entzog sich seinen Händen. Sie betrachtete den Krieger, der ihr alles abverlangte und ihr nicht das gab, was sie wollte. Unglücklich stolperte sie stammelnd davon: »Ich sammle trocknes Holz.«

Es war zum Verzweifeln, selbst wenn er seine Gefühle offen zur Schau stellte, war ihr nicht beizukommen. Lag es daran, dass er ihr nicht genug gefiel, oder war diese Smar einfach schwerer als eine Ocka-Nuss zu knacken? Er musste es auf einem anderen Wege probieren. Im Geiste nach der passenden Taktik suchend, widmete sich Bram seiner Aufgabe, für das Essen zu sorgen.

Während Lijufe die Wasserbeutel am Bach auffüllte, entfachte Dagur ein Feuer. Bachabwärts konnte Bram ein paar kleine Fische fangen, die sie gemeinsam über den Flammen grillten. Noch immer herrschte ein vielsagendes Schweigen unter den vieren, die am Lagerfeuer Platz genommen hatten, bis Bram Kadlin ins Visier nahm.

»Kat, ich muss schon sagen, du hast dich in letzter Zeit sehr verändert.«

Überrascht sah die Häuptlingstochter auf, denn sie war sich keiner Veränderung bewusst, die Bram bekannt sein könnte. Alle Änderungen waren Teil ihrer Verkleidung. »Was bitte hat sich an mir verändert?«

Bram grinste in sich hinein. »Nun, am Anfang hattest du ein zierliches Kreuz, einen winzigen Hintern, aber jetzt ...«

Das Blut schoss in Kadlins Wangen und leise hörte sie neben sich Lijufe nach Luft schnappen. Eisig unterkühlt fragte sie: »Was? Was soll das ›aber jetzt‹ bedeuten?«

»Also, dein Kreuz ist ...« Bram hatte fast Angst, es auszusprechen, weil er ihr nicht wehtun wollte, aber sie wollte es nicht anders und da er nun den Weg gewählt hatte, musste er ihn auch zu Ende gehen.

»... richtig breit und stark geworden. Und dein Hintern erst! Zu Beginn sah er wie ein süßer Frauenarsch aus. Aber deine Hüften und Schenkel sind nach dem Training richtig dick geworden vor lauter Muskeln. Auch dein Gesicht hat sich verändert, kein Mensch würde dich mehr für ein Mädchen halten, dazu wärst du jetzt eindeutig zu hässlich.«

So, jetzt war es ausgesprochen! Kats Schnappatmung deutete darauf hin, dass es nicht mehr lange gehen konnte. Er war mit seinen Sprüchen aber noch nicht am Ende, falls sie noch einen Nachschlag brauchte.

Der Zorn ließ Kadlin sogar im Sitzen wanken und ihre Lungen zitterten beim Atmen. Brams Worte sollten ein Kompliment sein, aber das waren sie nicht, ganz und gar nicht. Er verletzte sie, trampelte auf ihren Gefühlen herum. Eine Erwiderung blieb ihr im Hals stecken, denn sein freches Lächeln kam einer knallenden Ohrfeige gleich.

Lijufe saß wie vom Donner gerührt da, sie ahnte, was Bram im Schilde führte. Aber sie war sich auch sicher, dass der Krieger keinen blassen Dunst hatte, worauf er sich einließ, wenn er mit dieser Tour weitermachte. Es war wohl besser, sie verhielt sich mucksmäuschenstill.

Bram redete kauend seelenruhig weiter, als wäre Kadlin gar nicht anwesend. »Was sagst du, Dagur? Findest du das nicht auch? Und jetzt schau dir doch mal Lu dagegen an. Der Junge kann machen, was er will, er sieht immer noch wie ein hübsches Mädchen aus. Das schöne Gesicht, die ebenmäßige Haut und sein Hintern ... Hmmm, noch immer klein und knackig, der könnte jederzeit einen Krieger verführen, sag ich dir.«

Das tiefe Lachen Brams dröhnte spöttisch zu Kadlin hinüber. »Das kann Kat beim besten Willen nicht mehr passieren, denn den würde kein Krieger mehr freiwillig in dieser Absicht anrühren.«

Treffer! Das war der letzte Giftpfeil, der mitten im Ziel gelandet war.

Befreit sah Bram zu, wie sich Kadlins Gesicht für den Bruchteil eines Augenblicks vor Leid verzog und zu einer starren Maske wurde. Ruckartig erhob sie sich und verließ, ohne einen Ton verlauten zu lassen, das Lager. Bram sah ihre Schultern beben und wusste, dass sie weinte. Das jedoch versetzte ihm einen immensen Schlag, auf den er überhaupt nicht vorbereitet war. Auch wenn seine Worte alle gelogen waren, er sie aus dem Grund ausgesprochen hatte, um von ihr ein Geständnis zu erzwingen, taten sie ihm nun schrecklich leid.

Dagur blickte mit vollem Mund zu seinem Freund, vor lauter Empörung über dessen Aussagen hatte er vergessen zu kauen. Was zum Firus war mit Bram los? Gut, es war ein Kompliment für Kat, aber nicht für Lu. Kat war das wohl genauso peinlich wie ihm, da er geflüchtet war. Lu ... Äh ja, der nahm das wohl locker, denn er schmunzelte. Komisch!

Mit einem Husten machte Lijufe Bram auf sich aufmerksam, denn noch immer glotzte er die Büsche an, hinter denen Kadlin verschwunden war. Sie gab ihm mit einem leichten Zucken des Kopfes ein Zeichen, dass er dieser folgen sollte.

Einerseits konnte Bram es kaum abwarten, die Früchte seines Plans zu ernten. Andererseits hatte er Bammel, dass er zu weit gegangen war. Gut, im schlimmsten Fall würde er sich einen Schlag ins Gesicht einfangen. Einen Schlag, den er sie selbst gelehrt hatte.

Der Häuptlingssohn stand auf, schlenderte zu Lijufe, hielt an und legte eine Hand auf ihre Schulter, bevor er sich vertraulich zu ihr herunterbeugte. Leise flüsterte er, damit nur sie es hören konnte: »Sag es ihm jetzt. Egal, wie es mit Kat und mir ausgeht. Wir werden nicht gleich zurückkommen.«

Verschmitzt lächelnd sah Lijufe zu dem blonden Unaru auf und wisperte bloß: »Viel Glück!«

Dies quittierte jener mit einem Nicken.

* * *

Lijufes Herz schlug bis zu ihrem Hals, denn Dagur saß da und beobachtete sie argwöhnisch, als wäre ihr ein zweiter Kopf gewachsen. Die letzten Tage hatte er sich vor ihr zurückgezogen, was ihr Herz quälte. Nur wenn sie sich ihm aufdrängte, hatte er ihr diesen Blick voller Hingabe geschenkt. Nur wenn sie ihm mit ihrem Körper auf die Pelle rückte, er seinen eigenen Gefühlen erlag, hatte er seine Bedenken abstellen können. Ihr war klar, dass der Riese litt, weil er Lu, den Jungen, nicht einordnen konnte, der in ihm wohl irgendetwas auslöste. Etwas, das der Riese nicht einordnen konnte, das ihn verwirrte. Sie fand, dass es höchste Zeit war, Dagur zu erlösen.

Mit diesem Entschluss erhob sich Lijufe auf ihre zitternden Knie. »Dagur, ich muss dir was sagen ...«

Der bärtige Riese stand ebenfalls auf, hob abwehrend die Hände und schüttelte den Kopf. »Nein, Bruder, du musst mir nichts sagen, das, was Bram zu dir gesagt hat, war gemein und es war nicht in Ordnung. Ich werde nachher mit ihm reden. Er muss sich bei dir entschuldigen.«

Der Trolo wusste nicht, dass er selbst sie gerade beleidigte, was sie ihm natürlich großmütig verzeihen würde, wenn er jetzt gleich stürmisch über sie herfiel. Wehe, wenn nicht! Sari, sie konnte es nicht mehr abwarten. Wahrscheinlich würde sie sich den Mund fusselig reden müssen, bis er sie verstehen und ihr glauben würde. Es wäre einfacher, wenn er einfach sah, dass ... Ja, eindeutig die bessere Idee.

Sie ging einen Schritt auf Dagur zu und wandte nicht einen Moment ihre Augen von ihm ab. Nebenher öffnete sie die Nadel ihres Skals, der zu Boden fiel. Dagur nahm mit einem unbeholfenen Kopfkratzen wahr, was sie tat, rührte sich jedoch nicht vom Fleck. Der zweite Schritt von Lijufe folgte und sie zog einen Stiefel aus, was Dagur den Kopf schieflegen ließ. Beim dritten Schritt waren beide Stiefel ausgezogen, worauf die Brauen des Riesen zueinanderrückten. Den vierten Schritt vollzog Lijufe, indem sie ihre Tunika packte und über den Kopf zerrte. Ihre Brustbinden anstarrend, wurden Dagurs Augen immer größer, was die Smar jedoch nicht davon abhielt, sie aufzuknoten. Zwei Schritte vor ihm, dass er sie sogleich, auf einen Blick, in ihrer unverhüllten Pracht bewundern konnte, blieb sie stehen und wickelte die Stoffstreifen von ihrem Oberkörper ab.

Es war für die junge Frau die reinste Wohltat, nach über drei Wochen ihre drallen Rundungen nicht mehr einquetschen zu müssen. Endlich konnte Dagur sehen, was ihm bisher nicht aufgefallen war. Amüsiert sah Lijufe, wie der Adamsapfel des Kriegers hüpfte. Doch sie hörte nicht auf mit dem Ausziehen und öffnete ihre Hose, die sie zügig abstreifte und ihm elegant vor die Füße kickte. Mit auf ihrer Taille aufgestützten Händen wartete sie auf Dagurs Reaktion, die ein zusammenhangsloses Stottern war.

»Du ... Du ... Du hast da, da oben ... sind ...«, wieder schluckte der Krieger und sein Blick wurde panisch.

»Ja, Brüste nennt man das«, vollendete Lijufe den Satz, was Dagur lahm wiederholte.

»Brüste.«

Dann floss sein Blick weiter nach unten und er zeigte auf ihren braungelockten Schoß.

»Da ... da ... ist kein ... also da, da fehlt was ...«

Lijufe trat dicht auf ihn zu, umfasste mit beiden Händen sein Gesicht, damit er ihr in ihr Antlitz schaute. Sanft sprach sie auf ihn ein. »Nein, Krieger, da fehlt gar nichts. Es ist alles da, was da sein muss. Alles, was aus mir eine Frau macht. Schau mir genau in die Augen, Dagur.«

Schwer hob sich die Brust des bärtigen Unaru. Es war ein Schock zu sehen, dass Lu eine Frau war. Über diese Möglichkeit nachzudenken war etwas ganz anderes, als plötzlich einem überaus weiblichen Lu gegenüberzustehen. Einem Lu, der einen prallen Busen und eine schmale Taille hatte. Der appetitliche Po und die schlanken Beine, alles an ihm machte aus ihm, dem Jungen, eine Frau. Eine ganz schön erregende Frau, was ihn vollkommen überforderte. Nicht mal in seinen Träumen hätte er sich Lu so wunderschön ausmalen können.

Ihre blauen Augen waren weit und klar, so offen wie der Himmel. Die winzigen Sommersprossen auf ihrer Nase und der kecke Leberfleck an ihrem weichen Mund gaben ihrem Gesicht diesen bezaubernden Reiz. Wie hatte er jemals glauben können, dass Lu ein Junge war?

Unsicher, jedoch auch völlig verzaubert, lauschte er ihrer Stimme.

»Kannst du dich daran erinnern, was die Smar zu dir auf dem Fastmö sagte, als du sie küssen wolltest?«

Abermals bildeten Dagurs Augenbrauen eine Allianz des Zweifels. »Jaa, warum?«, fragte er geduldig.

»Das ist nun der richtige Ort, Dagur, wo du mich küssen darfst.«

»Wie kannst du das wissen? Das habe ich dir nie ...« Erschrocken stockte er. »Du ... du bist ... die kleine Smar?« Hastig tasteten seine Augen über ihr Gesicht.

Als sich langsam die Stirn des Kriegers glättete, nickte Lijufe, die vor Angst die Luft angehalten hatte. Denn auch, wenn Bram seine Einstellung Kadlin gegenüber geändert hatte, so konnte sie nicht davon ausgehen, dass Dagur über seine Vorurteile gegenüber der Smar hinwegsehen würde.

»Gütige Sari. Du bist es wirklich. Du bist meine Smar«, nuschelte Dagur erfreut. Sogleich legte er seine Arme um die nackte Lu, die er leicht anhob und fest an sich presste, um seine Lippen endlich nach all der Zeit des Sehnens auf ihre zu legen. Sie schmeckte süßer als süß. So musste ein Regenbogen schmecken, das Paradies oder einfach nur Lu. Seine Lu.

Erleichtert seufzte Lijufe in den Kuss hinein, schlang ihre Hände um den Nacken ihres liebevollen Riesen und gab sich dem Glücksgefühl hin, das er ihr schenkte.

Immer wieder unterbrach der Krieger ihren leidenschaftlichen Kuss, um ihr Gesicht zu betrachten und glücklich lachend wieder da fortzufahren, wo er aufgehört hatte.

Schwer atmend brachte Lijufe ihre Hände unter seine Tunika, strich über die harten Wölbungen seiner Bauchmuskeln und verweilte in dem Flaum auf seiner gewaltigen Brust. Sie drängte ihre nackten Brüste an seine warme Haut und verlangte mit einem Zerren am Stoff, dass er sich seiner Kleider entledigte.

Schmunzelnd beendete Dagur ihren innigen Kuss, um an Lus Hals zu knabbern. »Nein, das ist keine gute Idee, Süße.

Sobald du mich auszieshst, gibt es für mich kein Halten mehr. Ich würde dir deine Jungfräulichkeit nehmen, und das, obwohl wir nicht verheiratet sind.«

Im Rausch der Lust brauchte Lijufe einen Moment, bis sie verstand, was Dagur sagte. Sie lachte und biss zärtlich in sein Ohrläppchen.

»Du hast sie mir schon genommen, du weißt es nur nicht mehr.«

»Was?!«, rief Dagur überrascht und hielt mit dem Küssen inne.

Lijufe saugte verspielt an seinem Kiefer. »Beim Berusat, wir ... wir haben nackt beieinandergelegen am Morgen danach.«

Dagur lachte laut und legte seine Hände auf ihre Wangen, um ihr ernst in die Augen zu schauen. »Nein, Lu, es ist unmöglich, dass ich dort mit dir geschlafen habe.«

»Doch, Dagur, ich weiß es, ich bin vor dir aufgewacht und hab dich allein zurückgelassen. Erinnerst du dich?«, meinte die Smar blinzelnd.

Der Krieger schüttelte den Kopf. »Du verstehst mich nicht. Selbst wenn ich gewollt hätte, wäre ich nicht in der Lage dazu gewesen, mit dir zu schlafen. Die Rauschfrüchte nehmen einem Krieger die Manneskraft. Ich habe mit Sicherheit nicht deine Unschuld geraubt.«

Erschrocken sah sie Dagur an, um ihm dann einen atemraubenden Kuss zu verpassen. Sie beendete ihn, als er wohlig brummte, und drängte sich noch dichter an ihn.

»Es ist mir egal, ob ich noch Jungfrau bin, hörst du? Es

ist mir egal. Ich will dich, jetzt und hier. Du bist der einzige Mann, dem ich mich je hingeben werde.«

Bestimmt umspannten Dagurs große Hände ihren Kopf, damit er sich in ihren Augen verlieren und seine Daumen ihre Wangen streicheln konnten. Entrückt flüsterte er vor ihren Lippen: »Lu, ich liebe dich und ich werde nie damit aufhören. Mein Herz verlangte unaufhörlich nach dir, der Smar, und gleichzeitig wollte es auch dich, Lu. Du kannst dir nicht vorstellen, wie sehr ich mich nach dir verzehrt habe, wie verzweifelt ich war. Ich werde dich nicht noch einmal gehen lassen, nie wieder. Nie wieder. Wenn du mich willst, werde ich um dich werben. Wir werden unsere Clans verlassen und uns den Knarz im Norden oder den Zut im Süd anschließen oder alleine bleiben. Es spielt keine Rolle, Hauptsache, wir bleiben zusammen. Willst du das, Lu? Liebst du mich so sehr?«

Tränen des Glücks rollten über Lijufes Wangen, an Dagurs Fingern entlang. Es war das Schönste, was je ein Mensch zu ihr gesagt hatte, und das Wundervollste, was sie je gefragt worden war. Ihr Herz pochte fest und hart gegen ihre Brust und zeigte ihr, dass es wirklich geschah. Ergeben wisperte sie dem Krieger ihre Antwort zu, dem Mann, der ihr Ein und Alles war: »Ja. Ja, ich liebe dich so sehr, um alles mit dir durchzustehen, was auch immer die Monde uns als Schicksal auferlegen werden.«

Kapitel 27

Nasen und Schläfen

Bram pirschte durch das Dickicht und suchte Kat. Er musste sie finden und ihren Zorn so weit anheizen, dass sie es ihm entgegenschrie. Auch wenn er es wollte, durfte er sich nicht bei ihr entschuldigen, denn das würde seinen Plan zunichtemachen. Sie würde im Nachhinein begreifen, dass es eine List war, um sie zum Reden zu bringen. Nach einer Weile fand er sie bachaufwärts, auf einer kleinen Lichtung stehend. Ihre Hände hatte sie zu Fäusten geballt und an der verkrampften Haltung ihres Profils war zu sehen, dass sie ziemlich aufgebracht war. Als sie ihn bemerkte, wischte sie sich verstohlen über das Gesicht. Über ihre Schulter hinweg blitzte sie ihn aus schmalen Augen bissig an, um ihn danach wieder zu ignorieren. Mit verschränkten Armen machte sie ihm deutlich, dass sie nichts von ihm wollte. Bram straffte seine Schultern und setzte das charmanteste Lächeln auf, das er zu bieten hatte. Die Vorführung konnte beginnen.

»Kat, Junge, was ist denn los? Ist irgendwas?« Mit unschuldig strahlender Miene schlenderte er an Kadlins Seite.

Ihr Herz klopfte wie wild und die Wut toste rasend in ihr. Die angestaute Rage schien keinen Platz mehr in ihrem Körper, in ihrem Kopf zu haben. Ein Blick auf den grinsenden

Mund des Kriegers reichte und der ganze Frust, der ganze Zorn barst aus ihr heraus.

»Ist irgendwas?!«, schrie Kadlin und drehte sich ihm entgegen. Angesicht zu Angesicht standen sie sich gegenüber und laut quoll die Wut aus ihr hervor. »Junge?! Arrggh, halt einfach den Mund, Bram, und sag kein, kein einziges Wort mehr.«

Bram hob zynisch eine Braue. Aha – sie brauchte doch noch einen Stupser, zähes Luder!

»Was ist denn? Ich mache dir Komplimente, dass du ein kräftiger Krieger mit breiten Schultern bist und als Mädchen gewiss keine Blumen bekommen würdest, und du ...«

»Oh – halt bloß die Klappe, du Vollidiot. Ich bin nicht ... breit ... und ... verdammt ... Arrgh!« Nach Worten suchend, die ihr nicht einfallen wollten, brüllte sie es ihm mitten ins Gesicht. »Ich bin kein Krieger, sondern ein Mädchen, und kein hässliches! Ich könnte dreimal so viele Blumen haben, wie ich will. Du, du ... blöder Affe! Kapier das endlich!«

»Ich weiß«, flüsterte Bram, was Kadlin wohl hörte, aber nicht gleich verstand, sie spuckte noch immer Gift und Galle.

Brüllend baute sie sich vor ihm auf. »Jaha, klar, das hab ich gemerkt, wie du das weißt. Du ... du ...«

Doch dann schien der Edelstein zu fallen, abrupt verstummte sie. Aus der zornigen Miene wurde eine überraschte, dann jedoch wieder eine verärgerte. Ihre Brust blähte sich auf, um die Luft in einem lauten Schrei zu entladen.

»Du weißt es?! Du ... Du ... Arrrghh!« Nach wie vor bis zur Halskrause geladen, explodierte sie direkt unter seine Nase.

In ihren Augen loderte ein gefährliches Feuer. »Seit wann?«, keifte sie in ohrenbetäubender Lautstärke.

Bram amüsierte sich blendend. Es war wundervoll, sie als Frau agieren zu sehen, voller Emotionen, offen und ehrlich. Gerne gab er ihr die Antwort, die sie ganz sicher wieder auf den Rindenbaum bringen würde. Hoffentlich!

»Seit dem Berusat«, säuselte Bram mit einem Schmunzeln und bemerkte, wie das Feuer in Kats Augen noch heftiger wurde, da sie begriff.

»Seit ... Du ... Du hast gewusst, dass wir miteinander ...?« Entsetzt schlug sie sich die Hand vor den Mund. Anschließend raufte sie sich die Haare, während sie von ihm zurückwich, um letztendlich fassungslos vor ihm hin- und herzutigern.

»Du hast mich die ganze Zeit belogen, mir was vorgespielt?« Anklagend zeigte sie mit dem Finger auf Bram. Bei jeder Silbe wurden ihre vorwurfsvollen Augen runder und ihre Stimme lauter. »Diese Annäherungen ... Oh – oh – oh!«

Alles fiel der Häuptlingstochter ein, nach und nach: Seine Sprüche am Morgen nach dem Berusat, von der nackten Schwarzhaarigen. Sein ›immer noch so schwach wie ein Mädchen‹ im Moor der Flammen, wo er sie an sich drückte und sie gehofft hatte, er würde sie küssen. Seine gierigen Blicke, die sie jedes Mal den Verstand verlieren ließen. Seine unverschämten Fragen nach der Vergiftung vom blauen Farn, als sie nur die Wahrheit sagen konnte. Von ohnmächtiger Scham erfüllt, kam ihr der Ringkampf in den Sinn, bei dem sie sich unter ihm vor Lust gewunden hatte.

Wie sehr musste er sich darüber ins Fäustchen gelacht haben! Sich über sie amüsiert haben, wie jetzt auch. Oh, für alles, was er ihr angetan hatte, für jedes Lachen auf ihre Kosten würde er büßen.

Kadlins Wut schwappte über und kreischend stürzte sie sich auf Bram.

Sie wollte ihm einen festen Schwinger in sein dämliches Grinsen verpassen. Natürlich fing er den, dummerweise, locker ab. Wie schon einmal drehte er ihr die Hände auf den Rücken und brachte seinen Körper an ihren.

Doch diesmal war Kadlin nicht zu Späßen aufgelegt und da sie eh schon Kopfweh hatte, hämmerte sie ihm ihre Stirn volle Kanne auf die Zwölf. Bram stöhnte benommen und taumelte einen Augenblick, was Kadlin nutzte, um sich aus seinen Händen zu befreien.

Aus Brams Nase sprudelte das Blut, was ihn jedoch nicht davon abhielt, gleich nach Kadlins Tunika zu schnappen, die dabei zerriss. Aber davon nahm keiner der beiden Notiz, denn Bram hatte nur ein Ziel: ihren Körper zu umklammern und ihren Rücken an seine Brust zu pressen, um ihr jede weitere Flucht zu vereiteln.

Kadlin gebärdete sich wie eine Wilde, strampelte mit den Füßen, um ihm Tritte zu geben, doch Bram murrte nicht einmal, wenn sie sein Schienbein traf. Erneut versuchte sie ihr Glück und schlug den Kopf kräftig nach hinten, in der Hoffnung, seinem Kinn ein schmerzendes Denkmal versetzen zu können. Aber leider landete ihr Hinterkopf lediglich auf seinem Schlüsselbein, da er den Kopf rechtzeitig zur Seite gedreht hatte. Sein leises Gelächter sagte ihr, dass für ihn alles bloß ein Spiel war, und das machte sie noch zorniger.

Schließlich änderte Kat ihre Taktik und hielt urplötzlich vollkommen still, was Bram verwunderte. Unbewusst, weil er sich sorgte, ob er ihr wehgetan haben könnte, lockerte er seinen Griff, was Kadlin flink zur Tat schreiten ließ. Sie wickelte zackig ihre Beine um Brams und warf mit voller Wucht ihren gesamten Körper gegen seine Brust. Das Ende vom Lied war, dass Kadlin auf Bram und dieser auf den Boden krachte. Sie spürte an ihrem Ohr, wie ihm, unter einem amüsierten Auflachen, die Luft ausging, was sie grimmig aufschreien ließ.

Abermals versuchte das Mädchen von dem Krieger loszukommen, indem sie ihm ihren Ellbogen erbarmungslos zwischen seine Rippen klopfte. Für den Bruchteil einer Sekunde ließ Brams Umklammerung nach und Kadlin konnte sich von ihm herunterrollen. Die Smar robbte sich gerade auf die Knie, um aufspringen und fliehen zu können, als der Krieger ihre Fesseln in die Finger bekam. Mit einem unerwartet herzhaften Ruck landete sie der Länge nach auf dem Bauch.

Der Unaru hatte wohl genug von dem Zeitvertreib und warf sich im nächsten Augenblick auf sie. Er lag auf ihrem Rücken und sein Unterleib drückte sich an die Rundungen ihres Hinterns. Platt gewalzt wie eine Flunder, war das für Kadlin überhaupt nicht bequem. Bram war verdammt schwer und das Atmen fiel ihr in dieser Position nicht leicht.

Trotzdem keuchte sie voller Hass: »Du hast mich betrogen, mich von vorne bis hinten angelogen, du mieser Heuchler. Du elender Betrüger.«

Ihr Kopf ruhte seitlich im Gras und schwer atmend fühlte sie, wie Brams heiße Lippen sich an ihrer Wange bewegten. Stoßweise zischte er: »Wer von uns zweien ist der Betrüger, Smar-Mädchen?«

Ermattet entfloh Kat der restliche Inhalt ihrer Lungen und eh sie sich's versah, hatte Bram sie auf den Rücken gedreht und hielt ihre Handgelenke über ihrem Kopf fest. Diesmal war es Bram, der zornig war und böse auf sie herunterblickte. Sein Gesicht war vom Blut verschmiert, das noch immer aus seiner Nase rann und ihn furchteinflößend wild aussehen ließ.

Kadlin schluckte. Er wusste es, er hatte es die ganze Zeit über gewusst, dass sie das Mädchen, die Smar-Schlange war, und ... und hatte sie nicht aus dem Lager vertrieben?

Verstört suchte sie nach dem Warum in Brams herrlich grünen Augen, in denen Wut glimmte, die allmählich von etwas anderem verdrängt wurde.

»Wer hat mich von Anfang an betrogen? Wer wollte mir nicht seinen Namen nennen?«, fragte er aufgebracht.

Kadlin bäumte sich unter ihm auf, denn er erinnerte sie an etwas, was wieder ihre Wut entfachte. »Und wer hat mich, unter dem Baum der Verbindungen, stehen lassen?«

Brams Mund, der von seinem eigenen Blut verschmiert war, kam näher und fuhr sie unbeherrscht an: »Ich! Ich war es. Verflucht!«

Sein Atem ging heftig und ein ungezügeltes Verlangen preschte durch die Venen seines Körpers. Kat so nahe zu sein und die Möglichkeit, sie endlich küssen zu können, fegte alles hinweg. Stürmisch überfiel er ihre süßen Lippen, die so weich und so köstlich waren. Ohne Rücksicht nahm er sich, was er wollte. Er war ein Verdurstender und sie sein Wasser.

Es war kein zärtliches Anklopfen, sondern eine brutale Erstürmung, die alles einnahm und überschwemmte. Urplötzlich lenkte er mit seinem Überfall Kadlins feurige Wut auf andere Pfade der Leidenschaft, die ebenso hemmungslos waren. Die Häuptlingstochter konnte nicht genug von dem Krieger bekommen, von seinen fordernden Lippen, die ihren Zorn in pures Begehren verzauberten. Da war keine Angst mehr, kein Zweifel. Allein den Mann zu fühlen, nach dem sie sich die ganzen Wochen verzehrt hatte, das zählte.

Der gierige Kuss war sein Brandzeichen, das er ihr aufdrückte, das den Geschmack von Blut, von Leidenschaft, von Bram in sich trug. Ein Fanal, das all das offenbarte, was Kadlin bei ihm kennengelernt hatte. Ein Leben voller Freiheit und Abenteuer. Hungrig nach mehr öffnete sie für Bram ihre Lippen, gewährte ihm Einlass und hieß ihn willkommen.

Mit einem animalischen Knurren beanspruchte der Mund des Kriegers in vollem Umfang das dargebotene Geschenk. Zögerlich öffneten sich Brams Hände und strichen an Kadlins nackten Armen entlang bis an die Seite ihrer Brüste, wo sie die Reste ihres Hemdes wegschoben. Während seine Finger über die sanften Hügel von Kadlins Brustbinden tasteten und den Rand energisch packten, krallten sich ihre in seine blonde Mähne. Fordernd drängte sie sich ihm entgegen.

Ein kurzer Ruck und schon hatte Bram den Stoff zerfetzt, der ein Wunder freilegte. Der Krieger beendete brummend den Kuss, stemmte seinen Oberkörper in die Höhe und bestaunte ehrfurchtsvoll, was Kadlin geheim gehalten hatte.

Feste Brüste, die seine Hände füllten, mit harten Perlen, die sich frech seinem Mund entgegenreckten. Ungeduldig senkte Bram sein Haupt und umfing die dunklen Brustwarzen mit seinen saugenden Lippen, was Kadlin ein gutturales Stöhnen entlockte. Das darauf folgende männliche Kichern, aus dem arrogante Zufriedenheit herausklang, brachte die Häuptlingstochter um jegliches Schamgefühl. Energisch drückte sie Bram von sich, was ihn einen Moment lang verwirrte, doch als dieser ihr geheimnisvolles Lächeln erspähte, erhob er sich nachgiebig auf die Knie. Die Mundwinkel des Unaru zuckten in freudiger Erwartung dessen, was die Smar von ihm wollte.

Schweigend rappelte sich Kadlin auf, ließ dabei ihr Hemd über die Schultern rutschen, um Bram in größter Eile die Tunika über den Kopf zu stülpen. Ihr Blick wanderte, von Lust verhangen, über seine muskulöse Brust und endete bei den hellen Haaren, die unter den Bund in seine Lederhose abtauchten. Aus Verlegenheit biss sie sich auf die Unterlippe und sanft glitten ihre kleinen Hände über seinen Bauch, deren Weg sie gebannt verfolgte.

Diese erregenden Gesten pumpten noch mehr kochendes Blut in Brams Lenden und die mächtige Ausbuchtung in seinem Schritt war mittlerweile, beim besten Willen, nicht mehr zu übersehen. Das Verlangen des Häuptlingssohns, sich in seiner Smar zu vergraben, schmerzte ihn am ganzen Körper. Es wurde nicht weniger, sondern noch mehr, als Kadlin an den Schnüren seiner Hose herumfingerte und ihre Brüste sich dadurch zu wundervollen Kugeln formten. Gepeinigt legte Bram für einen Augenblick den Kopf in den Nacken, um Herr seiner zügellosen Triebe zu werden, was jedoch vergeblich war. Hastig half er ihr, die Knoten zu lösen und ihn von der einengenden Kleidung zu befreien.

Sein geschwollenes Glied sprang stocksteif hervor und angesichts der imposanten Ausmaße, die Kadlin da sah, musste sie schlucken. Das besessene Funkeln in Brams ernsten Augen löste wohlige Schauder in ihrem Unterleib aus. Ohne den Blickkontakt zu unterbrechen, legte sich Kadlin wieder bedächtig auf den Rücken und hob sachte ihre Hüften an, um sich schnell die Hose abzustreifen.

Sie ahnte nicht, welch lockendes Bild sie dem Krieger bot. Ihre schwarze Haarpracht floss glänzend um ihr anmutiges Gesicht. Die gebräunte Haut ihres schlanken Körpers schimmerte im roten Zwielicht wie poliertes Kupfer. Ein entzückender Bauchnabel zierte die Mitte ihres flachen Leibes.

Bram konnte es nicht mehr länger erwarten und unbändig zerrte er an Kadlins letztem Kleidungsstück. Für einen atemlosen Moment verharrte der Krieger in der Betrachtung ihrer anmutigen Nacktheit. Behutsam, einer lauen Brise gleich, umfing er ihre Fesseln und unendlich langsam schmeichelten seine Hände ihre Beine entlang, schoben sich unter ihre Pobacken.

Kadlin ächzte und wand sich unter seinen kräftigen Fingern, wollte mehr von ihrem Krieger. Das feuchte Kribbeln in ihrem Schoß machte sie verrückt und als Brams Mund das Zentrum ihrer Weiblichkeit zu erforschen begann, entschlüpfte ihr ein Keuchen.

Himmel, was tat er da? Er nahm ihr jegliche Kontrolle über ihren Körper, über ihre Sinne und sie liebte es. Wie brachte er es fertig, dass sie ihren Stolz und ihre Erziehung vergaß, dass sie Töne von sich gab, die sie noch nie zuvor ausgestoßen hatte, dass sie diesem unersättlichen Strudel, den er verursachte, der sie stetig weiterwirbelte, nicht entkommen wollte?

Heiße Glut rotierte in ihrem Unterleib, zog weiter kreisend in ihre Glieder, die ihr nicht mehr gehorchten.

Bram hob ihre Hüften an und seine flinke Zunge brachte ihr jungfräuliches Fleisch bald darauf zum Zucken. Mit einem heiseren Aufschrei bohrten sich Kadlins Nägel in seine Schulterblätter. Doch als sie wieder zur Besinnung kam, war Brams Hunger noch lange nicht gestillt. Jede Rundung, jede Kurve, jedes Fleckchen von Kat wurde von seinen Lippen erkundet und gekostet.

Sie zu berühren, sie zu schmecken, war eine prickelnde Wonne. Brams Herz dröhnte laut klopfend in seinem Körper wie noch niemals zuvor, als er sich über die junge Frau schob. Seine Smar war in ihrer Begierde so wunderschön, dass er vergaß Luft zu holen.

Obwohl Kadlin keinerlei Erinnerung an ihre erste Liebesnacht hatte, wusste sie instinktiv, was sie tun musste. Sie öffnete für Bram weit ihre Schenkel, um sich ihm voll und ganz hinzugeben. Da Bram glaubte, er hätte Kadlin schon mal ausgefüllt, stieß er sich zur Gänze, mit einem tiefen Aufstöhnen, in sie hinein.

Erschrocken über den stechenden Schmerz, schrie Kadlin gurgelnd auf. Der Schmerz endete jedoch genauso schnell, wie er aufgetaucht war. Trotz des Nebels aus Begehren, der Bram völlig gefangen hielt, wurde ihm klar, dass da eine Barriere gewesen war, mit der er nicht gerechnet hatte. Kadlins jungfräuliche Enge machte ihn allerdings noch wilder, was ihn schier keinen klaren Gedanken mehr fassen ließ. Verwirrt sah er in ihre samtbraunen Augen und zog sich zitternd aus ihr zurück, um sich gleich darauf erneut in ihr zu versenken. Schließlich schloss sie genießerisch ihre Lider und bot ihm in einer verführerischen Geste ihren Hals an, dem Bram nicht widerstehen konnte.

Die Wonnen bereitenden Bewegungen des Kriegers machten aus der Flamme der Lust, die nach wie vor in ihrem Schoß brannte, wieder ein Feuer, das mit jedem seiner Stöße wuchs. Zärtlich wanderte Brams Zunge von ihrem Hals zu ihren Brüsten, um sich an diesen ausgiebig zu laben. Knabbernd, saugend, liebkosend, immer weiter hetzte ihn der Drang, sie zu besitzen. Immer schneller, immer tiefer, immer heftiger stieß er sich in sie und eilte damit den Gipfel hinauf, der ihm völlige Befriedigung schenken würde. Vor Lust keuchend hielt sich Kadlin an Bram fest. Denn das Flammenmeer in ihr vervielfachte sich unaufhaltsam zur allumfassenden Feuersbrunst, die erlösend in einem gleißenden Licht explodierte und dabei Raum und Zeit aushebelte. Mit einem kehligen Aufschrei bäumte sich Kadlin unter Bram auf. Und katapultierte auch ihn damit in ungeahnte Höhen des vollkommenen Glücks, was er mit einem rauen Brüllen begleitete, das weithin in der sternenklaren Nacht zu vernehmen war.

* * *

Das Zwitschern der Vögel weckte Kadlin, die sich überraschenderweise auf ihrem Skal in Brams Armen wiederfand. Mit einem betörenden Lächeln schaute der Krieger auf sie nieder, was ihr Herz flattern ließ. Die grünen Augen des Unaru leuchteten hell in der Morgensonne und sanft fuhr sein Finger über die Konturen von Kadlins Lippen.

Sie konnte sich nicht mehr entsinnen, sich auf den Skal gelegt zu haben. Hatte er sie auf das Lager gebettet? Es war ihr peinlich, aber sie war tatsächlich unter ihm eingeschlafen. Bram hatte sich nicht von ihr getrennt, nachdem er sie ausgiebig geliebt hatte, sondern war auf ihr, in ihr, liegen geblieben und hatte ihr wundervolle Dinge ins Ohr geflüstert. Seufzend hatte sie seiner Stimme gelauscht, die ihr sagte, wie schön er sie seit dem ersten Augenblick fand, wie sehr er sich seit dem Fastmö wünschte sie zu küssen, dass sie ihn vollkommen um den Verstand gebracht hätte. Und sie war ... eiskalt weggeschlummert. Doch wie unvergesslich hatte er sie in die Liebe eingeführt, sie mitgenommen in eine Welt voller Wonnen, sie in einen Freudenrausch versetzt, der unbeschreiblich war. Selbst nach dem Schmerz, nachdem er sie ... entjungfert hatte ...?!

Mit der Erinnerung war auch auf einmal die Klarheit über die Geschehnisse der vergangenen Nacht da, über all seine

Verführungskünste nach dem Berusat. Kadlins Augen wurden schmal.

»Du Mistkerl! Du elender Betrüger!«, schrie sie in heller Aufruhr und schlug seine Hand zur Seite. Behände stand Kadlin von ihrem Nachtlager auf und suchte ihre Kleider zusammen. Eilig zog sie sich an und verknotete dabei die zerrissene Tunika dürftig vor ihrer Brust, was Bram auf den Ellbogen gestützt schmunzelnd beobachtete.

Bis zur Hüfte nackt lag er vor ihren Füßen und sein dünner Skal bedeckte, Sari sei Dank, die erregendsten Teile seines überaus männlichen Körpers. Seine blanke, muskulöse Brust, die er ihr in seiner ganzen Herrlichkeit vorführte, brachte sie selbst jetzt noch durcheinander.

»Was ist denn? Ich dachte, das hätten wir geklärt.«

Erzürnt knallte sie ihm die Worte um die Ohren. »Wir haben gar nichts geklärt. Wenn du kein Betrüger bist, warum hast du mir dann nicht gesagt, dass wir beim Berusat nicht miteinander geschlafen haben? Dir ging es nur darum, mich zu verführen.«

Brams Augen weiteten sich unschuldig und er setzte sich auf. »Nein! ... Na ja ... vielleicht. Aber ... ich wusste bis gestern Abend nicht, dass du deine Unschuld noch bewahrt hattest, erst als ...« Und dann grinste er selbstgefällig. »... es zu spät war. Es tut mir leid. Ich dachte, wir hätten schon beieinandergelegen. Woher hätte ich wissen sollen, dass du noch Jungfrau bist? Warum sollte sich auch eine unschuldige Frau in ein Lager voller Krieger begeben?«

Empört hob Kadlin ihre Hände und ließ sie wieder fallen.

»Ja, ich kann ja nur eine befleckte Frau sein. Denn das macht natürlich alles einfacher für dich, nicht wahr? Warum sollte eine junge Frau das bloß tun?«

»Aus Bösartigkeit? Aus Wut? Aus Feindschaft? Um sich zu beweisen? Um Cnuts Sohn eine Lehre zu erteilen? Um ihn und seinen Stamm lächerlich zu machen? Im schlimmsten Fall, um einen Krieg anzuzetteln?«, konterte Bram und war noch lange nicht fertig. »Gib es doch einfach zu, Kat. Es hatte auf dem Fastmö nicht geklappt und du wolltest auf diese Art versuchen, die Unaru zu blamieren.«

Kadlin blieb für einen Moment die Spucke weg. Seine Vorurteile waren immer noch da, nach all dem, was sie gemeinsam durchgemacht hatten, und das verletzte sie ungemein. Diese Erkenntnis verleitete sie dazu, ihm ebenso wehtun zu wollen.

»Du – bist so ... engstirnig ... Nur deswegen soll ich mit dir geschlafen haben? Nur um euch zu blamieren, soll ich meine Jungfräulichkeit geopfert haben? Weißt du was? Ich glaube, du hast mit mir geschlafen, um *mich* bloßzustellen.«

Erschrocken sah Kadlin ihn an. Das war es tatsächlich. Er hatte den möglichen Raub ihrer Unschuld einkalkuliert, ihn als gerechten Lohn für ihre Lügen angesehen.

Kadlin wurde schlecht und es wurde nicht besser, denn der Krieger sagte genau das, was sie nicht hören wollte.

»Ich wünschte mittlerweile, es wäre so«, raunte Bram giftig.

Dieser herbe Schlag brach ihr das Herz und mit brechender Stimme fauchte sie ihn an: »Glaubst du, es ging mir bei dieser Maskerade um dich? Warum sollte ich so einen Wahnsinn ausgerechnet wegen des Kerls begehen, der mich auf dem Fastmö stehen ließ?«

Die Lippen des Häuptlingssohns wurden schmal, denn hart trafen ihn ihre Fragen. Sie hatte das wirklich nicht seinetwegen getan und das machte ihn paradoxerweise wütend.

Frostig blaffte Bram sie an: »Ja, verrate mir, warum du es getan hast, Kat? Oder eher, warum du es nicht wegen mir getan hast?«

Einen Wimpernschlag brauchte der Häuptlingssohn, bis er begriff, dann wurden seine Züge bitter. »Ah ... Ich beginne zu verstehen. Natürlich wolltest du das nicht – wegen meiner Narben.«

Mahnend, mit feuchten Augen, schüttelte Kadlin den Kopf. »Nein, hör auf damit, Bram! Du weißt genau, dass deine Narben niemals ... mich davon abhielten, dich zu mögen. Das weißt du, verdammt nochmal, ganz genau.« Mit leidvoller Miene heulte sie verzweifelt auf: »Hörst du eigentlich, was du da sagst? Jetzt beschwerst du dich, dass ich die Verkleidung nicht wegen dir anlegte? Was willst du denn von mir hören?«

»Die Wahrheit. Einfach nur die ganze Wahrheit. Über alles. Warum habt ihr beim Fastmö ausgerechnet Dagur und mich ausgesucht? Warum habt ihr euch als Otulp verkleidet und seid mit uns in das Trainingslager gegangen? Warum das alles?« Unbarmherzig forderte der blonde Häuptlingssohn eine Antwort.

Kadlin wog ab, ob sie Bram die Wahrheit sagen konnte. Denn die Ikol waren schon immer Freunde der Unaru gewesen. Nach Hadds Auftreten am Tugwar konnte dieser Bram zwar wohl nicht besonders gut leiden, was aber nichts über das Stammesverhältnis aussagte. Wenn möglich würde sie ihm lediglich das Nötigste erzählen.

Leise flüsterte sie: »Wir wollten euch ... zur Werbung überreden und damit Frieden zwischen den Smar und den Unaru stiften.«

Betreten schaute sie Bram an. Denn zeitgleich erkannte sie, dass diese Antwort, die selbst in ihren Ohren herzlos klang, ihn nicht glücklich machen konnte.

Brams Kiefer mahlte in Verzweiflung. So war er doch bloß ein Spielball gewesen, wie er vermutet hatte. Zwar verbarg sich dahinter ein guter Zweck, aber er heiligte nicht die Mittel. Die Zweifel an seinem Selbst, die tief in dem jungen Mann verwurzelt waren, nagten nach dieser Offenbarung abermals an ihm.

»Klar, Dagur, als bekannter Krieger, und ich, als Häuptlingssohn, waren da die beste Wahl«, nickte er reserviert. »Wenn es kein weiterer Versuch war, uns zu erobern, welcher Grund war es dann, dass ihr als Otulp zum Abflugsort kamt?«

Nervös schluckte Kadlin. Es war wohl an der Zeit, sich mit dem Vergangenen auseinanderzusetzen.

»Weil ... Wir hatten die Otulp-Skals ursprünglich geklaut, um Dagur und dich unbemerkt beobachten zu können. Aber ... durch bestimmte Umstände wurden wir gezwungen, die Clanzugehörigkeit der Otulp erneut anzunehmen und in der Verkleidung als Knaben zu flüchten. Es lag nicht in unserer Absicht, euch zu treffen, sondern war reiner Zufall.«

Brams Stirn runzelte sich und abfällig meinte er: »Sicher, ein Zufall. Was sollte so schlimm sein, dass zwei junge Frauen zu solch einer unüberlegten, folgenschweren Tat schreiten?« Zynisch verzog sich sein Mund. »Dass sie sogar unter die Decke zu ihren Feinden schlüpfen?«

»Ein Mord?«, flüsterte Kadlin mit enger Kehle, denn sein Spott brannte wie Feuer unter ihrer Haut.

Kopfschüttelnd sah Bram sie an, er konnte nicht glauben, was er hörte. »Was für ein Mord?«

Unglücklich rieb Kadlin ihre Hände aneinander. Vielleicht war es ein Fehler, aber sie würde auf ihr Bauchgefühl hören, das ihr riet, Bram zu vertrauen.

»Wir beobachteten Hadd, wie er ... ein Mädchen tötete.«

Bram brach in ein ungläubiges Lachen aus. »Nein, das ... kann nicht sein. Ich meine ... Hadd ist ein Idiot, aber kein Mörder.«

Kadlin zitterte am ganzen Körper, denn sie hatte es befürchtet: Keiner würde ihr glauben.

»Ich schwöre es dir, er hat es getan.«

Der Unaru ging nicht auf ihre Beteuerung ein, sondern erwiderte kühl: »Nein, Kat. Tut mir leid. Ich kenne Hadd seit meiner Kindheit. Er schlägt vielleicht seine Frauen, aber niemals würde er eine von ihnen töten. Vielleicht hast du das, was du gesehen hast, missverstanden.«

Kadlin verneinte stumm und Bram schnaufte unwillig. »Selbst wenn es stimmen würde, könnte es eine Ikol gewesen sein. Dann wäre es eine Clan-Angelegenheit, für die ihn niemand, außer seinem Vater, zur Rechenschaft ziehen kann.«

»Ich weiß nicht, wer das tote Mädchen war, aber er wollte Lijufe und mich töten, Bram!«, flehte Kadlin. Sie war zutiefst verletzt, dass er ihr nicht vertraute.

Abermals schüttelte der Häuptlingssohn skeptisch den Kopf. Sein Argwohn war ihm deutlich anzusehen. »Nein. Hadd wäre niemals so dumm, ausgerechnet am Sonnenfest ein stammesfremdes Mädchen zu töten. Warum sollte er so etwas tun? Die Folgen für seinen Clan wären verheerend, und das weiß Hadd.« Brams Blick wurde stechend, sein Ton schneidend. »Wer sagt mir, dass du mich nicht wieder anlügst, wie die ganze Zeit über? Vielleicht gibt es einen ganz anderen Grund, den du mir lieber verheimlichen willst? Könnte hinter alldem in Wirklichkeit nicht die Absicht der Smar stecken, die Unaru in einen Krieg zu zwingen? Sie zu verleumden?«

Kadlin war zu keiner Regung fähig. Bram war unverbesserlich. Niemals würde er seine Einstellung ändern. Es war vergebens. Sosehr sie sich auch anstrengen würde. Sosehr sie auch um sein Vertrauen betteln würde. Er würde ihr nicht glauben, weil er es nicht wollte. Kadlins Enttäuschung über Bram wurde schwindelerregend und beraubte sie des Willens und der Kraft. Tränen der Machtlosigkeit bildeten sich in ihren Augen. Schließlich taumelte sie mit zur Abwehr erhobenen Händen vor dem blonden Krieger und dem Schmerz, den er ihr bereitete, zurück. Sprachlos schüttelte sie ihr Haupt und rannte schluchzend davon. Sie wollte nur noch weg von ihm, weg von dem Schmerz und ihrer Scham.

Sie lief und lief, hörte Brams Rufe, denen sie keine Beachtung schenkte. Irgendwann hielt sie an und lehnte ihre heiße Stirn an die raue Rinde eines Baumstammes.

Was sollte sie tun? Wie sollte es weitergehen, wenn keiner ihr glaubte? Nicht mal Bram. Alles schien plötzlich ohne Sinn.

Haltlos weinte Kadlin und gab sich völlig der Hoffnungslosigkeit hin. Ein leichtes Tippen an der Schulter veranlasste sie, ihren Kopf zu heben und sich umzudrehen. Entgeistert sah sie in die braunen Augen, die sie als Allerletztes erwartet hätte.

Der bärtige Krieger lächelte gehässig. Und bevor sich ein Schrei aus dem Hals des Mädchens lösen konnte, traf seine eiserne Faust ihre Schläfe.

Besinnungslos fiel Kadlin in Hadds Arme.

Kapitel 28

Leben und Tod

Hadd flog auf seiner Optera Richtung Norden und überquerte das Gebirge. Dort war es kühler als in dem Vorgebirge, aus dem er Kadlin, die vor ihm bäuchlings auf dem Tier ruhte, entführt hatte. Er hatte sich die bewusstlose zierliche Smar über seine Schulter geworfen und sich eilig auf den langen Weg zu seiner Maxi-Optera gemacht, die er in großer Entfernung zu dem Lager der vier Gefährten zurückgelassen hatte.

Endlich hatte er das kleine Drecksstück in seiner Gewalt und die andere Smar-Schlampe würde er sich als Nächstes holen, sobald er diese hier ihrem Schicksal überlassen hatte. Der Orchideenwald war nicht weit entfernt, er bräuchte sie nur mitten im Dschungel abzuwerfen. Falls der Sturz sie nicht tötete, würden die Pflanzen und Tiere den Rest besorgen. Es war zwar nicht ungefährlich, über den Wald zu fliegen, aber für eine spurlose Beseitigung der dreckigen Verräterin, die seinen Plan vereiteln könnte, war das die perfekte Lösung.

Bram würde nicht mal merken, dass er sie entführt hatte, denn sie war dem Unaru davongelaufen. Seit Tagen wartete er schon auf die passende Gelegenheit, die beiden Weiber schnappen zu können.

Diese Smar-Hure hatte sich am vorigen Abend dem Krieger an den Hals geworfen und ihre Beine für ihn breitgemacht, obwohl sie ihm, Hadd, versprochen war. Es hatte ihn fast um den Verstand gebracht, als er dem Treiben der zwei zusehen musste. Am liebsten hätte er Bram, während dieser auf der Hure lag, die Kehle aufgeschlitzt, dann wäre ihm und ihr das Stöhnen schnell vergangen. Doch das hatte er nicht tun dürfen, denn sonst wären die ganzen Intrigen, das Gespinst, das er mühsam aufgebaut hatte, umsonst gewesen. Sein Ziel, der mächtigste Anführer des größten Stammes von Aret zu werden, wäre dann dahin.

Firus!, der blonde Unaru, der sonst zu den fähigsten Kriegern gehörte, die er kannte, hätte ihn, als er sich mit der Smar vergnügte, nicht mal bemerkt, wenn er ihn angeschrien hätte. Bisher hatte er größte Sorgfalt walten lassen müssen, um von den Unaru nicht ertappt zu werden. Er war auf einen Baum geklettert, der so weit weg stand, dass er sie sehen, aber nicht hören konnte – damit er sichergehen konnte, dass man auch ihn nicht hörte. Doch gestern waren der Häuptlingssohn und sein Freund völlig unvorsichtig gewesen und hatten nur noch die Hurerei im Sinn gehabt.

Eigentlich war es schade, dass er das Smar-Weibsstück töten musste, denn sie war eine tapfere Schönheit. Es wäre ihm ein besonderes Vergnügen gewesen, ihren Willen zu brechen. Aber eine Schlampe, die von einem Unaru bestiegen worden war, würde er nicht einmal in sein Dorf lassen, geschweige denn als Weib in sein Heim mitnehmen. Es war ein Schock gewesen, als er begriff, dass das Weib, das ihn im Wald bei dem Mord erwischt hatte, seine Smar-Braut gewesen war.

Eyvind, der Smar-Häuptling, hatte eine ganze Weile versucht, das Verschwinden seiner Tochter vor ihm geheim zu halten. Jedes Mal, wenn er seine Braut kennenlernen wollte, hatte der Alte eine Ausrede parat gehabt und ihn vertröstet. Wahrscheinlich hatte der Tattergreis gehofft, sie würde wieder zurückkommen. Erst als er den alten Smar mit deutlichen Worten unter Druck gesetzt hatte, erzählte dieser ihm die Wahrheit. Hätte er dem alten Sack dann nicht angeboten bei der Suche zu helfen, hätte er niemals von ihm erfahren, wie das Mädchen aussah. Kaum hatte Eyvind von schwarzen Haaren, vollen Lippen und großen braunen Augen gesprochen, war ihm das Gesicht des Smar-Mädchens im Wald vor seinem inneren Auge erschienen. Das Mädchen, das Gyrd und ihn damals beobachtet hatte. Das Gesicht, das immer wieder in seinen Gedanken auftauchte. Mit viel Fingerspitzengefühl hatte er Eyvind schließlich dazu verleiten können, ihm alles zu erzählen. Dabei kam heraus, dass die Smar mit einer Freundin Reißaus genommen hatte. Allerdings erst, nachdem sie mit ihrem Vater gestritten und dabei gehört hatte, dass sie ihn, komme, was wolle, heiraten müsse. Weshalb die Häuptlingstochter ihn, den Ikol-Häuptlingssohn, verschmähte – was an sich schon blamabel genug war –, wusste der Alte angeblich nicht. Er hatte bloß erzählt, dass sie seit diesem Streit, der am letzten Tag des Sonnenfestes stattgefunden hatte, verschwunden war.

In diesem Augenblick wurde ihm klar, dass es seine schwarzhaarige Braut und deren brünette Freundin gewesen waren, denen er im Wald mit Vergewaltigung und Tod gedroht hatte. Und dann, wie aus dem Nichts, fiel ihm ein unscheinbarer Vorfall vom Sonnenfest ein, bei dem er rein zufällig Zeuge, auf dem Weideplatz der Optera, geworden war. Zwei Otulp hatten sich bei einem Unaru darüber beschwert, dass man ihre Söhne vergessen habe in einer Gruppe mitzunehmen, die in das Rudam-Lager fliegen wollte. Der Unaru hatte die zwei Otulp-Knaben dann zu einer anderen Gruppe gebracht, was die Väter beruhigte. Zu Beginn war es bloß eine unwirkliche, unmögliche Eingebung gewesen, aber so verrückt sie auch war, sie hatte ihn nicht mehr losgelassen. Hatten die zwei Smar in ihrer Not die Identität der Otulp-Knaben angenommen? Und das womöglich nicht zum ersten Mal? Denn an einem vorherigen Tag waren eine schwarzhaarige und eine brünette Otulp im Ikol-Lager aufgetaucht und hatten sich nach ihm erkundigt. Waren die Smar-Mädchen deswegen für seine Leute nicht mehr aufzufinden gewesen, weil sie sich als Otulp-Knaben verkleidet hatten? Waren sie mit den Unaru geflüchtet, weil sie wussten, dass sie niemand dort, im Feindeslager, suchen würde? Stundenlang hatten seine Männer und er vergeblich nach den Smar-Mädchen gesucht. Es war ihnen erschienen, als hätte der Boden Arets die zwei Smar-Mädchen verschluckt. Schließlich hatten sie nicht nach zwei Otulp-Knaben Ausschau gehalten.

Er hatte sich dennoch nicht beirren lassen und erst die restlichen Stricke für sein Intrigenspiel gezogen. Dann, nachdem er dafür gesorgt hatte, dass es unaufhaltsam zu einem Krieg kommen würde, war er seiner verrückten Vermutung nachgegangen. Er hatte sich bei dem Unaru-Dorf auf die

Lauer gelegt, um das Rudam-Lager ausfindig zu machen. Einige Zeit war verstrichen, bis seine Bespitzelung Früchte getragen und er alle Informationen zusammenbekommen hatte. Letztendlich war er der rothaarigen Schwester von Bram gefolgt, die ihn zu dem Trainingslager geführt hatte. Mit größter Vorsicht hatte er das Lager und dessen Bewohner ausgekundschaftet und schließlich das Unglaubliche entdeckt: Die beiden Smar hatten sich wirklich als Otulp-Knaben ausgegeben und ausgerechnet in der Gruppe seines Erzfeindes Bram Unterschlupf gesucht.

Bei jedem ihrer Ausflüge war er ihnen gefolgt, doch nie waren die Mädchen allein anzutreffen gewesen, was ihn an der Entführung gehindert hatte. Er durfte die beiden nur verschwinden lassen. Sie an Ort und Stelle einfach zu töten, hätte zu viele Fragen aufgeworfen und womöglich sein gesamtes Vorhaben, auf das er schon seit Jahren hinarbeitete, untergraben und zerstört. Nein, das hatte er nicht riskieren können. Einige Beteiligte seines Intrigenspiels durften auch nicht mehr aufeinandertreffen und miteinander sprechen, das musste er verhindern. Deswegen war das spurlose Verschwinden der Zeugen, die ihn als Mörder entlarven konnten, der einzige Ausweg. Selbst wenn es nur zwei wertlose Mädchen waren, konnten diese ihm dennoch gefährlich werden. Sobald er die Häuptlingstochter los war, würde er sich noch ihre Freundin holen.

***

Bram warf sich eilig seine Kleider über und rannte in das Gebüsch, in dem Kadlin verschwunden war. Doch auf seine Rufe bekam er keine Antwort, sein Suchen war vergeblich. Von seiner Smar war nichts mehr zu sehen. Wo war sie hin? Hatte er sie so sehr verletzt, dass sie ihm davongelaufen war?

Bram fühlte, wie die Furcht sein Inneres ergriff, kalt in ihm aufstieg, denn das Glück, diese Zufriedenheit, die er noch vor wenigen Minuten gespürt hatte, war verschwunden. Verschuldet durch seine impulsiven Worte. Die Wut und die Frustration, dass er Recht gehabt hatte mit den Unterstellungen vom Fastmö, dass Kat ihn nicht wollte, weil sie in ihn verliebt war, sondern aus reiner Berechnung, hatte ihn daran gehindert, ihr zuzuhören. Es hatte ihn gekränkt, dass ihr Aufenthalt im Lager nichts mit ihm zu tun hatte, sondern vielmehr ein bloßer Zufall war. Aber wie hätte er ihr, der Frau, die ihn ständig nur benutzen wollte, auf Anhieb glauben sollen? Er kannte sie gerade mal ein paar Wochen. Die ganze Zeit über hatte sie ihn belogen. Hadd dagegen kannte er seit seiner Kindheit. Ihre Stämme waren schon seit Generationen befreundet. Der Häuptlingssohn der Ikol hatte einen angesehenen Ruf als ehrenvoller Krieger in der Clangemeinschaft inne. Warum sollte er diesen durch einen Mord an einem Mädchen gefährden? Hadd war brutal und gemein, aber niemals gegen fremde Frauen. Der Ikol kannte sehr genau die Unterschiede der stammesüblichen Sitten und wusste um die Folgen eines Fehltritts innerhalb der Stammesgesellschaft. Das rüpelhafte Verhalten legte der Krieger nur in seinem Clan an den Tag, wo dieser derbe Umgang üblich war.

Ein leises Rascheln schreckte Bram aus seiner gedankenverlorenen Suche nach Kat auf. Es war Dagur, der aus dem Dickicht heraustrat. »Hey, was ist los ...? Wow! Was ist denn mit dir passiert? Du bist ja voller Blut im Gesicht.«

Erstaunen war in den Zügen des Riesen zu lesen.

Bram ging jedoch gar nicht weiter auf Dagurs Worte ein.

»Ich suche Kat, ich kann sie nirgends finden. Ich muss den Weg zurückgehen und ihren Fußspuren folgen, die ich vielleicht noch ausmachen kann«, rief er, und eine dringliche Unruhe packte ihn plötzlich.

»Sie? Sag bloß, Kat ist auch eine Frau? Lu auch ... Bruder, ist das nicht verrückt? Lu ist sogar meine Smar vom Fastmö, was sagst du dazu?«, frohlockte der bärtige Unaru.

Völlig in seinem Denken versunken, zuckte Bram verwirrt mit dem Kopf. »Ja, ja, das weiß ich schon längst.«

»Du ... weißt es ...?«

Und ehe der Häuptlingssohn wusste, wie ihm geschah, krachte Dagurs Faust gegen seinen Kiefer. Nach drei torkelnden Schritten kam der Krieger zum Stehen, rieb sich seinen Unterkiefer und starrte in das wütende Gesicht seines Freundes. »Sag mal, hast du sie noch alle? Wieso ...?«

»Du hast genau gewusst, wie sehr ich mich nach der Smar sehnte, und hast mir, deinem Klingenbruder, nicht ein Wort gesagt?«

Noch nie war Dagur so böse auf ihn gewesen. Und da begriff Bram, dass die Gefühle seines Freundes für das Smar-Mädchen über ein bloßes Verliebtsein hinausgewachsen waren.

»Ja, du hast Recht, das war nicht in Ordnung von mir. Ich hätte ...« Abermals fing er sich einen knackigen Haken von seinem Freund ein, der ihn auf den Hintern warf. »Verdammt, Dagur, es reicht. Für was war der jetzt?«

Die dunklen Brauen des Riesen zogen sich zu einem Balken zusammen. Drohend zeigte er mit dem Finger auf Bram, der verwirrt auf dem Boden saß.

»Dafür, dass du ständig Lus Hintern angeschaut hast und glaubtest, sie verführe damit andere Krieger. Sie ist meine Braut und kein anderer Krieger wird sich ihr nähern, nicht mal du. Ich werde sie heiraten, Bram. Lu gehört mir.«

Als hätte man sie gerufen, stand Lu plötzlich zwischen ihnen. »Was zum Steppenhuhn macht ihr hier? Training? Oder was soll das werden?«

»Er verprügelt mich, weil er glaubt, ich sei scharf auf dich«, sagte Bram und überprüfte nebenher, ob sein Kiefer noch funktionierte, wie er sollte.

Dagur blinzelte wie die Unschuld vom Lande. »Ich musste ihm doch klarmachen, dass du zu mir gehörst.«

Lijufe schüttelte missbilligend den Kopf. »Bram wollte nie was von mir und ich nie von ihm. Hast du nicht bemerkt, dass er in Kat verknallt ist?«

»In Kat?«, grübelte Dagur laut und dann, ganz behäbig, begann er zu strahlen. »Ach, deswegen warst du so komisch zu ihr. Aber warte, gestern hast du sie beleidigt und warst richtig gemein ...« Schon wieder verbanden sich Dagurs Augenbrauen, was ein schlechtes Zeichen für Brams Kiefer war.

»Hey, nur damit du es weißt, wir haben uns vertragen, nachdem sie mir fast meine Nase gebrochen hat.«

Lijufe prustete dazwischen. »Sie hat dir was? Deswegen siehst du so aus?«

Bram erwiderte darauf nichts, sondern fuhr fort: »Es war alles wunderbar, bis heute Morgen. Und ... jetzt ist sie auf einmal weg.«

Das anzügliche Grinsen verschwand aus Lijufes Miene, welche sich sogleich um ihre Freundin sorgte. »Wie weg? Wo ist sie? Was hast du angestellt?«

»Nichts, ich ... Wir haben gestritten und dann –«, verteidigte sich Bram.

Doch Lu ließ sich nicht abbringen und ihre Augen wurden anklagend schmal. »Was hast du zu ihr gesagt, Bram?«

»Sie war sauer auf mich, weil sie glaubte, ich hätte sie absichtlich verführt, aber das stimmt nicht. Ich dachte, wir hätten schon beim Berusat miteinander geschlafen. Hätte ich gewusst, dass sie noch Jungfrau ist, hätte ich sie nie angerührt.«

»Lass mich raten: Und das hast du Idiot ihr auch noch auf die Nase gebunden«, meinte Lijufe, während Dagur kritisch seinen Freund betrachtete.

»Sag mal, Bruder, weißt du nicht, dass die Rauschfrüchte deinen Schwanz lahmlegen?«

Brams Stirn runzelte sich. Ihm fiel dazu nur ein »Was?« ein.

»Tote Hose, Mann, da geht nix mehr«, lachte Dagur.

Bram war völlig perplex. »Ich schwöre es, ich hatte keine Ahnung. Woher weißt du das?«

Der Unaru räusperte sich und nach einem unsicheren Blick auf Lijufe, die nun erst recht die Ohren spitzte, wurde er immer leiser.

»Na ja, meine Brüder hielten es für witzig, mir vor einem Stelldichein mit der Witwe Jofrid ein paar Rauschfrüchte in mein Essen zu mischen. Sie glaubten, wenn ich ein wenig schwanke und Mist daherrede, würde sie mich aus dem Zelt werfen. Ich habe zwar Unfug erzählt und konnte auch nicht mehr gerade laufen, aber rausgeworfen hat sie mich wegen etwas anderem.«

»Ein Glück für Jofrid, denn ansonsten könnte sie in Zukunft nur noch Suppe essen«, zischte Lijufe und erdolchte Dagur mit ihren Augen.

Bram beschäftigte allerdings etwas Wichtigeres. Eine finstere Vorahnung drängte sich ihm immer stärker auf. Er spürte die Gefahr beinahe körperlich. »Lu, warum habt ihr euch als Otulp verkleidet und euch hier ins Lager eingeschmuggelt?«

Lijufe drängte ihre Eifersucht beiseite und schaute befangen kurz zu Dagur, bevor sie sich an Bram wandte. »Wir haben uns verkleidet, weil wir auf der Flucht vor Hadd waren. Wir wollten nicht in euer Lager. Dagur fand uns auf dem Weideplatz und zerrte uns zu dir. Der Ikol war uns so dicht auf den Fersen, dass wir einfach die Klappe hielten und die Gelegenheit zur Flucht ergriffen.«

Bram wurde grimmig, denn es war die gleiche Geschichte, die Kat ihm untergejubelt hatte, was logisch war, da die zwei sich bestimmt abgesprochen hatten.

Dagur blubberte vor sich hin: »Wieso hat Hadd euch verfolgt? Wieso musstet ihr flüchten? Das verstehe ich nicht.«

Hin und her schauend zwischen den beiden Unaru, mit einem mulmigen Gefühl im Magen, wisperte Lijufe: »Wir ... ertappten Hadd, wie er ein Mädchen erwürgte, das er zuvor vergewaltigt hatte.«

»Was?!«, rief Dagur völlig außer sich und schüttelte ungläubig den Kopf. »Hadd? Das kann nicht sein. Warum sollte er so was tun? Er hat zwei Frauen und ...«

»Siehst du, das dachte ich nämlich auch, als Kat mir das erzählte«, pflichtete Bram seinem Freund bei.

Lijufe glaubte ihren Ohren nicht zu trauen. »Habt ihr eigentlich einen Sprung in eurem Funzelstein? Warum Hadd das getan hat, weiß ich nicht. Ich weiß auch nicht, warum er seine Ehefrauen verprügelt oder anderen Frauen nachsteigt. Aber eins weiß ich sicher: Er hat das Mädchen im Wald getötet und uns wollte er auch umbringen. Wir sind ihm haarscharf entkommen. Kein Wunder, dass Kat mit dir nicht mehr sprechen will«, keifte Lijufe lautstark.

Da Kadlin dem blonden Krieger wohl nicht die volle Wahrheit gesagt hatte, beschloss sie, dies selbst zu übernehmen. »Verflucht, Bram, hast du ihr das etwa an den Kopf geworfen? Begreif doch! Für Kat war das alles noch viel schlimmer. Sie ist Eyvinds Tochter. Sie ist die Häuptlingstochter der Smar und sollte Hadd unter allen Umständen heiraten. Ihr Vater hätte sie ansonsten verstoßen und Hadd wahrscheinlich einen Krieg mit den Smar angefangen. Egal, für was sie sich entschieden hätte, immer wäre sie dem Tod ausgeliefert gewesen.«

Bram wurde aschfahl und tausend Gedanken rasten durch seinen Kopf. Eyvinds Tochter? Sie war eine Häuptlingstochter? Und sollte Hadd ...? Er begehrte die Häuptlingstochter der feindlichen Smar, die Hadd versprochen war? Das war totaler Wahnsinn! Noch wahnsinniger war jedoch, dass er nicht wollte, dass ein anderer Mann Kat bekam oder auch nur anfasste. Voller Angst vor ihrem Bräutigam war sie geflüchtet und hatte sich ihm hingegeben, ihm, ihrem Feind. Gut, sie hatte es getan, weil sie glaubte, ihre Unschuld bereits an ihn verloren zu haben, aber es änderte nichts daran, dass sie ihn genauso begehrte wie er sie, dass zwischen ihnen alles andere als Feindschaft herrschte. Wäre Kat keine Smar, würde er sie zur Frau nehmen, da er ihre Unschuld geraubt hatte. Aber als Angehörige des Stammes, mit dem die Unaru schon immer verfeindet waren, und dann noch als Tochter von dessen Clanführer, war eine Werbung um sie so gut wie unmöglich. Eher würde es die Fehde, die zwischen den Stämmen herrschte, erneut blutig aufleben lassen. Bei Sari, er musste das weitere Vorgehen mit Cnut bereden. Was würde sein Vater dazu sagen, wenn dieser hörte, dass er Eyvinds Tochter entjungfert hatte? Aber ganz gleich, wie es weiterging, Kat war jetzt enttäuscht von ihm, und seine Worte hatten sie verletzt. Sie hatte sich ihm ein einziges Mal anvertraut und er hatte ihr nicht geglaubt. Dennoch erklärte das nicht, wo sie nun war. Zu lange war sie weg, nie würde sie Lu so lange alleine lassen.

Alarmiert sprang Bram auf und rannte dahin zurück, wo er mit Kat aufgewacht war. Er hatte Glück und fand ihre beiden

Spuren im zertretenen Gras. Dagur und Lu eilten ihm hinterher. An den abgebrochenen Zweigen im Gebüsch und den Fußabdrücken im Staub erkannte der Häuptlingssohn, wo sie entlanggegangen war. Vor einem Baum erstarrte Bram plötzlich. »Hier ist eine weitere Stiefelspur, eine größere.«

Sein Herz polterte ungestüm, als Dagur dasselbe in den Spuren las wie er und es laut aussprach: »Sie endet mit Kats unter dem Baum, aber nur die Große geht hier weiter und ist tiefer als zuvor.«

Die Krieger sahen sich bedeutungsschwer an. Lijufe raufte sich verängstigt die Haare.

»Große Sari. Wo ist sie, Bram? Was ist passiert?«

»Jemand hat sie weggetragen«, rief der blonde Krieger und jagte den Weg zurück.

Außer Atem spurtete Lijufe Dagur nach, der seinem Freund gefolgt war. Sie kamen wieder zu der Lichtung, wo Bram die Nacht mit Kat verbracht hatte. Der Häuptlingssohn griff sich Kadlins Skal. Die Angst um Kadlin ließ die braunhaarige Smar herzzerreißend weinen. Dagur presste sie tröstend an sich.

»Das war Hadd. Bram, ich weiß es. Er hat sie geholt, wer sonst sollte sie entführen? Wären es Smar-Krieger gewesen, hätten sie mich ebenfalls mitgenommen.«

»Ich werde sie finden, Lu. Ich verspreche es dir. Dagur, du darfst Lu nicht alleine lassen. Hadd wird auch sie beseitigen wollen. Flieg mit ihr in unser Dorf! Lu, bevor ihr euch auf den Weg macht, ruf Kleines und sag ihr, sie soll Kat suchen. Wenn du der Optera den Skal zum Schnüffeln hinhältst, wird sie wissen, was du von ihr willst. Ich werde ihr folgen. Wir treffen uns dann wieder im Dorf.«

Dagur nickte und Lijufe rief mit brechender Stimme nach Kadlins Optera, die sich wenig später bei ihnen niederließ. Auch Brams Maxi-Optera kam und kaum wedelte Lijufe Kleines mit dem Skal vor der Nase herum, erhob sich diese laut gurrend in die Lüfte. Die junge Maxi-Optera sauste wie der Wind davon, so dass Bram keine Zeit mehr blieb, um sich zu verabschieden.

Bibbernd sah Lijufe den blonden Krieger aus ihrem Sichtfeld verschwinden. »Große Sari, ich hoffe, es geht alles gut und er bekommt Hadd noch rechtzeitig in die Finger.«

Dagur küsste die Smar, die er an seine Brust drückte, auf den Scheitel und blickte mit besorgter Miene seinem Freund nach.

»Ja, Bram wird Kat retten. Ohne Zweifel.«

* * *

Kleines schien wohl zu spüren, dass seine Reiterin in Gefahr war, denn sie flog in hohem Tempo Richtung Norden. Bram trieb seine Maxi-Optera zu größter Eile an. Er machte sich Vorwürfe, dass er nicht sofort nach Kats Spuren gesucht hatte, dass er ihren Worten nicht sofort Glauben geschenkt hatte. Wenn er geahnt hätte, wer sie war, dass sie Hadds Braut war, hätte er ihr die ganze Geschichte eher geglaubt.

Der Stein in Brams Magen wurde immer größer. Je weiter die Entfernung zu Kleines wurde, desto bewusster wurde ihm, dass er Kat vielleicht nie wiedersehen würde. Das Herz des Kriegers krampfte sich bei dieser Vorstellung schmerzhaft zusammen, weswegen er sie sofort zu verdrängen suchte.

Er würde Kat finden, sie Hadd entreißen und sie mit in sein Dorf nehmen, wo er sie wohl oder übel seinem Vater vorstellen musste. Sie war Eyvinds Tochter und der Smar-Häuptling würde die Entehrung seines Fleisch und Bluts sicherlich nicht ungesühnt lassen wollen. Er musste mit Cnut das weitere Vorgehen besprechen.

Irgendwann hatte Kleines das Gebirge überflogen und bog nach Westen ab. Beunruhigt stellte Bram fest, dass das zwar die Richtung zu dem Dorf der Ikol war, aber auch die zum Orchideenwald. Wenn es wirklich Hadd war, der Kat entführt hatte, warum war er dann nicht direkt nach Nordwesten geflogen, sondern hatte erst das Gebirge passiert? Der Ikol hätte dabei Smar-Land überflogen – war es das, was dieser vermeiden wollte? Oder war es eher der Orchideenwald, der den Ikol zu dieser Route veranlasst hatte? Ein Ort, an dem ein Mensch, ohne Spuren zu hinterlassen, verschwinden konnte.

Ein Ort, der tödlicher als alle anderen war, die Bram kannte. Furcht biss sich tief in die Eingeweide des Unaru und kalter Schweiß perlte auf seiner Stirn. Der Gedanke, zu spät zu kommen und Kat bereits verloren zu haben, jagte ihm eine Höllenangst ein.

Kleines hatte Bram ein großes Stück hinter sich gelassen, während dieser ganz in der Ferne einen Punkt erspähte, der sich bewegte. Der Häuptlingssohn beugte sich tief über den

Kopf seiner Optera und verlangte ihr alles an Kräften ab, um dem Orchideenwald schneller entgegenzurasen.

Mit zusammengekniffenen Augen nahm der Krieger wahr, wie Kleines immer wieder den herausschießenden Lumods auswich und davonflog. Auch der Punkt, der stetig größer wurde, schwirrte im Zickzack dahin, als könne er sich nicht für eine Richtung entscheiden. Bald war der Punkt als schemenhafte Optera mit Reiter zu erkennen. Augenscheinlich hatte der Reiter Probleme, sein Tier über dem Wald zu halten, denn es versuchte auszubrechen. Kleines verfolgte die Optera, was unweigerlich hieß, dass Kat auf diesem Tier und dessen Reiter der Entführer war.

Bram zog sein Schwert, um gegen die Schlingpflanzen und Lumods gewappnet zu sein, da er den Rand des Orchideenwalds schon gleich passierte. Die Springbohnen konnten mit den Optera nichts anfangen, da diese zu groß für ihre Schoten waren, aber sehr wohl mit ihren Reitern, die sie gerne von den Tieren herunterzogen. Die Lumods dagegen griffen alles an, waren aber nicht besonders flink. Außerdem gaben sie schnell auf, wenn sie ihrer Beute nicht hinterherkamen. Sie schonten ihre Kräfte für ihr nächstes Opfer, das vielleicht langsamer war.

Um sich schlagend, hielt Bram mit der Waffe alles fern, was gefährlich für sie war. Seine Maxi-Optera wich geübt dem aus, was ihnen schaden konnte.

Auch die anderen zwei Optera segelten, sich vor Angreifern und Verfolgern in Acht nehmend, über die gefährlichen Wipfel des Waldes dahin. Keiner hatte ein Auge für die farbige Vielfalt, die unter ihnen wucherte. Es war ein buntes Mosaik, in dem überall der Tod lauerte.

Der Häuptlingssohn kam dem unbekannten Reiter immer näher, der wohlbedacht keinen Skal trug, der seine Herkunft verraten hätte. Allerdings konnte der Unaru einen breitschultrigen Krieger mit dunklen Haaren identifizieren. Bram hoffte, bald so dicht aufgeholt zu haben, dass er irgendwann seinen Bogen spannen konnte, um auf den Reiter zu schießen und ihn damit zu einer Landung zu zwingen. Doch noch während er darüber grübelte, stockte sein Herz, denn er beobachtete, wie etwas, das einem menschlichen Körper ähnelte, von der Optera herabstürzte.

Laut hallte Brams markerschütternder Schrei durch die Lüfte. »Neiiiin!«

Ein machtloser Ruf, der nichts auszurichten vermochte. In diesem Moment wusste Bram mit erschreckender Klarheit, dass es Kats Körper war, der unaufhaltsam in den Tod raste, und dass sie die Frau war, die er liebte. Zu deren Rettung er zu spät kam.

* * *

Sie fror und ihr Magen tat weh, aber noch mehr ihr Kopf. Was war geschehen? Wo war sie?

Erschauernd spürte Kadlin den eisigen Wind durch ihre Haare rauschen und das Taubheitsgefühl in ihren Fingern, die ganz starr vor Kälte waren.

Leise stöhnte sie auf und öffnete ihre Lider. Die Aussicht ließ ihr das Blut in den Adern gefrieren, denn sie sah das bunte Blätterdach des Orchideenwaldes unter sich. Sie musste auf einer Optera liegen. Schon während sie sich im Geiste die Frage stellte, wie sie auf den Rücken einer Optera kam, fiel ihr die Antwort ein und ließ sie erstarren: Hadd.

Die Smar unterdrückte einen Aufschrei, der ihm verraten hätte, dass sie zur Besinnung gekommen war. Der Umstand, dass der Ikol sie für ohnmächtig hielt, konnte von Vorteil für sie sein. Sie bemerkte neben ihrem Gesicht die Stiefel des verhassten Kriegers und wog fieberhaft ihre Möglichkeiten ab. Kadlin hielt es für besser zu warten, bis Hadd landete, denn so könnte sie ihm in einem unbeobachteten Augenblick entweder eins überbraten oder flüchten.

Hadd hatte jedoch die Nase voll von dem Gezicke seiner Maxi-Optera, die in ihrer fürchterlichen Angst fast nicht mehr zu bändigen war. Schließlich war er schon weit über den Dschungel geflogen, eine geeignetere Stelle, um die bewusstlose Smar abzuwerfen, gab es sowieso nicht. Die Hirvos, welche mitten im dichten Wald hausten, würden sich ihrer Überreste gerne annehmen. Kurzerhand schob er seinen Arm unter die Schienbeine der Smar und kippte sie Hals über Kopf von seinem Tier. Ihr überraschter Aufschrei sagte ihm, dass sie aufgewacht war. Schreiend fuchtelte das Mädchen mit den Armen, während sie rückwärts ins Bodenlose stürzte. Mit einem dreckigen Lachen sah Hadd zufrieden in Kadlins Augen, die vor Schreck weit aufgerissen waren. Ihre unverkennbare Todesangst erregte den Ikol auf seltsame Weise.

Mit einem gellenden Schrei fiel Kadlin in die Tiefe. Ihr

Herz, wie der Rest ihrer Innereien, schien in der Luft stehen zu bleiben, wohingegen ihr Körper dem Erdboden entgegenstürzte. Das Blut brauste wie der Wind in ihren Ohren. Hadds hämisches Gesicht wurde immer kleiner und Kadlin schloss die Augen. Sie wollte nicht Hadds Visage vor sich sehen, wenn sie starb, sondern sich Brams stolze Züge vorstellen, die ihr Ruhe gaben und das Gefühl, einmal im Leben richtig geliebt zu haben. Sie wollte an Brams Lächeln denken, an seine Lebensfreude, an seine Liebe, die er ihr für eine Nacht geschenkt hatte.

Mit diesen bittersüßen Gedanken raste sie auf das Blätterdach zu. Urplötzlich wurde sie jedoch von einer Springbohne angefallen, die sie schnalzend im freien Fall an ihrem Fußknöchel schnappte und quer durch das Blätterdach zog.

Die Smar wurde rabiat gegen Äste und Zweige geschlagen, durch Dornengestrüpp und klebrige Blätter geschleift. Sie wurde an einem Lumod vorbeigezerrt, der mit dem Kopf nach unten an einem Baum hing, um letztendlich in einer fleischigen Schote eingeschlossen zu werden. Mit einem dumpfen, endgültig klingenden Geräusch klappte die Hülse vollkommen dicht zusammen.

Kadlin atmete stoßweise gegen ihre Aufregung an. Knapp einem tödlichen Aufprall entkommen, wurde sie nun von einer dunkelvioletten Schote zerquetscht, die sich immer enger um sie zusammenzog. Sich zu bewegen war ihr unmöglich in der pechschwarzen Enge, die sie vollkommen einpferchte. Ihre Arme, die angewinkelt an ihrer Brust ruhten, wurden an ihren Körper gepresst. Allerdings so fest, dass Kadlin glaubte, jeden Moment zu ersticken. Gerade als sie befürchtete, die Pflanze würde ihr die Knochen brechen, hörte sie ein heiseres Gekrächze von außen. Die Schote fing an zu schaukeln und Kadlin wurde nun auch noch schlecht.

Sie vernahm ein wildes Kratzen und Knabbern über ihrem Kopf, das sie in Verwirrung stürzte. Kleine Löcher entstanden über dem Schopf der Smar und ließen auf einmal das Tageslicht herein. Löcher, die von scharfen Krallen und Zähnen stammten. Kadlins Angst wuchs ins Unermessliche. Denn wer konnte ihr versichern, dass das Wesen, das dabei war, die Schote zu zerlegen, nicht das Gleiche mit ihr tun würde?

Das Quetschen der Schote ließ nach. Kurz darauf löste sich die Frucht von ihrem Stängel und fiel zu Boden. Mit einem harten Stoß, der durch ihren ganzen Leib fuhr, bekam Kadlin den Aufprall zu spüren. Das lautstarke Hacken des Eindringlings wurde immer vehementer und das Gekrächze stetig lauter. Einige Male wurde Kadlin von einem spitzen Schnabel getroffen. Arme und Beine brannten bereits. Sie konnte fühlen, wie an ihrem Schienbein das Blut hinunterlief. In der dämmrigen Enge versuchte sie, ihr Gesicht mit den Händen vor den Attacken zu schützen. Dabei fing sie sich heftige Schrammen an ihrem Kopf und ihren Handrücken ein. Sie schrie auf vor Schmerz. Furcht und Beklemmung nahmen kein Ende und saugten Kadlin jegliche Energie aus. Sie war nur noch in der Lage, laut zu schluchzen.

Doch plötzlich hörte sie ein Knurren. Das Gekratze ließ nach und nur noch ein sachtes Krächzen und nervöses Tippeln war zu hören. Erneut gab es einen Ruck und Kadlin wurde in der Schote zur Seite gerollt. Unmissverständlich waren die Geräusche eines Kampfes zu hören, ein Fauchen des neuen Angreifers und ein qualvoller Laut des ersten Wesens, das sich an der Schote zu schaffen gemacht hatte.

Kadlin bemerkte einen Spalt in der durchlöcherten Schote, den sie weiter aufriss, damit sie sich durchzwängen konnte. Tränenüberströmt, mit Blättern und Zweigen in den Haaren, von Blut und blauen Flecken übersät, schob sie erst ein Bein, dann einen Arm und schließlich den Rest ihres Leibes durch den schmalen Riss.

Sie blieb hinter der Schote auf dem Boden liegen und konnte zwei junge Hirvos entdecken. Eiskaltes Entsetzen ergriff Kadlin. Die beiden Hirvos spielten mit einem Lumod, der um sein Leben kämpfte. Der Lumod wehrte sich mit seinem gekrümmten Schnabel und stellte seine ledernen Flügel auf, an denen ebenfalls scharfe Krallen waren, wie auch an seinen vier Füßen. Diesem Lumod hatte sie wohl ihre Verletzungen und auch die Beschädigung der Schote zu verdanken, durch die sie soeben geschlüpft war.

Die haarlosen Hirvos hieben immer wieder mit ihren gefährlichen Tatzen auf den Lumod ein, der tapfer nach ihnen schnappte und fortwährend zu entkommen versuchte. Abwechselnd besprangen die schwarzen Hirvos ihn und konnten deshalb das kleinere Tier ständig aus der Luft herunterzuholen. Immer wieder standen sie auf seinen Flügeln, die schon recht zerfleddert waren.

Vorsichtig, um keinen Laut zu machen, robbte Kadlin rückwärts auf dem Hosenboden von dem Kampf der Kreaturen weg. Sie zitterte am ganzen Körper, denn ihr war klar, dass nur ein Ton, eine Bewegung ausreichen würde, um die Aufmerksamkeit der Hirvos auf sich zu lenken. Quälend langsam zog sie sich auf den Ellbogen über den nassen Waldboden und vermied es dabei, andere Pflanzen zu berühren. Stück für Stück schleifte sie sich davon und brachte Abstand zwischen sich und die Ungeheuer. Als einige Pflanzen ihr die Sicht behinderten, rappelte sich Kadlin eilig auf und lief weiter. Etliche Male vergewisserte sie sich, dass sie nicht verfolgt wurde. Nach einer Weile gelangte sie auf eine kleine Lichtung und fand sich überrascht vor einer Höhle wieder. Ihr Instinkt ließ sie auf der Stelle erstarren.

Eine Angst überfiel sie, die so unglaublich war, so existenziell, dass sie in ein unkontrolliertes Beben verfiel. Kadlins Unterlippe zitterte und Tränen rannen aus ihren Augen, weil sie fühlte, dass dies hier das Ende ihrer Flucht war.

In der Finsternis des Hügels vor ihr tauchten zwei unheimlich glühende Lichter auf. Hungrig lauernd kamen sie lautlos näher. Es war für Kadlin fast eine Erlösung, als der ausgewachsene Hirvo aus seiner Behausung herauspirschte. Schwarz glänzte sein monströser Körper in der Sonne und sein gigantischer Kopf neigte sich gen Boden. Mit geblähten Nüstern nahm er Kadlins Geruch auf und ließ sie nicht einen Moment aus den Augen. Die Smar wankte, denn ihr war klar, dass das Raubtier ihr jeden Augenblick an die Gurgel springen würde. Wegrennen war sinnlos, ein Kampf zwecklos.

Kadlin schluckte ein letztes Mal. Die Hinterläufe des Hirvos machten sich zum Sprung bereit und seine Krallen bohrten sich in die Erde, um Halt zu finden. Die Muskeln in den Beinen des Hirvos spannten sich an und entluden sich in einer Bewegung. Mit ausgestreckten Pranken und weit aufgerissenem Maul, aus dem Kadlin die spitzen Zähne entgegenfletschten, hechtete das Untier auf sie zu. Sie sah in den schwarzen Rachen des Tieres und spürte seinen widerwärtigen Atem schon auf ihrem Gesicht, als sich plötzlich ein langer Körper zwischen sie und das Monster warf.

Kadlin erkannte die durchsichtigen, grünlich gefärbten Flügel und den lila Körper in dem wälzenden Getümmel am Boden sofort: Es war Kleines, die sie vor dem sicheren Tod bewahrt hatte. Plötzlich war ein tiefes Brummen zu hören und bevor Kadlin reagieren konnte, hatte Bram sie auf seine Optera gezogen, die sofort emporstieg.

Kadlin kreischte ununterbrochen: »Kleines? Nein! Lass mich los! Ich muss zu ihr. Ich muss ihr helfen. Lass mich!«

Die Smar wehrte sich gegen Brams Umarmung wie eine Besessene. Sie wollte Kleines helfen, die schrill unter ihr schrie. Aber Bram ließ Kadlin nicht los, hielt sie fest und presste sie mit aller Kraft an sich. Die violette Optera flatterte noch mit den Flügeln und surrte, doch es war ein hoffnungsloser, ungerechter Kampf. Der Hirvo ließ sie nicht entkommen.

»Kat, sie hat sich für dich geopfert. Lass es nicht umsonst gewesen sein. Wenn wir jetzt zurückkehren, kommen jeden Moment die Jungtiere und gegen drei Hirvos haben wir keine Chance. Wir hätten nicht mal gegen das Muttertier eine.«

Immer wieder küsste er ihre Stirn und streichelte ihr Haar.

Höher und höher flog Brams Optera und bald konnte Kadlin das schmerzerfüllte Schreien von Kleines nicht mehr hören.

Schluchzend schlang sie ihre Arme um Brams Nacken und weinte, an seine Brust gebettet, um ihre treue Optera, die für sie ihr Leben gelassen hatte. Ein Leben, das viel, viel zu kurz gewesen war.

Kapitel 29

Lug und Trug

Bram lenkte seine Maxi-Optera weg von dem Orchideenwald, in Richtung nördliche Steppe. Kadlin ruhte nach wie vor in seinen Armen und trauerte um Kleines. Ihre Schultern bebten und die Feuchtigkeit ihrer Tränen, die Bram an seinem Hals spürte, ließen ihn wissen, dass sie stumm weinte.

Er teilte den Schmerz um Kleines mit ihr, denn ohne dieses wundervolle Tier würde Kat nicht mehr leben, nicht mehr bei ihm sein. Zweimal hatte er angenommen, die Frau zu verlieren, die sein Leben auf den Kopf gestellt hatte, die seinem Leben einen neuen Sinn gab. Zweimal hatte er geglaubt, sein Herz würde nie wieder schlagen können. Das erste Mal, als Hadd sie fallen ließ, und das zweite Mal, als er sie auf der Lichtung fand, vor dem Hirvo stehend, der schon zum Sprung angesetzt hatte. Wäre Kleines nicht im Sturzflug hinuntergerast und hätte Kat beschützt, so wäre er zu spät gekommen. Ohne Kleines hätte er Kat nicht einmal gefunden. Er verdankte der jungen Optera viel mehr, als Kat je ahnen würde. Mit Kat durch den Himmel zu fliegen war, wie neu geboren zu werden. Denn die felsenschwere Last, die unglaubliche Angst, nie wieder in ihre braunen Augen zu sehen, nie wieder ihre süßen Lippen küssen zu können, war von ihm abgefallen. Es war die Befreiung seiner Seele, die nun endlich wieder atmen konnte.

Der Unaru setzte zur Landung an und sobald er Boden unter den Füßen hatte, zog er die Smar von seiner Optera herunter. Liebevoll legten sich seine großen Hände um ihr Haupt und zärtlich glitten seine Augen über ihr Gesicht. Kats Haare waren verstrubbelt und voll von Blättern. Ihre Haut war von Schmutz und Blut bedeckt, allein die Pfade der Tränen hatten darauf saubere Spuren hinterlassen. Tiefe Kratzer zierten die hohe Stirn und die weichen Wangen. Angst und Zweifel glänzten in ihren Augen. Und doch war ihm Kat noch nie so schön erschienen wie in diesem Moment.

An ihrer linken Schläfe entdeckte er einen großen blauen Fleck, der geschwollen war. Vorsichtig streichelte er die Stelle mit seinem Daumen. Kats Zucken offenbarte, dass ihr die Beule noch immer Schmerzen bereitete.

Der Mund des blonden Kriegers wurde schmal und voller Abscheu presste er hervor: »Dieses Schwein, dafür wird er bezahlen.«

Kadlins heisere Stimme war ein ungläubiges Flüstern. »Glaubst du mir, wenn ich sage, dass Hadd dieses Schwein war?«

Bram nickte ernst. »Ich konnte ihn nicht richtig erkennen, aber ich glaube es dir, denn es ist das Einzige, was Sinn ergibt. Warum sollte er dich sonst töten wollen, und dann noch auf diese Weise? Es tut mir leid, dass ich deinen Worten heute Morgen keinen Glauben schenkte. Verzeih mir, denn ich konnte mir nicht vorstellen, dass Hadd zu einem Mord an einem Mädchen fähig ist. Er legte immer Wert auf seinen Ruf und auf seine Kriegerehre. Ich war ... ungerecht und voreingenommen dir gegenüber und das tut mir aufrichtig leid.«

Kadlin bemerkte, wie sehr Bram seinen Fehler bereute. Sie legte ihre Hände auf seine Brust und lehnte sich an den Mann, der ihr mit seiner Kraft und Standhaftigkeit Geborgenheit verlieh in dem Durcheinander, das ihr Leben war.

»Nein, nach all meinen Lügen hattest du guten Grund dazu, mir zu misstrauen. Selbst als du wusstest, dass ich eine feindliche Smar bin, hast du mich nicht weggeschickt, sondern stets beschützt. Ich hätte nicht fortrennen dürfen. Ich hätte mit dir reden sollen, dann würde Kleines noch leben.«

Erneut flossen Tränen, die Bram sanft wegküsste.

»Nein, Kat, das darfst du nicht denken. Es ist nicht deine Schuld. Hätte Hadd dich nicht entführt, wärst du nicht im Orchideenwald gelandet.«

Der Verlust von Kleines schmerzte beständig in Kadlins Brust, er war allgegenwärtig und nichts vermochte ihn zu beseitigen. Nicht mal Brams Küsse. Selbst wenn sie nicht an Kleines dachte, schwelte die Traurigkeit in ihr. Leidvoll und ohne jegliche Hoffnung krallten sich Kadlins Finger in der Tunika des Kriegers fest. Sie barg ihren Kopf an seiner Halsbeuge und sog seinen herben Duft ein. Bram umfing sie mit tröstenden Armen und spendete ihr einen Funken Zuversicht.

»Was soll ich jetzt bloß tun? Lu kann zu den Smar zurück, aber ich nicht.« Fragend blickte sie zu Bram auf. »Wo sind Lu und Dagur überhaupt?«

Ein leichtes Schmunzeln des Kriegers brachte Kadlins Magen zum Flattern. »Ich habe die beiden in unser Dorf geschickt. Dagur wird sich um Lu kümmern, mach dir keine Sorgen. Er hat mittlerweile begriffen, dass sie seine geliebte Smar ist.«

Kadlin lächelte schmerzlich. »Wird er sie heiraten?«

Lange sah Bram schweigend in Kadlins Antlitz und es schien, als würde er über vieles nachdenken. »Ja, ich glaube schon. Er würde lieber seinen Stamm verlassen, als ohne sie zu leben. Im Gegensatz zu mir, als Häuptlingssohn, kann er das tun, was sein Herz von ihm verlangt. Ich dagegen muss zum Wohle meines Clans handeln und nur, wenn ich Glück habe, stimmt dies mit dem Ruf meines Herzens überein.«

Bitternis legte sich auf Kadlins Züge. »Ja, ich weiß.«

»Lu hat mir verraten, dass du Eyvinds Tochter bist.« Eingeschüchtert schaute sie in Brams hellgrüne Augen, in denen jedoch kein Vorwurf, sondern nur Wärme zu finden war.

»Du weißt, dass dieser Umstand unsere Lage noch verschlimmert und das Verhältnis zwischen den Unaru und den Smar noch weiter verschärft?«

Kadlin schluckte nickend. »Ja, ich weiß. Deswegen werde ich alleine weiterziehen. Ich werde deinem Stamm, meinem und auch Hadds für immer den Rücken kehren. Solange Hadd glaubt, dass ich tot bin, wird er nicht nach mir suchen.«

Bram schüttelte den Kopf. »Nein, du kommst mit mir ins Dorf der Unaru. Wir werden mit meinem Vater beraten, was zu tun ist. Ich kann dich nicht allein in der Wildnis lassen.

Es wird alles gut werden. Vertrau mir, Kat, bitte.« Zärtlich hob er ihr Kinn an. »Irgendwann müssen wir damit anfangen. Wenn wir zwei das nicht schaffen, wie sollen es dann je unsere Stämme bewältigen? Keine Geheimnisse mehr, abgemacht?«

Zitternd vor Furcht schöpfte Kadlin Luft und stellte sich die Frage, was nun unweigerlich auf sie zukommen würde. Wie wollte Bram ihren Vater dazu bringen, endlich Frieden mit den Unaru zu schließen? Selbst wenn Bram sie zum Wohle der Stämme heiraten wollte, würde ihr Vater das nie zulassen. Kleinlaut und ohne Hoffnung wisperte sie: »Versprochen, keine Geheimnisse mehr.«

Der Blick des blonden Kriegers heftete sich sehnsüchtig auf ihren Mund und die Smar zerfloss in dem Wunsch, dass er seine Lippen auf ihre legte. Doch mit einem unterdrückten Stöhnen, das Kadlin in Brams Brust vibrieren fühlte, gab er sie frei. Mehr zu sich selbst als zu ihr murmelte er beschwörend: »Nein. Das wäre keine gute Idee, wir haben weder Zeit, noch ist hier der richtige Ort dafür.«

Kadlin war tief enttäuscht, denn sie fühlte sich um einen heißen Kuss und weiß der Himmel noch was betrogen. Geknickt schritt sie an Bram vorüber auf die Optera zu, die im pinkfarbenen Gras weidete. Dann allerdings schnappte der Krieger unerwartet nach ihrem Handgelenk und riss sie herum, so dass sie gegen seine harte Brust geschleudert wurde.

Mit einem süffisanten Lächeln schnaufte er: »Obwohl, ein kleiner Kuss kann doch nicht schaden, oder?«

Diese Frage brauchte eindeutig keine Antwort und Bram tat das, was er am besten konnte. Nein, am zweitbesten.

* * *

Das Dorf der Unaru hatte mit dem der Smar mehr Ähnlichkeit, als Kadlin für möglich gehalten hatte. Ihre Behausungen waren zwar wie Zelte und keine Schneckenhäuser, aber die Salzstein-Mauern um das Dorf, die Hychna-Weiden, die Rindenwein-Plantagen, der Omoc-See – alles sah fast genauso aus wie bei den Smar. Sogar das Herumtollen der Kinder, das Geschnatter der Frauen und das stumme Beobachten der Alten, die vor ihren Zelten saßen, war ebenso wie in ihrem Dorf.

Was allerdings seltsam war, waren die Massen an fremden Kriegern, die im und um das Dorf lagerten. Bereits bei ihrer Ankunft hatten Bram und Kadlin verschiedene Heerlager gesehen, die sich auf den Weiden gruppiert hatten. Da waren Otulp aus dem Sokkolf-Gebirge, Aios, die ganz aus dem Osten Arets kamen, Kivit, die aus dem heißen Süden stammten, und sogar Gosk aus dem Nordosten, die einen beschwerlichen Weg hinter sich hatten.

Mit skeptischer Miene hatte Bram kein Wort dazu gesagt, sondern bloß seiner Optera das Gepäck abgenommen und Kadlins kalte Finger ergriffen. Ängstlich und mit Fassungslosigkeit in den Augen trottete die Smar hinter ihm her. Bram schleifte sie, sie an der Hand haltend, zielstrebig und mit weit ausholenden Schritten durch das Dorf.

Überall waren bewaffnete Krieger. An deren Skalfarben war auf Anhieb zu erkennen, ob es Unaru oder Fremde waren. Die meisten Dorfbewohner nickten Bram zu, der ihren Gruß wortlos erwiderte.

Kadlin fragte sich, was diese Ansammlung von Clans bedeuten konnte. Auch in Brams Zügen stand geschrieben, dass er keinen Plan hatte von dem, was in seinem Dorf vor sich ging.

Sie gelangten zu einem großen Platz, in dessen Mitte ein riesiges Lagerfeuer brannte. Ein ganzer Schwung Männer hatte sich darum gruppiert und führte eine lautstarke Diskussion. Die Frauen hockten entweder abseits oder in einer versetzten Reihe hinter den Kriegern. Die debattierenden Männer waren alle älter, was Kadlin vermuten ließ, dass dies die Häuptlinge und Altenräte der Clans sein mussten.

Ein rothaariger Mann, der Brams Anwesenheit mit geweiteten Augen zur Kenntnis genommen hatte, erhob sich mit entschuldigenden Worten und kam auf sie zu. Seine Miene war ernst und doch begrüßte er Bram mit einer herzlichen Umarmung, so wie es nur ein Vater tun würde.

»Sohn, es ist gut, dich zu sehen.«

Die Bariton-Stimme des Unaru-Häuptlings klang angenehm in Kadlins Ohren. Interessiert beobachtete sie die Unterhaltung der beiden Krieger, deren Statur sehr ähnlich war. Bram hatte die ungewöhnliche Augenfarbe von Cnut geerbt, der mit Sicherheit, trotz seines Alters, noch manches Frauenherz zum Seufzen bringen konnte. Bram an den Schultern haltend, fuhr der rothaarige Häuptling fort:

»Deine Schützlinge trafen gestern ein, der Verwundete liegt noch im Fieber. Dagur kam vor wenigen Stunden an. Er wollte mit mir erst sprechen, wenn du da bist. Er hatte einen Otulp-Knaben bei sich, um den er einen ziemlichen Wirbel veranstaltete.«

Bram brachte seinem Vater Respekt entgegen und dennoch klang aus seinem Ton auch Missbilligung heraus, als er ihm antwortete: »Vater, ich freue mich, heimgekehrt zu sein und dich wohlauf zu sehen, aber was geht hier vor? Willst du in den Krieg ziehen? Ich dachte, wir halten Frieden, so lange wie möglich?«

Die mächtige Brust des Häuptlings erhob sich schnaubend und bitter gab er preis: »Es ist nach wie vor mein Wunsch, keinen Krieg zu beginnen. Dieser Heeres-Auflauf dient allein zu unserer Verteidigung, Sohn.«

»Verteidigung? Was ist passiert, dass wir uns wappnen müssen?«, fragte Bram drängend.

Cnuts grüne Augen wanderten zu Kadlin und musterten diese unverhohlen. »Wir sollten das nicht vor dem Knaben besprechen.«

Ein leichtes Zucken spielte unweigerlich um Brams Mund, die Äußerung seines Vaters amüsierte ihn, da dieser genau wie sein Sohn in die gleiche falsche Kerbe schlug und auf Kats Verkleidung hereinfiel. Er räusperte sich und schaute unsicher auf Kadlin hinunter, die unschlüssig seinen Vater anstarrte.

»Der Knabe ist ein Mädchen. Ebenso wie der Otulp, den Dagur mitbrachte, auch dieser ist eine Frau.«

Ohne Zweifel genoss Bram es, seinen Vater sprachlos zu sehen. Dessen Blick schoss entgeistert zwischen den jungen Leuten hin und her.

»Wieso trägt sie Hosen? Was, zum Firus, hat diese Maskerade zu bedeuten?«, polterte Cnut schließlich.

Diese Frage erinnerte Bram wieder an den Ernst der Lage. »Eine lange Geschichte, die wir nach einem Bad und einer Mahlzeit besprechen sollten, da sie uns alle betrifft.«

Cnut nickte brummelnd. »In Ordnung, deine Mutter soll sich um das Mädchen kümmern. Wenn ihr gegessen habt, kommt wieder zu mir.«

Damit entließ der Häuptling das Paar, worauf Bram Kadlin zu einem geräumigen Zelt führte, das nur wenige Schritte von dem Lagerfeuer entfernt stand. Es war anders als die Zelte vom Rudam-Lager. Das Gerüst bestand nicht aus den herkömmlichen Latten, sondern aus Trieben von Sträuchern, die miteinander verflochten waren, und darin wiederum waren die üblichen Öltücher eingewoben. Die Büsche waren so gepflanzt, dass mehrere abgeteilte Räume entstanden. An manchen Stellen waren die Wände offen gelassen, so dass Tageslicht hereinfallen konnte. Tücher, die neben den Öffnungen hingen, waren dazu gedacht, jene bei Bedarf auch verschließen zu können. Staunend schaute sich Kadlin in dem kuppelförmigen Zelt um, das eine Mischung aus Zelt und Pflanzenhöhle war.

Eine blonde Frau mittleren Alters betrat strahlend die fremdartige Behausung und eilte Bram entgegen. Fürsorglich legte sie ihre Hände um sein Gesicht. Der Häuptlingssohn lächelte betreten, anscheinend war ihm die Zuneigungsbezeugung peinlich.

»Bram, mein Junge, geht es dir gut? Was ist denn passiert, warum bist du nicht mit Dagur gekommen? Ich habe mir schon Sorgen gemacht.«

»Es geht mir gut, Mutter. Später werde ich alles erklären, zuerst möchte ich dir jedoch jemanden vorstellen.« Damit zog er Kadlin an den Schultern neben sich und stellte die Frauen einander vor. »Mutter, das ist Kat, sie ist eine Smar. Kat, das ist meine Mutter Tofa, Cnuts Frau.«

Tofa blinzelte verwundert und konnte sich das »Eine Smar?« nicht verkneifen, was jedoch keineswegs böse klang, sondern eher überrascht.

Kadlin nickte schüchtern, ihr war eigenartig zumute, denn Tofa beäugte ihren Sohn seltsam, dessen Arm noch immer um ihre Schultern lag. Mit einem wissenden Lächeln wandte sich die ältere Frau an Kadlin.

»Du armes Kind, so schleift er dich quer durch das Dorf? Das darf doch wohl nicht wahr sein. Komm, bestimmt möchtest du dich gerne waschen und ein sauberes Kleid anziehen, bevor du die anderen Stammesmitglieder kennenlernst. Ich denke, du hast fast die gleiche Größe wie Minea, sicherlich finden wir etwas unter ihren verbliebenen Kleidern, was dir gefällt.«

In einer freundlichen Geste legte die Frau ihren Kopf schief und streckte Kadlin ihre Hand hin, welche diese nach einem kurzen Blick auf Bram annahm. Mit einer unmerklichen Kopfbewegung deutete er ihr an, dass sie beruhigt mit seiner Mutter mitgehen könne.

Tofa war eine gutmütige Frau, die stets ein geheimnisvolles Lächeln auf den Lippen hatte. Nachdem sie Kadlin mehrere Kleider gebracht hatte, von denen diese sich eins aussuchte, zeigte sie ihr, wo die Frauen der Unaru im See, unbehelligt von den Kriegern, baden konnten. Sie legte Kadlin Tücher und Seife bereit, die Brams typischen herben Kräuterduft verbreitete. Sogar einen Kamm und ein Holzgefäß, in dem ein bräunliches Pflegeöl war, mit dem sie ihren Körper einreiben konnte, hielt die ältere Unaru für sie parat.

Nicht ein Mal versuchte Tofa sie auszuhorchen, sondern machte ihr Komplimente wegen der Farbe und der Länge ihrer Haare, die im Verhältnis zu Tofas knielangen Wellen kurz waren. Erst da wurde Kadlin bewusst, dass viele der Unaru-Frauen im Dorf ihre Haare offen getragen hatten und nicht, wie es die Tradition bei den Smar verlangte, zum Zopf gebunden.

Tofa setzte sich auf einen Findling nahe am Ufer. Während Kadlin sich wusch, erzählte sie ihr in lockerem Plauderton, was Bram als Junge angestellt hatte, wie er seine Schwester zur Weißglut getrieben und diese sich gegen ihn gewehrt hatte.

Kadlin genoss es in vollen Zügen, den Dreck und das angetrocknete Blut von ihrem Körper abzuwaschen. Es war eine Wohltat, sich in den kühlen Tiefen des Sees zu erfrischen, die Verletzungen mit der Kräuterseife zu reinigen und den roten Sand der Wüste aus ihren Haaren zu spülen. Als sie rundum sauber aus dem Wasser stieg, ertappte sie Tofa dabei, wie diese sie mit offenstehendem Mund betrachtete. Kurz darauf hatte die Ältere ihr Erstaunen jedoch überwunden und begann geschäftig, Kats schmutzige Wäsche zu schrubben.

Wegen der vielen kleinen Wunden, die sie in den vergangenen Tagen davongetragen hatte, tupfte sich Kadlin behutsam mit den Tüchern trocken. Sie freute sich darauf, das Öl zu benutzen, das beim Einmassieren sein liebliches Aroma verbreitete. Im ersten Augenblick erinnerte es sie mit Schrecken an den Orchideenwald. Aber voller Staunen nahm sie dann den goldfarbenen Schimmer ihrer Haut wahr, die nun wie makellose braune Seide glänzte. Seide, wie sie sie nur vom Stamm der Aios kannte, weshalb sie ihre Angst völlig vergaß.

Das dunkelrote Kleid, das Brams Schwester Minea gehörte, umschmeichelte Kadlins schlanke Figur bis an ihre Fesseln. Im Brustbereich füllte sie es zwar nicht ganz so aus wie Brams Schwester, aber dafür umso mehr an der Hüfte, denn dort lag es eng an. Auf anmutige Weise offenbarte das Kleidungsstück die Rundungen von Kadlins Figur. Der breite, geflochtene Gürtel, der mit kleinen Muscheln verziert war, betonte zudem ihre schmale Taille.

Sosehr die Smar es früher gehasst hatte, ihre Haare flechten zu müssen, umso mehr freute sie sich nun, sich endlich wieder wie eine Frau frisieren zu dürfen. Sie kämmte ausgiebig ihre zerzausten Strähnen und flocht sie zu einem anliegenden gewundenen Zopf, der ihre weiblichen Züge unterstrich.

Tofa schmunzelte spitzbübisch, als sie Kadlins Hände nahm und sie um ihre Achse drehte, damit sie sie von jeder Seite begutachten konnte.

»Mein Sohn wird dich nicht wiedererkennen.«

Besorgt fasste sich Kadlin an den Hals. Bram hatte sie noch nie in einem Kleid, ohne Maskerade, gesehen. Immer war sie in einer Verkleidung gewesen, ob auf dem Fastmö oder im Lager. Würde sie ihm gefallen oder war sie womöglich für ihn doch ein hässliches Mädchen, das keine Blumen bekommen würde? Hatte er sie bisher bloß anziehend gefunden, weil sie das einzige weibliche Wesen im Lager gewesen war, das ihm willig zur Verfügung gestanden hatte? Lijufe zählte nicht, denn die war ja mit Haut und Haaren Dagur verfallen, bei ihr konnte er gar nicht landen, selbst wenn er es darauf angelegt hätte. War sie womöglich eine Notlösung gewesen?

Mit weichen Knien folgte sie Tofa zu Cnuts Zelt zurück, in dem Bram auf einem Strohkissen saß und seine Waffen schärfte. Kadlin spickte an der älteren Unaru vorbei und inspizierte den Krieger mit steigendem Puls. Auch er hatte sich gewaschen und trug frische Kleidung, was man an seiner feuchten Mähne und den nassen Flecken auf seiner sauberen Tunika erkennen konnte. Die Muskeln seiner nackten Oberarme traten deutlich bei jeder seiner Bewegungen hervor.

Tofa blieb vor ihm stehen. »Sieh dir diesen Schatz der Smar an, den du geraubt hast, mein Sohn«, sprach sie und trat zur Seite, um ihm die Sicht auf Kadlin freizugeben.

Bram schaute auf und erstarrte mitten in seiner Arbeit. Vergessen waren seine Waffe, sein Schleifstein, sein Tun. Der blonde Unaru war von Kadlins Erscheinung überwältigt. Wie in Trance legte Bram die Sachen auf den Boden und stand auf, um auf Kadlin zuzugehen. Es war, als würden ihn unsichtbare Fäden zu ihr ziehen.

Mit geröteten Wangen blickte die Smar auf ihre Füße, denn das Schweigen und die ernsten Augen des Kriegers brachten ihren Magen dazu, sich regelrecht zu verknoten.

Mit einem Finger hob Bram ihr Gesicht an. Feuriges Grün schlug ihr entgegen und heiser tönte Brams Stimme: »Weißt du eigentlich, wie gerne ich dich jetzt küssen würde?«

Kadlin stockte der Atem. Der Krieger hatte sich ganz klar nicht im Griff, und das vor seiner Mutter. Was sollte sie dazu sagen, wenn er ihr mit solch süßen Verheißungen drohte? Die er hier und jetzt zu allem Übel nicht wahrmachen konnte?

Grübelnd darüber, wie sie reagieren sollte, biss sich Kadlin auf die Unterlippe, was Bram leise knurrend näher kommen ließ. Er wollte seinen Wunsch augenscheinlich in die Tat umsetzen.

Tofa brach in einen künstlichen Hustenanfall aus und stellte sich dicht neben ihren Sohn, um eindringlich zu säuseln: »Ja, Bram, du hast vollkommen Recht: Kat ist wunderschön, nicht wahr?«

Als hätte seine Mutter in einer ihm unbekannten Sprache gesprochen, blickte er sie verständnislos an. Der Krieger brauchte eine Sekunde, um zu begreifen, dass er Kadlin beinahe vor den Augen seiner Mutter verführt hatte.

»Ja, wunderschön«, raunte er mit einem enttäuschten Seufzer und nahm seinen Finger von Kadlins Kinn.

Die tadelnd hochgezogene Braue seiner Mutter bedurfte keiner weiteren Worte. Nach einem missbilligenden Zungenschnalzen ging sie zu einer Feuerstelle, die direkt vor ihrem Zelt lag, und rührte in dem Topf, der darüberhing.

Bram wartete, bis Tofa ihnen den Rücken zugekehrt hatte, und beugte sich dann an Kadlins Ohr. »Früher oder später werde ich mir den Kuss holen«, warnte er sie leise.

»Ich hoffe, das sind keine leeren Versprechungen, Krieger«, antwortete Kadlin.

Die darauf folgende Entgleisung von Brams Gesichtszügen quittierte sie mit einem frechen Grinsen und stolzierte Tofa hinterher. Sie wartete, bis diese eine Schüssel mit Eintopf gefüllt hatte.

* * *

Als Tofa sich aufrichtete und neben sich schaute, stand da Kat und dicht hinter deren Rücken ein Bram, der zu unschuldig dreinblickte. Dem Ausdruck ihres Sohnes nach zu urteilen, war er wieder zu Späßen aufgelegt. Doch angesichts dessen, was Cnut ihm bald unterbreiten würde – und was dieser Brams heiterer Miene nach noch nicht getan hatte –, würde ihm jeglicher Sinn für Unfug vergehen. Diese wunderhübsche Smar, die Bram mit in das Dorf gebracht hatte, schien ihm sehr viel zu bedeuten, denn wie er die Kleine ansah, sagte ihr alles. Doch selbst wenn Bram eine Verbindung mit diesem Smar-Mädchen eingehen wollte, würde es nicht die Schlacht verhindern, die ihnen bevorstand. Noch nie hatte ihr Sohn ein Mädchen mit in das elterliche Zelt gebracht oder ihnen vorgestellt. Sie bezweifelte allerdings, dass Bram sich dessen überhaupt bewusst war. Sie reichte Kat die volle Schüssel und schöpfte die nächste voll.

Kaum hatte sich Tofa wieder ihrer Suppe gewidmet, brummelte Bram leise an Kadlins Seite. »Ich kann mich einfach nicht entscheiden: Sieht dein süßer Hintern in der engen Hose oder in diesem Kleid knackiger aus?«

Dass sich Kadlins Augen kugelten, bekam der Krieger nicht mit. Wohl aber die Röte, die ihren Wangen schmeichelte, als sie sich mit der vollen Suppenschale zu ihm umdrehte und wieder ins Zelt zurückstiefelte. Stolz darüber, sie verunsichern zu können, grinste er ihr nach.

Tofa drückte Bram die gefüllte Schüssel in die Hand und schimpfte mit ihm: »Benimm dich, Junge! Ich bin schließlich nicht taub. Oder glaubst du, du bist zu alt dafür, dass ich dir die Ohren langziehen könnte?«

Bram schmunzelte auf seine Mutter nieder. »Ja, das denke ich tatsächlich. Abgesehen davon kommst du an meine feinen, zarten Öhrchen gar nicht mehr ran.«

»Täusche dich da mal nicht, mein Lieber«, feixte die Unaru zurück, woraufhin Bram sich lauthals lachend zu Kadlin begab.

* * *

In angespanntem Schweigen verspeisten die drei ihr Mahl. Kadlin fühlte sich von einem lauernden Bram beobachtet, während Tofa mit leicht amüsierter Miene das Schmachten ihres Sohnes überwachte. Bram hingegen labte sich an der

Aussicht auf Kats nackte, schlanke Beine, die im Sitzen von dem engen, hochgerutschten Kleid nicht mehr vollständig bedeckt wurden.

Gesättigt, aber nach wie vor von Unbehagen erfüllt, suchte Kadlin nach dem Essen mit Tofa und Bram die Versammlung am großen Lagerfeuer auf. Mittlerweile war ein Teil der Krieger gegangen und lediglich die Stammeshäuptlinge mit ihren Söhnen oder Beratern waren vor Ort.

Tofa schritt zu ihrem Mann, dem sie in einer selbstverständlichen Geste die Hand auf die Schulter legte. Unbewusst griff Cnut nach den Fingern seiner Frau, die er nicht wieder losließ, und vollendete nebenher das Gespräch mit seinem Sitznachbarn. Kadlin war von dem liebevollen Umgang des Ehepaars miteinander überrascht, denn bei den Smar gab es zwischen Mann und Frau in der Öffentlichkeit gewöhnlich keine Zärtlichkeiten. Vor allem nicht, wenn Fremde im Dorf waren, denn da sollten die Frauen in ihren Häusern verweilen.

Cnuts Blick schweifte zu Bram und Kadlin hinüber. Und während Kadlins Hals sich zuschnürte, murmelte Bram dicht an ihrem Rücken: »Im Grunde ist es egal, was du anhast. Ich würde so oder so am liebsten in deinen Hintern reinbeißen.«

Kadlin fielen fast die Augen aus dem Kopf. Der Kerl war unmöglich! Au! Nein, falsch, er war verrückt. Wähnte er sich wirklich unbeobachtet oder war es ihm einfach schnurz, dass jeder sehen konnte, wie er ihr an den Po griff? Wahrscheinlich war es ihm tatsächlich egal, wie es ihm auch egal war, dass er sie damit bis auf die Knochen blamierte. Mistkerl!

Das erschreckte, kaum wahrnehmbare Aufhopsen von

Kadlin nach seinem kleinen Ausrutscher ließ Bram leise grunzen. Aber leider war der Spaß vorüber, denn sein Vater winkte sie zu sich. Mit einem genervten Aufstöhnen bereitete sich der junge Krieger auf das Gespräch vor und zog Kadlin an der Hand mit.

Cnut zeigte auf die Plätze neben sich. »Setzt euch. Bram, mein Sohn, ich muss dir ein paar Fragen stellen, die du mir offen und ehrlich beantworten musst.«

Das Paar ließ sich nieder, wie ihnen befohlen worden war, doch Brams Brauen zogen sich düster zusammen. »Ich werde dir wie immer ehrlich antworten, Vater, das weißt du.«

Der blonde Krieger war gekränkt, dass sein Vater ihn vor den anderen Stammesoberhäuptern auf etwas hinwies, was doch selbstverständlich für ihn war: Ehrlichkeit.

»Ja, das weiß ich, dennoch muss ich es nochmals erwähnen. Die Situation, in der wir uns befinden, lässt nichts anderes zu«, entgegnete der Unaru-Häuptling und gab seiner Frau im gleichen Atemzug einen Befehl. »Tofa, bring uns bitte Brams Skal.«

Mit einem Nicken verließ sie die Männer und Brams Gesicht wurde immer unwilliger. Eine ekelhafte Hitze stieg in Kadlin empor, denn sie konnte ebenso wie Bram die Spannung spüren, die plötzlich in der Luft hing. Sie ging von den fremden Clan-Anführern aus, deren kritische Mienen nicht gerade als freundlich zu bezeichnen waren.

»Hast du Thorirs Tochter Runa am Sonnenfest eine Nachricht überbringen lassen?«, fragte Cnut laut und zog damit wieder Brams Aufmerksamkeit auf sich.

»Nein! Weder am Sonnenfest noch sonst irgendwann«, antwortete Bram verständnislos. »Ich war mir ja nicht mal sicher, ob ich um sie werben wollte. Warum sollte ich ihr dann eine Nachricht schicken?«

Cnuts Augen blieben hart. »Du hast niemanden beauftragt ihr zu sagen, dass sie sich mit dir treffen soll?«

»Nein, warum?«, stammelte Bram konfus.

»Du hast dich nie mit ihr alleine getroffen?«, bedrängte Cnut ihn weiter mit Fragen und versetzte damit Kadlin allmählich in Alarmbereitschaft. Abermals fragte der Unaru-Häuptling: »Warst du mit ihr im Wald, nördlich vom Festplatz?«

Kadlins Herz zersprang in Einzelteile, denn der nördliche Wald war dort, wo sie Hadd und Gyrd in die Quere gekommen war. Sie wusste augenblicklich, worauf das alles hinauslaufen würde: Hadd wollte Bram den Mord an dem Mädchen in die Stiefel schieben. Was auch erklärte, warum er sie gesucht hatte und noch immer töten wollte. Wie jedoch wollte Hadd bewerkstelligen, dass man Bram dieses Verbrechen anhängte?

Bram wurde ungehalten und mit jedem Wort lauter. »Nein. Ich habe sie weder im Wald noch sonst irgendwo getroffen. Warum fragst du mich das? Behauptet sie das Gegenteil? Ich schwöre dir hoch und heilig bei meiner Ehre: Ich habe das Mädchen zu keinem Zeitpunkt am Sonnenfest gesehen oder getroffen und schon gar nicht angerührt.«

Cnuts Brust erhob sich tief einatmend, als wäre er von einer Last erlöst. »Ich weiß, mein Sohn, ich habe auch nichts anderes erwartet von dir zu hören.«

Dies konnte Bram jedoch nicht völlig beruhigen, da er immer noch nicht wusste, warum man ihn öffentlich, vor den Häuptlingen, ausfragte. »Weshalb dann diese Fragen, Vater?«

»Die einzige Tochter des Nutas-Häuptlings wurde geschändet und erdrosselt im Wald aufgefunden. Es gibt Beweise und Zeugen, die beschwören, dich mit dem Mädchen gesehen zu haben. Die Nutas haben uns aufgrund dessen den Krieg erklärt«, eröffnete Cnut in besorgniserregendem Ton.

Bram wurde bleich und bestürzt wandte er den Kopf zu Kadlin, in deren Augen Tränen schwammen. Nun ergab alles einen Sinn. Hier war ein weiterer Beweis für die Aussage von Kat. Und zugleich bezeugte es Hadds abscheuliche Taten, sowohl den Mord an dem Nutas-Mädchen als auch die Entführung und versuchte Ermordung Kats.

Angewidert zuckten Brams Mundwinkel. »Lass mich raten, wer dieser Zeuge ist, der mich angeblich mit Runa gesehen hat: Es ist Hadd, Isleifs Sohn, von den Ikol.«

Cnuts Augen verengten sich und er schüttelte den Kopf. »Thorir ließ nicht verlauten, wer der Zeuge ist. Der Beweis, den er mir vorführte, wird sich als Fälschung herausstellen, wenn ich deinen Skal untersucht habe.«

Tofa war inzwischen hinter Cnut getreten und reichte diesem mit roten Augen das verlangte Stück Stoff. Kadlin schluckte, denn Tofas verweintes Antlitz war kein gutes Zeichen. Behäbig erhob sich Cnut, entfaltete Brams Skal, um ihn vor aller Augen in die Höhe zu halten. Der Unaru-Skal strotzte vor Schmutz und hatte unzählige Risse, aber am auffälligsten an ihm war das Fehlen einer Ecke, von der bloß eine ausgefranste Kante übrig geblieben war. Ein Raunen ging durch die Menge, worauf ein erbostes Getuschel einsetzte und zornige Stimmen laut wurden.

»Er hat gelogen.«

»Es fehlt ein Stück, er war es also doch.«

»Er ist der Mörder.«

»Und wegen dieses Lügners sollen wir in den Krieg ziehen?«

»Er bringt uns unser Verderben. Liefern wir ihn Thorir aus.«

»Nein!«, schrie Kadlin aufgebracht dazwischen. Voller Wut sprang sie auf die Füße und stierte entschlossen in die baffen Gesichter. »Es war Hadd und nicht Bram.«

Ihr gellender Ruf schlug eine Schneise des Schweigens in die Menge.

Cnuts Stirn kräuselte sich und es schien, als bemerke er das Mädchen erst jetzt. Einen Moment lang betrachtete er sie eingehend und schüttelte dann jedoch unmerklich den Kopf, als wolle er einen abwegigen Gedanken vertreiben. »Wer bist du, Mädchen? Wie ist dein Name?«

Stolz hob Kadlin ihr Haupt und laut, dass es jeder hören konnte, gab sie sich ihren Feinden zu erkennen. »Ich bin Kadlin, die Tochter Eyvinds, des Häuptlings vom Clan der Smar.«

Und dann brach die Hölle los. Alle Krieger schrien und brüllten mit erhobenen Fäusten und Gebärden wild durcheinander. Nur einer wiederholte leise in der Aufregung andächtig ihren Namen. Es war Bram, den Kadlin zum ersten Mal ihren Namen aussprechen hörte, was ihr, trotz des ganzen Trubels, einen warmen Schauer den Rücken herabrieseln ließ.

Kapitel 30

Beweise und Versprechen

»Ruuuhe!«, dröhnte Cnuts Baritonstimme über das Lagerfeuer hinweg, was nach und nach die aufgebrachten Zwischenrufe ersterben ließ. Keiner der Krieger saß mehr an seinem Platz. Alle verharrten in wütendem Schweigen, außer Bram, der vollkommen ruhig am Boden saß und seinen Blick langsam von Kadlin löste.

Die Brust des rothaarigen Unaru-Häuptlings hob und senkte sich sichtbar. Sein erhitztes Gesicht drückte unverrückbare Strenge aus. »Die Tochter meines Feindes Eyvind bezeugt die Unschuld meines Sohnes? Was ist hier im Gange? Welche Ränke werden hier geschmiedet?«

Nun sprang Bram auf. »Keine Ränke der Smar, Vater, so wie es scheint, wohl eher eine der Ikol. Verrate mir, was an meinem Skal soll mich zum Mörder machen?«

Cnuts Augen sprangen unwillig von Kadlin auf Bram zurück. »Wo hast du dieses fehlende Eck deines Umhangs verloren?«

Bram überlegte laut. »Keine Ahnung, ich weiß es nicht ... Es muss beim Sonnenfest irgendwann passiert sein, denn zuvor war er unversehrt und Dagur sprach mich darauf an, als wir zum Rudam-Lager aufbrachen. Wieso?«

Der rothaarige Häuptling schnaufte schwer. »Thorir präsentierte mir die Ecke eines Unaru-Skals, die in den Händen des toten Mädchens gefunden wurde. Ich versicherte ihm, dass dieser Stofffetzen nicht von dir stammen kann. Aber Thorir genügten dieses Stückchen Skal und die Zeugen, um dich und damit auch uns zu verurteilen. Und nun muss ich sehen, dass dem Skal meines Sohnes tatsächlich genau diese Ecke fehlt.«

Kadlins Magen zog sich zusammen und sie konnte angesichts der Kurzsichtigkeit von Thorir und Cnut nicht den Mund halten.

»Dieses fehlende Eck beweist gar nichts! Lagen die Skals nicht an drei Tagen unbeaufsichtigt am Spielfeldrand, sowohl beim Sjöhastrid als auch beim Tugwar? Jeder hätte sich an Brams Skal zu schaffen machen können. Jeder hätte diese Ecke abzureißen vermocht, ohne dabei entdeckt zu werden. Ich selbst habe nämlich am Egniriend zwei Otulp-Skals geklaut, ohne dass mich jemand aufgehalten, geschweige denn gesehen hat.«

Erneut erhob sich ein wirres Getuschel unter den Umstehenden, durch das ein lauter Ruf tönte: »Du hast meinen Skal geklaut?«

Die Frage klang überrascht vom anderen Ende des Lagerfeuers zu Kadlin herüber. Es war ein gedrungener Otulp, der in Brams Alter sein musste und neben einem älteren stand. Während der jüngere sie mit Neugier betrachtete, zeigte jeder Zug des älteren Argwohn. Die Gesichter der beiden Krieger kamen Kadlin vertraut vor. Die Nasen von Vater und Sohn, worauf man aufgrund ihrer Ähnlichkeit unweigerlich schloss, erinnerten sie an die eines Erdschweinchens. Eine Nase, die sie schon mal bei jemandem gesehen hatte, was sie jedoch rigoros verdrängte. Da ihr mit pochendem Herzen klar wurde, dass sie soeben öffentlich einen Diebstahl zugegeben hatte. Zu allem Übel, wie es aussah, am Sohn vom Clan-Anführer der Otulp. Denn nichts anderes konnte der herrische alte Krieger sein, der sie mit seinem Blick zu einem Grashalm degradierte. Aber gerade diese Abneigung, die Kadlin entgegenschlug, ließ sie noch sturer werden. Voller Inbrunst beschloss sie, nicht klein beizugeben, bloß weil sie ein Mädchen war, eine Smar. Sie straffte die Schultern und machte sich unbewusst so groß es ging.

»Ja, das habe ich und es tut mir leid. Ich wollte die Skals beim Fastmö zurücklassen, aber ich benötigte sie, um unerkannt zu flüchten vor den Männern, die ich bei diesem Mord beobachtet habe.«

Cnuts Augen wurden schmal, doch der misstrauische Otulp-Häuptling kam ihm mit einer Befragung zuvor. »Du sprichst von zwei Skals, Weib, für wen war der andere?«

Ungern gab Kadlin Lijufes Namen preis, doch um Brams willen musste sie die ganze Wahrheit sagen, denn sollte sie bloß ein Mal flunkern und würde man sie dabei ertappen, würde man ihr nicht mehr glauben.

»Für meine Freundin Lijufe, die ich zu dem Diebstahl, der Verkleidung und der Flucht überreden musste. Sie trägt keinerlei Verantwortung, alles ist meine Schuld und nicht ihre.«

»Das mit den Skals spielt keine Rolle, Ormi. Wichtiger

ist doch die Frage, wen die Smar im Wald bei dem Mord erwischt hat. Wer tötete Runa? Kadlin, kannst du uns sagen, wer es war, und kannst du es beweisen?« Endlich stellte Cnut die Fragen, die Brams Unschuld offenbaren würden.

Kadlins Herz raste, denn obwohl seit jenem Abend einige Zeit vergangen war, bekam sie Schweißausbrüche, wenn sie daran dachte. Denn der schreckliche Moment war in ihr Gedächtnis eingebrannt.

»Es war Hadd, der Häuptlingssohn der Ikol, der das Mädchen tötete. Sie waren zu zweit. Ein anderer Ikol-Krieger hielt sie auf dem Boden fest, während Hadd ...« Die Stimme der Smar versagte und unruhig fingen die Krieger an zu tuscheln. Ein murrendes Stimmengewirr erhob sich, aus dem zu vernehmen war, dass man ihr nicht glauben wollte.

Cnut fixierte sich auf Kadlin, seine Miene zeigte Mitgefühl, was seinem Ton ebenfalls anzuhören war. »Sprich, Kind, was hat der Ikol getan?«

Mit einem Aufschluchzen brach es aus Kadlin hervor: »Er hat sich an ihr vergangen. Hadd vergewaltigte das Mädchen, aber das war nicht alles. Seine Hände ... lagen auf ihrem Hals. Er hat sie erwürgt.«

Der Lärm der Menge wurde lauter und Ormi schrie dazwischen: »Welche Beweise hast du dafür, Mädchen? Du kannst nicht einfach einen Krieger beschuldigen. Du könntest uns alles Mögliche erzählen!«

Ungehalten blaffte Kadlin zu dem Otulp herüber: »Warum sollte ich ausgerechnet Hadd beschuldigen wollen? Ich sage bloß die Wahrheit.«

»Eine Wahrheit, die dir anscheinend sehr in den Kram passt. Warst du nicht Hadd versprochen? Es ist doch allen bekannt, dass Eyvinds Tochter den Ikol heiraten sollte«, bellte der Otulp Kadlin entgegen.

Bleich wie das Weiß der Wolken lauschte sie schockiert den restlichen Sätzen, die der Krieger ausspie: »Genauso wie mittlerweile jeder weiß, dass die Häuptlingstochter wegen dieser bevorstehenden Heirat davongelaufen ist. Wäre das nicht ein angebrachter Weg, um den verhassten Bräutigam loszuwerden und zugleich den Krieger zu entlasten, dem man ganz offensichtlich zu Willen ist?«

»Hüte deine Zunge, Ormi!«, schrie Bram zornesrot dazwischen.

Cnuts Stirn legte sich in Falten und um Eintracht besorgt, sprach er beruhigend auf Bram ein: »Ormis Zweifel sind durchaus berechtigt, allerdings sind es nur Vermutungen, die auf Gerüchte aufbauen. Tochter Eyvinds, sag uns, was davon ist wahr?«

Panisch blickte Kadlin zwischen den Kriegern hin und her. Ormi wirkte angewidert, indessen Cnut hoffungsvoll war und Bram völlige Unentschlossenheit ausstrahlte.

Verzweifelt suchte die Häuptlingstochter nach den richtigen Worten, die Ormi überzeugen und Brams Unschuld untermauern würden. Zum einen wollte sie ihre tiefen Gefühle für Bram verheimlichen, zu dessen Sicherheit und vor Scham, zum anderen jedoch wollte sie ihn nicht verletzen.

»Ja, ich sollte Hadd heiraten, aber deswegen bin ich mit Lijufe nicht davongelaufen, sondern weil Hadd uns töten wollte. Mir blieb kein anderer Ausweg. Dass ich Bram kennen und schätzen gelernt habe, hat mit Hadds Verbrechen rein gar nichts zu tun, sondern ergab sich bei der Flucht. Der einzige Beweis, den ich euch geben kann, ist mein Wort. Ich kann mich erinnern, dass Hadd erwähnte, dass der Mord an dem Mädchen zu einem Plan gehörte und ...« Fieberhaft durchforstete Kadlin ihr Gehirn nach etwas, das ihre Aussage bekräftigen könnte. Erst leise flüsternd, dann immer lauter, fiel es ihr ein: »... Er war nackt. Er hat ein Mal ... Ja, an Hadds Hüfte ist ein Muttermal, das die Form eines Sjöhast hat«, schrie Kadlin erleichtert auf, denn woher sonst könnte sie als Smar-Mädchen das wissen, da sie sich vor männlichen Besuchern verborgen halten musste.

Bram schnaufte schwer und erstaunt stellte Kadlin fest, dass er verärgert war. Verwirrt fragte sie sich, warum. Erst sein erbostes Zischen half ihr zu verstehen.

»Hat dieses Schwein dich bedrängt? Hat er dich angefasst?«

Ach, daher wehte der Wind, Bram war auf Hadd wütend, weil dieser sie belästigt haben könnte. Perplex schüttelte Kadlin den Kopf und murmelte, lediglich für Brams Ohren bestimmt: »Dazu kam es nicht mehr.«

Cnut lenkte sie jedoch ab, da er erfreut nickte. »Ja, das stimmt, was sie sagt. Ich habe dieses Mal an Hadds Körper selbst gesehen, bei einem Lömsk, den wir vor Jahren abhielten.«

Doch Ormi, der Otulp-Häuptling, begehrte auf: »Ja, genau wie du es weißt, Cnut, weiß jeder von uns, dass Hadd solch ein Zeichen trägt. Es ist kein eindeutiger Beweis, dass sie ihn bei dem Mord beobachtete.«

Verbissen und wie im Wahn versuchte Kadlin die Anwesenden zu überzeugen, was jedoch den Otulp nicht weniger verdrießlich machte. »Aber meine Freundin sah ihn ebenso nackt, sie kann es gleichfalls bezeugen. Der andere Krieger – Gyrd hieß er –, auch den kann ich euch beschreiben. Ich schwöre es euch. Ihr müsst mir glauben.«

Sie sah in die Gesichter, fühlte und erkannte, ihre Aussagen und Beschwörungen würden nichts ändern. Mit zitternder Unterlippe stand sie da und wusste nicht mehr weiter. Das überwältigende Ohnmachtsgefühl erdrückte ihre Brust. Enttäuscht und den Tränen nahe sah sie zu Cnut, dessen mitfühlender Blick ihr keinen Trost spenden konnte.

»Liebes Kind, Ormi hat Recht. Der Nutas-Häuptling wird es genauso sehen. Begreife, Runa war nicht nur Thorirs einzige Tochter, sondern sein einziges Kind. Seine Frau Irija hatte stets Fehlgeburten und Runa war sein Ein und Alles. Er tobte vor Zorn, als ich mich mit ihm traf. Ich erkannte diesen Mann nicht wieder. Der Häuptling, der einst überlegen und friedfertig war, stets mit Bedacht handelte, besteht seit dem Tod seines Kindes aus purem Hass und Vergeltungssucht.« Mit einem Mal wirkte Cnut völlig niedergeschlagen, als fühlte er Thorirs unendliche Trauer. »Es war lediglich dem Kriegsverbot zu verdanken, dass er mich und meine Krieger lebend von dem Treffpunkt abziehen ließ. Er schwor, den Stamm der Unaru auszulöschen und jeden Einzelnen von uns vom Erdboden zu vertilgen. Thorirs Rachedurst kennt kein Erbarmen.«

Bram wankte unter Cnuts Ausführung, die eine mehr als düstere Zukunft für den Stamm der Unaru und dessen Verbündete voraussagte. In all dem trübsinnigen Chaos war er um eines froh: dass sein Vater seine Schwester Minea weggeschickt hatte, die bei den Hesturen in Sicherheit war und überleben würde.

Überraschenderweise war es Ormi, der sich meldete und allen Beteiligten neue Hoffnung gab. »Trotzdem dürfen wir nicht verzagen, Freunde. Lasst uns einen Vrede-Händler mit der Smar zu Thorir schicken. Vielleicht hört er auf sie, oder sie weckt auch nur Zweifel, was ihn von einer Vernichtung der Unaru und einem Krieg abhalten könnte.«

Zwei der Anwesenden schrien sofort auf. Es war Kadlin, die Feuer und Flamme war für Ormis Idee, für die sie ihn am liebsten geküsst hätte. »Ja, ja. Lasst mich mit Thorir reden.«

Die andere Person, die brüllte, war Bram. Aber er vertrat eine gegensätzliche Meinung. »Nein! Kadlin wird auf gar keinen Fall zu Thorir gehen.« Unnachgiebig funkelte er Kadlin an und von seinem draufgängerischen Charme war keine Spur mehr vorhanden. »Vergiss es!«

»Still!«, beendete der Unaru-Häuptling die Zwischenrufe. »Wir werden noch heute darüber beraten, ob wir das Risiko eingehen werden, einen Krieger als Friedensbotschafter zu verlieren. Abgesehen davon muss sich erst jemand finden, der als Unterhändler in Thorirs Lager gehen will und ihn zu einer Vrede-Verhandlung überreden kann. Aufgrund seines labilen Gemütszustands ist diese Aufgabe lebensgefährlich für den Freiwilligen. Darüber sollte sich jeder im Klaren sein.

Morgen Mittag läuft das Kriegsverbot ab, die Zeit drängt also. Die nächste Beratung wird nach dem Sonnenuntergang abgehalten.«

Damit hob Cnut die Versammlung auf und ging mit Tofa davon.

Bram wartete und nachdem die meisten Anwesenden gegangen waren, drehte er Kadlin zu sich. Selten hatte die Smar ihren blonden Unaru so ernst und unerbittlich gesehen.

»Du wirst nicht zu Thorir gehen, nur über meine Leiche, Kat. Hörst du? Versprich es mir!«

»Nein, das kann ich nicht, Bram. Ich könnte Menschenleben retten«, flüsterte Kadlin und schaute genauso störrisch.

Bram packte sie an den Schultern und sah sie eindringlich an. »Hast du nicht mitbekommen, was mein Vater erzählt hat? Thorir würde dir nicht eine Sekunde zuhören. Er sucht einen Schuldigen für den Mord an seiner Tochter und es ist ihm egal, wer derjenige ist. Vor nicht allzu langer Zeit stand ich noch hoch in Thorirs Gunst. Er wollte mich als Schwiegersohn. Aber nun will er nicht nur meinen Tod, sondern den meines ganzen Clans. Meinen Vater tötete er nur nicht, weil er ein Häuptling war und diese Tat während des Kriegsverbotes den Ausschluss der Nutas aus der Clangemeinschaft bedeutet hätte. Was, meinst du, macht er mit dir, einer verstoßenen Häuptlingstochter, der Smar, die mit ihrem und seinem Feind kollaboriert, der man all das nachsagt, was Ormi zum Besten gab?« Bram schüttelte den Kopf. »Er würde dich in seiner Vergeltungssucht, ohne mit der Wimper zu zucken, töten, weil du zu mir halten würdest. Dein Tod wäre vergebens. Dein Vorhaben ist von vornherein zum Scheitern verurteilt. Sieh es ein!«

Geschlagen schloss Kadlin die Lider und öffnete sie ohne Hoffnung. Abermals verlangte der blonde Krieger von ihr: »Ich bestehe darauf, dass du mir versprichst, ihn nicht aufzusuchen. Ansonsten werde ich dich umgehend zu deinem Clan bringen.«

In der Not ausgesprochen, um Kadlin zur Einsicht zu bewegen, wurde Bram sich bewusst, dass dies der einzige Ausweg war, Kadlin zu beschützen. Nur wenn sie, wie Minea, weit weg von ihm und den Unaru war, würde sie verschont bleiben. Sosehr sein Herz dabei blutete, sie gehen zu lassen, sosehr sein Inneres sich mit jeder Faser wehrte, sie von sich zu stoßen, sosehr wusste er auch, dass er es tun musste. Seine Liebe zu ihr zwang ihn dazu. In dem Wissen, dass sie leben und glücklich werden würde, selbst mit einem anderen Mann, würde er seinem Tod beruhigt entgegentreten. Die Erfolgschancen des Vrede-Händlers waren zu gering. Er konnte sich nicht darauf verlassen.

»Bram!«, stieß Kadlin verzweifelt hervor, doch ihr stummes Klagen und Bitten konnte den blonden Krieger nicht erweichen.

»Nein. Versprich es mir, auf der Stelle. Das ist mein Ernst, Kat.«

Unglücklich schaute sie in die bohrenden grünen Augen des Kriegers, den sie liebte, und war gebannt von der unglaublichen Stärke seiner Seele, die sich ihrer annahm und bemächtigte. Müde gab sie auf: »Gut, ich verspreche es dir.«

Ein zufriedenes Nicken zeigte, wie wichtig Bram dieses Versprechen war. Er nahm ihre Hand und führte sie vom Lagerfeuer weg. »Lass uns Dagur aufsuchen.«

Sie liefen quer durch das Dorf und kamen zu einem großen Zelt. Dagur saß mit Lijufe und seinen Brüdern beim Essen, während seine Mutter draußen kochte. Kaum hatte Lijufe Kadlin erblickt, sprang sie auf und begann fröhlich zu quietschen. Ungestüm presste die braunhaarige Smar ihre Freundin an sich und heulte vor Freude.

»O Sari sei Dank, sei Dank, sei Dank! Du lebst. Ich hatte fürchterliche Angst, dass Hadd dich töten würde. Es war doch Hadd, oder?« Immer wieder küsste sie Kadlins Wangen und auch diese herzte ihre Freundin unter Tränen.

»Ja. Bram und Kleines haben mich im letzten Augenblick gerettet«, schluchzte die Häuptlingstochter bitter, deren Trauer um ihre Optera wieder Oberhand gewann.

Lijufe schniefte lachend: »Aber du hast überlebt! Wieso weinst du denn jetzt?«

»Weil ... Kleines ist tot, Lu. Sie hat sich für mich geopfert. Hadd warf mich über dem Orchideenwald ab und ...«

»Grundgütiger, nein!«, weinte Lijufe.

Unter einem Strom von Tränen erzählte Kadlin, was geschehen war. Dagur und Bram unterhielten sich ebenfalls, wobei der Riese aus dem Staunen nicht mehr herauskam, als er von Kadlins Abenteuer hörte.

»Wo ist Kori, hat sich sein Zustand verbessert?«, fragte Kadlin Dagur schließlich.

Der bärtige Unaru zuckte kummervoll mit den Schultern.

»Heute Mittag lag er noch bewusstlos im Fieber, aber wir wollten sowieso nach dem Essen zu ihm gehen. Mutter hat gerade erzählt, dass Ivar und Atla endlich mit Koris Mutter eingetroffen sind.«

»Ach ja, Koris Vater ist vermutlich schon mit den anderen Kriegern hier im Dorf«, folgerte Kadlin.

Ein leichtes Schmunzeln legte sich auf Brams Gesicht. »Ja, und du hast mit ihm und Koris älterem Bruder bereits gesprochen.«

Kadlin sah den blonden Krieger verständnislos an, so dass er weitersprach: »Ormi, der Häuptling der Otulp, ist Koris Vater. Assgrim, dessen Skal du geklaut hast, ist sein Erstgeborener und Kori sein Zweitgeborener.«

Lijufe und Kadlin plapperten im Chor.

»Kori ist ein Häuptlingssohn?«

»Hä? Ich dachte, sein Vater heißt Erp.«

»Erp ist sein Onkel«, erwiderte Dagur und Bram nickte.

»Ja, Ormi bestand darauf, dass Kori wie alle anderen Jungs behandelt wird und wir nicht breittreten sollten, dass er ein Häuptlingssohn ist. Deswegen musste Kori sich als Erps Sohn ausgeben.«

Jetzt leuchtete Kadlin vieles ein. Natürlich, es war die gleiche Erdschweinchen-Nase, die Kori im Gesicht hatte, deswegen waren ihr die Otulp so bekannt vorgekommen. Und deswegen war Ormi vielleicht so garstig zu Bram, weil er ihm die Schuld an Koris Unfall gab, der ihm im Wald der Stille widerfahren war. Na ja, in ihrer Wut hatte sie im Geiste Bram die gleichen Vorwürfe gemacht. Aber nachdem sie nun in den Orchideenwald abgeworfen worden war und dessen Gefahren hautnah hatte miterleben dürfen, sah sie ein, dass der Wald der Stille wirklich das kleinere Übel war. Nicht auszudenken, wenn Koris irre Optera ihn dort abgeworfen hätte, vor die Pranken eines Hirvos.

Dagur hob in dem Durcheinander mahnend die Hände und schaute seine Freunde eindringlich an. »Stopp! Mal ganz langsam jetzt! Was mich viel mehr interessiert, ist die Frage: Kadlin hat Assgrim den Skal gestohlen?«

Lijufe gab Dagur amüsiert grinsend die Antwort auf seine Frage. »Eigentlich war ich es, die die Skals beim Egnirierd gemopst hat. Kadlin war so von Brams Anblick verzaubert, dass sie völlig weggetreten war.«

Mit aufgerissenen Augen stauchte Kadlin sofort ihre Freundin zusammen: »Das stimmt ganz und gar nicht. Ich hab auf das Spiel geachtet.«

Lijufe fiel ihr gemein in den Rücken. »Du meintest, du hast geschmachtet.«

»Was? Nein!«, empörte sich Kadlin und holte zum Gegenschlag aus. »Halt du mal die Füße still! Wer wollte denn bitte schön ständig Dagur beim Sonnenfest besuchen und hat mir von ihm die Ohren vollgequasselt?«

Die Krieger verharrten in stummer Verwunderung über die zwei debattierenden Freundinnen. Ihre Laune wurde sichtlich besser aufgrund der Dinge, die dabei ans Licht kamen.

»Warte, wer war das noch mal, der am Sjöhastrid auf dem Steg stand und Bram mit heraushängender Zunge hinterhergehechelt hat? Ach ja – du warst das!«, konterte Lijufe lautstark.

»Oh, du – das stimmt jetzt aber überhaupt nicht. Ich war vollkommen in Sorge um Ragnar.«

Letztendlich bugsierten die Krieger die fortwährend streitenden Damen zu dem Zelt der Kräuterfrau, wo Kori sein Krankenlager hatte. Kurz bevor sie ihr Ziel erreichten, hielt Bram jedoch an und zog Kadlin neben die Behausung, in einen stillen Winkel, während Dagur und Lijufe weitergingen. Der blonde Unaru kesselte die zierliche Smar mit seinem massiven Körper an der Zeltwand ein. Seine gemurmelten Fragen, die er nervenkitzelnd dicht vor ihrem Mund stellte, ließen Kadlins Proteste verebben.

»Soso, du hast mich also beim Egnirierd heimlich beobachtet? Hat dir gefallen, was du gesehen hast?«

Heiße Wellen des Verlangens wogten sachte in Kadlins Magen auf und ab, brachten ihre Lippen unwillkürlich näher an seine. Ein unklares Geholpere war ihre Erwiderung.

»Ich ... also ... ich konnte gar nichts sehen. Du warst ja leider vollkommen bedeckt mit dieser blauen Farbe ... und ... und ...«

Sanft knabberte Bram an ihrer Unterlippe. »Mhmm, ja, leider. Du hattest Hadd und mich zur Auswahl und hast dich für mich entschieden. Deswegen bist du auf das Fastmö gegangen, nicht wahr, um Jagd auf mich zu machen?«

Kadlin klammerte sich an den Ästen des Zeltes fest und probierte Brams ungeheurer Anziehung zu widerstehen, doch ihre Lippen schnappten bereits lechzend nach seinen. Seine

Worte gaben bloß die Wahrheit wieder. Warum sollte sie diese abstreiten? Sie hatten versprochen, sich zu vertrauen, und das tat sie. Voll und ganz.

»Ja, ja. Ich wollte dich haben. Himmel, du warst so schön, so groß und stark. Ich wusste gleich, als ich dich sah, dass du ein guter Ehemann und Vater meiner Kinder sein würdest«, hauchte Kadlin zwischen den zärtlichen Küssen, die sie von Brams Lippen klaubte.

Damit ließ sie sämtliche Zweifel, die dieser jemals gehegt hatte, in Nebelschwaden aufgehen. Stürmisch zog der blonde Krieger die junge Frau in seine Arme und küsste sie. Gekonnt übernahm er mit allen Mitteln, die ihm zur Verfügung standen, die Herrschaft über Kadlins Mund und führte sie an den Rand der Seligkeit. Genüsslich kostete Bram ihren Geschmack, ihren Duft und ihre Weichheit. Sein Puls preschte in die Höhe. Es schien, als würde alles, was noch auf sie zukam, und alles, was bereits hinter ihnen lag, verblassen. Nichts anderes als dieser innige Kuss, an einer Zeltwand gelehnt, im Trubel eines bevorstehenden Krieges, der für ihn das Paradies auf Aret war, hatte Bedeutung. Dieser glückliche Moment im Unglück war das Zentrum seines Seins.

»Hey, Bram, wenn ihr damit fertig seid, würde Kori gern Kat sprechen«, unterbrach Atla plump ihre Zweisamkeit.

Brummend ließ Bram mit einem letzten Liebesbiss von Kadlin ab, die sich nach einem leichten Taumel aufrecht hinstellte und verlegen an ihrem Kleid herumfingerte. Grinsend schaute Bram ihr dabei zu. »Du bist wunderschön.«

Wie konnte ein einziger Kuss dieses Kriegers ihr alles nehmen und zugleich so viel geben? Verstand und Wille dahin, doch dafür Wärme, Glück, Geborgenheit und Lebendigkeit im Überfluss.

Mit rot-drallen Lippen schaute sie kurz zu ihm auf, doch sein hungriger Blick veranlasste sie, sich aus seinen Armen zu pellen und auf Atla zuzugehen. »Den Monden sei Dank, dass Kori aufgewacht ist. Kommt, lassen wir ihn nicht länger warten.«

Widerspruchslos, mit einem Lächeln auf den Lippen, folgte Bram der Smar, deren Hüftschwung er offenkundig bewunderte.

* * *

Im Krankenzelt waren bereits alle Gefährten versammelt. Die Dämmerung hatte eingesetzt und das grünliche Licht der Funzelsteine warf matte Schatten an die Zeltwände. Ivar und Atla, die Koris Mutter herbegleitet hatten, wie auch Sloden und Mar, denen es geglückt war, Kori wohlbehalten ins Dorf zu transportieren, ebenso Dagur und Lu, allesamt hatten sich an der Wand aufgereiht. Jeder von ihnen hatte schon mit dem verletzten Otulp gesprochen, der wieder bei Bewusstsein war.

Kori lag auf einer Bahre und seine Mutter saß neben seinem Kopf und streichelte weinend über seine braunen Locken. »Überanstreng dich nicht, mein Junge. Schone deine Kräfte, du brauchst sie noch, um gesund zu werden.«

Mit einem freundlichen Nicken erhob sich die Otulp und

übergab ihren Sohn mit schwerem Herzen in die Obhut seiner Freunde.

Koris Wangen wirkten eingefallen in seinem blassen Gesicht und dunkle Ringe umgaben seine tiefen Augenhöhlen. Sein Haar klebte am Kopf und nichts mehr erinnerte an den feisten Otulp von einst, der sich mit Lijufe gestritten hatte. Seine Wunden im Gesicht waren von einer dicken Paste bedeckt. Die schwereren Verletzungen waren frisch verbunden worden, wie man an seinen Armen sehen konnte.

Kadlin kniete an seiner Seite und Kori streckte ihr matt seine Hand entgegen, die sie sofort in ihre nahm. Tränen rannen über Kadlins Antlitz, denn Koris Augen glänzten noch immer fiebrig und leise hörte sie ihn röcheln: »Verflucht, Kat, du bist auch ein Mädchen, wie Lu? Scheiße noch mal!«

Sie lachte heulend. »Ja, Kori, ich bin ein Mädchen. Es tut mir leid, dass wir euch alle angelogen haben.« Um Verzeihung flehend, sah sie in all die Gesichter ihrer Freunde, in denen kein Vorwurf, keine Wut, sondern nur aufrichtige Zuneigung zu lesen war.

»Ich wusste es sofort«, sagte Mar mit zuckenden Achseln.

Sloden lächelte: »Also, ich ehrlich gesagt erst, als es mir Mar auf dem Flug hierher erzählte.«

»Ja«, sagte Atla mit großen Augen. »Frag mich mal! Ich bin fast von meiner Optera gefallen, als Ivar verlauten ließ, dass Kat ein Mädchen ist.«

»Ach, haltet doch die Klappe, ihr elenden Säcke! Wacht mal aus einer Ohnmacht auf und stellt fest, dass zwei eurer

Kumpels Weiber sind«, krächzte Kori mit einem Lächeln, das sofort ein Gelächter bei den anderen auslöste.

Als wieder Stille eingekehrt war, schluckte Kori schwer und fing zögernd zu sprechen an: »Es ist für einen Otulp verdammt schwer zu ertragen, dass er ausgerechnet von einem Mädchen gerettet wurde. Mann, Kat, wenn du nicht gewesen wärst ...«

»Nein, Kori«, unterbrach Kadlin ihn. »Du brauchst nichts sagen. Du hättest dasselbe für mich getan«, wisperte sie weinend und fühlte, wie Bram, der hinter ihr saß, seine Hand auf ihre Schulter legte.

Der Otulp ächzte. »Das habe ich aber nicht, sondern du und deine Optera Kleines. Ihr habt mir das Leben gerettet und dafür danke ich dir.«

Kadlin schluchzte auf: »Kleines hat nicht nur dich vor dem Tod bewahrt, Kori, sondern auch mich und dafür mit ihrem eigenen Leben bezahlt.«

Kori schloss voller Gram seine Lider und als er sie wieder öffnete, schwammen Tränen in seinen Augen. »Das tut mir furchtbar leid, Kat. Sie war eine tapfere kleine Optera, um die ich dich beneidet habe.«

Kadlin nickte weinend und Bram zog sie tröstend an seine Schulter. Man sah, wie Kori das Reden anstrengte, und doch fuhr er fort, um das zu sagen, was ihm wichtig war. »Du und Lu, ihr habt mir gezeigt, dass Mädchen sehr wohl stark und mutiger als manch andere Krieger sein können. Lu – es tut mir leid, dass ich dich verprügeln wollte. Hätte ich gewusst ...«

»... hätten wir uns nie solche dummen Gemeinheiten an

den Kopf geworfen. Ich muss mich bei dir, bei euch allen entschuldigen. Es war nicht immer leicht mit uns«, fasste Lijufe alles zusammen und brachte es auf den Punkt.

»Kori hat Recht«, bestätigte Ivar. »Seit ich weiß, dass ihr Mädchen seid, habe ich ... begriffen, dass, egal welches Geschlecht wir haben, jeder gleich viel wert ist.«

»Egal, welchem Clan wir angehören«, ergänzte Mar und Sloden fügte zu: »Oder ob wir dick oder dünn sind, es ist egal.«

»Egal, welchen Glauben oder welche Erziehung wir haben«, nickte Atla.

»Richtig, Brüder«, sagte Dagur und hielt Ivar die Faust hin, auf die dieser in einer brüderlichen Geste seine setzte. »Nur die Freundschaft zählt.«

Nach und nach setzten auch Lu, Mar und Atla ihre Faust dazu.

»He, ihr Trottel, kommt her, wir wollen auch mitmachen«, stöhnte Kori.

So gingen alle zu Koris Lager, damit sie alle ihre Hände vereinen konnten. Ein Moment der Stille erfüllte den Raum, bis Bram sagte: »Freunde auf immer und ewig.«

Laut tönte es, wie ein Schlachtruf, als sie es gemeinsam wiederholten: »Freunde auf immer und ewig.«

Kadlin wischte sich die Tränen weg und bemerkte, dass der junge Otulp von der Versammlung am Zelteingang stand. Es war Koris Bruder Assgrim, der die Szene beobachtete.

Koris Mutter kam mit Krug und Becher herein. »Nun, mein Sohn, hier kommt dein nächster Gwaed-Trunk.«

Das genervte Aufstöhnen des Jungen gab den Freunden Grund zur Hoffnung, denn wenn Kori dazu in der Lage war, schien es bergauf mit ihm zu gehen. Nacheinander verabschiedeten sie sich von ihrem verletzten Gefährten und traten aus dem Zelt, wo Assgrim, mit verschränkten Armen an die Wand gelehnt, wartete.

Ohne einen Gruß stellte dieser Kadlin mit einem charmanten Lächeln zur Rede, als sie an ihm vorbeischritt. »Du bist also nicht nur die Diebin meines Skals, sondern auch die Retterin meines kleinen Bruders?«

Die schwarzhaarige Smar blieb stehen und als sie sich zu ihm umdrehte, glitten die Augen des jungen Otulp-Kriegers mit einer gewissen Bewunderung über ihren Körper.

Kadlins, wusste nicht, ob sie es auf eine verdrehte Weise als Kompliment auffassen sollte oder als eine andere Art, sie zum Firus zu wünschen. Deswegen äußerte sie sich vorsichtig: »Ja, in beiden Fällen gebe ich zu, schuldig zu sein. Ich werde dir den Skal bezahlen und hoffe, du vergisst mir dieses Vergehen eines Tages.«

Bram war ebenfalls neben Kadlin zum Stehen gekommen und beäugte die Unterhaltung des Paares mit wachsendem Groll, der nicht zu übersehen war. Assgrims Gebaren war ihm ein Dorn im Auge, denn es war eindeutig das Verhalten eines Kriegers, der auf Freiersfüßen war.

Assgrim musterte aufmerksam das Gesicht des Mädchens, das ihm aus der Nähe noch besser gefiel als aus der Ferne. Bereits bei der Versammlung war ihm ihre Schönheit aufgefallen, die ihn sofort in ihren Bann gezogen hatte. »Du schuldest mir nichts. Im Gegenteil, ich schulde dir etwas: Du hast dein Leben im Wald der Stille für meine Familie riskiert.«

Der Blick des Otulp, der nach wie vor auf Kadlin ruhte, wurde zunehmend intensiver. Die Smar versuchte vergeblich, dieser stillen Aufforderung auszuweichen, und schaute ziellos umher. In Bedrängnis geraten, fragte sie sich, wie sie Assgrim entkommen könnte, ohne unhöflich zu wirken. Doch bevor ihr eine Lösung einfiel, hatte der Otulp schon direkten Kurs genommen.

»Kadlin, Eyvinds Tochter, du bist eine ganz besondere Frau. Deine Schönheit und dein Mut sind bewundernswert. Ich würde gerne um dich werben.«

Ehe Kat etwas darauf erwidern konnte, fuhr Bram dem Otulp energisch über den Mund: »Nein, Assgrim, das willst du bestimmt nicht, denn sie ist keine Jungfrau mehr. Und weil du dich sicher fragst, woher ich das wissen kann, gebe ich dir gerne sogleich die Antwort: Ich war derjenige, der ihr die Unschuld raubte.«

Während Assgrims Augenbrauen weit nach oben rutschten, fiel Kadlin die Kinnlade herunter. Allmählich schlich sich ein amüsiertes, wissendes Grinsen auf das Gesicht des Otulp, der nun Bram direkt in die Augen sah. Keiner der Krieger schenkte der Smar mehr Beachtung.

Zorn stieg in Kadlin auf. So gedemütigt worden war sie, weiß Sari, noch nie in ihrem Leben. Obwohl, halt, doch, und schon einmal von ihm. Bram. Von demselben blöden, blonden Krieger. Das war … unfassbar! Er tat ihr zum zweiten Mal eine unendlich große Schmach an.

»Duuu ... Oh, du!«, fing Kadlin an zu kreischen und ging auf Bram los. Sie holte aus, um ihm einen Haken zu verpassen, aber er hatte anscheinend diesmal keine Lust, mit ihr zu spielen.

Zügig packte er ihren Arm und wirbelte sie mit Schwung durch die Gegend, so dass er plötzlich hinter ihr stand und sie mit dem Rücken gegen seine Brust pressen konnte. Kadlins Beine klemmte er vorsichtshalber zwischen seinen ein, was ihr ein Treten unmöglich machte. Mit dem linken Arm nagelte er ihren Rumpf so fest an seinen Oberkörper, dass kein Blatt mehr zwischen ihre Leiber gepasst hätte. Seine rechte Hand hielt ihren Mund zu und ihren Kopf still an seinem Schlüsselbein, was ihr die Möglichkeit eines Kopfschlags nahm. Durch die Nase schnaufend, kämpfte Kadlin mit ganzer Kraft, sich windend, gegen Brams Finesse an. Allerdings vermochte sie nicht das Geringste gegen ihn auszurichten.

Während von Kadlin bloß ein undamenhaftes Knurren und unterdrücktes Schreien zu vernehmen war, brabbelte Bram mit dem Otulp im Plauderton munter weiter: »Glaub mir, Assgrim, du willst diese Smar nicht wirklich. Sie ist eine kleine, wilde Kratzbürste. Ich habe sie ausgebildet, ich weiß, wovon ich rede.«

Assgrim beobachtete das Paar mit unverblümter Heiterkeit. »Ja, ich sehe, was du meinst, obwohl es bestimmt seinen Reiz hat.«

Bram sinnierte lässig nebenbei, ohne sich von der zappelnden Kat beeindrucken zu lassen: »Ja, ich muss zugeben, es hat durchaus was für sich. Nur manchmal kann es ein wenig lästig werden.«

Das überhebliche Getue der Krieger trieb Kadlin dazu, in Brams Handinnenfläche zu beißen, was ihn scharf die Luft einziehen ließ. Doch ihre Genugtuung war von kurzer Dauer, denn sofort drückte sein Zeigefinger stärker auf ihre Wange, so dass sie zwischen ihren Zähnen ihre Wangeninnenseite zu schmecken bekam. Sollte sie noch einmal der Versuchung erliegen, ihn auf diese Weise verletzen zu wollen, würde sie sich ins eigene Fleisch beißen.

»Du entschuldigst uns. Mir scheint, es gibt ein paar Dinge, die ich der Smar doch noch dringend beibringen muss. Zum Beispiel, dass man Krieger nicht beißt.«

Mit einem brüderlichen Schulterklopfen verabschiedete sich Assgrim fröhlich. »Ja, mir scheint wirklich, dass nur du dieser Frau gewachsen bist, Bruder.«

Ein zynisches Nachäffen, von dem man keine Silbe verstand, konnte sich Kadlin nicht verkneifen. Allerdings wurde sie auf ganz andere Gedanken gebracht, als sie Bram an ihrem Ohr schnüffeln hörte.

»Bei Sari, du riechst wundervoll, Liebling. Ehrlich, es macht mich ganz verrückt, wenn du mich beißt. Aber an anderen Stellen wäre es mir noch lieber.«

Ihr ergebenes Seufzen entlockte Bram ein sanftes Brummen. Voller Wonne versenkte er seine Nase in ihrem Haar und inhalierte ihren Duft. Zum Glück hatte sich nicht nur Assgrim, sondern auch der Rest ihrer Truppe schon verkrümelt. In der Abenddämmerung, zwischen den leeren Zelt-

Gassen, blieben sie von anderen Stammesmitgliedern unbemerkt.

In Brams Zärtlichkeit gehüllt, lehnte sich Kadlin an seinen Körper und genoss es, seinen atemberaubenden Mund an ihrem Nacken zu spüren.

»Es gibt nun drei Möglichkeiten, wie wir aus dieser Lage herauskommen. Möglichkeit eins, ich lasse dich los und du wehrst dich weiter, worauf ich ehrlich gesagt keine Lust habe. Lust, gutes Stichwort. Das wäre Möglichkeit zwei: Ich lasse dich los und verschließe deinen herrlichen Mund mit einem skandalösen Kuss, so dass du alles um dich herum vergisst und nur noch über mich herfallen willst. Schschsch, keine Widerrede, wir beide wissen, dass ich dich dazu bringen könnte. Also fordere mich nicht heraus. Ja, schön ruhig, Liebling. Die letzte Möglichkeit wäre, du benimmst dich wie eine brave Smar und hörst dir artig meine Entschuldigung an. Welche Möglichkeit wählst du?«

Kadlin entschied sich für drei, wobei zwei …

»Ah, Nummer zwei«, kicherte Bram kehlig, was dazu führte, dass Kadlin eilig mit dem Kopf schüttelte.

Nein, er würde und könnte das wirklich mit ihr anstellen, das wusste sie tatsächlich. Dieser Wüstling würde sie schon wieder blamieren, und das mitten im Dorf. Eine Entschuldigung hörte sich nicht schlecht an.

»Na gut. Schade, dass du dich für Möglichkeit drei entschieden hast«, meinte Bram und entfernte zögerlich seine Hand von ihrem Mund.

Mit schmalen Lippen wandte sich Kadlin dem Krieger zu,

der sie mit einem verschmitzten Lächeln schier zur Weißglut brachte.

Warum konnte sie diesem Kerl nichts krummnehmen? Elender Mist, es wäre zum Heulen, wenn es nicht so schön wäre.

»Ich ...«, begann Bram und dann geschah etwas, das Kadlin blinzeln ließ, da sie es noch nie bei dem blonden Krieger gesehen hatte: Bram wurde verlegen. Er schien nach den richtigen Worten zu suchen.

»Ich ... Also, was ich sagen will, ist ... Verdammt, das fällt mir schwer, weil ich es eigentlich nicht tun will. Nein, verstehe mich nicht falsch, ich will mich entschuldigen für das, was ich zu Assgrim sagte. Es tut mir leid und ich hätte es nicht tun dürfen. Aber ... Verflucht, als er anfing, dich ... Ich ertrug es nicht, Kadlin. Ich wünschte, ich wäre kein Unaru und du keine Smar, und ich könnte mit dir noch einmal unter dem Baum der Verbindung stehen. Ich wünschte ... In einem anderen Leben würde ich um dich werben, aber in diesem kann ich es nicht tun. Ich kann dich nicht heiraten und verlangen, dass du bei mir bleibst und mit mir in den Tod gehst. Nur wenn ich dich ziehen lasse, wirst du überleben. Gehe zu deinem Stamm oder zu einem anderen Clan, Kadlin. Geh und schau nicht zurück. Suche dir einen Ehemann, gebäre Kinder, lebe in Frieden und werde glücklich.«

Die Luft blieb ihr weg, ihre Lungen wollten nicht mehr funktionieren. Ihr Herz blieb einfach stehen. Wieso sagte er so was zu ihr? Wieso schickte er sie fort und tat ihr so weh damit? Er verstand nicht, dass sie ebenso zugrunde gehen würde, wenn sie ihn verlassen müsste. Der bloße Gedanke war eine Qual, peinigte ihren ganzen Leib, durch und durch.

Fassungslos sah sie ihn an. »Nein! Nein, ich gehe nicht. Schick mich nicht weg, Bram. Ich will bei dir bleiben. Ich liebe dich. Lieber sterbe ich mit dir, als dich zu verlassen.«

Brams Gesicht verklärte sich und atemlos fragte er: »Was tust du? Was hast du da gerade gesagt?«

Unschuldig sah Kadlin ihn an. Nein, das hatte sie doch jetzt nicht wirklich ausgesprochen, oder? Er sprach mit keiner Silbe von Liebe und sie warf ihm ihre vor die Füße. Sie war so dumm!

»Dass ich nicht gehe?«, japste sie.

Der Krieger schüttelte den Kopf und drängte. »Nein, danach.«

»Dass ich bei dir bleiben will?«

»Nein, nein, nein, du weißt genau, was ich meine«, sagte Bram ungeduldig.

»Ach, du meinst, dass ich lieber sterben würde, als zu meinem Stamm zurückzukehren«, versuchte Kadlin ihm weiter auszuweichen.

Die Nerven des Häuptlingssohns waren zum Zerreißen gespannt, denn er wollte es noch mal von ihr hören. Woher hätte er denn wissen sollen, dass es sich so wundervoll anfühlte und dass es ihm so unglaublich wichtig war, wenn sie das sagte? Er brauchte dieses Liebesgeständnis aus ihrem Mund, er musste es haben.

»Nein, dazwischen, verdammt nochmal, als du gemeint hast, dass du mich liebst.«

Empört fasste sich Kadlin an die Brust und lachte gekünstelt. »Ich – ich soll das gesagt haben? Nein, nein, nein! Ausgeschlossen, das hast du dir nur eingebildet.«

Blitzschnell zerrte Bram sie an sich. »Bitte, Kat! Sag es noch einmal. Sag es einem Krieger, der dem sicheren Tod auf dem Schlachtfeld geweiht ist.«

Mit verengten Augen sah sie ihn an und legte den Kopf schief. »Na, jetzt trägst du aber ganz schön dick auf, mein Lieber. Von mir willst du es hören, aber selbst sagst du kein Wort.«

»Komm schon, in der Liebe sind alle Mittel erlaubt«, raunte Bram mit einem unverschämt heißen Grinsen und blickte ergeben auf ihren Mund. »Lass es mich nur einmal hören. Nur ganz kurz. Ganz leise. Bitte, Liebling.«

Schwer schöpfte Kadlin Atem. Wenn sie Bram ihre Liebe gestand, gab es für sie keinen anderen Krieger mehr, der diese Liebe zurückerobern konnte. Ach was! Wem machte sie hier eigentlich etwas vor? Sie wusste schon lange, dass es nie einen anderen Krieger geben würde, dass es immer nur ihn gegeben hatte. Das war total verrückt! Gerade wollte ihr Herz noch eine Pause einlegen und jetzt wollte es gar nicht mehr aufhören, in dem ungestümen Tempo zu trommeln. Ging es nur ihr so?

Bedächtig legte sie ihre Hände auf seine Brust, nahm das kräftige Schlagen seines Herzens wahr und wollte sich diesen Moment für alle Zeit in ihre Erinnerung einprägen. Die Sterne leuchteten im schwarzen Himmel über ihnen, während die drei schillernden Monde Arets über ihnen wachten. Sie sog die Nachtluft ein, die nach Bram und den süßen Blumen der Steppe duftete. Sie hörte den Ruf eines Uhus und das leise Stimmengewirr der Menschen in ihren Zelten. Sie fühlte, wie sich unter der lauen Brise die Härchen auf ihren Armen aufrichteten, wie gelöste Haarsträhnen um ihr Gesicht flogen und sich in Brams blonder Mähne verfingen, die ihr so nahe war. Sie lächelte leise. Lange sah Kadlin in Brams Antlitz, inspizierte seine kräftigen Brauen, das unheimliche Glimmen seiner Augen, die markante Nase mit dem herrlichen Mund darunter und seinem Kinn, das mit seinen Narben so wunderschön war.

»Ich liebe dich, Krieger, mehr, als ich in Worten auszudrücken vermag. Mehr, als du dir je vorstellen könntest. Ich schenke dir mein Herz, dessen einziger Besitzer du je sein wirst, solange es schlägt.«

In einem erlösenden Aufatmen küsste er sekundenlang ihre Stirn und blickte ihr wieder ins Angesicht. »Womit habe ich das verdient?« Brams Augen schimmerten. »Deine Worte bescheren mir den Himmel und die Hölle zugleich. Deine Liebe zu besitzen ist das Wundervollste, was ich mir vorstellen kann. Sie macht mich über alle Maßen glücklich. Sie ist mir ein strahlendes Licht in den schlimmsten Stunden meines Lebens. Aber sie nicht mit dir erleben zu dürfen, sie nicht erwidern zu können, stürzt mich in die tiefste Finsternis und frisst meine Seele auf.«

»Muss ich darum betteln, um von dir zu hören, dass du mich liebst? Ist es das, was du willst? Warum sprichst du es nicht aus, Bram? Oder liebst du mich nicht?«, wimmerte Kadlin.

Heiser flüsterte Bram: »Nein. Nein, das ist es nicht. Ich ... habe Angst, es auszusprechen, weil ich weiß, dass du mich dann erst recht nicht mehr verlassen würdest und ... ich es nicht mehr fertigbringen würde, dich wegzuschicken.« Die Stimme des Kriegers versagte beinahe. »Verlange das nicht von mir. Ich bin nicht so stark wie du, meine Kraft reicht dafür nicht aus, Kat.«

Zitternd legten sich Kadlins Hände um Brams Gesicht und sie erkannte, dass dieser starke Krieger, der vor niemandem Angst hatte, der weder Tod noch Schmerzen fürchtete, am meisten Angst davor hatte, sie nicht mehr gehen lassen zu können.

»Ich werde nicht von deiner Seite weichen«, wiederholte Kadlin ihren Standpunkt stur.

Mit vielen kleinen Küssen versüßte er ihr sein Ansinnen. »Es gibt keinen anderen Weg, ich fliege dich sofort zu deinem Dorf.«

Erschrocken nahm Kadlin Abstand von ihm und befreite sich aus seiner wärmenden Umarmung. »Nein!«, rief sie und schüttelte widerspenstig den Kopf.

»Kat, sei vernünftig. Willst du wirklich hier sterben?«, erwiderte Bram und zog sie wieder in seine Arme.

»Nein, keiner von uns will sterben. Warum gibst du uns jetzt schon auf? Was, wenn ein Vrede-Händler losgeschickt wird? Lass uns noch warten, Bram. Bitte!«

Die Smar sah dem Unaru an, wie sehr er mit sich kämpfte, und ließ deswegen nicht locker. Alles würde sie ihm versprechen. Alles, was er wollte, solange er sie nur nicht fortbrachte.

Vielleicht war es dann sowieso zu spät, um sie zu den Smar zu bringen.

»Ich ... ich verspreche dir, wenn der Vrede-Händler mit aussichtslosen Nachrichten zurückkommt, werde ich ohne weiteres gehen. Nur lass uns bitte, bitte diese eine Chance auf eine mögliche Zukunft nicht entgehen. Bitte, Bram. Lass uns noch warten.«

Bram schnaufte betrübt. Kat hatte Recht. Falls sein Vater einen Vrede-Händler losschickte, würde für sie beide noch ein Funken Hoffnung bestehen, den auch er sich nicht nehmen lassen wollte. Ein hauchdünner Silberstreif am Horizont der Zuversicht, eine zarte Hoffnung auf eine Zukunft mit Kadlin, verblieb ihm noch. Wenn Thorir von einer Schlacht absah und sie sich über alle Widerstände der Clanmitglieder hinwegsetzen würden, die ihm mit einem Mal so nichtig erschienen, könnten sie vielleicht gemeinsam alt werden. Was zuvor für ihn undenkbar gewesen war, war nun sein Wunschtraum. Innerhalb kürzester Zeit hatte sich seine Welt gedreht und wie immer war Kadlin der Auslöser dafür gewesen. Und ihre Liebe, die ihm unendlich kostbar war. Zu Kadlins Schutz musste er sie jedoch, sobald dieses winzige Licht der Hoffnung erlosch, sobald der Vrede-Händler ohne Erfolg wiederkehrte, zu ihrem Vater schicken.

»Also gut. Wenn es keinen Vrede-Händler gibt, wirst du auf der Stelle gehen. Wenn es einen gibt und dieser nicht bis morgen Mittag auftaucht oder mit schlechten Neuigkeiten kommt, wirst du uns sofort verlassen, ohne Widerrede. Versprich es mir! Gib mir dein Wort, Kadlin!«, verlangte Bram eisern.

Kadlin atmete auf, denn das war besser als nichts. Plötzlich erklang der tiefe, langgezogene Ton eines Horns, der Bram zu Stein erstarren ließ.

»Große Sari, sie sind hier«, raunte Bram, griff Kadlins Hand und begann mit ihr loszurennen, in Richtung des Versammlungsplatzes.

Kapitel 31

Danken und Teilen

Voller Angst hetzte Kadlin Bram zwischen den Zelten nach. Sie fragte sich, wen oder was das Horn angekündigt hatte und warum es den Häuptlingssohn in helle Aufregung versetzte. Verunsichert nahm sie wahr, dass immer mehr Krieger ihre Behausungen verließen und neben ihnen die schummrigen Gassen entlangrannten, die von grün leuchtenden Funzelsteinen umsäumt waren. Die Unaru-Frauen verharrten mit ihren weinenden Kindern an den Zelteingängen und schauten mit verängstigten Gesichtern ihren davoneilenden Männern nach.

Mit einem Schlag hatte die romantische Sommernacht ihre Schönheit verloren und zeigte ein anderes Gesicht, die Fratze einer dunklen Bedrohung. Die zuvor wohlklingenden Geräusche flößten der Smar nun Furcht ein. Das sanfte Rauschen des Windes, das Leuchten der Monde und der Geruch der Steppe hatten nichts Magisches mehr an sich, eher schienen sie die Vorboten großen Unheils zu sein.

Außer Atem kamen sie am Versammlungsplatz an, auf dem sich Hunderte von Kriegern aller Clans drängten, die mit den Unaru verbündet waren. Jeder von ihnen war bewaffnet und trug seinen Skal. Cnut hatte sich mit den restlichen

Häuptlingen auf einer aufgeschütteten Anhöhe gruppiert, die wohl für solche Anlässe gedacht war und ihm einen Überblick auf die Massen gewährte.

Bram zog Kadlin durchs Gedränge zu Dagur, der aufgrund seiner Körpergröße leicht auszumachen war und direkt unterhalb von Cnut stand. Vor dem bärtigen Krieger fanden sie auch Lijufe, um die der Riese beschützend seine Arme gelegt hatte.

»Hat Cnut schon was verlauten lassen?«, löcherte Bram sogleich seinen Freund, worauf jener bloß den Kopf schüttelte.

»Was hatte das Signal zu bedeuten, Bram?«, fragte Kadlin, die sich wunderte, weshalb alle Versammelten so ruhig waren. Die Krieger tummelten sich zwar geschäftig mit bedrückten Mienen auf dem Platz, aber es sah keinesfalls nach einer bevorstehenden Schlacht aus, wie sie befürchtet hatte.

Bram legte seinen Arm um sie und schaute kummervoll auf sie nieder. »Es signalisiert, dass der Wachposten, der weit außerhalb des Dorfes liegt, feindliche Stämme gesichtet hat. Bei einem Angriff würde man den Gong schlagen. Wegen des Kriegsverbots wird Thorir uns sicherlich nicht vor morgen Mittag angreifen.«

Ein schriller Pfiff ertönte und brachte den Lärm der Menge zum Erliegen. Cnut erhob seine Stimme und erklärte das, was Bram vermutet hatte.

»Krieger, die Nutas sind mit ihren zahlreichen Verbündeten auf dem Weg zu uns. Soeben kam eine der Wachen von einem Erkundungsflug zurück. Wenn wir einen Vrede-Händler aussenden wollen, müssen wir das jetzt tun. Gibt es Freiwillige, die diese Aufgabe übernehmen wollen?«

Ein einzelner Ruf schallte aus dem Pulk, der Kadlin das Herz bis zum Hals klopfen ließ.

»Soll Bram doch gehen!«

Mehrere Zustimmungen erfolgten und dann geschah das, was Kadlin zum Taumeln brachte: Bram gab sie frei, zwängte sich an ihr vorbei und rief laut: »Ihr habt Recht. Vater, lass mich zu Thorir gehen und mit ihm reden.«

»Neiiin!«, kreischte Kadlin hysterisch. »Neiiin, tu das nicht. Bram!« Sie quetschte sich zu ihm durch und zerrte an seinem Arm.

Der blonde Krieger ignorierte sie jedoch, wie eine Mauer stand er vor seinem Vater und erwartete, ohne seine Miene zu verziehen, dessen Urteil. Cnut musterte mit eisigen Augen seinen Sohn und Kadlins Atmung ging immer schneller.

Das konnte nicht sein. Cnut konnte das doch nicht in Erwägung ziehen? Das war Wahnsinn.

Abermals versuchte sie auf Bram Einfluss zu nehmen. Sie riss und zerrte an seinem Arm, trommelte auf seine Brust. Pure Verzweiflung trieb Kadlin an, hemmungslos zu heulen: »Thorir wird dich töten. Du wirst nicht zum Reden kommen. Bram, tu das nicht. Bram!«

Ohne ihr in die Augen zu schauen, umfasste Bram ihre Handgelenke und blickte zu Dagur, der nur kurz nickte. Der Riese kam auf Kadlin zu und schaffte sie mit sanfter Gewalt von seinem Freund fort, während sie stetig Brams Namen schrie. Lijufe, deren Wangen vollkommen nass waren, japste nach Luft.

Kadlin hörte, wie Bram sich mit bestimmendem Ton an die Kriegerschar wandte. »Wenn mein Tod Thorir milde stimmt und eine Schlacht verhindert, dann soll es so sein. Ich werde mich dem Nutas-Häuptling stellen.«

Die Häuptlinge hielten stumme Zwiesprache. Ormi war der Erste, der zu reden anfing. »Ja, Bram, dein ehrenvoller Tod könnte ...«

»Ich werde als Vrede-Händler zu Thorir gehen«, rief plötzlich jemand aus der Menge dazwischen.

Kadlin hielt mit ihrem Klagen und Weinen inne. Stille hatte sich über die Anwesenden gelegt und jeder von ihnen fragte sich, wer der Freiwillige war, der sich gemeldet hatte. Noch ehe die Krieger zur Seite traten und den Mann vorließen, erkannte Kadlin an Ormis Entsetzen, wer derjenige war.

»Assgrim? Mein Sohn?«, krächzte Ormi völlig entsetzt.

»Ja, Vater. Ich möchte diese ehrenvolle Aufgabe übernehmen«, sprach der junge Otulp und schritt in stolzer Haltung vor die Häuptlinge.

Ormi, der durch Assgrims Wunsch plötzlich die Lage mit Cnut getauscht hatte, versuchte sein Kind vor einer unüberlegten Tat zu bewahren. »Assgrim, das ist gefährlich, das ist kein Kinderspiel ...«

»Ich weiß und genau deswegen werde ich es tun.« Mit einem kurzen Seitenblick auf Bram fuhr der junge Otulp fort: »Ich habe weder Frau noch Kinder, die mich vermissen würden.«

»Aber eine Familie!«, warf Ormi mit Unwillen ein, was Assgrim jedoch mit einem Lächeln beantwortete.

»Die hoffentlich für meine Rückkehr zu den Monden beten wird.«

Ein letztes Mal versuchte Ormi seinen Sohn umzustimmen. »Assgrim, überlege doch!«

»Nein, Vater, du weißt, dass Brams Tod nichts bewirken würde. Wahrscheinlich würden wir nicht mal eine Antwort von den Nutas bekommen. Wenn wir Bram Thorir ausliefern, würde er dies als Schuldeingeständnis werten und erst recht den Tod über uns bringen. Thorir wird von seinem Versprechen, die Unaru auszulöschen, nicht ablassen. Nur mit vernünftigen Argumenten und dem Hinweis auf die Smar-Mädchen als Zeugen kann ich ihn vielleicht zu einem Gespräch überreden und ihn letztendlich von unserer Vernichtung abhalten.«

Der junge Otulp drehte sich zu den Kriegern um und rief ihnen laut entgegen: »Ich, Assgrim, trete für den Leumund von Eyvinds Tochter ein, denn sie hat in einer selbstlosen Tat ihr Leben für das meines Bruders riskiert. Oder glaubt einer von euch, dass Bram ein Mörder ist?«

Kadlins Blut fror auf der Stelle ein. Unglücklich ruhte sie in Dagurs Armen und wartete unkontrolliert zitternd auf die Reaktion der Krieger. Keiner, nicht ein einziger, erhob die Hand oder meldete sich zu Wort, was sowohl die Häuptlinge als auch Assgrim registrierten.

Der Otulp nickte zaghaft. »Niemand! Keiner von euch glaubt das. Und doch wollt ihr einen Unschuldigen opfern und den wahren Mörder davonkommen lassen? Mit wem von euch soll Hadd als Nächstes sein falsches Spiel treiben?«

Betretenes Murren war zu hören, selbst die Häuptlinge schienen, nach ihren Mienen zu urteilen, ein schlechtes Gewissen zu haben. Ein beleibter Häuptling, dessen Schultern ein buschiger Pelz zierte, ergriff das Wort. »Assgrim, Ormis Sohn, deine Weisheit und deine Tapferkeit wird in ehrenvollen Liedern von deinen Nachkommen noch lange Zeit besungen werden. Das Einverständnis der Gosk hast du.«

Nacheinander gaben die Häuptlinge ihre Zustimmung ab. Auch Ormi gab seine Einwilligung, zwar zögernd, aber sichtlich voller Stolz auf seinen Sohn.

Kadlin konnte die Tränenflut nicht verhindern, die sich vor Erleichterung aus ihren Augen löste. Bram ging auf den jungen Otulp zu und legte seine Hand auf dessen Schulter. »Danke, Assgrim, für dein Vertrauen und deinen Mut. Es ist mir eine Ehre, dich meinen Bruder nennen zu dürfen.«

Ein spitzbübisches Grinsen veränderte Assgrims Züge auf vorteilhafte Weise. »Nein, Bram. Du warst es und bist es immer noch: uns allen ein Vorbild. Du hast bereits unzählige Male bewiesen, dass du ein Krieger der Würde bist. Ich eifere dir lediglich nach. Dein Dank gebührt mir nicht. Es ist meine Pflicht der Wahrheit, dir und deiner kleinen Smar gegenüber, der ich dies schuldig bin.«

Mit einem Schulterklopfen verabschiedete sich der Otulp von dem blonden Krieger und ging an Kadlin vorüber, der er zunickte. Ihre rot geweinten Augen verrieten Assgrim, wie sehr das Geschehen sie gebeutelt hatte. Dagur ließ die schwarzhaarige Smar frei, die sofort an Brams Brust stürmte. Es war Kadlin egal, dass jeder auf dem Platz sehen konnte, wie tief ihre Gefühle für den blonden Häuptlingssohn waren, die sie nicht länger leugnen wollte.

Sie vergrub ihre Finger in seinen Nackenhaaren und zog ihn an ihre Lippen. »Du dummer, eigensinniger Krieger – wie kannst du dich Thorir ausliefern wollen? Willst du, dass ich sterbe vor Kummer? Ich sollte dir eins auf die Nase geben.«

Kraftvoll drückte Bram ihren biegsamen Körper an seinen und schmunzelte schief. »Kat, was wäre ich für ein Mann, wenn ich mich nicht Thorir stellen wollte? Wäre ich wirklich der Krieger, in den du dich verliebt hast?«

Traurig blickte Kadlin in seine offenen Augen, in denen seine Liebe und Bewunderung für sie glimmte. Eine durchdringende Wärme breitete sich in ihr aus und dennoch schnaufte sie betrübt, weil es stimmte, was er sagte. »Nein, das wäre nicht der Krieger, der mein Herz erobert hat.«

»Darf ich dich küssen?«, hauchte Bram unnötig an ihrem Mund, da er ihren bereits mit seinem berührte.

»Ich überlege es mir noch«, nuschelte Kadlin und übernahm die Führung des Kusses. Zärtlich zupfte sie an seinen Lippen und forderte ihn sanft mit ihrer Zunge heraus. Es war ein intimer Tanz ihrer Münder, so zart und gefühlvoll wie die Liebe selbst, die zwischen ihnen gedieh. Eine ganze Weile schwebten sie auf Wolken des vollkommenen Glücks, um die aussichtslose Wirklichkeit zu vergessen, die um sie herrschte.

Behutsam löste Bram seine Lippen von ihren, obwohl seine Sinne dagegen rebellierten. Zu schön, zu gut waren Kadlins

Geschmack und ihre Nähe. Schweren Herzens holte er sie auf den Boden der Tatsachen zurück.

»Komm, ich möchte, dass mein Vater dich kennenlernt.«

Kadlin nickte weggetreten, denn nach wie vor tobte das Verlangen in ihr. Sie wollte einfach für immer und ewig in Brams Armen liegen bleiben und ihn küssen, der Welt und der Zeit Einhalt gebieten, den Monden und der Sonne den Wechsel verwehren.

»Hey, ich dachte schon, euer Geschmuse nimmt kein Ende mehr«, piesackte Lijufe ihre Freundin fröhlich.

Befangen bemerkte Kadlin, dass Dagur und Lu die ganze Zeit neben ihnen gestanden hatten und sie unverhohlen beobachteten. Während Lijufe den Rumpf des Riesen umschlungen hielt, grinste dieser behäbig. »Ich dachte, es artet noch aus. Unfassbar, was so eine kleine Frau mit einem Krieger anstellen kann, dass er Ort und Benehmen vergisst.«

Lijufe kicherte. »Hat das nicht vorhin dein Vater über uns gesagt? Als wir …«

»Ich kann mich nicht erinnern«, unterbrach Dagur sie feixend.

»Ich wette, das kannst du sehr wohl, Bruder«, lachte Bram und deutete mit seinem Kopf zum Zelt seines Vaters. »Begleitet uns zu Cnut, setzen wir uns ans Feuer.«

Zu viert machten sie sich auf den Weg und ließen sich wenig später vor dem Zelt des Häuptlings nieder.

Cnut empfing sie mit einem freundlichen Lächeln und Tofa reichte jedem einen Becher Rindenwein. Bram setzte sich hinter Kadlin, so dass sie sich in einer Umarmung an ihn lehnen konnte. Vertraut rieb der Häuptlingssohn seine Wange an der Schläfe der Smar und streichelte ihre Arme. Nichts konnte ihn davon abhalten, weder die hochgezogenen Brauen seines Vaters noch das Zungenschnalzen seiner Mutter.

Der Häuptling sah die beiden Mädchen eindringlich an. »Wollt ihr zwei wirklich hierbleiben und nicht zu eurem Stamm zurückkehren?«

»Nein!«, sprudelte es aus Lijufe. »Ich bleibe bei Dagur. Wir haben beschlossen, Koris Zelt mit den anderen Jungs zu verteidigen, wenn es zu einem Kampf kommen sollte.«

»Aber was werdet ihr tun, wenn die Smar sich an der Schlacht beteiligen? Ihr müsst damit rechnen, dass sich unsere Feinde zusammenschließen werden«, gab Cnut den beiden zu bedenken.

Dagur schaute kurz zu Lu und erklärte Cnut seinen Entschluss. »Ich werde keinen Smar töten. Es gibt viele Arten, einen Krieger kampfunfähig zu machen, ohne ihm das Leben zu nehmen.«

Cnut nickte. »Das stimmt, Dagur. Und was wird Kadlin, die Häuptlingstochter der Smar, tun?«

»Ich werde hierbleiben, bei Bram«, antwortete Kadlin felsenfest überzeugt.

Dies hielt Bram jedoch nicht davon ab, hinterherzuschieben, wie sich die Sache wirklich verhielt. »Allerdings nur, wenn der Vrede-Händler mit einer guten Nachricht zurückkommt. In allen anderen Fällen hat Kadlin mir versprochen, dass sie das Lager umgehend verlassen wird.«

Bedrückendes Schweigen legte sich auf die Gruppe, denn jeder wusste, warum Bram diese Entscheidung getroffen hatte. Die schwarzhaarige Smar ließ betrübt den Kopf hängen.

Cnut verstand seinen Sohn, denn er hätte in seiner Situation ebenso gehandelt und die Frau, die er liebte, weggeschickt. Für seine Tofa gab es jedoch keine andere Heimat mehr als an seiner Seite.

Brams Mutter schmerzte das Herz, weil sie sah, wie die Augen ihres Sohnes leuchteten, wenn er das Mädchen anblickte. Er liebte die Smar, und das aus ganzer Seele, bedingungslos, mit ganzer Kraft. So wie es eben seine Art war, die Dinge anzugehen. Für Bram gab es keine halben Sachen, entweder ganz oder gar nicht. Nach diesem Credo lebte und liebte er, wie sein Vater. Stets bemüht das Richtige zu tun.

Um der schwierigen Lage, in der sie sich sowieso schon befanden, einen Hauch Normalität zu verleihen, fragte Cnut: »Nun gut, wie gefällt es euch im Dorf der Unaru?«

»Es ist wundervoll bei euch«, sagte Lijufe sofort und senkte ihren Kopf an Dagurs Hals, der immer näher an seine Braut herangerückt war.

»Ja, es hat vieles mit unserem Dorf gemein und doch wieder nicht. Aber der Rindenwein schmeckt definitiv genauso gut wie zu Hause«, sprach Kadlin, worauf Cnuts Kehle ein herzliches Lachen entsprang.

»Ja, die Smar haben vieles gemein mit den Unaru. Vor langer Zeit verband die beiden Clans eine tiefe Freundschaft. Die Plantagen und Wälder sind noch die letzten Überbleibsel aus dieser Zeit«, sinnierte Cnut.

Lijufe und Kadlin tauschten einen überraschten Blick, denn keine von ihnen hatte das geahnt. Die Häuptlingstochter räusperte sich. »Davon hat mir mein Vater nie etwas erzählt. Waren die zwei Stämme wirklich so eng verbunden?«

Milde grinste der alte Unaru. »Ja, das waren sie in der Tat. Seit die Fehde zwischen den Clans herrscht, geht der Streit aber auch leider immer um die Rechte an den Erträgen von diesem gemeinsamen Besitz.«

»Allerdings ist es, seit du und Eyvind die Anführer seid, ruhiger geworden. Die letzte Schlacht liegt Jahre zurück. Im Grunde herrscht Frieden. Wir rauben stets die gleiche Anzahl der Hychna von den Smar-Weiden, die sie uns zuvor genommen haben«, gab Bram zu bedenken.

Cnut lachte auf. »Jaha, die Krieger murren zwar immer, wenn sie den Wein an den Bäumen ernten, dass bereits ein Smar ihn abgeerntet hätte, aber es ist mehr eine liebgewonnene Angewohnheit als ein ernster Vorwurf. Wie die Smar, so halten wir uns auch an die stille Absprache, lediglich jeden zweiten Baum bluten zu lassen, auf dass jeder die Hälfte des Weines bekommt.«

Kadlin glaubte, nicht richtig zu hören. Was hatte ihr Vater sonst noch anders dargestellt, als es in Wirklichkeit war? Immer war von den stehlenden Unaru die Rede gewesen, von Teilen hatte sie noch nie etwas gehört.

Die Stirn des Häuptlings legte sich in Falten, denn er hatte Kadlins verdrossenen Ausdruck entdeckt, die immer wieder zu Lijufe hinsah, die den Kopf schüttelte.

Cnut war ein Mann der ehrlichen Worte, genauso wie er

seinen Sohn erzogen hatte, weswegen er sie offen darauf ansprach. »Was ist, Mädchen, macht es dir Schwierigkeiten, darüber zu reden?«

Kadlin blinzelte mit einem zerknirschten Lächeln. »Nein, es ist bloß ganz anders als das, was mein Vater erzählt.«

Cnut brummte leicht und fragte laut: »Wie ist es, Eyvinds Tochter zu sein? Sprich offen, Kind. Diese Nacht ist vielleicht die letzte, die wir haben. Wir sollten sie nicht mit heuchlerischen Schmeicheleien vertrödeln.«

Kadlin atmete tief ein und versuchte ihre Gedanken zu ordnen. »Es ist ... hart, Eyvinds Tochter zu sein.«

Irgendwie war es komisch und nicht richtig, so über ihren Vater zu reden. Aber im Moment war sie so wütend auf ihn, dass er ihr die Wahrheit verschwiegen hatte, dass er all die Jahre die Unaru als schlechte Menschen verunglimpft, sie als die Wurzel allen Übels dargestellt hatte.

»Mein Vater ließ keine Gelegenheit aus, meine Brüder und mich darauf hinzuweisen, wie schrecklich die Unaru wären, wie blutdürstig und gemein ...« Sie lächelte betreten und zugleich um Verzeihung bittend in Tofas Richtung. »Er sagte, dass ihr den Rindenwein stehlen würdet. Wenn die Jagd im Wald kläglich ausfiel oder die Netze im See leer blieben, waren die Unaru schuld.« Enttäuscht starrte die Smar vor sich hin. »Als Kinder wurde uns gesagt, wenn wir nicht folgten, würden uns die Unaru holen.«

Brams Daumen zeichnete sanfte Kreise auf ihren Handrücken. »Bei uns gibt es bis heute noch ein Spiel, das die Kinder ›Wer hat Angst vor Eyvind?‹ nennen.«

Ein Schmunzeln huschte über Kadlins Gesicht, die geistesabwesend in die Flammen des Lagerfeuers stierte. »Bei jeder Möglichkeit erinnerte er uns daran, dass die Unaru unsere Feinde sind. Ragnar und ich mussten die Geschichte des alten Clan-Streits auswendig lernen, die ... ganz anders ist als eure. Ich glaubte meinem Vater jedes Wort und nun muss ich feststellen ...« Sie rang um Fassung und flüsterte gebrochen: »... dass alles gelogen war.« Tränen bildeten sich in ihren Augen. »Er ist ein alter Mann, der nur seinen Hass, seine Rache im Sinn hat und für diesen Zweck sogar seine Kinder opfert.«

»Nein, Kadlin«, widersprach Cnut. »Gewiss liebt Eyvind euch mehr als alles andere. Er ist bloß verbittert, denn von uns allen hat er am meisten unter der Fehde der Stämme gelitten. Ich habe meinen Bruder auf dem Schlachtfeld sterben sehen. Aber dein Vater verlor seinen Vater, einen Bruder und seinen Sohn. Es gibt nichts Schlimmeres für Eltern, als ein Kind zu Grabe zu tragen.«

Schniefend blickte Kadlin in das Gesicht des alten Unaru. »Wie bei Thorir«, wisperte sie.

»Ja, wie bei Thorir. Nur hat dein Vater, Eyvind, dieses Leid wieder und wieder mit ansehen müssen. Stets aufs Neue musste er den Verlust eines geliebten Menschen ertragen. So etwas hinterlässt tiefe Spuren auf einer Seele.«

Schwach nickte Kadlin und war fassungslos über Cnuts Mitgefühl, das dieser seinem Feind entgegenbrachte. Natürlich war Kadlin bekannt, wie viele Familienmitglieder Eyvind in all den Kämpfen verloren hatte, denn oft genug erwähnte er es. Aber nicht ein Mal hatte sie sich Gedanken darüber gemacht, was er dabei empfunden oder wie er den Verlust von Skard verkraftet haben mochte.

Schweigend blickten die sechs Männer und Frauen in die Flammen, die knisternd in den Nachthimmel züngelten. Jeder von ihnen spürte, wie außergewöhnlich dieser Augenblick war, von denen es nur ganz wenige im Leben eines Menschen gibt, die solch eine Intensität haben.

Tofa erhob sich. »Wir sollten die wenigen Stunden, die uns von der Nacht verbleiben, ausruhen und neue Kraft schöpfen für den morgigen Tag.«

»Du hast Recht, Frau. Lassen wir das junge Gemüse hier draußen vor dem Feuer schlafen, damit wir im Zelt ungestört sind.« Cnut grinste frech.

Tofa erwiderte vergnügt: »Ich weiß wirklich nicht, wer unanständiger ist, du oder dein Sohn?«

»Ich natürlich. Schließlich bin ich der Häuptling!«, polterte Cnut, stand auf und folgte seiner Frau, deren Po er leicht tätschelte.

Leise vernahmen sie, wie Tofa im Zelteingang schimpfte: »Benimm dich, alter Krieger! Nicht vor den Kindern.«

Lijufe kicherte. »Na, jetzt, wo ich deinen Vater erlebe, wird mir einiges klar, Bram.«

»Ja, mir auch«, kommentierte Kadlin trocken den Abgang von Brams Eltern.

Der Häuptlingssohn lachte leise und küsste Kadlins Nacken. »Ist das denn schlimm, wenn ich unanständige Sachen mache?«

Kadlin drehte sich zu dem blonden Krieger um. »Nein. Es ist wundervoll, wie alles an dir.«

Auf ihre Lippen fixiert meinte Bram: »Das ist gut, wirklich gut, weil ich mein Benehmen nämlich immer nur bei dir vergesse.«

»Das will ich dir auch geraten haben, Krieger«, säuselte Kadlin.

Bram hatte genug geredet und holte sich den Kuss, auf den er schon geraume Zeit gewartet hatte.

Kapitel 32

Perlen und Tritte

Kadlin erwachte von lautem Kindergeschrei. Panisch riss sie die Augen auf und fand sich Bram gegenüber, der sie sogleich beruhigte.

»Es ist alles in Ordnung, die kleinen Racker spielen bloß etwas laut.«

Erleichtert schloss Kadlin die Augen, wälzte sich auf den Rücken und streckte mit einem wonnigen Seufzer alle viere von sich. Die Sonne hing in voller Pracht am tiefblauen Himmel und verbreitete sorglos ihre Strahlen. Obwohl sie vergangene Nacht nicht viel geschlafen hatte, fühlte sie sich herrlich ausgeruht. Gut, ihre Lippen waren ein wenig empfindlich, aber das war ein Preis, den sie jederzeit gerne wieder zahlen würde.

Verträumt lächelnd rollte Kadlin ihren Kopf zur Seite und stellte fest, dass Bram sie mit dunklen Augen belauerte.

Sie kannte diesen Blick mittlerweile gut und konnte sich in allen kribblig-machenden Einzelheiten vorstellen, was dem lüsternen Krieger jetzt vorschwebte. Irgendwie hatte der Kerl eine direkte Verbindung zu ihrem Unterleib hergestellt, denn anders war es nicht zu erklären, dass sich dieser pulsierend zusammenzog. Bereits gestern Nacht hatte Bram ihren Körper auf prickelnde Weise spüren lassen, wie heftig seine Erregung war, der sie leider keine Erleichterung verschaffen konnten. Anscheinend wütete diese nach wie vor in ihm, was nur gerecht war, denn ihr erging es schließlich ähnlich.

Sie hatten sich geküsst und geredet und geküsst und ... ja, geküsst. Bram wollte alles über sie erfahren. Er fragte nach ihrer Lieblingsfarbe, an welchem Ort ihr Herz hing, für welches Essen sie sterben würde, welche Streiche sie für ihren Bruder Ragnar ausgeheckt hatte, wie viele Kinder sie eines Tages haben wollte, was sie sich für ihre Zukunft wünschte und wie sie von Skards Tod erfahren hatte. Es war, als wolle er ein ganzes Leben in einer Nacht aufholen und mit ihr gemeinsam durchleben. Bram war ein ausgezeichneter Zuhörer, lachte und trauerte mit ihr an den Stellen, wo es angebracht war. Dafür erzählte er von seiner Schwester Minea, von seiner Erziehung als Krieger, von seiner Freundschaft zu Dagur, dem innigen Verhältnis zu seinen Eltern und seinem Rudam. Ihnen war bewusst, dass diese gemeinsamen Stunden voller inniger Vertrautheit, voller Seligkeit, die letzten ihres Lebens sein könnten.

»Hast du gut geschlafen?«, fragte Bram mit kratziger Stimme.

Kadlin lächelte. »Ja, ausgezeichnet und du?«

»Ja, nachdem ich mich gezwungen sah, ein paar der Rauschfrüchte zu essen«, knurrte der Krieger.

Überrascht fragte die Smar: »Warum das denn?«

Die Antwort kam ihm ziemlich unwillig über seine Lippen.

»Weil sie bestimmte Körperteile eines Kriegers außer Gefecht setzen, wie wir beide seit einiger Zeit wissen.«

Das Gehirn der Smar benötigte eine Sekunde, um in Gang zu kommen und sich das in Erinnerung zu rufen, was er ihr in der letzten Nacht, im Zusammenhang mit ihrer Jungfräulichkeit, über die Rauschfrüchte erzählt hatte. Doch als sie begriff, rundeten sich ihre Augen mit einem leisen Prusten. »Wie viele musstest du essen?«

»Nur zwei, die sofort ihre Wirkung zeigten, die aber leider nicht von Dauer war. Oder wie würdest du das hier nennen?«, muffelte der Unaru und entfernte mit einer gezückten Braue für einen Augenblick die Decke von seinem Leib, damit Kadlin die mächtige Ausbuchtung seiner Hose inspizieren konnte.

Es war Kadlin nicht möglich, sich das Kichern zu verkneifen. »Nun, ich würde es als guten Grund für ein eiskaltes Bad bezeichnen.«

Bram schnaufte lüstern. »Möglicherweise mit dir zusammen, an einem verborgenen Ort?«

Lange sah Kadlin ihn an, bevor sie ihm bedeutungsvoll antwortete. »Ich würde alles dafür geben.«

Tofa kam mit Brennholz und entfachte das Feuer neu, für die Zubereitung der Morgenmahlzeit. »Na, ihr Langschläfer, wird auch Zeit. Dagur und Lu sind schon am See. Wollt ihr ihnen nicht Gesellschaft leisten? Dein Vater ist übrigens mit den anderen Häuptlingen auf dem Versammlungsplatz.«

Bram setzte sich auf, wohl darauf bedacht, die Decke auf der verräterischen Beule zu halten, und zerrte verstohlen an seinem Skal, der unter Kadlins Kopf lag. Diese rührte sich jedoch keinen Millimeter, sondern genoss es, Bram lockende Blicke zuzuwerfen, die ihm alles Mögliche versprachen. Mit schmalen Augen versuchte er, sie warnend abzuwehren.

Die Stirn seiner Mutter zog sich grübelnd zusammen, als sie mitbekam, dass Bram nach seinem Umhang griff. »Friert es dich etwa, dass du deinen Skal anziehen willst? Seltsam, deinem Freund war es heute Morgen zu heiß.« Kopfschüttelnd bereitete sie den Teig weiter zu, aus dem sie Fladenbrote backen wollte.

»Ich finde, es ist doch recht ... frisch, so in der Früh«, meinte der blonde Häuptlingssohn gepresst. Er entschloss sich des Skals durch eine Angriffstaktik habhaft zu werden, indem er sich halb auf Kadlin legte und ihren Kopf anhob.

Absichtlich brachte Kadlin ihren Mund dabei an Brams Wange und begann ihre Lippen über seine Bartstoppeln zu bewegen. Mit seinen eigenen Worten drohte sie ihm hauchend: »Früher oder später bist du fällig, Krieger, dann werde ich mir ...«

Plötzlich lag Brams Hand auf ihrer Weiblichkeit, was den Rest ihres Satzes in Rauch aufgehen ließ.

»Wecke kein Tier, dem du nicht gewachsen bist«, grollte Bram tief und vollbrachte unter der Decke wahre Wunder. Erschrocken bäumte sich Kadlin tonlos japsend unter ihm auf, während er ihre Verzückung genau beobachtete.

Ihre Finger bohrten sich ekstatisch in Brams Oberarme. Erst als Kadlin ihren Kopf in den Nacken warf und sie immer schneller atmend ihre Beherrschung verlor, hatte der Krieger Erbarmen mit ihr.

»Das, Liebling, werden wir noch ordentlich zu Ende bringen«, brummte er leise und schnappte sich seinen Skal, den er sich sofort umlegte. Mit einem selbstgefälligen Grinsen stand Bram auf und reichte Kadlin die Hand. »Na, kannst du zum See laufen oder soll ich dich tragen?«

»Warum sollte Kadlin nicht laufen können? Was sind denn das für Fragen heute Morgen? Lu und Dagur führten auch so seltsame Gespräche. Keine Ahnung, was mit euch jungen Leuten los ist«, amüsierte sich Tofa.

Mit rotgefleckten Wangen rappelte sich Kat auf, brachte ihr Kleid in Ordnung und schlüpfte in ihre Stiefel. Bram hatte ein eitles Grinsen aufgesetzt, das Kadlin gekonnt ignorierte. Hochnäsig stolzierte sie an dem Krieger vorbei. Sie demonstrierte ihm auffallend, wie hinreißend sie ihre Hüften schwingen konnte, was ihm nicht eine Sekunde entging. Als folge er einer betörenden Sirene, dackelte der Unaru seiner Smar nach, die den Weg zum See nahm.

An diesem Tag waren alle Dorfbewohner und Besucher früh auf den Beinen. Am See war kein einsames Plätzchen zu finden, denn jeder wollte sich dort erfrischen. Auch Dagur und Lu waren dort, um sich zu waschen. Bram streifte seine Tunika ab, krempelte die Hose hoch und watete in das Wasser, wo er den Kopf untertauchte. Obwohl Kadlin sich bemühte den Krieger nicht zu beachten, huschten ihre Augen ungewollt über seine muskulöse Brust, die Narben und die blonden Haare, die diese einmalig machten.

Alter Angeber, als wüsste er nicht genau, dass sie es liebte, ihn so halb nackt zu sehen. Und jetzt strahlte er sie auch noch an, mit seinem blendend weißen Lächeln und seinen einnehmend grünen Augen. Verflucht, war der heiß ... Nein, ihr war heiß. Noch immer! Oder schon wieder?

»Kadlin, was zum Firus machst du da?«, schalt Lijufe sie amüsiert. »Du reizt den Krieger bis aufs Blut. Du wildes Luder machst das richtig gut.«

Kadlin drehte sich von Bram weg und spritzte sich breit grinsend Wasser ins Gesicht. »Tja, was soll ich sagen? Ich hatte eine gute Lehrerin.«

Lijufe kicherte, was ihr allerdings nach und nach verging. Eine spürbare Unruhe erfasste die Leute, die allesamt in Bewegung gerieten. Ein Teil von ihnen lief ins Dorf, ein anderer einen Hügel hinauf. Zeitgleich kam Atla angerannt, der laut nach Bram schrie. Sofort gruppierten sich die vier um den Jungen.

»Was ist, Atla?«, fragte Bram besorgt.

Atla rang nach Atem und stockend kamen seine Worte. »Hast du es gesehen? Sie müssen heute Nacht vorgerückt sein. Es sind so viele, Bram, so unglaublich viele.«

Mit sorgenvollen Mienen blickten sich die beiden Unaru-Krieger an und zögerten keinen Augenblick länger. Eilig warf sich Bram seine Tunika über. »Von dort drüben haben wir einen Überblick auf die Ebene«, rief der Häuptlingssohn und gemeinsam hetzten sie zu den anderen Stammesbrüdern die Erhebung hoch. Und erstarrten in Ehrfurcht ...

Massen an Kriegern. Ein Heer, so gewaltig, so groß, dessen Ende nicht auszumachen war, lagerte außerhalb der weit entfernten Salzmauer, die die Weiden der Unaru umgab. So weit das Auge reichte, bis an den Horizont, war die feindliche Streitmacht zu sehen.

»Große Sari!«, japste Lijufe.

Doch Kadlin versagte die Stimme, weil ihr der Atem stockte. Noch nie in ihrem Leben hatte sie solch eine Armee gesehen. Die Zahl der Krieger musste in die Hunderte, gar Tausende gehen. Eine Schlacht gegen dieses Heer führen zu wollen war ... lächerlich.

Kadlins Hals wurde enger und enger. Das Wasser schoss ihr in die Augen und verzweifelt schloss sie die Lider.

Leise hörte sie Bram neben sich sprechen, was ihre Angst vervielfachte: »Sie werden uns einfach wegspülen. Nichts und niemand kann dieser Flut standhalten. Es ist hoffnungslos, keiner von uns wird das überleben.«

Sie fühlte Brams Hand an ihrem Nacken, die sie an seine Brust zog. Auf dem Hügel verweilend, schauten sie in die Ebene Arets. Aus der Ferne waren die Rauchwolken der Lagerfeuer auszumachen, das Auf- und Niederfliegen der gegnerischen Optera und die unzähligen Standarten der Clane, mit den jeweiligen Mustern und Farben ihrer Skals. Die anderen Unaru, die neben ihnen auf dem Hügel standen, schauten gebannt, wer alles zu ihren Feinden zählte, und diskutierten über die Stammesfahnen.

»Du musst gehen, jetzt!«, flüsterte Bram und küsste Kadlins Scheitel.

Widerwillig schüttelte sie den Kopf. »Nein.«

Mit beiden Händen umfasste der Unaru ihr Gesicht und beugte sich eindringlich über sie. »Du hast es mir versprochen.«

Unglücklich hielt die Smar dagegen. »Erst wenn Assgrim wieder da ist und er Thorirs Kampfansage überbringt.«

»Dann ist es zu spät, Kadlin. Sie werden heute Mittag angreifen, sobald das Kriegsverbot abgelaufen ist. Du kommst dann nicht mehr lebend aus dem Dorf. Sie werden jede Optera, jeden Flüchtenden mit dem Bogen vom Himmel herunterholen«, drängte Bram, der in seiner Verzweiflung stetig lauter wurde.

»Bruder. Sieh doch! Du brauchst Kat nicht mehr in ihr Dorf schicken«, unterbrach Dagur seinen Freund und zeigte links von ihnen in das Heer.

Mit schmalen Augen folgte Bram Dagurs Fingerzeig. Er richtete sich auf und bestätigte bitter: »Er hat Recht, dein Vater ist hier.«

»Was?!«, schrie Kadlin und vergewisserte sich, ob es stimmte. Tatsächlich war unter den Feinden auch der Stamm der Smar. Das blauschwarze Muster leuchtete gut erkennbar auf dem weißen Grund der Fahne.

»Nicht nur die Smar sind mit dabei.« Lijufe zeigte voller Abscheu in die andere Richtung. »Dieses rot-schwarz-gelbe Muster würde ich überall erkennen. Ikol. Ich hasse Hadd.«

Dagurs Brauen zogen sich zusammen. »Seit wann sind die Smar und die Ikol mit den Nutas verbündet?«

»Sind sie nicht«, murmelte Kadlin zweifelnd.

»Warum sind sie dann hier?«, fragte der Riese.

Dreistimmig konnte der bärtige Krieger die Stimmen seiner Freunde vernehmen, die alle den gleichen Gedanken teilten. »Hadd!«

»Das war das Ziel seines Planes? Einen Krieg anzuzetteln? Weshalb?«, grübelte Kadlin laut und fragte sich gleichzeitig im Geiste, ob Eyvind an dieser Intrige gegen die Unaru beteiligt war.

Hatte ihr Vater etwa Kenntnis von Hadds Intrigen gehabt? Ihn dabei unterstützt? War sie der Lohn für Hadds Einsatz? Ihr wurde speiübel.

Bram schüttelte in Gedanken den Kopf. »Auf diesem Weg löscht er uns aus und dezimiert gleichzeitig alle anderen Stämme, in der Hoffnung, dass die Ikol danach am zahlreichsten und somit der größte Clan sind, dessen Anführer er eines Tages sein wird. Außerdem hat er somit herausgefunden, welcher Stamm wirklich mit den Nutas verbündet ist, wen er noch beseitigen oder in eine Verbindung zwingen muss.«

»Aber wieso beteiligt er sich dann an dieser Schlacht und gefährdet dabei seine eigenen Krieger?«, regte Kadlin zum Nachdenken an.

Mit sorgenvoller Stirn schaute Bram auf die Armee. »Weil er den Anschein wahren muss, auf Thorirs Seite zu stehen. Schau jedoch genauer hin, dann wirst du merken, dass Hadd das kleinste Heer mitgebracht hat. Wahrscheinlich hat er mit Isleif deinen Vater Eyvind überredet, sich den Nutas im Kampf gegen uns anzuschließen.«

Kadlin schluckte den drückenden Kloß in ihrem Hals hinunter. Ja, selbst wenn Eyvind nicht an Hadds hinterhältigem Plan beteiligt war, hatte er sicherlich nicht einen Moment gezögert und war mit all seinen Kriegern aufmarschiert. Endlich war er den Unaru überlegen. Endlich konnte Eyvind Rache üben. Das war schon immer sein Ansinnen gewesen, sein einziges Ziel im Leben, für das er eine solche Gelegenheit nicht verstreichen lassen würde.

Dagurs Mundwinkel hob sich angeekelt. »Wir werden so viele von den Ikol mit in den Tod reißen wie möglich und allen voran wird Hadd gehen. Dafür werde ich sorgen.«

Die Züge des Häuptlingssohns zeigten Entschlossenheit. »Ja, wenn wir untergehen, dann soll man sich der Unaru als ein Volk der tapferen Krieger und Frauen erinnern, die bis zum letzten Atemzug, bis zum letzten Blutstropfen gekämpft haben.«

Lijufe wandte ihr Haupt zu Bram. »Ist dort, beim schwarz-weißen Banner, das Heer der Nutas?«

»Ja.«

»Assgrim müsste jetzt also dort sein. Wann, glaubst du, wird er wiederkommen?«, fragte Kadlin.

»Das kann man nicht im Voraus sagen. Sobald er mit seinen Verhandlungen fertig ist, wahrscheinlich. Ich denke, dass Assgrim alles Menschenmögliche tun wird, um Thorir zu überzeugen, mit uns noch mal zu verhandeln. Vielleicht ist der Nutas-Häuptling bereit, gegen mich zu kämpfen.«

Sofort begann Kadlins Herz sich zusammenzukrampfen. Ihre kalten Finger vergruben sich in Brams Tunika und rissen an ihr, damit er ihr ins Gesicht schaute.

»Aber das kannst du und wirst du nicht tun ...«, purzelte es über ihre Lippen.

Gutmütig lächelnd sah der Unaru auf sie nieder. »Glaubst du etwa, ich wäre ihm nicht gewachsen?«

»Nein. Aber ...« Verdammt nochmal, das war nicht der Grund, es war ...

»Was dann?«

»Weil ... ich Angst um dich habe. Deswegen. Allein der Gedanke macht mich verrückt«, bemerkte Kadlin in endloser Traurigkeit.

Sachte strich Brams Daumen über die zarte Haut ihres Mundes. »In einem Zweikampf hätte ich die Chance zu überleben. Aber nicht in einer Schlacht gegen ein solch gewaltiges Heer.«

Ermattet lehnte sie den Kopf an seine Brust. »Ja, und dennoch würde ich sterben vor Kummer.«

Bram lachte leise und offenbarte wieder einmal seinen Humor, der durch nichts unterzukriegen war. »Liebling, mir scheint, wir sterben so oder so. Wir können uns bloß entscheiden, auf welche Art wir aus dem Leben treten werden.«

Kritisch beäugte Dagur die Streitmacht. »Bis jetzt hat Thorir die Krieger noch keine Kampfformation einnehmen lassen. Wir sollten zum Versammlungsplatz gehen und hören, was die Häuptlinge dazu sagen«, brummte Dagur und holte Lijufe an seine Seite. Zu viert pilgerten sie schließlich ins Dorf zurück.

Die Clan-Oberhäupter berieten miteinander ihre Strategie für die Schlacht. Die Krieger wurden in Kampftruppen eingeteilt, die mit Schwert, Bogen oder Speer gegen die Feinde vorgehen sollten. Auch die Optera sollten zum Einsatz kommen. Bram wurde zu einem der Naire ernannt, der die Schwertkämpfer anführen sollte.

Und obwohl es keiner der Anwesenden aussprach, stand allen klar vor Augen, dass nichts davon einen spürbaren Einfluss nehmen würde auf das unausweichliche Ende. Keiner von ihnen würde dem Tod entrinnen. Während die Heime der Unaru-Verbündeten noch stehen blieben, ihre Alten, Frauen, Kinder und wachhabenden Krieger unbeschadet davonkämen, würde das Dorf der Unaru, mit all seinen Bewohnern und Kämpfern, in Flammen aufgehen. Letztendlich würde es zu Asche zerfallen, die sich als bloße Erinnerung über die Steppe Arets verteilen würde.

Brams Herz wurde mit jeder Stunde schwerer, denn er hatte ein furchtbar schlechtes Gewissen, weil er Kadlins Anwesenheit in vollen Zügen genoss. Eigentlich sollte er nicht auf ihre wütenden Widerworte hören und sich darüber hinwegsetzen, das Versprechen, auf Assgrim oder die Mittagzeit zu warten, in den Wind schießen und sie sofort zu Eyvinds Lager bringen, solange noch kein Kampf tobte. Eigentlich … Eigentlich sollte er auch keine Smar lieben.

Gemeinsam saßen sie mit Dagur und Lu bei der Versammlung und hörten den Ausführungen und Debatten zu. Der Häuptlingssohn hatte seine Arme um Kadlin gelegt, die zwischen seinen Beinen ruhte. Immer wieder küsste er sie auf die Wange, legte seine Schläfe an ihre, sog den süßen Duft ihrer Haare ein und strich sanft über die Haut ihrer Unterarme. Jeder Augenblick in Kadlins Nähe war Bram eine kostbare

Perle, die er sorgsam auflas. Er hütete sie wie einen Schatz, wie ein Elixier, das ihm Kraft geben würde für die grausamen Stunden der Schlacht.

Die Sonne näherte sich dem Zenit und von Assgrim war keine Spur. Alle Krieger hatten sich für den Kampf gewappnet und verharrten in ihren eingeteilten Truppen. Die Häuptlinge, allen voran Ormi, machten sich auf zum Hügel, wo sie hofften jeden Moment den jungen Krieger auf seiner Optera begrüßen zu können.

Nach wie vor hatte sich an der Lage der Streitmacht nichts geändert. Noch immer ruhte sie, wie in den Morgenstunden, zu ihren Füßen. Die zwei Paare, wie auch die Frauen der Häuptlinge und der Ältestenrat, waren dem Beispiel der Clanführer gefolgt.

Besorgt fragte Kadlin Bram, der neben ihr stand: »Was hat das zu bedeuten, dass sie sich noch nicht in Angriffsstellung gebracht haben?«

Falten traten auf die Stirn des blonden Kriegers. »Thorir nutzt seine Übermacht nicht nur auf Kampfesebene. Er weiß, dass allein der Anblick dieses geballten Heeres seinen Feind moralisch schwächt. Unsere Ungewissheit darüber, wann er uns angreift, zerrt an unseren Nerven und das spielt ihm ebenfalls in die Hände. Die Zeit ist sein Verbündeter, nicht unserer.«

Letztendlich war es so weit, die Sonne erreichte ihren höchsten Stand des Tages und nichts war von Assgrim zu sehen. Bram griff Kadlins Schultern. »Du musst mich jetzt verlassen. Du musst gehen.«

Kadlin sah voller Leid in Brams Gesicht, das ihr lieb und teuer war. »Nein, lass uns noch einen Moment warten, bestimmt wird Assgrim gleich kommen. Du hast selbst gesagt, man weiß nicht, wie lange es geht.«

Gequält wanderten Brams Augen über ihre Züge. »Du hast es mir versprochen, Kat. Wir wollten uns doch vertrauen, enttäusch mich jetzt nicht.«

Kadlins Lippen zitterten und Tränen strömten aus ihren Augen. »Ich weiß, aber ich kann dich nicht verlassen. Ich kann es nicht.«

»Doch, du kannst, Liebling. Du musst!«, flüsterte Bram und senkte sein Haupt gegen ihres, während er ihre nassen Wangen liebkoste.

»Lass mir nur noch einen Moment bei dir sein. Bitte, nur noch ein bisschen«, weinte Kadlin und drängte sich an ihn.

Bram schloss die Augen. »Ich flehe dich an, bitte geh. Mach es mir nicht noch schwerer.«

Ohne Hemmungen weinte Kadlin an seiner Brust, klammerte sich an ihm fest und stahl sich unentwegt kleine Küsse von seinen Lippen. Langsam, aber unerbittlich drückte Bram sie von sich. Seine Miene verkündete, dass sein Herz dabei zerbrach, und trotzdem entzog er sich unbeirrt ihrer Liebe. Er begann sie in Richtung des feindlichen Heers zu schieben. Schritt für Schritt geleitete er sie die Anhöhe hinunter, stetig ihrem Stamm entgegen, der hinter den Weiden lagerte.

Bis plötzlich ein Schrei aus der Menge erklang: »Eine Optera! Sie kommt auf uns zu. Seht doch! Das wird Assgrim sein.«

Kadlin hielt den Atem an und Bram erstarrte mit schwermütiger Miene. Skeptisch schaute er in den Himmel und suchte die Optera, die Assgrim bringen sollte.

»Er ist es tatsächlich. Schau doch, sie fliegt auf uns zu und ein Reiter sitzt auf ihr. Bram, vielleicht bringt Assgrim uns den ersehnten Frieden?«

Lachend wischte sich Kadlin über das Gesicht und machte sich von Bram los, um die Ankunft des Tieres zu beobachten.

Langsam kam die Optera näher und überflog sie in großer Höhe, um hinter dem Hügel zu landen, den Bram sie hinuntergedrängt hatte. Kadlin rannte mit Bram wieder den Hügel hinauf und hörte schon von weitem das leidvolle Kreischen einer Frau.

Panisch verharrte sie auf dem Gipfel und versuchte, in der Menschenmenge unter sich zu erkennen, was geschehen war. Alle tummelten sich um eine Stelle, wo vermutlich Assgrims Optera aufgesetzt hatte. Wildes Getuschel, Klagen und erstickte Schreie waren zu vernehmen.

Bram war weitergelaufen und zwängte sich an den Schaulustigen vorbei. Doch auf einmal blieb er wie festgefroren stehen, um gleich darauf ruckartig auf den Hacken kehrtzumachen. Mit einem Ausdruck von unbarmherziger Entschlossenheit marschierte er eilig zu Kadlin zurück.

Innerhalb weniger Wimpernschläge entdeckte diese die Gräuel, die ihr bisher entgangen waren und sich vor ihr abspielten. Eine Frau, die am Boden kniete und laut nach ihrem Sohn schrie und kreischte, war niemand anders als Assgrims und Koris Mutter. Ormi, ihr Mann, stand steif vor der Optera seines Sohnes, auf der man die Überreste von Assgrims Körper sitzend festgebunden hatte. Das Grausamste daran war, dass Assgrims leblose Hände seinen eigenen abgeschlagenen Kopf festhielten. Die weit geöffneten toten Augen und der offenstehende Mund von Assgrims Schädel brannten sich mit jeder schrecklichen Einzelheit in Kadlins Gehirn ein. Dieser blutige, kopflose Leib des jungen Mannes war der Inbegriff von brutaler Unmenschlichkeit, zu der Thorir fähig war.

Alles Blut sackte auf einmal in Kadlins Füße. Der Schock traf sie wie ein Schlag in die Eingeweide. Sie war nicht mehr in der Lage zu schreien. Ihre Lungen brannten, weil sie keine Luft bekamen. Die grauenerregende Wirklichkeit der Welt raste auf Kadlin zu, um sich sofort wieder von ihr zu entfernen. In schwindelerregendem Tempo, in stetig wiederkehrendem Rhythmus wiederholte es sich.

Wankend hörte sie Ormi brüllen, lauschte seiner leiderfüllten Stimme, die Cnut und Bram voller Hass verfluchte. Alle Hoffnung war dahin. Es gab nur noch Tod.

In großen Schritten kam Bram auf sie zu, packte sie gnadenlos am Arm und schleifte sie ohne ein Wort hinter sich her.

Kadlin raffte den Rest ihres funktionierenden Verstandes zusammen, der nicht von Angst und Hoffnungslosigkeit befallen war. Sie wusste, Bram würde sie zu den Smar bringen, wo man sie einsperren würde, und von dort müsste sie zusehen, wie die Unaru niedergemetzelt werden würden. Einmal bei den Smar, wären ihr die Hände gebunden und sie konnte nichts mehr unternehmen.

Nein, nein, alles wäre besser als das tatenlose Mitanschauen. Lieber würde sie sterben, in dem Wissen, alles Mögliche versucht zu haben. Ihr blieb nur noch eine Wahl, die angesichts dessen, was sie eben gesehen hatte, vollkommen wahnsinnig war. Dennoch musste sie es tun. Es gab nur einen Stamm, der sie aus dieser Lage befreien konnte. Einen Mann, der alles beenden konnte. Und das war Thorir. Bram durfte allerdings nichts davon ahnen. Er würde sie bloß aufhalten wollen und dabei sein eigenes Leben gefährden, das musste sie mit allen Mitteln verhindern. Und ihr fiel dazu lediglich ein Weg ein, wie sie das bewältigen konnte. Der Weg, den ein Krieger nie wählen würde, sondern nur eine Frau.

Sie erreichten die Salzmauer der Weiden und die Zeit war gekommen, den Unaru ein letztes Mal anzulügen. Mit ganzer Kraft stemmte sich Kadlin gegen die ziehenden Hände des blonden Häuptlingssohns.

»Bram. Bram! Bitte, ich will bei dir bleiben. Bring mich nicht zu meinem Vater«, flehte sie.

»Nein. Thorir ist zu einer unberechenbaren Bestie geworden. Er wird niemanden in unserem Dorf verschonen. Hast du nicht gesehen, was er mit Assgrim angestellt hat? Er hat ihn noch während des Kriegsverbotes auf dessen Optera binden lassen und kaum war es abgelaufen, hat er ihm den Kopf abgeschlagen. Einem Vrede-Händler, dem man gewöhnlich freies Geleit gibt! Nein!«

Resolut schwang sich Bram über die Mauer und zog auch Kadlin auf die andere Seite.

Sie atmete tief durch. »Also gut. Das, was ich jetzt tun muss, tut mir wahrscheinlich mehr weh als dir, aber ich sehe keine andere Möglichkeit.«

Bram hielt überrascht inne und ehe er begriff, was Kadlin beabsichtigte, rammte sie ihm voller Wucht das Knie in seine Weichteile. Mit einem lauten Ächzen und einem ungläubigen Blick fiel der Krieger zu Boden. Während Bram sich vor Qualen wand, rannte Kadlin, so schnell sie konnte, auf das Lager der Nutas zu. Hinter sich hörte sie, wie Bram unter peinvollem Stöhnen ihren Namen schrie, doch sie lief weiter auf ihr Ziel zu.

Sie durfte seinetwegen nicht schwach werden. Es war nur zu seinem Besten. Alles, nur für ihn.

Bram prustete vor Schmerzen. Warum? Warum hatte sie das getan? Ihr Tritt hatte seinen Unterleib in ein einziges Schmerzensfeuer verwandelt, das ihn schier in Einzelteile zerfetzte. Normal stoppte es im Magen, aber sie hatte ihm dermaßen einen Tritt verpasst, dass er diese qualvollen Schmerzen überall in seinem ganzen verdammten Körper spüren konnte.

Ächzend rollte sich Bram zur Seite und musste mit dunkelrotem Kopf zusehen, wie Kadlin nicht zu den Smar rannte, sondern zu Thorirs Heer. Nun verstand er, warum sie zugetreten hatte und weshalb so stark: Er hätte sie sonst eingeholt und aufgehalten. Die Pein ließ nach und Bram brüllte, am Boden liegend, hinter ihr her. Natürlich blieb sie nicht stehen. Die Machtlosigkeit raubte ihm den Atem und sein unbändiger Zorn ließ eine Ader auf seiner Stirn anschwellen.

Wenn er diese falsche Smar-Schlange noch jemals in seinem Leben wiedersehen sollte, würde er ihr eigenhändig den Hals umdrehen und wenn es das Letzte wäre, was er auf Arets Boden tun würde.

Kapitel 33

Licht und Finsternis

Der Grenzposten der Nutas spannte seinen Bogen und visierte das Paar an. Er hatte die strikte Anweisung von Thorir, nachdem nun das Kriegsverbot abgelaufen war, jeden zu töten, der aus dem Dorf zu flüchten versuchte.

»So, wie es aussieht, sind es wohl ein Mann und eine Frau«, meinte sein Klingenbruder, der mit ihm Wache schob.

Der Nutas hielt den Atem an, damit seine Hand ruhiger wurde und sein Pfeil sicher das Ziel erreichen würde. Gleich kamen die Flüchtenden zur Salzmauer und wenn sie diese überwunden hatten, wären sie nah genug und er könnte schießen.

»Warte! Schau doch mal, der Krieger scheint die Frau hinter sich herzuschleifen. Ja, sie wehrt sich gegen ihn. Das ist gar keine Flucht. Ist das eine Gefangene? Bei Sari … Wollen sie die etwa als Antwort auf den Vrede-Händler hier vor unseren Augen abschlachten?«

Langsam holte der Nutas-Krieger wieder Luft und ließ seinen Bogen sinken. Gebannt beobachteten die Wachen, wie der Unaru die Frau über die Mauer zerrte.

»Was tut sie da? Ha, sie hat den Kerl mit einem üblen Tritt zu Fall gebracht«, lachte der Nutas.

Amüsiert sahen die beiden Männer, wie das Mädchen um ihr Leben rannte und direkt auf sie zusteuerte. Mit jedem Schritt, den sie näher kam, konnten sie ihr Gesicht deutlicher sehen und ganz allmählich löste sich ihr Grinsen auf.

Kadlin lief so schnell sie konnte in Richtung des schwarz-weißen Banners der Nutas. Sie bemerkte die Wachen mit dem gezückten Bogen und hoffte, dass die Nutas sie nicht erschießen würden und Bram noch immer vor Schmerzen am Boden lag, wo er vor gegnerischen Pfeilen in Sicherheit war. Sie musste unbedingt sofort in das Lager eingelassen werden, damit Bram ihr nicht mehr folgen konnte. Aus diesem Grund rief sie bereits im Rennen: »Ich bin Eyvinds Tochter, bringt mich sofort zu Thorir.«

Sie stürmte an den wachhabenden Nutas vorbei, die sie mit offenen Mündern anstarrten und sie, ohne sie aufzuhalten, durchlaufen ließen. Außer Atem kam sie ein gutes Stück nach ihnen im Lager zum Stehen. Erst ihr zweiter Ausruf ließ die Männer aus ihrer Überraschung wieder zu sich kommen. »Ich will sofort zu eurem Häuptling. Ich muss mit ihm reden.«

»Du ... du bist die Häuptlingstochter der ... Smar?«, fragte die Nutas-Wache, völlig baff.

Kadlin schluckte und versuchte ruhiger zu sprechen. »Ja, bringt mich zu Thorir.«

Der Krieger mit dem Bogen stammelte verwirrt: »Ja, aber du siehst aus wie ...«

»Ich habe keine Zeit dafür, Krieger. Ich muss zuerst mit Thorir sprechen«, unterbrach Kadlin ihn unwirsch.

»Wenn du die Häuptlingstochter der Smar bist, dann hat

dich Eyvind überall gesucht, während die Unaru dich gefangen gehalten haben?«

Auf diese Feststellung hin hätte Kadlin beinahe mit dem Kopf geschüttelt, rechtzeitig konnte sie sich vor diesem Fehler jedoch bewahren. Sie würde sich diese Fehleinschätzung zu Nutze machen und ihre wahren Beweggründe erst Thorir offenbaren. Bewusst wählte Kadlin einen herrischen Tonfall, damit der Wachposten nicht noch weitere Fragen stellte.

»Ich werde jetzt bestimmt kein Schwätzchen mit euch halten, wenn ich Nachrichten für Thorir habe, die von dringender Wichtigkeit sind.«

Eingeschüchtert nickte dieser. »Natürlich, komm mit.«

Mit einer letzten Musterung Kadlins drehte sich der Nutas um und ging voran durch das Heerlager. Wie nicht anders zu erwarten, hielten sie vor dem größten Zelt, dessen Öffnung der Wachposten beiseiteschob und sie eintreten ließ.

Von dem grellen Sonnenlicht draußen geblendet, konnte Kadlin im ersten Moment, im dämmrigen Inneren des Zeltes, wenig erkennen. Einige Funzelsteine, die am Holzgerüst über ihnen baumelten, verbreiteten ihr unwirkliches Licht. Der Boden war von Webteppichen und Sitzkissen bedeckt. An die Wände gelehnt ruhten mehrere Waffen, Decken und Säcke.

»Thorir. Hier ist … die Tochter Eyvinds, des Häuptlings der Smar. Sie konnte aus dem Unaru-Dorf entkommen.« Nach Ankündigung des Nutas verschloss dieser wieder den Eingang und ließ Kadlin allein stehen.

Schließlich entdeckte sie den großen Mann, der mit dem Rücken zu ihr am gegenüberliegenden Ende des Raumes stand. Der Häuptling hantierte an einer Truhe mit etwas und hielt damit inne, als er hörte, was seine Wache verlauten ließ.

Er drehte sich um und nach mehreren Sekunden entgleisten seine Gesichtszüge. Der Becher und der Weinschlauch, welche Thorir in seinen Händen hielt, fielen mit einem dumpfen Ton polternd zu Boden. Der Wein gluckerte ungeachtet aus dem Lederbeutel über den Teppich.

Als sähe er einen Geist, wurden die Augen des Häuptlings immer größer. Sein gutgeschnittenes Gesicht beugte sich Kadlin zitternd entgegen.

»Das kann nicht sein!«, raunte der Mann und schüttelte unmerklich den Kopf.

Misstrauisch nahm Kadlin das blanke Entsetzen in den Zügen des älteren Nutas wahr, dessen ganze Gestalt schwankte. Sein Verhalten befremdete sie, denn sie konnte es nicht einordnen. Zögernd schlich der Mann mit erstarrter Miene auf Kadlin zu, was diese in Angst und Schrecken versetzte.

Um ihn und sich zu beruhigen, fragte sie ihn in vorsichtigem Ton: »Bist du Thorir?«

Doch sie bekam keine Antwort von dem vermeintlichen Häuptling. Dieser umrundete sie stumm und inspizierte sie von oben bis unten, als sei sie ein Wesen, das er noch nie zuvor gesehen habe. Plötzlich schoss seine Hand vor und packte ihre Wangen. Kadlin grob festhaltend, zwang er ihr Haupt in den Nacken und kam ihrem Gesicht ganz nah. Er drehte und wendete ihr Antlitz, um es aus allen Richtungen betrachten zu können.

Kadlins Brust hob und senkte sich schnell, sie hatte mit

allem gerechnet, aber nicht damit. Was wollte der Mann von ihr? Seine schwarzen Augen machten ihr Angst, denn sie glühten unerbittlich, hart und eiskalt.

»Wer bist du?«, krächzte der Alte.

»Ich bin Kadlin, Eyvinds Tochter«, flüsterte die Smar, deren Mund zwischen seinen Fingern eingequetscht wurde. Halb ängstlich, halb wütend versuchte sie, sich seinen Händen zu entziehen, denn ihre Wangen schmerzten unter seinem festen Griff.

Er gewährte ihr die Freiheit, mit schmerzlich verzogenem Mundwinkel. Erstickt presste er hervor: »Das Dorf der Smar liegt neben dem Fluss Puro.«

Kadlin nickte. Es stimmte, der Puro endete im Omoc-See. Voller Traurigkeit dachte sie an jenen Tag zurück, als sie Lijufe in dem Flussdelta des Puro ihren Plan unterbreitet hatte, Bram auf dem Fastmö zur Werbung zu überreden.

Thorir hing seinen eigenen Gedanken nach, die ihm anscheinend noch größere Trauer bereiteten, denn sein Blick war voller Leid. »Der Puro strömt aus dem Flag-Gebirge herunter. An dem ...«

Seine Stimme versagte und er erhob stolz sein Haupt, um fortzufahren: »... der Stamm der Svart lebt.«

»Das weiß ich nicht«, wisperte Kadlin, die an Thorirs Verstand zu zweifeln begann. »Kann sein, dass die Svart dort leben.«

Holprig holte Thorir Atem. »Aber ich weiß es«, behauptete der Häuptling fest und schloss seine Lider. Seine Miene verzerrte sich vor unsäglicher Qual und leise, wie ein sanftes

Blätterrauschen, kamen seine Worte, die von purer Verzweiflung erfüllt waren. »Wir haben dich gesucht. Tagelang.«

Gesucht? Sie? Was erzählte Thorir da, sie verstand nicht, was er ihr damit sagen wollte. Sie kannte diesen Mann nicht, hatte ihn noch nie zuvor gesehen. Warum sollte er sie suchen? Er war eindeutig verrückt.

Thorir holte tief Luft und öffnete seine Augen, sein ganzer Leib bebte. Er entfernte sich von Kadlin und kehrte ihr den Rücken zu, als könne er ihren Anblick nicht länger ertragen. Unerwartet blieb er stehen, bückte sich nach dem Becher und dem Weinschlauch, die er zerstreut betrachtete, um sie dann voller Wucht gegen die Zeltwand zu schmettern. Ein verzweifelter Schrei entrang sich dabei seiner Brust, voller Qual und Schmerz. Abrupt drehte er sich wieder zu Kadlin und starrte sie an: »Du bist es. Du musst es sein, du kannst niemand anders sein. Deine Ähnlichkeit mit ihr ... ist viel zu groß. Ich erkenne doch mein eigen Fleisch und Blut. Du bist meine Tochter: Ysra.«

Keuchend öffnete sich Kadlins Mund. Sie schüttelte den Kopf. »Nein!«

Das konnte nicht sein, was erzählte ihr dieser Mann? Der war total irre!

Beständig verneinte Kadlin mit ihrem Haupt den durchdringenden Blick des Häuptlings. »Nein, nein, ich bin Eyvinds Tochter. Ich heiße Kadlin und nicht Ysra.«

Thorir raste auf sie zu, ging jedoch an ihr vorbei zum Zelteingang, wo er einem Krieger zurief: »Bringt Irija zu mir, sofort.«

Danach ging er wieder zu Kadlin und zog sie schwungvoll am Arm in die Mitte des Zeltes, unter das Licht eines Funzelsteins. Seine Hände umfassten energisch ihre Schultern. »Sieh dir meine Augen an und sieh, was ich sofort sah.«

Blinzelnd starrte Kadlin in das Gesicht des älteren Häuptlings. Es war tief gebräunt, feine Falten zierten seine Stirn, die schwarzen Brauen waren ebenmäßige, kräftige Bögen und hatten noch die Farbe, die einst sein langes Haar trug, das nun von silbernen Fäden durchzogen war. Für einen Mann hatte Thorir ungewöhnlich lange Wimpern. Und seine Iriden waren dunkelbraun. So unglaublich dunkel ... wie ihre.

»Dein Haar schimmert blauschwarz, wenn die Sonne darauf fällt, nicht wahr?«, raunte er traurig.

Mit geblähten Nasenflügeln lauschte Kadlin seiner Stimme, sah in seine Augen, die ihren so ähnlich waren und sich immer mehr mit Liebe füllten. Die Smar brachte keinen Ton heraus. Sie wollte die Wahrheit nicht glauben, denn sonst würde alles, was sie war, alles, was sie glaubte zu sein, nicht stimmen. Alles wäre eine Lüge. Ihr ganzes bisheriges Leben wäre falsch.

Thorir bemerkte Kadlins Zweifel und ihre Angst. Es peinigte sein geschundenes Vaterherz bis in den hintersten Winkel. Vor Wochen hatte er seine Tochter Runa beerdigt, deren Tod sein Inneres zerfleischt hatte. Ihr zarter junger Körper war von Blut und blauen Flecken übersät gewesen. Man hatte Runa, sein kleines Mädchen, brutal geschändet und erwürgt. Und noch immer konnte er sich nicht verzeihen, sie nicht davor beschützt zu haben. Das Wissen, dass Runa in tiefer

Furcht und unter starken Schmerzen gestorben war, nahm ihm fast den Verstand. Sein Herz verwandelte sich in ein finsteres Loch, das alles Gute in ihm auffraß und seine Gedanken vergiftete. Er verlor sich in der Dunkelheit des Bösen, denn mit seiner Tochter hatte er auch den Glauben an Güte und Liebe begraben. In einem Rausch aus Hass sann er nach blutiger Rache. Er wollte mehr als nur Brams Tod. Er wollte all jene vernichten, die zu Bram gehörten, die ihn zu dem herangezogen hatten, was dieser letztendlich war, der Mörder seiner Tochter.

Doch nun, in dieser Finsternis, brach ein Lichtstrahl herein, der ihn wärmte und ihm das Totgeglaubte wieder zurückbrachte. Ysra, seine Erstgeborene, bei deren Verschwinden er einen Teil seiner Seele verloren hatte, kehrte wieder zu ihm zurück. Nie wieder würde er seine Tochter gehen lassen. Nie wieder!

»Wenn du mir nicht glaubst – dann vielleicht ihr«, sprach Thorir und schaute hinter Kadlin zum Zelteingang.

Perplex folgte die Smar seinem Blick und wandte sich um. Eine Frau verharrte dort, die von Kadlins Ansicht genauso geschockt war wie sie selbst. Es war, als betrachte Kadlin ein älteres Spiegelbild von sich. Die zierliche Statur des Körpers, die hohe Stirn, die kleine, schmale Nase und ganz besonders die zu voll geratenen Lippen waren geformt wie ihre. Allein die braunen welligen Haare und die grünen Iriden unterschieden die ältere Frau von Kadlin.

Die Smar hörte, wie die andere nach Atem rang, und bemerkte, wie Tränen in deren Augen schwammen und deren

Unterlippe zitterte, genau wie ihre in diesem Augenblick. Fragend blickte Irija zu Thorir, der bedächtig nickte.

»Ysra?!«, fragte die Ältere kaum hörbar in die schwere Stille des Raumes hinein.

Unbewusst hauchte Kadlin, was ihr ein tief verankerter Instinkt vorgab. »Mutter?«

Aufschluchzend sank die braunhaarige Frau zu Boden und streckte Kadlin die Hände entgegen. »Ysra, mein Kind.«

Die Pein dieser Frau ging Kadlin durch und durch. Jeder Teil ihres Leibes wurde von Irija angezogen. Wie von selbst trugen Kadlins Füße sie zu der Nutas-Frau, wo sie auf die Knie ging. Sofort schloss Irija sie in die Arme, drückte sie an die Brust und küsste sie liebevoll auf die Wange. Weinend hielten sich die beiden Frauen eng umschlungen und keine wollte die andere mehr loslassen.

Nach all den Jahren begriff Kadlin, dass sie endlich zu Hause angekommen war, und der ständige Drang, etwas Bestimmtes finden zu müssen, löste sich in einem alles umfassenden Gefühl von Geborgenheit auf. In der Umarmung dieser zarten Frau fühlte sich das Mädchen zum ersten Mal rundum beschützt, als könne ihr nichts Böses widerfahren. All die Last, all die Zweifel und all die Ängste nahm Irija hinfort und das war eine Gabe, die nur eine Mutter besaß.

Tränenüberströmt streichelte die Nutas zärtlich über das Haar ihrer Tochter und betrachtete eingehend ihr Gesicht. »Du hast die gleiche Haarfarbe, die dein Vater in jungen Jahren hatte.« Sie lachte glücklich auf. »Sogar Thorirs dunkle Augen und meine Lippen finde ich in deinen Zügen.« Sanft umfasste sie ihre Wangen. »Wo warst du? Wir haben geglaubt, dich verloren zu haben. Wie hast du uns gefunden?«

Thorir trat hinter seine Frau und half ihr auf die Füße. Er legte den Arm um seine Frau und beide blickten Kadlin an, die ebenfalls aufstand und keine Ahnung hatte, was sie antworten sollte.

Sie war Eyvinds und Sibbes Tochter und doch auch wieder nicht, weil sie einfach wusste, dass diese zwei Menschen ihre Eltern waren.

»Sie lebte bei den Smar. Eyvind, deren Häuptling, nahm sich ihrer an«, sprang Thorir für sie ein.

Irija schlug sich die Hände vor den Mund. »Der Fluss. Er hat sie mit sich genommen.«

»Ja, so wie es scheint, muss Eyvind sie am Flussufer gefunden haben«, bemerkte Thorir.

Kadlin war vollkommen verwirrt. »Wie kam ich in diesen Fluss, dass Eyvind mich finden konnte? Er hat mir nie etwas davon erzählt. Keiner aus meinem Stamm hat jemals etwas darüber verlauten lassen, dass ich nicht Eyvinds leibliche Tochter bin.« Bestürzt kam dem Mädchen ein Gedanke. »Wolltet ihr mich nicht?«

Irija nahm Kadlins Hände. »Nein! Nein, das darfst du nicht mal denken. Wir haben dich von Anfang an geliebt. Du warst unser erstes Kind.«

Thorir umfasste die Hände seiner Frau und seiner Tochter, schwermütig begann er zu erzählen: »Als Irija mit dir schwanger war, besuchten wir ihre Schwester, die gerade in den Stamm der Svart eingeheiratet hatte. Eigentlich sollte die Niederkunft erst drei Wochen später sein, aber die Reise hatte Irija wohl überanstrengt und du kamst noch in unserer ersten Nacht im Svart-Dorf auf die Welt. Hätte ich gewusst, dass die Svart den Ritus der Auswahl durchführten, hätte ich Irija in diesem Zustand niemals in dieses Dorf gebracht. Normalerweise werden Besucher diesen Riten nicht unterworfen. Doch im Dorf lebte eine verrückte Alte, die zeterte und schimpfte, dass du zu klein wärst und nur die Monde über dein Leben entscheiden könnten. Ich jagte sie fort, aber des Nachts verschaffte sie sich unbemerkt Zutritt in unser Heim und nahm dich mit.«

Erneut von den schlimmen Erinnerungen malträtiert, benetzten sich Irijas Wangen vor Trauer. »Den ganzen Morgen suchten wir dich, überall. In den Häusern und Wäldern, drehten jeden Stein um, doch wir fanden dich nirgends.«

Auch dem Häuptling war anzusehen, dass er diesen Vorfall nie vergessen hatte und dieser noch immer unheilvoll in ihm schwelte. »Irgendwann kam ich auf die Idee, die Alte zu fragen. Sie gab sogleich zu, mit dir das getan zu haben, was seit jeher Sitte bei den Svart war. Fest im Glauben an die Gerechtigkeit der Monde brachte sie dich zum Fluss und legte dich ins Wasser. Sobald du zurück an der Oberfläche aufgetaucht wärst, hätte sie dich wieder herausgenommen und zu uns gebracht. Da es aber mitten in der Nacht war, konnte sie dich im Dunkeln nicht mehr sehen. Für sie war es das klare Urteil der heiligen Monde, dich sterben zu lassen. Die Strömung riss dich wohl fort und die verrückte Alte dachte, du seist ertrunken.«

In kummervollem Ton erklärte Irija weiter: »Thorir suchte tagelang mit den Kriegern das Ufer ab, rechts und links des Flusses entlang. Doch du warst nicht da.«

»Ich konnte dich nicht finden, Ysra.« Aus Thorirs Augen kullerte eine einzelne Träne. »Selbst wenn du, meine Tochter, mir je verzeihen könntest, dass ich aufgegeben habe nach dir zu suchen, ich werde es mir nie vergeben.«

Kadlin schluchzte auf. »Nein, es gibt nichts zu verzeihen. Du hast dein Möglichstes getan und ich hatte ein schönes Leben. Ich wurde von guten Menschen gefunden, einer Familie, die mich liebte. Ich habe einen Bruder, Ragnar, der sich stets um mich sorgt. Sibbe, die Frau, die mir immer eine Mutter war, und Eyvind, der mich als seine Tochter in seine Familie und seinen Stamm aufnahm.«

Irijas Stirn kräuselte sich. »Aber Eyvinds Tochter ist doch verschwunden. Oder nicht?«

Fragend sah sie Thorir an, dessen Mund schmal wurde.

Mit einem unguten Gefühl nahm Kadlin wahr, dass die Augen des Häuptlings, die auf sie gerichtet waren, an Härte zurückgewannen. »Ja, so erzählt man es sich zumindest. Setzen wir uns, und Ysra soll uns berichten, was es damit auf sich hat und was sie letztendlich zu uns führte.«

Mit pochendem Herzen setzte sich Kadlin neben ihre Mutter, die sofort wieder nach ihren Fingern griff.

»Nun lass mich hören, was geschehen ist, Kind, und hab keine Furcht, ich sehe es deinem Gesicht an, dass dich die Angst quält.«

Einen Moment überlegte Kadlin, wo sie anfangen sollte,

aber da sie hier war, um eine Schlacht zu verhindern, fiel ihr nichts Besseres ein, als den direkten Weg zu wählen.

»Bram ist nicht der Mörder von Runa.«

Irija prüfte schweigend Kadlins Miene, während sich Thorirs Gesicht in eine Maske des Zorns verwandelte.

»Es gibt genügend Beweise, die dies bezeugen. Zwei Krieger, Runas Freundin und ein Stück Stoff. Bram ist schuldig.«

Überrascht hakte die Smar nach. »Was kann Runas Freundin bezeugen?«

Thorir vermochte mit seiner Stimme eine frostige Mauer um sich aufzubauen. »Dass Bram deine Schwester treffen wollte. Runa erzählte ihr, noch am Tag des Fastmös, von einer Nachricht, die sie von Bram erhalten hatte.«

Kadlin spürte einen heftigen Stich in der Brust, denn das Wort ›Schwester‹ hatte Thorir wohl bedacht gewählt. Erst jetzt wurde ihr klar, dass das tote Mädchen, deren Züge ihr damals schon im Wald vertraut vorgekommen waren, ihre kleine Schwester gewesen war. Sie hatte, ohne sich dessen bewusst zu sein, ihre Ähnlichkeiten entdeckt. Tiefe Traurigkeit erfasste sie, dass sie das junge Mädchen nicht kennenlernen durfte, und noch größerer Hass auf Hadd, der ihrem Fleisch und Blut das angetan hatte. Sie verstand Thorir gut, zu gut beinahe, und dennoch lenkte er seine Rache auf den Falschen. In seinen Augen wollte sie den Mörder ihrer Schwester beschützen. Fieberhaft überlegte sie. Cnut hatte Bram gefragt, ob er Runa eine Nachricht geschickt hätte, was dieser vehement verneinte.

»Sagte diese Freundin auch, wer meiner Schwester die Nachricht überbrachte? War es Bram persönlich, Vater?«

»Nein, das sagte sie nicht«, erwiderte der Häuptling mit einem leichten Schmunzeln, denn er hatte bemerkt, wie Kadlin zur gleichen List griff wie er.

Ob Thorir sich über die Anrede ›Vater‹ oder über die Raffinesse freute, konnte Kadlin nicht in seinem Gesicht ablesen. Von seiner Laune beflügelt, gab sie ihm zu bedenken: »Also beweist es nicht Brams Schuld, sondern lediglich, dass Runa eine Nachricht erhielt, deren Auftraggeber sich als Bram ausgab.«

Thorir legte den Kopf schief. »Wieso hältst du zu Bram? Wie kommt es, dass die Häuptlingstochter der Smar ihrem Feind den Kopf retten will?«

Ohne es zu wollen, färbten sich Kadlins Wangen rot, denn die Antwort wäre ihr fast über die Lippen purzelt und hätte alles zunichtegemacht. Aber sie hatte nicht mit ihrer Mutter gerechnet, die ihre Gedanken zögerlich aussprach.

»Weil du ihn liebst.«

»Zum Firus, nein. Das darf doch nicht wahr sein. Ausgerechnet diesen Mann?«, brüllte Thorir auf.

Doch Kadlin bekam Hilfe von Irija, was sie nicht erwartet hatte, und eine Vorführung ihres eigenen Temperamentes.

»Thorir, reiß dich am Riemen, alter Krieger. Du wirst meine Tochter, die gerade heimgekehrt ist, nicht mit deinem Gebrüll vertreiben. Hattest du Bram nicht selbst als Schwiegersohn gewollt, obwohl er nicht Runas Wahl gewesen war? Ich erinnere mich sehr genau, wie du ihn ihr in den höchsten Tönen schmackhaft gemacht hast und sie dennoch zu viel Angst vor ihm hatte. Und nun hat sich deine Erstgeborene genau diesen Krieger ausgesucht, den du von Anfang an wolltest, und jetzt machst du einen Wirbel darum.«

Der Mund des Häuptlings verzog sich zu einer Schnute. »Ich ... Da ahnte ich ja auch nicht, dass er zu so einer Tat fähig ist.«

Kadlin nutzte die Gunst des Augenblicks. »Lass mich raten, wer die anderen Zeugen sind, Vater: Es sind Hadd und ein Krieger namens Gyrd, mit krummen Zähnen.«

Irijas Braue hob sich und signalisierte Thorir ein stummes ›Aha, da haben wir es!‹, was ihn allerdings nicht beeindruckte.

»Das könntest du überall erfahren haben, das beweist gar nichts.«

Kadlin sah sich gezwungen, ihre Eltern mit der fürchterlichen Wahrheit zu konfrontieren, die auch sie nun erst recht erschreckte. »Thorir, ich habe Hadd bei dem Mord an Runa beobachtet. Ich lief ihm direkt in die Arme. Gyrd hielt Runa fest, während Hadd noch auf ihr lag und sie würgte. Sogar meine Freundin Lijufe, die mir in den nördlichen Wald gefolgt war, wird dir das bezeugen können.«

Fassungslosigkeit stand in Irijas Mimik und Thorir war sein innerer Kampf anzusehen. Leise sprach er das aus, worauf Kadlin von Ormi und Cnut vorbereitet worden war.

»Wie kann ich dir glauben, wenn ich doch weiß, dass du Hadd nicht heiraten wolltest und deswegen deinen Stamm verlassen hast?!«

Bekümmert schüttelte Kadlin ihren Schopf. »Nein, so war

es nicht, Vater. Ich stritt mit Eyvind, weil er darauf bestand, dass ich Hadd unter allen Umständen heiraten müsste, und ich zuvor Bram auf dem Fastmö mit dem Ansinnen, Frieden zwischen unseren Stämmen zu schließen, zur Werbung überreden wollte. Es gab ein riesiges Donnerwetter und ich rannte nach unserem Streit in den Wald. Dort traf ich auf Hadd. Er wollte mich und Lijufe, die kurz nach mir auf der Lichtung eingetroffen war, ebenso töten wie Runa. Uns gelang die Flucht und dabei verkleideten wir uns als Otulp. Zufällig liefen wir Bram und Dagur über den Weg, die uns mit jemandem verwechselten. Wir ergriffen die Gelegenheit, um Hadd zu entkommen.«

»Und da hast du dich in den Unaru verliebt?« Irija lächelte milde, wofür Thorir jedoch bloß ein missmutiges Brummen übrighatte.

Verlegen nickte Kadlin. »Hadd fand mich jedoch und wollte mich im Orchideenwald beseitigen. Hätte Bram mich nicht vor dem Hirvo gerettet, würde ich heute nicht vor euch sitzen.« Aufgeregt kam Kadlin eine Idee. »Vater, Hadd weiß nicht, dass ich noch lebe. Berufe eine Vrede-Handlung ein. Lade alle Beteiligten ein, und erst wenn Hadd da ist, stoße ich zu euch. Du wirst an seiner Reaktion erkennen, dass er völlig überrascht sein wird.«

Abermals erklang Thorirs argwöhnisches Brummen, das Kadlin als halben Sieg wertete und weiterreden ließ. »Wenn wir ihn dort zur Rede stellen, wird er den Mord zugeben. Ganz sicher. Ich sah sein Muttermal, es ist ein Sjöhast an seiner Hüfte. Ich schwöre dir, es war nicht Bram.«

Irija sah voller Zweifel zu ihrem Mann. »Was ist, wenn Ysra Recht hat und du nicht auf sie hörst? Du würdest Hunderte von Unschuldigen in der Schlacht töten, wegen der Lüge eines Mannes.«

Kadlins Augen trübten sich im Gedenken an Assgrim. »Vater, du hast bereits einen Vrede-Händler hinrichten lassen.«

Eisern blickte Thorir ihr entgegen. »Was hat Cnut erwartet, dass ich mich hinsetze und mit dem Mörder meiner Tochter verhandle?« Abgrundtiefe Verbitterung sprach aus seiner Stimme. »Keiner von ihnen hat Runa in den Schlaf gewiegt, wenn sie weinte, oder saß an ihrem Lager, wenn sie Fieber hatte. Keiner von ihnen hielt ihre Hand, als sie die ersten Schritte machte, oder tröstete sie, wenn sie hinfiel. Und keiner von ihnen musste ihren blutigen Körper begraben. Aber ich musste das, ich, Thorir, ihr Vater. Und doch wollen sie mir sagen, was ich zu tun habe, und dass Bram kein Mörder ist. Obwohl alles, alles, was ich an Hinweisen habe, auf ihn hindeutet? Noch mal sollte ich den Tod einer Tochter einfach so hinnehmen? Nein! Nein, das kann ich nicht.«

Die Worte Thorirs bedrückten Kadlin, denn sie dachte an das, was Cnut über Eyvind gesagt hatte. Die ganzen Schmerzen und die ganze Wut, zwei Kinder durch fremde Hände verloren zu haben, hatten Thorirs Seele gezeichnet. Als Krieger und Häuptling des größten Clans war Thorir sicherlich ein Mann, der oft genug von Tod umgeben war, der als Richter Strenge walten lassen musste zum Schutz seines Stammes, der sich keine Schwäche erlauben konnte. Doch der Verlust Runas hatte ihn geschwächt in seinem Urteilsvermögen. Cnut hatte angedeutet, dass Thorir früher bedacht und weise gewesen war, aber anscheinend hatte er die Eigenschaften, die ihn einst mächtig werden ließen, durch Runas Tod eingebüßt.

Irija lehnte niedergeschlagen ihren Kopf an Thorirs Schulter. »Seit Runas Tod hast du dich in Hass und Rachsucht gesuhlt. Ich glaubte dich verloren, Thorir, doch jetzt, wo Ysra hier ist und du endlich wieder redest, schöpfe ich Hoffnung, dass du wieder zu dir findest. Aber du musst unserer Tochter vertrauen und sie in dein Herz lassen.«

Thorir schnaufte. »Verstehe doch meine Zweifel, Irija. Weder du noch ich wissen, was Ysra für ein Mensch ist. Wir kennen sie gerade mal diesen einen Morgen. Sie hat zugegeben, Bram zu lieben. Sie könnte ihm genauso gut hörig sein, alles tun und sagen, was er von ihr verlangt. Ich kann die Beweise nicht einfach außer Acht lassen. Was ist mit dem Unaru-Stoff, den wir bei Runa fanden? Und welchen Grund sollte Hadd haben, Runa zu töten, im Gegensatz zu Bram, der mit einer Vergewaltigung Runa zur Heirat zwingen wollte.«

»Ich selbst konnte zwei Otulp-Skals am Egnirierd stehlen. Jeder, der Bram etwas Schlechtes antun wollte, hätte die Ecke von seinem Skal abreißen und sie Runa in die Hände legen können. Warum sollte Bram Runa töten? Das wäre doch unsinnig.«

Thorir wollte es immer noch nicht einsehen und eröffnete seiner Tochter die möglichen Gründe. »Bram könnte die Kontrolle über sich verloren haben? Der vergessene Stofffetzen bezeugt einen Kampf. Vielleicht hat sich Runa so stark gewehrt, dass ihm nichts anderes übrig blieb ... als sie zu töten.«

Enttäuscht schloss Kadlin ihre Lider und versuchte es nochmals. »Du vergisst, dass Hadd sehr wohl ein Motiv hat: Macht. Er will die Unaru auslöschen, die sich mit dir verbünden wollten, und verringert durch eine Schlacht dein Kriegsheer. Er selbst hat das kleinste Heer und riskiert am wenigsten. Wenn er sich weitere Häuptlingstöchter als Ehefrauen zulegt und noch mehr Verbindungen knüpft, wird er bald Anführer des größten Clans sein. Vater, ich lüge dich nicht an. Ich sage dir die Wahrheit: Runa wurde von Hadd getötet und nicht von Bram. Glaubst du, ich würde den Mörder meiner Schwester heiraten wollen?«

Unsicherheit keimte in Thorirs Zügen auf und Irija grübelte laut nach.

»Was Ysra sagt, ist nicht von der Hand zu weisen. Der Ikol war fast zu eifrig bei der Aufklärung von Runas Tod. Kam er nicht von selbst zu dir und erzählte von seiner angeblichen Beobachtung, dass er Bram mit Runa gesehen habe? Bot er sich nicht gleich an, dich mit den Smar im Kampf gegen die Unaru zu unterstützen?«

Es war Thorir anzusehen, dass er Irija ungern Recht gab. Er dachte lange nach. Schließlich sprach er langsam und ruhig: »Ja, mir scheint, ich war ein wenig zu verblendet und habe nur in eine Richtung gesehen statt in alle.«

Erleichtert atmete Kadlin auf und Thorir nickte. »Gut, lasst uns eine Vrede-Verhandlung einberufen und prüfen, wer der Mörder von Runa ist.«

Kapitel 34
Schuld und Schande

Die Boten mit der Nachricht zur Vrede-Verhandlung machten sich sogleich auf den Weg, da diese noch am gleichen Nachmittag stattfinden sollte.

Kadlin bestand darauf, dass Lijufe Dagur, Bram und Cnut begleiten sollte. Von den Smar würden lediglich Ragnar und Eyvind kommen. Da Eyvind keine Frauen zur Schlacht mitnahm, bedeutete dies, dass Kadlin Sibbe vorerst nicht sehen würde. Von den Ikol sollten Isleif, Hadd und hoffentlich auch Gyrd dazustoßen. Um Hadd nicht wissen zu lassen, dass man ihm auf die Schliche gekommen war, verlangte Kadlin, dass Gyrds Name nicht erwähnt werden dürfe. Die Ikol wurden dazu angehalten, dass jeweils ein Krieger, als enger Vertrauter, Vater und Sohn begleiten solle. Auch sollte niemand sofort von Kadlins wahrer Herkunft erfahren, die sie ihren Pflegeeltern schonend beibringen wollte. Als Treffpunkt wurde das Weidestück vor dem Nutas-Lager gewählt. Wie üblich bei solchen Verhandlungen durfte keiner der Beteiligten eine Waffe tragen und jegliche Kampfhandlungen waren verboten.

Thorir verharrte mit seinen Kriegern an dem vereinbarten Platz, während Kadlin und Irija im Lager auf sein Zeichen warteten, dass Hadd anwesend war. Keine Regung bewegte die Miene des Nutas-Häuptlings, als er Bram mit seinen Begleitern kommen sah. Eisig begrüßte er Cnut, der vor Bram stand. Kaum war Cnut zur Seite getreten, baute sich der junge Unaru drohend vor ihm auf. Bram war so groß wie Thorir und spie ihm angewidert ins Gesicht: »Was hast du mit der Smar angestellt? Wo ist sie?«

Ein Grinsen huschte über Thorirs Mundwinkel, was ausreichte, um den jungen Unaru völlig zum Ausrasten zu bringen. Brams Brust bebte unter seinem wilden Atem und er wollte schon auf Thorir losgehen, als ihn Dagur und Cnut zurückhielten. Indessen seine Stammesbrüder ihn aus Thorirs Reichweite wegschleppten, schrie er aus Leibeskräften: »Was hast du Kat angetan? Wenn du ihr nur ein Haar gekrümmt hast, werde ich dir den Kopf abschlagen, so wie du es mit Assgrim getan hast, und es ist mir egal, ob du der Häuptling der Nutas bist. Ich fordere dich heraus, Thorir, hörst du? Ich will gegen dich kämpfen, du Feigling.«

Cnut beruhigte seinen Sohn: »Bram, nicht! Denke an den Clan! Wir wollten Frieden schaffen.«

»Ja, Bruder. Obwohl ich den Kerl liebend gerne ungespitzt in den Boden klopfen würde, dürfen wir jetzt nicht kämpfen«, sprach Dagur.

Thorir ging in großen Schritten auf Bram zu. Das war zu viel! Auch wenn dieser Krieger sich augenscheinlich mehr um Ysras Wohlergehen sorgte als um sein eigenes Leben, würde er sich das nicht bieten lassen. Dem Anschein nach liebte der Unaru seine Tochter ebenso sehr wie sie ihn. Wer sagte aber, dass ein Mörder nicht lieben konnte? Bram war für ihn nach wie vor der Schuldige, Ysra hatte ihm lediglich andere Möglichkeiten aufgezeigt. Es war nicht so, dass er seiner Tochter nicht glauben wollte, aber es hatte sich in seinem Kopf festgesetzt, dass Bram derjenige war, der Runa getötet hatte. Er würde ihn reizen und genau im Auge behalten, wie auch die beiden Ikol, die Ysra bezichtigte.

Dicht vor Brams Nase keifte Thorir frostig: »Ich habe im Gegensatz zu dir kein Mädchen vergewaltigt und erwürgt, Unaru. Und eins sei dir gesagt: Assgrim starb, weil er für dich, einen Mörder, eintrat. Es war ihm bewusst, dass wir im Krieg sind, als er das Lager vor dem Zenit nicht verlassen wollte. Ihm war klar, dass er entweder als Gefangener oder in der Schlacht sterben würde. Er starb als würdevoller Krieger. Glaubst du, dein Vater hätte noch nie jemanden im Krieg getötet? Ich wette, Eyvind würde dir gerne verraten, wer seinen Sohn Skard getötet hat. Denn er erzählt es jedem, auch dem, der es nicht wissen will.«

Erschrocken starrte Bram Cnut an, der einen roten Kopf bekam. »Du hast Kadlins Bruder getötet?«

»Ich ... ich wollte ihn nicht töten. Ich wollte ihn bloß verletzen. Der Junge stürmte damals auf mich zu und ließ einfach nicht von mir ab ... Ich ... Es war schrecklich!«, endete Cnut kopfschüttelnd, der nach wie vor selbst entsetzt über sich und jene Nacht vor elf Jahren war. »Jeder von uns hat Blut an den Händen, Bram. Deswegen fällt es allen Beteiligten schwer, Frieden zu schließen. Keiner von uns kann vergessen. Keiner kann vergeben. Manchmal nicht einmal sich selbst.«

Thorir musterte aufmerksam den jungen Unaru, der das Herz seiner Tochter besaß. Wie zu Beginn ihrer Bekanntschaft hatte er den Eindruck, dass Bram ein rechtschaffenes Wesen hatte, und doch sprachen die Beweise gegen ihn.

»Wenn du willst, werde ich später gegen dich kämpfen. Aber wenn diese Verhandlung günstig für dich ausgeht, wird es wohl kaum in deinem Interesse sein.«

Ja, welcher Idiot würde schon gegen seinen Schwiegervater kämpfen wollen? Und falls doch, würde er dem jungen Unaru-Krieger zeigen, dass er noch lange kein ausgedienter Funzelstein war.

Plötzlich schob sich Lijufe zwischen Thorir und Bram. Voller Ekel blickte die kleine Smar zu ihm auf. »Ich hasse dich. Wenn du meiner Freundin wehgetan hast, werde ich dich kastrieren. Mit Kopf oder ohne, und das ist mir dann egal.«

Thorir konnte nach dieser unglaublichen Drohung nicht anders, als laut zu lachen, womit er die Freunde von Kadlin vollends verwirrte. »Du musst Lijufe sein. Bei Sari, du bist wirklich eine gute Freundin.«

Dieser Satz löste eine stumme Unterhaltung der Unaru untereinander aus. Jeder von ihnen guckte den anderen fragend an und keiner hatte eine andere Antwort parat, außer einem Schulterzucken oder Kopfschütteln.

Dagur und Cnut ließen Bram los, der aus Thorirs letzter Aussage geschlossen hatte, dass dieser mit Kadlin geredet haben musste. Woher sollte der Nutas sonst wissen, dass ihre Freundin Lijufe hieß? Allein als der Bote mit der Einladung zur Vrede-Verhandlung gekommen war, hatte er vermutet, dass Kadlin das Unmögliche möglich gemacht hatte. Die Frage war nur gewesen, zu welchem Preis?

Murrend folgten die Unaru dem Nutas zu den Sitzkissen, die man um ein Feuer gelegt hatte. Während die Unaru Platz nahmen, blieb Thorir stehen. Es vergingen nur wenige Minuten, bis Eyvind und Ragnar kamen und den Häuptling der Nutas begrüßten.

Der Smar-Häuptling war alles andere als erfreut, die Unaru zu sehen. Sofort blaffte er Thorir an: »Was zum Firus soll das? Die Unaru haben deine Tochter ermordet, Thorir. Ich dachte, du wolltest ihr Dorf in Schutt und Asche legen und nicht noch mit ihnen einen Becher Rindenwein trinken?«

Thorir sog scharf die Luft ein, denn es war nicht leicht für ihn, Fremde unbedacht über Runas Tod reden zu hören. »Es gibt neue Beweise, denen ich nachgehen will.«

»Welche sollen das sein? Du hast genügend Beweise, die den Unaru als den Mörder deiner Tochter entlarven«, konterte Eyvind unwillig.

Der Nutas-Häuptling deutete auf die Kissen. »Setze dich, Eyvind. Ich glaube, dich werden diese neuen Zeugen am meisten interessieren.«

Der alte Smar zuckte zurück, als er Lijufe bemerkte, die ihn ängstlich ansah. Tonlos, mit einem giftigen Blick auf sie und die Unaru, setzte sich der Smar-Häuptling ihnen gegenüber und ignorierte sie fortan, mit leerem Blick.

Völlig gegensätzlich verhielt sich Ragnar, der sofort erfreut aufschrie: »Lijufe! Gütige Sari, du hier? Wie ist das möglich? Wo ist Kadlin?«

Fragend sah der junge Smar die Unaru an, bis sein Blick auf Bram fiel. Allmählich verhärteten sich Ragnars Züge und eindringlich stierte er zu der Smar neben dem bärtigen Riesen. Dieser versuchte seinerseits, ihn mit Blicken zu töten, und knackte angeberisch mit seinen Fingerknöcheln.

Damit der Nutas-Häuptling sie nicht hörte, rief Lijufe leise, hinter vorgehaltener Hand, zu Ragnar herüber: »Ich hab keine Ahnung. Aber ich glaube, Thorir hat sie in seiner Gewalt.«

Eyvind äußerte sich zwar nicht dazu, aber sein konfuser Gesichtsausdruck, den er mit seinem Sohn tauschte, sprach Bände, dass er Lijufe genau verstanden hatte.

Kaum hatte sich Ragnar gesetzt, erschienen die Ikol. In herrischer Haltung stolzierten die klobigen Krieger herbei. Und tatsächlich hatte sich der schwarzhaarige Häuptlingssohn für den krummzahnigen Gyrd als seinen Begleiter entschieden.

Während Isleif stumm die Anwesenden beäugte und sich lediglich mit einem Nicken niederließ, schien Hadd die Sache gar nicht zu passen. Ohne genau gesehen zu haben, wer anwesend war, überfiel er Thorir auf der Stelle: »Wieso eine Vrede-Verhandlung? Ich habe dir bezeugt, Bram mit Runa vor dem nördlichen Wald gesehen zu haben.«

In Hadd tobte ein Sturm aus Angst und Wut. Diese Einladung zur Vrede-Verhandlung konnte nichts Gutes bedeuten. Alles war doch bisher wie am Schnürchen gelaufen, bis auf ... Ja, die zweite Smar, die ihm durch die Lappen gegangen war. So, wie es aussah, hatte der Riesen-Unaru sie ins Dorf mitgenommen, wo die Schlampe ihr Maul nicht halten konnte. Zum Glück war er gerade bei Thorir, als dieser junge Otulp kam. Da es zu keiner Vrede-Verhandlung kommen durfte, hatte er mit wohlplatzierten Bemerkungen den Hass des alten Nutas-Häuptlings stetig geschürt. So lange, bis dieser den Vrede-Händler nach Ablauf des Kriegsverbots köpfen ließ. Und nun das ... Woher kam dieser Sinneswandel auf einmal? Er hätte bei Thorir bleiben sollen, bis das Horn zur Schlacht geblasen wurde.

Der alte Nutas beobachtete Hadd genau. Die schmalen Augen des jungen Ikol wirkten fahrig, als suchten sie nach etwas. Dass Eyvind die Unaru tot sehen wollte, war Thorir verständlich. Aber was trieb Hadd an, darauf zu bestehen, dass die Verde-Verhandlung unnötig war? Hatte Ysra doch Recht? Was Ysra vergessen hatte, er aber sehr wohl bedachte, war, dass Hadd erschrecken musste, sobald er Lijufe entdeckte, denn auch sie war laut Ysras Aussage eine Zeugin. Gespannt wartete Thorir auf die Reaktion des jungen Ikol, wenn er ihm einen Schrecken einjagen und dieser Lijufe als Zeugin erkennen würde.

»Nun, es gibt neue Zeugen, die etwas ganz anderes aussagen, dem ich nachgehen möchte.« Thorirs Kopf legte sich schief, als er das überraschte Augenbrauenzucken des Ikol wahrnahm.

»Neue Zeugen, sagst du? Wer sollte das sein?«, fragte Hadd mit einem abfälligen Lächeln.

Dies alarmierte Thorir, denn jeder andere, dem wirklich etwas daran liegen würde, den Schuldigen zu finden, wäre ernst geblieben bei der Erwähnung weiterer Zeugen. »Wenn wir uns gleich setzen, werden wir gemeinsam darüber reden.«

Nervös tippte Hadds Begleiter auf dessen Schulter. »Ich ... äh, also, ich denke, eigentlich ist meine Anwesenheit nicht vonnöten. Ich würde gehen, wenn du nichts dagegen hast.«

Die krummen Zähne verrieten Thorir, dass dieser Ikol-Krieger Gyrd sein musste, den Kadlin als Mittäter benannt hatte und den es, angesichts einer möglichen Schuldnachweisung, in die Ferne zog. Thorir brauchte Gyrds Flucht jedoch nicht zu verhindern, denn das besorgte Hadd von ganz alleine, der seinen Freund nicht entkommen lassen wollte.

»Ich habe sehr wohl etwas dagegen. Du wirst erst gehen, wenn ich es dir sage, Gyrd.« Mit einem bitteren Zug um den Mund drehte sich der Häuptlingssohn um und ging auf das Feuer zu. Ganz kurz stockte der Ikol im Weitergehen. Genau in dem Moment, als er Lijufes ansichtig wurde, die ihn mit Blicken erdolchte.

Thorir schnaufte, denn er hatte Hadds Zögern nicht übersehen, der weiterhin so tat, als würde er Lijufe nicht kennen. Langsam häuften sich die Hinweise, dass er dem falschen Krieger vertraut hatte. Äußerst ungern nahm der Nutas-Häuptling neben Hadd seinen Platz ein. Ständig musste er daran denken, dass genau dieser Mann Runa auf dem Gewissen haben könnte.

Bevor Thorir sich setzte, gab er einem seiner Krieger ein Signal. Der Nutas entfernte sich auf leisen Sohlen, um Kadlin zu holen. Irija sollte ihr zu einem späteren Zeitpunkt folgen.

Die Sitzverteilung war wohldurchdacht. Kadlin sollte Hadd gegenüber, aber zwischen Bram und Ragnar sitzen. So würde Hadd sie genau vor der Nase haben und Thorir könnte ihn aus nächster Nähe beobachten.

Einen nach dem anderen schaute der Nutas-Häuptling prüfend an. »Ich lud euch alle zu einer Vrede-Verhandlung ein, um unsere Stämme vor einem Krieg zu bewahren. Einem Krieg, den ich selbst wollte, um mich an dem Mörder, der meine Tochter Runa tötete, und dessen Stamm zu rächen. Ich erklärte den Unaru den Krieg, weil alle Beweise, derer ich habhaft wurde, auf Bram, Cnuts Sohn, hinwiesen. Doch nun meldeten sich neue Zeugen, die keinen geringeren als Hadd, Isleifs Sohn, des Mordes an meiner Tochter bezichtigen.«

»Was?«, rief Isleif, völlig aus dem Häuschen geraten, während Hadd zu laut lachte.

»Das ist ja lächerlich. Wer sind denn diese Zeugen?«

Eyvinds Gesicht verzerrte sich vor Hass. »Wie kann das sein? Warum melden sich diese Zeugen erst jetzt?«

Ragnar beobachtete schweigend das Schauspiel, ebenso wie die Unaru und Lijufe – die an der Schwelle zur Ohnmacht stand.

»Diese Zeugen sind Lijufe ...«, theatralisch zeigte Thorir auf die braunhaarige Smar, wartete dann, bis Kadlin das Feuer umrundet hatte und in Hadds Sichtfeld trat, »... und Kadlin, Eyvinds Tochter, vom Stamm der Smar.«

Es war ein kurzer Augenblick, in dem sich Hadd nicht im Griff hatte, aber er reichte aus, um von Thorir wahrgenommen zu werden. Der Brustkorb des jungen Ikol hob sich erschrocken und seine Augen weiteten sich.

»Was, du glaubst zwei Weibern?«, rief Hadd hektisch. »Das kann nicht dein Ernst sein, Thorir?«

Der Nutas-Häuptling begegnete Hadds Bemerkung mit einer Spitze. »Den Sitten der Ikol mag es nicht entsprechen, ihren Frauen Beachtung zu schenken, denen der Nutas dagegen schon. Wir sehen die Frauen als den Männern gleichberechtigt an. Hast du das vergessen, Hadd?«

Kadlins Herz klopfte aufgeregt, als sie auf das Lagerfeuer zuging, denn sie würde nicht nur Hadd sehen, sondern auch ihren Vater, vor dessen Reaktion sie Angst hatte. Auf ihren Bruder Ragnar freute sie sich, aber bei dem Gedanken an die Begegnung mit Bram wurde ihr ganz schlecht. Wie würde er sie nach ihrer Lüge, Thorir nicht aufzusuchen, empfangen?

Hadd gönnte ihr nicht mal einen Blick, doch Bram umso mehr. Sein Gesicht war kühl und verschlossen, kein verschmitztes Lächeln, kein zärtliches Leuchten war in seinen schönen Augen zu finden. Mit einer um Verzeihung bittenden Miene setzte sich Kadlin neben ihn.

Wie gerne würde sie ihn berühren, ihm sagen, dass alles gut werden würde. Konnte er ihr Handeln denn nicht verstehen? Konnte er ihr nicht ein winziges Zeichen schenken, dass sich zwischen ihnen nichts verändert hatte? Nein, lieber drehte er sich von ihr weg und benahm sich wie ein Trottel. Ein Trottel mit einem herrlichen Profil … dessen Atmung ganz schön schnell ging für jemanden, den alles kaltließ. Mieser Heuchler!

Schnaufend wandte Kadlin ihre Augen von Bram ab und sah zu Ragnar, der ein gutes Stück entfernt von ihr saß. Er strahlte sie an, mit einem amüsierten Kopfschütteln. Seine Mimik fragte sie ohne Worte: ›Was hast du jetzt schon wieder verbrochen, Schwester?‹

›Du kennst mich doch, keine Ahnung‹, ließ ihr Gesichtsausdruck ihn wissen.

Kadlin beugte sich vor, um Eyvind ins Gesicht zu sehen, der sie nicht mal beachtete. Das abweisende Verhalten ihres Vaters bohrte sich wie ein Messer in ihren Bauch. Enttäuscht musste sie seiner Stimme lauschen, die kaltherzig in ihren Ohren klang.

»Kadlin beschuldigt Hadd? Das wird sie nicht wagen und falls doch, sollte sie sich über die Konsequenzen im Klaren sein. Man kann ihrer Aussage keinen Glauben schenken, schließlich wollte sie Hadd von Anfang an nicht heiraten. Was sollte sie auch gesehen haben?«

An Eyvind gerichtet, meinte Thorir unfreundlich: »Warum fragst du deine Tochter nicht selbst, was sie und ihre Freundin bezeugen können?«

Unter dem Druck der Anwesenden war der Smar-Häuptling gezwungen, sich mit seiner ungehorsamen Tochter zu unterhalten. Kurz angebunden gellte es Kadlin entgegen: »Nun, was willst du gesehen haben?«

Kadlin reckte widerspenstig ihr Kinn, denn sie wollte sich nicht einschüchtern lassen. Zu viel hatte sie die letzten Wochen durchgestanden, als dass sie nun einknicken würde. »Lijufe und ich rannten nach unserem Streit in den nördlichen Wald, wo wir Gyrd und Hadd dabei beobachteten, wie sie Runa umbrachten.«

Die Genannten schrien durcheinander: »Das stimmt nicht, was das Luder sagt. Wir sahen Bram nachmittags mit Runa vor dem Wald herumlungern.«

»Ich hab sie noch nie zuvor in meinem Leben gesehen. Eyvind, wie kann deine Tochter es wagen, mich des Mordes zu bezichtigen?«

Lijufe schaltete sich ein, weil ihr der Kragen platzte. »Lüg nicht so dreckig, Gyrd. Oder willst du noch mal mein Rindenmesser zu spüren bekommen?«

Lijufe erstarrte. Stille herrschte, denn jedem war bewusst, was das Wörtchen ›noch mal‹ bedeutete: Nämlich, dass auf Gyrds Leib sichtbare Beweise sein könnten.

»Das Messer ...«, wiederholte Kadlin tonlos, um laut zu brüllen: »Auf der rechten Körperseite des Ikol müssen noch Wunden zu sehen sein.«

»Nein. Da sind keine Wunden. Ich weiß gar nicht, was das soll?« Panisch huschten Gyrds Augen zu Thorir.

Hadd sorgte sogleich mit einer Aussage vor. »Selbst wenn da welche wären, könnten sie von allem Möglichen stammen.«

»Ja, es stimmt, was Hadd sagt«, pflichtete Kadlins Vater dem Ikol bei und blickte mit drohenden Augen zu Kadlin.

Thorir erhob sich mit furchterregender Miene und ging auf Hadds Begleiter zu. »Wenn das so ist, hat Gyrd bestimmt nichts dagegen, seine Tunika auszuziehen.«

Sofort stand Gyrd auf und wollte mehrere Schritte vor

Thorir zurückweichen. »Nein, ich werde gar nichts ausziehen.«

Zwei Nutas hatten sich jedoch bereits hinter dem Ikol aufgestellt, denen Thorirs voriges Nicken ausgereicht hatte, um zu begreifen, was von ihnen erwartet wurde.

Gyrd prallte gegen die Krieger und Dagur stand auf. »Ich helfe dir gern, Bruder, falls du aus der Tunika nicht herauskommst.« Charmant grinste der Riese. »Könnte dir aber etwas wehtun, so ganz aus Versehen.«

Wütend dreinblickend schlüpfte Gyrd hastig aus seiner Tunika. Thorir kam näher und fand an der Innenseite von Gyrds Oberarm und an dessen Rumpf unter dem Arm mehrere kleine, fast verheilte Wunden, die sich hellrot von seiner Haut abhoben.

»Diese Wunden könnten durchaus von einem Rindenmesser herrühren und sind tatsächlich auf der rechten Seite, wie Kadlin gesagt hat.« Mit stechenden Augen musterte Thorir den Ikol und konnte seinen Hass nicht länger verbergen.

Gyrds Atmung beschleunigte sich unnatürlich und ein nasser Film bildete sich auf seiner Stirn. Er musste eine Ausrede finden, auf der Stelle. »Sie stammen aber nicht von einem Rindenmesser, sondern ... von einem Unfall, als ich bei der Rauschfruchternte in einen Kaktus fiel.«

»Es beweist also gar nichts«, schrie Eyvind dazwischen.

Die Sturheit und Besessenheit ihres Vaters machte Kadlin zornig und ließ sie aufbegehren: »Vater, ich ertappte Hadd, wie er dieses Mädchen ermordete. Wie kannst du davor die Augen verschließen? Er war nackt, ich sah dabei sein Muttermal an der Hüfte, das die Form eines Sjöhast hat.«

»Das kennt jeder, Mädchen. Das ist mein Erkennungszeichen«, feixte Hadd gehässig. Seine Mimik sagte ihr, dass er sich noch sehr gut an das erinnerte, was er ihr damals im Wald angedroht hatte.

Eyvinds Kopf färbte sich tiefrot und voller Hass bellte er Kadlin an: »Sei still! Halt jetzt endlich deinen Mund, der mich mit jeder Silbe entehrt. Du hechelst diesem dreckigen Unaru hinterher wie eine läufige Hychna. Ich habe deine lüsternen Blicke gesehen, die du ihm zugeworfen hast. Ich schäme mich, dich meine Tochter nennen zu müssen.«

Kadlins Unterlippe zitterte und gebrochen flehte sie den alten Smar an: »Vater, ich sage doch nur die Wahrheit. Ich flüchtete, weil Hadd mich töten wollte. Ich hatte Todesangst.«

Eyvinds Stimme wurde gefährlich leise. »Wage es nicht, weiterzusprechen.«

»Sie lügt!«, schallte es von Hadd, dessen Gesicht bleich wurde.

Völlig ruhig fragte Ragnar: »Wann, sagtet ihr, habt ihr Bram mit Runa vor dem nördlichen Wald gesehen?«

»Am Tag des Fastmö, als Thorirs Kleine verschwand«, spuckte Gyrd sofort aus, der noch immer zwischen den Nutas-Kriegern ausharrte.

Hadd überlegte, bevor er Ragnar antwortete. Er hatte Thorir gegenüber angegeben, Runa mit Bram während des Fastmö gesehen zu haben, weil jener nie an der Brautschau teilnahm. Die meisten Sonnenfest-Besucher tummelten sich jedoch genau zu dieser Zeit auf dem Festplatz. Würde Thorir irgendjemanden fragen, würden diese bezeugen, dass der Unaru-Häuptlingssohn nicht anwesend gewesen war und somit nur an jenem Ort sein konnte, den er angab.

»Am Nachmittag, wo die meisten schon auf dem Fastmö waren.«

»Du elender Lügner!«, schrie Bram und Dagur brüllte mit ihm.

»Zu der Zeit waren wir ebenfalls auf dem Fastmö, ein ganzer Schwung Mädchen kann das bezeugen.«

Eyvind lachte hämisch. »Sicher, weil sie, wie du, ihren Häuptlingssohn schützen wollen und für ihn lügen würden.«

»Genau so ist es, wir können uns auf die Aussage deiner Stammesmitglieder nicht verlassen«, bemerkte Hadd mit einem hinterhältigen Glitzern in den Augen.

Es war Ragnar, der allen für einen Augenblick die Sprache raubte. »Bram kann es nicht gewesen sein. Alles, was Kadlin sagt, stimmt ganz sicher. Ich glaube ihr.«

Thorir blieb still und beobachtete Hadd, dessen Gesichtsfarbe weißer und weißer wurde und der sichtlich um Beherrschung kämpfte.

»Wie kannst du ihr glauben, Ragnar?«, fragte der Ikol.

Nachdem Eyvind seinen ersten Schock überwunden hatte, stand ihm blanke Entrüstung ins Gesicht geschrieben und vorwurfsvoll rief er: »Ragnar?!«

Noch nie hatte Kadlin ihren Bruder so bestimmend reden hören wie in jenem Moment. »Nein, Vater. Ich werde nicht stillschweigen und zulassen, dass ein unschuldiger Mann, gar ein ganzer Stamm für Taten belangt wird, die er nicht begangen hat. Vor allem, wenn meine Schwester diesen Krieger liebt.«

Ragnar sah erst zu Bram, der immer noch schwieg, und dann zu Thorir. »Meine Schwester stritt mit meinem Vater, direkt nach dem Fastmö. Danach rannte sie sofort in den Wald und muss dort auf Hadd getroffen sein, ihn dabei erwischt haben, wie er Runa vergewaltigte. Also war Hadd schon längere Zeit im Wald, mit deiner Tochter. Ich jedoch sah Bram von Beginn an auf dem Fastmö. Er tanzte mit meiner Schwester, den ganzen Nachmittag lang. Hadd und Gyrd können Bram gar nicht mit Runa während des Fastmö beobachtet haben, weil ich ihn nämlich auf Schritt und Tritt verfolgte. Die Ikol lügen, beide.«

»Woher willst du das wissen, dass es Bram war? Auf dem Fastmö trugen alle Augenbinden«, zischte Eyvind, was Hadd mit einem rasanten Nicken begleitete.

»Ja. Ja, woher willst du wissen, dass er es war?«

Kadlin und Ragnar antworteten wie aus einem Mund: »Wegen seiner Narben.«

Bram fasste dieses ganze Theater nicht. Jetzt sollte er zum ersten Mal in seinem Leben glücklich sein, dass er Narben hatte? Er sollte den Smar-Geschwistern ewig dankbar sein, dass sie seine Unschuld bewiesen? Verrückter konnte es nicht mehr werden. Aus vielerlei Gründen hatte er sich während des Gesprächs zurückgehalten. Wer würde schon einem Beschuldigten glauben, der verzweifelt versuchte, seine Unschuld zu beweisen? Genau, kein Erdschwein und Thorir erst recht nicht. Himmel, er war so unsagbar glücklich, Kadlin wohlbehalten zu sehen. Was war geschehen, dass Thorir ihr kein Haar gekrümmt hatte? Zugleich war er jedoch noch immer stinksauer, weil sie ihn angelogen und mit einem hinterhältigen Trick überlistet hatte. Obwohl sie sich versprochen hatten, ehrlich zueinander zu sein, Vertrauen zu haben, hatte sie ihn hintergangen. Alles bloß, um zu Thorir zu gelangen und um ... um seine Unschuld zu beweisen. Verflucht, er wusste gar nicht, was er fühlte, was er zu Kat sagen wollte. Hätte er den Mund aufgemacht, wäre lediglich wirrer Blödsinn rausgekommen, der von ›Ich liebe dich‹ bis ›Ich erwürge dich‹ reichte. Er hatte keinen blassen Schimmer, wie er eine vernünftige Erklärung zustande bringen sollte, mit diesem Chaos im Kopf. Am liebsten hätte er die kleine Smar-Schlange einfach nur in die Arme genommen, sie geküsst und nie wieder losgelassen. Verdammt!

»Stimmt!«, meldete Cnut sich. »Bram war auf dem Fastmö. Danach baute er mit uns die Zelte ab und ging gleich darauf zu den Optera-Weiden, von wo aus sie ins Rudam-Lager flogen. Dort waren Hunderte von Menschen, die das bezeugen können.«

Thorir schnaufte wie ein tollwütiger Hirvo. »Irija sprach mit Runa das letzte Mal am Nachmittag, als das Fastmö bereits in vollem Gang war.«

Isleif war geschockt. »Ist das wahr, mein Sohn, hast du gelogen? Hast du Bram des Mordes bezichtigt?«

Hadds Gesicht wurde zu einer zornig bebenden Fratze,

doch sein Vater hakte nach und bestand auf einer Antwort. »Hadd, hast du gelogen? Hast du ... hast du Runa umgebracht?«

Blind vor Hass und Zorn sprang Hadd auf, zog dabei ein Messer aus seinem Stiefel und stürmte auf Kadlin zu. »Ich bring dich um! Du, Dreckstück, hast meine ganzen Pläne zerstört. Ich werde dich in Streifen schneiden, Schlampe.«

Mit einem Schrei, der den Wahnsinn in sich trug, der ein Teil von Hadd war, wollte er an seinem Vater und den Smar-Kriegern vorbeistürzen. Doch Ragnar war schnell genug aufgestanden, um dem Ikol mit aller Kraft seine Faust gegen die Schläfe krachen zu lassen. Hadd taumelte und fiel rücklings zu Boden.

Isleif stand auf und beugte sich mit stierenden Augen über seinen Sohn. »Du ziehst eine Waffe bei einer Vrede-Verhandlung?« Der alte Ikol-Häuptling verzog voller Abscheu den Mund. »Du beschämst mich. Du beschämst unseren Clan mit all deinen Intrigen und Lügen! Ich habe gehofft, dass du ein redlicher Mann wirst, aber das bist du nicht geworden, sondern ein Mörder. Du schändest unsere Ehre, wie dein Vorfahre es tat. Ich habe es satt, so satt. Mein Vater und meines Vaters Väter mussten sich bereits seit Generationen verstecken und grämen. Wegen eines einzigen Ikol, der genauso ehrlos war wie du, in dessen Fußstapfen du trittst. Immer schwebte dieses Schwert über uns Ikol und ich bin es leid. Ich bin es endgültig leid, ständig in Angst leben zu müssen, dass diese Schande uns eines Tages einholen wird.« Isleifs Brustkasten füllte sich mit einem tiefen Atemzug.

Hadd lag am Boden und ahnte offensichtlich, was sein Vater vorhatte, weswegen er diesem harsch befahl: »Nein, tu es nicht, Vater. Sei still. Du hast es geschworen.«

»Von was, zum Firus, redest du da, Isleif?«, fragte Eyvind, der nicht glauben konnte, was zwischen Vater und Sohn der Ikol vor sich ging.

Isleifs Miene zeigte reine Verachtung für Hadd. »*Tu es nicht?!* Sogar jetzt hast du nicht mal genügend Rückgrat, um ein bisschen Würde zu zeigen. Du widerst mich an, wie dieser kranke Plan, den du ausgeheckt hast. Du hast einen Mord begangen, während des Kriegsverbotes, an einem fremden, unschuldigen Mädchen. Es ist aus, Hadd! Du hast unseren Ruf, unsere Ehre für Jahre in den Schmutz gezogen. Ich werde jetzt das einzig Richtige tun und ein für alle Mal die ganze Schande von unserer Familie entfernen.«

Kadlin war vollkommen konsterniert, denn anscheinend hatte der Häuptling der Ikol ganz andere Ansichten und Wesenszüge als sein Sohn. Ihr fiel, wie allen Anwesenden, die Kinnlade herunter, als sie Isleifs Ausführungen zuhörte.

»Die Fehde, die zwischen den Smar und den Unaru herrscht, wurde durch die verachtungswürdigen Taten meines Vorfahren verursacht. Er behauptete, dass die Nutas-Frau, die sich aus Liebe für den Unaru entschieden hatte, den Smar wollte, bloß um einen Krieg zu entfachen und selbst die Frau zu bekommen. Sie sollte ihm eine Verbindung mit den Nutas ermöglichen. Die Nutas hatte ihn zuvor abgewiesen, wie den Smar. Meinem Vorfahren gelang es, beide Krieger gegeneinander auszuspielen und ihre Schwerter zu vergiften.

Beide starben letztendlich aufgrund der Vergiftung, da er den Kampf damit manipuliert hatte. Die Nutas wollte ihn trotzdem nicht zum Manne nehmen. Von Generation zu Generation mussten sich die Ikol-Häuptlinge im Lömsk schwören, das Verbrechen geheim zu halten. Aber es ist ein unwürdiges Versprechen, eine verabscheuungswürdige Tat zu verschweigen, und ich ertrage es nicht mehr länger. Thorir, ich erhoffe mir durch meine Ehrlichkeit Milde. Überlasse Hadds und Gyrds Bestrafung mir und schließe unseren Stamm nicht aus der Clangemeinschaft aus.«

Die Aussicht auf die drakonischen Strafen der Ikol ließen Hadd und Gyrd in Panik ausbrechen. Gyrd zappelte in den Fängen der Nutas-Krieger, die ihn mittlerweile festhielten, während Hadd flehte: »Nein, Vater, nein!«

Mit angstverzerrtem Gesicht robbte der Häuptlingssohn kriechend von seinem Vater weg. Thorirs Nasenflügel zitterten vor unterdrückter Rage, die er schier nicht im Zaum halten konnte.

»Das wird die Clangemeinschaft entscheiden, Isleif. Denn trotz deines einsichtigen Geständnisses sind das äußerst schwere Vergehen, die du und deine Väter begangen haben. Wie viele Krieger, Frauen und Kinder sind bei dieser Fehde gestorben und wären auch jetzt gestorben, hätten wir Hadd nicht überführt? Dein Sohn hat meine Tochter getötet, was genug Grund für mich wäre, dich, deinen Sohn und deinen Stamm nach der Vrede-Verhandlung zu töten. Allein der Umstand, dass ich dadurch meine ... etwas sehr Wertvolles wiederfand, bewahrt deinen Stamm vor dem Schicksal, welches ich den Unaru zukommen lassen wollte. Erwarte nicht zu viel Gnade von mir, Isleif, ich warne dich.« In Hadds Richtung nickend, befahl Thorir seinen Kriegern: »Schafft die zwei weg und sorgt für ihre Bewachung, bis das Urteil über sie gesprochen ist.«

Kapitel 35
Geschenke und Hüter

Die Unaru und die Smar waren nach wie vor entgeistert über die wahre Entstehung ihrer Fehde. Ein drückendes Schweigen hüllte die Versammlung ein, bis Bram sich erhob.

»Eyvind, da es nun keinen Anlass mehr gibt, uns gegenseitig zu bekämpfen, und eine Verbindung zwischen unseren Stämmen einen Friedenspakt besiegeln würde, bitte ich dich hiermit um Erlaubnis, um deine Tochter Kadlin werben zu dürfen.«

Empört blickte Kadlin zu dem blonden Krieger auf. Na, der war ja witzig! Saß den lieben langen Nachmittag da, sprach kein Wort mit ihr, schenkte ihr nicht mal ein anzügliches Grinsen und dann das. Wegen eines Friedenspaktes – sehr schmeichelhaft. Idiot!

Das Gesicht des Häuptlings der Smar verschloss sich. »Du? Meine Erlaubnis?« Abweisend schüttelte er den Kopf. »So tief wird Kadlin nicht sinken, dass sie die Werbung eines Unaru erhört.« In tiefer Überzeugung zischte er Bram entgegen: »Niemals wird meine Tochter dich heiraten. Solltest du sie nur ein Mal anfassen oder in Kontakt zu ihr treten, werde ich euren Stamm angreifen, mit allen mir zur Verfügung stehenden Mitteln.«

Ragnars erneutes Entsetzen ließ ihn entrüstet raunen: »Vater?! Wäre es nicht ...?«

»Nein. Ich werde von einem Krieg absehen, aber niemals werden wir uns mit den Unaru verbinden. Kadlin, komm!« Steif erhob sich Eyvind und wartete auf seine Tochter.

Bettelnd sah sie den alten Mann an. »Nein, Vater, ich werde nicht mit dir gehen. Ich ...« Grimmig blickte sie kurz zu Bram, der sie mit seinem Benehmen verärgert hatte.

Selbstgefällig schmunzelte er auf sie nieder, weil er wähnte, sie würde um ihn betteln, obwohl er nicht mit einem Wort von Liebe gesprochen hatte.

»... werde jedem die Werbung gestatten, den ich als würdig erachte.«

Thorir gluckste, Bram schluckte und Eyvind platzte.

»Was? Nach allem, was die Unaru uns antaten, willst du ihn heiraten? Und nach all dem, was ich für dich getan habe, fällst du mir in den Rücken? Nein, ich gestatte es nicht, dass meine Tochter einem dahergelaufenen Unaru die Werbung erlaubt.«

Kadlins traurige Miene ließ Thorir eingreifen. »Nun, Eyvind, wir beide wissen, dass Kadlin nicht deine Tochter ist. Sondern meine. Du fandst sie am Fluss Puro, nicht wahr?«

Ohne Regung starrte Eyvind den Nutas-Häuptling an. Er wirkte nicht überrascht, eher als hätte er damit gerechnet.

»Was?«, tönte es aus allen Richtungen. Angesichts dieser Neuigkeit konnte keiner mehr sitzen bleiben. Der Häuptling der Nutas gab seinen Kriegern die Anweisung, Irija kommen zu lassen, deren Aussehen für sich sprechen würde.

Brams Stirn runzelte sich, weil er einerseits nichts, andererseits nun einiges verstand. Deswegen hatte Thorir Kadlin nichts angetan, deswegen hatte er ihr geglaubt und eine Vrede-Verhandlung einberufen! Wie war das möglich, dass Kadlin Thorirs Tochter war?

»Ich wusste es!«, brummte Cnut zufrieden, was Bram verdutzt zu seinem Vater linsen ließ.

»Wie, du wusstest es? Was soll das heißen? Warum hast du nichts gesagt?«

Dieser zuckte mit den Achseln. »Als ich Kadlin zum ersten Mal sah, steckte sie in Hosen und war voller Dreck, ich hielt sie für einen Jungen. Aber als du sie nach dem Bad zu mir brachtest, erinnerte sie mich sogleich an Irija. Ich dachte, sie wäre eine Nutas, eine Verwandte von Thorir. Du sagtest jedoch, sie wäre eine Smar, so nahm ich an, mich getäuscht zu haben. Selbst deiner Mutter, Tofa, war die Ähnlichkeit aufgefallen, wie sie mir am gleichen Abend noch erzählte.«

Bram schüttelte verwirrt den Kopf, aber als Irija daherkam und er deutlich ihre Gesichtszüge sah, fehlten ihm restlos die Worte.

Lijufe schlug die Hände vor den Mund.

Ragnar blickte bestürzt zwischen Irija und Kadlin hin und her, um schließlich seinen Vater zu fragen: »Kadlin ist nicht meine Schwester? Aber du ...«

Eyvind richtete sich stolz auf. »Ich sagte, Kadlin ist ein Geschenk der Monde, wie Skard und auch du eines wart, und dass sie deine Schwester sei, für die wir sorgen müssten.«

Ragnar wankte, denn seine ganze Welt brach in sich zusammen. Krampfhaft versuchte er, sich an Bruchstücke aus seiner Kindheit zu erinnern. Es stimmte, was sein Vater sagte, genau so hatte er damals gesprochen. Er musste fünf Jahre alt gewesen sein, als ... Sibbe eine Weile das Bett gehütet hatte. Plötzlich war sein Vater mit diesem Kind in den Armen erschienen, hatte seinem Bruder und ihm erklärt, dass sie eine Schwester geschenkt bekommen hätten.

»Mutter war schwanger gewesen«, grübelte Ragnar.

Trauer legte sich über Eyvind, der durch Ragnars Frage in die Vergangenheit driftete. »Ja. Sibbe bekam ein Kind, doch es war eine Totgeburt. Ein kleines Mädchen. Sibbe war am Boden zerstört, nur selten verließ sie das Bett. Ich musste sie ins Leben zurückzwingen und eines Tages – es war zwei Wochen nach der schrecklichen Nacht – fand Sibbe diesen Säugling am Flussufer, mehr tot als lebendig, in einer hohlen Rindenschale. Es war ein Mädchen.« Tränen rollten über die Wangen des alten Mannes. »Sibbe sagte, die Monde hätten ihr vergeben und ihr ein neues Mädchen geschenkt. Wir nannten das Kind Kadlin und hegten es wie unsere eigene Tochter, die wir verloren hatten. Wir nahmen sie in unsere Familie auf.« Wut trat wieder auf Eyvinds Züge. »Und nun will sie sich mit den Mördern ihres Bruders einlassen. Sticht mir ein Messer in den Rücken und dreht es herum. Wenn ich gewusst hätte, dass du eines Tages beabsichtigen würdest, dich diesem Pack hinzugeben, dann hätte ich –«

»Hättest du meine Tochter am Fluss sterben lassen?«, fragte Thorir ernst.

Eyvinds Hass auf die Unaru kannte keine Grenzen, kein Erbarmen. »Ja, das hätte ich. Denn dann wäre mir das viele Leid und das laute Gespött erspart geblieben.«

Thorir schritt bedrohlich auf Eyvind zu und blieb dicht vor ihm stehen. »Damit hast du all deine Rechte verwirkt, die du je auf meine Tochter erheben könntest. Eins sei dir gewiss, Eyvind vom Stamm der Smar: Solltest du meiner Tochter oder jenen, die ihr lieb und teuer sind, ein Leid antun, wird dieses Heer vor deinem Dorf stehen und kein Erbarmen walten lassen.« An Kadlin gewandt, setzte Thorir seine Rede fort. »Ysra, willst du, dass ich ab heute meine Pflichten als Vater aufnehme?«

»Wer zum Firus ist Ysra?«, brummte Dagur, überfordert vom Lauf der Dinge.

Kadlin blickte unentschlossen zwischen Thorir und Eyvind hin und her. Sie sollte Eyvind und Sibbe verlassen, die all die Jahre ihre Eltern gewesen waren? Aber wenn sie das nicht tun würde, hieße dies, dass sie nie mit Bram eine Verbindung eingehen könnte. Wer jedoch sagte ihr, wie Thorir zu Bram stand, nachdem der Mord an Runa aufgeklärt war? Vielleicht würde Thorir ihr ebenso wenig gestatten, Bram zu heiraten? Falls der Mistkerl sie überhaupt wollte.

Ein sanftmütiges Lächeln legte sich auf Thorirs Gesicht, der glaubte zu ahnen, was in seiner Tochter vorging. »Du willst wissen, ob ich Bram die Werbung gestatten würde? Aber die Frage sollte eher sein: Willst *du* dem Krieger die Werbung gestatten?«

Zögernd schluckte Kadlin und sah zu Bram, der endgültig

Farbe bekennen musste. »Nur, wenn er mich aus Liebe will, nicht um des Friedens willen.«

Sie hatte mit Bram die Rollen getauscht, wie war das geschehen? Ja, jetzt verstand sie Brams Wut. Es war nicht gerade ein angenehmes Gefühl, bloß aus politischen Gründen umworben zu werden und nicht aus Zuneigung. Verflucht nochmal, sie wollte es jetzt endlich von ihm hören.

Bram war entrüstet. »Wie kommst du darauf, dass ich dich nicht lieben würde, ich habe es dir ...«

»... nie gesagt, du Trottel.«

Allgemeines Murren war zu hören. Cnut schnalzte missbilligend mit der Zunge.

Dagur dröhnte: »Bruder, und dann heißt es immer, ich sei dämlich.«

Lijufe hob herablassend die Brauen. »Na, dann lass mal knacken, mein Lieber, sonst wird das nichts mehr.«

Während Irija lächelnd nach den Fingern ihres Mannes griff, grinste Bram und zog Kadlin an ihrem Gürtel langsam zu sich. Fest legte er seine Arme um ihre Taille und betrachtete voller Liebe ihr Antlitz, das sein Inneres zum Toben brachte.

»Du kleine, süße Schlange. Du bist mein Leben, mein einzig Licht. Ich liebe dich und nichts könnte jemals etwas daran ändern, weder irgendwelche Verkleidungen noch sonstige Lügen, die niemals wieder zwischen uns stehen werden. Weder Fausthiebe noch Bisse oder Tritte werden mich davon abhalten, dir meine Liebe zu zeigen. Von jetzt an wirst du für immer zu mir gehören, denn du bist die Hüterin meines Herzens. Für alle Zeit.«

Alle Umstehenden grinsten, außer Eyvind natürlich, der nicht saurer blicken konnte.

»Nun, was sagst du, Ysra? Nimmst du die Werbung an?«, hakte Irija nach, um endlich Kadlins Entscheidung zu hören.

Verlegen nickte die Smar, was Bram zum Strahlen brachte. Vergessend, wer neben ihm stand, legte der Krieger begierig seine Lippen auf Kadlins und küsste sie innig. In diesem Kuss offenbarte Bram ihr seine Seele, die vor Liebe und Glück überquoll.

Kadlins Herz jauchzte vor Wonne auf und machte sich weit für all das, was Bram ihr schenkte.

Thorir musste zweimal laut husten, bis sie ihre Finger aus Brams Mähne gleiten ließ und sich ihre Münder trennten.

»Ich nehme an, dass sich die Sache mit dem Kampf erledigt hat. Oder willst du mir etwas sagen, Bram?«

Schmunzelnd schüttelte Bram sein Haupt. »Nein, Thorir, es gibt nichts zu sagen, außer dass ich Kadlin heiraten werde, wenn du mich als Schwiegersohn annehmen willst.«

Große Zufriedenheit legte sich auf Thorirs Züge. »Ja, ich will dich als Schwiegersohn und als meinen Nachfolger.« Mit zusammengezogenen Brauen wandte sich der Häuptling wieder an Eyvind. »Da du nun weißt, dass meine Tochter Bram heiraten wird und die Unaru von nun an mit den Nutas verbunden sind, frage ich dich: Bist du gewillt, Frieden mit den Unaru zu halten? Wirst du Lijufe gestatten, Dagur zu ehelichen, wenn sie dies will?«

Bitterer konnte Eyvinds Geschmack im Munde nicht mehr

werden. An einem Tag hatte er alles verloren: seine Tochter, seine Aussicht auf Vergeltung, seine Verbündeten.

»Wenn Arnbjorn, ihr Vater, zustimmt, werde ich ihrem Glück nicht im Wege stehen.«

Thorir nickte und suchte die Augen seiner Tochter, die seinen so ähnlich waren. »Da jetzt alles geklärt sein dürfte, frage ich dich, Kadlin, willst du von nun an Ysra, Thorirs Tochter, vom Stamm der Nutas sein?«

Tränen perlten über Kadlins Wimpern, denn die Trauer über den Verlust von Eyvind und Sibbe als Eltern schmerzte fürchterlich in ihrer Brust, aber ein Leben ohne Bram wäre unendlich qualvoller. Sie konnte sich nicht anders entscheiden als für ihr Glück. Irgendwann würde ihr so oder so der Zeitpunkt der Trennung bevorstehen. Egal in welchen Stamm sie einheiraten würde, müsste sie ihre Eltern, ihren Stamm verlassen. Hier und jetzt könnte sie wenigstens den Krieger wählen, den sie liebte und immer lieben würde. In der Hoffnung, dass Eyvind ihr nicht den Zutritt ins Smar-Dorf, zu Ragnar und Sibbe, verwehrte, nahm sie Thorirs Angebot mit zitternder Stimme an.

»Ja, von nun an bin ich eine Tochter der Nutas.«

Fröhlich nickte Thorir und legte seine Arme um das Paar. »So soll es sein. Mögen die Monde Arets euch und eure Nachkommen segnen.«

Bram wartete, bis Thorir sich abwandte. Während dieser freudig ein Fest ausrief, flüsterte Bram Kadlin etwas ins Ohr. Fragend schaute sie ihn an. »Nackt?«

Der blonde Krieger nickte eifrig.

»Einen Ringkampf?«, fragte Kadlin verblüfft.

Mit einem schiefen Grinsen bejahte Bram erneut. Erst, als sie seine keck zuckende Braue bemerkte, kam ihr die Erinnerung an ihr letztes Ringen im Rudam-Lager: ›Wärst du eine Frau, würde ich diese Stellung für ganz andere Dinge nutzen.‹

Kadlins Augen wurden übergroß und mit roten Wangen versuchte sie, sich von ihm zu befreien. »Oh – du ... unmöglicher Kerl.«

Lachend zog Bram seine Braut noch enger an sich und senkte seinen Mund an ihren Hals. Zärtlich biss er in die pulsierende Ader und raunte beschwörend: »Es wird dir gefallen, ich sorge dafür. Komm, Kat, sei noch einmal meine Kriegerin.«

Willig hielt Kadlin hin und klammerte sich an Brams Schultern fest. »Die werde ich immer sein, Unaru. Wo und wann?«

»Jetzt. Sofort.«

ENDE

**Weitere Titel der
Autorin findest
du hier:**

http://www.bittersweet.de/redirect/carlsen/urheber/3682

Glossar

Aret = Planet, auf dem die Stämme beheimatet sind.

Berusat = Ein Brauch, der die Brüderlichkeit der Krieger untereinander fördert.

Egnirierd = Ein Ballspiel, das von drei Mannschaften ausgetragen wird.

Fastmö = Brautschau auf dem Sonnenfest, bei dem Masken, aber keine Skals getragen werden.

Firus = Der vorderste Mond. Er ist türkis marmoriert und gilt als böse und verschlagen.

Hirvo = Gefährlichstes Raubtier der Orchideenwälder.

Hychna = Nutztier, dessen Tau, Eier und Mist genutzt werden.

Ikol = Hadds Stamm, sein Vater Isleif ist der Häuptling.

Lömsk = Ein Ritus, der in einem Schwitzzelt abgehalten wird.

Lumod = Kleine fleischfressende Flugraubtiere, die in den Orchideenwäldern beheimatet sind.

Optera = Libellenartiges Flug- und Transporttier.

Otulp = Ein Stamm, der in den Bergen lebt. Ormi ist der Häuptling, Assgrim sein ältester Sohn.

Rudam = Mannesprüfung der jungen Knaben, durch welche sie zum Krieger werden. Sie ist bei jedem Stamm anders.

Sari = Der mittlere Mond. Er besticht durch seine Schönheit, mit seiner tiefenblauen Farbe und den silbernen Ringen. Er wird mit dem Guten assoziiert.

Sjöhast = Riesenhafte Seepferde, die im Omoc-See leben.

Skal = Umhang, der stammesspezifische Muster und Farben hat. Wie die Skalöffnung mit der Brosche getragen wird, zeigt den Familienstand seines Trägers an.
Öffnung linke Schulter = verwitwet
Öffnung mittig = verheiratet
Öffnung rechte Schulter = ledig

Smar = Kadlins Stamm, dessen Häuptling Eyvind ist, Ragnar ist sein Nachfolger.

Tugwar = Tauziehen-Turnier.

Unaru = Brams Stamm, sein Vater Cnut ist der Häuptling.

Varp = Fleischfressendes Ungetüm, das in Höhlen unter der Erde lebt. Augen- und ohrlos.

Yaschi = Der grüne, kleinste und hinterste Mond.

STILLE DEINE SEHNSUCHT.

AUF WWW.BITTERSWEET.DE

*Hier treffen sich alle, deren Herz für Romantik,
Helden und echte Leidenschaft schlägt.
Aber sei gewarnt, die Sehnsucht kann
auch dir gefährlich werden ...*

Verborgene Welten voller Magie

Die 17-jährige Jessica folgt ihren eigenen Regeln. Sie gilt als aufmüpfig, versteckt ihr feuerrotes Haar und ihre blasse Haut unter schwarzen Klamotten und schlägt sich als Barkeeperin die Nächte um die Ohren. Bis ihr eine fremde Frau ein antikes Amulett überreicht: Einmal angelegt, kann sie es nicht mehr abnehmen und befindet sich plötzlich in einem Geflecht aus übermenschlichen Agenten und magischen Bestimmungen. Ausgerechnet der arrogante Lee soll sie beschützen. Wenn er nur nicht so heiß aussehen würde!

Johanna Danninger
**Secret Elements, Band 1:
Im Dunkel der See**
240 Seiten
Taschenbuch
ISBN 978-3-551-31722-3

www.carlsen.de

CARLSEN

Willkommen in der High Society!

Vivien Summer
Die Elite, Band 1:
Spark
384 Seiten
Taschenbuch
ISBN 978-3-551-31721-6

Kurz vor ihrer Volljährigkeit findet Malia heraus, dass ihr eine außerordentliche Gabe zuteilgeworden ist. Von einem Tag auf den anderen zählt sie zur High Society des Landes: der ELITE. Für die verschlossene Malia ein absoluter Albtraum. Nicht nur richten sich plötzlich sämtliche Augen der Nation auf sie, auch muss sie sich als Trägerin eines übernatürlichen Elements ausgerechnet von Christopher Collins ausbilden lassen. Dem Jungen, in den sie seit Jahren heimlich verliebt ist und in dessen Augen das gleiche Feuer lodert wie in ihren.

www.carlsen.de

CARLSEN